Leidenschaftliche Feinde

»Verschwinde!« zischte sie wütend. Lieber hätte sie gebrüllt. »Verschwinden Sie und unterstehen Sie sich, jemals wiederzukommen!«

»Warum denn so wütend, Cass?« fragte er leise. »Wegen dem, was wir getan haben? Oder wegen dem, wozu wir noch nicht gekommen sind?« Seine Hand lag jetzt auf ihrem weichen Nacken und verhinderte, daß sie irgendeine Antwort geben konnte. Er sah, wie ihre wunderschönen grauen Augen die Farbe von Zinn annahmen, und küßte sie so sanft, wie er noch nie in seinem Leben eine Frau geküßt hatte. Er spürte ihren Atem auf seiner Wange, warm und süß. Hörte sie leise seufzen. Trat augenblicklich zurück, als habe er sich verbrannt.

Zu spät führte Cass eine geballte Faust in die Höhe und rieb sich wütend über die Lippen. »Du bist widerlich.« Er lächelte nur. Sie schaute sich hastig nach etwas um, womit sie ihn bewerfen konnte.

»Du solltest jetzt wirklich lieber gehen«, fauchte sie in seine Richtung. »Wenn du mich jemals wieder anfaßt, werde ich dir nicht nur die Kinnlade, sondern auch das Auge blau schlagen!«

Er war bereits an der Tür und wandte sich noch einmal um. »Das werde ich nicht vergessen. Wird es sein, nachdem ich dich ins Bett bekommen habe, oder schon vorher? Was meinst du? Nur, damit ich weiß, wann ich in Deckung gehen sollte.«

London, 1792

I

»Empfange nun, allmächtiger Gott, deinen unwürdigen Sohn Patrick Flynn Merlin in deine Gnade. Vergib ihm in deiner grenzenlosen Barmherzigkeit seine schlimmsten Sünden und mach, daß er bei dir im Himmelreich Wohnsitz nehmen möge bis in alle Ewigkeit. Amen.«

»Amen.«

Reverend Juvenal Ormsby schloß mit einem lauten Knall sein Gebetbuch, sprach noch einige fromme Worte und segelte dann förmlich mit wehender schwarzer Soutane vom Friedhof. Die sechs angeheuerten Sargträger folgten ihm auf dem Fuße. Die verbleibenden Trauergäste murmelten eilig und verlegen ihr Beileid und verließen danach rasch die Familie, die am Grab stand.

Das Unglück lastete jetzt noch schwerer auf den Schultern von Cassandra Merlin. Sie sah den letzten Gästen nach, zerrte den Schleier von ihrem schweren, schwarzen Haar, den ihre Tante sie anzulegen gezwungen hatte und ließ die abendliche Brise kühl über ihr Gesicht streichen. Sie hatte keine Tränen mehr, spürte nur noch den hohlen Kern von Einsamkeit in sich.

Ich müßte eigentlich dankbar sein, schalt sie sich erschöpft und hob den Blick von dem roh gezimmerten Sarg zu den Wolken empor, die über den Mond hinwegglitten. Natürlich waren die Trauerfeierlichkeiten in skandalöser Eile durchgeführt worden. Die sogenannten Freunde ihres Vaters hatten nichts Eiligeres zu tun gehabt, als zu verschwinden. Er war auf der Nordseite der Kirche in ungeweihtem Boden beerdigt worden — und dennoch war dies mehr, als sie hätte hoffen können. Schließlich war es an sich überhaupt nicht erlaubt, Schwerverbrecher auf einem Friedhof zu beerdigen; sie wurden gemeinhin an Kreuzungen oder auf dem offenen Feld ohne Grabstein oder Kreuz verscharrt. Reverend Ormsby hatte der irdischen Hülle Patrick Merlins diesen schmalen Streifen Southwarker Tonerde zugestanden, der in Sichtweite der Blackfriars Bridge und der unter ihr entlanggleitenden Themse lag. Zehn Pfund hatte er als Bestechungssumme verlangt — Geld, das sich ihre Tante nur schwer leisten konnte.

»Diese feuchte Luft ist ungesund, Cassandra. Freddy und ich gehen zur Kutsche. Außerdem will er jetzt eine Prise Tabak zu sich nehmen. Bleib nicht zu lange, hörst du? Ich habe die Fackelträger fortgeschickt — der Mond scheint hell genug, und nach neun Uhr kosten sie noch einmal Sixpence pro Person.«

»Ja, Tante.«

»Ich fand, die Sache ist so gut verlaufen, wie unter den gegebenen Umständen möglich. Gott sei Dank ist das alles jetzt vorbei! Ob ich wohl je den Schlamm aus meinem Saum herausbekommen werde? Also denk bitte daran, Cass, wir haben diese Kutsche nur bis zehn Uhr gemietet, und außerdem gibt es hier für uns nichts mehr zu tun, oder?«

Die verwitwete Lady Sinclair warf einen Blick auf das schlammige Loch zu ihren Füßen und schaute dann rasch fort. Ihre Mundwinkel zogen sich zu einem angewiderten Ausdruck herab. Dieser Gesichtsausdruck schien zu sagen: Wie nachlässig, wie taktlos es doch von ihrem Bruder war, zuzulassen, daß die Dinge eine solche Wendung genommen hatten! Sie legte eine manikürte Hand auf den Ellbogen ihrer Nichte und drückte ihn fest. »Sobald wir zu Hause sind, Cassandra, werden wir miteinander ein kleines Gespräch zu führen haben.« Lady Sinclair raffte die Röcke in einer Hand zusammen und rauschte von dannen.

»Ist sie das?« murmelte Philip Riordan und spähte durch die Äste einer Platane, von der die Rinde abblätterte. Ungefähr dreißig Meter von ihm entfernt entschwand gerade eine Gestalt.

»Nein. Das ist die Tante.«

Riordan wandte seinen dunklen Blick wieder zu der Frau, die neben dem Grab am Fuß des unregelmäßigen, von Grabsteinen bestandenen Hügels stand. Aus dieser Entfernung konnte er nur erkennen, daß sie großgewachsen und schlank war, und daß ihr glänzendes, schwarzes Haar oben auf dem Kopf zu einem schweren Knoten zusammengebunden war. Er wischte mit einer Bewegung einige Blätter von einem Grabstein und hockte sich vorsichtig darauf, die langen Beine vor sich ausgestreckt. »Mir gefällt das nicht, Oliver. Sie hat sogar die gleichen Haare wie er.«

»Was hat das denn damit zu tun? Sie hat ihn bestenfalls ein- oder zweimal im Jahr gesehen, die beiden hatten wohl kein besonders gutes Verhältnis.«

»Das ist mir egal. Sie war seine Tochter. Sie wird die Männer nicht besonders sympathisch finden, die dazu beigetragen haben, ihn aufs Schafott zu bringen.«

Oliver Quinn blickte mit gerunzelter Stirn auf den dunklen, von silbrigen Fäden durchzogenen Schopf seines Begleiters. »Du magst Recht haben, aber es gibt sonst niemanden. Es bleibt uns keine andere Wahl, als uns an sie zu wenden.«

»Mir gefällt das trotzdem nicht«, wiederholte Riordan.

»Du hast sie noch nicht gesehen. Sie paßt genau. Attraktiv, rätselhaft — genau die Art von Frau, hinter der Wade immer her ist. Und zu unserem Glück hat sie keine lästigen moralischen Skrupel, die einem intimen Verhältnis mit ihm im Wege ständen.«

Riordan lächelte freudlos. »Den Typ Frau kenne ich bestens.«

»Das kann ich mir vorstellen«, erwiderte Quinn trocken.

»Verdammt noch mal, Oliver, wir wissen doch gar nicht, ob Merlin sie nicht zu seiner Komplizin in dieser Sache gemacht hat!«

»Das ist absurd.«

»Findest du?« Riordan starrte die stille, reglose Gestalt in der Entfernung aufmerksam an. »Wir können es uns nicht leisten, ein Risiko einzugehen.«

Als er aufblickte, beleuchtete das schimmernde Licht des Mondes die klaren, edlen Züge seines Gesichts. Plötzlich lächelte er. »Ich habe eine Idee.«

Cassandra beobachtete, wie der Rücken ihrer Tante entschwand und schloß dann kurz die Augen. Was wohl der Inhalt dieses ›kleinen Gesprächs‹ sein würde? Dann wandte sie sich wieder zu dem offenen Grab um und ließ das Kinn auf die gefalteten Hände sinken. Doch beten konnte sie jetzt nicht. Sie stellte fest, daß sie nur die Platitüden des Pastors wiederholte, denn es wollten ihr keine Worte aus dem Herzen kommen. Ihr Vater war als Atheist gestorben, das Verbrechen, für das er gehenkt worden war, war weiß Gott ein schreckliches gewesen. War dieser Gott barmherzig genug, ihm zu vergeben?

»Ach, Papa, wie konntest du mir das nur antun?« brach es leise aus ihr heraus. »Wie konntest du nur dein eigenes Land verraten?« Sie spürte, wie eine Mischung aus Wut, Scham und Trauer über ihr zusammenbrach. Sie sah die blitzenden schwarzen Augen ihres Vaters und sein kohlrabenschwarzes Haar vor sich, sein unbesorgtes Grinsen. Er konnte doch unmöglich tot sein, seine unruhige, überschäumende Energie konnte doch nicht auf ewig ausgelöscht sein! Was würde denn jetzt ihrem Leben einen Sinn geben? Worauf konnte sie noch hoffen?

Ungebeten stieg eine alte Erinnerung in ihr auf. Sie befand sich im Internat in Paris, wohin er sie nach dem Tod ihrer Mutter geschickt hatte, damit sie in der Nähe ihrer Tante wäre. Sein erster Besuch sollte nach einem Jahr erfolgen. Sie hatten vor, den ganzen Tag miteinander zu verbringen, und als es soweit war, platzte ihr Herz schier vor Aufregung. Den ganzen Morgen stand sie am Tor vor der Schule und wartete, bis Mademoiselle sie schließlich zum Mittagessen rief. Dann wartete sie wieder den ganzen Nachmittag und sprang bei jedem vorbeiklappernden Pferd und jeder heranrumpelnden Kutsche auf, um durch die schwarzen, gußeisernen Stäbe zu schauen. Als man in der Dunkelheit nichts mehr sehen konnte, kam die Direktorin und holte sie ins Haus. An jenem Abend brachte ihr ein Bote eine Porzellanpuppe mit echtem Haar und Armen, die man bewegen konnte. Ein hingekritzeltes Briefchen teilte ihr mit, daß wichtige Geschäfte ihren Vater gezwungen hatten, einen Tag früher nach London zurückzukehren. Bei seiner nächsten Reise — und die käme bestimmt bald — würde er sie besuchen. Er liebte seine Prinzessin sehr und war sich sicher, daß sie ein artiges kleines Mädchen war.

Wie sehr, so fragte sie sich jetzt, hatte sie sich seit jenem Tag vor zehn Jahren eigentlich verändert? Schon vor langer Zeit hatte sie aufgehört, ein artiges kleines Mädchen zu sein, in der Hoffnung, daß ihr Vater sie endlich lieben würde. In letzter Zeit hatte sie sich sogar größte Mühe gegeben, ganz das Gegenteil zu sein. Und nun war es zu spät.

Ihr Hals schmerzte. »Alles Gute, Papa. Ich liebe dich! Bitte, lieber Gott, bitte vergib ihm.« Als Symbol der Erinnerung hielt sie ein Rosmarinzweiglein in der Hand. Rasch, ehe die Tränen wiederkehrten, küßte sie das Ästchen, warf es ins Grab und wandte sich eilig ab.

Die beiden Männer beobachteten, wie sie sich entfernte. Der eine lächelte voller grimmiger Erwartung, während sie unter den tiefhängenden Zweigen einer Trauerweide verschwand.

Ely Place war ein Teil von Holborn, der mit einigem Wohlwollen als ›heruntergewirtschaftetes elegantes Wohnviertel‹ bezeichnet werden konnte. Allerdings waren die Zeugnisse früherer Pracht in den mittlerweile baufälligen Reihenhäusern und unkrautbestandenen Gärten nur mehr schwer zu entdecken. Die Nummer 47 sah nicht besser oder schlimmer aus als die Nachbarhäuser. Drinnen gab es zu viele Möbel und zu wenig Wärme und eine widerwillige Dienerschaft. Lady Sinclair, eine verwitwete Baronin, die in Paris ein Leben voller Wohlstand geführt hatte, fand ihre ganze Situation so entsetzlich niederdrückend, daß sie seit drei Wochen noch nicht einmal ihre Koffer ausgepackt hatte. Sie bezeichnete ihre neue Unterkunft konsequent als ›vorübergehend‹.

Wie das angesichts ihrer beider finanziellen Lage sein konnte, war ihrer Nichte kaum verständlich. Doch sie war es nicht gewohnt, ihrer Tante zu widersprechen oder sie dazu zu ermuntern, die Dinge realistischer zu sehen, und so tat sie dies auch jetzt nicht. Es hätte ohnehin nicht viel genutzt.

»Freddy, nimm augenblicklich den Fuß vom Teewagen! Schau doch nur, was für einen Dreck du auf dem Rad hinterlassen hast.«

Sir Frederick Sinclair verlagerte seinen gewichtigen Hintern und legte den Stiefel über sein Knie. Ein entschuldigendes Lächeln huschte über sein eher uninteressantes Gesicht. Sein dünnes, sandfarbenes Haar war von einer weißen Perücke bedeckt. Freddy war zwischen seiner Eitelkeit und der Mode hin- und hergerissen und machte sich dauernd Sorgen, ob Perücken nicht doch schon passé waren. Eines Tages würde er der *haute volée* seine beginnende Glatze präsentieren müssen. Er nieste lauthals in sein Taschentuch, steckte seine Tabaksdose weg und holte seine Uhr hervor.

»Viertel nach zehn«, tat er leutselig kund. »Was habt ihr Damen heute abend vor?« Cassandra, seine Cousine, blickte ihn im Spiegel über dem Kaminsims erstaunt an. »Na?« hakte er nach. »Jack Wilmott hat gesagt, wir sollen uns um elf bei ihm im Club treffen. Danach werden wir bei Herrick's zu Abend essen. Hör mal, Cassie, morgen abend gibt es einen Maskenball in Vauxhall. Wie wäre es, wenn wir dort incognito hingingen? Du müßtest dann ja keine Trauer tragen. Schließlich weiß bei einem Maskenball eh keiner, daß *du* es bist. Also könntest du alles anziehen, was dir gefällt. Es kostet nur neun Shillings, Mutter, also brauchst du nicht gleich ärgerlich dreinzuschauen.« Freddy hatte es in bewundernswerter Schnelligkeit geschafft, sich in London heimisch zu fühlen.

Cassandra wandte sich langsam um. Auf ihrem Gesicht lag deutlich erkennbare Fassungslosigkeit. Sie blickte ihre Tante an, die völlig gelassen an einem Glas Fruchtlikör nippte. Aber Cass hatte schon vor langem aufgehört, sich von ihrer Seite eine moralische oder sonstige Führung zu erhoffen.

So erstaunte es sie jetzt auch nicht besonders, daß von ihr kein Tadel zu hören war.

»Freddy —« Cass hielt inne. Sie war zu müde, um ihm zu erklären, warum sie ihn zwei Tage nach der öffentlichen Hinrichtung ihres Vaters wegen Landesverrats nicht zu einem Maskenball in Vauxhall begleiten würde. Noch nicht einmal incognito. »Nein, ich glaube nicht«, sagte sie leise.

»Ach, Cassie, komm doch mit! Ellen Van Rijn kommt auch mit. Sie ist ein großartiges Mädchen, und wenn du dabei wärst, wäre es viel leichter —«

»Freddy, jetzt geh bitte endlich.« Lady Sinclair unterbrach ihn herrisch. »Ich möchte allein mit Cassandra sprechen.«

»Was? Ach so, geht in Ordnung.« Der schlammbedeckte Stiefel fiel mit einem dröhnenden Rummsen auf den Boden, und Freddy hievte sich empor. Großgewachsen, mit grobem Knochenbau und gut im Fleisch war er das Spiegelbild seines Vaters, des schon vor langem verstorbenen Sir Clarence. Er hatte beinahe seine ganzen fünfundzwanzig Lenze in Paris verbracht, doch besaß er eine herzliche, unkompliziert burschikose Art, die ihn eindeutig und unverwechselbar als Engländer kennzeichnete. »Na, dann zieh ich mal los und genehmige mir etwas im Weston's, in Ordnung?« Er nahm Hut und Stock und öffnete die Wohnzimmertür, um hinauszugehen. Das Dienstmädchen Clara trat gerade mit einem Teller voller Käseküchlein ein. Freddy nahm sich zwei, ohne im Gehen innezuhalten. »Bis später!« rief er mit vollem Mund von der Treppe aus.

»Werden Sie noch irgend etwas brauchen, Milady, bevor ich die Küche dann zumache?« fragte das Mädchen.

Lady Sinclair zuckte beim groben Dialekt der Bediensteten sichtbar zusammen. »Ich glaube nicht.«

»Dank Ihnen auch sehr, Milady.« Clara deutete einen Knicks an und zog sich zurück.

Cass lächelte, als sie den Blick ihrer Tante sah. »Wir sind ja nur kurze Zeit hier«, sagte sie tröstend.

Lady Sinclair tat diese Bemerkung mit einer Geste ab. »Komm zu mir, Cassandra, setz dich neben mich. Lieber

Himmel, in diesem Kleid siehst du aber dünn aus! Ich werde nicht sehr lange zulassen können, daß du Trauer trägst, mein Kind, aber darüber sprechen wir später. Wenigstens hast du aufgehört zu weinen. Freddy und ich haben uns schon Sorgen gemacht. Du hast überhaupt nicht gut ausgesehen, weißt du, und gerade in deinem Alter müssen Mädchen so gut aussehen, wie es nur geht. Damit wären wir auch gleich beim eigentlichen Thema, nicht wahr?« Sie verzog den Mund zu einem freudlosen Lächeln. »Clara sagte mir, daß du Edward Frane heute morgen fortgeschickt hast, ohne ihn zu empfangen.«

Cassandra schloß die Augen. »Tante Beth, heute — mein Vater —«

»Natürlich. Ich bin mir sicher, daß Mr. Frane das durchaus verstanden hat. Es war ja auch eine schwierige Zeit. Jetzt ist sie aber vorbei, und wir müssen über die Zukunft nachdenken. Wie du weißt, bin ich keine wohlhabende Frau. Mein Bruder hat über die Jahre für dich gesorgt, so gut er konnte — aber ich will nicht verschweigen, daß es auch Zeiten gegeben hat, in denen ich seine Unterhaltszahlungen aus der sehr bescheidenen Erbschaft ergänzen mußte, die Sir Clarence mir hinterlassen hat. Nicht, daß ich einen Penny davon bereue, Cassandra, ich hoffe, du kennst mich gut genug, um dergleichen nicht zu denken. Aber da es mit der Unterstützung deines Vaters jetzt ein Ende gefunden hat, und die Umstände seines Todes eine Erbschaft für dich völlig hinfällig scheinen lassen ...«

»Du willst sagen, daß sein Vermögen von der Krone eingezogen worden ist. Und daß du kein Geld hast, um mich zu unterstützen.« Cassandra versuchte, dies in möglichst beiläufigem Tonfall zu sagen und unterdrückte mit aller Macht die Wut, die sie durchschoß.

Tante Beth lachte ihr silbriges Lachen. »Ach, Cass, was für eine Realistin du doch bist! Aber du hast recht. Freddys Erbe ist nicht groß, weswegen er unbedingt eine gute Partie machen muß. Um das tun zu können, muß er sich so gut wie möglich kleiden und darf nur an den besten Adressen gesehen werden. Und das wird teuer.« Sie legte eine Hand auf Cass' Arm. Ihre Nichte war überrascht, wenn auch nicht bewegt von dieser untypisch vertrauten Geste. »Selbstverständlich will ich für mich selbst nichts beanspruchen. Das Glück meiner Kinder bedeutet mir alles, und ich liebe dich ja wie meine eigene Tochter.«

Cass nahm an, daß dies wahrscheinlich sogar stimmte — nur warf es kein sehr gutes Licht auf den mütterlichen Instinkt ihrer Tante.

»Nun denn«, fuhr Lady Sinclair fort, »obwohl Mr. Frane kein besonders gutaussehender Mann ist, so darf ich wohl sagen —«

»Ha!« Zum ersten Mal seit Tagen lachte Cass wieder laut auf.

Ihre Tante kniff irritiert die Augen zusammen. »Nein, er ist wohl wirklich kein gutaussehender Mann, aber immerhin ein Gentleman. Um es auf den Punkt zu bringen: Er ist ein Gentleman, der über ein Einkommen von über dreitausend Pfund im Jahr verfügt. Das habe ich mir von wohlinformierten Personen sagen lassen. Du sagst, du willst ihn nicht heiraten — selbstverständlich würde ich dich nie dazu zwingen. Aber schauen wir uns einmal an, welche anderen Möglichkeiten es gibt. Wenn du nicht Ehefrau werden willst, dann könntest du vielleicht ... hmm ... Gouvernante werden?« Sie hob ihren fragenden Blick. Cassandra starrte sie versteinert an. »Nein? Nein, das kann ich mir auch nicht vorstellen. Du warst ein sehr reizendes Kind, aber nicht unbedingt das, was man einen Bücherwurm nennen würde, Gott sei's geklagt.«

Cass erwiderte das falsche Lächeln ihrer Tante nicht, doch mußte sie zugeben, daß ihre Bemerkung immerhin stimmte. Es grenzte fast an ein Wunder, daß sie lesen und schreiben gelernt hatte, dachte sie mißmutig und starrte in das Feuer im Kamin. Beim Lernen hatte sie immer unter Kopfschmerzen gelitten. Und da niemand sie ernsthaft dazu bewegte, sich ihren Aufgaben zu widmen, war es die einfachste Sache der Welt gewesen, ihren Pflichten als Schülerin aus dem

Weg zu gehen. Außerdem hatte man in den Schulen, auf die ihre Tante sie geschickt hatte, Tanzunterricht und Etikette weit über Fächer wie Mathematik, Rechtschreibung oder Erdkunde gestellt. Daher verstand sie absolut nichts von Geschichte oder Politik, aber malen, zeichnen und singen, Cembalo und Gitarre spielen, nähen und sticken, Tee richtig einschenken und sich wie eine Herzogin durch ein Zimmer bewegen konnte sie hervorragend. Und als diese erste ›richtige‹ Ausbildung beendet war, hatten ihr neue Lehrer das Flirten beigebracht — jene nützlichste aller gesellschaftlichen Fähigkeiten — und dazu noch reiten und fechten, unanständige Lieder zu singen und junge Männer unter den Tisch zu trinken. Doch von diesem Teil ihrer Ausbildung wußte ihre Tante wahrscheinlich nichts. Ihr fiel die Einladung ihres Vetters von zuvor wieder ein. Es verletzte sie, daß er oder sonst jemand glauben konnte, sie sei oberflächlich, hartherzig oder dumm genug, nach dem Tod ihres Vaters so gefühllos, dem Vergnügen zu frönen. Und doch konnte sie Freddy für seine Meinung von ihr keinen Vorwurf machen.

Die letzten zwei oder drei Jahre war ihr Credo das ihres Freundeskreises gewesen: daß der Sinn des Lebens im Erreichen von sinnlichem Vergnügen bestehe. Und obwohl es Momente gab, in denen dieses Leben ihr hohl vorgekommen war, in denen sie vor lauter Ärger über die Oberflächlichkeit dieser ganzen Vergnügungen hätte schreien mögen, hatte sie doch kein einziges Mal versucht, sich daraus zu befreien. Schließlich waren diese Menschen auch ihre einzigen Freunde gewesen, und es hatte sie amüsiert und insgeheim gefreut, daß sie unter ihnen fast schon als Blaustrumpf galt.

Mit Mühe wandte sie ihre Aufmerksamkeit wieder ihrer Tante zu, die mit unehrlichem Mitleid erklärte, warum Cass bestimmt nie Gesellschaftsdame in einem anständigen Haushalt werden konnte. »Ich fürchte, hochwohlgeborene Menschen wollen einfach nicht die Tochter eines Mannes anstellen, der gerade wegen eines versuchten Königsmordes hingerichtet worden ist. Momentan ist der Skandal jedenfalls noch viel zu frisch, und man weiß nicht, ob er je vergessen wird. Die Gesellschaft ist hier viel starrer als in Paris, Cassandra. Wo ich gerade davon spreche, letzte Woche plauderte ich mit Mrs. Rutherford, der Schwiegertochter von Lady Helen Spencer, deren angeheirateter Großneffe ein Vicomte ist, und sie erwähnte — unter dem Siegel der Verschwiegenheit und im Geiste echter Sorge, sei dessen versichert —, daß es bestimmte — *Gerüchte* gibt, die dir anscheinend aus Paris hierher gefolgt sind.«

»*Mir* gefolgt?« Cass zuckte zusammen. Hoffentlich hatte ihre Tante die Bedeutung dieser Betonung nicht mitbekommen. Die Liebesaffären von Lady Sinclair waren zahlreich, aber immer sehr diskret gehandhabt worden. Keinesfalls waren sie ein Thema, das zwischen ihnen angesprochen wurde.

»Ich fürchte ja«, bestätigte ihre Tante. Sie hatte also nichts gemerkt. »Ach, ich weiß doch selbst, daß du dich stets vorbildlich benommen hast! Als dein Vormund habe ich immer darauf geachtet, daß auch nicht die geringste Andeutung eines Fehlverhaltens mit deinem Namen in Verbindung gebracht wird.« Bei diesen Worten mußte Cassandra den Blick abwenden. Es war einfach zu absurd. Über zwölf Jahre lang hatte Lady Sinclair sich tapfer bemüht, ihre Nichte weitestgehend zu ignorieren. »Aber du wirst es mit zunehmendem Alter noch lernen: Wenn erstmal ein solches Gerede beginnt, gibt es fast nichts, das es aufhalten kann. Egal, ob es ungerechtfertigt ist oder ganz aus der Luft gegriffen.«

»*Welches* Gerede?«

»Nun, meine Liebe, es gibt Gerüchte über eine unpassende Liaison zwischen dir und dem Grafen von Beauvois, zum Beispiel.«

Cass ließ den Kopf an die Sofalehne sinken und schloß die Augen.

»Und dann war da noch diese bedauerliche Episode im Springbrunnen der Tuilerien.«

Ihre Augen öffneten sich wieder, und sie starrte ihre Tante ungläubig an. »Das meinst du doch nicht ernst?«

»Ich meine es todernst. Was in Paris für jugendlichen Überschwang durchgehen könnte oder für einen winzigen Lapsus, wird hier nicht so liberal gesehen. Vor allen Dingen, wo du ohnehin schon unter dem schlechten Ruf deines Vaters leidest. Die unangenehme Wahrheit ist, daß es — abgesehen von einer Ehe — wirklich keine anderen ehrbaren Möglichkeiten für dich gibt.«

Du meinst für *dich*, dachte Cass mit hilfloser, eiskalter Wut und löste langsam die Hände voneinander. Das war also der Sinn dieses ›kleinen Gesprächs‹. Cass' andauernde Anwesenheit im Hause von Lady Sinclair war ein gesellschaftlicher Fauxpas, den ihre Tante nicht länger ertragen konnte. Vor allen Dingen jetzt, da es keinen finanziellen Anreiz mehr gab, der die Schande etwas lindern mochte. Die so offensichtliche Verlogenheit machte sie wütend, und sie hatte nicht übel Lust, Beschimpfungen in das arrogante Gesicht von Tante Beth zu schleudern. Statt dessen schloß sie die Augen und sagte nichts.

Sie hörte unten in der Straße den Nachtwächter vorbeigehen. »Die Uhr schlägt elf, und alles ruht.«

Langsam spürte sie Kopfschmerzen. Sie massierte sich müde die Schläfen und entdeckte, wie unter dem Rocksaum ihrer Tante ein Fuß rasch und nervös wippte. Es gab also noch mehr zu sagen.

»Natürlich, wenn du Mr. Frane wirklich verabscheust und fest entschlossen bist, ihn nicht zu ehelichen ...« Tante Beth räusperte sich. »Wir sind ja beide Frauen, wir können diese Dinge gelassen miteinander diskutieren, will ich hoffen. Es wäre albern, so zu tun, als ob es keine andere Wahl gibt. Man kann zum Beispiel die ... weniger legitime Gefährtin eines Mannes werden. Im Gegenzug dafür wird man so ausgehalten, daß man angenehm, wenn auch nicht im Luxus leben kann.«

»Eine Geliebte, meinst du das, Tante? Eine Kurtisane?«

Die Tante lachte hell auf. »Manche würden es wohl so nennen.«

Cass schüttelte mit einem schwachen Lächeln den Kopf.

Die Worte entkamen ihr, ehe sie Zeit gehabt hatte, über sie nachzudenken. »Ich überlasse es lieber dir, Liebhaber zu nehmen.« Die Ohrfeige, die sie bekam, überraschte sie, aber nicht so sehr wie der Ausdruck puren Hasses, der in den Augen ihrer Tante aufblitzte. Noch im selben Moment war er wieder verschwunden. Dann entschuldigten sie sich beide überschwenglich und mit allen Anzeichen ehrlicher Herzlichkeit, doch in diesem Bruchteil einer Sekunde hatte Cass das bestätigt gefunden, was sie schon seit langem ahnte — ihre Tante verabscheute sie. Eine tiefe Erschöpfung überkam sie mit diesem Wissen. Sie konnte sich noch nicht einmal dazu aufraffen, sich darüber zu ärgern. Merkwürdig distanziert betrachtete Cass die glatte weiße Haut ihrer Tante und deren üppige Figur, das immer noch dichte, kunstvoll frisierte rötlich-blonde Haar. Die Schönheit ihrer Tante welkte jedoch dahin, und ein kaum wahrnehmbarer und doch unübersehbarer Ausdruck von Eigensinn zeichnete sich auf den einstmals zarten Zügen ab. Cass erkannte die Tragik dieser Frau: Ihr einziges Kapital war ihre Schönheit — eine Eigenschaft, die sie unwiderruflich eines Tages verlassen würde.

Die beiden Frauen hielten einander jetzt stehend an den Händen. »Ich möchte nur das Beste für dich, Cassandra. Wirklich, mehr wünsche ich mir nicht. Daß du bald glücklich wirst.«

»Ich weiß, Tante Beth.« Sie war zu müde, um diese so durchsichtige Lüge zu entlarven.

»Wenn ich nicht glaubte, daß eine Ehe mit Edward Frane dich glücklich machen würde, würde ich niemals versuchen, dich dazu zu überreden. Er wird dir morgen erneut seine Aufwartung machen, daran habe ich keine Zweifel. Und was du ihm dann sagst, wird deine eigene Entscheidung sein. Wirst du ihn empfangen?«

»Ja, selbstverständlich.«

»Und wirst du über das nachdenken, was wir heute abend besprochen haben?«

»Ich bin mir sicher, daß ich an kaum etwas anderes werde denken können.«

»Mein gutes Mädchen.« Ihre Tante umarmte sie hastig und küßte sie auf die Stirn.

»Ist meine Tante schon aufgestanden, Clara?«

»Ja, Miss, aufgestanden und ausgegangen. Sie macht ihre Morgenrunde in der Gesellschaft. Sir Freddy ist noch im Bett, so daß Sie es sich schön gemütlich machen können mit Ihrem Tee.«

Cass lächelte dankbar. Clara trieb Tante Beth zwar in den Wahnsinn, aber sie selbst fand das kleine Dienstmädchen durchaus sympathisch – vielleicht gerade aus diesem Grund. »Ich erwarte einen Besucher, Clara, wahrscheinlich schon heute morgen. Bring ihn bitte gleich hinauf in den Salon.«

»Ja, Miss. Das wird wohl Mr. Frane sein, vermute ich?« Die dichten Augenbrauen des Mädchens hoben sich, und ihr Mund verzog sich mißbilligend.

Cassandra hob ihrerseits die Augenbrauen. »Ich vermute es. Allerdings geht dich das gar nichts an. Jetzt laß mich bitte allein, damit ich die Zeitung lesen kann.«

Clara schniefte und verließ das Zimmer.

Cass nahm einen Schluck Tee und versuchte, sich auf den *Daily Advertizer* zu konzentrieren. Sie hatte wieder einmal eine schlimme Nacht hinter sich, und in ihrem Kopf pulsierte es dumpf. Im Zimmer war es kalt, obwohl es schon Hochsommer war.

Und doch hätte Cass alle milden Junitage von Paris nicht gegen einen einzigen, feuchten, nebligen Morgen in England eingetauscht. Die Jahre in Frankreich waren ihr immer wie eine Verbannung erschienen. Doch jetzt waren sie vorbei, und sie war zu Hause. Ihre Kindheit in Surrey, die Jahre vor dem Tod ihrer Mutter, waren die glücklichsten sechs Jahre ihres Lebens gewesen. Später, als die Einsamkeit ihr dauernder Begleiter wurde, und sie nicht mehr darüber nachgrübelte, was sie eigentlich getan hatte, um eine solche Verlassenheit zu verdienen, hatte sie Glück noch für möglich gehalten, wenn sie nur wieder in England sein könnte. Nur hatte sie nie geahnt, daß ein öffentlicher Prozeß und die Hinrichtung ihres Vaters der Grund für ihre Rückkehr nach Hause sein würden.

Sie stand auf und trat mit ihrer Teetasse ans Fenster. Es schmerzte sie immer noch, daß er ihr in seinen letzten Wochen nie erlaubt hatte, ihn in Newgate zu besuchen, egal, wie sehr sie in ihren Briefen darum gebeten hatte. Sie hatte das Gefühl gehabt, daß er sie aus seinem Leben drängen wollte, sowie in den ganzen vergangenen zwölf Jahren. Sie schrieb ihm jeden Tag, Seiten über Seiten voller Liebe und Trauer und Angst. Von ihm kam nie eine Antwort. Wut und ein Gefühl von Ungerechtigkeit kämpften fortan gegen ihre Sorge an.

Dann, am allerletzten Tag, war ein kurzer Brief gekommen. Der Anblick der vertrauten krakeligen Schrift hatte ihr einen Stich direkt ins Herz versetzt.

»Meine liebe Cassandra,
die Wette ist nicht aufgegangen, und jetzt muß ich alles aufs Spiel setzen, um meine Wettschulden zu bezahlen. Vergib mir diese Formulierung, mein Liebes, aber im Moment scheinen mir die Metaphern aus dem Glücksspiel angebracht zu sein. Es heißt immer, ein Mann stirbt so, wie er gelebt hat. Ich werde versuchen, das auf das Schafott mitzunehmen, was für vierundvierzig Jahre als Art mutwilliger Tapferkeit durchgegangen ist, obwohl es wohl viele für leichtfertigen Hochmut halten würden. Aber es tut jetzt nichts mehr zur Sache, was es einstmals war.

Ich wünschte nur, daß ich dich in besseren Händen hinterlassen könnte, als in Elizabeths. Aber das ist nur eines von vielen Dingen, die mir unendlich leid tun. Sie ist eine eitle und selbstsüchtige Frau, und doch hat sie ein Wissen von der Welt, das sich dir als nützlich erweisen mag. Befolge in Maßen ihren Rat. Versuche, glücklich zu sein. Vergib mir, daß ich dir gar nichts hinterlasse, noch nicht einmal Erinnerungen. Es tröstet mich einzig und allein, daß ich wahrhaftig an die Revolution geglaubt habe. Ich sterbe für die einzige ehrliche Tat in meinem Leben.

Ich vertraue darauf, daß deine angedrohte Teilnahme an meiner Hinrichtung tatsächlich nur eine Drohung ist. Komm bitte nicht, Cassie. Wenn ich an die Unsterblichkeit der Seele glauben würde, würde ich dir jetzt sagen, daß unsere Seelen eines Tages beieinander sein werden — doch leider habe ich daran nie glauben können. Lebe wohl, mein wunderschönes Kind.«

»Na, na, um Himmels Willen, jetzt fängt sie schon wieder damit an. Nee, hier, also jetzt trocknen Sie sich doch die Tränen! Ihr Besucher ist schon im Salon. Nun, nun, so schlimm kann es doch gar nicht sein.«

Cassandra starrte auf das widerlich schmutzige Taschentuch hinab, das Clara ihr in die Hand gedrückt hatte. Sie mußte trotz ihrer Tränen lachen. »Ich nehme mein eigenes, danke sehr«, schniefte sie und wischte sich die Tränen vom Gesicht.

»Wie Sie wollen, Miss. Und übrigens, es ist gar nicht Mr. Frane, es ist ein Mann namens Quinn.«

»Quinn?« Cass runzelte die Stirn.

»Quinn. Sagte, er wollte mit Ihnen über Ihren Vater sprechen. Soll ich Ihnen etwas zu essen hineintragen? Kekse oder Wein, oder so?«

»Das wäre schön, Clara. Dann gehen Sie aber auch wieder. Und es wird nicht an der Tür gelauscht.«

»Hmpf«, erwiderte das Dienstmädchen und verließ mit gekonntem Hüftschwung das Zimmer.

Ein Herr stand vor dem Kamin und betrachtete eingehend die gerahmten Porträts von Cassandras Eltern auf dem Sims.

Bei ihrem fragenden »Mr. Quinn?« richtete er sich auf und wandte sich um, um sich gleich danach zu verbeugen. Sie beobachteten einander während dieser höflichen Geste. Cass sah einen großgewachsenen, schlanken Mann von ungefähr fünfundvierzig Jahren vor sich, dessen glattes, schwarzes

Haar aus der hohen Stirn gerade nach hinten gekämmt war. Er wirkte wie eine Mischung aus Lehrer und Priester, und seine glühenden schwarzen Augen schienen alles wahrzunehmen. Sein Gesicht war knochig und intelligent, das eines Asketen oder eines Fanatikers. Seine Stimme war ein hoher, etwas dünner Tenor, und sein großer Adamsapfel sprang auf und nieder, wenn er sprach. Jedoch war an ihm nichts albern oder lächerlich — wenn er tatsächlich ein Lehrer war, würden hinter seinem Rücken sicherlich keine Streiche gespielt.

»Sie sind jünger, als ich dachte«, sagte er.

»Ich bin —«

»Nein, nicht jünger.« Er hob einen Finger in die Luft, als überprüfe er die Windrichtung. »Frischer. Darf ich mich setzen?«

»Selbstverständlich.« Sie machte eine Geste zum Sofa und setzte sich in den Ohrensessel daneben. »Waren Sie ein Freund meines Vaters, Mr. Quinn?« Ehe er antworten konnte, klopfte es an der Tür und Clara trat ein.

»Haben Sie etwas Einfaches, einen Gerstentrank zum Beispiel?« fragte der Besucher und schüttelte bei dem angebotenen Tablett den Kopf.

»Ich fürchte nicht.«

»Ah. Macht nichts.« Er sah zu, wie das Dienstmädchen wieder ging.

»Nein, Miss Merlin, ich war kein Freund Ihres Vaters. Sie haben einen winzigen französischen Akzent, nicht wahr? Er ist kaum bemerkbar. Wie lange haben Sie in Paris gelebt?«

»Zwölf Jahre.«

»Erzählen Sie mir von sich selbst.«

Cass zögerte. »Mr. Quinn, ich möchte nicht unhöflich sein, aber warum sollte ich das tun? Ich kenne Sie überhaupt nicht, und ich habe keine Vorstellung, warum Sie gekommen sind.«

Er starrte sie mit seinen merkwürdigen, forschenden Augen an. Sie hatte den Eindruck, daß er sie erneut begutachtete und seine Meinung, die er sich vorher von ihr gebildet hatte, revidieren mußte. Seine Hand glitt in die innere Tasche seines Rockes und holte ein gefaltetes Stück Papier heraus. »Diese Urkunde wird mich Ihnen vorstellen. Ich bin ein Vertreter Seiner Majestät des Königs.« Er stand auf und reichte ihr das Papier. »Ich bin gekommen, um Sie um Hilfe zu bitten.«

Mit immer größerer Verwirrung öffnete Cass das steife Papier und starrte das riesige, imposante Siegel an dessen unterem Ende an. Das Dokument bezeichnete Oliver Martin Quinn in juristischen, aber eher vagen Sätzen als ein Mitglied des persönlichen Ministeriums Seiner Königlichen Hoheit, das Vollmacht habe, zur Förderung und im Interesse der Sicherheit und des Wohlergehens des Reiches zu handeln. Cassandra hob die Augen zu dem Mann, der still vor ihr stand und sie beobachtete. »Mr. Quinn, wie kann ich Ihnen denn helfen?«

»Haben Sie schon einmal vom *Constition Club* gehört, Miss Merlin?«

»Nein, das habe ich nicht.«

»Von der *Revolution Society?*«

»Nein.«

»Den *Friends of the People?*«

Hilflos breitete sie die Arme aus.

Er lächelte, doch gleichzeitig beobachtete er sie genau. »Das sind Gruppierungen von Männern in England, die mit der Revolution in Frankreich sympathisieren und es gerne sähen, wenn deren regellose Prinzipien hier Fuß fassen würden.«

»Ich verstehe. War mein Vater Mitglied in einer dieser Organisationen?«

»In allen, würde ich meinen, jedenfalls zu wechselnden Zeiten. Sie waren sich über seine politischen Neigungen nicht im klaren?«

»Nein. Das heißt, ich wußte, daß er mit der Revolution sympathisierte und daß er sich als Journalist oft für sie eingesetzt hat.«

»Das ist wohl wahr. Viele haben sie unterstützt, vor allen

Dingen in ihren Anfängen. Aber die Unterstützung Ihres Vaters ist noch ein bißchen weiter gegangen, nicht wahr?«

Cassandra spürte, wie ihr ganz heiß wurde. »Er hat das getan, was er für richtig hielt«, sagte sie steif.

Die Brauen des Mannes senkten sich. »Wollen Sie ihn etwa rechtfertigen?«

Cass fühlte sich von seinem Blick wie gebannt. Sie konnte nicht fortschauen, konnte noch nicht einmal blinzeln. »Nein, verteidigen kann ich ihn nicht. Ich schäme mich seiner«, gab sie schwach zu. Es war so, als würde dieser Mann, ohne daß sie das wollte, die Wahrheit aus ihr herausholen. Sie stand auf und ging zum Fenster. Zwischen ihnen stand nun der Ohrensessel. »Aber egal, was er getan haben mag, Mr. Quinn, er war immer noch mein Vater. Wenn Sie von mir erwarten, daß ich schlecht über ihn spreche, werde ich Sie enttäuschen.«

Sie hatte halb damit gerechnet, daß er ihr folgen würde, doch statt dessen ging er hinüber zum Kaminsims und nahm eines der kleinen Porträts auf. »Ihre Mutter?« Cass nickte. »Eine wunderschöne Frau. Sie sind noch schöner.«

»Danke sehr«, sagte sie leichthin. Aus seinem Munde klangen solche Komplimente merkwürdig. »Männer fühlen sich zu Ihnen hingezogen.« Das war eine Aussage, keine Frage, und es klang auch überhaupt nicht wie ein Kompliment. »In einer eitlen und lächerlichen Welt ist dies eine sehr nützliche Eigenschaft, Miss Merlin. Eine sehr nützliche Eigenschaft.«

Sie antwortete nicht. Sie konnte sich nicht vorstellen, worauf er bei all dem eigentlich hinauswollte. Endlich hatte sie den Geruch erkannt, der ganz schwach von ihm ausging. Es war Weihrauch. Er legte die Hände auf den Rücken und ging vor dem erloschenen Kamin auf und ab. »Ihr Vater gehörte noch einer anderen Gruppe an außer denen, die ich erwähnt habe, Miss Merlin. Einer viel gefährlicheren Gruppierung, von der wir noch nicht einmal den Namen kennen, wenn sie überhaupt einen hat. Sie trifft sich im Geheimen, anders als die anderen, und ihr Zweck ist es nicht, Trinksprüche auf die Revolution auszubringen und Reden von irgendeiner jakobinischen Utopie zu schwingen. Ihr Zweck ist es, mit allen verfügbaren Mitteln in diesem Land ein Chaos auszulösen, bis eine Republik unsere konstitutionelle Monarchie ersetzt, ganz nach dem Vorbild der Republik auf der anderen Seite des Kanals.«

Er hörte auf, den Raum zu durchmessen. »Wir glauben, daß wir den Namen ihres Anführers kennen, aber wir haben keine Beweise. Und weil der Mann der Sohn eines Grafen ist, müssen wir vorsichtig vorgehen. Der Graf selbst ist ein Vertrauensmann und, soweit wir es wissen, ein großer Freund der königlichen Familie. Wir müssen also höchste Diskretion walten lassen. Verstehen Sie mich bislang?«

»Ich glaube ja. Wer ist der Mann?«

»Ich werde Ihnen seinen Namen nennen, nachdem Sie zugesagt haben, uns zu helfen.«

»Wie soll ich Ihnen denn helfen?« platzte es ärgerlich aus Cass heraus. »Verzeihen Sie mir meine Unwissenheit, aber ich erkenne immer noch nicht, was Sie eigentlich von mir wollen!«

Quinn legte die Fingerspitzen aneinander und beobachtete sie weiterhin. »Ich möchte gerne, daß Sie sich mit ihm anfreunden.«

»Mich mit ihm anfreunden?« wiederholte Cass zögernd. Doch schon bald dämmerte es ihr.

»Ihn kennenlernen, sein Vertrauen gewinnen. Ihr Vater ist gerade hingerichtet worden, Sie haben den Großteil Ihres Lebens in Frankreich verbracht — es sollte nicht viel brauchen, um den Mann davon zu überzeugen, daß Sie eine genauso glühende Feindin Englands sind wie er. Überzeugen Sie ihn davon, daß Sie Rache wollen. Lassen Sie ihn von *Fraternité* und *Egalité* reden, bis er meint, sie würden so inbrünstig an die Revolution glauben wie jeder Jakobiner. In der Zwischenzeit berichten Sie uns von seinen Tätigkeiten, nennen uns die Namen seiner Freunde, erzählen uns, mit wem er sich insgeheim trifft.« Mr. Quinn breitete die Arme aus. »Die Sache ist also ganz einfach.«

Cassandra kam um den Sessel herum und setzte sich wieder.

»Einfach«, hauchte sie, massierte sich die Stirn und versuchte, ihre Fassung wieder zu gewinnen. »Sie wollen, daß ich eine Spionin werde.«

»Nicht —«

»Sie wollen, daß ich mit einem Mann Freundschaft schließe, der plant, die Monarchie umzustürzen und dazu eine Verschwörung ins Leben gerufen hat.«

»In gewisser —«

»Und Sie wollen sehr wahrscheinlich, daß ich das Vertrauen dieses Mannes gewinne, indem ich ihn als Liebhaber nehme. Stimmt das nicht, Mr. Quinn? Ist es nicht das, was Sie von mir wollen?«

Jetzt war er zum ersten Mal sprachlos, allerdings nur kurz. »Miss Merlin, es ist mir vollkommen gleichgültig, wie Sie das Vertrauen dieses Mannes gewinnen. Das überlasse ich ganz und gar Ihnen.«

»Wie großzügig von Ihnen!«

»Die genannte Art mag der schnellste Zugang sein, andererseits auch wieder nicht. Darf ich freimütig sprechen?«

Sie unterdrückte ein Lachen. »Tun Sie das nicht schon längst?«

»Ich meine, darf ich meine Meinung frei heraus sagen, ohne befürchten zu müssen, daß ich Sie beleidige?«

»Das hängt davon ab, was Sie zu sagen haben.« Aber sie ahnte schon, was jetzt kommen würde.

Er zögerte. Immerhin mußte man ihm zugestehen, daß er den Versuch unternahm, taktvoll zu sein. »Die Moralvorstellungen unserer Zeit bedeuten mir nichts, Miss Merlin. Es ist viel zu wahrscheinlich, daß sie sich morgen schon wieder geändert haben und den heutigen entgegenstehen. Aber leider leben wir in einer Gesellschaft, die von eher strengen Verhaltensregeln beherrscht wird, Regeln, die nicht weniger verpflichtend sind, obwohl sie oft kapriziös und ungerecht erscheinen, insbesondere in dem Maße, in dem sie sich auf Frauen beziehen, und —«

»Mr. Quinn, ich dachte, Sie wollten freimütig mit mir sprechen.«

Er hielt inne und verschränkte die Hände hinter dem Rücken, wobei er auf den Fußballen auf und ab wippte. »Sie haben Recht. Es ist nur — ich hätte niemals angedeutet oder insinuiert, daß Sie die Geliebte unseres Verräters werden sollen, wenn ich nicht Informationen jenes Inhalts besäße, daß ein solches Verhältnis kein — kein neues für Sie wäre. Und daß Sie sich sehr einfach in den Lebensstil einpassen könnten, den unser Mann bekanntermaßen pflegt.«

»Der Lebensstil — ah, ich verstehe. Er muß ja ein wirklich zügelloser Mensch sein.« Sie lachte leise und lehnte sich in ihrem Sessel zurück. »Mr. Quinn, ich bin sicher, daß ich jetzt aufspringen und Ihnen eine Ohrfeige geben müßte, aber ich fürchte, das würde mir auch nicht weiterhelfen. Mein ramponierter Ruf scheint wohl nicht mehr zu retten zu sein.« Sie lachte noch einmal, doch lag darin auch Bitterkeit. »Vermutlich würde es auch nicht helfen, wenn ich Ihnen versicherte, daß mein Ruf als dekadente Frau ein bißchen übertrieben ist. Nein, das dachte ich mir schon. Es ist mir egal, was Sie denken, aber ich fühle mich verpflichtet, es Ihnen zu sagen: Wenn Sie für diese Rolle eine wirklich unmoralische Frau suchen — eine *femme fatale* — sollten Sie sich lieber woanders umschauen.«

»Vielen Dank für diese Warnung, aber ich bin mit meiner Wahl sehr zufrieden.«

»Nur merkwürdig, daß ich überhaupt nicht das Gefühl habe, daß das ein Kompliment ist«, erwiderte sie trocken. Auf Quinns dünnen Lippen erschien zum ersten Mal ein Lächeln.

Er holte einen Stuhl mit gerader Lehne von der Wand, stellte ihn neben ihren Sessel und setzte sich. »Sie fragen sich jetzt natürlich, was ich Ihnen als Gegenleistung für Ihre Zusammenarbeit zu bieten habe«, sagte er mit seinem merkwürdig jungenhaften Tenor. »Eine direkte leibliche Gefahr für Sie ist außerordentlich gering, das kann ich Ihnen versichern, doch möchte ich nicht behaupten, daß sie gar nicht existiert. Daher würde ich Sie auch nicht bitten, ein solches Vorhaben aufgrund bloßer Vaterlandsliebe zu unternehmen.«

Die Betonung, die er dem Wort verlieh, schien fast abfällig. »Eigentlich, Mr. Quinn —«

»Wenn ich wieder freimütig sein darf: Mir ist zu Ohren gekommen, wie unerfreulich Ihre finanziellen Umstände derzeit sind, und daß kaum Aussicht besteht, diese zu verbessern. In deutlichen Worten: Sie sind nicht in der Lage, sich durch eine erfolgreiche Eheschließung abzusichern, und die Verbindung solcher Umstände wie der Tod Ihres Vaters, der Ruf, der von ihm auf Sie übergeht, wie auch der Ruf, den Sie sich selbst erworben haben, lassen die Chancen für jede andere annehmbare Lösung eigentlich verschwinden.«

Cass bekam kein Wort heraus. Mr. Quinns Worte waren wie ein Echo der Worte von Tante Beth am gestrigen Abend. Nur hörten sie sich irgendwie noch viel schlimmer an. Wie hatte dies alles nur geschehen können? Wann hatte es begonnen? Ein Gefühl der Hilflosigkeit senkte sich über sie, als sie sah, wie er sich zufrieden die Hände rieb.

»Ich kann Sie aus dieser Lage retten«, sagte er leise, beugte sich vor und fixierte sie mit seinem beunruhigenden Starren. »Ich bin bereit, Ihnen auf der Stelle fünfhundert Pfund zu geben. Wenn Sie die Arbeit abgeschlossen haben — soll heißen, wenn sich die Lage auf die eine oder andere Weise aufgelöst hat — erhalten Sie denselben Betrag noch einmal, und dazu eine Überfahrt nach Amerika.«

»Amerika!«

»Oder Italien, die Niederlande — wo auch immer sie hinwollen.« Er machte eine abfällige Geste mit der Hand. »An irgendeinen Ort, an dem Sie eine Chance auf einen Neuanfang haben. Wo Sie unbelastet von der Vergangenheit leben können. Es gibt jetzt schon wenig Chancen in England für Sie. Wenn dies alles vorüber ist, wird es noch weniger geben, darauf wette ich.«

Langsam erhob sie sich von ihrem Sessel und ging zum Kamin. Sie stellte erstaunt fest, daß sie sich am Sims anlehnen mußte, um sich auf den Beinen halten. »Ich möchte nur sicher sein, daß ich Sie richtig verstanden habe«, sagte sie mit leiser, kontrollierter Stimme und ohne sich umzudrehen. »Sie verlangen von mir, daß ich mich einem Landesverräter prostituiere, und zwar um den Preis von eintausend Pfund und ewigem Exil aus meiner Heimat. Habe ich das richtig verstanden, Mr. Quinn?«

Sie hörte, wie er sich räusperte und von seinem Sessel aufstand. Er fing wieder an, zu sprechen. Doch sie hörte ihm nicht mehr zu, konnte an nichts mehr denken. Sie nahm das Bild ihrer Mutter auf und starrte in deren klare, graue Augen, die den ihren so ähnlich waren. Tief in ihrem Brustkorb spürte sie einen Schmerz. Ihre Hand dagegen zu drücken, brachte keine Erleichterung. Sorgfältig stellte sie den Bilderrahmen wieder auf den Sims und wandte sich um. Quinn schwieg abrupt, als er ihr Gesicht sah. »Bitte gehen Sie jetzt.«

Voller Erstaunen fiel ihm der Kiefer herunter. »Sie weigern sich?«

Sie senkte den Kopf. »Nein, obwohl ich von ganzem Herzen wünschte, daß ich das könnte. Aber ich muß mir Ihr Angebot überlegen.«

»Wenn das Geld nicht reichen sollte —«

Ihr Kopf flog empört in die Höhe. »Es ist nicht das Geld. Ich wünschte, ich könnte Ihr dreckiges Geld direkt in die Themse schleudern.«

»Aber das wäre doch sehr unpraktisch, nicht wahr?« sagte er leise und betrachtete ihr willensstarkes Kinn und ihre blitzenden Augen. »Sie werden Kleider und Schmuck brauchen, all diese Dinge, die die Frauen sich kaufen.«

»Aber ich trage doch für meinen Vater Trauer!«

»Verstehe. Schwarze Trauerkleider sind aber nicht sehr förderlich für einen Flirt, nicht wahr? Irgendwie senden Sie nicht ganz die richtige Botschaft. Ich fürchte, daß Sie die Trauer werden ablegen müssen.«

Cassandra schluckte fest und verkrampfte die Hände ineinander. »Mr. Quinn, vielleicht fällt es Ihnen ja schwer, das folgende zu glauben, aber ich habe Grund zur Annahme, daß es doch jemanden gibt, der mich heiraten möchte. Ein Gentleman.« Ihr Kinn erhob sich trotzig. »Ich habe mich noch nicht entschlossen, ob ich sein Angebot annehmen will. Wenn ich es aber genau weiß, werde ich Sie das wissen lassen. Und wenn Sie mich jetzt entschuldigen wollen, mir geht es nicht sehr gut.« Das stimmte. Ihr Kopf pulsierte, als würden zwei Hammer gleichzeitig an ihren Schläfen pochen.

Quinn rieb sich das Kinn und beobachtete sie durch schmale Augen. »Selbstverständlich. Ich bin gleich fort. Nur eines noch: Wir glauben, daß die Männer, die beim letzten Attentat gescheitert sind, es noch einmal versuchen werden, möglicherweise sogar bald. Wir müssen die Gruppe also dringend enttarnen und unterwandern. Dies ist die schlichte Wahrheit.« Er ging zur Tür. »Noch etwas«, warf er wie nebenbei hin. »Dieser Mann, den wir Ihnen gerne näherbringen möchten — er hat Ihren Vater und dessen Freunde an uns verraten, und zwar am Tag, bevor die Tat ausgeführt werden sollte. Wir wissen nicht warum, aber es scheint so, als wollte er sie alle hingerichtet sehen.« Regungslos beobachtete er, wie ihr Gesicht leichenblaß wurde. »Ich muß morgen ganz früh Ihre Antwort haben. Wenn Sie bereit sind, uns zu helfen, schicken Sie eine Nachricht an diese Adresse. Ich werde dann Vorkehrungen treffen, daß sie unseren Möchtegern-Attentäter morgen abend kennenlernen.« Er legte eine Karte auf den kleinen Tisch an der Tür. »Ach, und Miss Merlin — an Ihrer Stelle würde ich nicht zuviel von Edward Frane erwarten. Was seinen Status als Gentleman angeht, hat man Sie falsch informiert.«

»Also, Miss, diesmal ist er es wirklich.«

Cassandra wandte ihren Blick von der Aussicht auf die trostlosen, ungepflegten Gärten vor ihrem Schlafzimmerfenster ab und drückte das Nasenbein zwischen den Fingern. »Wer, Clara? Wovon sprichst du überhaupt?«

»Dieser Mr. Frane. Ich hab' ihn in den Salon geführt, ihm

die Zeitung gegeben und ihm gesagt, er soll warten. Hab' ihm gesagt, Sie kämen dann schon noch, wenn es Ihnen paßt.«

Cass schloß die Augen und lehnte die Stirn für eine Sekunde an das Fenster. Sie fühlte sich, als schwebte sie in einer zähflüssigen Mischung aus Angst und Lähmung. Sie hatte sich immer noch nicht entschieden, was Sie Mr. Frane sagen wollte, aber jetzt war er da. Vermutlich würde sie sagen, was ihr gerade einfiel, wenn — oder vielmehr, *falls* — er um ihre Hand anhielt. Damit würden sie wohl beide gleichzeitig erfahren, was sie in der Sache dachte. Nun denn, das unterschied sich auch nicht wesentlich von der Art, wie sie bislang alle wichtigen Entscheidungen in ihrem Leben getroffen hatte. Mit einem erschöpften Seufzen durchquerte sie den Raum zum Schminktischchen und schaute in den Spiegel.

»Sehe ich ordentlich aus?« fragte sie das Dienstmädchen, doch es war ihr eigentlich völlig egal. Dennoch strich sie die Haare glatt und schob die Corsage ihres Kleides zurecht.

Clara gab ein undamenhaftes Schnaufen von sich. »Eine Hexe auf einem Besenstil würde wie eine wahre Schönheit neben Ihnen aussehen. Na, Sie sehen schon ordentlich aus, aber spitz, wie üblich. Sie haben mal wieder nicht gefrühstückt, wie ich sehe.«

Cass ignorierte diese Bemerkung, schüttelte ihre Röcke aus, richtete sich gerade auf und ging zur Schlafzimmertür.

»Ich hab' jetzt übrigens raus, wie er aussieht«, rief Clara ihr hinterher.

Cass verdrehte die Augen, konnte aber nicht umhin, an der Tür innezuhalten, die Hand auf der Klinke. »Wie denn, Clara?« fragte sie mit gespielter Geduld.

»Eine Maus in Hosen.«

»Das ist sehr unfreundlich von dir.« Doch sie mußte sich schnell umdrehen, damit sie ihr Lächeln rechtzeitig verbergen konnte. Der Vergleich war allerdings nicht sehr originell — denselben Gedanken hatte sie nämlich schon vor einigen Tagen gehabt. Sie öffnete die Tür und ging hinaus.

Unfreundlich, nicht originell — aber leider sehr wahr, dachte sie, als sie Edward Frane im Salon zur Begrüßung die Fingerspitzen reichte. »Ich schwör's, Miss Merlin, Sie sehen heute noch schöner aus als sonst. Es scheint fast, als blühten Sie im Unglück auf«, sagte er, und seine winzigen dunklen Augen glänzten vor Aufregung.

Sie murmelte irgend etwas Unverbindliches. Diese Taktlosigkeit war wirklich erstaunlich. Dann starrte sie mit kaum verhohlenem Entsetzen den Mann an, den zu heiraten sie in Erwägung zog. Mr. Franes wesentlicher, wenn auch nicht einziger körperlicher Nachteil war die Tatsache, daß sein dunkles, von Leberflecken übersätes Gesicht zu klein für den Rest seines Körpers war — was gar nicht so schlimm gewesen wäre, wenn nur seine Gestalt größer gewesen wäre. So aber sah er eher aus wie ein mißgestaltetes Kind als wie ein Mann, obwohl er weit über vierzig war. Cass war jedoch bereit, sogar gerne bereit, dies alles außer Acht zu lassen, wie auch seine zahllosen anderen Nachteile, wenn er ihr nur irgendeine Eigenheit seines Charakter zeigen könnte, die das alles wettmachte — eine hervorragende Intelligenz, ein lebendiger Geist, seelische Tiefe. Aber bislang hatte es Mr. Frane vorgezogen, seine edleren Qualitäten im Verborgenen zu halten.

Sie bot ihm einen Sessel an, doch er lehnte ab. Sie selbst war ebenfalls zu aufgeregt, um sich setzen zu können. Sie stand am Fenster und überlegte, ob sie klingeln sollte, um Clara nach etwas Tee zu schicken, oder ob sie gleich die bittere Medizin schlucken und ihn reden lassen sollte. Sie konnte an seinem aufgeregten Betragen erkennen, daß er ihr etwas zu sagen hatte, und sie fürchtete sehr, zu wissen, worum es gehen würde.

»Ich hab' Ihnen ein Geschenk mitgebracht«, tat er wichtigtuerisch kund, steckte die Hand in seine Rocktasche und holte ein dünnes, in Papier eingeschlagenes Päckchen von ungefähr zwölf Zentimetern Länge hervor.

Sie hatte sofort erraten, was es war. Jahre der Übung im Internat für höhere Töchter hatten sie darauf vorbereitet, jetzt höflich zu lächeln und die Hand auszustrecken. »Ach, eine Spielkarte«, rief sie, nachdem sie das Päckchen geöffnet hatte. »Nein, ist die nicht hübsch?«

Er lachte nachsichtig. »Es ist nicht nur *irgendeine* Spielkarte, mein liebes Mädchen. Sie ist über einhundert Jahre alt. Eine flämische Karte, schauen Sie. Achten Sie auf das echte Blattgold an den Seiten. Und am schönsten ist das hier« — er rieb sich vor unterdrückter Freude die Hände — »das mittlere Pik ist asymmetrisch!«

Cassandra zitterten die Lippen, doch stimmte sie höflich zu. Sie hatte die antiken Spielkarten von Mr. Frane so unglaublich satt — sein ganzes Leben war von diesem Hobby erfüllt, und abgesehen von ihr selbst stellten sie sein einziges Interesse dar. Dieses Geschenk bedeutete wohl, daß er es ernst mit ihr meinte. Obwohl er ihr schon im Laufe ihrer kurzen Bekanntschaft bereits Dutzende von Karten gezeigt hatte, hatte er ihr noch niemals eine geschenkt. Was sah er nur in ihr? fragte sie sich verzweifelt. Sie kannten einander doch kaum. Sie hatte ihn nie ermuntert, hatte sich immer bemühen müssen, höflich zu ihm zu sein. Vielleicht würde sie ihn mehr mögen, wenn sie wußte, warum er sich zu ihr hingezogen fühlte.

»Eine besondere Karte für eine besondere Dame«, sagte er auf seine alberne Art, trat näher heran und nahm ihre Hand in seine beiden. Dies war ein Übergriff, den sie ihm bislang nicht gestattet hatte, und sein hochrotes Gesicht bezeugte, daß er dies sehr wohl zu schätzen wußte. Sie waren fast gleich groß, fiel ihr dabei auf, und wahrscheinlich wogen sie auch gleich viel. Es war oberflächlich, so zu denken, das war ihr selbst klar, aber irgendwie hatte sie immer gedacht, ihr Ehemann müsse größer sein als sie. Sie sah in seine glitzernden braunen Augen und versuchte sich vorzustellen, jeden Morgen neben diesem Mann aufzuwachen, Tag für Tag, Jahr für Jahr, für den ganzen Rest ihres Lebens. Im Geiste zuckte sie zusammen. Wie eitel von ihr, wie frivol — und doch konnte sie es einfach nicht, nein, sie konnte es wirklich nicht —

»Meine Liebe«, rief er aus und packte ihre Hand noch fester, als sie sie ihm gerade entziehen wollte, »was für schrecklich schwere Zeiten Sie durchmachen müssen! Ich habe gestern den ganzen Tag an Sie gedacht. Ich war vor Hilflosigkeit, vor Mitleid ganz erschlagen.«

Aber nicht genug, um bei der Beerdigung meines Vaters dabei zu sein. Cass mußte die Lippen fest aufeinanderpressen, um das nicht laut zu sagen.

»Aber jetzt ist erst einmal genug von traurigen Dingen gesprochen worden — wir sollten über anderes reden. Es tut mir leid, daß ich auf diese Weise in Ihre Trauer eindringe, aber ich darf Ihnen versichern, daß ich Ihr Leben nur verbessern möchte, nicht verschlechtern.«

»Sie sind sehr freundlich.« Wieder versuchte Cass, ihre Hand aus seinem Griff zu befreien. Ihre Handfläche war inzwischen von seinem Schweiß ganz glitschig, doch er ließ nicht los. »Wollen Sie sich — nicht setzten?« versuchte sie es anders.

»Haben Sie sich schon überlegt, was Sie jetzt tun werden?« fragte er, ohne ihren Widerstand zu bemerken. »Sie müssen mir meine unziemliche Hast vergeben, aber ich weiß, daß der Tod Ihres Vaters einige Veränderungen in Ihrem Leben in der sehr nahen Zukunft notwendig macht. Ich wage es kaum, zu hoffen, daß diese Veränderungen auch mich betreffen könnten.«

Sein Atem roch nach Käse. Außerdem irritierte sie, daß sein ›Wissen‹ über irgendwelche Veränderungen in ihrem Leben ganz sicherlich von Tante Beth stammte. Der Gedanke, daß die beiden ihre Person besprochen hatten, verärgerte sie über alle Maßen. »Mr. Frane —« fing sie an.

Doch er hatte sich auf diesen Augenblick gut vorbereitet und war nicht mehr zu bremsen. »Sie müssen wissen, wie sehr ich Sie achte, Miss Merlin«, sagte er voller Gefühl, »es ist unmöglich, daß Sie es *nicht* wissen. Obwohl wir einander noch nicht sehr lange kennen, spüre ich eine sehr tiefe, sehr starke Zuneigung zu Ihnen. Ich weiß, ich bin kein Mann des Wortes, aber — ich finde Sie großartig! Und ich kann großzügig für Sie sorgen. Das kann ich Ihnen versichern, denn ich bin ein durchaus wohlhabender Mann.«

Sie machte ihren Arm steif und versuchte, den Abstand zwischen ihnen aufrechtzuerhalten.

»Ach, Mr. Frane —«

»Und großzügig bin ich auch, wenn Ihnen das noch nicht aufgefallen sein sollte. Keine Frau hat je einen Grund gehabt, sich über Edward Franes Behandlungsweise zu beklagen, dessen können Sie gewiß sein.«

»Gewiß. Es ist nur —«

»Sie hätten alles, was Sie sich nur wünschen. Schöne Kleider, Schmuck, selbst eine eigene Kutsche. Und Sie könnten sogar in London wohnen, wo Sie möchten. Natürlich ist mein Haus in Aldersgate, also würde ich Sie bitten, dort in die Nähe zu ziehen, das wäre einfach viel praktischer.«

Cass blinzelte. »Wie beliebt?«

»Was die Besuchszeiten angeht und diese ganzen Dinge, können wir die Details noch genauer besprechen, aber ich kann Ihnen jetzt schon versichern, daß ich flexibel bin. Meine einzige absolute Bedingung sind die Sonntage — Sie müßten mir am Sonntag zur Verfügung stehen. An dem Tag bin ich frei.«

Cass mußte heftig gegen die Versuchung ankämpfen, laut herauszulachen — nicht über ihn, sondern über sich selbst — und sie nahm rasch ihre linke Hand, um die Finger ihrer rechten aus seinem nassen, spinnenhaften Griff zu lösen. Dann machte sie einen Schritt zurück. »Sie bitten mich also, Ihre Mätresse zu werden«, sagte sie und betonte die Worte sehr sorgfältig.

»Und es würde Sie niemals reuen, das verspreche ich. Cassandra — Miss Merlin — bitte sagen Sie ja! Ich würde Ihnen alles geben, was Sie sich je ersehnt haben, das schwöre ich Ihnen. Meine Liebe, Sie sind so zauberhaft —« Er streckte die Hand nach ihr aus, und eilig trat sie einen weiteren Schritt zurück.

»Sie wollen mich nicht heiraten?«

»Sie *heiraten!*« Er war zutiefst erstaunt. Seine Augen wurden riesig weit. »Mein liebes Mädchen —«

»Warum nicht?«

»Warum nicht! Also wirklich!« Wenigstens besaß er genug Schamgefühl, um zu erröten. »Es ist nichts gegen Sie persönlich, aber es — das ist einfach nicht möglich.«

»Warum denn nicht?«

»Sie müssen doch wissen, daß das nicht geht. Es wäre —«

»Es wäre was? Sagen Sie schon!«

Warum quälte sie ihn so? Sie kannte die Antwort genauso gut wie er. Sie wollte nur sehen, wie er sich wand.

»Es steht völlig außer Frage. Sie — Sie sind — nein, nein, es ist unmöglich. Außerdem ist mein Vater Pastor.«

»Ihr —« Der Kiefer fiel ihr herunter. »Sie wollen also sagen, daß er sich aufregen würde, wenn Sie mich heirateten, aber nicht, wenn Sie nur — mit mir huren würden?« Diesmal lachte sie tatsächlich, allerdings ohne jeglichen Humor. »Was für eine Art Pastor ist Ihr Vater bloß, Mr. Frane?« Sein kleines Gesicht wurde fleckig und rot, aber ehe er ihr noch antworten konnte, wies sie zur Tür. »Ich möchte, daß Sie jetzt gehen, Sir. In diesem Haus sind Sie nicht mehr willkommen.«

»Moment mal! Hören Sie, in diesem Ton sollten wir nicht miteinander umgehen. Wir sind doch erwachsene Menschen. Wir können das doch ganz in Ruhe besprechen, will ich hoffen. Ich bitte Sie eigentlich um sehr wenig, Miss Merlin. Diskretion ist alles, was ich von Ihnen verlange, und im Gegenzug erhalten Sie ein durchaus komfortables Dasein. Was bleibt Ihnen schon anderes übrig? Seien Sie realistisch. Ich bitte Sie: Wer sonst würde Ihnen so etwas anbieten?«

Nur die Erkenntnis, daß er die Wahrheit sagte, bewahrte sie davor, die Contenance zu verlieren. »Ich habe gesagt, Sie sollen gehen«, preßte sie durch schmale Lippen hervor. »Wenn Sie nicht augenblicklich gehen, werde ich Sie hinauswerfen lassen.« Von wem eigentlich? fragte sie sich. Vielleicht würde sie es ja gemeinsam mit Clara schaffen.

»Hören Sie mal, so können Sie nicht mit mir reden«, rief er aus. Offenbar war er jetzt auch über sich selbst wütend.

»Für wen halten Sie sich eigentlich? Ich bin hergekommen, um Ihnen ein anständiges Leben mit einer großzügigen Zuwendung anzubieten —«

»Anständig!«

»— und das ist verdammt viel mehr, als jeder andere Mann heutzutage für Sie tun würde! Ich weiß alles über Sie, mein Mädchen, so daß dieser hochanständige Auftritt auf mich ganz und gar verschwendet ist.«

»Was fällt Ihnen ein!«

»Ihre Tante kann Sie nicht unterhalten! Und da man Ihren alten Herrn gehenkt hat, können Sie noch von Glück reden, wenn Sie Arbeit in einem Bordell finden!«

Sie machte wütend einen Schritt auf ihn zu. »Hinaus mit Ihnen! Sie *Kröte!*«

Er zog sich eiligst zurück. Im Türrahmen stehend schleuderte er ihr ein kurzes, häßliches Schimpfwort ins Gesicht, eines, das sie noch nie gehört hatte. Sie ergriff einen Regenschirm aus dem Ständer an der Tür. Doch alles, was ihr noch verblieb, war ihre Würde, und so zog sie es vor, sich nicht auf eine solche Art zu entblößen. Anstatt ihn zu verprügeln riß sie seine antike flämische Spielkarte, die Herz Fünf, in Stücke, warf sie ihm ins Gesicht und knallte ihm die Tür vor der Nase zu.

II

Cassandra starrte auf die weichen, fließenden Falten ihres hübschen Kleides aus weißer Mousseline hinunter. Ob es wohl ganz passend war? In den drei Wochen seit ihrer Ankunft in London hatte sie nirgendwo ein Kleid dieses Schnittes gesehen, obwohl in Paris der neue griechische Stil rasch der *dernier cri* geworden war. Vermutlich war es ziemlich provozierend, schließlich trug man darunter kein Korsett und auch keinen Pompadour. Die alte Mode hatte die Frauen in einer Art Festung eingeschlossen. Jetzt, so überlegte sie, hielt nichts ein Mädchen davon ab, jeder Kaprice nachzugehen — oder, wie ihre Freundin Angélique es formulierte hatte, ›man sieht hinterher nichts‹.

Sie zuckte mit den Achseln, als sie sich im Spiegel anblickte. Ob provozierend oder nicht, dies war das einzige weiße Kleid, das sie besaß, und Mr. Quinn hatte ein weißes Kleid gefordert.

Sie ging zum Schminktisch und holte einen roten und blauen Schal heraus. Sollte Sie ihn fragen? Die Trikolore wurde in diesen Tagen in Frankreich mit solch patriotischer Inbrunst getragen — würde sie dem verräterischen Mr. Wade das richtige Signal senden? Kurz entschlossen band sie sich die Schärpe um die Taille.

Dann trat sie zurück, um sich zu betrachten. Sie hatte den Kopfschmuck, den sie sonst zu diesem Kleid trug, weggelassen und statt dessen die Haare eher streng aus der Stirn zurückgekämmt und sie hinten am Kopf mit Klammern befestigt, so daß sie an ihren Schultern vorbei als lockige Masse den Rücken hinunterfielen. *Das* würde gewiß noch mehr provozieren. Sie konnte die untere Hälfte ihrer Gestalt nicht im Spiegel des Schminktischchens sehen, daher blieb ihr nur, über den Eindruck mutzumaßen, den ihre Schnürsandaletten mit den dünnen Sohlen erweckten. Es fiel ihr auf, daß sie auch solche noch nicht in London gesehen hatte. Sie zog eine Grimasse. Vielleicht würde sie ja diese Mode einführen. Cass stützte die Arme auf die Platte des Schminktisches. Gab es etwas in ihrem Gesicht, das andere wahrnahmen und nur sie nicht? Sie begutachtete ihre großen grauen Augen im Spiegel, die schwarzen Wimpern und die geschwungenen Brauen. Ihre Nase war gerade, die Lippen wirkten ganz nett. Sie lächelte und grinste dann. Gerade Zähne, und kein Zahn fehlte. Schwarze Haare, sauber, wenn auch nicht immer ordentlich gekämmt. Ihre Haut war gesund, nicht fleckig. Männer und manchmal sogar Frauen hatten ihr deswegen Komplimente gemacht.

Sie selbst konnte nichts Außerordentliches daran sehen. Außerdem mußte sie sich jetzt über die Art von Mr. Quinns Informationsbeschaffung Gedanken machen. Schließlich waren seine Kenntnisse über ihren sogenannten dekadenten Lebensstil in Paris nicht verläßlicher als das, was ihre Tante wußte. Sollten Spione nicht eigentlich in der Lage sein, die Wahrheit herauszufinden, und sich nicht nur mit Klatsch zufriedengeben? Warum waren alle so bereitwillig, gleich das Schlimmste zu glauben — Tante Beth, Mr. Quinn, Edward Frane?

Sie sah, wie sich ihre Wangen beim Gedanken an Mr. Frane langsam rötlich verfärbten, und sie knirschte wütend mit den Zähnen. Dieser — *Bastard!* Der ungewohnte Fluch erfüllte sie mit prickelnder Zufriedenheit. Sie sagte das Wort noch einmal laut und genoß es, die rohen Silben so hervorzustoßen. Jetzt bedauerte sie doch, daß sie ihn am Vortag nicht mit dem Regenschirm verprügelt hatte. Aber im Moment war Wut ein sinnloser Luxus, den sie sich nicht leisten konnte. Mit der ihr eigenen Entschlußkraft wischte sie sie fort.

Ihre Hand ging zu Mr. Quinns Brief auf dem Tischchen, und sie entfaltete ihn rasch. Seine Handschrift war klein, erschreckend ordentlich und irgendwie deprimierend.

»Sehr verehrte Miss Merlin«, las sie erneut. »Ihr Entschluß, obwohl ein schwerer, ist der richtige. Ich bezweifle, daß Sie ihn am Ende bereuen werden, obwohl er Ihnen jetzt vielleicht Angst verursachen mag. Sie sagen, daß Sie das Geld nur als Darlehen annehmen. Dies ist selbstverständlich Ihre Entscheidung, doch in meinen Augen gehört es Ihnen ganz und soll von Ihnen nach Ihrem Gutdünken genutzt werden. Wo Sie *danach* leben werden — nun, ich möchte Sie nur ermuntern, jetzt keine übereilte Entscheidung zu treffen, da die Dinge durchaus anders aussehen mögen, wenn unser Unternehmen abgeschlossen ist. In jedem Fall bleibt das Angebot offen. Und nun zum Geschäftlichen: Unsere Beute ist ein Mann namens Colin Wade. Er ist der dritte Sohn des Grafen von Stainesbury. Er selbst hat keinen Titel, erhält aber eine Apanage von seinem Vater, die es ihm ermöglicht, ein Leben von beträchtlichem Luxus zu führen. Seine Frau ist nicht gesund und wohnt meistens in ihrem Landhaus in Bath. Es gibt keine Kinder.

Ich werde Ihnen mit der Zeit mehr über ihn erzählen, aber im Moment halte ich es für das Beste, wenn Sie ihn ohne vorgefaßte Meinungen kennenlernen.

Sein bekanntes Laster ist das Glücksspiel — es ist sein Glück, daß er mehr gewinnt, als er verliert. Heute abend wird er im Clarion Club jeuen, wie er das fast jeden Montag tut, meistens nach Mitternacht. Sie werden ihn ohne Schwierigkeiten erkennen können — man hält ihn für einen außerordentlich gutaussehenden Mann, sagte man mir. Und er ist bei den Damen außerordentlich beliebt. Lernen Sie ihn kennen, ziehen Sie ihn in Ihren Bann. Seine Ehe wird kein Hindernis sein: Es ist bekannt, daß er sich Geliebte hält. Seien Sie diskret.

Lassen Sie ihn als erstes auf Ihren Vater zu sprechen kommen, und reden Sie dann nur zögerlich über die Sache. Ihre Rolle ist die einer etwas albernen Unschuld, ohne allzuviele Skrupel. Gleichzeitig würde es Ihnen wohl anstehen, wenn Sie eine gewisse Begeisterung für die sogenannten Ideale der Revolution, sowie eine grundlegende Kenntnis der aktuellen politischen Ereignisse an den Tag legen könnten. Wenn es Ihnen möglich ist, gehen Sie ohne Begleitung dorthin. Sollte dies nicht einzurichten sein, dann gehen

Sie mit jemandem hin, der Ihnen so viel Freiheit wie möglich läßt.

Heute abend wird noch ein weiterer Mann im Clarion Club sein. Wenn alles gut geht, wird er zwischen Ihnen und mir als Verbindungsmann dienen, sobald unser Plan auf den Weg gebracht ist. Tragen Sie Weiß. Im Verlauf des Abends wird er sich Ihnen zu erkennen geben.

Viel Glück, Miss Merlin. Seien Sie ganz Sie selbst, dann kann Ihnen nichts mißlingen. Ich werde zur gegebenen Zeit wieder mit Ihnen in Kontakt treten.«

Der Brief war nicht unterschrieben — wahrscheinlich sollte das dazu dienen, Mr. Quinns Identität zu schützen.

Mit schmalen Lippen faltete Cass den Brief zusammen und zerriß ihn dann. Wollte er sie absichtlich beleidigen? ›Seien Sie ganz Sie selbst‹, hatte er ihr geraten, direkt nachdem er sie anwies, eine skrupellose, alberne Unschuld zu mimen. Sie wußte, daß sie jetzt eigentlich lachen sollte, aber irgendwie wollte ihr das nicht gelingen.

Ein Klopfen an der Tür unterbrach ihre Gedanken. »Cassie, die Kutsche ist da! Ich warte unten im Flur auf dich, in Ordnung?«

»Danke sehr, Freddy, ich bin gleich da.«

Sie warf die Brieffetzen in den Papierkorb, nahm ihr Ridikül auf, in dem sich das Geld befand, das sie setzen wollte — drei Pfund und sieben Pence, ein lächerlicher Einsatz — und ging hinaus.

Freddy trug einen Rock aus Taft in der derzeit hochmodernen Farbe Boue de Paris: also Schlamm. Als er sie sah, pfiff er beeindruckt. »Liebe Zeit, Cassie, du bist aber wirklich mutig! Gott sei Dank ist es heute abend warm, sonst würdest du dir ja in diesem Ding den Tod holen, jede Wette. Du siehst so hübsch aus wie ein Fasan, der gerade aus dem Gebüsch aufsteigt.«

Von diesem Kompliment bestärkt, steckte Cass den Kopf durch die Tür zum Salon, um ihrer Tante eine gute Nacht zu wünschen.

Lady Sinclair blickte von ihrer Modezeitschrift auf. »Komm

herein, Cassandra, laß dich anschauen.« Sie betrachtete ihre Nichte einen Moment lang schweigend.

Cass fand den Ausdruck wissender Zufriedenheit auf dem Gesicht ihrer Tante fast unerträglich. »Ob mir das den gewünschten Erfolg bringt?« Es lag mehr Frechheit in ihrem Tonfall, als sie vorher je zugelassen hatte.

Lady Sinclairs Augenbrauen wanderten in die Höhe, doch zog sie es vor, den unangenehmen Hintersinn dieser Frage zu ignorieren. »Du siehst wie immer wunderhübsch aus. Viel Spaß heute abend, Liebes.«

»Den werde ich bestimmt haben«, schoß sie zurück, und ihre Wut verdarb ihr den gelassenen Abgang, den sie eigentlich im Sinn gehabt hatte.

Während Freddy ihr in die Kutsche half und sich selbst neben sie fallen ließ, erinnerte sie sich an die Worte von Tante Beth vom Tag zuvor.

»Du hast Franes Angebot abgelehnt?« hatte sie ruhig gefragt, als Cass sie über den genauen Inhalt seines Antrags in Kenntnis gesetzt hatte.

»Ja, Tante, ich habe es abgelehnt.«

»Ich verstehe.« Ein langer Fingernagel tippte an die Lippen von Lady Sinclair. »Was hast du also jetzt vor?«

Diese Frage hatte ihr eisige Schauer über den Rücken geschickt. Es war ziemlich eindeutig, daß ihre Tante sich von ihr befreien wollte. Würde sie tatsächlich so weit gehen, sie aus dem Haus zu werfen? Cass hielt das durchaus für möglich. »Mir wird schon noch etwas einfallen«, hatte sie versprochen.

Dann hatte sie einen Brief an Oliver Quinn geschrieben.

Gott verdamme diesen Edward Frane, dachte sie wieder und achtete nicht auf Freddys freundliches Geplapper, während die Kutsche nach Westen fuhr, von Holborn in Richtung Piccadilly. Doch das war jetzt Vergangenheit, sie würde nicht noch einmal darüber nachdenken. Sie mußte sich auf das Hier und Jetzt konzentrieren. Auf Colin Wade.

Wie würde er wohl sein? fragte sie sich zum zehnten Mal. Grausam und verbrecherisch, oder nur ein begeisterter Revolutionär, der glaubte, daß jedes Mittel seinem Zweck diente? Und würde sie in der Lage sein, sein Vertrauen zu gewinnen und ihm die Geheimnisse zu entlocken, die Quinn von ihr zu hören erwartete? Es schien ihr fast unmöglich, selbst wenn sie die Geliebte des Mannes werden sollte — und sie hatte keine Ahnung, ob sie dies konnte oder wollte. War das Geschäft, das sie mit Quinn abgeschlossen hatte, unter falschen Voraussetzungen vereinbart? Wenn sie ihre Zweifel an sich selbst zugab — würde er jemand anderes für diesen Auftrag finden? Und wenn er das tat, würde sie das freuen oder würde es ihr leid tun?

»Ach, da sind wir ja schon! Heute abend hab' ich bestimmt Glück, Cassie. Ich wette fünf zu eins, daß ich heute ungeschoren davonkomme, vielleicht sogar mit einem Gewinn.«

Freddy stieß die Tür der Kutsche mit einer tiefen Verbeugung auf. Sie waren am Clarion Club angekommen.

Riordan hielt damit inne, das Paar Würfel zwischen seinen Fingern zu kneten und blickte zum dritten Mal in zehn Minuten auf seine Taschenuhr. Eine halbe Stunde nach Mitternacht. Das Mädchen verspätete sich. Er drückte sich von der Wand ab, an die er angelehnt gestanden hatte, und ging beiläufig in eine dunklere Ecke des dichtgedrängten Spielsaales, wo er weniger auffallen würde. Er hatte sich den Clarion Club ausgesucht, weil er dort nie spielte, und weil er dort aller Wahrscheinlichkeit nach trotz seiner Berühmtheit nicht erkannt werden würde. Doch der wichtigste Grund war, daß Colin Wade dort niemals spielte und bestimmt nicht hereinspaziert käme, um seinen kleinen Plan über den Haufen zu werfen.

An diesem Club stimmte eigentlich alles. Die Klientel war eine angemessene Mischung aus wohlanständigen und hedonistischen Mitgliedern der Gesellschaft. Das Spiel war einigermaßen, die Weine ganz ordentlich — jedenfalls hatte man ihm das erzählt. Der Club war nur derzeit nicht sonderlich *en vogue.* Und Philip Riordan, das neueste — und nach der Meinung mancher, liederlichste — Mitglied des Unterhauses ging nie irgendwo hin, wo sich nicht gerade die allerfeinste Gesellschaft traf. Es mochte ein Hahnenkampf, ein eleganter Maskenball oder ein Bordell sein — Hauptsache, es war der Ort, an dem sich die oberen Zehntausend trafen.

Riordan zog eine Grimasse, während er einen winzigen Schluck aus seinem Rotweinglas nahm. Er rieb sich mit der Hand den Nacken. Himmel, was war er müde! Was gäbe er jetzt darum, zu Hause ein gutes Buch lesen zu können, oder noch besser, zu schlafen. Noch viel besser als das wäre, mit Claudia zu schlafen. Dazu gab es aber nur eine sehr geringe Chance, dachte er mit einem schwachen, ironischen Lächeln. Ein unsichtbares Kettenhemd umgab diese Frau. Er unterdrückte ein Gähnen. Morgen früh hatte er eine Versammlung mit dem Komitee, das das Gesetz zur Aufhebung des Anbau-Verbotes auf öffentlichem und privatem Land vorbereitete, welches er in der nächsten Sitzungsperiode des Parlaments vorbringen wollte. Mittlerweile konnte er trefflich einen Mann mit unglaublichem Kater mimen, und morgen würde er abermals in diese Rolle springen. Aber wie unglaublich langweilig doch alles war! Wenn er nie wieder das Morgengrauen in den verrauchten Nebelschwaden einer Spielhölle erleben müßte, oder nie wieder lustvolles Interesse an einer hirnlosen *demi-mondaine* vortäuschen mußte, dann wäre ihm das gerade recht. Was diese Maskerade bezwecken sollte, begriff er nicht. Oliver hatte ihn zur Geduld gemahnt, aber seine Geduld gelangte langsam an ihr Ende.

Verdammt. Würde er der Regierung nicht viel besser dienen können, wenn er im Unterhaus so gut er konnte mitarbeitete, anstatt sich als betrunkener Nichtsnutz darzustellen, der an irgendwelchen Flittchen Gefallen fand? Doch Oliver hatte eine andere Meinung, und daher blieb ihm keine Wahl. Er hatte seinem alten Lehrer zwei Jahre seines Lebens versprochen, und er hatte noch fünfzehn Monate seiner Strafe oder seiner Buße — oder was auch immer zum Teufel diese Zeit der Fron darstellte — abzuleisten.

Aber er mußte Quinn zustimmen: Das unerwartete Auftauchen von Cassandra Merlin bot eine ausgezeichnete Gelegenheit, auf die sie schon lange gewartet hatten. Oliver hatte sie kennengelernt und behauptete, sie wirke nicht nur wie ein albernes Mädchen ohne Beschützer, sondern sei dies auch wirklich. Außerdem sei ihre interessante Vergangenheit für ihre Zwecke sozusagen prädestiniert. Riordan war da nicht so sicher. Und da er das meiste zu verlieren hatte, wenn sie sich als so verräterisch herausstellte wie ihr Vater, oblag es also ihm, einige Dinge über sie in Erfahrung zu bringen, ehe er sie zu einem Mitglied des winzigen Kreises von Menschen machte, die sein Geheimnis kannten.

Er ließ von seiner Betrachtung der Schnallen an seinen Schuhen ab, denn eine kaum wahrnehmbare Veränderung der Atmosphäre war im Raum eingetreten. Eine Frau stand in der Tür zum Spielsaal und beobachtete still die unruhige Menge von Spielern, Trinkern und Zuschauern. Riordan setzte mit ungewöhnlicher Sorgfalt sein Glas ab und verschränkte die Arme hinter dem Rücken. Er holte tief Luft und zwang sich, das Erstaunen aus seinem Gesicht zu entfernen. Allmählich wurde ihm bewußt, daß er nicht der einzige im Saal war, der das Mädchen mit mehr als nur beiläufigem Interesse beobachtete. Gentlemen und Damen starrten Cassandra Merlin an — denn es konnte niemand anders sein. *Schwarze Haare und ein weißes Kleid,* hatte Quinn ihm angekündigt. Riordan begriff einmal mehr, welches Talent sein Freund für Untertreibungen hatte. Er ging näher heran.

Attraktiv, so hatte er sie genannt. Der Alte war tatsächlich den weiblichen Reizen gegenüber so blind wie Riordan es immer schon vermutet hatte. Sie ›attraktiv‹ zu nennen war wie — er schüttelte den Kopf, denn es fiel ihm keine ausreichend weit hergeholte Analogie ein. Aber, du lieber Himmel, was hatte sie da eigentlich an? Abgerissene Fetzen von Sätzen drangen langsam in sein merkwürdig benebeltes Hirn. »Wer ist das?« war die zunächst am häufigsten gestellte Frage, doch bald nahmen die Spekulationen eine Wendung ins respektlos Persönlichere. Ein Whistspieler drückte auf sehr grobe Weise seinen Wunsch aus, diese Dame näher kennenzulernen. Aus irgendeinem Grund machte diese vulgäre Äußerung Riordan unglaublich wütend. Er runzelte immer noch die Stirn, als der Blick des Mädchens, nur scheinbar ein gelangweiltes Herumschauen, den seinen traf. Kurze Zeit starrten sich die beiden an. Er beobachtete, wie ein hauchzartes Rosa sich auf das zarte Alabaster ihres Halses und ihrer Wangen senkte. Dann wanderte ihr Blick weiter. Riordan streckte eine Hand nach seinem Glas aus.

Ein rundlicher, etwas geistlos wirkender junger Mann trat an die Seite der jungen Frau. Er entdeckte auf der anderen Seite des Raumes Freunde, winkte und nickte, nahm das Mädchen am Arm und ging mit ihr zum Hasard-Tisch. Riordan folgte den beiden unwillkürlich, bis er in einem Kreis von Beobachtern stand, deren Aufmerksamkeit zwischen dem Spiel und der Frau in dem weißen Kleid geteilt war. »Was würde ich doch gerne den Adonis zu ihrer Aphrodite geben«, seufzte jemand an seiner Seite. Riordan runzelte die Stirn, während er den aufgedonnerten jungen Mann in seiner schwarzen Perücke anblickte. »Man stelle sich nur vor, wie sie aus dem Meer steigt ...«

Die Analogie irritierte ihn, obwohl er nicht leugnen konnte, daß sie zutraf. Sie sah in diesem Kleid tatsächlich aus wie eine Göttin. Die Arme waren nackt, die Schultern ebenfalls fast unbedeckt, und ihr Busen war mehr als großzügig über einem kunstvoll gewundenen, weißen Mousseline-Stoff zu sehen, der als eine Art Tunika getragen wurde. Die die Allgemeinheit am stärksten beschäftigende Frage, so konnte man den brennenden Blicken der Umstehenden entnehmen, war jetzt, ob sie irgendetwas darunter trug. Riordan war noch irritierter, als er erkannte, daß er selbst auch eine Menge darum gegeben hätte, die Antwort zu erfahren. Plötzlich hatte er vor Augen, wie sie nackt in einen Springbrunnen hüpfte, betrunken und kichernd, von grölenden jungen Männern umgeben. Als Quinn ihm die Geschichte erzählt hatte, war seine Reaktion ein zynisches Lachen gewesen. Schon der Gedanke, Geschäfte mit einer abgebrühten Pariserin abwickeln zu müssen, die mit achtzehn bereits eine Hure war, hatte ihn ermüdet. Jetzt war er bereit, seine Meinung zu ändern, doch er wußte nicht, welche Gründe das hatte. Vielleicht lag es daran, daß sie trotz allem, was er gehört hatte, überhaupt nicht dekadent aussah. Sie wirkte jung und ein wenig traurig. Wenn sie sich heute abend nackt ausziehen und in einen Springbrunnen hüpfen sollte, konnte er sich vorstellen, selbst hinterher zu springen und sie in seinen Mantel zu wickeln.

Sie lachte über irgend etwas, was ein Lebemann in einem grauen Rock ihr ins Ohr murmelte, und dann traf ihr Blick noch einmal zufällig den seinen. Ihre Augen waren grau, sah er, und die Wimpern lang und schwarz. Er beobachtete, wie aller Humor aus ihnen wich, wie ihr Lächeln langsam schwand, ehe sie fortblickte und an ihrem Handtäschchen nestelte. Er blickte sich nach einem leeren Stuhl um, ergriff den nächsten besten und schob sich rücksichtslos durch die Zuschauer hindurch, bis er neben Cassandra Merlin angekommen war. Sie drehte sich nicht um. Er stellte seinen Stuhl seitlich hinter sie und setzte sich.

»Die Wetten, bitte.«

»Spielst du mit, Cassie?«

Freddys normalerweise teigig blasses Gesicht war jetzt vor lauter Aufregung ganz rosig. »Ich kann auch gerne für dich setzen, wenn du möchtest.«

Cass konnte sich nur mit Schwierigkeiten auf das konzentrieren, was ihr Vetter sagte. Sie hatte jetzt schon die Namen der Leute wieder vergessen, denen er sie vor weniger als einer Minute vorgestellt hatte. »Nein, danke«, sagte sie fast flüsternd. Aber sie wußte, daß der Mann sie hören konnte, schließlich saß er ganz dicht bei ihr. Sie öffnete und schloß nervös ihr Ridikül und blickte weiterhin angestrengt auf die Würfel in dem kleinen Reisigbehälter, den der Croupier bei jeder neuen Wette umdrehte. Sie mußte aber nicht hinschauen, um zu wissen, daß der Mann in den langen Fingern ein volles Glas Wein hielt — und daß er sie anstarrte.

Als er sprach, fiel sie fast vor Schreck vom Stuhl. Zu spät erkannte sie, daß er nur Freddy's Frage beantwortete. »Es heißt, der Chambertin sei ganz trinkbar. Bei sechs Shilling die Flasche muß er das schließlich auch sein.«

»Ist das in Ordnung, Cassie?«

»Was? Ach so, der Wein. Ja. Bestens.«

Freddy drehte sich um und sprach mit dem Kellner, und Cassandra wandte ihre Aufmerksamkeit wieder dem Spiel zu — oder tat wenigstens so. Der Mann im grauen Rock sagte ihr etwas ziemlich Unanständiges ins Ohr. Der Lavendelgeruch, der von ihm ausging, war so stark, daß sie ein Naserümpfen nur mit Mühe unterdrücken konnte. Doch wurde sie gleich wieder abgelenkt, da der Mann an ihrer anderen Seite abermals mit Freddy sprach. Seine Worte waren Gemeinplätze, Beiläufigkeiten — aber wie konnten sie nur ein solches Vibrieren in ihrer Brust verursachen? Als der Kellner ihr ein Glas reichte, trank sie es ohne abzusetzen zur Hälfte leer. Sie hörte den Mann leise lachen. Cass atmete tief ein, wandte sich um und schaute ihn an. Ihr Stirnrunzeln und sein Lächeln verschwanden, und wieder geschah es: dieser wortlose, atemlose Austausch. Er war jetzt sogar noch stärker, weil er so dicht bei ihr saß. So nah, daß sie die Hand hätte ausstrecken können, um die strengen, aber vornehmen Strukturen seines Gesichts zu berühren, um ihren Daumen über seine geraden, schwarzen Augenbrauen führen könnte. Oder ihre Finger wie einen Kamm durch seine außerordentlichen, schwarzen, mit silbrigen Fäden durchzogenen Haare zu ziehen ...

»Was glauben Sie wohl, ist es ihre Liebe zur Antike oder ganz einfach altmodische christliche Nächstenliebe, die sie soviel Haut zeigen läßt?«

Die Worte, die irgendein Witzbold hinter ihr aussprach, wären Cass wahrscheinlich gar nicht aufgefallen, wenn sie nicht gerade in die Augen des Fremden geschaut hätte. Erschreckt sah sie Wut in deren dunkelblauen Tiefen aufblitzen und sogleich verschwinden, so daß sie sich fragen mußte, ob sie sich das nur eingebildet hatte. Der Sinn der Worte, die sie gerade gehört hatte, überfiel sie ganz plötzlich, und sie spürte, wie sie — von Peinlichkeit überwältigt — rot wurde. In diesem kurzen, erniedrigenden Augenblick verstand sie ganz genau, was mit ihrem Kleid nicht stimmte, und wie sie auf diese Leute wirken mußte.

Der Drang wegzulaufen, war jetzt übermächtig. Doch sie unterdrückte ihn. Statt dessen wandte sie sich beiläufig wieder dem Spieltisch zu. Ihre Finger am Glas zitterten nur geringfügig, als sie zur Beruhigung einen Schluck Wein nahm. Dann holte sie eine Pfundnote aus der Handtasche. »Gerade«, sagte sie zu dem Croupier, als er wieder um Einsätze bat.

»Drei. Fünf. Und die Fünf.«

Sie beobachtete, wie ihr Geld verschwand und legte die nächste Pfundnote. »Auf die Fünf.«

»Eins. Drei. Und die Vier.«

Die zweite Banknote ging denselben Weg, den die erste gegangen war. Cass nahm den nächsten Schluck Wein und befingerte ihren letzten Geldschein.

»Darf ich Ihnen eine kleine Privatwette vorschlagen?«

Sie dachte, sie hätte jedes Geräusch außer dem Klackern der Würfel aus ihrem Gehör verbannt, doch die leise Intimität der Stimme dieses Mannes durchdrang ihre Verteidigungsmechanismen mühelos. Sie starrte weiter geradeaus und wartete.

»Setzen Sie in der nächsten Runde dieses Geld. Wenn Sie gewinnen, gehört es Ihnen. Wenn Sie verlieren, sollte es Ihnen irgendwie gelingen, von dem freundlichen Idioten fortzukommen, der Sie hierher begleitet hat, und mir in den Garten zu folgen.« Er nickte zu den offenen Türen hinüber, die auf die Veranda gingen. »Und dort müssen Sie mir — sagen wir einmal dreißig Sekunden das Vergnügen Ihrer Gesellschaft gewähren. Keine Sekunde weniger.« Sehr langsam schob er eine Hundertpfundnote über den Tisch, bis sie vor ihr lag. Über den Lärm hinweg glaubte Cass, das leichte Reiben von Haut auf Papier und Papier auf grünem Bois hören zu können. »Gilt die Wette?«

Verwundert beobachtete sie, wie sich ihre Hand ausstreckte und den Geldschein nahm, wobei ihre Finger seine nur knapp verfehlten. »Sechs«, sagte sie zu dem Croupier und sprach ein stilles Dankgebet, daß Freddy dieses skandalöse Geschäft nicht beobachtete.

»Zwei. Drei. Und die Fünf.«

In einem langem Seufzen entwich ihr der Atem. Das überraschte sie. Sie hatte gar nicht gewußt, daß sie ihn angehalten hatte.

»Freddy.« Sie berührte ihren Vetter an der Schulter.

»Häh? Was denn?«

»Ich gehe mal kurz hinaus in den Garten. Dieser Gentleman hier begleitet mich.«

»Ach so, bestens.« Er hörte ihr kaum zu, sondern nickte nur freundlich, um sich dann wieder dem Spiel zuzuwenden.

Cass stand auf. »Gehen wir also, Mr. —?«

»Wade. Colin Wade.«

Der Garten des Clarion Club war klein, aber so angelegt, daß der sich hindurchschlängelnde Pfad eine viel größere Fläche zu durchqueren schien. Jede Wendung des Weges war von Fackeln erleuchtet, die allerdings an diesem Abend völlig überflüssig waren, da ein fast voller Mond schien. Die wesentlichen Vergnügungen hier — außer dem Trinken natürlich — bestand darin, zu sehen und gesehen zu werden. Manche Paare strebten allerdings auch danach, etwas Abgeschiedenheit und Ruhe unter den grünen Eiben und Stechpalmen zu finden. Die Bänke waren alle besetzt, so daß Riordan Cass zu einem kleinen Springbrunnen mitten im Garten führte.

Einen Moment lang betrachteten sie schweigend die kniende halbnackte Figur einer Nymphe, die ausdauernd Wasser aus einem Steinkrug goß.

»Frieren Sie?« erkundigte sich Riordan plötzlich.

Cass durchforschte seine Miene nach einem obszönen Grinsen, einem rasch versteckten Aufleuchten von Lust oder Amüsement, aber nichts lag darin außer wirklicher Sorge. Dennoch war ihr die Ähnlichkeit zwischen ihrem Kleid und dem der knieenden Nymphe aufgefallen — und natürlich auch ihm, dessen war sie sicher. Sie schüttelte den Kopf, und sie schlenderten gemächlich weiter. Sie war froh, draußen im Dunkeln zu sein, fort von all den neugierigen Augen. Jetzt konnte sie sich entspannter unterhalten als vorhin im Saal, wurde ihr plötzlich klar, und sie suchte daher nach einem passenden Thema.

Sie waren am Ende des Gartens angekommen, wo ein gußeiserner Hocker einsam vor einem wildwuchernden Buschwerk stand. Riordan half Cass, sich zu setzen und trat dann einige Schritte zurück. Im Moment konnte er es sich nicht erlauben, daß die nackte Fläche ihrer Brust, die ihr auffälliges Kleid offenlegte, ihm den Geist verwirrte. Vorhin war er sich sicher gewesen, daß sie sich an jenen anderen Springbrunnen in den Tuilerien erinnerte. Ein Bild von ihr kam ihm in den Sinn, naß und nackt, den Kopf zurückgeworfen, während das Wasser ihren Hals hinunterrinnt und zwischen ihren Brüsten Rinnsale bildet ...

Er schüttelte den Gedanken ab.

Diese Angelegenheit war rein geschäftlich. Er war hier, um festzustellen, ob man ihr trauen konnte oder nicht. Und deshalb mußte er jetzt unbedingt damit aufhören, sich wie ein vom Hafer gestochener Schuljunge zu verhalten und anfangen, wie ein Colin Wade vorzugehen.

»Sie haben einen ganz kleinen, sehr charmanten französischen Akzent, Mademoiselle«, eröffnete er die Unterhaltung. »Haben Sie mal in Frankreich gelebt?«

»Die meiste Zeit meines Lebens sogar, obwohl wir zu Hause immer englisch gesprochen haben. Meine Familie stammt aus England.«

»Ah! Erlauben Sie mir, zu bemerken, daß die neue französische Mode Ihnen ausgezeichnet steht.«

Sie reckte das Kinn empor. »Vielen Dank.« Sie hatte den Verdacht, er wolle sie damit aufs Glatteis führen.

»Die Engländer sind natürlich in diesen Dingen sehr altmodisch. Man betrachtet diesen französischen Stil hier als Boten des Atheismus und des sittlichen Verfalls. Darauf dürfen Sie jedoch nichts geben. Innerhalb des nächsten Jahres wird jede Frau in London ein Kleid im Stil der Galatea oder Diana tragen, darauf möchte ich wetten.«

Cass fühlte sich auf absurde Weise getröstet. »Das ist sehr freundlich von Ihnen. Aber wenn mir dieser Abend peinlich sein muß, dann ist das ganz und gar meine eigene Schuld. Ich bin erst seit kurzem in England, und offenbar noch nicht lange genug, um die Toleranzgrenze im Land abschätzen zu können, was nackte Haut angeht. Ich kann Ihnen versichern, daß dieses Kleid in Paris für geradewegs dezent gehalten wird.«

»Tatsächlich?«

Sein Tonfall war freundlich, aber der uneingeschränkt bewundernde Blick, den er ihr zuwandte, alles andere als brüderlich. »Oh, ja«, fügte sie eilig an. »Seitdem sich Marie Antoinette in ihrer *Robe du matin* hat malen lassen, ohne jede Spur von Walfischstäbchen oder Korsett, haben sich die Pariserinnen mit großer Begeisterung ihrer Kleidung entledigt.« Sie runzelte die Stirn. Irgendwie war das nicht so herausgekommen, wie sie beabsichtigt hatte.

»Vermutlich ist es ganz amüsant, sich in die Rolle eines antiken Menschen zu versetzen, indem man soviel eigene Haut wie möglich zeigt«, sagte Riordan gedehnt. Ganz offensichtlich amüsierte er sich königlich.

Cass ignorierte diese Bemerkung. »Es hat natürlich durchaus Furore gemacht. Die Leute waren sehr schockiert, daß die Königin sich in ihrer *chemise* hat malen lassen. Doch immerhin hat es den Weg für eine befreiende, allen Gesellschaftsschichten gemeine Kleidung geebnet.« So, dachte sie befriedigt, das konnte er aufgreifen oder auch nicht, aber sie hatte immerhin einen Anfang gemacht, sich als eine Frau des Volkes darzustellen.

»War es die Gewalttätigkeit in Paris, die Sie nach England geführt hat, Miss —«

»Merlin. Cassandra Merlin.« Sie prüfte, ob sich auf seiner Miene ein Anzeichen des Erkennens abzeichnete, aber in dem Moment trat ein Diener mit zwei Weingläsern auf einem Tablett aus dem Schatten. Riordan nahm sie und reichte eines an Cass weiter. Diesmal berührten sich ihre Finger tatsächlich. Sie hatte in billigen Liebesromanen von der erstaunlichen Wirkung der beiläufigen Berührung zweier Hände gelesen. Diese Dinge hatte sie stets als absurd und übertrieben abgetan. Bis jetzt. Sie nahm hastig einen Schluck Rotwein und verschluckte sich fast. Mit tränenden Augen und flammenden Wangen stellte sie das Glas auf den Rasen neben sich und faltete die Hände im Schoß. Es herrschte einen Augenblick lang Schweigen, ehe sie sich wieder an seine Frage erinnerte. »Nein, Mr. Wade, es war nicht die Gewalt, die mich hierher gebracht hat. Es war die Festnahme und Hinrichtung meines Vaters wegen Landesverrats.«

Jetzt war kein Laut mehr außer dem Lärmen der Spieler im Club zu vernehmen. Riordan blickte in die großen, arglosen, leicht herausfordernden Augen dieser vor ihm sitzenden Frau und war beeindruckt von ihrer Forschheit. »Ich kannte ihn«, sagte er langsam. »Ein wenig.« Nie hätte er erwartet, daß er zögern würde, sie anzulügen. Die nächsten Worte kamen dafür von Herzen und überraschten ihn selbst. »Der Tod Ihres Vaters tut mir unendlich leid. Es muß schrecklich für Sie gewesen sein.«

Cass hörte aus seinen Worten echtes Mitgefühl und kam sich albern vor, als ihr die Tränen in die Augen stiegen. Sie blinzelte, versuchte, gegen sie anzukämpfen. »Vielen Dank. Aber er ist im Dienste einer Sache gestorben, an die er geglaubt hat, wie es heute noch viele Menschen in Frankreich tun, Sir. Ich würde also sagen, es gibt noch schlimmere Arten, den Tod zu finden.«

Im Stillen gratulierte ihr Riordan noch einmal zu ihrer Direktheit und beschloß, daß es jetzt an der Zeit war, selbst so direkt zu werden. »Und teilen Sie die ... Vorlieben Ihres Vaters, Miss Merlin?«

Sie ließ eine eindeutige Pause entstehen, bevor sie ihm antwortete. »Wenn ich es täte, wäre es ja sehr albern, dies zuzugeben, nicht wahr, Mr. Wade?«

»Vermutlich hängt es davon ab, wem Sie es sagen!«

Cass starrte ihn an und versuchte, sich eine angemessene Erwiderung einfallen zu lassen. Die Angelegenheit ging viel zu schnell. Mr. Wade war großgewachsen und stabil gebaut, und seine breiten Schultern standen zwischen ihr und dem Mond, so daß sie sein Gesicht nicht erkennen konnte. Er war konservativ gekleidet, doch waren seine schwarzen Beinkleider und sein rostfarbener Rock von bester Qualität und eindeutig bei einem teuren Schneider gefertigt worden. Er erweckte den Eindruck eines Mannes, der seinen Schneidern und Leibburschen ein Vermögen zahlte, um dafür zu sorgen, daß er in Gesellschaft angemessen gekleidet war, der dann aber die ganze Angelegenheit völlig vergaß. Sie erinnerte sich mit einem merkwürdigen Gefühl daran, daß er eine Frau hatte. Krank sei sie, so hatte Quinn gesagt, und sie lebe in Bath. War das der Grund, warum er sich Geliebte nahm? Hatte er jetzt eine? Sie erschrak, als sie bemerkte, daß er ihr eine Hand entgegenstreckte.

»Würden Sie gerne noch etwas spazierengehen?«

Cass stand auf. Er nahm ihre Hand und legte sie in seinen Arm, und dann schlenderten sie einen schmalen, festgetrampelten Pfad neben einer Dornenhecke entlang. Hier standen keine Fackeln am Wegesrand, doch beleuchtete der Mond den Weg ausreichend. Hinter einem Gebüsch zu ihrer Rechten hörten sie das schrille Lachen einer Frau, und das Gefühl von Unwohlsein, das Cass zunächst befallen hatte, weil nirgends mehr Menschen in der Nähe waren, verschwand wieder. Merkwürdig, überlegte sie, daß sie sich ihren Begleiter als Gegner, nicht aber als ihren Feind vorstellen konnte. Aber Quinn hatte gesagt, dieser Mann hätte ihren Vater verraten und ihn in den Tod geschickt. Zum ersten Mal fiel ihr auf, daß sie sich eigentlich fragen mußte, ob Quinn ihr die Wahrheit erzählt hatte.

»Warum hat Ihr Vater nicht nach Ihnen geschickt, als das Leben in Paris gefährlich zu werden begann?« fragte Riordan. Es war keine kalkulierte Frage, er wollte es aus echtem Interesse wissen.

Cass starrte weiter geradeaus. Es schmerzte sie immer

noch, aber es lohnte nicht, Mr. Wade daran teilhaben zu lassen.

»Weil er wußte, daß ich mit seinen Vorstellungen sympathisierte und daß ich mich an allen Plänen, die er vielleicht für England hatte, beteiligen würde«, log sie. »Er hat es getan, um mich zu schützen.«

Eine gewagte Aussage, dachte Riordan, eigentlich sogar zu gewagt. »Und wie gefällt Ihnen das Leben hier?«

»Ich verabscheue es! Ich finde das Klassensystem einfach abstoßend. Sie haben doch gesehen, wie ich heute abend behandelt wurde, weil ich nicht in das *bourgeoise* Muster der Leute passe. Ich sage Ihnen, Mr. Wade, man hat vielleicht meinen Vater gehenkt, aber man wird die Ideale von *Liberté* und *Fraternité* niemals töten können.«

Er genoß den Anblick ihres stolz emporgereckten Kinns, vor allen Dingen aber, wie ihre zurückgeworfenen Schultern nun ihre Brüste gegen den Stoff des Kleides durchschimmern ließen. Doch mußte er bei diesem patriotischen Ausruf ein Lächeln unterdrücken. Er war viel zu melodramatisch, und sie hatte die Begriffe durcheinandergebracht. Die Revolutionäre glorifizierten die *Bourgeoisie,* der Adel lehnte sie ab.

Aber er war bereit, sich vom Verdacht zu lösen, sie sei nach wie vor Patrick Merlins Handlangerin. Wenn sie Wade helfen wollte, dann hätte sie ihm mittlerweile von dem Plan gegen ihn erzählt — *»Mr. Wade, Sie befinden sich in schrecklicher Gefahr!«* Statt dessen hatte sie geschickt Annäherungsversuche unternommen und sich vorsichtig, aber auf natürliche Weise unterhalten, genauso, wie er es ihr beigebracht hätte, wenn die wirkliche Nagelprobe bevorstünde. Es war allerdings die Frage, ob sie geistesgegenwärtig genug war, die langanhaltende und sorgfältig ausgetüftelte Maskerade auf sich zu nehmen, die er sich vorstellte. Falls nicht, befand sie sich in Gefahr. Und es war ihm aus irgendeinem Grunde wichtig, daß sie keiner Bedrohung ausgesetzt wurde.

Ihr Spaziergang endete unter den tief herabhängenden Ästen einer Buche. Cass lehnte sich an den Stamm, und Riordan streckte beide Arme hoch, um einen dicken Ast zu ergreifen. »Waren Sie unter den Frauen, die nach Versailles marschiert sind, um dort den Kopf des Königs einzufordern, Miss Merlin?« fragte er sanft und genoß das Gefühl, wie sich seine Schultermuskeln dehnten.

»Nein. Das war« — sie rechnete rasch nach — »vor drei Jahren, Mr. Wade. Damals war ich erst fünfzehn.«

»Aber ich dachte, in der Menge hätte es viele Kinder gegeben. Mit ihren Müttern.«

»J-ja. Wenn ich mich jedoch recht erinnere, war meine Tante an jenem Tag krank. Ansonsten wären wir sicherlich hingegangen.« Ihre Lippen zitterten, als sie versuchte, sich Lady Sinclair vorzustellen, wie sie mit dem Mob nach Versailles stürmte, um dort Brot einzufordern. »›Wir haben den Bäcker, die Bäckersfrau und den Bäckerjungen!‹« erinnerte sie sich an den Ruf der Marschierenden. »Es muß ein großartiger Tag gewesen sein.«

»In welchem Quartier haben Sie gelebt?«

»Im Palais Royal.«

»Ach, dann haben Sie ja wirklich aufregende Zeiten erlebt. Die Gegend um das Palais Royal war nicht nur das Viertel mit den schönsten Cafés, wie ich mich erinnere, sondern auch der Treffpunkt für alle Arten von politischen Agitatoren und Rednern unterschiedlichster Couleur. Das alles muß doch sehr anregend gewesen sein.«

Tatsächlich hatte Cass das alles sehr langweilig gefunden. Sie war ganz und gar nicht politisch interessiert. Sie hatte bislang nur erkennen können, daß es seit der Revolution keine Konzerte mehr im Freien gab, daß ein schlichtes Kleid ganze zwanzig Francs kostete, und daß man in ihren Lieblingscafés den Wein mit Wasser versetzte. Sie murmelte irgend etwas Unbestimmtes.

»Sie tragen die Trikolore, wie ich sehe«, fuhr er nach einer kleinen Pause fort. »Wie war denn die Stimmung in der Stadt, nachdem die Tuilerien eingenommen worden waren?«

Sie starrte ihn mit leerem Gesichtsausdruck an. Davon hatte sie gehört — nur was war damals genau passiert? Es war irgendwann im Juni gewesen, kurz bevor sie nach England aufgebrochen war. Der Mob hatte den König und die Königin gefangengenommen, aber was war danach passiert? »Angespannt«, versuchte sie auszuweichen. Das war sie selbst auch. »Dergleichen hatte es vorher noch nie gegeben.« Hoffte sie zumindest. »Aber jetzt ist alles wieder beim Alten.« Stimmte das auch wirklich? Sie hatte nicht die geringste Ahnung. Du liebe Zeit, sie versagte hier ja völlig! Sie klang ungefähr so revolutionär wie Freddy!

»Fühlen Sie sich in politischer Hinsicht eher den Jakobinern zugehörig oder den Girondisten, Miss Merlin? Oder vielleicht eher den Feuillants?«

Cass hob die Augen gen Himmel, doch von dort war keine göttliche Hilfe zu erwarten. »Ach, den Jakobinern«, antwortete sie tapfer. Warum lächelte er nur? »Und Sie selbst?«

»Ach, den Jakobinern.«

Wollte er sich über sie lustig machen? Er wirkte so riesig, wie er da von einem Ast herabhing und sich langsam vor und zurück schwang. Sie konnte ihn sich nicht als Bösewicht vorstellen, doch schien er zuweilen ein Spielchen mit ihr zu treiben.

»Mögen Sie Rousseau?« fragte er sie jetzt.

Rousseau, Rousseau. Irgend so ein französischer Schriftsteller. »Mehr als alle anderen Männer«, antwortete sie ehrlich.

»Dann müssen Sie ja auch Edmund Burke bewundern.«

»Ein Genie. *Par excellence.*«

Riordan ließ die Arme fallen und richtete seinen Rock. Die Fragestunde war vorbei. Cassandra Merlin würde keinen Deppen davon überzeugen können, daß sie die Revolution unterstützte, geschweige denn davon, daß sie überhaupt jemals davon gehört hatte. Miss Merlin würde entweder unter einem anderen Vorwand den Kontakt zu Wade aufnehmen, oder sie würde einen Schnellkurs in Politik absolvieren müssen. Die Frage zwei war also beantwortet. Damit blieb Frage drei — die interessanteste. Wie weit würde sie mit Wade gehen?

Er hörte Stimmengemurmel und beobachtete ein junges

Pärchen, das Arm in Arm einige Meter von ihnen entfernt vorüberging. Hier gab es keine wirkliche Einsamkeit, doch war ihre Stelle unter der Buche wenigstens dunkel und abgelegen. Das weiße Kleid des Mädchens konnte sogar von Vorteil sein: Liebespaare, die sich zurückziehen wollten, würden es sehen und woanders ein Plätzchen suchen.

Ganz kurz spürte er Gewissensbisse, die er jedoch ohne größere Schwierigkeiten wieder beiseiteschob. Schließlich hatte er kein unschuldiges Mädchen vor sich, mit dem er die Klingen kreuzte. Sie mochte ja wie ein Engel aussehen, aber sie unterschied sich in nichts von all den dummen Flittchen, mit denen er sich in den letzten Jahren amüsiert hatte. Bis er Claudia kennengelernt hatte. Die Unternehmung dieses Abends, so dachte er, würde bestimmt der immer länger werdenden Liste von unangenehmen Dingen hinzuzufügen sein, von denen Claudia niemals erfahren durfte. Das war auch besser so.

Außerdem wollte er nur die Bereitwilligkeit dieses Mädchens auf die Probe stellen. Ein Kuß, vielleicht auch zwei. Weiterzugehen als das — nun, das wäre unsportlich. Daß sie überhaupt wegen einer Wette beim Hasardspiel mit ihm herausgekommen war, sprach ja schon Bände über ihre moralischen Prinzipien.

Als er die Hände zu beiden Seiten ihres Gesichts am Baumstamm abstützte, wußte Cass, daß er sie gleich küssen würde: Ihr erstes Gefühl war Erleichterung — wenigstens würde er jetzt mit seinen Fragen aufhören! Gleich darauf folgte die Furcht. Aber was konnte er schon mit ihr in diesem Garten anstellen, was sie nicht schon einem halben Dutzend Verehrer in einer geschlossenen Kutsche oder sogar in Tante Beths Salon erlaubt hatte? Irgendwie war der Gedanke allerdings nur wenig tröstlich. Dann erinnerte sie sich daran, daß Quinns ›Kontaktmann‹ hier irgendwo in der Nähe herumlungern sollte. Das war bestimmt irgendeine maulwurfähnliche Person mit riesigen Ohren, dachte sie sich, und wahrscheinlich spionierte dieser Mensch ihnen auch gerade jetzt wieder nach. Bestens. Wenn die Sache zu weit ging, konnte sie immer noch schreien, und dieser Kontaktmann würde sie dann retten. Riordan beobachtete, wie Cass ihre Lippen befeuchtete und den Kopf nach hinten legte. Unerwartetes Verlangen ergriff ihn, und er ließ seine Hände zu ihrer Taille hinabgleiten. »Du lieber Gott«, murmelte er unvermittelt.

»Was denn?« Ihre Augen leuchteten silbern im Mondlicht, das durch die Blätter schien. »Ist etwas nicht in Ordnung?«

Sollte er es ihr wirklich sagen? Ach, zum Teufel. »Es ist nur, daß ich noch niemals eine bekleidete Dame um die Taille gefaßt und unter den Händen ihren wirklichen Körper gespürt habe. Keine Stäbe, kein Korsett und keine Fischbein-Geschichten.«

»Ach so.« Sie schaute fort. Schon wieder war es ihr peinlich.

Er hob ihr Kinn, damit sie ihn anschaute. »Es fühlt sich himmlisch an.« Er streichelte sie langsam, führte die Hände von ihrem Rücken nach vorn und genoß das Gefühl weicher Mousseline, die an noch weicherer Haut entlangstrich. Ein Duft, den er nicht genau benennen konnte, wehte von ihren Brüsten zu ihm empor. Er wollte sein Gesicht darin vergraben und die Süße einatmen. »Und ich habe noch nie jemanden mit so klaren und wunderschönen grauen Augen gesehen, keiner anderen Farbe außer grau. Wie ein Schindeldach nach dem Regen.« Er meinte das völlig ernst. Das amüsierte Zwinkern in genau den Augen, die er gerade pries, überraschte ihn. »Zweifeln Sie an meiner Ehrlichkeit?« verlangte er grob zu wissen. Er strich mit den Daumen ihren Brustkorb empor und spürte, wie sie schauderte.

»Nein, mitnichten«, hauchte Cass. »Man hat nur noch nie meine Augen mit einem Schindeldach verglichen.«

»Nach einem Regen, nicht zu vergessen.« Er legte seine Hand an ihren Hals und spürte, wie ihr Puls unter seinen Fingern rascher wurde. »Ich werde Ihnen lieber erst gar nicht sagen, wie ich Ihre Haut finde«, sagte er in einem rauhen Flüstern, »denn dann würden Sie sich gnadenlos über mich lustig machen.«

»Das würde ich bestimmt —« Sie unterbrach sich mit einem leisen Aufkeuchen, als er den Kopf senkte und seine Lippen in die Beuge ihres Halses legte. Einen Augenblick später spürte sie seine Zunge, warm und neckisch und gefährlich. Cass tastete blind nach dem Baumstamm hinter sich, und er folgte ihr, drückte seinen Körper sanft gegen sie. Woher kam nur dieses Gefühl, als würden ihre Knochen dahinschmelzen, als würde ihre Haut überall dort in Flammen aufgehen, wo sich seine Lippen befanden —

Doch dann richtete er sich wieder auf, und die Luft war kalt an ihrem Hals. Wie automatisch fuhren seine Handflächen ihre nackten Arme auf und ab. »Sie bringen einen Mann schier um den Verstand, Cass Merlin«, murmelte er und gab sich Mühe, leichthin zu lächeln.

Ihre Stimme war piepsig. »Und Sie machen es mit den Frauen nicht anders, Colin Wade.«

Bei diesem Namen richtete sich Riordan steif auf. Er ließ seine Hände fallen und trat von ihr weg. Verwirrt schlang Cass die Arme um sich und beobachtete ihn. »Mit wem sind Sie eigentlich hergekommen, Miss Merlin?«

»Mit meinem Vetter«, antwortete sie, von diesem kühlen Tonfall abgeschreckt. »Frederick Sinclair.«

»Ihr Vetter, so so. Als Begleiter taugt er nicht besonders viel, oder?«

Sie wirbelte herum. Hinter der Buche senkte sich der Boden sanft zu einer niedrigen Ziegelmauer. Dahinter entdeckte sie eine Gasse, auf deren Kopfsteinpflaster der Mond silbern glänzte. Eine Katze auf der Mauer schien sie direkt anzustarren. Aus dem Club hörte sie das unterdrückte Jubeln eines Mannes. Cass holte tief Luft, um besser zu verstehen, was gerade geschehen war. Hatte sie etwas getan, um ihn zu beleidigen? Es wollte ihr nichts einfallen. Sie war es doch sonst immer, die sich aus einer Umarmung löste, nie die Männer. Er wirkte beinahe wütend. Was stimmte denn nicht? Und warum beunruhigte sie die Situation so?

Ihre Hände drückten sich fester gegen die rauhe Rinde des Baumes, als er sie wieder berührte. Sie stand regunglos da, während er ihre Schultern streichelte und dann leicht ihren Rücken mit den Daumen massierte. Was hatte das Ganze nur zu bedeuten? fragte sie sich verzweifelt und spürte gleichzeitig, wie sie auf seine Liebkosungen reagierte. Spielte er absichtlich mit ihr? Das gefiel ihr überhaupt nicht, es war kindisch und albern. Oh, jetzt zog er das dunkle, schwere Haar von ihrem Nacken fort und neckte sie dort mit leichten, spielerischen, knabbernden Küssen.

»Miss Merlin, Sie schmecken so süß wie Wein.« Hatte er das wirklich gemurmelt? Der Klang seiner Stimme löste wieder dieses merkwürdige Vibrieren in ihrem Brustkorb aus, das sich jetzt auf ihren ganzen Körper ausdehnte. Sie spürte seine Lippen, dann seine Zähne, die sanft an ihren Ohrläppchen zogen, und die Schwäche in ihren Knien wurde zu einem hilflosen Beben. Sie wußte, wo seine Hände, die jetzt an ihrem Bauch lagen, als nächstes hinwandern würden, wenn sie nichts dagegen unternahm. Sie tat nichts. *Berühre mich*, bettelte sie im Stillen, *bitte, bitte berühre mich*.

Aber genau in dem Moment, an dem er es sicherlich getan hätte, verlor sie den Mut, wandte sich um und schaute ihm ins Gesicht. Seine Augen waren zwei glühende, blaue Feuer. Das Mondlicht auf seinem merkwürdig silbrigen Haar ließ ihn wie ein Löwe erscheinen. »Cass«, knurrte er mit tiefer Stimme. Er nahm sie an den Schultern und drückte sie sanft gegen den Baum. Dann hielt er ihr Gesicht fest und strich mit seinen Daumen über ihre Lippen, bis sie sich öffneten. Er nickte zufrieden und führte seinen Mund hinab. Ihre Hände fuhren an seinen Brustkorb, vielleicht wollte sie sich abstützen, vielleicht wollte sie auch die harten, glatten Muskeln unter der kühlen Seide berühren. Sein Kuß war sanft, zurückhaltend, ein Vorspiel. Er saugte vorsichtig an ihren Lippen und drückte sie dann weiter auf. Sie wußte nicht, ob er ihren Namen sagte oder nur seufzte. Seine Zunge fuhr rasch über ihre Lippen und dann über seine, ehe sie sich in ihren Mund bohrte.

Hinter Cass' fest geschlossenen Augen explodierten Lichtblitze. Sie schlang die Arme um seinen Hals und bog ihren

Körper dem seinen entgegen. Nie, niemals in ihrem ganzen Leben war sie auf diese Weise geküßt worden. »Oh«, hauchte sie, und der trunkene Klang ihrer eigenen Stimme versetzte sie in noch größere Verzückung. Riordans Atem kam zischend, und er preßte sich noch stärker an sie. Als er mit langsamen, sinnlichen Bewegungen über ihren Hals strich, gaben ihre Knie nach. Sie wäre fast zu Boden geglitten, wenn er ihr nicht die Arme um die Taille gelegt und seine Hüfte an sie gepreßt hätte.

Er schob seinen Unterleib höher, denn sie sollte seine Härte zwischen den Schenkeln spüren. »Ich möchte dich überall berühren«, flüsterte er dicht vor ihrem Mund. Er legte beide Hände auf ihr Gesäß und zog sie fest an sich. »Ich will dich unter mir. Ich möchte sehen, wie du die Kontrolle verlierst, Cass, alle Zurückhaltung.« Er sah eine Träne auf ihren Wimpern glitzern und lockerte augenblicklich den Griff. Wieder nahm er ihren Mund. Ihr langes Stöhnen hilfloser Lust erschien ihm wie Musik, bis er sich daran erinnerte, wo sie sich befanden.

»Ganz ruhig, Liebes, ganz leise sein«, murmelte er und hauchte leichte Küsse auf ihre Wangen und Augenlider. So konnte es nicht weitergehen, aber aufhören konnte es auch nicht. »Komm mit mir nach Hause, Cass. Komm bitte mit. Sag, daß du mitkommst.«

»Das kann ich nicht!« Sie vermochte kaum zu sprechen. Ihre Antwort kam automatisch, sie hatte nicht darüber nachgedacht. Es war die Antwort, die sie seit Jahren schon in solchen Situationen — die aber nie gewesen waren wie diese! — gegeben hatte. Und dann fiel ihr plötzlich voller Schreck ein, daß sie im Grunde mit ihm gehen konnte. Sie *sollte* ja sogar mit ihm gehen! Ihr Atem setzte aus, und sie hielt sich an seinen Armen fest. Sie hatte die *Erlaubnis,* mit diesem Mann nach Hause zu gehen und diese wunderbare, angsterregende Sache, die sie gerade begonnen hatten, zu einem Ende zu bringen!

Aber das ist nicht recht, erinnerte sie eine leise innere Stimme. Es ist eine Sünde, und wenn es einen Gott gibt, wird er dich dafür bestrafen. Ja, aber — er ist ein Spion, ein Mörder, und ich habe mein Wort gegeben, daß ich versuchen werde, ihn von seiner Tat abzuhalten! Sophisterei, flüsterte die Stimme spöttisch. Es ist wohl kaum Vaterlandsliebe, die dich zu diesen Reaktionen bringt, und das weißt du ganz genau. Es ist die reine Lust.

In dem Augenblick unterbrach Riordan unfairerweise ihre innere Debatte. Er legte die Hände an ihren Hals und küßte sie abermals, diesmal noch wilder, und legte seine Hand auf eine ihrer vollen, von Mousseline bedeckten Brüste. Die leise Stimme in Cass' Ohr war nicht mehr zu hören, und sie sackte an den Baum zurück, als hätte sie keinen einzigen Knochen mehr im Leib.

»Sag ja. Cass, bitte sag ja.« Er streichelte durch das Kleid mit den Fingerspitzen ihre aufgerichtete Brustwarze, strich leicht mit den Nägeln darüber, und ein Blitz durchzuckte sie heftig.

»Ja. Ja. Ja, bitte.«

Riordan holte tief und schaudernd Luft und trat einige Zentimeter zurück. Das war ja vollkommen verrückt. Wenn er über das, was er hier tat, auch nur drei Sekunden vernünftig nachdachte, würde er damit aufhören müssen. Aber das war undenkbar.

Er nahm sie an der Hand und zog sie den Pfad hinunter, denselben Weg, auf dem sie gekommen waren. Sie mußte laufen, um mit ihm Schritt zu halten. Der Beweis seines Verlangens nach ihr war mehr als sichtbar, aber das war ihm jetzt egal. Er wollte sie nur noch von hier fort bringen, in sein Haus und in sein Bett.

Die Innenräume des Casinos wirkten unnatürlich hell. Würde sie jetzt wieder zu Sinnen kommen? Und wie stand es mit ihm? Er hielt ihre Hand weiter fest umschlossen und führte sie rasch durch die glotzende Menge zur Eingangstür.

»Warte. Colin, warte doch!«

Er knirschte bei diesem Namen mit den Zähnen, hielt jedoch inne und wandte sich zu ihr um.

»Mein Vetter — ich muß ihm doch etwas sagen!«

Der Vetter! Diesen dämlichen, verdammten Cousin hatte er ja völlig vergessen. »Ich gehe schon«, sagte er. »Warte hier auf mich.« Er führte sie rasch zu einem Platz an der Tür und drückte kurz ihre Hand. »Mach dir keine Sorgen.« Er sah die Tür aufgehen, doch drehte er sich bereits um, ehe der neue Gast eintrat. Erst, als er auf halber Strecke zwischen Cassandra und ihrem Vetter war, hörte er drei schreckliche Worte.

»Hallo, Colin Wade!«

Riordan blieb mitten im Schritt stehen und wandte sich so langsam um, als sei er ein Märtyrer kurz vor der Steinigung. Ein junger Mann in weißer Perücke, der sich am Spieltisch zwischen ihm und der Tür befand, hatte sie gerufen. Ehe er noch hinschaute wußte er, daß dieser Kerl jedoch nicht ihn meinte, sondern den gut angezogenen, gelbhaarigen Herrn, der in der Tür stand, händereibend lächelte und seiner Bekanntschaft ob dieser fröhlichen Begrüßung freundlich zunickte. Als nächstes sah er, daß Cass die Arme in einer verwirrten, hilflosen Geste anhob. Ihre Lippen bewegten sich, aber zum Glück kam kein Ton aus ihr heraus. Er erreichte sie mit vier langen Schritten.

»Du — Colin —«

»Halt den Mund«, sagte er in einem dringlichen Flüstern. »Ich heiße Philip Riordan. Ich gehöre zu Quinn.«

»Quinn!«

»Red' wenigstens etwas leiser, verdammt noch mal!« Sein Griff an ihrem Arm wurde fester, als sie versuchte, sich ihm zu entziehen. Aus dem Augenwinkel konnte er beobachten, wie Wade sie beide betrachtete. Sie wirbelte herum und machte einen Schritt auf Wade zu. Da er nicht wußte, was sie vorhatte, ergriff Riordan sie mit beiden Händen.

»Laß mich los!«

Er mußte dafür sorgen, daß sie den Mund hielt. Das tat er auf die Weise, die ihm am natürlichsten erschien: indem er sie küßte. Er umschlang sie in einer Umarmung, daß ihr Hören und Sehen verging, und küßte sie intensiv und gründlich. Ein Teil von ihm wollte weitermachen, bis sie diese Liebkosung erwiderte, sich an ihn lehnte, weich wurde und ihn zurückküßte, doch ein anderer Teil sagte ihm, daß er diesmal kein solches Glück haben würde. Er ließ sie widerwillig los.

Cass japste zitternd nach Luft, holte mit der Faust weit aus und schlug Riordan mit aller Kraft, die sie besaß, ins Gesicht. Während er sich fluchend das Kinn rieb, stürmte sie an ihm vorbei und floh durch die Tür.

III

Die gepflasterte Straße entlangzulaufen war eine Qual. Sie hätte genauso gut auch barfuß sein können, so dünn waren die Sohlen ihrer Sandalen. »Verdammt, verdammt, verdammt«, keuchte sie den Tränen nahe und erschöpft. Innehalten konnte sie aber nicht, dazu hatte sie zu viel Angst. Sie hatte nicht gehört, ob man sie verfolgte, doch sie war sich sicher, daß er hinter ihr her sein würde. Sie hatte keine Ahnung, wie diese so schlecht beleuchtete Gasse hieß, aber zur Linken wurde sie von einer langen Steinmauer begrenzt, und hinter der Mauer lag ein Park. Hyde Park? Green Park? St. James's Park? Sie kannte die Stadt kaum, nur von ihren kurzen und seltenen Besuchen der letzten Jahre, aber sie kannte sie gut genug, um zu wissen, daß sie keinesfalls in der Nähe von Holborn war. Wie sollte sie bloß nach Hause kommen? Es mußte doch bereits nach zwei Uhr nachts sein. Sie hatte noch eine Pfundnote und sieben Pence, das reichte allemal, um eine Kutsche zu bezahlen, aber in dieser dunklen Wohngegend von Piccadilly hatte sie keine einzige gesehen. Und sie konnte sich nicht dichter an die Clubs und Wirtschaften wagen, denn dort würde man sie garantiert belästigen. Oder noch schlimmer — dort würde sie bestimmt Philip Riordan über den Weg laufen.

Wenn nur Freddy ihr nachgelaufen wäre! Aber darauf bestand nur geringe Hoffnung. Wenn Riordan sie schon nicht finden konnte, dann würde Freddy das nie schaffen. Sie humpelte zu einer Bank an der Steinmauer und ließ sich erleichtert darauf nieder. Hier war es dunkel. Sie würde sich etwas ausruhen und dann einen Entschluß fassen.

Im Haus direkt gegenüber brannte noch Licht. Sie stellte sich vor, wie sie zur Haustür ging und dort klopfte. Hunde würden bellen, die Nachbarn würden vielleicht die Köpfe aus dem Fenster strecken. Nach langem Warten würden

Schritte zu hören sein. Die Tür würde sich öffnen. Ein Diener, wahrscheinlich in Nachthemd und Schlafmütze, würde im Spalt erscheinen, eine Kerze in der Hand. »Was wollen Sie?«

Hier endete ihre Fantasie, denn sie konnte sich keine angemessene Antwort vorstellen. »Asyl will ich!« dachte sie ironisch und wurde dann wieder ernst — als wäre es eine Kirche! Nein, nein, sie wollte kein Asyl, sie wollte irgendwie nach Hause gebracht werden. Zu dieser späten Stunde gab es noch nicht einmal Sänftenträger, jedenfalls nicht in dieser Gegend. Sie stützte die Ferse an der Kante der Bank ab und massierte ihren schmerzenden Fuß. Hinter ihr war der monotone Singsang eines Nachtvogels zu hören. Sie schauderte und wünschte, sie hätte einen Schal. Der Mond war bereits hinter die Dächer der Häuser gesunken.

Sie hatte zweierlei Möglichkeiten. Sie konnte die ganze Nacht hier sitzen bleiben und erst im Morgengrauen losgehen, eine Kutsche zu suchen. Oder sie konnte nach Westen auf die Lichter und den Lärm und die Leute zugehen und dort eine Kutsche aufspüren. Eine dritte Alternative gab es natürlich auch: Sie konnte zum Clarion Club zurückkehren und schauen, ob Freddy noch dort war. Diese Möglichkeit erschien ihr aber so unwahrscheinlich, daß sie sie aufgab und sich wieder mit den ersten beiden befaßte. Keine von beiden gefiel ihr besonders, aber die ganze Nacht über hierzubleiben erschien ihr feige, also wählte sie die zweite Alternative. Sie klopfte sich die Hände ab und stand auf.

Lieber Himmel, eine Kutsche! Sie schwankte eilig auf sie zu, doch verwandelte sich ihre Freude in Entsetzen, als ihr einfiel, daß möglicherweise Riordan darin saß. Aber es war zu spät, jetzt noch wegzulaufen. Ihr weißes Kleid war im übrigen deutlich genug zu sehen, und der Fahrer zog an den Zügeln der Pferde, kaum daß er sie erblickt hatte. Die Mietdroschke hatte kaum gehalten, als sich schon die Tür öffnete und ein Mann ausstieg. Sie entspannte sich etwas. Immerhin war es nicht Riordan, sondern ein älterer Herr. Großgewachsen und sehr dünn mit gebeugten Schultern und einem … Plötzlich erkannte sie Oliver Quinn. Cass blieb wie angewurzelt stehen.

»Miss Merlin, bitte steigen Sie in die Kutsche.«

Kein ›Gott sei Dank Sie sind in Sicherheit!‹ oder ein ›Dieser Vorfall tut mir sehr leid‹, nur dieser knappe, unhöfliche Befehl. Wenn ihre Schuhe Absätze gehabt hätten, hätte sie sie in den Boden gestemmt. »Danke, ich gehe lieber zu Fuß«, erwiderte sie ihm eisig.

»Seien Sie nicht albern, das ist zu unsicher. Man könnte Sie überfallen.«

»Das hätte Ihnen schon vorher einfallen können, ehe Sie Ihren angeheuerten Vergewaltiger auf mich ansetzten.«

Eine Regung ging über sein strenges Gesicht, doch konnte sie in der Dunkelheit nicht erkennen, ob es Wut, Betroffenheit oder Amüsement war. Nach einer Pause sagte er steif: »Ich entschuldige mich für das, was heute abend geschehen ist. So war es nicht geplant.«

Angewidert schüttelte sie den Kopf und starrte dann blicklos die schwarze Straße hinunter. Das war wahrhaftig eine kaum befriedigende Entschuldigung, aber sie würde genügen müssen. Sie hatte ihre Weigerung, mit ihm zu fahren, ohnehin nicht wirklich ernst gemeint. »Meinetwegen, Sie dürfen mich nach Hause bringen.«

Er griff höflich nach ihrem Arm und half ihr in die Kutsche. Sie fuhren los, und nach einigen Minuten eisernen Schweigens beschloß Cassandra, daß er das erste Wort sagen mußte, egal, wie lange das dauern würde. Von ihr aus konnten sie stumm die ganze Strecke bis Holborn fahren, ehe sie ihm die Genugtuung gab, von sich aus das Thema anzusprechen, das ihnen beiden auf der Seele lag. Nach ganzen fünf Minuten wurde ihre Geduld belohnt.

»Ich sage es Ihnen noch einmal, ich bedaure die Ereignisse dieses Abends zutiefst«, begann er nach einigem Räuspern. »Es hätte nicht so weit gehen dürfen. Mr. Riordan hätte Ihnen seine Identität früher eröffnen sollen, darüber gibt es keine Frage. Ich kann sein Verhalten nicht entschul —«

»Mr. Quinn, unser Geschäft gilt nicht mehr.«

Ihm fiel vor Schreck die Kinnlade herunter. »Wie beliebt?«

»Na, was haben Sie denn erwartet?« fragte sie wütend. »Sie haben mich angelogen. Und Sie haben mich auf das widerlichste hinters Licht geführt, aus Gründen, die ich nicht annähernd verstehe.«

»Das kann ich erklären.«

»An Ihrer Erklärung bin ich nicht interessiert. Ich will nur noch eines: Sie und Ihren — Kumpel loswerden.« Sie zischte die Worte förmlich hervor.

»Bitte hören Sie zu. Es war notwendig, das zu tun, um Ihre Loyalität auf die Probe zu stellen. Wir hatten keine Ahnung —«

»Meine Loyalität auf die Probe stellen!«

»— ob man Ihnen soweit vertrauen kann, daß —«

»*Meine Loyalität*!« In ohnmächtiger Wut ballten sich ihre Hände zu Fäusten. »Wie können Sie es wagen? Es gibt niemanden, der diesem Land gegenüber loyaler wäre als ich! Ich bin hier geboren. Jeder Tropfen meines Blutes ist englisch. Ich bin nach zwölf schrecklichen Jahren aus einem Land, das ich niemals mein eigenes nennen würde, zurückgekehrt, und nichts und niemand wird mich jemals dazu zwingen können, es wieder zu verlassen!«

»Ich bitte um Verzeihung, aber —«

»Und außerdem«, fügte sie wütend hinzu, »war es nicht unbedingt meine *Loyalität*, die Mr. Riordan auf die Probe gestellt hat!«

»Ich habe mich bereits für Philips Verhalten entschuldigt. Es war entschieden unangemessen.«

Sie stieß ein wütendes, unartikuliertes Geräusch aus. »Unangemessen!«

»Doch muß ich zugeben, daß ich Ihre Aufregung nicht ganz nachvollziehen kann. Schließlich ist ja gar nichts passiert.«

Cass öffnete den Mund, schloß ihn dann wieder und lehnte sich zurück. Sie kochte vor Wut. Es hatte keinen Sinn, ihm zu erklären, daß sich bei ihr nie zuvor ein Mann solche Freiheiten erlauben durfte. Oder, wenn das nicht ganz der Wahrheit entsprach, jedenfalls nicht auf dieselbe *Art,* wie Mr. Riordan sie sich erlaubt hatte — und bestimmt noch nie mit derart niederschmetternden Erfolg. »Wir scheinen in unserer Ansicht darüber, was ›gar nichts‹ bedeutet, unterschiedlicher Meinung zu sein, Mr. Quinn«, sagte sie mit eisiger Würde. »Aber das ist jetzt egal. Wie ich Ihnen vorhin schon sagte, ist unser Geschäft hiermit beendet.«

Er legte die Fingerspitzen aneinander und führte sie an seine Lippen, als würde er beten. Diese Geste kannte sie schon von ihm.

»Ich fürchte, so einfach geht das nicht.«

»Was meinen Sie damit?«

»Sie können unsere Vereinbarung jetzt nicht mehr für beendet erklären. Dafür ist es zu spät.«

Cass lachte humorlos auf. »Ich beende sie aber trotzdem. Sie werden Ihren schlauen kleinen Plan ohne mich ausführen müssen.«

»Sie haben mich nicht verstanden. Sie *können* die Vereinbarung nicht beenden.«

»Was meinen Sie damit?« fragte sie abermals und runzelte die Stirn.

»Schlicht und einfach eines: Sie wissen zuviel. Sie kennen mich, Sie kennen Riordan, und Sie wissen, hinter wem wir her sind. Sie haben jetzt keine andere Wahl mehr, als uns zu helfen.«

»Aber ich weigere mich, das zu tun.«

»Dann wird man Sie festnehmen.«

Cass gab ein gekünsteltes Lachen von sich. Quinn starrte sie an wie eine Eule, und es wurde ihr bewußt, daß er seine Drohung ernst meinte. »Das können Sie doch gar nicht«, spottete sie.

»Natürlich kann ich das, und nichts wäre mir leichter. Ich kann dem Kutscher Anweisung geben, uns geradewegs nach Newgate zu bringen, wo Sie solange eingesperrt werden, wie es mir gefällt. Den Grund brauche ich mir nur einfallen zu lassen. Ich habe die Macht dazu, Miss Merlin, und ich verspreche Ihnen: Dies ist kein Bluff.«

Zum zweiten Mal an diesem Tag nannte Cassandra jemanden einen Bastard.

»Und ich würde das auch jederzeit tun«, fuhr er fort, als habe er nichts gehört, »allerdings mit großem Bedauern. Hören Sie mir jetzt also zu. Sie sind wütend und beleidigt, vielleicht schämen Sie sich sogar ein bißchen. Zum dritten Mal: Ich erkläre Ihnen hiermit mein Bedauern über diesen Vorfall. Aber er ist jetzt vorbei. Es ist an der Zeit, mit unserem Vorhaben weiterzumachen, und das ist immerhin wichtiger als Ihre Gekränktheit. Ich bin gerne bereit, Ihr Honorar, auf das wir uns neulich geeinigt haben, zu verdoppeln — bezeichnen wir es meinetwegen als Bezahlung für die geleisteten Dienste, die über Ihre eigentlichen Pflichten hinausgingen.«

Seine Kaltblütigkeit entsetzte sie. Sie wollte ihm gerade ganz genau sagen, was er mit seinem Geld anstellen sollte, als die Kutsche so abrupt hielt, daß sie ihm fast in den Schoß geworfen wurde. Im nächsten Augenblick wurde die Tür aufgerissen, und der riesige Oberkörper von Philip Riordan erschien im Türrahmen. »Wo zum Teufel hast du sie gefunden?« lautete seine höfliche Begrüßung.

Wie hatte sie nur jemals diesen wütenden, arroganten Mann attraktiv finden können? fragte sich Cass. Sie zwang sich, still sitzenzubleiben und nicht vor seiner einschüchternden Gestalt zurückzuweichen. Mit einer Mischung aus Entsetzen und Befriedigung bemerkte sie den bläulichen Bluterguß an seinem linken Kiefer — zwar war er nicht ganz so gut sichtbar wie der blaue Fleck auf den Knöcheln ihrer rechten Hand, aber immerhin auffällig. Sie konnte sich nicht erinnern, jemals so zugeschlagen zu haben, noch nicht einmal bei einem ihrer Spielgefährten aus Kinderzeiten.

»In Piccadilly«, zischte Quinn. »Miss Merlin hat mir gerade mitgeteilt, daß sie nicht mehr mit uns zusammenzuarbeiten gedenkt.«

»Ach, tatsächlich?« Riordan wandte sich ihr zu — es war ein Blick, als würden ihre Augen die Klingen kreuzen. In diesem Moment erinnerte sich Cass an jedes Detail dessen, was zwischen ihnen vorgefallen war, und das Schimmern in den Tiefen seiner dunkelblauen, wütenden Augen ließ sie fürchten, daß er sich ebenfalls daran erinnerte. »In dem Fall werde ich wohl Ihren Deppen von Cousin beim Wort nehmen müssen, der vorhin angeboten hat, mich morgen früh zu erschießen.«

Cass schlug die Hand vor den Mund. »Mein Gott, Freddy hat dich zum Duell gefordert?«

Riordan verneigte sich in einer tiefen Verbeugung vor ihr. »Freddy hat mich gefordert«, bestätigte er mit einem unangenehmen Lächeln. »Und zwar auf dem Hampstead Heath. Ich darf die Waffen wählen. Vermutlich werde ich Pistolen nehmen, seit Wochen habe ich nicht mehr gefochten.«

»Das können Sie unmöglich tun!«

»Ach, Liebes, deine Sorge bewegt mich zutiefst. Aber keine Angst, ich bin ein durchaus ordentlicher Schütze.«

»Ich habe doch keine Angst um Sie, Sie Mistkerl!«

Er legte die Hand aufs Herz. »Das wiederum verletzt mich zutiefst.«

»Verdammt und zugenäht!« Cass übte sich heute wirklich im Fluchen. »Sie dürfen ihn nicht erschießen! Bitte, nein, Sie werden ihn umbringen! Er taugt nichts beim Schießen — er taugt ja zu gar nichts.«

»Dann verdient er es auch, erschossen zu werden, der verdammte Tunichtgut.«

»Würden Sie mir gefälligst endlich zuhören?«

»Philip, halt den Mund. Miss Merlin, fassen Sie sich endlich. Niemand wird irgend jemanden erschießen.«

»Stimmt nicht, Oliver. Der Mann hat mich öffentlich gefordert. Meine Ehre steht auf dem Spiel. Jawohl, meine Ehre«, wiederholte Riordan, als Cass angewidert schnaufte. »Nichts könnte mich davon abhalten, mich morgen früh mit ihm zu treffen. Nichts, außer natürlich ...«

»Was denn?« rief sie verärgert aus, als die Pause sich ewig hinzog.

»Nichts außer deinem feierlichen Versprechen, daß du zu Ende führst, was wir heute abend begonnen haben.« Er grinste, als er sah, wie sie plötzlich Luft holte und sich tiefrot verfärbte. »Du hast mich mißverstanden«, schnurrte er mit sanfter, vertraulicher Stimme, als seien sie beide allein. »Ich meinte natürlich unser Geschäft mit Wade.«

»Erpresser«, keuchte sie. Am liebsten hätte sie ihn noch einmal geschlagen.

»Machst du das? Ja oder nein, Cass, und beeil dich. Es ist fast schon Morgen. Wenn es ein Nein ist, muß ich jetzt nach Hause und meine Duellier-Pistolen heraussuchen.«

Sie starrte ihn ungläubig an. Dann wandte sie sich Quinn zu, doch seine beobachtende, schweigende Haltung bedeutete ihr, daß hier keine Unterstützung zu erwarten war. Ihre eigene Hilflosigkeit machte sie rasend. »Ich verabscheue Sie alle beide«, sagte sie mit hoher, aber sicherer Stimme, »aber ich verspreche es Ihnen.«

Riordan betrachtete sie noch einen Augenblick lang schweigend und sprang dann von der Kutsche auf die Straße. »Es gilt. Ich gehe jetzt los, um meine Feigheit zu erklären. Gute Nacht, ihr beiden.« Er knallte die Tür zu und verschwand.

Die Droschke fuhr wieder los. Der Fahrer muß wohl einer von Quinns Leuten sein, überlegte Cass abwesend. Er schien anzuhalten und weiterzufahren, ohne daß man ihm dazu den Befehl gab. Den Rest der Strecke saß sie schweigend neben Quinn. Ihre Gedanken wirbelten durcheinander, und ihr Begleiter unterbrach sie nicht mit irgendwelchem belanglosen Geplänkel. Vor dem Haus ihrer Tante sagte er ihr, daß sie um vier Uhr nachmittags eine Kutsche abholen würde. Sie solle ihrer Tante und ihrem Vetter sagen, daß sie bei dem ehrenwerten Mr. Philip Riordan zum Tee eingeladen sei. Dann hob er den Hut und wünschte ihr eine gute Nacht.

Im Haus Nr. 47 brannte kein Licht mehr. Im Dunklen ging Cass die schmale Treppe zu ihrem Schlafzimmer im zweiten Stock hinauf. Es überraschte sie nicht, daß Tante Beth nicht auf sie gewartet hatte, auch nicht, daß Clara nicht mehr auf war. Sie trat die Schuhe ab und fragte sich resigniert, wie ihr

Leben wohl verlaufen wäre, wenn ihre Tante oder ihr Vetter oder ihr Vater oder sonst irgend jemand in der Welt in den vergangenen Jahren ein wenig auf sie acht gegeben hätte. Vielleicht wäre ihr Ruf dann nicht so schlecht, wie er es mittlerweile unleugbar war. Vielleicht würde ein ehrbarer Mann sie sogar heiraten wollen. Sie seufzte erschöpft, während sie das weiße Kleid abstreifte und nackt ins Bett kroch. Es hatte keinen Sinn, darüber nachzudenken, und es war auch nutzlos, anderen die Schuld für die Umstände zu geben, in denen sie sich jetzt befand. Sie steckte ihren Kopf zwischen zwei Kissen und betete, daß der Schlaf rasch kommen möge.

Das tat er zwar, doch wurde er ebenso rasch auch wieder unterbrochen. Eine Stunde später lag sie hellwach da und starrte die Decke an. Zwanghaft mußte sie immer wieder an die beschämenden Augenblicke des Abends denken. Sie sah wieder, wie Riordan sich an diesem Ast reckte und streckte, ihr unschuldig eine Frage nach der anderen über Frankreich und die Revolution stellte. Und sie dabei die ganze Zeit heimlich auslachte, da hatte sie keinen Zweifel. Er hatte sich über ihre Dummheit bestimmt gefreut. Doch natürlich war das nicht das Schlimmste.

Sie zog die Decke bis zur Nasenspitze und spannte jeden Muskel in einer wahren Agonie der Schande an. Mit höllischer Deutlichkeit erinnerte sie sich an jede Liebkosung, jedes gemurmelte Wort, und die Gefühle, die diese vorhin hervorgerufen hatten, drohten zurückzukehren und sie sogleich wieder zu verschlingen. Oh Gott! Wie hatte sie nur zulassen können, daß er sie auf diese Weise berührte? Ein Laut des Entsetzens entwich ihr, und sie rollte sich auf den Bauch.

Ich verabscheue dich, Philip Riordan, wütete sie im Stillen. *Du behandelst Frauen schlecht — ich wünschte, Freddy hätte dich erschossen.*

Ich will sehen, wie du die Kontrolle verlierst, Cass, alle Zurückhaltung ... Sie stöhnte auf, legte die Hände auf die Ohren, knirschte mit den Zähnen. Wie schrecklich, daß sie so freiwillig mit ihm gegangen wäre, ihre so mühsam verteidigte Unschuld an einen gewöhnlichen Verführer preisgegeben hätte! Ein Mann, der sich nicht das geringste aus ihr machte, der nichts in ihr sah als einen willigen Leib, an dem er seine Lust ausleben konnte.

Sie drehte sich auf die Seite und rollte sich zusammen. Dann kehrte sie die Anklage um. Was hatte sie eigentlich in ihm gesehen? Auch nur einen willigen Leib. Einen unglaublich geschickten Liebhaber, an dem auch sie gerne ihre Lust ausgelebt hätte. Vielleicht hatte sie ihn in genau dem Maße benutzt, wie er sie benutzt hatte. Schließlich war es ihr eigentliches Ziel gewesen, ihn zu betrügen.

In Ordnung. Sie schämte sich genauso, wie sie auf Riordan wütend war. Das entschuldigte allerdings überhaupt nicht, was er getan hatte. Und jetzt sollte sie tatsächlich mit ihm kollaborieren, als sei nichts geschehen, und den echten Colin Wade kennenlernen und an sich binden. Wenn sich doch nur der Boden öffnen und entweder Riordan oder sie verschlingen würde — egal wen, solange sie ihn nie wieder sehen mußte! Aber das würde bestimmt nicht passieren, und sie hatte versprochen, diese lächerliche Scharade weiterzuspielen. Der Gedanke, ihn morgen wiederzusehen — heute! — ließ sie vor Scham zusammenzucken. Er war widerlich, verabscheuungswürdig, ein Lügner, die schlimmste Sorte von —

Ein gedämpftes Rummsen irgendwo im Haus holte sie aus ihrer Grübelei. Sie lauschte aufmerksam in die frühmorgendliche Dämmerung. Ein Einbrecher? Noch ein Krachen, dann ein weiterer Rumms und schließlich ein leises, schmerzerfülltes Stöhnen. Du liebe Zeit, das war doch Freddy! Sie sprang aus dem Bett und griff rasch nach ihrem Bademantel und band hastig die Schärpe zusammen, während sie schon die Tür aufriß und die dunkle Treppe hinuntereilte. Hatte dieses Monster ihn vielleicht doch angeschossen —

Sie fand ihm in Wohnzimmer vor. »Freddy!« rief sie aus und eilte zum Sofa, auf dem er bäuchlings lag. Schnarchend. Nach Gin stinkend. »Ach, Freddy«, seufzte sie leise. Sie bückte sich und richtete ihm sanft die Perücke.

»Wie rührend aber auch.« Cass zuckte zusammen, als sei eine Pistole neben ihrem Ohr abgefeuert worden. Riordan stand an der Tür, in der Dunkelheit nur als massige Gestalt erkennbar. Er kam auf sie zu, und sie schlang in einer instinktiven Geste der Selbstverteidigung die Arme um sich.

Einen Meter vor ihr blieb er stehen, der Wohnzimmertisch zwischen ihnen, und betrachtete den klaren Umriß ihrer Brüste unter dem alten Seiden-Negligé, das sie mit dieser Geste eng um sich gezogen hatte. Das Haar hing ihr in einer wunderbaren Kaskade von wirren Locken um die Schultern, ihre schmalen weißen Füße waren bloß. Unter dem Morgenrock war sie nackt, und er wußte schon, wie sich das anfühlte. Verdammt noch mal! Er würde nicht zulassen, daß diese verdammte Hexe ihm das noch einmal antat. Er blickte sie wütend an, wider Willen von ihrem entschlossen hochgereckten, kleinen Kinn verzaubert.

»Was haben Sie hier zu suchen?« fragte Cass mit zitternder, leiser Stimme. Da sie inzwischen wußte, daß ihr Vetter nur betrunken war und nicht verletzt oder Schlimmeres, mußte sie ja nicht das ganze Haus aufwecken.

»Na ja, ich bringe nur den jungen Freddy nach Hause«, erklärte Riordan freundlich. »Wir haben noch einen zusammen gehoben.«

Cass blickte von der bewegungslosen, totengleichen Figur ihres Vetters auf dem Sofa zur aufrechten, wachen Gestalt Riordans. Freddy mochte ja getrunken haben, aber dieser Mann war noch vollkommen nüchtern. »Warum?«

»Weil wir alte Freunde sind, der gute Fred und ich, seitdem ich ihm erklärt habe, daß das kleine Contretemps zwischen uns beiden im Clarion Club nur der leidenschaftliche Streit eines Liebespaars war. Wenn er mich erschießt, so habe ich ihm ausgeführt, würde es dir das Herz brechen.«

Sie starrte ihn mit offenen Mund an. »Du — du —« Die Worte wollten ihr nicht einfallen.

Riordan lächelte. Nichts bereitete ihm so viel Spaß, wie

Cass Merlin sprachlos zu machen. »Soll ich ihn hierlassen, was meinst du, oder sollen wir ihn gemeinsam zu Bett bringen?«

»Verschwinde!« zischte sie wütend. Lieber hätte sie gebrüllt. »Verschwinden Sie und unterstehen Sie sich, jemals wiederzukommen!«

Er ging um den Tisch herum und baute sich vor ihr auf. Sie blieb stehen, zwangsläufig — hätte sie einen Schritt zurück getan, wäre sie auf Freddy gefallen. »Warum denn so wütend, Cass?« fragte er leise. »Wegen dem, was wir getan haben? Oder wegen dem, wozu wir noch nicht gekommen sind?« Seine Hand lag jetzt auf ihrem weichen Nacken und verhinderte, daß sie irgendeine Antwort geben konnte. Er sah, wie ihre wunderschönen grauen Augen die Farbe von Zinn annahmen, und küßte sie so sanft, wie er noch nie in seinem Leben eine Frau geküßt hatte. Er spürte ihren Atem auf seiner Wange, warm und süß. Hörte sie leise seufzen. Trat augenblicklich zurück, als habe er sich verbrannt.

Zu spät führte Cass eine geballte Faust in die Höhe und rieb sich wütend über die Lippen. »Du bist widerlich.« Er lächelte nur. Sie schaute sich hastig nach etwas um, womit sie ihn bewerfen könnte. »Du solltest jetzt wirklich lieber gehen«, fauchte sie tapfer in seine Richtung. »Wenn du mich jemals wieder anfaßt, werde ich dir nicht nur die Kinnlade, sondern auch das Auge blauschlagen!«

Er war bereits an der Tür und wandte sich noch einmal um. »Das werde ich nicht vergessen. Wird es sein, nachdem ich dich ins Bett bekommen habe, oder schon vorher? Was meinst du? Nur, damit ich weiß, wann ich in Deckung gehen sollte.« Cass bückte sich und nahm einen von Freddys Schuhen vom Boden auf. Riordan lachte leise. »Bis heute nachmittag, meine Süße. Bitte zieh wieder eines von diesen Göttinnen-Kleidern an. Ich fasse dich zu gerne darin an.«

Er war schon durch die Tür verschwunden, ehe sie ausholen konnte.

John Walker steckte den Kopf durch die Schlafzimmertür. Sein Dienstherr rasierte sich gerade selbst, wie er es immer vorzog, wenn er die Zeit dazu hatte. Er trug nichts weiter als ein um die Taille geschlungenes Handtuch. »Verzeihung, Sir.«

»Was ist denn, John?«

»Mr. Quinn ist unten. Soll ich ihm sagen, daß Sie gleich runterkommen?«

Riordan kniff die Lippen zusammen, um sich unter der Nase zu rasieren. »Nein«, antwortete er nach einem Augenblick, »sagen Sie ihm, er soll heraufkommen. Ach, und noch eins, John.«

»Ja, Sir?« Der Sekretär öffnete die Tür noch etwas weiter.

»Sagen Sie Beal, er soll mir etwas zum Anziehen heraussuchen.«

»Ja, Sir.«

»Und außerdem habe ich Hunger.«

»Sehr wohl, Sir.«

Die Tür schloß sich wieder, und Riordan wandte sich erneut seiner Rasur zu. Durch schmale Augen betrachtete er sein Gesicht im Spiegel. Drei Stunden Schlaf mitten am Tag — dieses dekadente Leben würde ihn noch umbringen. Wurden seine Haare eigentlich schon grau? Er fuhr mit den Fingern hinein und blickte sein Spiegelbild kritisch an. Nach dem gestrigen Abend war es wirklich ein Wunder, daß er nicht schon eine Glatze hatte. Frauen behaupteten immer, daß ihnen die silbrigen Streifen in seinen Haaren gefielen, aber er war sich dessen nicht so sicher. Er hatte den Damen stets gesagt, daß seine Haare schon seit seinem zwanzigsten Geburtstag grau wurden. Da er nun bald dreißig war, wirkte diese Erklärung auf ihn nicht mehr ganz so tröstlich wie früher. Nun, er konnte ja immer noch eine Perücke tragen.

Am Luftzug merkte er, daß die Tür geöffnet worden war. Er mußte sich nicht umdrehen, um zu wissen, daß Oliver wütend das Zimmer betreten hatte.

»Hoppla, wir sind also schon wach?«

Philip wandte sich um, das Rasiermesser in der Hand.

»Habe ich etwa zu lange geschlafen?« erkundigte er sich sarkastisch. Quinn machte eine zornige Geste. »Ich war bis zum Morgengrauen mit einem betrunkenen Baronet beschäftigt, und meine Besprechung mit dem Komitee hat bis Mittag gedauert. Mir war nicht klar, daß ein paar Stunden Nachmittagsschlaf dich derart die Contenance verlieren lassen würden, Oliver.«

»Lassen wir das. Ich habe nur eine einzige Frage, Philip: Was in Gottes Namen hast du dir eigentlich dabei gedacht?«

Riordan wandte sich wieder dem Spiegel zu und wich dem Blick des älteren Mannes aus. »Was genau meinst du mit ›dabei‹?«

»Fang jetzt bloß nicht an, irgendwelche Spielchen mit mir zu treiben.«

Riordan legte das Rasiermesser ab und nahm ein Handtuch. Er schwieg weiter und versuchte, das Gefühl loszuwerden, er sei ein ungezogener Junge, der seinen Lehrer irgendwie verärgert hatte. Noch nach zwanzig Jahren konnte Oliver diese Empfindung bei ihm auslösen, und das erstaunte ihn zutiefst.

»Mindestens ein Dutzend Leute hat dich mit ihr gesehen«, beharrte Quinn. »War dir das eigentlich nicht klar?«

»Ich dachte, es würde mich niemand erkennen.«

»Das wäre auch nicht geschehen, wenn du dich nicht so lächerlich gemacht hättest! Dachtest du etwa, du könntest« — hier kam er ins Stottern, doch dann brachte er das Wort doch noch hervor — »in einem öffentlich zugänglichen Garten mit ihr *intim* werden?«

Riordan konnte nicht anders, er mußte lachen. »Dieser Gedanke ist mir durchaus in den Sinn gekommen«, gab er zu.

»Du Idiot! Selbst Wade hat gesehen, wie du dich an ihr vergangen hast! Wenn du sie auf die Probe stellen wolltest, warum hast du nicht warten können, bis ihr alleine wart?«

Nach einem kurzen Klopfen ging die Tür erneut auf. Wieder erschien Walker.

»Nur zu, Oliver. Du kannst vor John frei sprechen.«

»Ich habe dir eine Frage gestellt.«

Doch schon betrat zu Riordans Erleichterung Beal, sein Leibdiener, das Zimmer. In dessen Anwesenheit konnte man keinesfalls ungehindert sprechen. Hinter ihm trat ein blondes Dienstmädchen mit einem Tablett ein. Sie stellte es auf einem Tisch am Bett ab, errötete bei dem beeindruckenden Anblick der halbnackten Gestalt ihres Dienstherren und ging wieder.

»Möchte irgend jemand auch etwas frühstücken?« fragte Riordan und wies auf das Tablett. Niemand erwiderte die Frage.

»Ich habe Ihnen die Kleider im Ankleidezimmer bereits herausgelegt, Sir«, sagte der Leibdiener in beleidigtem Tonfall.

»Danke sehr, Beal. In Ordnung, Sie können gehen.«

»Ja, Sir.« Er verließ den Raum.

»Ich warte immer noch auf eine Antwort«, erinnerte ihn Quinn. Riordan ging zum Tablett, nahm eine Fleischpastete in die Hand und biß energisch hinein. Er kaute betont langsam und starrte Quinn dabei unverwandt an. Walker stand etwas entfernt, die Hände hinter dem Rücken, schweigend und unauffällig wie immer. Schließlich schluckte Riordan hinunter. »Wie lautete noch mal die Frage?«

Quinn atmete wütend auf. »Dank dir ist unser ganzer Plan zerstört! Wie soll sie denn eine Affäre mit Wade anfangen, wenn alle Welt glaubt, daß sie eine mit dir hat?«

»Das ist tatsächlich ein bißchen schwierig, das sehe ich ein«, erwiderte Riordan ohne große Reue. »Vermutlich war es doch keine so gute Idee, Miss Merlin zu nehmen.«

Quinn wandte sich energisch an den Sekretär. »Walker, würden Sie uns bitte für ein paar Minuten allein lassen?«

Riordan protestierte, doch Quinn bestand darauf. Der Sekretär verabschiedete sich und ging.

»Jetzt aber«, sagte Quinn.

Riordan wirbelte herum und betrat das Ankleidezimmer, die Pastete immer noch in der Hand. Doch das hatte keinen Sinn, Quinn folgte ihm auf den Fersen. Er warf das Handtuch ab und streckte die andere Hand nach dem weißen, feinen Batisthemd aus, das Beal für ihn herausgelegt hatte.

»Ich hatte gehofft, dein gestern abend an den Tag gelegtes Benehmen gehöre der Vergangenheit an.« In Quinns Stimme lag tiefe Mißbilligung. »Was ist denn bloß passiert?«

Riordan zog die Beinkleider an und wich dem Blick des anderen Mannes aus. »Nichts ist passiert«, sagte er widerwillig. »Sie war einfach nur da. Und sie war willig. Das ist alles. Um Himmels Willen, Oliver, ich bin auch nur ein Mensch.«

Quinn schüttelte den Kopf. »Ich bin enttäuscht, Philip. Ich war mir sicher, daß diese Art von Frau dich nicht mehr anzieht.«

»Und welche Art von Frau ist sie deiner Meinung nach?« fragte er sehr leise, die Hände immer noch an den Knöpfen seines Hemdes.

Quinn blickte ihn überrascht an. »Du weißt genau, welche Art von Frau ich meine. Die Art, von der ich dachte, daß du sie mittlerweile aufgegeben hättest. Du hattest doch nichts getrunken, oder?«

»Nein!« leugnete er heftig.

»Na, wenigstens das. Gott sei Dank.«

Riordan wandte sich um und band schweigend sein Halstuch, setzte sich dann auf einen Stuhl und zog die Strümpfe an. »Es hätte ohnehin nicht geklappt«, murmelte er zu seiner Verteidigung. »Das Mädchen ist hoffnungslos naiv, was Politik angeht. Nie im Leben hätte sie Wade überzeugen können, daß ihr die Revolution nicht gleichgültig ist.«

»Das hätte man noch ändern können. Schließlich ist sie nicht dumm.«

Riordan zuckte mit den Achseln. »Wade hätte sie binnen kürzester Zeit durchschaut«, beharrte er auf seiner Meinung.

»Was war denn dein Eindruck von ihr? Abgesehen von der Politik, meine ich. Wäre sie klug genug gewesen, das ganze durchzuziehen?«

Es brauchte eine ganze Weile, bis Riordan sich darauf eine

Antwort überlegt hatte. Er zog die Schuhe an, schlüpfte in seine Weste und warf sich in den Rock. Dann fuhr er mit den Fingern durch die Haare, den Blick fest auf den Spiegel des Garderobentischchens gerichtet. Schließlich drehte er sich um. »Ich bin mir nicht sicher.«

Quinn runzelte die Stirn. »Du bist dir nicht sicher? Philip, das solltest du doch gestern abend in Erfahrung bringen, ist dir das nicht bewußt?« Er seufzte verärgert. »Stimmst du mit mir überein, daß sie einigermaßen intelligent ist?«

»Doch, ja.«

»Könnte sie Wade davon überzeugen, daß sie wütend und voller Rachegefühle über den Tod ihres Vaters ist?«

Er zögerte. »Vielleicht. Ja, doch, wahrscheinlich«, gab er widerwillig zu.

»Könnte sie ihn verführen?«

Riordan runzelte zornig die Stirn. Eine ganze Reihe von Antworten kam ihm in den Sinn, aber schließlich lachte er nur rauh und sagte: »Ach, auf jeden Fall.«

»Bestens. Und nach dem Auftritt, den sie gestern abend mit dir hatte, wissen wir auch, daß sie dazu bereit wäre. So hast du diese eine Sache doch noch herausfinden können.« Quinn starrte seinen Freund nachdenklich an. »Du wirkst so ärgerlich, Philip. Ist irgend etwas nicht in Ordnung?«

»Nein.«

»Gut. Wieviel Uhr ist es?«

Riordan klopfte auf seine leere Tasche und ging dann zum Mahagoni-Sekretär, wo er eine Schmuckkassette öffnete. »Viertel nach vier«, antwortete er und steckte seine Taschenuhr ein. »Sie kommt zu spät. Gestern abend hat sie sich auch verspätet. Oliver, ich glaube, mit der wird das ganze nichts.«

»Weil sie unpünktlich ist?«

»Nein, natürlich nicht. Sie ist zu —« Er hielt inne, denn ihm wollte das richtige Wort nicht einfallen. »Jung«, sagte er schließlich, obwohl das eigentlich nicht der Grund war. Quinn warf ihm einen langen, abschätzenden Blick zu. Er war erleichtert, als Walker wieder in der offenen Tür erschien.

»Miss Merlin ist hier, Sir. Ich habe sie in die Bibliothek geführt.«

»Vielen Dank.« Er blickte abermals zu Quinn. »Nun?« Der ältere Mann ging vor. Riordan folgte ihm aus dem Zimmer und die Treppe hinunter.

Cass war zu nervös, um im Sessel sitzen bleiben zu können, den der Mann namens Walker ihr zurechtgerückt hatte. Kaum hatte sich die Tür hinter ihm geschlossen, sprang sie wieder auf und durchmaß die große, sonnige, mit dunklem Holz getäfelte Bibliothek. Die türkischen Teppiche auf dem glänzenden Parkett waren dick und in satten Farben gehalten, die Flügelfenster blickten auf einen kleinen, aber höchst charmanten Garten hinaus. Die hohe Decke war mit geschnitzten Szenen aus der Antike dekoriert, oder jedenfalls hielt sie die Darstellungen dafür. In den Nischen an der Wand standen Büsten, die ohne Zweifel große Denker darstellten, obwohl ihr keiner davon vertraut war. Der leichte Geruch von Leder erinnerte sie an die Bibliothek bei Madame Clement. Das war die letzte Schule für höhere Töchter gewesen, die sie besucht hatte, und bei der Erinnerung wurde ihr leicht übel.

Unruhig ging sie durch den Raum, strich über einen riesigen Globus und wirbelte ihn auf seinem Ständer herum, starrte dann blicklos auf die riesigen eingerahmten Karten an der Wand.

Sie trat wieder ans Fenster. Was machte Riordan eigentlich beruflich, fragte sie sich zum ersten Mal. Wahrscheinlich nichts. Menschen, die ein so großes und beeindruckendes Haus wie dieses besaßen, brauchten bestimmt nicht zu arbeiten. Alles war sehr leise, obwohl die Villa im Herzen des eleganten Mayfair lag. Eine gebogene, samtbezogene Bank in der Fensternische lud dazu ein, es sich darauf gemütlich zu machen. In einem offenen Kasten lag eine Viola. Cass beugte sich hinab und fuhr mit der Rückseite ihrer Finger über die Saiten. Sie fragte sich, wer wohl dieses schöne Instrument spielte.

Im Korridor erklangen Schritte. Sie rückte noch einmal den strengen Knoten zurecht, zu dem sie ihr Haar frisiert hatte, und glättete den Rock ihres absichtlich zurückhaltenden, taubengrauen Seidenkleides. Sie brauchte Mut, um die Zurückgezogenheit des Erkers zu verlassen und sich mitten in den Raum hineinzuwagen, wo sie drei eher ärgerlich aussehende Herren begrüßten.

»Ah, Miss Merlin«, sagte Quinn mit erzwungener Freundlichkeit. »Haben Sie schon Philips Sekretär kennengelernt, John Walker?«

Sie bestätigte dies, und nickte dem blonden, ernst aussehenden jungen Mann noch einmal zu. Sie fragte sich, wozu Riordan einen Sekretär brauchte. Außerdem fragte sie sich, wieso Quinn die Begrüßung und die Vorstellung übernommen hatte. War das hier etwa nicht Riordans Haus?

Cass holte Luft und blickte ihn zum ersten Mal an. Ein beigefarbener Rock, eine braune Hose und ein etwas mißtrauischer Ausdruck auf seinem viel zu attraktiven Gesicht. Quinn bat sie, Platz zu nehmen. Sie setzte sich auf denselben samtbezogenen Sessel mit hoher Lehne, auf dem sie vorhin schon gesessen hatte, und er setzte sich in einen ähnlichen direkt neben sie. Mr. Walker fragte, ob er Notizen machen sollte. Riordan schüttelte den Kopf und hockte sich auf die Kante des großen Schreibtisches, das Gesicht ihr zugewandt. Sie war sich seiner Präsenz sehr bewußt. Sie schaute fort, doch am Rande ihres Blickfeldes bemerkte sie dennoch das Spiel seiner Muskeln in den strumpfbedeckten Waden, spürte förmlich die Kraft seiner Oberschenkel. Quinn redete gerade. Sie versuchte, ihm zuzuhören, doch statt dessen erwischte sie sich dabei, daß sie sich an das wunderbare Gefühl von Riordans Küssen erinnerte. Gegen ihren Willen wanderte ihr Blick langsam von Quinn fort zu Riordan, der sie mit seinen aufmerksamen, blauen Augen fesselte — diesmal kein spöttischer Blick, sondern einer, der ihr Gesicht durchforschte, als suche er nach der Antwort auf eine Frage.

Seine Wangen glänzten leicht rosa. Sie erkannte, daß er ihren Mund anstarrte. Eine Welle des Verlangens überspülte sie. Sie versuchte, den Blick abzuwenden, doch das war unmöglich. Ein Geräusch wie herabstürzendes Wasser füllte ihr die Ohren. Alles ringsum verschwamm, nur sein Gesicht blieb auf geheimnisvolle Weise scharf. Schließlich war es Quinns Stimme, die sie laut und fast verärgert wieder in die Realität zurückkatapultierte.

»Hast du mich eigentlich gehört, Philip?«

»Aber jedes Wort, Oliver«, antwortete Riordan, was wohl nicht ganz der Wahrheit entsprach. Bei Tageslicht betrachtet war Cass genauso schön, wie er in Erinnrung hatte, vielleicht sogar noch schöner. Sein Benehmen vom Abend zuvor wurde ihm wieder vollkommen verständlich. »Und ich stimme dir vollkommen zu — Miss Merlin kann wirklich eine Entschuldigung verlangen.« Er stand auf und deutete eine Verbeugung an. »Mein Benehmen gestern abend war unverzeihlich. Ich bitte um Vergebung. Bedauerlicherweise wird so etwas nie wieder vorkommen.«

»Philip«, sagte Quinn mit warnendem Unterton.

»Ich meinte natürlich, daß so etwas Bedauerliches nie wieder vorkommen wird«, verbesserte er sich mit vollkommen ernstem Gesicht.

Cass war sprachlos. Eine Entschuldigung hätte sie als allerletztes erwartet. Sie überlegte verzweifelt, was sie erwidern sollte. Besonders ernst schien er das ganze nicht zu meinen, aber sie wollte diesen peinlichen Zwischenfall genauso gerne hinter sich bringen wie Quinn. Eine Möglichkeit dazu war, den Anschein zu erwecken, daß sie seine Entschuldigung annahm. Doch in seinen Augen lag ein freches blaues Glitzern, das sie von einer baldigen Reaktion abhielt.

»Also?« drängte Quinn ungeduldig.

Sie schaute zwischen den beiden Männern hindurch und fragte sich, was der schweigende Mr. Walker drüben in seiner Ecke wohl von dieser ganzen Angelegenheit hielt. »Mir scheint, es ist völlig gleichgültig, ob ich Ihre Bitte um Entschuldigung annehme oder nicht. Mir ist mit dem Gefängnis gedroht worden, wie auch mit dem Mord an meinem Vetter, wenn ich nicht weiter mit Ihnen zusammenarbeite.« Sie schaute zu Boden und sah daher nicht den überraschten, wütenden Blick, den Riordan auf Quinn richtete. »Aber in einer Hinsicht stimme ich aus ganzem Herzen mit Ihnen überein — es wird nie wieder passieren.« Sie blickte plötzlich auf. »Ich habe gesagt, daß ich Ihnen bei Ihrem Plan gegen Mr. Wade helfen werde, doch jetzt möchte ich das an eine Bedingung knüpfen: Die Ereignisse von gestern abend werden von keinem von uns jemals wieder erwähnt.«

»Abgemacht«, sagte Quinn rasch.

»Abgemacht«, erwiderte Riordan zögernd. »Solange Sie nicht die Bedingung stellen, daß man sich nicht mehr daran erinnern darf.« Er fragte sich, warum er sie so hartnäckig neckte. Das sah ihm eigentlich gar nicht ähnlich.

»Das reicht jetzt, Philip«, schalt ihn Quinn und stand auf. »Wir haben vieles zu besprechen.«

»Tatsächlich?« fragte er verwirrt. »Ich dachte, wir hätten soeben beschlossen, daß Miss Merlin uns nicht weiter nützlich sein kann.«

»So, dachtest du das?« Quinn warf ihm einen abschätzigen Blick zu. »Ich kann mich nicht erinnern, daß wir das beschlossen hätten. Natürlich mag der Nutzen, den wir aus ihrer ursprünglich geplanten Rolle gezogen hätten, jetzt hinfällig sein. Aber das bedeutet nur, daß wir uns etwas Neues einfallen lassen müssen. Der Schlüssel in diesen Dingen ist Flexibilität. Wir müssen uns auf anderes konzentrieren. Das Ziel ist jetzt nicht mehr, eine Beziehung zwischen Wade und Miss Merlin herzustellen, jedenfalls nicht in nächster Zeit. Unser Ziel ist jetzt, eine Beziehung zwischen *dir* und Miss Merlin aufzubauen, eine Beziehung, von der Wade glauben wird, daß er in sie einbrechen und sie zerstören kann.«

Schweigen herrschte. Cass war wohl etwas begriffsstutziger als sonst. Sie konnte nicht sofort verstehen, was Quinn da gerade gesagt hatte.

Riordan war schneller. Schon bevor Quinn zu Ende gesprochen hatte, grinste er und klatschte mit der Handfläche auf die Tischplatte. »Aber natürlich! Oliver, du bist ja wirklich ein Genie. Das ist ja sogar noch besser als unser ursprünglicher Plan. Auf diese Weise erfahren wir durch Cass nicht nur Wissenswertes über Wade, wir können über sie auch bestimmte Informationen an ihn weiterleiten. Das ist doch einfach perfekt!«

»Ja, ich dachte mir schon, daß dir dieser Plan gefallen würde«, sagte Quinn mit einem schmalen Lächeln.

Cass war mittlerweile einigermaßen beunruhigt und war es langsam leid, daß man von ihr sprach, als sei sie nicht im Zimmer. »Ich fürchte, ich verstehe das alles nicht«, warf sie knapp ein. »Warum würde Mr. Wade eine Beziehung zwischen Mr. Riordan und mir zerstören wollen?«

Riordan blickte Quinn an. »Das hast du ihr noch nicht gesagt?«

»Nein, dazu war keine Zeit.«

»Was hätte mir gesagt werden sollen?«

»Mr. Riordan ist Mitglied des Unterhauses«, erklärte ihr Quinn.

Cass blickte Riordan für einen kurzen Augenblick an, ehe sie spontan in Gelächter ausbrach. Von Mr. Walker ertönte ebenfalls ein Glucksen, obwohl er es unter dem strengen Blick von Quinn rasch in einen erstickten Husten umwandelte. »Sie machen natürlich Witze«, sagte Cass im Brustton der Überzeugung, aber immer noch lächelnd.

»Wie lustig, eine Menge meiner Wähler haben damals genauso reagiert.« Riordan lächelte sie freundlich an. »Aber ich fürchte, es ist die Wahrheit. Vor sich sehen Sie das ehrwürdige Jungmitglied des Hauses für St. Chawes.«

»St. Chawes?« Das konnte doch nur ein Witz sein.

»In Cornwall. Es ist nur ein kleiner Wahlkreis, das stimmt — nur zwölf wahlberechtigte Männer gibt es da. Bei den Wahlen hat es durchaus geholfen, daß alle zwölf in der Spinnerei meines Vaters beschäftigt sind. Mein Vater ist übrigens der Graf von Raine. Er war bis vor ein paar Jahren Mitglied des Oberhauses, bevor ihn der Alkohol und die Syphilis endgültig ans Krankenbett gefesselt haben. Jetzt bleibt er zu Hause und zählt in Frieden die Liebhaber meiner Mutter. Und das wäre selbst für einen Mann in besserer Gesundheit eine reife Leistung.«

Cass konnte ihn nur anstarren. Sein Ton war leicht, witzelnd, doch lag um seinen Mund eine Anspannung, die sein Lächeln als erzwungen entlarvte.

»Ist das wirklich wahr?« fragte sie nach einer Minute Schweigen. »Du bist — Sie sind wirklich Mitglied des Parlaments?«

»Meine Liebe, diese andauernde Skepsis fängt langsam an, mich zu verletzen. Glaube mir. Es stimmt.«

»Dann ...« Sie legte eine Hand an die Stirn. Das ganze wurde ihr langsam viel zu kompliziert. »Wie sollen wir denn dann den Eindruck erwecken, daß wir liiert sind?« Sie richtete die Frage eher an Quinn als an Philip. »Ich meine, wieso sollten wir miteinander verbandelt sein? Mr. Riordan ist der Sohn eines Grafen, er hat einen hohen gesellschaftlichen Rang, und er ist ganz offensichtlich sehr wohlhabend.« Unbewußt hob sich ihr Kinn ein wenig. »Andererseits haben Sie mich freundlicherweise mehrfach darauf aufmerksam gemacht, daß für mich alle Hoffnungen auf eine geachtete Stellung in der Gesellschaft unrealistisch sind.« Sie streckte die Hände in ehrlicher Verwirrung aus. »Wie können Sie annehmen, daß Wade oder sonst jemand glaubt, daß Mr. Riordan mich wirklich will?« fragte sie geradeheraus. Sie blickte Riordan an, der sie mit einem Ausdruck betrachtete, den sie nicht benennen konnte. Deshalb wandte sie sich wieder Quinn zu, der hinter seinem Stuhl stand, die dünnen Arme auf die Lehne gestützt.

»Weil Sie nicht die einzige sein werden, die eine Rolle spielt«, erwiderte er sachlich. »Philip spielt seine schon seit Monaten. Aus Gründen, die Sie nicht direkt etwas angehen, haben wir uns erhebliche Mühe gegeben, ihm den Ruf eines Trinkers und Frauenhelden ohne allzu geschmäcklerische Anwandlungen zu schaffen.«

»Ach so, ich verstehe«, sagte sie leise und lehnte sich zurück. »Dann ist das also nicht weiter erstaunlich.«

»Oliver, muß das sein?« murmelte Riordan.

Jetzt hatte sie endlich den Blick in seinen Augen verstanden. Mitleid.

»Der gestrauchelte Grafensohn und die fröhliche *femme fatale*«, sinnierte sie mit einem angespannten Lächeln. »Sehr gut ausgedacht. Und sehr glaubwürdig.«

»Ja, das finde ich auch.« Quinn nickte ernst. »Ich stimme dir zu, Philip — auf mancherlei Weise wird dieser Plan uns mehr weiterhelfen als unser erster. Wade wird ohne Schwierigkeiten glauben, daß Miss Merlin gerne die Aufmerksamkeiten von zwei Männern gleichzeitig auf sich ziehen würde.« Er schritt auf dem türkischen Teppich hin und her und bemerkte das angestrengte Schweigen nicht, das seinen Worten folgte. »Und wenn sie ihm anvertraut, daß Frankreich ihr fehlt und sie außerordentlich verbittert ist, weil ihr Vater in ihrer Heimat England gehenkt wurde, wird ihm die Idee, Sie zu benutzen, mit etwas Glück von selbst kommen. Falls nicht, können wir ihm ganz beiläufig irgendeine uninteressante Information über Miss Merlin zukommen lassen, und spätestens dann wird er reagieren.«

Cass hatte eigentlich gedacht, gegen Quinns Beleidigungen immun zu sein. Ihre große Verletztheit mußte daran liegen, daß sie diesmal nicht allein war und daß auch andere Menschen diese Beleidigungen hörten. Langsam löste sie ihre Hände voneinander. »Eines wundert mich nur«, sagte sie, sobald sie wußte, daß sie in normalem Ton würde sprechen können. »Wenn ich eine solche Feindin der Engländer bin, warum sollte ich mich dann mit einem Mann zusammentun, der genau den Staat vertritt, den ich angeblich so verabscheue?«

»Weil er reich ist«, antwortete Quinn sofort. »Sie werden Wade vorgaukeln müssen, daß Ihr Wunsch nach einem reichen Beschützer noch größer ist als Ihr Haß auf England.«

»Ach so, selbstverständlich. Da siegt die Gier über die Vaterlandsliebe.«

»Ganz genau. Gier und Rache, Miss Merlin, das sind Ihre beiden Motive. In dieser Reihenfolge.«

»Ja, ich glaube, ich hab' verstanden. Das dürfte ja auch einfach sein, Mr. Quinn, nicht wahr? Im Theater nennt man so etwas, dem eigenen Typ entsprechend spielen.« Sie stand auf. »Wenn Sie nichts dagegen haben, würde ich jetzt gerne gehen.« Riordan stand ebenfalls auf, doch blickte sie ihn nicht an. »Ich vermute, ich werde demnächst wieder von Ihnen hören.«

»Von mir nicht mehr«, sagte Quinn. »Jedenfalls nicht in der Öffentlichkeit. Philip ist von jetzt an Ihr Kontaktmann. Er wird das erste Treffen mit Wade mit Ihnen vorbereiten. Ich werde in meine Rolle als alter Freund von Philip zurückkehren, ein langweiliger Regierungsangestellter mit irgendeiner ungenau definierten, unwichtigen Stelle im Ministerium.«

Cass ergriff steif die ihr dargebotene Hand. Diese Nachricht verursachte ihr gemischte Gefühle. Sie wandte sich ab, wollte dringend von dort fort.

Riordan hielt sie auf. »Warte, Cass. Geh noch nicht.« Er durchquerte den Raum zu einem breiten Bücherregal an der gegenüberliegenden Wand und fuhr mit der Hand langsam die oberste Reihe entlang. Bei einem dünnen Bändchen hielt er inne und holte es heraus. »Hier«, sagte er und reichte es ihr. »Führe dir das einmal zu Gemüte.«

Sie betrachtete den Titel und spürte, wie ihr Gesicht heiß wurde. Der *Contrat Social* von Jean-Jacques Rousseau.

»Ich habe meine englische Ausgabe verliehen. Kannst du das auch auf französisch lesen?«

»Selbstverständlich«, murmelte sie gleichzeitig peinlich berührt und wütend.

»Gut. Ich bringe Miss Merlin zur Kutsche«, warf er Quinn über die Schulter zu und nahm sie am Ellbogen. Walker beeilte sich, die Bibliothekstür zu öffnen und verbeugte sich höflich, als sie hindurchging. Cass nickte ihm im Vorbeigehen zu und fragte sich abermals, was er jetzt wohl denken mochte.

Riordan durchquerte mit ihr langsam und schweigend das offene, elegante Foyer. Die Kutsche stand immer noch vor der Tür, und der Kutscher striegelte gerade einen der beiden grauen Wallache. Sie blieben an der Treppe zum Haus stehen, zwei Schritte vom Bürgersteig entfernt. Nach einem Augenblick ließ Riordan ihren Arm fallen, als habe er gerade erst erkannt, daß er ihn noch hielt.

»Auf Wiedersehen«, sagte Cass. Er runzelte die Stirn. Sie hatte den Eindruck, daß er noch etwas sagen wollte.

»Cass, mach dir nichts aus dem, was Oliver gesagt hat. Besonders taktvoll ist er nicht.«

»Das ist mir allerdings aufgefallen«, entgegnete sie kühl. »Und es macht nicht das geringste.« Sie wandte sich ab. Aus irgendeinem Grund war ihr dieser Versuch einer Entschuldigung in Quinns Namen zutiefst peinlich. Sie schritt die Stufen hinunter, hielt dann aber noch einmal inne, als ihr noch etwas einfiel. »Würdest — würden Sie mir den Gefallen tun, Mr. Quinn daran zu erinnern, daß ich bislang noch nichts von meinem Honorar erhalten habe, das wir vereinbart hatten?«

Bei ihren Worten wurden seine Augen schmal, und seine Lippen verzogen sich zu einem zynischen Lächeln.

»Selbstverständlich«, sagte er mit einer Verbeugung.

Sie richtete sich steif auf. »Sie werden doch sicherlich einsehen, daß meine neue Rolle bestimmte Ausgaben nötig macht. Kleider, zum Beispiel. Und meine Tante —« Sie unterbrach sich wütend, als sie sah, daß in seinen Augen ein ironisches Glitzern leuchtete.

»Dessen bin ich mir sicher«, reagierte er sofort. »Ein Mädchen muß schließlich auch auf sich halten. Man muß das Eisen schmieden, solange es noch heiß ist. Und vermutlich wirst du noch ein bißchen für schlechtere Zeiten beiseite legen wollen.«

Sie sprach durch zusammengebissene Zähne. »Ich muß schon sagen, Mr. Riordan, so viele erbauliche Sprüche gleich auf einmal hätte ich nicht von Ihnen erwartet. Wenn Sie keine weiteren Ratschläge mehr zu bieten haben, dann wünsche ich Ihnen jetzt einen schönen Tag.«

Zu ihrem Entsetzen folgte er ihr mit einem Satz die beiden Stufen hinab und ergriff wieder ihren Arm. Es war bestimmt nicht nötig, daß er ihre Taille so fest hielt, während er ihr in die Kutsche half, und auch nicht, daß er ihre Röcke mit einer solch genießerischen Fürsorglichkeit ordnete. Sie konnte sich nur mit Mühe daran hindern, seine Hände von sich wegzuschlagen.

»Ich komme dich morgen besuchen, Cass«, sagte er, mit einer Hand an der Tür. »Wieder gegen vier Uhr. Bis dahin hast du das Buch bitte gelesen, damit wir es diskutieren können.« Er lächelte, als er ihren Gesichtsausdruck sah. »Aber du brauchst es ja nur *wieder* zu lesen, nicht wahr? Ich hatte vergessen, daß du Rousseau ›mehr als alle anderen Männer‹ bewunderst.«

Sie hätte nicht übel Lust gehabt, ihm die Zunge herauszustrecken.

»Und Cass, du solltest wirklich etwas an deinem Auftreten ändern. Bitte. Bald wirst du die Menschen davon überzeugen müssen, daß wir eine Affäre haben, verstehst du? Du könntest zum Beispiel damit anfangen, indem du mich beim Vornamen nennst.«

Sie musterte ihn mit all dem Hochmut, den sie noch zusammenkratzen konnte. »Ich bin eine sehr gute Schauspielerin, ich glaube, das habe ich gestern abend einigermaßen deutlich unter Beweis gestellt. Obwohl dies die schwerste Rolle ist, die ich je spielen mußte, werde ich bestimmt überzeugend so tun können, als ob ich Ihre Anwesenheit im selben Raum gerne ertrüge. Wenn es so weit ist. Aber bis dahin sehe ich keinen Grund, meine Abneigung gegen Sie zu verbergen. Guten Tag, *Mister* Riordan.«

Er schwang sich so rasch in die Kutsche hinauf und setzte sich auf das Ende der Bank, das zwischen ihr und der Tür noch frei war, daß sie gar keine Zeit hatte, darauf zu reagieren. Fest blickte er sie an. Ihren Rock hatte er unter seinem Oberschenkel festgeklemmt, so daß sie unmöglich wegrücken konnte. Sie hatte ohnehin keine Lust, sich auf einen Zweikampf mit ihm einzulassen. Zum einen wäre das vulgär, zum anderen würde er ohnehin gewinnen. Sie konnte natürlich auch schreien, aber das schien die Sache insgesamt nicht zu lohnen. Sie versuchte, ihn mit einem eiskalten Blick der Verachtung zu strafen, doch damit erzielte sie nur ein noch breiteres Grinsen auf seinem selbstzufriedenen Gesicht.

»Schauspielerei, Cass?« fragte er leise. Wieder beobachtete er ihren Mund. »Bist du sicher, daß es nicht mehr war?«

Sie spürte ein verräterisches Zittern in der Magengrube. »Schauspielerei«, beharrte sie. »Mehr war es nicht. Für uns *beide* nicht. Jetzt steigen Sie bitte aus der Kutsche und lassen Sie mich in Ruhe.«

»Wollen wir nicht eine kleine, private Wette abschließen? Denn wenn es nicht mehr war als bloße Schauspielerei, dann könnte ich dich jetzt so berühren, und du würdest nichts fühlen, absolut nichts. Wie fühlt sich das an, Cass?«

»Hören Sie auf damit. Nehmen Sie die Hände weg.«

»Ich habe nur eine Hand auf dir«, korrigierte er sie ein wenig heiser. Er führte seine Finger von ihrem Kinn zum Hals, wo er das bestätigt fand, was er ohnehin gehofft hatte: Ihr Puls raste. »*Jetzt* habe ich beide Hände auf dir.« Und er legte seine andere Hand auf ihren Bauch.

Ihre Lippen öffneten sich entsetzt, doch sie bewegte sich nicht. »Ich hab' keine Angst vor dir, Philip Riordan.« Sie versuchte noch nicht einmal, ihre Stimme ruhig zu halten.

»Das freut mich, Cass«, flüsterte er. »Ich würde nie wollen, daß du vor mir Angst hast. Nun laß mich noch einmal sehen, wie gut du *schauspielern* kannst, während ich dich küsse.«

»Nein! Nicht —«

»Es ist doch nur für die Wette. Zeig mir, wie du dabei gar nichts fühlst. Öffne den Mund, Liebes. Ja.« Seine Hand preßte sich auf ihr Herz. Mit der anderen Hand hielt er ihren Hinterkopf fest, wie einen zerbrechlichen Schatz, während sein Mund sie leidenschaftlich liebkoste. Verschwommen nahm Cass an, daß sie ihre Würde nur bewahren konnte, indem sie ruhig blieb und ihn weitermachen ließ, bis ihre mangelnde Erwiderung ihn wieder abkühlte. Als ihr der Fehler dieses Vorhabens klar wurde, war es schon zu spät.

Ihr eigener Name von seinen Lippen gesprochen war der verführerischste Klang, den sie jemals gehört hatte. Sie besaß immerhin genug Geistesgegenwart, nicht laut aufzustöhnen, doch konnte sie sich nicht davon abhalten, ihm ihre Zunge zu überlassen, als er sie verlangte. Sie zitterte vor Leidenschaft, als er sie zwischen den Lippen hatte, an ihr saugte und sie sanft biß.

»Das gefällt dir nicht? Welche Qual, nicht wahr, Cass?« murmelte er undeutlich, ehe sein ungeduldiger Mund wieder ihre Lippen fand und in ihre Wärme und Feuchtigkeit abtauchte, ohne auf eine Antwort zu warten. Er spürte, wie er die Kontrolle verlor, genau wie gestern. So hatte er sie nicht berühren wollen, doch glitt seine Hand jetzt langsam zwischen ihren Brüsten auf und ab. Da sie sich nicht zur Wehr setzte, flammte seine Erregung noch heißer auf. Er würde gleich aufhören, sobald sie ... sobald sie beide ...

»Philip!« Wie festgefroren hielt er mitten in der Bewegung inne.

Cass preßte die Augen zu und zog den Kopf fort, wobei sie die Arme fest um ihren Brustkorb schlang.

Es gab etwas, was er ihr sagen wollte, aber im Augenblick fehlten ihm die Worte. Er schützte ihren Körper vor Quinns wütendem Blick und stellte sich dann seinem alten Lehrer. »Du brauchst gar nichts zu sagen, Oliver. Die Schuld liegt ganz und gar bei mir. Miss Merlin war eben einfach ... da.« Und mit leiser Stimme, so daß nur sie es hören konnte, fügte er hinzu: »Und dem konnte ich nicht widerstehen.« Er war freundlich genug, sie nicht anzublicken, während er sich von der Kutsche auf den Boden schwang.

Quinns knochiges, intelligentes Gesicht war vor Wut tiefrot. »Dann entschuldige dich, verdammt noch mal, und laß sie endlich abfahren«, preßte er durch zusammengebissene Zähne hervor.

»Gerne will ich das. Miss —«

»Nicht nötig«, sagte Cass mit zittriger Stimme. »Mr. Riordan und ich haben nur eine — Wette eingelöst.« Ihr Kinn hob sich ein wenig höher. »Ich hatte verloren.« Sie blickte ihn direkt und unverwandt an. Riordan konnte sich vorstellen, welche Mühe sie das kostete. Ihr Gesicht war ernst, das einer Verliererin, und er spürte keine Freude bei diesem Geständnis.

Quinns Augen gingen zwischen den beiden hin und her, beunruhigt, wütend. Er streckte an Riordan vorbei die Hand aus und schloß die Kutschentür mit einem Krachen. »Bringen Sie sie nach Hause, Tripp!« rief er dem geduldig wartenden Kutscher zu. Das Gefährt ruckelte plötzlich an, und der Blick zwischen Riordan und Cass, der förmlich wie ein Band zwischen ihnen schwebte, zerriß endlich.

Bewegungslos beobachtete Riordan, wie die Kutsche um die Ecke verschwand, lauschte dem schwächer werdenden Klappern der Hufe und dem Rumpeln der Räder. Ihr Geschmack lag noch immer auf seiner Zunge, der Abdruck ihres zarten Halses noch in seiner Handfläche. Sie hatte gesagt, sie hätte keine Angst vor ihm, und das freute ihn. Aber ihm, bei Gott, ihm jagte sie fürchterliche Angst ein.

IV

»Also gut, Großmutter, ich spiele, aber nur, weil du es unbedingt willst.« Lady Claudia Harvellyn lachte in gespielter Resignation und setzte sich beschwingt an das Cembalo. Sie warf Riordan einen amüsierten Blick zu und begann. Ihre langfingrigen Hände glitten leicht über die Tasten.

Riordan lehnte sich im edel eingerichteten Salon der Harvellyns in den satinbezogenen Sessel zurück und seufzte zufrieden. Nichts genoß er mehr, als eine Stunde oder auch länger ruhig dasitzen und der beruhigenden Musik zu lauschen. In den vergangenen Monaten waren diese gelegentlichen Familienabende Ausnahmen voller Glück gewesen, eine wunderbare Erholung von den sinnlosen Frivolitäten, denen er jeden Tag frönen mußte. Hier konnte er ganz er selbst sein, dachte er zufrieden und nahm einen Schluck aus einer hauchzarten Porzellantasse. Ach, genau das war es, was ihm fehlte. Ruhe und Stille. Kultiviertheit. Die Gesellschaft von Menschen, die Musik liebten, die Bücher lasen und miteinander philosophierten. Welche Ironie des Schicksals, daß er gezwungen war, kostbare Zeit damit zu verschwenden, einen Tunichtgut zu mimen, wo er kaum begonnen hatte, sich selbst zu verstehen! Damit sollte er die Schuld gegenüber Quinn abtragen. Aber er hatte sein Versprechen gegeben, also gab es kein Zurück mehr. Der Gedanke, sein Wort zu brechen, wäre ihm nie in den Sinn gekommen.

Er beugte sich vor, setzte seine Tasse auf einem zierlichen Teetischchen ab, lehnte sich wieder zurück und betrachtete mit halb geschlossenen Augen Claudia Harvellyns kastanienbraune Haare, ihren einzigartigen Teint und ihre reife, frauliche Figur. Mit ihren vierundzwanzig Jahren geriet sie bereits an die Grenze zur Altjüngferlichkeit, doch schien diese schreckliche Aussicht sie nicht allzu sehr zu beunruhigen. Sie pflegte immer zu sagen, daß sie noch auf den richtigen Mann warte, und Riordan pflegte immer zu denken, daß er dieser Mann sei. Doch hatten sie sich kein Versprechen gegeben und das Thema Ehe war zwischen ihnen nie angesprochen worden. Sie hatten sich vor fast einem Jahr auf einem Hausfest in Norfolk kennengelernt — es war eine der seltenen Wochenend-Gelegenheiten gewesen, an denen Riordan nüchtern gewesen war. Er hatte sich sofort zu ihr hingezogen gefühlt. Sie war wunderschön, aber was ihn noch mehr gereizt hatte, war die ruhige Selbstsicherheit, die von ihr ausging. Hier war eine Frau, die wußte, was sie darstellte und damit auch zufrieden war. Dies in Verbindung mit ihrer scharfen Intelligenz und ihrem trockenen, subtilen Sinn für Humor machte sie unwiderstehlich. Er hatte damals sofort beschlossen, daß sie die richtige Frau für ihn war.

Bislang waren die Fortschritte seines Minnedienstes eher gering, überlegte er ironisch und faltete die Hände, während er sie weiterhin beobachtete. Das lockere Leben, das er über mehr als ein Jahrzehnt geführt hatte, war an einem Abend vor zehn Monaten abrupt zu Ende gegangen, und seitdem war sein verderbter Lebensstil nichts als eine gut geschauspielerte Scharade. Claudia wußte neben einer Handvoll Menschen über seinen gebesserten Charakter Bescheid, doch hatte sie bislang keine Anstalten gemacht, ihr freundliches, sozusagen platonisches Verhältnis zu vertiefen. Riordan war von ihrer distanzierten Haltung frustriert, denn er sah in Claudia die perfekte Frau — wunderschön, brillant, erfolgreich, von edler Haltung. Die ideale Gemahlin für einen ehrgeizigen jungen Staatsmann. Sobald seine Verpflichtung gegenüber Quinn abgeleistet war, wollte er ihr auch öffentlich den Hof machen. Er hatte keine Zweifel, daß sie dann kapitulieren würde. Sie besaß einen starken Willen, aber den hatte er selbst auch. Er würde sie erschöpfen, sie gnadenlos verehren und verfolgen, bis sie schließlich aufgab und ihn heiratete — so hatte er es vor. Sein Blick wanderte gelassen durch das schöne, luxuriös eingerichtete Zimmer, das Claudias dezenten guten Geschmack deutlich verkörperte. Ihre Großmutter, Lady Alice, döste friedlich in ihrem Sessel. Trotzdem war ihr Rücken noch ganz und gar gerade aufgerichtet. Man mußte nur die aristokratischen Züge der alten Dame und ihre papiergleiche, von blauen Äderchen durchzogene Haut anschauen, um zu wissen, wie ihre Enkelin in fünfzig Jahren aussehen würde, dachte Riordan. Ein stolzes, kultiviertes Gesicht, elegant und etwas hochmütig. Claudias Vater saß auf dem Sofa in der Nähe und hatte dieselbe aristokratische, gerade Haltung angenommen. In ihm fand sie jedoch einen weicheren Ausdruck, hatte fast etwas Jenseitiges, was wahrscheinlich an seiner zarten Gesundheit lag. Lord Winston litt seit seiner Jugend an einem kranken Herzen, doch hatte er seine jüngere, stets gesündere Frau schon um gute zehn Jahre überlebt. Riordan vermutete, daß er sich durch eine geistig interessierte Existenz am Leben erhalten hatte. All die Energie, die andere vielleicht körperlich aufwenden mochten, hatte er zur Ausbildung seines Intellekts genutzt. Claudia war Gott sei Dank nicht dermaßen kopfgesteuert, doch hatte sie ohne Zweifel die Rationalität ihres Vaters geerbt.

Aus keinem ersichtlichen Grund rieb er seinen immer noch schmerzenden Kiefer. Cassandra Merlin fiel ihm ein. Welche Gegensätze diese beiden Frauen doch darstellten! Er versuchte, sich Claudia wütend vorzustellen, so wütend, daß sie ihn — oder irgend jemand anderen schlagen würde, doch war ihm dies unmöglich. Lächerlich. Claudia war bis in die Fingerspitzen eine Dame, und er wollte unbedingt eine Verbindung mit ihr eingehen. Er hatte genug Frauen wie Cass Merlin gekannt, es reichte ihm für den Rest seines Lebens. Schon die Frauen seiner eigenen Familie waren oberflächliche, geistlose Weibchen und kannten nur ein einziges Ziel: sich zu amüsieren. Er wollte nichts mehr mit ihnen zu tun haben und freute sich auf den Tag, an dem seine erzwungene ›Beziehung‹ zu Miss Merlin ein Ende fand.

Und doch war er nicht in der Lage gewesen, den Nachmittag ganz aus seinen Gedanken zu verbannen. Noch während Oliver ihm eine Strafpredigt gehalten hatte, daß er seine fleischlichen Bedürfnisse gefälligst im Zaum halten solle, war der Gedanke an sie nicht von ihm gewichen. Sie war genau die Art von Frau, der er aus dem Weg gehen wollte, und doch hatte sie — abgesehen von den offensichtlichen — irgendeine Eigenschaft, die ihn anzog. Eine Art zerbrechlicher Würde, die er nicht verletzt sehen wollte. Er spürte tatsächlich den Drang, sie zu beschützen. Das war natürlich absurd — nach allem, was er gehört hatte, gab es nur noch sehr wenig Schützenswertes. Und außerdem schien sie sehr gut in der Lage, für sich selbst zu sorgen. Sie war jung und auf sein und Quinns Drängen hin hatte sie sich auf ein sehr gefährliches Spiel eingelassen. Es war nur natürlich, daß er sich ein wenig für sie verantwortlich fühlte.

Aber was wäre geschehen, wenn Quinn sie in der Kutsche nicht unterbrochen hätte? Er stellte sich vor, wie er die Tür der Kutsche hinter sich zugezogen hätte. *Darf ich dich hier berühren Cass? Ach, meine Süße, laß mich dich dort küssen ...* Er hätte die Nadeln aus ihrem Haar gezogen und dessen glatte Kühle gespürt, hätte gesehen, wie es um ihre Schultern fiel, hätte sich an diesem atemberaubenden Kontrast von schwarzem Haar und weißer Haut ergötzt. Dann hätte er mit seinen Fingerspitzen ihre angeschwollenen Lippen gestreichelt, und sie hätte seinen Namen geseufzt, wie sie es gestern abend getan hatte. Sie hätte zu allem, was er verlangte, Ja gesagt und bei seinem Kuß hätte sie —

»Ich sagte, Großmutter geht jetzt zu Bett, Philip. Wolltest du ihr nicht Gute Nacht wünschen?«

Riordan sprang mit schuldbewußter Eile auf die Füße und räusperte sich. »Aber natürlich. Ein Vergnügen, wie immer, Lady Alice.« Er nahm die trockene, faltige Hand in die seine und küßte sie. Im Stillen fragte er sich, wie lange er wohl schon dagesessen hatte, ahnungslos, daß die Musik geendet hatte und daß man mit ihm sprach.

»Ich bin ein bißchen müde, ich werde jetzt auch hochgehen«, beschloß Lord Winston und streckte die Hand nach dem Spazierstock aus, den er immer benutzte. »Kommen

Sie bald einmal wieder, Philip. Ich genieße unsere Gespräche immer sehr. Nächstes Mal erinnern Sie mich bitte daran, daß ich Ihnen die Monographie über die Reform der Strafgesetzgebung leihe. Nicht vergessen!«

»Gewiß nicht. Gute Nacht, Sir.« Sie schüttelten einander die Hände, und Lord Winston folgte seiner Mutter langsam aus dem Salon. In der Halle wartete schon der Butler, um ihm in sein Zimmer hinaufzuhelfen. Riordan fiel nicht zum ersten Mal ein, welch wirklich glückliche Fügung es war, daß die älteren Harvellyns so selten am gesellschaftlichen Leben teilnahmen. Ansonsten würden sie mittlerweile bestimmt von seinem Ruf gehört haben und sich verpflichtet fühlen, Claudias Umgang mit ihm einzuschränken. So wie die Dinge jedoch standen, kannten sie ihn nur als einen jungen, wohlhabenden Parlamentarier mit guten Verbindungen, der bislang gottlob keine Neigung gezeigt hatte, mit den Whigs zu brechen. So war er weiterhin ein willkommener Gast in ihrem Haus.

»Ach, da fällt mir ein, ich habe auch ein Buch für dich, Philip, hier in meinem Handarbeitskorb, glaube ich. Ich wollte es dir schon ewig zurückgeben.«

»Gib es mir später. Ich habe noch etwas mit dir zu besprechen, Claudia.«

Sie blickte auf, und ihr Gesicht war ernst. »Du siehst so müde aus. Das ist mir schon vorhin aufgefallen. Du wirktest abgelenkt.«

»Nein, mir geht es bestens.«

Sie ging zu ihm und erhob eine Hand, um seine Wange zu berühren. Diese so ungewohnte Liebkosung überraschte ihn. Doch eine solche Gelegenheit konnte er nicht ungenutzt verstreichen lassen, also ergriff er ihre Hand und küßte sie, um sie dann festzuhalten. »Ich wollte es dir sagen, ehe du es von irgendeinem verdammten Tratschmaul erfährst. Ich werde mit einer bestimmten Frau — in Verbindung gebracht werden, wie man so schön sagt. Eine Frau mit einer eher unerfreulichen Vergangenheit. Es tut mir leid.«

»Ach, du Armer! Nicht schon wieder. Wie ärgerlich für dich.« Sie lächelte mitleidig.

Daß sie so gar nicht eifersüchtig war, irritierte ihn etwas. »Nun ja, diesmal wird unsere vorgegaukelte Liaison wahrscheinlich noch ein bißchen offensichtlicher sein.« Er erkannte mit einem gewissen Schamgefühl, daß er wenigstens eine Andeutung von Eifersucht aus ihr herauskitzeln wollte.

»Vermutlich ist sie sehr schön.«

Er lächelte. »So häßlich wie ein Stachelschwein.«

»Das hast du auch von der französischen Opernsängerin behauptet, die Mr. Quinn damals für eine Spionin gehalten hat.«

»Aber die war auch *wirklich* häßlich.«

»Philip, ich hab' sie doch gesehen.«

»Ach so.« Er küßte ihr wieder die Hand. »Es ist dir wirklich egal, nicht wahr? In deinem harten Herzen existiert nicht das geringste bißchen Eifersucht.«

Claudia zog nachdenklich die Augen zu einem Schlitz zusammen. »Nein«, stimmte sie nach einem Augenblick zu, »ich glaube, du hast recht. Na ja, es würde auch nicht sehr viel Sinn haben, oder? Ich glaube nicht, daß du es ändern kannst, wenn du dich zu einer Frau hingezogen fühlst, und es wäre albern, mir Sorgen zu machen, bevor es überhaupt geschehen ist.«

»Deine Logik ist so unangreifbar wie immer, meine Liebste. Und du bist genauso atemberaubend wie immer.«

»Ach, Unsinn.« Sie entzog ihm ihre Hand. »Es ist schon spät. Ich gebe dir jetzt dein Buch, und dann mußt du wirklich gehen.«

Er seufzte besiegt auf.

Sie trat an ihren Handarbeitskorb und holte ein kleines, in rotes Leder eingebundenes Buch hervor. Er erkannte es und lächelte. Es war die englische Ausgabe des *Gesellschaftsvertrags.* »Was hast du davon gehalten?« fragte er überflüssigerweise, denn Claudia sagte ihm immer, gefragt oder ungefragt, was sie von den Büchern hielt, die sie gerade gelesen hatte.

»Anregend, aber eher auf einem gefühlsmäßigen als auf einem intellektuellen Niveau.«

»Dieser Satz aus deinem Munde ist ja förmlich ein Todeskuß!«

»Der erste Satz bestimmt schon den ganzen Ton des Buches«, fuhr sie fort, ohne auf seine Bemerkung zu achten. »›Der Mensch ist frei geboren, und überall liegt er in Ketten.‹ Diese Art von reißerischer Schreiberei finde ich sehr bedauerlich. Ich kann mich Rousseaus Annahme nicht anschließen, daß der Mensch in seinem ursprünglichen Zustand sittlich und sogar edel ist. Ich glaube viel eher mit Hobbes, daß der Mensch von Natur aus egoistisch ist und nach immer größerer Macht strebt. Damit ist das Konzept eines Gesellschaftsvertrags natürlich *ad absurdum* geführt. Die Revolution in Frankreich ist ganz bestimmt ein Beweis dafür, daß man dem Mob nicht zutrauen kann, sich selbst zu regieren.«

Sie fuhr fort, und Riordan lauschte ihr aufmerksam, nickte, wenn er ihr zustimmte, und runzelte die Stirn, wenn er anderer Meinung war als sie. Nach einer Weile verlor er jedoch den Faden und begann, sich statt dessen auf die Art zu konzentrieren, wie sich ihre Lippen bewegten. Sie hatte einen schönen Mund. Bei einigen Gelegenheiten hatte sie sogar schon zugelassen, daß er sie küßte, doch er wußte, daß er sie nicht bedrängen konnte. Sie sagte ihm nie, er solle aufhören. Sie stand nur eisig kalt da, und sofort fühlte es sich an, als umarme er einen Schneeball.

»Um das zu glauben«, sagte sie gerade, »würde man mit Rousseau übereinstimmen müssen, daß der Mensch seine Vernunft befragt, bevor er seinen Neigungen Gehör schenkt — und was könnte weiter von der Wahrheit entfernt sein? Man kann doch nicht — Philip, du hörst mir ja gar nicht zu! Ich wußte, daß du müde bist. Du mußt jetzt nach Hause. Soll ich Robert bitten, die Kutsche vorzufahren?« Sie hatte ihn am Arm genommen und führte ihn durch die Halle zur Eingangstür.

»Entschuldige bitte, ich war zerstreut. Nein, es ist zu spät, störe Robert nicht. Ich gehe zu Fuß.«

Sie stritten sich noch eine Minute darüber, bevor Claudia nachgab. »Sehen wir uns am Donnerstag? Die Chiltons laden wieder einmal zum Kartenspiel ein.«

»Ich glaube nicht.«

»Nein, vermutlich wirst du mit deiner neuen *protégée* verabredet sein«, sagte sie spitz. »Wie heißt sie eigentlich? Nur, damit ich auch einen Namen mit meiner noch zu erwartenden Eifersucht verbinden kann.«

»Darauf freue ich mich jetzt schon.« Er lächelte müde. »Sie heißt Cassandra Merlin.«

»Merlin? War das nicht der Name des Mannes, der neulich verurteilt worden ist?«

»Ja, und dieses Mädchen ist seine Tochter. Aber frag nicht weiter, Claudia. Ich würde es dir sonst erzählen, und dann bringt Oliver mich um.«

»In Ordnung. Aber du weißt doch, daß nichts weitergetragen wird, was du mir sagst, nicht wahr, Philip?«

»Natürlich weiß ich das.« Er berührte ihre Hand und überlegte, ob er sie küssen sollte, beschloß dann aber, daß es sich nicht lohnte, diesen Blick ernster Überraschung zu riskieren, den sie hinterher immer auf ihn richtete. »Gute Nacht, meine Liebe.« Er öffnete die Tür und trat in die Nacht hinaus.

Cass saß auf der Bettkante und preßte die Finger fest an die Schläfen. *Die allen gemeinsame Freiheit ist eine Folge der Natur des Menschen. Kein Mensch übt von Natur aus Herrschaft über seinesgleichen aus. Auf seine Freiheit verzichten heißt . . .* Sie schob den Handballen gegen ihre pulsierende Stirn und biß die Zähne zusammen. *Auf seine Freiheit verzichten heißt, auf seine Eigenschaft als Mensch verzichten.*

Sie ließ sich mit einem Stöhnen auf das Bett zurückfallen und starrte unglücklich die Decke an. Fünfzig Seiten hatte dieses vermaledeite Buch, zwei Spalten pro Seite, und der Druck war so winzig, daß selbst ein Floh eine Brille brauchen würde, um es zu lesen. Wie ärgerlich, Riordan gegenüber zugeben zu müssen, daß sie es nur zur Hälfte durchgelesen hatte!

Was würde nur Papa sagen, wenn er wüßte, daß sie Rousseau las, fragte sie sich. Er wäre natürlich stolz und überrascht und — ihr ganzes Leben lang hatte sie sich vorgestellt, wie die Reaktion ihres Vaters auf das wäre, was sie gerade tat oder dachte. Jede Entscheidung, die sie getroffen hatte, hatte sie auf seiner angenommenen Zustimmung oder Mißbilligung aufgebaut. Zunächst bei Dingen, die sie getan hatte, um ihm zu gefallen, später bei Dingen, die sie getan hatte, um ihn zu schockieren — alles, nur um irgendwie seine Aufmerksamkeit zu erregen. Und natürlich war die Ironie des Schicksals, daß es ihm immer völlig gleichgültig gewesen war und daß es ihm jetzt nichts mehr bedeuten konnte. Damals wie heute hatte sie niemanden, für den sie lebte, außer sich selbst. Diese Einsicht war neu, wenn auch nicht der Zustand, und es fiel ihr auf, daß sie keine Ahnung hatte, wie es von hier aus weitergehen sollte.

Dann klopfte es an der Tür. »Herein«, rief sie und setzte sich auf.

Es war Tante Beth. Sie sprach nicht sofort, sondern stand für einen Augenblick im Türrahmen, mit einem unerklärlichen Ausdruck auf ihrer vom Reispuder weißen Miene. »Du bist ja wirklich eine interessante Nichte«, tat sie schließlich kund und verschränkte die Arme.

»Verzeihung?« Cass ließ ihre Stimme unschuldig klingen, doch spürte sie, wie ihr Gesicht heiß und rot wurde.

»›Sich Geliebte zu nehmen, überlasse ich lieber dir‹«, äffte Beth sie mit unangenehmem Grinsen nach. »Lieber Gott, wie heuchlerisch du doch bist.«

Cass stand abrupt vom Bett auf und ging zum Spiegel. »Ich kann also davon ausgehen, daß mein Besuch angekommen ist, liebe Tante?« fragte sie steif, glättete ihre Röcke und zog an ihrer Corsage.

»Philip Riordan.« Lady Sinclair schüttelte den Kopf. Es gelang ihr jedoch nicht, einen kleinen Rest an Bewunderung aus ihrem Tonfall heraushalten. »Ich glaube, ich habe dich sogar unterschätzt, Cassandra. Darf ich fragen, wie lange du ihn schon kennst?«

»Nicht sehr lange.« Sie schalt sich, daß sie sich noch keine Geschichte ausgedacht hatte, wie sie ihre Bekanntschaft mit dem Ehrenwerten Mr. Riordan rechtfertigen konnte. Sie registrierte im Spiegel, wie blaß und leidend sie aussah, und kniff sich in die Wangen, damit sie etwas Farbe bekamen. »Wir haben uns in der Kirche kennengelernt«, log sie, denn es war ihr eigentlich egal, was ihre Tante glaubte. »Wenn du mich jetzt entschuldigen würdest —«

»Einen Augenblick mal, Cass. Ich glaube, es ist meine Pflicht, dich zu warnen — falls du es noch nicht wissen solltest —, daß Philip kein Gentleman ist. Sein Ruf ist wirklich miserabel.«

Diese Worte brachten Cass beinahe zum Lachen. Es lag ihr auf der Zunge nachzufragen, wer hier von ihnen beiden eigentlich verlogen war. »Dann passen wir doch bestens zusammen, oder etwa nicht?« sagte sie statt dessen. Tante Beths Augen wurden schmal. Cass hatte keine große Lust, diese Unterhaltung weiterzuführen und ging rasch an ihr vorbei und die Treppe hinunter.

Im Salon konnte sie Männerstimmen hören. Sie verharrte für einen Augenblick in der Tür, ehe Riordan auf sie aufmerksam wurde. Er sagte irgend etwas zu Freddy, das ihren Vetter köstlich amüsierte, doch unterbrach er sich, als er sie erblickte. Verlegen begrüßte sie ihn und war erleichtert, als Freddy ihre gestelzte kleine Ansprache mit einem Schwall freundlichen Geplappers unterbrach. Wo wollten sie denn jetzt hin? Ein kleiner Spaziergang im St. James's Park, so so! Nun, heute war sicher ein wunderbarer Tag für einen Spaziergang. Übrigens, er hatte gehört, daß Vauxhall überhaupt nicht mehr als elegante Wohngegend galt, daß Ranelagh dagegen ganz die Mode war. Was glaubte Philip? Ach, und wenn es nicht zu indiskret war, wer schneiderte ihm eigentlich die Hemden?

Cass stand schweigend daneben, während Riordan die wirre Befragung mit überraschender Höflichkeit über sich ergehen ließ. Dann war es an der Zeit, zu gehen, und er führte sie mit einem sanften, ehrbaren Griff zur Tür hinaus und half ihr mit allem Respekt in eine geschlossene Kutsche.

Sie war überzeugt, daß er sofort wieder zu seinem üblichen Selbst zurückkehren würde, wenn sie erst einmal alleine waren, doch zu ihrer Erleichterung tat er dies nicht. Er setzte sich in höflicher Entfernung von ihr auf die Bank und lächelte sie nichtssagend an. »Ich freue mich, daß du jetzt besser aussiehst als noch vor einigen Minuten, Cass«, sagte er mit beinahe ehrlich wirkender Sorge. »Du bist doch nicht krank gewesen, oder?«

»Danke, nein, es geht mir ausgezeichnet.« Das entsprach fast der Wahrheit. Ihre Kopfschmerzen waren nahezu verschwunden, und es war schließlich ein wunderbarer Nachmittag. »Was für ein Glück, daß der Regen heute morgen aufgehört hat«, fügte sie in der Hoffnung hinzu, daß sie nicht so albern klang, wie sie sich gerade fühlte.

»Ja, in der Tat«, stimmte er zu und machte selbst auch einige beiläufige Bemerkungen, bis Cass sich langsam entspannte und sogar anfing, Spaß an dem Ausflug zu haben. Aus irgendwelchen Gründen schien er sich heute wohl benehmen zu wollen, erkannte sie dankbar und beschloß, ihm darin entgegenzukommen.

Daß er den jüngsten Zwischenfall allerdings ganz und gar vergessen zu haben schien, verwirrte sie. Sie hatte erwartet, daß er selbstzufriedene, siegessichere Bemerkungen über ihre Kapitulation in der Kutsche machen würde, doch war sein Betragen ohne Tadel. Trotz ihrer Verwirrung und auch ihres Bedauerns erkannte sie deutlich, daß seine Reaktion die passendere und auch die viel weisere war. Sie beschloß, es ihm gleichzutun.

Die Gegend, durch die sie jetzt fuhren, erinnerte sie an das Pariser Quartier, in dem sie als Mädchen zur Schule gegangen war. Sie erzählte ihm das, und schon bald stellte er ihr Fragen, wie es gewesen war, in Frankreich aufzuwachsen. Zunächst war sie zögerlich und antwortete nur kurz. Ja, sie hatte immer Internate besucht, obwohl Tante Beth auch in der Stadt gewohnt hatte. Nein, Freddy hatte sie nie schlecht behandelt, wenn überhaupt, dann war es umgekehrt gewesen. Einsam? Ach, nein. Nicht wirklich. Nun ja, vielleicht gelegentlich, aber welches Kind ist denn nicht einsam? Langsam, während die Fragen weitergingen, und Cass die Möglichkeit zu akzeptieren begann, daß er vielleicht tatsächlich an ihren Antworten interessiert war, schmolz ihre Zurückhaltung dahin. Sie stellte fest, daß sie ihm schließlich Dinge erzählte, die sie bislang nur Freunden erzählt hatte — und auch Dinge, die sie noch nie zuvor erzählt hatte.

»Was für ein Mensch war dein Vater?« fragte er und legte einen Arm auf die Banklehne zwischen ihnen. »Oder fällt es dir schwer, über ihn zu reden?«

»Ich vermisse ihn natürlich, aber es macht mir nichts aus, über ihn zu reden. Ich habe ihn sehr geliebt, obwohl ich ihn nicht oft gesehen habe. Er sah gut aus, lebte intensiv und war ein aufregender Mensch. Ich habe immer Tagträume von ihm gehabt, als ich noch ein kleines Mädchen war.«

»Wovon hast du denn geträumt?«

»Ach, daß er kommen und mich von dem einen oder anderen Internat fortholen würde, und daß wir dann zusammen in unserem alten Haus in Surrey wohnen würden.«

»Du warst sechs, als deine Mutter starb?«

»Sechs, ja. Er behielt mich noch ungefähr ein Jahr bei sich, aber dann hat er, glaube ich, angefangen zu trinken und — solche Sachen. Er hat mich deshalb nach Paris zu Tante Beth geschickt.«

»Ach, die charmante Lady Sinclair. Wir haben uns schon einmal kennengelernt. Sag mal, flirtet Sie immer mit deinen Verehrern?«

»Ja, immer«, gab Cass ehrlich zu. »Soll heißen, wenn Sie mich nicht gerade beschuldigt, daß ich mit den ihren flirte!«

»Also war dein Vater der Ritter in der glänzenden Rüstung, der eines Tages seine Prinzessin retten würde?«

»Das dachte ich. So hat er hat mich sogar genannt, seine ›Prinzessin‹. Aber ich war ein aufmerksames Kind — mit ungefähr fünfzehn oder sechzehn Jahren habe ich begriffen, daß das niemals passieren würde. Ich habe auch erkannt, daß weder mein Vater noch meine Tante mich wirklich gerne in ihrer Nähe sahen.«

»Warum nicht?«

Sein Ton war sachlich, und sein Gesicht und sein Betragen so frei von Mitleid, daß sie mit der schlichten Wahrheit antwortete. »Ich habe nie verstanden, warum«, gestand sie leise und spielte mit einem Stück Stoff ihres Rockes. »Ich habe mein ganzes Leben damit verbracht, ein liebes kleines Mädchen zu sein, gehorsam und formbar, die Art von Kind, die sie haben wollten. Aber das hat nie gereicht, hat sie nie dazu gebracht, mich lieb zu haben. Also habe ich es schließlich nicht mehr versucht.« Sie zuckte ein wenig mit den Achseln, ganz französisch, und lächelte, um den Worten die Bitterkeit zu nehmen. »Und dann habe ich Freunde gefunden, die mich mochten, und da war ich endlich glücklich.«

Eine große, stets veränderte Gruppe von Freunden, dachte sie bei sich, die immer auf der anderen Seite von Wohlanständigkeit zu leben schienen — das Ehepaar zum Beispiel, dessen Kind sieben Monate nach der Hochzeit geboren wurde, junge Männer, deren einzige Art des Lebensunterhalts anscheinend das Glücksspiel war, Damen, die sich auf zweifelhafte Unternehmungen ohne Aufsicht einließen und von denen es hieß, daß sie ihren *beaus* unverantwortbare Freiheiten gestatteten. Es war eine Clique, die man wohl als ›lebensdurstig‹ bezeichnen konnte. Sie waren leichtfertig und tolerant und hatten sie zu einer Zeit in ihren Kreis aufgenommen, als sie dringend Gesellschaft brauchte. Niemand von ihnen war ein enger Freund geworden, doch gegenwärtig fehlten sie ihr alle.

»Bist du jetzt glücklich, Cass?« fragte Riordan sanft.

»Vollkommen.« Ihre Antwort kam automatisch, doch erschütterte sie die Frage. »Und was ist mit Ihnen, Mr. Riordan? Wie kommt es eigentlich, daß ein reicher, wohlangesehener Parlamentarier die Rolle eines Taugenichts spielt?« konterte sie und wußte ganz genau, daß ihr Ablenkungsmanöver sehr durchsichtig war.

Er starrte sie einen Augenblick lang an und antwortete

dann im selben leichtfertigen Tonfall. »Ach, Oliver hat mir einmal das Leben gerettet, sozusagen. Und als ich ins Parlament gewählt wurde, hat er mich gebeten, auf diese Weise meine Schuld abzutragen. Es ist nur für zwei Jahre, und die Hälfte ist schon fast vorbei.«

»Mr. Quinn hat Ihnen das Leben gerettet?« Er nickte, schien aber dieses Thema nicht ausweiten zu wollen. »Es muß Ihnen sehr langweilig scheinen, ein solch dekadentes Leben, sehr ermüdend. Jedenfalls würde mir das so gehen.«

»Tatsächlich, Cass?«

Sie reagierte ärgerlich. »Ja, da bin ich sicher.«

»Aber nicht, wenn es irgendwo einen Springbrunnen gäbe. Dann würde sich deine Laune doch erheblich bessern.«

Sie wurde rot. »Glauben Sie immer, was man ihnen erzählt?« verlangte sie hitzig zu wissen und runzelte ärgerlich die Stirn, als sie sah, wie schlecht er sein Vergnügen verbergen konnte. »Falls ja, sind Sie wirklich nicht besser als Mr. Quinn. Ich hätte gedacht, daß gerade Sie vorsichtiger wären in dem, was Sie als Wahrheit über andere annehmen, nachdem Sie selbst unschuldige Zielscheibe von Klatsch und Tratsch sind.«

»*Touché!* Aber es ist erst in jüngster Zeit so, daß ich ›unschuldig‹ bin, verstehst du? Mein Ruf eines verlotterten Tagediebes war über sehr lange Zeit außerordentlich gerechtfertigt.«

»Das überrascht mich nicht im mindesten«, erwiderte sie und wandte sich von ihm fort, um aus dem Fenster zu schauen. Sie hätte wissen müssen, daß er nicht für lange Zeit höflich bleiben würde. Und doch interessierte er sie. Sie wollte mehr über seine Familie wissen, über seinen syphillitischen Vater und seine nymphomanische Mutter. Und auch über sein Verhältnis zu Quinn, und wie es dazu gekommen war, daß der ältere Mann ihm das Leben gerettet hatte.

»Wir sind in Pall Mall, Cass. Möchtest du hier aussteigen und einen kleinen Spaziergang machen?« Sie stimmte mit einem kühlen Nicken zu, und er wies den Kutscher an, anzuhalten. »Fahren Sie mit der Kutsche zum Süd-Eingang, und warten Sie dort auf uns«, sagte er zu ihm, als sie ausgestiegen waren. »In ungefähr einer Stunde, denke ich.«

Die Kutsche fuhr los, und er bot Cass höflich den Arm. Offensichtlich wollte er bei seinen guten Manieren bleiben. Wieder fiel ihr auf, wie harmonisch sie sich miteinander bewegten, wie wohl sie sich dabei fühlte. Sie hätten sogar an diesem Tag ihre Garderobe bewußt aufeinander abgestimmt haben können, so ausgezeichnet paßte ihr grau-blaues Mousseline-Kleid zu seinem Rock aus lavendelfarbener Seide. Sie unterhielten sich entspannt und natürlich über alltägliche Dinge. Er zeigte ihr einen seiner Clubs, ein beeindruckend aussehendes Gebäude, wie auch eine ganze Anzahl weiterer bekannter Einrichtungen für Gentlemen, die die Straße säumten. Als sie im Park ankamen, wies er sie darauf hin, daß sie möglicherweise auf einige seiner Freunde treffen könnten, und daß, wenn dies der Fall wäre, er eventuell einen Arm um ihre Taille legen würde oder auf vertrauliche Weise eine Hand auf ihre Schulter. »Das dient nur dazu, die Illusion einer *Tendresse* zwischen uns beiden zu nähren, Cass.«

Sie suchte in seinem Gesicht nach einem Anzeichen von Neckerei, doch blickte er sie vollkommen ernst an. »Ich werde mein bestes tun, dann nicht in deutlichem Entsetzen zurückzuweichen«, erwiderte sie im selben Tonfall. Danach spazierte sie durch die Mall, jeder seinen eigenen Gedanken hingegeben.

»Möglicherweise treffen wir sogar auf Colin Wade«, sagte Riordan plötzlich. »Wenn das geschieht, werde ich ihm zunicken und wir gehen weiter. Ich bin noch nicht soweit, daß du ihn kennenlernst.«

Cass glaubte auch nicht, daß sie selbst schon so weit war. »Ein Bekannter von Ihnen?«

»Bekannter, genau. Wir sind nicht miteinander befreundet.«

»Wie ist er denn? Mr. Quinn hat mir sehr wenig erzählt.«

»Wade? Blond und wunderschön. Jedenfalls erzählen mir das die Damen. Man kann ihn sich beinahe in einer Toga vorstellen, mit Sandalen an den Füßen. Er bewegt sich immer besonders langsam, und dann legt er gerne seinen Daumen und den Zeigefinger zusammen, wenn er spricht.«

Er führte es ihr vor, und sie mußte bei seinem erfolglosen Versuch, entkräftet zu wirken, lachen. »Da die Geste nie etwas mit dem Thema zu tun hat, über das er gerade spricht, kann man mit einiger Sicherheit sagen, daß er sie nur macht, um die Aufmerksamkeit auf seine Hände zu lenken — die natürlich langfingrig und weiß und wunderschön sind. Es ist sehr eindrucksvoll.«

»Ich werde mir Mühe geben, zum richtigen Zeitpunkt beeindruckt zu sein.«

»Er schätzt Pastellfarben an seiner Kleidung, die im übrigen immer tadellos ist. Im Walbridge trug er tatsächlich eine rosafarbene Weste. Rosa!« Riordan schüttelte erstaunt den Kopf. »Die Frauen sind aus irgendeinem Grund von ihm begeistert, doch hält er sie auf Entfernung und sucht sie sich aus wie ein Rajah. Ich würde sagen, die beste Art, seine Aufmerksamkeit zu erregen, ist, ihm zu schmeicheln.«

»Und seine Frau?«

»Sie hat früher in Lancashire auf seinem Gut gewohnt, doch jetzt hält sie sich in Bath auf. Angeblich ist sie krank, doch es wird erzählt, sie sei einfach verrückt.«

»Du lieber Himmel.« Cass ging neben ihm weiter und versuchte, das alles irgendwie in sich aufzunehmen. »So wie Sie es beschreiben, klingt er überhaupt nicht wie jemand, der sich wegen irgendwelcher Revolutionen und der Anarchie und eines Königsmordes Gedanken machen würde.«

»Nein, da stimme ich dir zu. Aber es heißt ja auch, daß Guy Fawkes ein sehr gewandter, maßvoller Mensch war. Jedenfalls hielten ihn alle, die ihn kannten, dafür. Anarchisten sehen leider nicht immer wie Verrückte aus.«

Cass murmelte ihre Zustimmung und fragte sich, wer Guy Fawkes eigentlich war.

Sie hielten inne, um die Pelikane im Kanal zu beobachten. Er nahm ihre Hand, ohne darüber nachzudenken. »Wade ist ein Mann, der viele Geheimnisse hat und von seinem Privatleben nichts preisgibt. Er hat Dutzende von Bekannten, aber keine engen Freunde. Die politische Seite seines Lebens ist nicht öffentlich bekannt. Was wir davon wissen, haben wir nur durch langwierige und sorgfältige Spionage erfahren. Er hat vor seiner Ehe ein paar Jahre in Paris gelebt, und wir glauben, daß er sich dort mit den radikalen Elementen zusammengetan hat. Wahrscheinlich fing es unschuldig an — junge Heißsporne, die in eleganten Cafés von der Revolution geschwärmt haben — aber mittlerweile ist es durchaus ernst. Er will die englische Monarchie wirklich stürzen, und er hat seine anarchischen Prinzipien von den Pariser Revolutionären der achtziger Jahre übernommen.«

»Warum glauben Sie, daß er meinen Vater und dessen Freunde an die Regierung verraten hat?«

»Hat Quinn Ihnen das erzählt?«

Cass wirbelte zu ihm herum. »Wollen Sie damit sagen, daß es nicht stimmt?«

Er hielt seine Hände beruhigend in die Höhe. »Das habe ich nicht gesagt. Wahrscheinlich stimmt es sogar. Es ist nur noch nicht bewiesen worden. Dein Vater und seine Freunde haben sich geweigert, Wade in die Sache hineinzuziehen, als sie festgenommen wurden — selbst, nachdem man ihnen gesagt hatte, daß er sie verraten hat. Ich bin nur ein bißchen überrascht, daß Oliver es dir erzählt hat, das ist alles. Ich weiß, daß er ein wenig starrsinnig sein kann, aber im Herzen ist er ein zutiefst ehrbarer Mensch. Cass? Ist etwas nicht in Ordnung?«

Sie war im Gesicht ganz grau geworden. Nachdem Riordan ›geweigert‹ gesagt hatte, war ihr ein schrecklicher, unaussprechlicher Gedanke gekommen, und sie hörte überhaupt nichts anderes mehr. Innerlich fühlte sie sich wie erfroren, doch trotzdem zwang sie sich zu sprechen. Die volle Wahrheit zu wissen war besser, als sie den Rest ihres Lebens zu fürchten.

»Würdest du mir ehrlich etwas sagen?« fragte sie mit leiser, zitternder Stimme.

Er betrachtete verwirrt ihr aufgewühltes Gesicht. »Ja, wenn ich es kann, Cass. Um Himmels Willen, was ist denn los?«

Sie schluckte schwer und schöpfte tief Atem. »Wurde mein Vater im Gefängnis gefoltert?«

Er fluchte leise und streckte die Arme nach ihr aus. Sie versuchte, sich ihm zu entziehen, doch er hielt sie fest. »Hör mir gut zu, Liebes.«

»Er wurde gefoltert, nicht wahr?« Zu ihrem Entsetzen begannen jetzt die Tränen über ihr Gesicht zu laufen. Sie ließ zu, daß er sie von dem Pfad weg zu einem etwas diskreteren Ort an einer kleinen Baumgruppe führte und als er sie in seine Arme zog, fühlte sie sich zu vernichtet, um ihm zu widerstehen. »Mein Gott«, schluchzte sie in sein Hemd. »Ich dachte immer, er wollte mich nicht sehen, weil er sich nichts aus mir machte. Mein Gott, mein Gott!«

Er ließ sie weinen. Ihre Worte waren durch den Schmerz so unverständlich, daß er sie kaum verstehen konnte. Sie ist noch so jung, dachte er, während er sie umarmte und ihr in langsamen, beruhigenden Kreisen über den Rücken strich. Ihr Haar kitzelte seine Lippen, während er bedeutungslose, tröstende Worte hineinsummte, und ihre schmalen Hände, die sich gegen seinen Brustkorb preßten, erinnerten ihn an die andere Gelegenheit, als sie dies schon einmal getan hatte. Er war nicht erregt, doch jeder Teil seines Körpers, der sie berührte, war sich schmerzhaft ihrer Fraulichkeit bewußt.

»Jetzt geht es mir wieder besser«, flüsterte sie schließlich und schob ihn fort.

Das stimmte nicht. Er reichte ihr sein Taschentuch und hielt sie weiter in den Armen. »Hör mir zu, Liebes. Ich weiß es nicht sicher, es ist möglich, daß er nicht gefoltert wurde. Aber —«

»Sag jetzt nichts mehr. Bitte.« Sie schob ihn fort und wandte sich ab.

Er starrte unglücklich auf ihren Rücken, suchte verzweifelt nach den richtigen Worten. »Ich habe deinen Vater nie kennengelernt, Cass, und ich werde nicht so tun, als bewunderte ich ihn für das, was er getan hat. Aber ich weiß, daß er an sein Ziel glaubte und den Regeln gehorchte, die er sich selbst geschaffen hatte. Niemand würde leugnen, daß das, was er getan hat, Mut erforderte. Und für die eigenen Prinzipien zu sterben ist kein so tragischer Tod.«

Nach einem langen Augenblick wandte sie sich wieder zu ihm um. Ihr Gesicht war von den Tränen gezeichnet, doch sie reckte ihr Kinn stolz empor, und ihre Stimme war ruhig. »Nein, es ist keine schlimme Art zu sterben. Vielleicht sogar eine beneidenswerte. Ich bitte um Verzeihung, daß ich mich so benommen habe. Es war naiv von mir, die Wahrheit vorher nicht erkannt zu haben. Die einzige Entschuldigung, die ich dafür habe, ist, daß ich sie nicht erkennen *wollte.* Wir können jetzt weitergehen, ich bin soweit.«

Es brauchte seine gesamte Willenskraft, um sie nicht noch einmal in die Arme zu nehmen. Aber sie glaubte, er empfinde nur Mitleid mit ihr, und er wollte nicht, daß sie zusätzlich zu ihrer Trauer nun auch noch Beschämung fühlen mußte. Also verschränkte er die Arme hinter dem Rücken, trat beiseite und verbeugte sich, als sie ihm vorausging.

Dann sprach er von beiläufigen Dingen — wie hübsch der Spätnachmittag sei, von der Krankheit, die die Hartriegel-Bäume dieses Jahr befallen zu haben schien — und nach einer Weile wurde er auch von dem Hauch eines Lächelns und einigen stillen Worten für seine Bemühungen belohnt. Ermutigt erzählte er ihr einen Witz. Es war eine lange, komplizierte und sehr alberne Geschichte, und als sie am Ende lachte, vermutete er, daß sie sich genauso sehr über ihn selbst wie auch über die Pointe der Geschichte amüsierte. Aber ihr Lachen wärmte ihn wie das Sonnenlicht auf einem gefrorenen Teich, und in dem Moment hätte er sogar eingewilligt, einen Handstand zu vollführen, wenn das bedeutet hätte, sie noch einmal lachen zu hören.

»Philip! Philip Riordan!«

»Ach, zum Teufel aber auch«, fluchte er leise. Cass richtete sich steif auf, beiläufig ließ er seinen Arm um ihre Taille gleiten und zog sie an sich. »Du wirst gleich das Vergnügen haben, ein paar der Leute kennenzulernen, die ich leider meine Freunde nennen muß«, murmelte er grimmig. Wieder erscholl der Ruf. Er blieb stehen und wandte sich um. Zwei Paare kamen auf sie zu. »Hallo, Wally, hallo Tom«, rief er mit einer Stimme, die Cass erstaunt aufblicken ließ.

»Ich wußte doch, daß du mich gehört hast, du alter Hund«, beschwerte sich einer der Gentlemen, als sie schließlich beieinanderstanden. Der rasche Gang schien ihn völlig erschöpft zu haben. Er wischte sein rundes Gesicht mit einem duftenden Taschentuch ab und atmete durch den Mund. »Willst du uns nicht deiner charmanten Freundin vorstellen, Philip?«

»Nein.«

»Ha! Dann mach ich es eben selbst.« Er verbeugte sich vor Cass so tief, wie es sein Wohlstandsbauch zuließ. »Ihr ergebener Diener, Madame, Wallace Digby-Holmes. Und das hier ist Tom Seymour, ein räudiger Hund, der Ihre Aufmerksamkeit nicht wert ist. Und diese drei Damen sind Freundinnen von uns.«

»Zwei«, korrigierte ihn Tom. »Diese *zwei* Damen.«

»Verdammt noch mal, habe ich doch gesagt. Das hier ist Gracie — so war das doch? Und diese hier heißt Jane, ich bin mir sicher, daß sie Jane heißt. Also, wohin wollt ihr denn? Wir gehen mit euch. Oder, wenn du jetzt fort mußt, Philip, dann begleite ich mit dem größten Vergnügen die Dame selbst nach Hause. Das ist doch Miss Merlin, nicht wahr? Ich muß schon sagen, ihr Kerle vom Unterhaus habt wirklich keine Manieren mehr — bitte um Verzeihung, Ma'am.« Er tat so, als ziehe er einen Hut.

»Ach, verpiß dich doch, Wally«, knurrte Riordan mit einem kleinen Lallen.

»Ach herrje! Wir sind wohl ein bißchen hinüber, was? Übrigens, du hättest nicht zufällig gerade einen Tropfen bei dir? Was? Gott im Himmel, du bist doch ein feiner Kerl!« Er nahm den silbernen Flachmann an, den Riordan aus seiner Tasche gezogen hatte, nahm einen tiefen Schluck und reichte ihn an Tom weiter. Die beiden Damen kicherten und machten tadelnde Geräusche. Sie hatten grobe Züge und waren bunt gekleidet. Cass dachte: Wenn das keine Huren sind, dann bin ich die Königin von Saba.

»Wir wollen euch nicht aufhalten«, murmelte Riordan stirnrunzelnd, nahm seinen Flachmann wieder in Empfang und schwankte dabei leicht.

»Hoppla, warum denn so eilig? Die Dame sieht so aus, als wollte sie mit uns weitergehen und nicht mit dir, Philip. In solchen Dingen habe ich einen sechsten Sinn, weißt du«, zwinkerte Wally Cass zu, tippte sich an die Stirn und trat näher zu ihr.

Tom hatte eine Idee. »Warum lassen wir *sie* nicht entscheiden?«

Wally grinste und klatschte seinem Freund auf die Schulter. »Genau, warum nicht? Was, Philip?« Riordan schwankte abermals und blickte die beiden wütend an. »Also, Missy, wer soll es sein? Dieser betrunkene Taugenichts, mit dem Sie um die Mitte herum verbunden sind, oder zwei leichtherzige, großzügige, gutaussehende junge Männer wie wir selbst?«

Die Damen kicherten schon wieder hinter vorgehaltener Hand. Cass hätte nicht übel Lust gehabt, es ihnen gleich zu tun. »Ich glaube, ich halte es weiter mit dem Taugenichts«, sagte sie zurückhaltend. Während Wally und Tom vor Enttäuschung aufbrüllten, blickte sie rasch hoch in Riordans Gesicht. Er runzelte noch immer die Stirn, doch lag in seinem Mundwinkel ein humorvolles Zucken.

»Frauen«, knurrte Wally. »Wenn es nicht noch das eine gäbe — hoppsa, bitte um Entschuldigung. Also, wir machen uns dann fort. Bist du heute abend im Flaherty's, Philip? Wenn ja, zeige ich dir meine neuen Pistolen. Jetzt komm schon, Tom! Hallo — June, so heißt du doch? Nimm meinen Arm, sei ein liebes Mädchen. Joan, sagst du? Na, jetzt entscheide dich doch mal, Fräulein ...« Seine Stimme wurde immer leiser, während das fröhliche Trüppchen weiter den Weg entlangging.

Kaum waren sie außer Hörweite, fing Cass an zu lachen.

Sie hatte Riordans Freunde harmlos und amüsant gefunden, obwohl sie einsah, daß sie einen bald langweilen konnten. In Wahrheit erinnerten sie sie, obwohl sie älter waren, an manche Mitglieder ihrer alten Clique in Paris.

Riordan lächelte zu ihr hinab und genoß den schönen Klang ihres Gelächters. Er hoffte, sie würde weiterhin seinen Arm halten. Das tat sie jedoch nicht. Irgend etwas in seinen Augen mußte ihn verraten haben, denn das Lachen erstarb, und sie trat verlegen einen Schritt von ihm zurück. »Wir sollten lieber weitergehen. Es ist schon fast dunkel.«

Das stimmte zwar nicht, aber die Sonne senkte sich langsam, und die Stunde war bald vorüber. Trip würde sicher schon warten. Riordan nickte ihr ernsthaft zu, und sie machten sich auf den Weg zum südlichen Ende des Parks. Dort wartete schon die Kutsche. Unterwegs nach Holborn vernahm Cass mit Erstaunen, daß Wally tatsächlich der Vicomte Digby-Holmes, daß Lord Thomas Seymour ein Baron war, und daß beide im Oberhaus saßen. »Du liebe Zeit!« wunderte sie sich. »Das ist ja schockierend.«

»Nicht wahr? Fast so skandalös wie die Tatsache, daß ich im Unterhaus sitze. Es sind Zustände wie diese, die die Revolution zu einer wirklich ernsthaften Alternative machen, Cass — Was hast du eigentlich von Rousseau gehalten?«

Ihr stockte das Herz. Sie hatte gehofft, er würde es vergessen. »Ich fand ihn großartig«, sagte sie mit abweisendem Tonfall. »Das ist doch Westminster Hall, nicht wahr? Sind eure Kammern, oder wie man diese Säle nennt, da drinnen?«

»Nanu, du faules Stück, du hast es wohl gar nicht gelesen!«

»Hab' ich doch!« rief sie empört. »›*L'homme est né libre, et partout il est dans les fers.*‹ Was sagst du nun?«

»Jedenfalls hast du den ersten Satz gelesen«, erwiderte er lachend.

»Nein, viel mehr!«

»Ach so. Und wie war es?«

»Was meinst du damit?«

»Was hälst du davon?«
»Von welchem Teil?«
Er seufzte geduldig auf. »Ganz allgemein.«
»Es hat mir gefallen, wirklich. Aber ich hab' es nicht zu Ende gelesen«, gab sie mit Schamesröte im Gesicht zu.
»Das ist egal. Was hältst du von der Idee einer Republik?«
Sie dachte nach. »Also ... ich glaube, daß die Menschen das Recht auf eine gute Regierung haben. Wenn die Regierenden nicht fähig oder verrückt oder böse oder gefährlich sind, dann sollten wir das Recht haben, sie davonzujagen und neue zu wählen. Und ich finde, ein König sollte unser Souverän sein, weil wir ihn gewählt haben, nicht weil Gott ihn dazu auserwählt hat.«
»Gesprochen wie eine echte Revolutionärin.«
»Aber keinesfalls!« leugnete sie schockiert.
»Was hältst du vom natürlichen Zustand des Menschen?«
»Wie beliebt?« Meinte er jetzt nackte Leute?
»Der Mensch in seinem natürlichen Stand, ehe ihn die Gesellschaft verdirbt — ist er dann ein schlichter, friedliebender Kerl oder ein Biest ohne Moral?«
Diese Frage hatte sie noch nie bedacht. »Ich würde sagen, das hängt von seinen Umständen ab«, bemerkte sie langsam. »Wenn er ein Obdach hat und genug zu essen, dann ist er wahrscheinlich sanft und liebevoll. Aber wenn seine ganze Existenz nichts als ein dauernder Kampf ist, dann kann ich mir schon vorstellen, daß er gewalttätig oder vielleicht sogar grausam ist.« Ihr Gesicht hellte sich auf. »Stimmt das?«
Riordan lachte. »Es gibt keine richtige Antwort, Cass, das sind alles nur Theorien.«
Welchen Sinn hat das ganze dann? wollte sie fragen, doch sie hütete ihre Zunge.
Er bearbeitete sie weiter mit Fragen über die Ursprünge der ersten Gesellschaften und den Gesellschaftsvertrag. Nachdem sie erkannt hatte, daß er sich nicht über sie lustig machen wollte, konnte sie sich auch auf diese Vorstellungen konzentrieren und Verbindungen schaffen, die ihr nie vor-

her aufgefallen waren. Er behandelte sie nicht von oben herab, sondern hörte ihr genau zu und unterbrach sie nur, um einen gelegentlichen Gedanken von sich selbst hinzuzufügen oder ihr aus einer Sackgasse herauszuhelfen. Es war ein vollkommen neues Erlebnis für Cass — ein Gespräch nicht über eine Person oder eine Sache, sondern über eine Idee — und sie war erstaunt festzustellen, daß sie dies unglaublich genoß. Als sie aus dem Fenster sah und ihr eigenes Haus entdeckte, hatte sie keine Ahnung, wie lange die Kutsche dort wohl schon gestanden hatte. »Liebe Zeit, ich muß hineingehen.«

»Stimmt, das hatte ich ganz vergessen.«

Aber keiner von beiden bewegte sich. Sie beobachtete ihn im Schutze der zunehmenden Dunkelheit und fand, daß er trotz seiner gekonnten Schauspielerei überhaupt nicht versoffen aussah, ganz anders als seine Freunde im Park. Sein Gesicht war nicht aufgeschwemmt, sondern straff, sein Unterkiefer entschlossen, kräftig und markant, sein Körper viel zu muskulös, die Schultern zu gut gehalten. Er hatte überhaupt keinen Bauch, und seine Oberschenkel waren so hart ... Sie schluckte und stellte fest, daß ihr Mund ganz trocken war.

»Also, ich gehe nun hinein«, wiederholte sie.

»Cass, warte.« Er reichte ihr etwas Weißes. »Das ist für dich.«

»Was ist das?« In einem Umschlag lagen zehn Hundertpfundnoten. Ihre Finger umklammerten sie fest, und ihre Haut fühlte sich plötzlich eisig kalt an. Sie konnte ihn nicht anschauen. »Es ist ein Darlehen«, hörte sie sich selbst sagen. »Hat Quinn dir gesagt, daß es nur ein Darlehen ist?«

»Ein Darlehen? Nein, das hat er nicht erwähnt.«

Seine höfliche, tonlose Stimme sagte ihr deutlicher als alle Worte, daß er ihr nicht glaubte. Rasch flammte Wut in ihr auf — Wut über ihn und auch sich selbst, daß sie überhaupt wollte, daß er ihr glaubte. Schließlich war es ein Geschäft, Darlehen hin oder her. Die Bezahlung für geleistete Dienste. So hatte Mr. Quinn es genannt. Und wenn alles erst vorüber war, wollten die beiden ja, daß sie England verließe. Warum spürte sie dann diese heiße, stechende Schande, während sie dasaß, den Umschlag in der Hand hielt und durch das knisternde Papier seinen schwerwiegenden Inhalt betastete? Mit einer abgehackten Bewegung schob sie den Umschlag in ihr Dekolletée und rutschte auf die Kante der Sitzbank. »Wann werde ich denn Mr. Wade kennenlernen?« fragte sie mit belegter Stimme und starrte geradeaus.

»Bald.«

»Gut. Ich möchte so schnell wie möglich anfangen, meine Vergütung zu verdienen. Helfen Sie mir jetzt bitte hinaus.«

»Ich werde morgen wieder vorbeikommen.«

»Schön. Lassen Sie mich jetzt bitte hinaus.«

Immer noch schaute sie an ihm vorbei. Er wartete noch einen Moment lang, denn er verstand nicht ganz, was sie so aus dem Konzept gebracht hatte. Schließlich warf er die Tür auf und sprang auf den Bürgersteig. Er nahm ihre Hand, um ihr aus der Kutsche zu helfen. Sie entzog sie ihm sofort und ging allein auf die Haustür zu. Er dachte, daß sie noch auf ihn warten, daß sie es zulassen würde, daß er ihr die Tür aufhielt, doch ehe er bei ihr angekommen war, war sie schon im Haus verschwunden.

V

Cass beugte sich vor, streichelte ihr Pferd zwischen den Ohren und wünschte sich, Riordan würde mit ihr sprechen. Sie blickte ihn an, wie er da auf dem schönen braunen Hengst neben ihr saß, und fragte sich, was er wohl gerade dachte. Aus seinem nichtssagenden, verschlossenen Ausdruck, den sie nur im Profil sah, konnte man nichts schließen. Tatsächlich wußte keiner von ihnen an diesem Morgen viel zu sagen, und so war es auch am vergangenen Abend gewesen, was eigentlich nur selten vorkam. Sie waren spazierengegangen, ausgeritten, hatten diniert, gespielt und getanzt, und das jeden Tag und fast jeden Abend, seit einer guten Woche — aber am meisten hatten sie sich miteinander unterhalten. Cass hatte nicht einmal geahnt, daß es so viele Gesprächsthemen gab, die zwei Menschen miteinander erörtern konnten. Sie besaß jetzt eigene Meinungen — nicht wirklich grundlegende, aber einigermaßen begründete — über solche Fragen wie: ob ein Mitglied des Parlaments so abstimmen sollte, wie es sein Gewissen von ihm erforderte oder wie es seine Wählerschaft von ihm verlangte. Oder ob die Menschen eine moralische Verpflichtung hatten, einen Tyrannen zu stürzen. Und es erstaunte sie zutiefst, daß ihre neuen Meinungen nicht nur die von Riordan nachäfften, sondern ganz und gar ihre eigenen waren. Sie war sich nicht einmal sicher, wie seine wirklichen Überzeugungen lauteten, denn seine Art, mit ihr zu diskutieren, bestand darin, immer genau das Gegenteil dessen zu behaupten, was sie gerade verteidigte. Er stritt solange mit ihr, bis sie entweder den Sieg davontrug oder aufgab, dann aber vertrat er genau die konträre Meinung und fing ganz von vorne wieder an. Dennoch fühlte sie sich in seiner Gegenwart nie dumm, selbst wenn sie lächerliche Dinge äußerte, die offenbarten, wie zutiefst ahnungslos sie eigentlich war. Er hatte ihr vor kurzem sogar eine Art Kompliment gemacht, indem er laut überlegte, wie es kam, daß sie so intelligent und zugleich so beschämend ungebildet war. Tagelang hatte sie sich an diesem etwas zweifelhaften Lob erfreut. Sie hatte immer noch Schwierigkeiten mit Rousseau und den anderen Büchern, die er ihr geliehen hatte, aber sie hatte gelernt, daß sie die wesentlichen Aussagen leicht und genau erfassen konnte, wenn er die Werke für sie zusammenfaßte. Sie war stolz und begeistert, zum ersten Mal machte ihr das Lernen Spaß und war nicht nur eine schmerzhafte Erfahrung.

Wenn sie nicht gerade Bücher und Pamphlete und Zeitungsartikel diskutierten, waren sie in der großen wie auch in der nicht ganz so feinen Gesellschaft unterwegs und taten so, als seien sie ein Liebespaar. Sie gingen zu Bällen und Routs, zu kleinen Dîners, in anständige Casinos und verrufene Spielhöllen, ins Theater und die Oper. Innerhalb von Tagen war überall bekannt, daß der Ehrenwerte Philip Riordan eine neue Begleitung hatte, daß diese die Tochter von Patrick Merlin war, und daß letzterer schließlich der Landesverräter gewesen war, der Mann, den man vor kaum zwei Wochen in New Gate erhängt hatte. Und das Flittchen trug noch nicht einmal Trauer! Aber was konnte man auch von einer verdammten Französin erwarten? Oder so gut wie einer Französin, denn sie hatte ja ihr ganzes Leben dort verbracht und hing wahrscheinlich genauso den Froschschenkelfressern an wie ihr verräterischer Vater. Niemand fragte, was der bekannte Parlamentarier in ihr sah; alle Welt kannte seinen Ruf. Und man wußte schließlich, wie sie aussah. Das einzige Geheimnis blieb, warum er sie nicht aus der bescheidenen Unterkunft bei ihrer Tante in Holborn herausholte und sie irgendwo in einem schönen Haus in Mayfair unterbrachte.

Cass war zusehends beeindruckter von Riordans schauspielerischen Fähigkeiten, da sie langsam verstand, wie tief der Abgrund zwischen dem war, was er eigentlich darstellte und dem, was er vorgab zu sein. Sie entwickelten im Laufe der Tage ein kompliziertes System, wie sie in der Öffentlichkeit miteinander umgingen, und am Ende der Woche war ihre Zusammenarbeit fehlerlos. Er trank Alkohol in winzigen Schlucken, und dann auch nur, wenn man ihn beobachtete. Cass, die immer schon Wein gut vertragen hatte, lernte es, ihr Glas rasch auszutrinken und es dann gegen seines auszutauschen, ohne daß es jemand bemerkte. Sie machte es sehr geschickt, stocksteif gerade zu stehen, wenn er sich in anscheinend betrunkenem Zustand auf sie stützte, oder wenn er stolperte, während er ihren Arm hielt. Sie gewöhnte sich an seine Kampfeslust, wenn er im Kartenspiel verlor, und erwarb die Fähigkeit, herzlich über die zotigen Witze seiner Freunde zu lachen.

Das einzige, woran sie sich überhaupt nicht gewöhnen konnte, war die intime Art, mit der er sie in der Öffentlichkeit berührte. Wenn sie ausgingen, schien es, als ob seine Hände dauernd auf ihr lagen, sie drückten, streichelten und festhielten, und Cass konnte nicht anders als diese Gesten zu erwidern. Bei einer Pantomime in Vauxhall hatte er über eine Zeit, die ihr wie Stunden vorkam, ihren Nacken und ihre Schultern gestreichelt, während er inmitten seiner lauten Gefährten hinter ihr stand. Schließlich hatte sie mit zitternden Knien seine Hand fortgezogen und ihn beiläufig auf die Knöchel geküßt, als würden nicht alle Knochen in ihr schmelzen, als wäre ihr Bauch nicht voller verbotener Empfindungen.

Als sie später miteinander allein waren, und er sie mit derselben freundlichen Höflichkeit behandelte wie immer, kam sie sich benutzt vor, fast schmutzig — und spürte eine merkwürdige Verzweiflung.

Sie mochte ihn zu sehr, das war ihr klar, aber sie wußte nicht, was sie dagegen unternehmen sollte. Er war der netteste Freund, den sie je gehabt hatte. Es war gleichgültig, daß ihre Freundschaft eine konstruierte Angelegenheit war, und daß sie ein festgesetztes Ende hatte — er war warmherzig und lustig und aufregend, und wenn sie zusammen waren, war Cass glücklich.

»Wieviel Uhr ist es eigentlich?« fragte sie jetzt, eher um

das Schweigen zu brechen. Es konnte nicht sehr viel später sein als das letzte Mal, da sie die Frage gestellt hatte.

Riordan holte seine Taschenuhr hervor und öffnete den silbernen Deckel. »Halb zwölf. Er wird schon bald vorbeikommen.« Er blickte zu ihr hinüber und betrachtete ihr neues, rosenfarbenes Reitkostüm aus Leinen, und sie hätte schwören können, daß in seinen Augen Mißbilligung lag, ehe er wieder seinen steinernen Blick auf den Pfad senkte.

»Sehe ich auch ordentlich aus?« fragte sie besorgt und befingerte die Nadel, die ihren flotten neuen Reiterhut sicher auf den hochgesteckten Haaren festhielt. Ihre Handflächen schwitzten in den Lederhandschuhen. Sie verstand sein Schweigen nicht, seine kühle Distanz, gerade jetzt, wo sie doch endlich Wade kennenlernen sollte. Sie war so nervös wie ein junges Pferd, denn sie wußte, daß alles, worauf sie hingearbeitet hatten — und wofür Mr. Quinn bezahlt hatte — in den nächsten dreißig Minuten von ihrer persönlichen Glaubwürdigkeit abhing. Aber in dem Moment, wo sie Riordans Unterstützung am meisten brauchte, schien der freie Gesprächsfluß zwischen ihnen auf ein Tröpfeln reduziert, und jetzt herrschte völlige Dürre.

Er blickte sie noch einmal an, diesmal mit einem kalten, abschätzigen Ausdruck, der sogar beleidigend wirkte. »Wie eine reife Pflaume, Cass, die nur darauf wartet, gepflückt zu werden.«

Die Worte und sein spöttischer Ton waren wie eine Ohrfeige. Sie wandte den Kopf und biß sich entsetzt auf die Lippe. Was hatte sie getan?

»Wenn du dich auch nur für eine Sekunde nicht mehr Herrin der Lage fühlst, dann zügle dein Pferd, ist das klar? Wir werden schon noch eine andere Möglichkeit finden, um seine Aufmerksamkeit zu erregen. Ich sehe ohnehin Frauen ungerne im Damensattel galoppieren. Hast du mich verstanden, Cass?«

»Ich habe Sie ausgezeichnet verstanden«, erwiderte sie angespannt. »Ich kann ausgezeichnet reiten, Mr. Riordan. Es ist wohl kaum wahrscheinlich, daß ich die Kontrolle über diesen Gaul verliere, das kann ich Ihnen versichern.«

»Bestens. Dann kannst du dich ja darauf konzentrieren, zu lächeln und mit den Augenlidern zu klimpern. Sag nur nicht etwas so Dummes, daß du das ganze Spiel verdirbst.«

Sie starrte ihn an. Was war nur mit ihm los? Der Kontrast zwischen diesem wütenden, unangenehmen Menschen und dem großzügigen, lachenden Freund, der er bislang gewesen war, war völlig unverständlich. Es hatte am Abend zuvor angefangen, fiel ihr jetzt ein, als sie die Begegnung mit Wade ernsthaft zu planen begann. Sie blickte geradeaus, ihre Hände umklammerten die Zügel, und sie zwang sich, sich zu entspannen, nicht zu weinen, nur daran zu denken, was jetzt vor ihr lag. Sie zuckte zusammen, als die Stimme eines Mannes ihnen von hinten einen Morgengruß entbot, aber das war nur einer von Riordans Freunden, und er ritt ohne innezuhalten weiter.

Der Tag war verhangen, die Luft bedrückend warm. Der Hyde Park war leerer als an einem Sonntag morgen üblich, was an dem sich ankündigenden Regen lag. Colin Wade ritt jeden Sonntag hier aus, aber Cass fürchtete und hoffte gleichzeitig, daß er seinen Ausritt heute abgesagt hatte. Nervös richtete sie das fliederfarbene Tuch an ihrem Hals und schob die Ärmel ihrer Jacke zurück, damit die schneeweißen Spitzen-Manschetten darunter sichtbar wurden. Sie hatte sich das neue Reitkostüm mit Quinns Geld rasch nähen lassen. War es das, was Riordan störte? Die Vorstellung machte sie wütend. Was ging es ihn eigentlich an, wofür sie ihr Geld ausgab? Und außerdem, was sollte sie sonst anstellen? Man erwartete von ihr, daß sie Mr. Wade verführte. Wie sollte sie das aber erreichen, ohne sich für ihn aufzuputzen? Sie seufzte besorgt und richtete sich stocksteif auf, als sie Riordan leise sagen hörte: »Da kommt er.«

Ein junger Mann kam auf einer weißen Stute auf sie zugeritten. Cass sah, daß er tatsächlich, wie Riordan angekündigt hatte, blond und gutaussehend war. Seine Weste war an diesem Tag von einem pudrigen Blau und nicht rosafarben, sein Rock ein auffallendes Pflaumenblau. Sein blaßblondes Haar war aus der hohen Stirn zurückgekämmt. Die Augen, die tief in einem knochigen, gleichmäßig geformten Gesicht lagen, waren von dem Ausdruck intensivster Langeweile geprägt. Als er die beiden sah, hoben sich seine Augenbrauen leicht, so daß die Arroganz seines Ausdrucks akzentuiert wurde. Er nickte Riordan distanziert zu und wollte schon weiterreiten, als seine zimtfarbenen Augen auf Cass ruhen blieben. Da brachte er sein Pferd zum Stehen.

»Wade«, begrüßte Riordan ihn knapp.

»Riordan«, antwortete Wade.

Beide Männer beobachteten jetzt Cass, deren Augen weit aufgerissen waren und den unbekannten Mann fixierten, als sei er der lang ersehnte Topf voller Goldstücke aus dem Märchen. Wade wartete gespannt. Nach einer demonstrativen Pause stellte Riordan sie einander ohne besondere Freundlichkeit und offenbar nur widerwillig vor.

»Miss Merlin«, flötete Wade seidenglatt und verbeugte sich von der Hüfte aus, wobei seine Augen von ihrer Fußspitze bis zu ihrem Hut hinauf streiften.

»Guten Tag.«

Cass streckte ihm ihre behandschuhte Hand hin. Ohne den Blick zu senken, bewegte er sein Pferd mit einem leisen Druck der Knie näher an sie heran, bis die beiden Tiere einander fast berührten, und sein glänzender Reitstiefel ihre Röcke streifte. Er nahm ihre Hand, hielt sie, strich mit dem Daumen über den Handrücken, als wolle er dort einen geeigneten Ort für seine Lippen finden, und küßte sie dann. Cass holte hörbar Luft und drückte leicht und träge seine Finger, ehe sie die Hand losließ. Sie befeuchtete ihre Lippen mit der Zungenspitze und warf den Kopf ein wenig zurück. Wades dünne, arrogante Nasenflügel bebten.

Riordan, der offenbar den Atem angehalten hatte, griff Cass in die Zügel und zog ihr Pferd mit einem ungeduldigen Ruck von Wade fort. »Wir haben es eilig, Wade. Einen schönen Morgen noch.«

»Eilig?« wiederholte der blonde Mann mit einer Stimme,

die wie Honig war. »Ich dachte, das Parlament hat jetzt Sitzungspause! Wohlverdiente Ferien, davon bin ich überzeugt, nachdem so viele weise, weitsichtige Gesetze von den ehrbaren Herren in dieser Sitzungsperiode verabschiedet worden sind. Die Arbeit eines Staatsmanns muß wirklich sehr ermüdend sein.« Sein Grienen wurde zu einem Lächeln, als Cass hinter vorgehaltener Hand ein Kichern erstickte.

»Nein, es ist nur besonders erschöpfend, sich mit widerlichen, aufgedonnerten Tagedieben zu unterhalten«, zischte Riordan, und seine Stimme war wütend und zu laut. Jetzt spornte er seinen Braunen an und zerrte Cass' Pferd hinter sich her.

Wades melodisches Gelächter folgte ihnen, bis sie sich in ihrem Sattel umdrehte und ihm ein atemberaubendes Lächeln schenkte. Er erhob die Hand in einer Geste, die Versprechen und Abschied bedeutete. Sie erwiderte dies schweigend mit ihrem Blick, ehe Riordans gemurmelter Fluch sie sich wieder umwenden ließ.

Sie ritten um eine Kurve und blieben dann stehen. Keiner von beiden sprach etwas. Nachdem es nun vorbei war, spürte Cass, daß sie zitterte.

»Es hat doch funktioniert, nicht wahr? Ich glaube, er fand mich nett, oder nicht?« Sie zog die Handschuhe aus und befingerte nervös das weiche Leder. »Glauben Sie nicht, daß es gut gegangen ist?«

»Ich glaube, wenn es nur noch ein wenig besser gegangen wäre, hätte dich der Bastard gleich hier im Park vernascht.« Riordans Lippen wurden ärgerlich schmal, als er sie aufkeuchen hörte, und er sah, wie sich ihre Wangen verfärbten. »Es wird wohl kaum nötig sein, die zweite Phase in Angriff zu nehmen, du hast dich schon in der ersten ausgesprochen bewährt. Ich muß zugeben, Cass, ich habe deine Fähigkeiten in der Kunst der Verführung bisher nicht ausreichend erkannt. Ich nehme an, daß ich den riesigen Umfang deiner Erfahrung völlig unterschätzt habe.«

Sie schluckte schwer. »So mag es wohl scheinen«, erwiderte sie mit eisiger, nur mühevoll gewahrter Contenance. Bastard! dachte sie.

Ihre Brust schmerzte, und das Brennen der unvergossenen Tränen war bitter. Er hielt immer noch die Zügel. Sie zog sie ihm aus der Hand und lenkte ihr Pferd in die andere Richtung.

»Warte mal! Willst du ihm etwa nach?«

»Ich beende immer, was ich einmal angefangen habe, Mr. Riordan. Gehen Sie mir aus dem Weg.«

»Denk an das, was ich gesagt habe — beende die Sache sofort, wenn du spürst, daß dein Pferd dir davonläuft, oder wenn es auch nur die geringste —«

»Ich sagte, aus dem Weg!« Das harte Klatschen der Zügel ließ ihr Pferd vorspringen, und Riordans Hengst mußte zur Seite weichen. Sie hörte noch, wie er ihr etwas hinterherrief, doch konzentrierte sie sich darauf, ihr sanftmütiges Pferd dazu zu bewegen, wildes Durchgehen zu simulieren. Sie konnte Wade jetzt schon sehen, der ungefähr dreißig Meter vor ihr trabte.

»Schneller, Pferdchen«, rief sie leise und klatschte ihm mit den Zügeln auf die Flanken. »Schneller!« Doch es hatte keinen Sinn. Sie konnte das Tier nicht aus seinem eleganten, nur leicht beschleunigten Trab bekommen. Verzweifelt nahm sie ihren Fuß aus dem Steigbügel und ließ die Zügel fallen, hängte sich an den Hals des Pferdes und griff in die Mähne. Wenn sie schon keinen Erfolg damit hatte, das Pferd so wirken zu lassen, als sei es außer Kontrolle geraten, konnte sie wenigstens den Eindruck erwecken, daß sie selbst in höchster Gefahr schwebte.

Wade hörte sie und wandte sich um. Als sie an ihm vorbeistürmten, gab Cass einen angsterfüllten Schrei von sich. Jetzt hielt sie sich sogar ernsthaft an dem Pferd fest, da dessen unregelmäßiger, furchtsamer Schritt sie aus dem Sattel zu werfen drohte. Ein Blick zurück sagte ihr, daß Wade ihre Verfolgung aufgenommen hatte, und sie betete, daß sie nicht herunterfallen würde, ehe er sie retten konnte. Jetzt war er schon neben ihr. Sie sah, wie sich seine Hand ausstreckte und nach den herunterhängenden Zügeln griff. Ihr Pferd hielt plötzlich inne, so plötzlich, daß sie die Balance verlor, über den Kopf des Tieres schoß und auf dem Boden landete.

Sie setzte sich zitternd auf und versuchte, sich nicht von dem stechenden Schmerz in ihrem Knöchel aus der Fassung bringen zu lassen. Wade war innerhalb von Sekunden neben ihr und fragte, ob sie sich verletzt habe. Cass wurde klar, daß ihre Röcke sich bis zu ihren Knien hinaufgeschoben hatten, daß staubige Unterkleider überall um sie herumfluteten und daß ihre bestrumpften Beine bis zum Knie seinem interessierten Blick offenlagen. Sie wollte schon ihr Kleid herunterzerren, doch zwang sie sich statt dessen, sich mit halb geschlossenen Augen an seine schneeweiß behemdete Brust zu lehnen und ein wenig zu stöhnen. »Ach, Mr. Wade, Sie haben mich gerettet! Ich werde Ihnen ewig dankbar sein.« Riordan hatte Recht, durchfuhr es sie, ich bin tatsächlich gut im Verführen.

»Gott sei Dank ist nichts Schlimmes passiert! Glauben Sie, daß Sie aufstehen können?«

»Wenn Sie mir helfen würden.« Er nahm ihre Taille mit einem Griff, der ansonsten eine Umarmung gewesen wäre, und hob sie mit Leichtigkeit auf die Füße. Er ließ seine Hände auf ihr ruhen, entschieden länger als notwendig. Sie stellte sich auf ihren gesunden Fuß und schenkte ihm ein schwindelerregendes Lächeln der Dankbarkeit. Aus der Nähe sah er viel älter aus. Die Haut um seine Augen wirkte trocken und nicht ganz gesund, ein beginnendes Doppelkinn zeigte sich unter seinem klassisch geformten Kinn.

Er nahm ihre beiden Hände und drehte die Handflächen nach oben, um die abgeschürfte Haut zu untersuchen. »Sie haben sich verletzt«, sagte er und runzelte besorgt die Stirn.

»Es ist nichts.« Sie tat so, als verlöre sie sich in seinem zimtfarbenen Blick. Ihre Lippen öffneten sich leicht, und ihr Atem ging flach. Eine Sekunde lang dachte sie, er würde sie vielleicht küssen, und Widerwille stieg in ihr auf. Doch statt dessen nahm er sie am Arm und führte sie ein paar Schritte zurück zu einem umgestürzten Baumstamm. Sie versagte sich ein Aufstöhnen, zwang sich dazu, nicht zu humpeln und sank dann mit einer fließenden Bewegung auf dem Baum nieder.

»Wo ist Riordan?« Er setzte sich neben sie und nahm abermals ihre Hände.

»Er ist von seinem Pferd gestiegen, um — nach einer privaten Angelegenheit zu schauen«, sagte sie leise und errötete. »Ich war verärgert und wollte wegreiten. Dann ist ein Hase zwischen die Beine meines Pferdes geraten, und ehe ich wußte, was eigentlich geschah, lag ich schon auf dem Boden! Dem Himmel sei Dank, daß Sie hier waren, Mr. Wade, sonst hätte es schlimm enden können.«

»Nennen Sie mich doch Colin«, sagte er mit seiner seidigen, leicht gelangweilt wirkenden Stimme. »Sagen Sie, stimmt es eigentlich, daß er immer betrunken ist?«

Diese Indiskretion erboste sie, doch wandte sie ihr Gesicht ab, als verwirre sie die Frage.

»Fast immer«, gab sie zu. »Aber heute nicht. Jedenfalls glaube ich es nicht.«

»Und warum geben Sie sich dann — ich bitte um Verzeihung. Verzeihen Sie, daß ich mich in Ihre privaten Angelegenheiten einmische.«

Sie wandte sich ihm erneut zu, öffnete den Mund und schloß ihn dann wieder. Schließlich sagte sie ganz leise: »Eine Frau in meiner Lage kann sich nicht immer aussuchen, mit wem sie sich einläßt, Mr. Wade.« Sie holte Luft. »Colin.« Sie schauten einander tief in die Augen, und diesmal war sie sich sicher, daß er sie küssen würde. Doch genau in dem Moment hörte sie einen Reiter zu Pferde nahen und entzog ihm rasch die Hände. »Es ist Philip!« rief sie angstvoll aus.

»Fürchten Sie ihn? Soll ich ihn fortschicken?«

»Oh, nein! Oh, bitte, das dürfen Sie nicht tun!« Sie ließ ein wenig Panik in ihren Tonfall geraten.

»Wie Sie wünschen, aber ich muß Sie wiedersehen. Sagen Sie, daß ich Ihnen meine Aufwartung machen darf.«

Riordan war schon fast bei ihnen angekommen. »Ja, ja«,

sagte sie verwirrt. »Das wäre wirklich ganz reizend, aber Sie wissen ja gar nicht, wo ich wohne!«

»Ich werde Sie schon ausfindig machen.« Wieder nahm er ihre Hände und berührte die zerkratzten Handflächen mit einem federleichten Kuß. Cass seufzte glückselig auf.

»Na, das ist ja ein Anblick, der jeden anständigen Mann zum Kotzen bringen würde.« Riordan stieg ungeschickt von seinem Pferd. Dabei fiel sein silberner Flachmann mit einem lauten Klappern zu Boden. »Verdammt!« brüllte er, als er sah, wie die bräunliche Flüssigkeit in den Boden versickerte. Er ging drohend auf das sitzende Paar zu. »Warum bewegt er sein Zuckerärschchen nicht von hier fort, Wade, ehe ich ihm meinen Stiefel hineinversenke?«

Wade stand langsam von dem Baumstamm auf. »Riordan, Sie sind ein betrunkenes Schwein.«

Cass griff entsetzt an seinen Ärmel. »Bitte«, bat sie ihn leise. »Vielen Dank, daß Sie mir geholfen haben, aber es ist wirklich besser, wenn Sie jetzt gehen.«

Wade wandte sich ihr verunsichert zu. »Sind Sie sicher? Ich lasse Sie nur ungern bei ihm.«

Riordan lauschte diesen anrührenden Worten mit stetig wachsendem Ärger. Alles lief prächtig, viel besser, als er es sich erhofft hatte, und trotzdem wollte er ihnen im Moment nur die Köpfe einschlagen. »Nun denn, wenn Sie sicher sind, daß mit Ihnen alles in Ordnung ist ...« Wade richtete sich auf. »Aber wehe Ihnen, wenn ich höre, daß diese Dame in irgendeiner Weise mißhandelt worden ist, Riordan. Ich kann Ihnen versprechen, daß es Ihnen leid tun würde.«

»Diese *Dame* geht Sie überhaupt nichts an, Sie pastellfarbener eitler Fatzke! Machen Sie schon, daß Sie fortkommen.«

»Denken Sie daran, was ich gesagt habe«, warnte ihn Wade und verzog angewidert die Lippen. Dann ging er zu seiner weißen Stute und saß auf. »*Au revoir,* Miss Merlin«, sagte er mit einer Verbeugung aus dem Sattel und mit einem dahinschmelzenden Lächeln. Dann ritt er von dannen.

Cass stützte sich auf ihren schmerzenden Händen ab und runzelte die Stirn. »Sie sind zu früh gekommen. Und Sie waren viel zu unhöflich. Was ist, wenn Sie ihn jetzt auf immer verschreckt haben?«

»Das ist verdammt nochmal sehr unwahrscheinlich. Der Bastard sieht doch, wann er eine sichere Gelegenheit hat. Der kommt schon morgen oder übermorgen vorbei, wie ein Rüde, der hinter einer läufigen Hündin her ist«, knurrte er und blickte sie wütend an. Er hatte nicht übel Lust, ihr den Abdruck von Wades Lippen von den Händen zu reiben und sie dann zu küssen, bis sie nicht mehr auf den Füßen stehen konnte.

»Sie sind einfach widerlich«, brach es wütend aus Cass hervor. »Sie müssen diese Rolle gar nicht einmal spielen, nicht war? Wade hatte nämlich Recht – Sie sind wirklich *ein Schwein!«*

Er knurrte auf, ergriff ihre Hand und zerrte sie auf die Füße. Sie jaulte vor Schmerzen auf und klammerte sich an seinen Rock-Aufschlag. »Was zum Teufel ist denn mit dir los?« verlangte er wütend zu wissen, und sein Schreck ließ seine Stimme noch ärgerlicher klingen.

»Mein Knöchel, verdammt nochmal.«

»Bist du vom Pferd gefallen?« Sie antwortete nicht, sondern schob ihn fort und humpelte davon.

»Du kleine Idiotin!« Er lief ihr nach, umschlang sie und nahm sie in die Arme. »Wie konntest du nur so verdammt ungeschickt sein, ich hab' dir doch gesagt, du sollst das Pferd nicht –«

»Hör auf, mich anzubrüllen, und laß mich los! Ich will deine Hilfe nicht.«

Ihre lauten Stimmen hatten ihr Pferd erschreckt. Jedesmal, wenn Riordan dicht an es herantrat, um ihr in den Sattel zu helfen, tänzelte es nervös zur Seite, die Ohren zurückgelegt. Erst als er aufhörte zu fluchen, beruhigte sich das Tier. Riordan hielt Cass immer noch in den Armen, und ihre wütenden Mienen waren nur Zentimeter voneinander entfernt.

»Lassen Sie die Finger von mir, Riordan! Ich bekomme einen Ausschlag, wenn Sie mich berühren.«

Er lachte wütend auf. »Das ist auch gut so, Cass, denn du wirst die Übung brauchen. Bald wird Wade seine weichen, weißen Hände überall auf dich legen, und dann wirst du wirklich einen Ausschlag bekommen.«

»Mir wäre es tausendmal lieber, er berührt mich, als Sie!«

»Tatsächlich? Das wollen wir doch mal sehen.«

Sie schob sich so weit von ihm fort, wie es nur ging, aber er hatte sie an ihr Pferd angelehnt. Ihr Kopf berührte den Sattel, und so konnte sie nicht weiter entkommen. Er küßte sie gründlich und nutzte dabei alle Fähigkeiten, die er während eines ganzen Lebens voller Küsse auf Frauenlippen erworben hatte. Doch als er sich von ihr zurückzog, wischte sie sich mit dem Handrücken über die Lippen, wandte den Kopf und spuckte auf den Boden.

Riordans Gesicht wurde so regungslos wie eine Statue, und Cass spürte Angst in sich aufflackern. Einen Augenblick lang schien ihn seine Wut zu verzehren, und er war froh darüber. Die hellen Flammen brannten heißer als die üble, gefährliche Enttäuschung, die er innerlich spürte. »Welcher Knöchel?« preßte er zwischen den Zähnen hervor.

»Der rechte.« Seine Augen waren flammende blaue Seen voller Feindschaft — einen verrückten Moment lang stellte sie sich vor, daß er sie zu Boden warf und ihr auf den verletzten Fuß stampfte.

»Kannst du noch reiten?« Sie nickte und sammelte ihren Mut zusammen. »Ich will, daß Sie mich nie wieder berühren, haben Sie verstanden? Niemals wieder. Wenn Sie es dennoch tun, ist unsere Zusammenarbeit vorbei.« Ihr Nacken und ihre Schultern zitterten von der Mühe, die es sie kostete, sich aufrecht zu halten, ohne sich an ihm abzustützen.

Seine Lippen verzogen sich zu einem spöttischen Grinsen. »Ich werde dich jedesmal berühren, wenn ich es will, verdammt, Cass! Weißt du auch, warum?« Seine Augen wanderten mit beleidigender Langsamkeit über sie hinweg. »Weil es das ist, wofür du bezahlt wirst.«

Das Blut wich aus ihrem Gesicht. Ihr Körper war ein lebloses Bündel in seinen Armen. Er spürte eine Welle der Reue über sich schwappen, da er wußte, daß er sie nur quälte, weil sie die unverzeihliche Sünde begangen hatte, ihn abzuweisen.

Sprachlos, die Tränen nur einen Lidschlag entfernt, ließ Cass zu, daß er sie aufs Pferd setzte, den linken Fuß in den Steigbügel legte und das rechte Knie um den Knauf. Sie spürte jetzt nur mehr Taubheit und Erschöpfung. Mit tonloser Stimme fragte er, ob sie Schmerzen litte, und sie verneinte dies. Er saß auf seinem Hengst auf, und gesetzt ritten sie aus dem Park hinaus. Keiner von ihnen sprach etwas, und beide dachten darüber nach, wie es wohl wäre, wenn er sie niemals wieder berührte.

Cassandra beobachtete, wie die vom Nebel verhüllten Straßenlaternen immer seltener an dem Fenster ihrer Kutsche vorbeiglitten, bis sie beinahe in völliger Dunkelheit fuhren. Wades Arm drückte sich mit einer Intimität gegen den ihren, die sie nicht begrüßte, und sie mußte sich anstrengen, daß sich ihr Körper entspannt gegen den seinen lehnte anstatt entsetzt vor ihm zurückzuweichen.

Der Abend war gut verlaufen. Sie hatten in seinem Club zu Abend gegessen, dann eine Stunde in der Oxford Street promeniert, ehe er eine Droschke heranrief, um sie nach Hause zu fahren. Sie hatte ihn überzeugt, das wußte sie, hatte ihm ihre Antipathie gegenüber den Engländern und ihre Bitterkeit über die Hinrichtung ihres Vaters hinreichend nahegebracht. Außerdem hatte sie ihn glauben lassen können, daß sie ihn unwiderstehlich attraktiv fand, und daß sie Philip Riordan verabscheute — eine doppelte Lüge, die Cass als die unglaubwürdigste aller Lügen erschienen war, die sie ihm je würde erzählen müssen. Aber zu ihrer Erleichterung hatte die Vorstellung, daß sie den intimen Umgang mit einem wohlhabenden Gentleman ertragen konnte, für den sie nichts als Verachtung spürte, Wade überhaupt nicht erstaunt, im Grunde hatte er dies sogar für selbstverständlich gehalten. Sie fürchtete, daß er genau zu diesem Zeitpunkt anbieten würde, ihr neuer Beschützer zu werden, und sie wußte nicht, wie sie in dem Fall reagieren sollte. Welche Entschuldigung sollte sie vorbringen, nachdem sie derart daran interessiert zu sein schien, Riordan aufzugeben? Daß er reicher war? Aber er hatte es nicht angeboten, so daß sie im Augenblick noch in Sicherheit war. Sie war enorm erleichtert.

»Cassandra«, murmelte er und unterbrach damit ihr Schweigen. »Worüber denken Sie nach?«

Sie verstand jetzt, was Riordan mit den langsamen, gelangweilten Bewegungen des Mannes gemeint hatte. Sie begannen, auch ihr auf die Nerven zu gehen. Manchmal war seine Stimme so honigsüß und ohne Eile, daß sie ihn durchrütteln wollte. »Ich dachte gerade an meinen Vater«, improvisierte sie und legte starke Sehnsucht in ihre Stimme. »Und wie sehr ich ihn vermisse.«

Er schien zu zögern. »Ich kannte ihn.« Als sie ihm einen erstaunten Blick zuwarf, fügte er eilig hinzu: »Nur ganz flüchtig. Er war ein guter Mensch, Cassandra. Sie müssen sich seiner bestimmt nicht schämen, das sollten Sie wissen.«

»Ach, Colin! Das weiß ich doch.«

»In Wahrheit«, fuhr er nach einem kurzen Augenblick des Schweigens fort, »gehörte ich zu einer sehr kleinen Gruppe von Menschen, die ihn nach seiner Festnahme unterstützt haben.«

»Sogar in der Öffentlichkeit?« Sie konnte der Frage nicht widerstehen. »Nein, nein. Das war unmöglich. Versuchen Sie, die Gefahr in unserer Zeit zu verstehen, meine Liebe: Zuzugeben, daß man eine Revolution in Britannien unterstützen würde, könnte einer Katastrophe gleichkommen.«

»Und tun Sie das?« Als er nicht antwortete, vervollständigte sie ihre Frage: »Befürworten Sie eine Revolution in Britannien?«

Sie hielt den Atem an. Die Kutsche hielt vor ihrem Haus, doch keiner von beiden bewegte sich.

»Tun Sie es denn?« konterte er.

Auch sie schien zu zögern. »Von ganzem Herzen!« rief sie

schließlich, als könne sie sich nicht mehr unter Kontrolle halten. »Ich wünschte, mein Vater hätte Erfolg gehabt, Colin! Wie gern ich es sähe, wenn diese Monarchie gestürzt würde und Männer wie Philip Riordan mit ihr ins Verderben gingen, um dann um ihre Existenz kämpfen zu müssen wie alle anderen Menschen auch.«

Sie fürchtete, daß sie zu dramatisch geklungen hatte, doch ihr Ausbruch hatte ein Glitzern in Wades rötlich-braunen Augen hervorgerufen. Er griff nach ihrer Hand und öffnete den Mund, um irgend etwas zu sagen, doch schien er sich dann eines besseren zu besinnen. Statt dessen küßte er ihr leidenschaftlich die Finger. »Ich glaube, du und ich werden sehr gut miteinander auskommen, Cassandra Merlin«, flüsterte er voller Leidenschaft. Dann öffnete er die Droschkentür und sprang hinaus.

Im sanften Schimmer, der von der Laterne an ihrer Haustür geworfen wurde, fragte er, wann sie einander wiedersehen würden.

»Das weiß ich nicht«, antwortete sie langsam. »Ich möchte Sie gerne sehen, Colin, aber ich muß vorsichtig sein.«

»Selbstverständlich. Ich verstehe.«

»Es ist nicht so, daß ich Angst vor ihm hätte. Ich kann mich mit jedem treffen, mit dem ich will. Schließlich besitzt er mich nicht ...« Sie ließ ein stummes ›noch nicht‹ erahnen. Sie wußte, daß sie hier einen Fehler machte. Sie sollte ihn ermuntern und nicht Riordan als Schutzschild nehmen, aber irgend etwas an Wade versetzte sie in Angst und Schrecken, und sie kam nicht dagegen an.

»Wenn Sie das wirklich ernst meinen, dann gehen Sie doch morgen abend mit mir aus.«

Sie schrak innerlich zusammen, zwang sich aber zu einem Lächeln. »Ja, in Ordnung. Gerne.« Anstatt sie jedoch anzulächeln oder erfreut auszusehen, starrte er sie mit einem merkwürdigen, rätselhaften Gesichtsausdruck an. Jetzt wird er mich küssen, dachte sie. Entspann' dich, sonst entlarvt er dich.

Dann geschah etwas, das sie nie geahnt hätte. Er griff ungeschickt nach ihren Schultern und küßte sie fest, ohne größere Vorbereitungen. Ihr Kopf landete mit einem Rumsen an der Ziegelwand hinter ihr. Sie schrie leise auf. Doch anstatt sie loszulassen, drückte er nur noch fester zu. Sie versuchte, ihre Lippen weich zu machen, doch preßte er seinen Mund so fest gegen sie, daß es unmöglich war. Er benutzte seine Zunge nicht, aber seine Zähne stießen wiederholt gegen die ihren, bis sie das Gefühl hatte, ihr eigenes Blut zu schmecken. Als er sich zurückzog, um sie anzuschauen, blieb ihr keine Zeit, ihre Bestürzung über eine so rauhe Behandlung zu verbergen.

»So gefällt es mir, Cassandra«, sagte er mit merkwürdig distanzierter Stimme. »Genau so.«

Er küßte sie noch einmal auf dieselbe Weise, doch diesmal erhob er beide Hände und fing an, ihr Hinterteil mit grausamen Fingern zu kneten, zu drücken und zu kneifen, bis sie vor Schmerzen fast aufschrie. Doch sie ertrug es bewegungslos.

Endlich löste er sich von ihr, legte die Hände um ihren Hals und dehnte leicht die Finger. »So gefällt es dir doch auch, nicht wahr, Cassandra?«

Sie nickte stumm und schauderte.

Seine dünnen Lippen, rot von seinem gewalttätigen Angriff, wurden in einem erfreuten Lächeln breit. Als er die Hand hinter ihr ausstreckte, sprang sie fast hoch vor Schreck, doch öffnete er nur die Tür. »Gute Nacht, meine Liebe. Ich werde bis morgen die Stunden zählen.« Er führte sie sorgsam hinein und schloß dann von außen die Tür, ohne einen weiteren Blick in ihr blasses, entsetztes Gesicht zu werfen.

Drinnen lehnte Cass sich in der Dunkelheit mit dem Rücken an die Tür und hörte, wie die Droschke fortfuhr. Tränen rannen ihr über die Wangen. »Ich kann es nicht, ich kann es nicht«, flüsterte sie und suchte nach ihrem Taschentuch. Plötzlich explodierte ein dreimaliges heftiges Klopfen in ihren Ohren. Sie sprang von der Tür fort, als hätte man ihr ein Messer in den Rücken gestoßen. Ihre Hand flog an den Hals, ihr Atem stockte. Ach, Gott, bitte, hoffentlich ist das nicht er, bitte, bitte! Wieder klopfte es dreimal, als ob eine geballte Faust gegen das Holz gedonnert würde. Sie wischte sich rasch die Augen und legte die Hand auf den Türgriff. »Wer ist da?« Ihre Stimme klang dünn.

»Mach auf, verdammt noch mal!«

Riordan! Sie riß die Tür auf und hätte sich ihm vor Erleichterung fast an die Brust geworfen, doch ließen sie sein Gesicht und dann seine Worte augenblicklich innehalten.

»Du konntest es nicht abwarten, was, Cass? Ich hab' dir doch gesagt, du sollst ihn nicht treffen, ohne mir vorher davon zu erzählen, aber das konntest du natürlich nicht aushalten.«

»Ja, aber er —«

»Diese ganzen Wochen ohne Mann müssen dir ja auch sehr schwergefallen sein. Warum hast du mir denn nichts davon gesagt? Ich wäre gerne zu Diensten gewesen, und ich hätte auch keinen Pfennig dafür verlangt.«

Sie keuchte auf. »Was wollen Sie damit —«

»Aber geh nicht noch einmal zu ihm, ohne mir davon Mitteilung zu machen, hast du verstanden? Egal, wie schwer es dir fällt. Dieser Mann ist ein Mörder, Cass, und es könnte dir etwas geschehen.«

Sie blieb still stehen und wartete, daß er endlich endete.

»Oder gefällt dir das gerade, seine Brutalität? Finde ich wunderbar, und mir ist das völlig egal, aber ich brauche dich in gesundem Zustand, bis diese ganze Geschichte vorbei ist. Danach kannst du alles tun, was dir in den Sinn kommt.« Er schob sein Gesicht dicht an das ihre und knurrte: »Aber wenn du noch einmal mit ihm ausgehst, ohne mir vorher Bescheid zu sagen, dann wird dir das leid tun.«

Sie konnte kaum atmen. »Du verdammter —« bekam sie noch heraus, ehe er ihren Arm nahm und sie zwang, einen Schritt rückwärts zu machen.

»Geh hinein und schließ die Tür ab. Du wirst Wade nicht wiedersehen, ehe wir uns ausführlich unterhalten haben.«

Er zog ihr die Tür vor der Nase zu, und sie hörte, wie sich

seine raschen, wütenden Schritte auf dem Kopfsteinpflaster entfernten. Sie war zu wütend, um zu weinen, also zog sie den Fuß weit zurück und trat so fest gegen die Tür, wie sie nur konnte.

Kalter Nebel wehte um Riordans Beine, während er energisch ausschritt. Er stellte seinen Kragen auf und schlang schaudernd die Arme um seinen Brustkorb. Er war an diesem Abend zu ihr gegangen, um sich zu entschuldigen. Seit Tagen schon schämte er sich. Er hatte Cass schlecht behandelt und wollte die Dinge zwischen ihnen geraderücken. Doch jetzt hatte er nur noch Lust, sie umzubringen.

Eifersüchtig. Er war eifersüchtig. Es war keine gänzlich neue Erfahrung für ihn — er hatte schon zuvor einige Male Eifersucht wegen Frauen verspürt. Aber noch nie hatte er eine solch brennende Leidenschaft in sich gefühlt, als seien weiße, heiße Flammen in ihm, die nichts als Wut und häßliche, gemeine Worte hervorbrachten. Er wußte, was Cass Merlin war, er hatte es immer schon gewußt. Warum also wollte er sie erwürgen, wenn sie nichts anderes tat, als seine niedrigen Erwartungen zu erfüllen?

Nein, das war es nicht. *Er* wollte Cass verführen. Ihr die Kleider ausziehen, langsam, in einer geschlossenen Kutsche während der Fahrt, oder in seinem Bett, rasch und verzweifelt, beide innerhalb von Sekunden nackt. Oder auch heimlich im Wohnzimmer ihrer Tante. Während er ihren nervösen, unterdrückten Seufzern lauschte, würde er ihre Knöpfe lösen ...

Er starrte in den unsichtbaren Himmel. Es war nicht nur, daß sie alles verkörperte, was er immer abgelehnt hatte, daß sie alle fleischlichen, bedingungslosen Triebe wachrief, denen er hatte entsagen wollen. Dies verband sich mit einer anderen Qualität, die ihr inne war, eine, über die er nicht nachdenken, der er keinen Namen geben wollte, eine, die sie so außerordentlich gefährlich für ihn machte. Sie bedrohte seinen Ehrgeiz, so verrückt das auch klang. Er wollte in der Welt etwas ausrichten, die unverdiente Macht, die man ihm verliehen hatte, dazu nutzen, um die Welt zu verbessern. Er wollte Claudia heiraten. Er wollte hart arbeiten, den Respekt und die Bewunderung seiner Zeitgenossen erwerben und ihnen und sich selbst beweisen, daß er nicht war wie sein Vater oder wie sonst jemand in seiner ganzen zerstörten Familie. Sein Instinkt sagte ihm, daß die Frau, die er gerade in Wades Armen gesehen hatte, das alles hinfällig machen konnte und das sinnvolle, ordentliche Leben, das er sich wünschte, auf den Kopf stellen würde.

Riordan klatschte mit seiner offenen Handfläche gegen eine Laterne und trat mit dem Fuß gegen den Pfosten. Dann murmelte er eine ganze Reihe von üblen Flüchen und marschierte weiter. Er hatte noch einen weiten Weg vor sich.

VI

»Miss Merlin, wie schön, Sie zu sehen! Kommen Sie herein. Moment, ich nehme Ihnen den Umhang ab.«

»Vielen Dank, John.« Cass lächelte John Walker an und reichte ihm ihren Umhang. Er schien auch Riordans Haushälter zu sein, nicht nur sein Sekretär, das war ihr schon öfter aufgefallen. »Würden Sie bitte Mr. Riordan sagen, daß ich da bin?«

Walker räusperte sich etwas verlegen, und sein heller Teint wurde rosa. »Ach, es tut mir so leid, aber er ist nicht da.«

»Nein? Aber er hat mir doch eine Nachricht geschickt, daß er mich zu sprechen wünscht.« Eine unhöfliche, rätselhafte Nachricht, deren Ton sie außerordentlich verärgert hatte.

»Ja, ich weiß. Ich habe sie selbst zu Ihnen bringen lassen«, sagte der Sekretär entschuldigend. »Aber dann wurde nach ihm geschickt — irgendein Ärger mit einem Wähler — und ich weiß nicht einmal, wann er zurückkehren wird.«

»Ich verstehe.« Cass dachte kurz nach. »In dem Fall werde ich wohl wieder nach Hause gehen.«

Wieder räusperte er sich. »Eigentlich wollte er ... hat er gefragt, ob Sie wohl so freundlich sein könnten, hier zu warten. In der Bibliothek. Er hat mir ein Buch gegeben, daß Sie lesen sollen — ich meine, ein Buch, das Sie vielleicht lesen könnten, wenn Sie Lust dazu haben.«

Cass hob skeptisch eine Augenbraue und blickte den Sekretär an. Sie konnte sich sehr gut vorstellen, was Riordan in Wahrheit gesagt hatte und gratulierte dem jungen Mann im Geiste zu seinem Takt. Sie beschloß dazubleiben, damit er nicht die sinnlose Verärgerung seines Arbeitgebers zu ertragen hatte. »Alsdann, John, bringen Sie mich hin.«

Der Sekretär warf ihr einen dankbaren Blick zu, ging ihr durch den Flur zur Bibliothek voraus und führte sie dann mit einer höflichen Hand an ihrem Ellbogen hinein. Sie lächelte ihn abermals an. John Walker mochte sie. Manchmal hatte sie ihn fast im Verdacht, daß er sie ein ganz kleines bißchen verehrte.

Sie ging direkt zur Fensterbank, wie sie es immer tat.

Er brachte ihr kein Buch, sondern eine Ansammlung von gedruckten Blättern, die an einer Seite mit Bindfaden geheftet waren. Die winzige Schrift und der Umfang des Textes ließen sie zusammenschrecken, doch nahm sie die Papiere auf den Schoß, legte sich ein Kissen in den Rücken und beschloß, ihr Bestes zu tun.

»Darf ich Ihnen etwas anbieten? Einen Tee oder ein Glas Sherry?«

»Keinen Sherry — dann würde ich nur noch schneller einschlafen«, lachte sie. »Im Moment gar nichts, vielen Dank, John.«

»Sind Sie sicher? Wenn Sie es mir nicht übelnehmen, Sie sind nicht — ich meine, ich habe Sie schon in besserer Verfassung erlebt. Sind Sie auch wirklich wohlauf?«

»Ja, mir geht es bestens. Vielen Dank.«

Er zögerte noch einen Augenblick, verbeugte sich dann höflich und verließ den Raum.

Cass legte den Kopf zurück und schloß die Augen. Nein, sie war nicht ganz gesund, aber sie hatte gedacht, daß das Reispuder, das sie auf die dunklen Ringe unter ihren Augen gerieben hatte, diese Tatsache verbergen würde. Es war nichts wirklich Schlimmes, nur, daß ihr Leben in einen solchen Aufruhr geraten war. Sie wußte nie, in welcher Laune Riordan sein würde, wenn sie einander trafen, mochte es öffentlich sein oder privat. Meistens war er widerlich zu ihr, doch gelegentlich überraschte er sie, indem er außerordentlich sanft mit ihr umging, fast so, als würde er sie doch nicht verabscheuen. Und wie ein Kind oder ein junger Hund ließ jedesmal unweigerlich ihre Wachsamkeit nach, und sie erwiderte all seine Annäherungen auf das Wärmste — was sie beim nächsten Mal, wenn er wieder garstig zu ihr war, natürlich bedauerte.

Was Wade anging, so traf sie ihn so unregelmäßig wie sie

konnte, ohne seinen Verdacht zu erregen — oder den Ärger von Mr. Quinn. Er hatte ihr niemals wieder auf dieselbe Art wehgetan, wie an jenem ersten Abend, doch versetzte sie die Furcht, daß er es doch noch einmal täte, in ständige Unruhe. Sie war anfänglich zu wütend gewesen und hatte sich dann zu sehr geschämt, um den Vorfall Riordan gegenüber zu erwähnen, doch hatte sie sich insgeheim geschworen, Wade niemals wieder zu gestatten, sie so zu berühren — selbst wenn es bedeutete, daß sie ihre Rolle in der Intrige gegen ihn aufgeben mußte.

Ihr neues dekadentes Leben hatte dafür gesorgt, daß sie jetzt die Nacht zum Tage machte. Nur selten war sie vor der Morgendämmerung daheim, und meistens schlief sie bis in den Nachmittag — genauer gesagt lag sie bis zum Nachmittag im Bett, wälzte sich voller Sorge herum, grübelte und versuchte zu verstehen, in welche Situation sie geraten war und wie lange sie sie wohl noch ertragen würde. Wenn sie dann schließlich einschlief, hatte sie schlimme Träume. Auch hatte sie vollkommen den Appetit verloren. Und obendrein war heute auch noch ihr Geburtstag, und aller Welt war das egal.

Also, was sollte sie diesmal lesen? fragte sie sich und seufzte müde auf, während sie sich noch etwas bequemer hinsetzte.

Gespräche über Bücher waren fast die einzigen Themen, bei denen sie sich nicht stritten — ein Umstand, den sie vor einem Monat noch nicht für möglich gehalten hätte. Sie, Cass Merlin, eine Bücherratte! Sie schüttelte in erschöpftem Staunen den Kopf und las das Titelblatt. *Betrachtungen über die französische Revolution* von Edmund Burke. Burke, Burke. Der Name klang irgendwie bekannt, aber sie konnte ihn einfach nirgendwo unterbringen. Sie glättete die Seiten auf ihrem Schoß und fing an zu lesen.

Zwei Stunden später betrat Riordan die Bibliothek und marschierte geradewegs zu seinem Schreibtisch. Er wühlte in den Stapeln Papier und den Briefen herum, auf der Suche nach einer Rede, die er seinem Freund Spencer zeigen wollte. Ein Geräusch lenkte seine Aufmerksamkeit zur Fensterbank.

Cass. Er hätte nicht gedacht, daß sie so lange auf ihn warten würde. Er spürte eine Leichtigkeit in seiner Brust, als er ihrer gewahr wurde. Sie schlief, immer noch aufrecht sitzend, doch zu einer Seite gelehnt, in einer Stellung, die sehr unbequem aussah. Er näherte sich ihr leise und baute sich vor ihr auf, die Hände in den Hosentaschen. Sie atmete entspannt durch geöffnete Lippen. Ihre weißen Augenlider sahen nackt und ungeschützt aus. Sie murmelte irgend etwas im Schlaf, und er wurde ganz still, atmete kaum, hoffte, daß sie nicht aufwachen würde. Eine lange, seidige Locke war aus ihrer leicht gefaßten Frisur gefallen. Er trat näher, nahm die Strähne zwischen die Finger und rieb sie sacht, voller Erinnerung.

Er setzte sich neben sie. Seine Rede und der Mann, der im Wohnzimmer auf sie wartete, waren völlig vergessen. »Süße Cass«, murmelte er. Er legte eine warme Hand in ihren Nacken und zog sie sanft an sich. Sie summte etwas und lehnte sich friedlich gegen ihn. Jetzt lag sie an seiner Brust und nicht mehr an der Wand, und er legte seine Arme um sie. Sie trug wieder einmal Weiß, doch diesmal ein anständiges Kleid — eine leichte, sommerliche Robe, die mit blaßblauen Schleifen geschmückt war. Selbst im Schlaf wirkte sie kühl und elegant. Es war das erste Mal, daß er sie umarmte, seit dem Tag, an dem sie ihm gesagt hatte, er dürfe sie nie wieder anfassen. Diese Regeln waren dazu geschaffen, gebrochen zu werden, beschloß er. Er ließ seine Lippen an ihrem Haaransatz entlangwandern, während er ihren Duft einatmete, jene schwache, blumige Süße, die er immer noch nicht benennen konnte. Ihre Hände lagen offen auf den Blättern Papier in ihrem Schoß — der Anblick der verletzlichen, nach oben gewandten Handflächen rührte ihn.

»Cass«, sagte er wieder und streichelte ihre weiche Wange, ihren Hals. Dann berührte er ihre Lippen leicht mit den Fingerspitzen.

Sie öffnete die Augen. »Riordan«, sagte sie mit einem langen, leisen Seufzen.

»Philip«, korrigierte er sie flüsternd. Ihr Blick war träumerisch, entspannt. Er spürte, wie ihm seine Selbstkontrolle entglitt, während er sich dem warmen, tiefen Grau ihrer Augen hingab. Sie hatte die längsten Wimpern, die er je in seinem Leben gesehen hatte. Ihre Haut war wie die Blüte irgendeiner exotischen weißen Blume. Sein Mund bewegte sich auf den ihren zu, als würde ein starker Magnet seine unwiderstehliche Anziehungskraft ausüben. Während er sie anblickte, veränderte sich der Ausdruck ihrer Augen. Jetzt war sie ganz wach, wartete, atmete kaum. Ihre stille Erwartung machte ihn schließlich verlegen. Als seine Lippen noch ganze zwei Zentimeter von den ihren entfernt waren, fragte er sie: »Welche Auswirkung hat Freiheit auf das Individuum?«

Ihr langsames, verwirrtes Blinzeln ließ ihn lächeln. Er schüttelte sie ein kleines bißchen und wiederholte die Frage.

Sie runzelte die Stirn und überlegte. »Dann machen die Menschen, was ihnen gefällt.«

»Was sollten wir also tun?«

»Wir sollten ... sehen, was ihnen zu tun gefällt, ehe wir ihnen gratulieren, denn ... denn diese Gratulation kann sich schon rasch zu einer Klage verwandeln.«

Er nickte. »Und stimmen Sie dem zu, Miss Merlin?«

Sie konnte nicht richtig nachdenken, wenn er sie so in seinen Armen hielt. Wie war sie überhaupt in diese Stellung geraten? »Ja, ich glaube. Entschuldige, würdest du —«

»Ach, natürlich. Bitte um Verzeihung.« Er löste seine Arme von ihr und lehnte sich zurück, um ihr etwas mehr Raum zu geben. »Wie findest du Burke im Vergleich zu Rousseau?« fragte er sie rasch, um etwaigen Fragen ihrerseits zuvorzukommen.

Sie errötete, als sie sich an die Situation erinnerte, in der sie ihm vorgegaukelt hatte, sie beide gleichermaßen zu bewundern. »Die beiden haben wirklich nicht sehr viel miteinander gemein, nicht wahr?« sagte sie, richtete ihr Kleid und glättete ihre Haare.

»Nein«, stimmte er ihr zu, ohne ihr den Irrtum von damals noch einmal vor Augen zu führen.

»Mr. Burke hat eine sehr starke Verehrung für die Vergangenheit, würde ich sagen. Und da die französische *Assemblée* ganz neu ist und keine eigenen Traditionen hat, hält er sie für eine wertlose Usurpatorin.«

»›Eine wertlose Usurpatorin‹«, wiederholte Riordan erstaunt. Cass errötete, doch war er genauso beeindruckt wie amüsiert.

»Und er ist viel konservativer, nicht wahr?« fuhr sie eilig fort. »Er hat ein viel geringeres Vertrauen in die Fähigkeit der Menschen, sich selbst zu regieren.«

»Erstaunt dich das denn? Du hast doch in Paris gelebt! Du weißt doch, wozu der Mob fähig ist, Cass.«

Sie zögerte. »Merkwürdig — alle Welt hier spricht vom *Mob,* als seien das alles Wilde, die in blutige Fetzen gekleidet sind. Aber weißt du, Philip, daß diese Menschen eigentlich ganz normale arbeitende Männer und Frauen sind? Bäcker und Seifensieder und Schneider. Die Art von Menschen, von denen wir die Dinge kaufen, Menschen, ohne die wir völlig verloren wären.« Riordan nickte gedankenvoll. »Und doch schreibt dieser Burke so überzeugend von der Unvernunft, die Regierung in ihren Händen zu lassen, daß ich gar nicht anders kann, als ihm zuzustimmen.«

»Er hat eine außerordentliche Redegabe. Dafür ist er im Parlament berühmt. Dieses Pamphlet, das du da liest, hat mehr dazu beigetragen, die englische Begeisterung für die Revolution zu dämpfen, als alles andere. Bislang sind dreißigtausend Exemplare davon verkauft worden.«

»Kennst du ihn?«

»Kaum. So brillante Männer wie er freunden sich nicht mit jugendlichen Emporkömmlingen von schlechtem Ruf an.« Sein Lächeln war von Ironie, sogar von Bitterkeit gefärbt.

»Du bewunderst ihn, nicht wahr?«

»Sehr sogar.«

»Vielleicht — vielleicht wird er eines Tages wissen, was für ein Mann du wirklich bist und verstehen, daß das, was du bislang getan hast, nichts als Schauspielerei war. Und dann wird er auch dich bewundern.«

Ein langsames Lächeln glitt über sein Gesicht und veränderte es völlig. »Ach, Cass.« Er ergriff ihre Hand. »Wie entzückend du doch bist.« Er küßte ihr die Finger, doch das reichte ihm nicht. Ehe sie protestieren konnte, küßte er ihre erstaunten Lippen, schmeckte sie und lauschte dem flachen Geräusch ihrer Atmung. Doch auch dies reichte nicht mehr. Er zwang sich aber, aufzuhören, so lange das noch möglich war.

Riordan stand auf. Ihre Augen waren riesig, ihr Ausdruck anklagend oder bittend, er konnte es nicht sagen. »Ich muß jetzt los, jemand wartet auf mich.« Sie nickte. »Ich bin gleich wieder da.« Wieder nickte sie. »Weiterlesen«, befahl er rauh und ging hinaus.

Cass starrte die geschlossene Bibliothekstür lange an, die Fingerspitzen auf die Lippen gepreßt. Schließlich erinnerte sie sich an die ungelesenen Seiten in ihrem Schoß und Riordans letzten Befehl. Mit einem erschöpften Seufzen lehnte sie das Büchlein an ein Kissen in der Ecke der Fensterbank und rutschte einen Meter zurück. Auf diese Weise konnte sie die kleine Schrift besser erkennen.

Doch sie tat nichts weiter, als die Seite anzustarren, denn ihre Gedanken entglitten ihr. Sie stellte fest, daß sie sich an jedes Wort und jede Geste und jede Nuance dessen erinnerte, was gerade zwischen ihr und Riordan geschehen war, beginnend mit dem Moment, in dem sie in seinen Armen aufgewacht war. Sie erinnerte sich auch an den Tag, an dem sie ihm gesagt hatte, daß er sie nie wieder berühren dürfe. Bis jetzt hatte er dem entsprochen — nur dann nicht, wenn sie in der Öffentlichkeit waren. Was hatte sich verändert? War es möglich, daß ihm die Nähe, die sie bereits kannten, genauso sehr fehlte wie ihr selbst? Hatte er sie ebenso wunderschön und unwiderstehlich gefunden wie sie ihn? Ach, was für ein Dummkopf sie doch war! Sie konnte es kaum glauben, daß sie sich eine derart alberne Frage stellte. Männer waren anders — das wußte sie schon seit Jahren. Sie genossen es, Frauen zu berühren, nur um der Berührung willen, und sie hatten eine merkwürdige Fähigkeit, ihre Gefühle aus solchen Dingen herauszuhalten. Auf diese Weise brach man Herzen. Ihres jedoch, das schwor sie sich grimmig, würde heil bleiben. Sie würde auf immer alle albernen Spekulationen über Riordans Motive bleiben lassen. Sie würde zynisch und weltgewandt sein und immer das Schlimmste annehmen.

Sie richtete die Schultern gerade, runzelte die Stirn und gab sich übermenschliche Mühe, sich auf die Autorität der Monarchie gegenüber den Bedürfnissen des Staates zu konzentrieren. Wieder ging die Tür auf. Sie erkannte Riordans Schritte, schaute jedoch nicht auf.

»Ich dachte, du würdest lesen.«

»Ich lese doch.«

»Aus einer Entfernung von zwei Metern?«

Sie ignorierte ihn. *Die Revolution hat den König, die Ministerien, die Gerichte in den Schmutz gezogen —*

»Cass!« Sie schrak zusammen. »Du brauchst eine Brille.« Er ging auf sie zu, und sein Gesichtsausdruck war der eines Menschen, der gerade eine erschütternde wissenschaftliche Entdeckung gemacht hatte.

»Nein, brauche ich nicht.«

»Aber selbstverständlich! Die Kopfschmerzen, die Langsamkeit — alles hat darauf hingewiesen. Warum habe ich das nur nicht früher erkannt?«

»Ich brauche keine Brille.«

»Zum Teufel auch! Natürlich brauchst du eine! Jetzt komm schon.«

»Was hast du denn vor?«

»John! Die Kutsche!« Er führte sie aus dem Raum und den Korridor hinunter. Der Sekretär traf im Eingang auf sie. »Ach, wenn ich es recht überlege — wir gehen zu Fuß. Ich weiß genau, wo wir hin müssen. Hat sie einen Mantel oder so etwas?«

»Ja, einen Umhang —«

»Dann hol ihn! Wir haben es eilig, John.«

Mr. Walker eilte von dannen.

»Riordan!« rief Cass verärgert aus. »Ich brauche keine Brille! Ich kann ausgezeichnet sehen. Ich schaue dich gerade an und ich sehe dich ganz deutlich.«

»Sei nicht albern. Hier, zieh das an.« Er nahm den Umhang, den Walker ihm reichte, und legte ihn ihr um die Schultern. »Jetzt komm schon, wir haben nicht mehr viel Zeit.«

Sie warf dem Sekretär einen verärgerten Blick zu, ließ jedoch zu, daß Riordan sie aus der Tür führte. »Wo gehen wir denn jetzt hin? Oder wäre es ein zu großer Aufwand, mir das zu sagen?« Er ging rasch, und da er ihre Hand genommen hatte, mußte sie sich beeilen, um mit ihm Schritt zu halten.

»Wir kaufen dir eine Brille. Ich dachte, das hättest du mittlerweile erraten, Cass.«

Sie knirschte mit den Zähnen. »Aber ich brauche keine — Ich habe das einmal gegenüber Tante Beth erwähnt. Sie meinte, ich brauchte keine Brille.«

Er verlangsamte seinen Schritt gerade genug, um sie in Ruhe anzusehen.

»Ach so, Tante Beth hat das gesagt!« rief er mit sarkastischem Staunen aus. »Na, warum hast du mir das denn nicht gleich erzählt?«

Sie errötete und antwortete nicht. »Was wäre denn, wenn du dir das Bein brichst, und Tante Beth dir sagt, du bräuchtest keine Krücke? Würdest du dann auch auf Händen und Knien herumkrabbeln?« Als sie schwieg, wurde er noch langsamer und legte seinen Arm um ihre Schulter. »Hör mal, Liebes«, sagte er freundlich. »Frag dich doch mal, warum deine Tante nicht möchte, daß du eine Brille trägst!«

»Warum?«

»Na, denk doch mal nach. Wir werden dir eine hübsche Brille besorgen, aber im allgemeinen verbessern Augengläser nicht gerade das Aussehen von Mädchen. Warum würde Tante wohl wollen, daß du so gut wie möglich aussiehst, selbst wenn das bedeuten würde, daß du deinen eigenen Augen schadest?«

Sie blickte zu Boden. Die Antwort kannte sie. »Damit sie mich um so schneller unter die Haube bringen kann«, murmelte sie, und sowohl die Kleinlichkeit ihrer Tante als auch ihre eigene Unfähigkeit, dies zu erkennen, waren ihr peinlich.

»Ganz genau. Die egoistische alte Ziege.«

»Ja«, pflichtete Cass ihm energisch bei. »Egoistische, alte —«

»Nur zu. Sag es.«

»Ziege!« Sie klatschte die Hand an den Mund, zuerst vor Entsetzen und dann, um das Kichern zu unterdrücken, das unwillkürlich aus ihr herausperlte.

»Gut gemacht, mein Mädchen«, sagte Riordan stolz.

»Hyperopie«, tat Mr. Wopping kund, als er seine Untersuchungslinse ablegte. »Ihre Hornhaut liegt vor dem Hauptbrennpunkt Ihres Auges. Sie können die unterschiedlichen Strahlen von einem Gegenstand in der Nähe nicht wahrnehmen. Sie sind weitsichtig.«

»Ach, nein«, hauchte Cass und rang die Hände. »Ist das — werde ich —«

»Nein, das endet nicht tödlich«, sagte der ältere Herr schmunzelnd. »Suchen Sie sich einen Brillenrahmen aus, der Ihnen gefällt, und ich mache Ihnen in ein bis zwei Wochen konvexe Linsen dazu. Hier haben wir unsere drei Rahmen für Damen. Welchen möchten Sie?«

Cass blickte die drei Musterbrillen an, die auf der Sammatte vor ihr lagen, und versuchte, ihr Entsetzen zu verbergen. Sie fand, daß sie keine eitle Person war, aber — sie würde derart häßlich damit aussehen! »Sie sagen, diese Brille ist nur zum Lesen da?« fragte sie voller Hoffnung.

»Bis Sie eine ältere Dame sind«, versicherte er ihr. »Zu gegebener Zeit werde ich Ihnen eine Franklin-Brille machen, die Sie dann ständig tragen können.«

»Franklin?«

»Ein Amerikaner, Cass. Ich werde dir ein paar seiner Bücher leihen, dann wirst du alles über ihn wissen.« Riordan, der einige Besorgungen erledigt hatte, trat mit diesen Worten lachend zur Tür herein. »Alles in Ordnung? Welches Urteil ist denn gesprochen worden?«

»Hyper— ... Hyperopie«, sagte sie vorsichtig. »Ich kann in die Ferne sehen, aber in der Nähe nichts genau erkennen.«

»Das hatte ich mir gedacht. Wo ist denn deine neue Brille?«

»Das dauert noch ein bis zwei Wochen.«

»Wie beliebt? Nein, das geht nicht, wir brauchen sie jetzt sofort. Am Ende dieser Woche spätestens. Diese drei Rahmen sind alles, was Sie haben? Wir wollen etwas Leichteres, Weiblicheres. Und bei ihrer Haarfarbe brauchen wir ein silbernes Gestell, nicht aus Gold. Was meinst du? Hier, Cass, probier die mal an.«

Sie setzte das Gestell auf, das er ihr reichte, und errötete tief unter seinem Blick. »Häßlich, nicht wahr?« Er sagte nichts, sondern starrte sie nur mit einem leisen Lächeln an. »Also?«

»Ich dachte gerade, wie schön es werden könnte, sie dir wieder abzunehmen«, sagte er leise. Sie runzelte die Stirn, denn sie hatte ihn nicht verstanden. Er wandte sich rasch Mr. Wopping zu. »Die Form dieses Gestells ist sehr gut, aber wir brauchen es in Silber und viel dünner und zwar bis Freitag. Schaffen Sie das?«

Während die beiden Männer das Geschäft aushandelten, starrte sich Cass in einem kleinen Handspiegel fasziniert an. Das Gestell war nicht häßlich, erkannte sie, aber es veränderte den Eindruck ihres Gesichts auf ganz und gar bemerkenswerte Weise. Sie wirkte älter, ernster. Cass hob die Augenbrauen und schürzte die Lippen. Sie sah tatsächlich *intelligent* aus! Sie lachte begeistert und hielt dann inne, denn das zerstörte den ganzen intellektuellen Eindruck wieder. Sie schürzte also erneut die Lippen und hob die Augenbrauen, drehte den Kopf und begutachtete sich von der Seite. Dann hörte sie, wie die Tür geöffnet und wieder geschlossen wurde.

»Das ist doch Philip, nicht wahr?« sagte eine großgewachsene Matrone mit melodischer Stimme, die eine altmodische braune Seidenrobe trug. Sie schaute Riordan durch eine Lorgnette mit Elfenbeinstiel an, wobei sie eine wesentlich hochmütigere Variante der geschürzten Lippen und erhobenen Augenbrauen aufzuweisen hatte, als Cass gerade einstudiert hatte.

»Lady Helena«, begrüßte er sie und lächelte nur schwach, als er die schlaffe Hand nahm, die sie ihm entgegenstreckte. »Wie schön, Sie zu sehen! Darf ich Ihnen Miss Merlin vorstellen? Cassandra, das ist Lady Helena Strong, eine alte Freundin meiner Familie.«

»Guten Tag«, sagte Cass mit einem höflichen Knicks. Anstatt die Begrüßung zu erwidern, starrte Lady Helena sie durch die Lorgnette an, als sei sie irgendein widerwärtiges Insekt an der Wand. Die unhöfliche Begutachtung dauerte endlos. Es wurde deutlich, daß die Lady nicht vorhatte, sich mit Cass zu unterhalten, sondern daß sie vielmehr so lange starren würde, bis sie ihre unerzogene Neugier befriedigt hatte. Die Absurdität dieser Situation fand Cass interessant. Sie nahm die Brille ab, legte die Bügel übereinander und hielt sie affektiert zwischen Daumen und Zeigefinger, um dann ihre Ladyschaft in einer perfekten Imitation von deren eigener unverschämter Begutachtung anzustarren. Einige schwere, unendliche scheinende Sekunden lang starrten sich die beiden Frauen an. Cass beschloß, daß sie nicht als erste fortblicken würde, egal, wie lange es dauern mochte. Riordans nervöses Hüsteln brachte sie beinahe aus der Fassung, doch irgendwie schaffte sie es, ein ernstes Gesicht zu bewahren.

Nach einer Ewigkeit senkte Lady Helena die Lorgnette. Sie sah erschöpft aus. »Guten Tag«, brachte sie hervor, wobei es so klang, als hätte sich ein Angelhaken in ihrer Wange verfangen.

Cass blickte Riordan an — schaute rasch wieder fort, ehe seine knallrote Miene sie aus der Fassung bringen konnte.

»Wie geht es Walter, Lady Helena?« fragte er mit erstickter Stimme.

»Großartig! Meinem Sohn geht es bestens, vielen Dank der Nachfrage«, versicherte sie ihm in einem angespannten Tonfall. »Ich habe kürzlich einen Brief von deiner lieben Schwester erhalten, Philip«, fuhr sie rasch fort, als könne sie das Thema Walter nicht schnell genug fallen lassen. »Ich meine natürlich Agatha. Claris würde keinen Brief schreiben, und wenn das Schicksal der Welt davon abhinge. Sie meinte, sie und ihre Familie würden nächsten Monat nach London kommen. Wieviel Kinder haben sie jetzt, Philip? Elf?«

»Zehn«, sagte Riordan. »Eins ist gestorben.« Er konnte es kaum glauben, als er ein schnaufendes Lachen hörte, das rasch von Cass erstickt wurde. Noch unglaublicher war sein eigenes hervorplatzendes Gelächter. Lady Helenas blaßblaue Augen weiteten sich entsetzt. Er wußte, daß er sofort aus diesem Geschäft hinaus mußte.

»Wie immer hat es mich sehr gefreut, Sie zu sehen«, sagte er mit hoher, angespannter Stimme und packte dann Cass am Arm. »Komm, meine Liebe, wir sind schon spät dran.«

Draußen hatten sie kaum das nächste Schaufenster erreicht, als sie vor Lachen fast zusammenbrachen. Cass schlang die Arme um sich und beugte sich prustend vornüber. Die Tränen rannen ihre Wangen hinunter. »Eins ist gestorben«, keuchte sie, preßte die Hand an den Mund und schüttelte sich wieder vor Lachen. Andere Passanten schmunzelten. »Es tut mir leid«, stöhnte sie auf, schniefte und hielt sich immer noch die Rippen. »Es ist ja überhaupt nicht komisch.« Doch das führte sie nur wieder dem nächsten Lachanfall zu. Riordan lachte jetzt mehr über Cass als über die Situation. Er reichte ihr sein Taschentuch. Sie putzte sich die Nase und schaffte es endlich, die Kontrolle über sich wiederzuerlangen.

Sie gingen weiter, Hand in Hand, und fühlten sich einander auf wundervolle Weise zugetan. Immer wieder mußte Cass kichern und sich noch einmal die Augen wischen. Riordan nickte und begrüßte Bekannte auf dem Weg, und sie begrüßte sie ebenfalls. Sie hatte das wunderbar entspannte Gefühl, dazuzugehören. Aus lauter Neugier fragte sie ihn, wer Walter sei. Seine Erwähnung hatte Helena nervös gemacht, und sie fragte sich, warum.

»Lord Walter Strong, der Graf von Rotham und die Herzkirsche seiner Mutter«, erklärte er ihr. »Vor einem Jahr stand er mit einem Bein im Schuldgefängnis, weil er einhunderttausend Pfund von der Familienreederei unterschlagen hatte. Und wann immer Lady Helena allzu unerträglich wird, frage ich sie, wie es mit ihm steht.«

»Wie ist die Angelegenheit denn ausgegangen?«

»Die ganze Sache wurde verschwiegen, das Geld insgeheim zurückbezahlt, und keiner hat davon erfahren.«

»Und wie weißt du dann darüber Bescheid?«

»Die Familie brauchte eilig sehr viel Geld. Walter ist eigentlich kein schlechter Mensch, und ich bin ja ein alter Freund der Familie.« Er zuckte beiläufig mit den Achseln und zwinkerte ihr dann zu. »Und sie haben eine außerordentlich interessante Zinszahlung angeboten.«

Cass lächelte. Ihr gefiel die Vorstellung, daß Lady Helena in Riordans Schuld stand.

Dann dachte sie über ihre neue Brille nach. Sie konnte es kaum erwarten. Wie würde es nur sein, über Stunden und Stunden lesen zu können und niemals Kopfschmerzen oder erschöpfte, tränende Augen zu haben? Was, wenn sie tatsächlich klüger wurde? Was würde Riordan wohl denken, wenn sie es lernte, Themen mit ihm auf seinem Niveau zu erörtern? Nun — vielleicht nicht ganz auf seinem, aber jedenfalls mit Intelligenz, genug, um sich keine Schande zu machen, oder — sie richtete sich abrupt auf. Wieder ertappte sie sich dabei. Nur hatte sie diesmal ihren Vater durch Philip ersetzt. Würde sie es denn niemals lernen? Keiner von den beiden machte sich auch nur das geringste aus dem, was sie dachte oder fühlte oder erreichte, und es war wirklich an der Zeit, daß sie diese schlichte und doch so schmerzhafte Lektion lernte. Sie war ganz auf sich allein gestellt. Wenigstens hatte sie jetzt etwas Geld. Sie hatte sich ein paar Kleider gekauft — und jetzt eine Brille — und sie hatte Tante Beth etwas Miete bezahlt, doch den Rest sparte sie auf jeden Fall. Sobald ihre Geschichte mit Colin Wade vorüber war, erwarteten Quinn und Riordan von ihr, das Land zu verlassen. Der Gedanke schmerzte sie so sehr, daß sie ihn rasch beiseite schob. Doch ob sie England verließ oder nicht, sie würde irgendwo einen Ort für sich finden müssen. Diese Aufgabe konnte ihr keiner abnehmen.

»Was ist los mit dir?«

Cass blickte mit einem mechanischen Lächeln auf. »Nichts. Ich habe nur über meine neue Brille nachgedacht. Vielen Dank. Es ist das netteste Geschenk, das man mir je gemacht hat.«

»Das will ich aber nicht hoffen. Hier, nimm mal das.« Er blieb stehen und zog die Hand aus seiner Manteltasche. »Herzlichen Glückwunsch zum Geburtstag, Cass.«

Sie war viel zu erstaunt, um das Päckchen anzunehmen, das er ihr hinhielt. »Wie in aller Welt —? Das weiß doch kein Mensch, wie konntest du denn —? Tante Beth, Freddy, die haben doch nie —«

»Warum machst du nicht einfach das Päckchen auf?«

Sie starrte ihn weiter mit offenem Mund an. Die Menschen mußten zu beiden Seiten an ihnen vorübergehen. Er nahm sie am Ellbogen und führte sie von dem Bürgersteig zu einem ruhigeren Eckchen an der Ziegelfassade einer Schneiderei.

»Jetzt mach schon.«

Sie hielt das Päckchen in den Händen und wog es. Es schien einen eher schweren Inhalt zu haben. »Das kann ich nicht annehmen. Es ist sehr freundlich von Ihnen, sich meinen Geburtstag zu merken und —«

Er unterbrach sie ungeduldig. »Natürlich kannst du das annehmen. Es handelt sich doch nicht um die Kronjuwelen, verdammt noch mal. Würdest du es jetzt einfach aufmachen?«

Sie gehorchte. »Ach so! Bücher!« Sie lachte begeistert und drückte sie an die Brust. »Wie *wunderbar!*«

»Willst du nicht nachschauen, welche es sind?«

In seinen Augen schien ein sanftes Leuchten. »Was? Ach so —« Sie sah, daß es ein Roman in drei Bänden war und las den Titel errötend laut vor. *»Evelina, oder der Eintritt einer jungen Dame in die Welt.«*

»Der Titel hat mich interessiert, obwohl ich nicht überrascht wäre, daß der Eintritt Evelinas in die Welt sich von dem deinen ziemlich unterscheidet.«

»Ja«, stimmte sie zu. »Das würde mich auch nicht erstaunen. Ich werde es dich wissen lassen. Du hast das Buch also noch nicht gelesen?« Sie gingen weiter, wobei Cass die drei Bände in der einen Hand hielt und mit der anderen Riordans Arm umfaßte.

»Nein, leider habe ich im Moment keine Zeit für so etwas.«

Sie biß sich auf die Unterlippe. »Das ist also kein ernstes Buch?«

»Lieber Gott, ich will es nicht hoffen. Du hast in letzter Zeit soviel ernsthafte Bücher gelesen, daß ich fand, du könntest dir auch einmal etwas Nettes leisten.«

Ihre Miene erhellte sich. Wenn es ihm nichts ausmachte, daß sie leichtere Sachen las, warum sollte es ihr dann etwas ausmachen? »Das war außerordentlich freundlich von dir. Aber du mußt mir sagen — woher weißt du denn, daß heute mein Geburtstag ist?«

»Feiert denn deine Familie nicht mit dir, Cass? Ein Geschenk von deiner Tante oder —«

Sie platzte vor Lachen heraus, denn diese Vorstellung war nun wirklich lächerlich. »Nein«, sagte sie schlicht, »also sag mir endlich, wie *du* es wußtest.«

»Oliver hat es mir gesagt. Er muß es erfahren haben, als er und seine Leute dich auskundschafteten, ehe sie dich wegen Wade ansprachen. Die arbeiten ziemlich sorgfältig.«

Lastendes Schweigen fiel über sie. Riordan führte es auf die übliche Anspannung zurück, die zwischen ihnen aufkam, wann auch immer Wades Name erwähnt wurde, und es tat ihm schon leid, daß er ihn überhaupt genannt hatte.

Doch Cass' Zurückhaltung rührte diesmal von einer anderen Quelle her. »Gelegentlich sind sie auch nicht so sorgfältig«, sagte sie nach einer langen Pause und starrte weiter geradeaus.

»Wer ist nicht sorgfältig?« Er hatte seine letzten Worte schon vergessen. »Quinns Leute, meinst du?«

»Ja. Sie ... machen auch Fehler. Sie haben zumindest einen in bezug auf mich gemacht.« Warum erzählte sie ihm das alles? Sie hätte angenommen, daß sie viel zu stolz dazu war, da sie wußte, daß er ihr ohnehin nicht glauben würde. Seine Loyalität galt seinem alten Freund, dem Mann, der einstmals sein Leben gerettet hatte. Was konnte auch natürlicher sein? Aber nachdem sie einmal angefangen hatte, konnte sie nicht mehr aufhören. »Mein Leben in Paris war voller Frivolität und harmloser Vergnügen, aber nicht völlig dekadent. Wirklich nicht. Ich weiß, was du alles gehört hast — mittlerweile habe ich die Geschichten selbst auch gehört.« Sie starrte weiter geradeaus, wenn sie ihn jetzt anblickte, würde sie den Mut verlieren. »Ich bin niemals nackt in einen Springbrunnen gehüpft Ich habe nie eine Affäre mit dem Grafen von Beauvois gehabt und auch nicht mit Jean-Claude Marisot oder Fabien Bichet. Tatsächlich hatte ich noch nie mit irgenjemandem irgendeine Affäre. Ich — früher habe ich hin und wieder etwas getrunken, und dann haben die Männer manchmal —«

»Cass!«

»Was denn?« Sie blickte ihn verstohlen an.

Er sah aus, als sei ihm dies alles sehr peinlich. »Hör auf damit. Bitte. Das muß jetzt nicht sein.«

Sie stellte fest, daß er sie auch nicht anblicken konnte. Vor lauter Scham breitete sich langsam Röte über ihre Wangen aus, und sie hatte eine belegte Kehle. Sie wollte seinen Arm loslassen, aber das würde viel zu viel verraten. »Es macht nichts. Es ist mir egal, was Sie glauben«, sagte sie ohne besondere Betonung. Er erwiderte nichts. Sie ging blind weiter, sprachlos und unglücklich, und verfluchte sich dafür, daß sie so albern gewesen war.

Bis sie bei ihm zu Hause anlangten, sprach keiner von ihnen auch nur ein Wort. Riordan schickte einen Lakai nach der Kutsche und bat Cass solange herein. Sie weigerte sich.

»Ich kann Ihnen auch hier draußen über Mr. Wade berichten«, sagte sie mit belegter Stimme.

»In Ordnung. Nur zu.«

»Gestern abend habe ich ihm von Ihrem Treffen mit Pitt und den anderen Ministern erzählt. Er fragte, ob Sie glaubten, daß sie zu einem Krieg gegen Frankreich tendieren würden.«

»Was hast du geantwortet?«

»Ich meinte, ja.«

»Sehr gut. Was noch?«

»Er hat davon angefangen, wer wohl im August verreisen würde, wer in der Stadt bliebe und wer nicht. Er hat ein paar Namen genannt, lauter Lords und Ladies, und erwähnte dann, er habe gehört, die Queen würde nach Koblenz reisen. Er fragte schließlich so dahin, ob der König sie wohl begleiten würde.«

»Tatsächlich? Glaubst du, er wollte, daß du die weitere Bedeutung dieser Frage verstehst?«

»Da bin ich mir nicht sicher. Ich habe manchmal das Gefühl gehabt, daß er kurz davor stand, mich in sein Vertrauen zu ziehen, aber dazu ist es noch nicht gekommen. Bislang besteht unser Arrangement noch darin, daß ich ihm so viel Informationen gebe — im wesentlichen, um Sie zu ärgern —, wie ich kann, ohne mir selbst zu schaden, und zwar für seine Bekannten, die die revolutionären Ziele meines Vaters teilen. Er hat bisher nie zugegeben, einer von ihnen zu sein, geschweige denn ihr Anführer.«

Riordan grunzte auf. »Noch irgend etwas?«

»Wir haben einen Mann namens Thorn getroffen. Die beiden haben sich eine Weile lang zu zweit unterhalten.«

»Ian Thorn. Über den wissen wir Bescheid, er ist einer von ihnen. Sonst noch was?«

Sein ungeduldiger Tonfall machte sie fast rasend. »Ja. Er meinte, Sie seien ein umgedrehter Whig, ein Ja-Sager des Königs, dem nur seine materiellen Interessen wichtig sind.

Er meinte, Ihnen wäre die öffentliche Meinung völlig egal, und daß Ihnen Ihre eigene Wählerschaft gar nichts bedeutet, und daß Sie die wie eine Gruppe von Leibeigenen von dem vorangegangenen Eigentümer des Wahlkreises gekauft hätten.«

Es verschaffte Cass eine große Befriedigung zu beobachten, wie Riordan in Rage geriet. Er tobte nicht und fluchte auch nicht, im Grunde sagte er gar nichts. Doch wurde die Haut um seine Lippen herum sehr weiß, kurz bevor sich sein übriges Gesicht beinahe lila verfärbte. In seinen dunkelblauen Augen glitzerte es gefährlich. Wenn sie ihn nicht so gut gekannt hätte, hätte sie sich bestimmt gefürchtet. Doch als er schließlich sprach, war seine Stimme vollkommen ruhig.

»Vielen Dank für deinen Bericht, Cass. Wann wirst du ihn wieder sehen?«

»Heute abend.«

Sein Griff an ihrem Arm wurde geringfügig fester, als er sie zur wartenden Kutsche führte. »Heute abend. Mal wieder eine erotische Angelegenheit, was? Wie hat dir übrigens der Wicket Club gefallen?«

»Eher langweilig, fanden wir beide«, sagte sie leichthin, anblicken konnte sie ihn nicht.

»Kann ich mir vorstellen. Ganz und gar anders als Paris, davon bin ich überzeugt. Warum probiert ihr es nicht mal bei Conrad's? Da gibt es Paare, die es direkt auf der Bühne miteinander treiben.«

Sie verfärbte sich und sagte nichts. Sie verabscheute ihn. Verdammt, verdammt, verdammt! Woher wußte er überhaupt, daß sie zum Wicket Club gegangen war? Hatte er Spione? Oder war er ihr selbst dorthin gefolgt? Diese Möglichkeit erschütterte sie. Was, wenn er sie dort gesehen hatte, wie sie sich um Gefaßtheit bemühte, während sie auf eine Bühne voller nackter Frauen blickte — den ›Posture Girls‹, wie sie genannt wurden —, von denen sich manche hintenüber beugten und Weingläser auf ihren Brüsten balancierten? Sie und Wade waren frühzeitig gegangen, zu ihrer unaussprechlichen Erleichterung. Er hatte gesagt, diese Art der Unterhaltung sei ihm zu zahm. Statt dessen waren sie ins Casino gegangen, und dann hatte er sie nach Hause gebracht. Er hatte sie diesmal nicht geküßt. Manchmal fragte sie sich, ob er sie überhaupt mochte. Sie fragte sich, ob der einzige Anreiz, den sie ihm jetzt bot, die Informationen waren, die sie ihm über die Pläne für die nächste Sitzungsperiode im Unterhaus lieferte, oder was auch immer Riordan ihr gab.

Riordan hielt ihr immer noch die Tür der Kutsche auf und runzelte die Stirn. Sie wollte jetzt nur noch von ihm fort. Sie zuckte zusammen, als er auf die Stufe sprang und sich zu ihr beugte.

»Auf Wiedersehen, Cass.« Sein Kuß war brüsk, ein Abschiedsküßchen, dem sie ohne große Mühe wiederstehen konnte. Doch dann veränderte sich die Geste. Er packte sie an den Schultern und drückte sie sanft an die Lehne ihres Sitzes zurück, während seine Lippen die ihren öffneten und seine warme, nasse Zunge in sie eindrang. Innerhalb von Sekunden, in denen sie ihre Arme um seinen Hals legte, veränderte sich ihre Haltung von steifem Widerstand zu hilfloser Sehnsucht.

»Wir müssen irgendwann mal einen besseren Ort als diese verdammte Kutsche finden«, murmelte er an ihrem Mund, während er sie küßte und weiterküßte.

Sie stand bereits kurz davor, ihm zuzustimmen, als die Realität dessen, was sie hier gerade taten, ihr endlich klar wurde.

Sie entwand sich ihm und versuchte, ihr Zittern zu überspielen.

»Ich danke Ihnen für Ihre Hilfe mit Burke und all den anderen Büchern, Mr. Riordan«, sagte sie mit dünner Stimme. »Aber im Küssen bin ich schon so gut, daß ich das wirklich nicht mehr üben muß.« Sie bemerkte, daß er mit den Augen blinzelte und sie amüsiert anblickte. Da ritt sie plötzlich der Teufel. »Wenigstens behauptet das Colin.«

Sie wußte, daß das die Stimmung auf jeden Fall verderben

würde. Aber auf das entsetzliche Gefühl in ihrem Magen war sie nicht vorbereitet gewesen, das sie befiel, als Riordans Gesicht so starr wurde wie das einer Statue und er auf den Bürgersteig zurücksprang, als herrsche in der Kutsche ein übler Gestank.

»Herzlichen Glückwunsch zum Geburtstag, Cass«, zischte er und knallte die Tür zu. Die Kutsche fuhr ab.

VII

»Das ist doch wertlos, Philip, vollkommen wertlos. Seitdem sie ihn sieht, hat sie uns keine einzige brauchbare Information geliefert.«

»Das weiß ich.«

»Wir geben ihm eine ganze Menge mehr, als wir zurückbekommen, und das war bestimmt nicht die Art Geschäft, die ich mir vorgestellt habe.«

»Es geht doch erst seit ein paar Wochen so, Oliver.«

»Es geht jetzt mehr als einen Monat so.«

»Sie muß langsam vorgehen. Ansonsten wird er Verdacht schöpfen.«

»Zugegeben. Aber ich vermute, daß sie mittlerweile miteinander intim sind. Warum also haben wir noch keine Ergebnisse erfahren? Warum kennen wir noch nicht einmal einen einzigen Namen?«

Mit nichtssagendem Gesicht erhob sich Riordan von dem unbequemen Stuhl, der außer seinem Pendant, auf dem Quinn gerade saß, die einzige Sitzgelegenheit war, die dieses strenge Mönchsgelaß von einem Zimmer bot. Er ging zum Fenster und starrte auf den winzigen Hof zwei Stockwerke unter sich hinab, der von steinernen Gebäuden umgeben war, die genauso aussahen wie dieses. Quinn hatte dieses winzige Wohnzimmer im Lincoln's Inn Fields gemietet, und daneben ein noch kleineres, von einem Vorhang abgetrenntes Schlafzimmer, und begnügte sich mit einem Diener, der für alles zuständig war. Es war nicht so, daß er sich nichts Besseres leisten konnte, das winzige, leere Appartement paßte nur besser zu seinem mönchischen Temperament.

Riordan wandte sich von der unspektakulären Aussicht ab und lehnte sich an den Fensterrahmen, die Hände tief in die Taschen geschoben. Das Schweigen wurde länger. Er zwang sich, die Worte zu sagen, obwohl er die Anwort nicht hören wollte. »Woher weißt du denn, daß die beiden miteinander intim sind?«

Quinn richtete sich auf. »Willst du damit sagen, daß sie es *nicht* sind?«

Die Erleichterung ging durch ihn hindurch wie Wasser durch einen geborstenen Damm. Oliver wußte auch nicht mehr als er selbst — es war also möglich, daß noch immer nichts vorgefallen war! Als er sie vor einigen Tagen gefragt hatte, hatte sie es ebenfalls abgestritten, doch glaubte er, daß sie log. »Ich weiß es nicht, ob sie miteinander *intim* sind oder nicht«, sagte er zu Quinn und verzog bei dem Wort angewidert den Mund.

»Dann finde es um Himmels willen heraus, Mann Gottes! Sie wird viel zu gut bezahlt, als daß sie sich noch Zeit damit lassen könnte. Knöpf sie dir gefälligst vor, Philip. In diesem Stadium werde ich keine Schwäche dulden.«

Riordan rieb sich die Oberlippe mit drei Fingern und strich dann mit der Handfläche über den Bartwuchs an seinem Kinn. Schließlich fuhr er mit beiden Händen durch die Haare und starrte an die Decke.

»Also? Du stimmst mir doch darin zu, oder etwa nicht?«

Nach einer langen Pause wandte er den Blick zu seinem Freund. »Oliver ...«

Wie sollte er ihm nur klarmachen, daß die Vorstellung, Cass zu befehlen, mit Wade zu schlafen, ihm völlig zuwider war? Undenkbar! Genau dazu hatte er sie ja angeheuert, das wußte er selbst. Aber ... Er griff im Geiste nach einem Strohhalm. »Hast du mal irgendwelche Gerüchte über Wade gehört?«

»Gerüchte?« Quinn runzelte die Stirn. »Was für Gerüchte?« Er stützte seine spitzen Ellbogen auf seine übereinandergeschlagenen Beine, und Riordan fühlte sich an eine Heuschrecke erinnert.

»Daß er nicht ganz normal ist, was Frauen angeht. Daß er sie nicht gut behandelt.«

»Nein, niemals. Nichts dergleichen. Warum?«

»Ach, nur so.« Natürlich war er erleichtert, doch nahm ihm Quinns Antwort seinen einzigen Grund, sich dagegen zu sperren. »Es ist wohl doch nur ein Tratsch aus den Wirtshäusern, was ich gehört habe.«

Quinn löste seine dünnen Beine voneinander und preßte die gefalteten Hände an die Lippen. »Philip.«

Riordan zuckte innerlich zusammen. »Was denn?« Er klang jetzt wie ein schmollender Schuljunge.

»Hegst du etwa *Gefühle* für das Mädchen?«

Die Betonung gab dem Wort einen merkwürdigen, fremdartigen Klang, als sage er es zum erstenmal, als ob er es in irgendeiner Hinsicht widerlich fand.

Riordan starrte weiterhin die Decke an. Was sollte er jetzt antworten? Er versuchte es mit der Wahrheit. »Sie ist jung, Oliver, und sie ist da in etwas hineingezogen worden, das vielleicht gefährlich sein könnte. Sie hilft uns, weil ihre Umstände ihr keine andere Wahl lassen. Ich fühle mich für sie verantwortlich.«

»Ist das alles, was du fühlst?«

Riordan schob sich vom Fenster fort und ließ sich wieder in den harten Stuhl fallen. »Ja«, sagte er im Brustton der Überzeugung und wußte genau, daß er log. Er begehrte Cass, aber das ging Oliver überhaupts nicht an. Und es hatte auch nichts mit ihrer Situation zu tun, rein gar nichts.

»Und dein Verhältnis zu ihr bleibt vollkommen auf einer professionellen Ebene?«

»Absolut.«

»Freut mich sehr, das zu hören. Denn wir haben etwas in Bewegung gesetzt, das jetzt nicht mehr aufgehalten werden kann. Es ist viel zu spät, um einen von euch beiden zu ersetzen. Darüber hinaus wäre es überaus fatal, wenn du dich mit jemandem wie dieser Merlin einlassen würdest, Philip. Absolut. Alles, wofür du gearbeitet hast —«

»Verdammt noch mal, das weiß ich auch so! Ich habe dir schon gesagt, daß es zwischen uns nichts gibt. Warum sagst du ihren Namen so? ›Diese Merlin‹. Als sei sie kein richtiger Mensch.«

»Ich weiß überhaupt nicht, wovon du sprichst.«

Das machte er mit *allen* Frauen, fiel Riordan ein. Es war schon merkwürdig.

Als ob er seine Gedanken lesen könnte, fragte Quinn als nächstes: »Ach übrigens, wie geht es denn Lady Claudia?« Auf seinem Gesicht lag nichts weiter als unschuldiges Interesse.

»Bestens«, erwiderte Riordan knapp.

»Gut, gut. Ein wunderhübsches Mädchen. Ausgezeichnete Familie.«

Riordan sagte nichts.

»Ich habe vor kurzem mit Sir Laurence Trilby über dich gesprochen, Philip. Ihm gefällt sehr gut, was du bislang getan hast. Außerordentlich gut sogar. Ich nehme an, daß er ziemlich dankbar ist, wenn all dies vorüber ist.«

Trilby war einer der Stellvertreter des Königs und einer seiner engsten Berater. Ein Mann mit erheblichen Einfluß im White Hall. Riordan grunzte. »Ich frage mich, was es wohl brauchen wird, um seine Dankbarkeit danach zu erhalten«, sagte er säuerlich. »Wird man von mir erwarten, daß ich für den Rest meines Lebens das tue, was der König von mir erwartet?«

»Unsinn«, spottete Quinn. »Ein unabhängiger Geist ist immer eine höchst willkommene Eigenschaft für einen Staatsmann.« Er ignorierte Riordans höhnisches Schnaufen. »Also wirst du bald mit Miss Merlin über Wade sprechen, habe ich das richtig verstanden?«

Riordans Gesicht wurde ganz ruhig. »Ja, ich werde mit ihr sprechen.«

»Wann?«

Er atmete heftig aus und rieb sich über das Nasenbein. »Heute abend. Wir gehen in die Oper.«

»Er ist in der Bibliothek, Miss, wenn Sie —«

»Ach, schon in Ordnung, John, Sie müssen mich nicht hinführen. Mittlerweile kenne ich ja den Weg.«

»Selbstverständlich. Miss Merlin, wenn ich das erwähnen darf, Sie sehen heute abend wirklich besonders schön aus.«

»Vielen Dank, John. Das ist sehr freundlich von Ihnen.«

Sie lächelte, er verbeugte sich, und dann ging sie den dämmerigen, holzgetäfelten Flur zur Bibliothek entlang. Auf halbem Weg dorthin vernahm sie die gedämpften, leisen Töne von Musik, die mit jedem Schritt immer deutlicher wurde. Der Raum war nicht beleuchtet, nur die perlgrauen Reste der Dämmerung leuchteten blaß durch die offenen Fenster, die zum Garten führten, und sie brauchte einen Augenblick, bis sie die Gestalt von Riordan im Zwielicht entdeckte. Er stand seitlich am Fenster, ohne Rock, die Weste aufgeknöpft, und spielte die Viola. Sie hielt den Atem an und hoffte, er würde nicht aufhören. Es lag ein Duft von Rosen in der Luft, schwach und süß. Er vermischte sich als traumhafter Kontrapunkt mit den leisen, wunderschönen Klängen. Sie beobachtete sein ernstes Gesicht, seine halb geschlossenen Augen. Er hielt sich mit einer wundervollen Grazie aufrecht. Das Halbdunkel lag auf den silbrigen Streifen in seinem Haar und ließ sie an die schneebedeckten Äste eines starken, geradegewachsenen Baumes denken. Die Finger, mit denen er die Saiten preßte, waren beweglich und sicher, und er ging mit dem Bogen zart, sogar anmutig darüber hinweg. Das Wissen um ihre Liebe zu ihm kam langsam, genau wie die Noten des Musikstückes, und wie das Stück machte diese Erkenntnis sie unaussprechlich traurig.

Die letzten bittersüßen Noten erstarben. Riordan sah sie, als er sich umwandte, um das Instrument beiseite zu legen. Sie stand in der Tür, hoch aufgerichtet, ruhig, elegant. Er erinnerte sich an das erste Mal, als er sie gesehen hatte, weit entfernt auf einem Friedhof, neben dem schlammigen Grab ihres Vaters. Er ging auf sie zu.

»Cass.« Ihre grauen Augen lagen ernst auf ihm. »Ist irgend etwas nicht in Ordnung?« Sie schüttelte den Kopf. Sie sah wunderschön aus. In der Dämmerung konnte er nicht ganz erkennen, welche Farbe ihr Kleid hatte, es war irgendeine Pastellfarbe, die ihre dunklen, üppigen Haare betonte. Sie hingen lang und frei über ihren Rücken hinunter — genau wie an dem Abend, an dem sie sich kennengelernt hatten. Er nahm ihre Hände und küßte sie. »Du siehst wunderschön aus.«

Riordan streichelte ihre Handflächen mit seinen Daumen, und ein Brunnen voller Sehnsucht öffnete sich in Cass. »Du genauso.« Sie fürchtete, weinen zu müssen, wenn er sie weiter so berührte und sie so anschaute.

Er lächelte bei ihren Worten. Es würde jetzt ein leichtes sein, sie zu küssen. Ihre Augen glänzten, als lägen Tränen darin. »Geht es dir gut?« murmelte er. Er wollte sehen, wie sich ihre Lippen bewegten.

Sie stand vollkommen still und atmete kaum. Sein weißes Hemd leuchtete fast violett in der Dämmerung, die Spitzenärmel waren von seinen schlanken, starken Handgelenken zurückgeschoben. Sie befeuchtete die Lippen und wußte nicht, wohin sie schauen sollte. Sie wollte es ihm sagen — wollte ihm erzählen —

»Cass?«

Von irgendwo her fand sie die Stärke, ihre Hände fortzuziehen. »Es geht mir gut. Bestens. Du hattest gebeten, ich sollte früher kommen, weil du mir etwas zu sagen hättest.« Sie war dankbar, daß der Türpfosten ihr eine Stütze bot.

Er ließ die Hände sinken. »Hab' ich dich das tatsächlich gebeten?«

Sie nickte, starrte ihm über die Schulter, sah ihm nicht ins Gesicht. Er berührte ihre Wange, konnte sich nicht daran hindern. »Wie merkwürdig«, flüsterte er, »ich kann mich gar nicht erinnern, was ich dir eigentlich sagen wollte.« Das stimmte nicht. Aber er bekam die Worte einfach nicht heraus, die Quinn von ihm zu sagen verlangt hatte.

Sie seufzte. Sie wollte ihr Gesicht wenden und die offene Handfläche küssen, in der ihre Wange lag. Statt dessen trat sie von ihm fort. »Dann sollten wir wohl lieber los.«

»Cass ...«

»Dein Rock — nicht vergessen — ich warte vorn.« Er beobachtete, wie sie rasch davonging. Das Geräusch ihrer Schritte erstarb, und er dachte, jetzt, *jetzt* ist der Zauber gebrochen.

Aber das stimmte nicht. Er fragte sich, ob er jemals gebrochen werden könnte.

Cass' Fingernägel kniffen schmerzhaft in Riordans Handgelenk. »Was sagt er denn jetzt?« flüsterte sie gespannt.

Er löste ihre starren Finger und hielt ihre Hand fest. »Er sagt: ›Eurydike, Eurydike, nur einmal gib Antwort! Schenk des Gatten Fleh'n Gehör! Kein Hoffnungsschimmer dringt zu mir her, des Herzens Frieden, ich find ihn nimmer, nimmermehr.‹«

»Ach!« Tränen liefen ihr ungehindert über die Wangen. Sie ließ zu, daß die außerirdische Schönheit der Musik sie mit sich fortriß und vergaß alles um sich her. »Und was sagt er jetzt?«

»Er wird sich jetzt umbringen. Seine Trauer ist unaussprechlich.«

Sie verbarg ihr Gesicht im Taschentuch und putzte sich die Nase.

»Warte, jetzt kommt Amor und wird ihn überreden, es nicht zu tun. Er sagt: ›Halt ein, was tust du?‹ / ›Zähme dein wildes Drängen!‹ Er erweckt Eurydike wieder zum Leben. Sie lebt!«

»Ach! Ach!« rief Cass überwältigt aus und lächelte erleichtert durch ihre Tränen.

»›Liebste‹, dolmetschte Riordan.

»›Mein Gatte‹«, erriet Cass den nächsten Satz und seufzte zufrieden auf.

Die Musik wurde wieder laut, das Liebespaar umarmte sich zum letzten Mal, und der Vorhang senkte sich.

Cass lehnte sich erschöpft in ihrem Sessel zurück. »Ach, es war so schön, so wunderschön! Ich möchte es unbedingt noch einmal sehen.« Er lachte. Sie lächelte ihn benebelt an, die Wimpern immer noch ganz spitz von ihren Tränen. »Hat es dir nicht gefallen?«

»Aber doch«, antwortete er sofort, obwohl er nicht sicher

war, was ihm besser gefallen hatte, die Oper oder ihre Reaktion darauf. »Können wir los?«

»Ja, ich glaube schon. Es ist nur schwer, in die Realität zurückzukehren, nicht wahr? Sehe ich auch ordentlich aus?« Sie preßte die Hände an ihre heißen Wangen.

»Du siehst prachtvoll aus.« Es stimmte, dachte er. Sie war eine dieser seltenen Frauen, die tatsächlich unter Tränen noch schöner wurden.

Sie lächelte nachgiebig, während er ihr den federleichten Umhang um die Schultern legte und sie aus der Loge führte. Sein Arm fühlte sich warm und fest an. Das Gedränge der Leute zwang sie, dicht nebeneinander zu gehen, ganz vertraut den hell erleuchteten Korridor zur Treppe entlangzuschreiten. Um sich nicht zu verlieren, legten sie die Arme umeinander und nahmen kleine, schlurfende Schritte. »Wir hätten warten sollen.« Cass stellte sich auf die Zehenspitzen, um es ihm ins Ohr zu sagen.

Er nickte, dachte aber, daß er diese Lösung eigentlich vorzog.

Endlich kamen sie zum Ausgang. Riordan nutzte den Vorteil, dem ihm seine Größe bot, und betrachtete die unruhige Menge. Sofort entdeckte er einen vertrauten, kastanienbraunen Haarschopf. Claudia. Sie sah ihn fast gleichzeitig und winkte ihm fröhlich zu. Er winkte zurück, doch sein Lächeln war etwas verrutscht.

»Wer ist das?« fragte Cass. Mittlerweile hatten sie mehrere gemeinsame Freunde.

»Niemand, den du kennst.« Er wäre einfach weitergegangen, doch Claudia winkte ihnen zu, sie sollten sich zu ihr gesellen, und der Mann, der neben ihr stand — sah aus wie Marchmaine. Riordan hatte jetzt keine Zeit, sich über seine Gefühle klar zu werden, er wußte nur, daß er immer gehofft hatte, solch eine Situation vermeiden zu können. Langsam gingen sie durch die Menge zu dem wartenden Paar.

»Lady Claudia Harvellyn, darf ich dir Miss Cassandra Merlin vorstellen?«

Der Name verursachte ein wissendes Glitzern in den großen braunen Augen Ihrer Ladyschaft, das sie aber rasch wieder verbarg, ehe sie freundlich lächelte und Cass die Hand reichte. »Guten Tag, Miss Merlin. Dies ist Mr. Marchmaine. Du kennst doch Gregory, nicht wahr, Philip?«

Er hätte wissen müssen, daß Claudia die Kontrolle übernehmen und zusehen würde, daß alles glatt vonstatten ging. Sobald die Vorstellungsrunde vorüber war, begann sie, locker und natürlich über die Aufführung zu plaudern. »Die Musik ist natürlich wunderschön, aber was ich nie verstehe, ist, warum der arme Kerl Eurydike nicht einfach gerade heraus *sagt*, daß sie sterben muß, wenn er sie anschaut. Man stelle sich nur vor, welchen Ärger ihm das erspart hätte.« Sie lachte charmant. »Ein wunderbares Stück, echte Schauspielkunst! Finden Sie nicht auch, Miss Merlin?«

Cass zögerte. »Nun«, gestand sie mit einem verlegenen Lächeln, »ich fand es sehr bewegend. Ich habe sogar geweint.«

Claudia hob überrascht ihre perfekt geformten Augenbrauen, lächelte aber weiterhin freundlich.

»Tatsächlich?« fragte Marchmaine mokant und hob sein Lorgnon, um sie zu begutachten.

Riordan erinnerte sich an die Begegnung zwischen Cass und Lady Helena beim Brillenschleifer und warf rasch ein: »Ich muß zugeben, auch mir wurden die Augen etwas feucht. Außerdem, wenn er es ihr einfach *sagt*, hätten wir diese ganze wunderschöne Musik nicht. ›*Che farò senza Euridice!*‹«, sang er laut und ungeniert, so daß alle lachen mußten. Claudias Gelächter klang allerdings ein wenig gekünstelt.

Marchmaine entschuldigte sich, um eine Droschke zu suchen. Riordan nahm an, daß er das Paar eigentlich auffordern sollte, mit ihm zu fahren, doch begeisterte es ihn nicht gerade, diese merkwürdige Begegnung noch auszudehnen. Die drei plauderten höflich über Belanglosigkeiten und wandelten langsam zum Ausgang.

Claudia fragte Cass, wie ihr denn ihr neues Leben in London gefiele und vermied auffällig jede Erwähnung der Unstände, die sie zu ihrer Rückkehr gezwungen hatten. Riordan hatte — zum ersten Mal in seinem Leben — das unerfreuliche Empfinden, daß Claudia beinahe herablassend wirkte. Er beobachtete Cass. Sie war angespannt, doch waren ihre Antworten offen und direkt und immer völlig passend. Einige Minuten später drängte Claudia ihn, am Dienstag vorbeizukommen — ihre Großmutter habe sich nach ihm erkundigt —, und ihr Beharren darauf im Beisein von Cass überraschte ihn. War es möglich, daß sie endlich eifersüchtig war? Die Vorstellung überraschte ihn, doch nicht so sehr wie die Erkenntnis, daß dies ihm eigentlich nicht die Befriedigung verschaffte, die er erwartet hätte.

Ihre Kutschen fuhren gleichzeitig vor. Claudia reichte ihm ihre Rechte zum Handkuß, ehe ihm der Gedanke überhaupt gekommen war, und hielt seine Finger viel länger fest als sonst. Mit nachdenklichem Gesichtsausdruck beobachtete er, wie Marchmaine ihr in die Droschke half und sie dann davonfuhren.

Cass beobachtete sein Gesicht noch einen Augenblick und schaute dann weg. Sie wartete, daß er sich besann, wo er eigentlich war und daß seine eigene Kutsche vor ihnen bereitstand. Abwesend half er ihr einzusteigen, und den größten Teil der Strecke schwiegen sie.

Irgendwann bemerkte sie, daß er sie anschaute und zwang sich zu einer Bemerkung. »Lady Claudia ist sehr attraktiv«, murmelte sie ohne Begeisterung.

»Oh, ja.«

»Und sehr intelligent.«

»Sehr.«

Sie nahm einen tiefen Atemzug. »Sie ist eine besondere Freundin, nicht wahr?«

»Wie kommst du denn auf diese Idee?« wich er ihr aus und runzelte die Stirn.

Tatsächlich, wie eigentlich? Was war nur in sie gefahren, ein Thema anzusprechen, daß ihr ohnehin nichts als Schmerzen bereiten würde?

»Wegen der Art, wie du sie behandelst«, fuhr sie stoisch

fort. »Du baust vor ihr keine Fassade auf, du läßt zu, daß sie wahrnimmt, wer du bist. Und im übrigen ist sie ganz offensichtlich in dich verliebt.«

Er lachte etwas rauh. Wenn Claudia in ihn verliebt war, dann galt das nur für heute abend. »Da irrst du dich.«

Sein Tonfall machte deutlich, daß dieses Thema nun beendet war. Cass hatte auch plötzlich den Mut verloren, es weiter zu verfolgen. Er hatte nicht geleugnet, daß die Frau ›eine besondere Freundin‹ war. Sie starrte aus dem Kutschenfenster, während ein erdrückendes Gefühl von Einsamkeit sich über sie senkte.

Ihr Unglück war ganz und gar selbst erzeugt, versuchte sie sich zu trösten. Sie verliebte sich in einen Mann, den sie niemals würde haben können, und sie hatte keine Ahnung, wie sie sich davon abbringen sollte. Sie sah vollkommen klar, wie sehr er ihr in vielerlei Hinsicht überlegen war — hinsichtlich der gesellschaftlichen Stellung, seines Ansehens, seiner Ausbildung, dessen, was er erreicht hatte —, und jetzt hatte sie auch die Dame gesehen, die er eines Tages heiraten würde, oder wenigstens die Art von Frau, die er auswählen würde. Ein ehrlicher Vergleich zwischen ihr und Claudia Harvellyn machte ihr schmerzhaft bewußt, wie unzureichend sie selbst war.

Wenn sie nur fliehen könnte! Sie hatte Angst vor dem Schmerz, den es bedeutete, ihn jeden Tag zu sehen. Um diesen Schmerz ihres Herzens zu unterbinden, mußte sie der Person aus dem Weg gehen, die den Schmerz verursachte. Aber in diesem Fall war das nicht möglich. Nicht nur mußte sie Riordans Gesellschaft ertragen, sie mußte auch noch die Qual auf sich nehmen, in der Öffentlichkeit so zu tun, als wären sie ein Liebespaar. Wie ungerecht! So lange sie sich erinnern konnte, hatte sie immer davon geträumt, sich zu verlieben, ihr Herz einem freundlichen, sanften Mann zu schenken, der sie aus ihrer Einsamkeit retten und sie für den Rest ihres Lebens auf Händen tragen würde. Statt dessen hatte sie sich genau den Mann ausgesucht, der am besten in der Lage war, ihr wehzutun. War irgend etwas nicht in Ordnung mit ihr? Genoß sie es, zu leiden, oder war sie nur ein albernes Dummchen?

Sie schluckte den Kloß in ihrem Hals hinunter und setzte sich gerade auf. Sie würde nicht aufgeben. Sie hatte noch nie aufgegeben. Außerdem, was blieb ihr auch anderes übrig? Sie hatte keine andere Wahl, als ihr Geld zu sparen und auf den Tag zu warten, an dem sie frei sein würde, um irgendwo ein neues Leben zu beginnen — allein. Bis dahin würde sie ihr Herz so gut es ging schützen.

Die Kutsche hielt. Erst als er ihr hinausgeholfen hatte, erkannten sie, daß sie vor seinem Haus standen, nicht vor ihrem. »Es ist mir wieder eingefallen, was ich dir vorhin sagen wollte«, sagte er erklärend und führte sie hinein.

Sie trafen seinen Sekretär in der Bibliothek, wo er Briefe schrieb. »Du liebes bißchen, John, sind Sie immer noch da? Gehen Sie eigentlich nie nach Hause?«

Walker lächelte verlegen. »Ich habe nur etwas zu Ende gebracht — ich kann jetzt gehen, wenn Sie —«

»Nein, machen Sie nur weiter. Wir gehen in den Salon. Und John — wir wollen nicht gestört werden.«

»Ja, Sir«, rief Walker ihnen nach, während sie die Bibliothek verließen. Cass ließ sich von Riordan den Flur hinunter zum Salon ziehen und fragte sich, was er ihr würde sagen wollen. Er wirkte plötzlich so energisch, so voller Intensität — sie verstand seine neue Stimmung überhaupt nicht.

Die Kristallampen an den Wänden zu beiden Seiten der Tür brannten noch. Er entzündete einen Span, mit dem er wiederum jede Kerze im Raum ansteckte, bis der schöne Saal mit der hohen Decke leuchtete, als gebe es gleich ein Fest. Dann zog er seinen Rock aus, warf ihn auf das Sofa und stellte sich vor die langen Fenster zur Straße, wobei er seine Weste aufknöpfte. Sie erwartete, daß er die Vorhänge über die großen, schwarzen Glasscheiben ziehen würde. Statt dessen wandte er sich um und blickte sie an. »Komm her, Cass. Ich möchte, daß du mich jetzt küßt.« Ihre Augen wurden tellergroß. Sprachlos starrte sie ihn an. Dann machte sie eine zögernde Geste zum Fenster hinüber. »Ja, ich weiß — man kann uns von der Straße aus sehen. Das ist genau meine Absicht. Wade hat Spione, und ich möchte nicht, daß die glauben, wir berühren uns nur, wenn wir in Gesellschaft sind.«

Sie lachte kurz und nervös auf. »Du machst Scherze.«

»Nicht im mindesten. Komm her, mein Herzchen. Es ist alles nur wegen unserer List. Völlig professionell, nichts weiter.«

»Ich glaube dir nicht«, sagte sie, während ihre Beine sich schon auf ihn zubewegten. Sie hielt inne, als sie einen Meter von ihm entfernt stand. Er sprang auf sie zu und zog sie an sich.

»Würde ich dich anlügen?« fragte er leise und legte seine Hand auf ihre Taille.

»Ganz bestimmt.« Und schon war sie von dem ehrlichen Verlangen in seinem tiefblauen Blick bewegt. In ihrem Kopf hörte sie Alarmglocken schrillen, doch weigerte sie sich, darauf zu achten. Es war doch nur ein Kuß! So viele Verletzungen standen ihr noch bevor — konnte sie sich da nicht einen Augenblick lang etwas Schönes gönnen? Sein Gesicht füllte ihren Blick aus, ehe sich ihre Augen schlossen, und beider Lippen sich in einer leichten Berührung trafen. Sie versuchte, sich nicht zu bewegen, die Süße ihrer vermischten Atemzüge und das weiche, berauschende Gefühl seiner Lippen zu spüren, doch schon wollte sie mehr. Sie ließ ihre Hände durch sein Haar fahren, wie sie es schon so lange hatte tun wollen. »Dein Haar ist so schön«, hätte sie fast gesagt, doch dazu war sie zu schüchtern.

Er küßte langsam ihr Gesicht, ihre Augenlider und murmelte etwas in ihr Ohr. Er ließ seine feuchte Zunge ihr Kinn entlanggleiten und biß sie zart, schweifte dann hinunter, um an ihrem Hals zu schnuppern. »Darauf habe ich schon den ganzen Abend gewartet.«

Sie wollte ihm sagen, daß es ihr genauso ging, daß sie dabei war, sich in ihn zu verlieben, daß sie ihn so sehr begehrte. Doch sie konnte nur seinen Namen flüstern. Er fand ihren Mund und küßte sie innig. Sie zitterte. Er hielt ihren

Kopf fest, schmeckte ihre Süße, wollte mehr, immer mehr. »Mein Gott, Cass, ich bin es so leid, so zu tun, als ob ich dich nicht begehrte.«

In ihr loderte eine Flamme empor. »Berühre mich, Philip!« Sagte sie das tatsächlich, oder hatte sie es nur gedacht? Wie auch immer — seine Hand legte sich auf ihren Busen und sie keuchte dankbar auf. In dem Augenblick fiel ihnen beiden ein, wo sie sich befanden und traten gleichzeitig zurück, als seien sie ein Liebespaar beim Tanz.

»Wegen der Spione von Wade — ich habe gelogen.«

»Ich weiß. Das ist mir egal.«

Er beobachtete ihr Gesicht und streichelte sie mit beiden Händen, spürte, wie ihre Brüste unter seinen Handflächen lebendig wurden. Sie stolperte rückwärts, bis die Wand ihr Einhalt gebot. »Wir dürfen das nicht tun«, flüsterte sie in einem kurzen Augenblick der Besinnung. »Warum tust du das?«

»Weil ich nicht anders kann. Und du auch nicht.« Er fing an, ihr Kleid aufzuknöpfen, küßte sie dabei unaufhörlich und murmelte herrliche Zärtlichkeiten.

»Oh nein —« Doch sie meinte es nicht ernst.

Er zerrte das Oberteil ihres Kleides herunter und stieß auf das spitzenbesetzte Unterkleid. Kein Korsett — dem Himmel sei Dank. Er beugte den Kopf und legte seine Lippen auf ihre Schultern. Er küßte sie durch den seidigen Stoff, bis er spürte, daß ihre Knie nachgaben. Dann packte er sie um die Taille und nahm ihren Mund in wildem Verlangen.

»Quinn will, daß du bald Wades Geliebte wirst, Cass, aber das lasse ich nicht zu. Komm und lebe mit mir. Ich werde mich um dich kümmern.« Ihre Augen waren geschlossen, die Lippen halb geöffnet. Sie bewegte den Kopf von einer Seite zur anderen.

»Heißt das ja?«

»Ja. *Nein.*« Sie schob ihn fort und rang um Fassung.

»Ja!« beharrte er. »Zieh bei mir ein, Cass. Deine Tante behandelt dich wie eine armselige Verwandte. Wir werden —«

»Ich *bin* doch auch eine arme Verwandte«, sagte sie mit

einem zittrigen Lachen und versuchte, seine Hände festzuhalten.

»Du weißt, daß du es willst.«

»Ich kann es nicht.«

»Warum?«

»Darum. Es ist nicht richtig.« Endlich hatte sie seine Hände im Griff und konnte ihn bremsen. Ihre Stimme klang hoch und hell. »Wenn Sie mich wollen, Riordan, müssen Sie mich heiraten!«

Ein Lachen stieg in ihm auf. Cass entwand sich ihm und wäre auch entkommen, wenn sie nicht hätte anhalten müssen, um sich zu bedecken. So konnte er sie wieder packen und fest an die Wand pressen. Da er wußte, daß eine Entschuldigung völlig sinnlos wäre, küßte er sie statt dessen, versenkte seine Finger in das seidige Gewebe ihrer Haare und atmete ihren Duft ein. »Mein Gott, wie bist du schön«, murmelte er und berührte sie überall, zwang sie, ihn zu küssen.

Er schob ihr Unterkleid über eine Schulter hinab und streichelte sanft ihre nackte Brust, bis er spürte, wie sich ihre zarte Haut unterhalb der steifen Spitze zusammenzog. Sie zitterte vor Anstrengung, ihm nicht nachzugeben. Er fühlte sich plötzlich von einem fast gewalttätigen Bedürfnis erfaßt, sie zur Hingabe zu zwingen. Als sich ihr Mund für ihn öffnete, küßte er sie ohne Skrupel und benutzte seine Hände, um ihre Schenkel und ihre Hinterbacken zu massieren, preßte sich an sie.

Ein leises Klopfen erklang an der Tür.

Ungläubig wandte Riordan den Kopf, schützte Cass mit seinem Körper und sah zu der sich langsam öffnenden Tür hinüber. Ehe er seine Wut herausbrüllen konnte, sprach Walker mit einer Stimme, die vor lauter Scham zitterte. »Es tut mit furchtbar leid, Sir — eine ganz eilige Nachricht ist gerade —«

»Hinaus mit Ihnen!« Riordans Wut ließ Cass zusammenzucken und Walker bleich werden.

»Sehr wohl, Sir. Es ist eine Nachricht von Lady Claudia.

Ich lege sie hierher.« Er legte einen Umschlag auf ein Tischchen und schloß eilig die Tür hinter sich.

Cass schlang die Arme um ihre Brüste und versuchte, sich zu beruhigen. Sie schloß fest die Augen, als er seine Stirn an die ihre lehnte, denn sie wußte genau, was jetzt geschehen würde.

»Ich muß sehen, was sie schreibt.«

Sie schob ihn von sich. Unkontrolliert zitternd erwiderte sie seinen Blick. »Wirklich?«

Er erkannte an ihrer Stimme, welche Mühe sie diese Worte kosteten. Er versuchte, sie an sich zu ziehen, doch sie wehrte sich. »Cass«, sagte er, »ich muß.«

Als er sie losließ, drehte sie sich zur Wand. Nach einem Augenblick vernahm sie, wie er durch das Zimmer zum Tisch ging und dann den Umschlag aufriß. Eine Pause, während er las. Dann raschelndes Papier und Schritte zu ihr.

Die Berührung seiner Hände auf ihren nackten Schultern. »Ich muß gehen. Es tut mir sehr leid. Es ist ihr Vater — sie sagt, er liege im Sterben.«

Mühsam zog sie ihr Kleid hoch. Er half ihr dabei. »Warte auf mich, Cass«, flüsterte er und knöpfte es zu. »Wirst du auf mich warten?«

Sie verabscheute die Sanftheit seiner Hände auf ihrer Haut. Er verließ sie, ging zu Claudia. Neben ihrer Scham spürte sie nichts als grenzenlose, düstere Verzweiflung. Sie wandte sich mit trockenen Augen um. »Nein«, sagte sie mit einem endgültigen Tonfall, der sie beide ob seiner Kälte erschauern machte. »Ich werde nicht warten.«

Riordan lächelte auf die dünne Gestalt hinab, die bewegungslos unter der Seidendecke lag. »Wie geht es Ihnen, Sir?«

Lord Winston Harvellyn blinzelte im schwachen Licht einiger Kerzen und versuchte zu lächeln. »Völlig unnötig, Sie so spät am Abend noch aufzuscheuchen. Die Frauen regen sich immer fürchterlich auf. Garantiert komme ich mit einer guten Runde Schlaf heute nacht wieder auf die Beine.«

»Das werden wir noch sehen«, schimpfte Claudia ihn sanft. Sie saß auf der anderen Seite des Bettes und streichelte ihrem Vater die hohe, blasse Stirn.

»Nur ein bißchen Verdauungsschwierigkeiten, mehr ist es nicht — morgen früh sitze ich bestimmt wieder an meinem Schreibtisch.«

»Davon bin ich überzeugt.« Riordan drückte die knochige Hand, die geöffnet auf dem Bettzeug lag, und stand auf. »Wir lassen Sie jetzt in Ruhe.«

Claudia erhob sich mit ihm. »Gute Nacht, Vater.« Sie beugte sich hinunter, um die faltige Wange des alten Aristokraten zu küssen. »Ich bin froh, daß es dir jetzt wieder besser geht.«

»Ich werde noch eine ganze Weile bei dir sein, mein Liebes«, sagte er mit einem schwachen Lächeln und tätschelte ihr die Hand. Dann fielen seine Augenlider zu, und Augenblicke später schlief er bereits.

Claudia besprach sich leise mit Lord Winstons Leibdiener, der über die Nacht bei ihrem Vater Wache halten würde, und dann gingen sie und Riordan auf Zehenspitzen aus dem Raum. »Vater hat Recht«, sagte sie voller Reue und nahm seinen Arm, als sie langsam die weite Treppe hinunter ins Vestibül schritten. »Ich hätte dich wirklich nicht aufscheuchen sollen.«

»So ein Unsinn, ich wäre auf jeden Fall gekommen.« Er fuhr eilig fort, ehe die unglaubliche Lüge ihn aus der Fassung bringen konnte. »Du mußt dich ja sehr erschrocken haben.«

»Das hab' ich auch, Philip. Ich habe deshalb sogar zuerst nach dir schicken lassen, ehe ich den Arzt holen ließ.«

»Der Arzt hat gesagt, es sei nicht sein Herz?«

»Ja, Gott sei Dank. Aber er hat diese Attacken in letzter Zeit häufiger bekommen, und ich reagiere dann immer völlig panisch.«

»Er sieht schmächtig aus, aber manchmal denke ich, er ist genauso stark wie wir alle.«

»Das sagt er auch immer.« Sie standen in der Eingangshalle unter einem riesigen, nicht angezündeten Kristalleuchter. »Danke sehr, Charles, ich bringe Mr. Riordan zur Tür«, entließ sie den in der Nähe wartenden Butler.

»Ist alles wieder in Ordnung, Claudia? Ich kann gerne noch bleiben, wenn du möchtest.«

»Das fände ich sehr schön«, antwortete sie überraschend, »aber es ist ganz und gar unnötig, und du warst ja schon so freundlich, überhaupt zu kommen. Außerdem ist es sehr spät, es würde also keinen guten Eindruck machen, nicht wahr?«

»Daran hatte ich nicht gedacht«, gab er zu. Es war ihm unangenehm, daß er sich so erleichtert fühlte. »Nun, wenn —« Er unterbrach sich, als sie mit einer Hand seinen Arm hinauf bis zur Schulter fuhr und ihn mit großen, forschenden Augen anblickte.

»Aber könntest du mich bitte umarmen, ehe du gehst, Philip?«

Er hätte nicht erstaunter sein können, wenn sie ihn gebeten hätte, sie in ihr Schlafzimmer hochzutragen. Er war geistesgegenwärtig genug, um ›mit dem größten Vergnügen‹ zu antworten, während er seine Arme um sie legte und sie an sich zog. Sie duftete nach dem teuren Parfum, das er ihr einmal geschenkt hatte, und plötzlich erkannte er, daß er ihren Duft mit Cass' schwächerem, weniger markanten Duft verglich. Schuldgefühle überkamen ihn. Warum war es eigentlich so, daß er nie an Claudia dachte, wenn er mit Cass zusammen war, aber wenn er bei Claudia war — er verscheuchte die unbequeme Frage aus seinen Gedanken und lehnte sich zurück, um sie anzuschauen.

Sie hatte die Augen geschlossen und schien in seinen Armen endlich einmal völlig entspannt zu sein. Sie war wirklich eine sehr schöne Frau — weiche Haut, klassische Züge. Er hob ihr Kinn empor. Kein Widerstand. Er küßte sie sanft. Sie seufzte und legte die Arme um ihn. Ohne nachzudenken, teilte er ihre Lippen mit den seinen. Er spürte, wie sie sich versteifte und kehrte wieder zu den leichten, sanften Küssen auf ihre Lippen und Wangen zurück. Wieder entspannte sie sich und legte die Arme fester um seinen Hals. Mehr aus Gewohnheit denn aus wirklicher Leidenschaft ließ er seine Zunge in ihren Mund gleiten.

Sie sprang zurück, als habe er sie gebissen.

»Claudia — mein Gott, es tut mir leid —«

»Nein, nein, es ist meine Schuld —« Sie machte aufgeregte Gesten mit den Händen, als wolle sie etwas ausradieren und wandte sich um, damit er nicht sah, wie sie sich den Mund abwischte.

Riordan fuhr sich mit einer Hand durch die Haare und starrte auf ihren stocksteifen Rücken. In ihm lagen Schreck, Mitleid und Desillusionierung im Widerstreit — und merkwürdigerweise spürte er keine Überraschung. »Es gefällt dir eigentlich gar nicht, nicht wahr, Liebes?« fragte er sanft.

»Es ist mir furchtbar peinlich, ich weiß nicht, was ich sagen soll.«

»Egal.« Er drehte sie um, so daß sie einander anschauten und nahm sie wieder in die Arme, wobei er diesmal darauf achtete, daß seine Berührung unpersönlich blieb. »Es ist schon in Ordnung«, sagte er und tätschelte ihr die Schulter. »Das macht überhaupt nichts.«

»Es macht *sehr wohl* etwas aus«, schniefte sie in sein Hemd. »Ich hab' doch die Geschichten gehört, ich weiß, daß du zahllose Frauen hattest. Diese Merlin zum Beispiel, sie ist so wunderschön, so —« Claudia schüttelte den Kopf und wischte sich die Augen, kämpfte um ihre Fassung. »Ach, Philip, wie kannst du mich denn begehren, wenn ich so kalt bin?«

»Du bist gar nicht kalt. Überhaupt nicht.« Er fragte sich, wen von ihnen beiden er eigentlich davon überzeugen wollte. »Du brauchst nur etwas Zeit, das ist alles, und ich kann sehr geduldig sein.«

»Ich weiß nicht, ich weiß nicht.«

»*Ich* weiß es aber, Claudia. Es wird schon alles gut werden.«

Aber während er ihre steife, unnachgiebige Gestalt an sich gedrückt hielt, registrierte er seine Sorge. Was versprach er da eigentlich? Was gab er da auf? Aus seiner Bauchgegend spürte er Kälte aufsteigen, die sich rasch in seinem ganzen Körper verbreitete. Seine Augen waren leer und trostlos, als er über Claudias Kopf hinweg starrte, denn er wußte, daß sie ihn nicht wärmen konnte.

Am nächsten Morgen stand Riordan schon vor dem Morgengrauen auf und streckte die Hand nach seinem Schlafrock aus. Barfuß tappte er aus seinem Zimmer und ging nach unten. Auf seinem Schreibtisch in der Bibliothek stand eine Karaffe mit lauwarmem Wasser. Er goß sich ein Glas ein und trug es zur Fensterbank. Zu Cass' Fensterbank. Er erinnerte sich daran, wie er sie vor einigen Tagen hier gesehen hatte, über irgendein Buch gebeugt, vollkommen davon in Anspruch genommen, und wie ihre Haare ihr in Strähnen ins Gesicht gefallen waren. Wie sie gelegentlich innehielt, um ihre neue Brille abzunehmen und ihr Nasenbein zu reiben.

Er nahm einen Schluck Wasser und zog eine Grimasse. Er war hier heruntergekommen, um *nicht* mehr über Cass nachdenken zu müssen, um endlich aufhören zu können, sie zwanghaft mit Claudia zu vergleichen. Es war wahnsinnig, es war nicht loyal — Claudia war unvergleichlich und würde eines Tages seine Ehefrau werden. Und damit hatte es sich. Cass war die Art von Frau, mit der Männer schliefen, die man sich als Geliebte nahm, aber niemals, *niemals* heiratete. Warum konnte sie das nicht einsehen? Warum konnte sie nicht Vernunft annehmen und einfach seine Geliebte werden? Ihr Gerede von einer Ehe war lächerlich, ein Witz — kein Wunder, daß er gelacht hatte! Für wen hielt sie sich eigentlich? Und wen wollte sie auf den Arm nehmen, wenn sie beteuerte, daß mit ihm ins Bett zu gehen ›falsch‹ wäre? Sie war neunzehn, und sie konnte es so sehr abstreiten, wie sie wollte, doch wahrscheinlich hatte sie bereits genauso viele Männer in ihrem Leben gehabt wie er Frauen.

Er setzte das Glas ab und nahm seine Viola auf. Er hatte sie am Abend zuvor auf die Fensterbank gelegt. Abwesend strich er mit dem Daumen über die Saiten und erinnerte sich. Sie hatte ihm etwas sagen wollen. Was? Er hatte ihr auch etwas zu sagen gehabt, aber er hatte die Worte nicht herausgebracht. Sie würde nur über seine Leiche an Wade geraten, das schwor er sich, und seine Hand umfaßte den zierlichen Hals des Instruments in einem plötzlich gewalttätigen Griff.

Was würde Oliver wohl dazu sagen, daß er nicht nur die Nachricht wegen Wade nicht weitergereicht hatte, sondern Cass sogar gebeten hatte, bei ihm zu wohnen? Er erschauderte innerlich und zuckte zusammen, als er sich im Geiste Quinns Wut vorstellte. Doch noch schlimmer zu ertragen als seine Wut wäre Quinns Enttäuschung. Die Macht, die er über ihn hatte, war sehr stark, schon seit er neun Jahre alt war. Darüber hinaus stand er tief in Olivers Schuld, und ein Teil bestand eben darin, Cass an Wade zu vermitteln.

Riordan erhob sich und beobachtete, wie sich der Himmel hinter den Ästen der Robinie erhellte. Die Wahl fiel ihm nicht schwer. Er würde es nicht tun, auch nicht für Quinn. Die Konsequenzen waren ihm gleichgültig. Cass gehörte ihm.

Zwei Tage später klopfte er laut an der Tür zur Nummer 47 am Ely Place.

»Ach, wenn das nicht Mr. Riordan ist! Einen schönen Tag wünsche ich«, grinste Clara und vollführte das, was sie wohl für einen Knicks hielt. »Kommen Sie doch herein! Die junge Miss ist nicht zu Hause, aber Sie können ja Ihre Ladyschaft aufsuchen, wenn Sie möchten.«

»Wo ist sie? Ich meine, Miss Merlin«, fragte Riordan und folgte dem Mädchen die unbeleuchtete Treppe hinauf. Das Haus war dunkel und feucht und deprimierend, und er spürte seinen üblichen Ärger über das Bewußtsein, daß Cass hier wohnen mußte.

»Ich glaube, das fragen Sie am besten Ihre Ladyschaft«, riet ihm Clara nach einer Pause und richtete ihre Augen himmelwärts. Sie schwieg, bis sie ihn in den kleinen, mit Möbeln vollgestellten Salon geführt hatte, in dem Lady Sinclair am Schreibtisch saß und einen Brief schrieb. »Hier ist Mr. Riordan, Mylady«, tat sie knapp kund und zog sich wieder zurück.

Die beiden betrachteten einander mit gegenseitiger Abneigung — er aufgrund der Art, wie sie Cass behandelte, sie, weil ihr Versuch, ihn eines Abends zu verführen, während er auf ihre Nichte gewartet hatte, eine beschämende Niederlage gewesen war.

»Wie ich höre, ist Cass nicht zu Hause«, sagte Riordan kühl und vermied damit eine Begrüßung. »Wären Sie wohl so freundlich, mir zu sagen, wann Sie sie wieder zurückerwarten?«

Die Lady lachte hell auf und lehnte einen Ellbogen auf den Rücken ihres Stuhles, so daß ihre Brüste sich deutlicher unter ihrem bernsteinfarbenen Seidenkleid abzeichneten. »Das kann ich Ihnen leider nicht sagen, Mr. Riordan. Ich habe schon vor langem aufgehört, mir die jeweiligen Aufenthaltsorte meiner Nichte zu merken.«

»Ja, das weiß ich«, stimmte er ihr eisig zu. »Ich habe ihr eine Nachricht geschickt. Sie sollte sich heute morgen im Green Park mit mir treffen.«

»Green Park! Wie extravagant.«

»Wissen Sie, ob sie meine Nachricht erhalten hat?« bedrängte er sie, fest entschlossen, nicht wütend zu werden.

»Ich halte es für höchst unwahrscheinlich.« Sie berührte mit der Schreibfeder ihre Wange. »Tatsächlich sehr unwahrscheinlich.«

»Und warum wäre das so unwahrscheinlich?«

»Weil sie heute morgen nicht hier war.«

Seine Hände ballten sich zu Fäusten. »Wo war sie?«

»Heute morgen? Um wieviel Uhr?«

Er zählte bis zehn. »Zu der Zeit, da sie hätte hier sein müssen, um meine Nachricht in Empfang zu nehmen«, sagte er dann langsam.

»Ach so! Nun, ich würde meinen, daß das gegen elf gewesen wäre. Also, lassen Sie mich nachdenken. Wenn sie über

Nacht halt gemacht haben — aber ich bin mir gar nicht sicher, daß sie das getan haben — hätten sie heute um elf Uhr möglicherweise Stratford-upon-Avon erreicht. Er hat allerdings eine Postkutsche genommen, und ich glaube, die fahren heutzutage auch die Nacht hindurch. Ist das nicht großartig? Wenn dem so wäre, dann würde ich davon ausgehen, daß sie mittlerweile in Manchester sind. Aber das kann man kaum sagen, nicht wahr? Es hängt alles —«

»Wade!« Riordans Gesicht war knallrot, und seine Stimme zitterte. Er machte zwei Schritte auf sie zu, und Lady Sinclairs selbstzufriedenes Lächeln wurde unsicher. »Es war Wade, nicht wahr?«

»Ach«, — sie lachte gekünstelt — »wie ich sehe, kann man kein Geheimnis vor Ihnen bewahren! Genau, Mr. Wade ist gestern morgen sehr früh gekommen und hat sie abgeholt. Das hat sie sehr erstaunt — jedenfalls hat sie das behauptet«, korrigierte sie sich mit einem bösartigen kleinen Grinsen. »Die beiden haben sich einige Minuten lang zu zweit unterhalten, und als nächstes packte sie ihre Tasche und nahm von mir tränenreichen Abschied.«

»Und Sie haben sie einfach fahren lassen?« Er verschränkte die Arme hinter dem Rücken, um sich davon abzuhalten, sie kräftig durchzuschütteln.

Ihre Ladyschaft schüttelte traurig den Kopf. »Um ganz ehrlich zu sein, Sir, Cassandra war immer schon ein wildes, schwer erziehbares Kind. Und leider fehlt es ihr im Hinblick auf Männer vollkommen an Urteilsvermögen.«

»Wenn das wahr sein sollte, muß es wohl an ihrer Lehrerin liegen«, knurrte er. »Wohin wollte er fahren?«

Die Lady erhob sich mit einer bewundernswerten Zurschaustellung von verletzter Würde von ihrem Stuhl. »Ich werde nicht zulassen, daß man mich in meinem eigenen Haus beleidigt. Bitte gehen Sie augenblicklich.«

Sie kreischte leise auf, als er auf sie zusprang und sie wieder in den Sessel drückte. »Ich habe Sie gefragt, wohin die beiden reisen. Wenn Sie es mir nicht sagen, breche ich Ihnen den Arm.«

Sie glaubte ihm sofort. »Lancaster. Dort hat er ein Haus.« Sie spuckte diese Worte förmlich aus, und ihre Augen glitzerten vor Haß. »Und jetzt verschwinden Sie. Wenn Sie jemals wieder dieses Haus betreten, werde ich Sie verhaften lassen.«

Er ließ ihre Schultern los und lächelte sie freundlich an. »Das können Sie gar nicht. Ich bin vor Strafverfolgung in allen Dingen immun, außer in Fällen von Landesverrat.« Er verbeugte sich formell und ging zur Tür. Er glaubte zu hören, wie Clara auf der anderen Seite der Tür davoneilte. Mit einer Hand auf der Klinke wandte er sich noch einmal um. Er betrachtete Lady Sinclairs eng in ein Korsett geschnürte Gestalt, ihr rötlich blondes Haar, die weite Fläche ihrer weißen Brust. Sie erinnerte ihn an eine nackte Figur von Rubens, fleischig und üppig, anziehend, niederträchtig. »Ich werde Cass finden und sie nach London zurückbringen«, sagte er. »Und ich verspreche Ihnen, Madam, wenn es in meiner Macht steht, sorge ich dafür, daß Sie sie nie wieder sehen werden.« Er wartete, doch sie sagte nichts mehr, und so schloß er laut die Tür hinter sich.

VIII

»Ist das alles, Miss?«

»Ja, Ellen, vielen Dank.«

»Gute Nacht dann also, Miss, und schlafen Sie gut. Eine Runde Schlaf können Sie jetzt sicherlich gut gebrauchen.«

Cass lächelte die hübsche Zofe an und sah ihr nach, als sie hinausging. Sie war tüchtiger und viel gepflegter als ihr Dienstmädchen zu Hause, aber irgendwie vermißte sie Clara doch — vermißte ihren trockenen Humor und ihre rauhe, aber herzliche Art zu sprechen. Und Clara hätte die lange, wilde Reise viel mehr Spaß gemacht als Cass. Sie hatte Wade das auch gesagt, an dem Morgen, als er diesen merkwürdigen Ausflug vorschlug. Doch hatte er ihre vorsichtigen Skrupel, daß eine Begleitung wünschenswert wäre, verlacht, und meinte nur, daß sich so viele Personen in die gemietete Postkutsche drängen würden, daß sie einander eine wirklich ausgezeichnete Begleitung wären, und daß sie, wenn sie auf Ladymere eintrafen, so viele Dienstmädchen haben konnte, wie sie wollte.

Cass lehnte sich in dem bequemen, übermäßig gepolsterten Sessel zurück und biß in einen Keks. Sie streckte ihre nackten Füße noch dichter an das kleine Feuer, das Ellen im Kamin angezündet hatte, um die Feuchtigkeit zu vertreiben. Den ganzen letzten Tag hatte es geregnet, und die Laune der Reisegesellschaft war davon genauso in Mitleidenschaft gezogen worden wie die Straßen. Aber an diesem Abend hatten sich alle sechs Damen und Herren wieder erholt. Sie hatten die spontane Wettfahrt gewonnen und waren weit vor den anderen beiden Kutschen, mit denen sie zusammen von London aus aufgebrochen waren, auf Wades Schloß in Lancashire angekommen. Einem Gerücht zufolge war eine im Schlamm in Stoke-on-Trent steckengeblieben, das Schicksal der dritten Kutsche war noch immer ungewiß.

Cass hatte nicht ganz begriffen, welcher Charme darin liegen mochte, sechsunddreißig Stunden lang ohne Halt zu reisen, nur kurze Pausen einzulegen, um eine Mahlzeit zu sich zu nehmen und den Wegezoll zu bezahlen. Für sie war der schönste Teil der ganzen Reise dieser Augenblick. Sie war endlich allein, hatte es endlich bequem und konnte endlich nachdenken.

Sie hoffte, das Richtige getan zu haben, indem sie an dieser wilden Fahrt teilgenommen hatte. Es war keine Zeit geblieben, sich mit Riordan oder Quinn darüber zu beraten, sie hatte sich auf ihren Instinkt verlassen müssen. Aber schließlich wurde sie dafür bezahlt, dachte sie, so viel wie möglich über das Privatleben von Colin Wade zu erfahren. Und sie konnte wohl kaum die Gelegenheit verstreichen lassen, in Erfahrung zu bringen, ob manche der Wochenendgäste nicht nur seine Freunde waren, sondern auch Mitglieder seiner geheimen Organisation von Attentätern.

Sie blickte sich in dem großen, bequem eingerichteten Schlafzimmer um, das teuer und geschmackvoll in Blau und Gelb und Limettengrün ausgestattet war. Als Wades besondere Freundin hatte man ihr das schönste Gästezimmer zugeteilt, und doch waren alle Zimmer, die sie während der kurzen, unvollständigen Besichtigung des Schlosses gesehen hatte, sämtlich großzügig und reich möbliert gewesen. Sie fragte sich, wie sich wohl Wades Lebensstil mit seinen angeblichen revolutionären Zielen vereinen ließ. Er war fast so reich wie Riordan, über dessen Vermögen er sich mokierte. Wie schaffte er es, mit diesem Widerspruch zu leben? Wie Riordan spielte auch er eine Rolle, lebte ein Leben voller Luxus und sogar Dekadenz, während er seine eigentlichen Ideale verbarg. Sie vermutete jedoch, daß er anders als Riordan diese Dekadenz genoß, und daß seine Ideale es zuließen, Gewalt und politischen Mord als angemessen zu akzeptieren. Wenn er sie jemals in sein Vertrauen zog, konnte sie ihn vermutlich fragen, wie er den Unterschied zwischen seinem Lebensstil und seinen Prinzipien rechtfertigte, aber bis dahin vermochte sie nur darüber zu spekulieren.

Es war sehr spät, und sie war erschöpft. Sie nahm einen letzten Schluck Tee, stand auf und streckte sich. Das Bett sah einfach wunderbar aus. Sie blies die Kerze aus, zog die weiche Überdecke zurück und krabbelte unter die Decke. Wo mochte sich Riordan wohl gerade befinden? fragte sie sich mit einem müden Seufzen. Hatte er bereits ihre Botschaft von Tante Beth erhalten? Und wenn ja, würde es ihm etwas ausmachen, daß sie mit Wade auf und davon gereist war? Wahrscheinlich nicht.

Vier Tage waren vergangen, seit sie ihn gesehen hatte — das war seit mehr als einem Monat die längste Zeit, die sie ohne einander verbracht hatten. Wahrscheinlich begrüßte er die Trennung. Das gab ihm mehr Zeit, die er mit Claudia verbringen konnte. Waren sie wohl gerade miteinander unterwegs? Mit einem Aufstöhnen legte sie sich auf die Seite und zog die Knie an die Brust.

Es war schön und gut zu sagen, daß sie hierher gekommen war, um Wade auszuspionieren, aber in ihrem Herzen wußte sie, daß er der eigentliche Grund gewesen war, aus London fortzukommen. Fort von Riordan. Wieder spürte sie, was sie in den vergangenen vier Tagen schon so oft gespürt hatte: die brennende Erniedrigung, als er zu Claudia gegangen war — was um so schlimmer gemacht wurde durch das Bewußtsein, daß sie an jenem Abend dem Nachgeben so nahe gewesen war.

Mein Gott, wie sie ihn begehrt hatte! Sie hatte gar nicht gewußt, daß es möglich war, einen Mann so zu begehren. Das hatte ihr niemand erzählt. Hatten ihre Eltern einander so geliebt? Sie hoffte es. Dann kam ihr ein Gedanke: War es möglich, daß Tante Beth dieselbe hilflose, unkontrollierbare Sehnsucht für jeden ihrer Liebhaber spürte? Ging das überhaupt? Nein. Ein sicherer Instinkt sagte ihr, daß das nicht sein konnte, daß das, was sie für Riordan spürte, etwas völlig anderes war als die geheimen, kurzlebigen Begegnungen ihrer Tante mit Männern.

Und doch fühlte sie sich im Augenblick nicht besonders wohl in diesem Bewußtsein. Sie war wütend und verletzt und eifersüchtig, und sie hoffte, daß die tödliche Krankheit, an der Claudias Vater litt, ansteckend war!

Es tut mir leid, es tut mir leid, es tut mir leid, erschrak sie mit schlechtem Gewissen, *das habe ich so nicht gemeint!* Himmel, sie war ja noch ein solches Kind. Wann würde sie wohl jemals erwachsen werden? Sie hatte den Wunsch, etwas Tapferes und Wunderbares zu tun, damit Riordan sie lieben würde. Das war noch kindischer, das wußte sie, nur war die Fantasie viel zu anziehend, als daß sie sie aufgeben konnte. Sie sah sich selbst, wie sie tapfer zur Guillotine ging, den Kopf hoch aufgereckt, die Schultern gerade. Bevor sie Riordan verriet, würde sie sich für ihn opfern. Die gröhlende Menge würde in ein Schweigen verfallen, von ihrem Mut zutiefst beeindruckt. Und er würde irgendwo unter ihnen stehen, sie beobachten, von seiner schrecklichen Trauer und Angst übewältigt. Im letzten Augenblick würde er seine Liebe zu ihr heraufbrüllen, und sie wäre auf wundersame Weise gerettet. Danach wären sie auf ewig zusammen, und er würde sie anbeten. Sie schlief ein, als sie sich gerade vorstellte, wie sie vor ihm auf einem weißen Hengst ritt, seine Arme um sie geschlungen, geradeaus in die helle Zukunft ...

Am nächsten Tag schlief sie lange aus, wie auch der Rest der Gesellschaft. Ein Dienstmädchen brachte ihr schließlich einen Tee und etwas Toast ans Bett, später nahm sie ein Bad. Sie war angekleidet, saß vor dem Spiegel ihres Frisiertischchens und ließ sich gerade von Ellen die Haare richten, als es an der Tür klopfte.

»Colin, guten Morgen — oder guten Tag, sollte ich wohl sagen. Kommen Sie herein. Es ist schon in Ordnung, Ellen frisiert mich gerade.« Ihr fiel auf, daß sie Tante Beth wenigstens für eine Sache zu danken hatte — daß sie ihr beigebracht hatte, wie man auf anständige Weise einen Mann im Boudoir empfing. Erleichtert stellte sie fest, daß er das Mädchen nicht fortschickte, sondern sich an einen der Bettpfosten lehnte und sie im Spiegel beobachtete. Er sah bestens aus — in einem flaschengrünen Rock und einer braun-gelben Hose.

»Guten Morgen, meine Liebe. Es ist wohl unnötig zu fragen, ob Sie gut geschlafen haben, das sehe ich Ihnen auch so an. Sie strahlen ja förmlich! Ach, wie ich der Jugend ihre Geschmeidigkeit neide!«

Cass zog eine Grimasse. »Stimmt, Sie sind ja ein so *alter Mann*, daß es fast schon an ein Wunder grenzt, daß Sie auf der Reise nicht das Zeitliche gesegnet haben! Geben Sie mir noch eine Minute, dann helfe ich Ihnen auf dem Weg die Treppe hinunter.«

Er erfreute sich an ihrer Schlagfertigkeit und steckte die Hand in die Tasche seiner Weste. »Hier«, sagte er und legte eine kleine Schachtel vor ihr auf den Tisch. »Das ist für Sie, machen Sie es auf.«

Sie tat es mit einem hocherfreuten Lächeln, während Ellen respektvoll zur Seite trat und wartete. »Ach, es ist — es ist —« Sie hatte keine Ahnung, was es war. Es sah aus wie ein Stück Holz.

Wieder lachte er, amüsiert über ihre Verwirrung. Er beugte sich zu ihr und flüsterte ihr leise ins Ohr: »Ich sage Ihnen später, was es ist, vielleicht heute abend. Es gibt so viele Dinge, über die wir sprechen müssen, Cassandra.« Er berührte ihre Wange mit seinen Lippen und richtete sich dann auf. »Und jetzt kommen Sie schnell nach unten, meine Liebe. Im Eßzimmer gibt es einen leichten Imbiß, und dann gehen wir alle zum Jagen.«

Sie sah ihm nach und grübelte, worüber er sich wohl mit ihr unterhalten wollte. Sie und Ellen begutachteten den scharfen Holzsplitter auf seiner Unterlage aus weißem Samt, aber so sehr sie sich auch Mühe gaben, sie konnten doch nicht erraten, was es war.

Eine Stunde später ging sie in einer Gruppe von Damen und Herren über ein rauhes Stoppelfeld zu einem waldigen Gebiet in einem entlegenen Eckchen von Wades Gut. Eine der vermißten Kutschen war noch in der Nacht angekommen, so daß die Zahl der Gäste nunmehr auf vierzehn angestiegen war. Ein höchst interessantes Grüppchen, fand Cass, während sie versuchte, sich an all die Namen zu erinnern.

Die meisten schienen typische Vertreter der gelangweilten und nichtsnutzigen Reichen zu sein – ein Vicomte und seine Damenbegleitung, ein frisch verheiratetes und noch verliebtes Paar, drei kichernde Schwestern namens Lloyd, deren Vornamen alle mit L begannen, und eine dazu passende Anzahl von ungebundenen jungen Männern. Die beiden Ausnahmen waren Mr. Sherwood, ein Mann in den späten Vierzigern, der nur selten sprach und seine Nase den größten Teil der Reise in einem Buch vergraben hatte, und Mr. Sloan, ein junger Rechtsgelehrter, der Wade völlig verfallen schien und förmlich an seinen Lippen hing. Neben ihr ging Mr. Everston – oder Teddy, wie er unbedingt von ihr genannt werden wollte – einer der ungebundenen jungen Männer, der sie offensichtlich interessanter fand als eine der Lloyd-Schwestern, und sie in den letzten zwei Tagen deswegen kaum in Frieden gelassen hatte. Ein ganzer Haufen von Dienern zuckelte hinter ihnen her, mit Gewehren und Stühlen und Sonnenschirmen und Körben mit Verpflegung und mit allen möglichen anderen Dingen, die für das Wohlbefinden und die Bequemlichkeit der Gesellschaft nötig waren.

»Was werden wir denn schießen?« fragte Cass, um Konversation bemüht.

»Alles, was sich bewegt«, antwortete Teddy lächelnd. Er sah gut aus und war schlagfertig. Cass hatte Hunderte von Männern wie ihn gekannt. »Jagen Sie auch?« fragte er.

»Nein, im Palais Royal gab es dazu nur wenig Gelegenheit«, sagte sie mit ernstem Gesicht. Sie fühlte sich an Teddys Seite sehr wohl.

Vielleicht ein bißchen zu wohl, dachte sie einige Minuten später, als sie am Park ankamen. »Alles, was sich bewegt« bedeutete Hasen, Eichhörnchen und Vögel, stellte sie fest. Die Damen langweilten sich rasch und setzten sich auf die Decken, etwas von dem Schießstand entfernt. Als Teddy ihr anbot, ihr das Schießen beizubringen, stimmte sie bereitwillig zu, da die Unterhaltung der Damen sie jetzt ihrerseits langweilte. Er legte zart eine Hand um ihre Taille und führte sie fort. Dann wies er auf einen Baumstumpf, der ungefähr sieben Meter entfernt stand. »Mit dem probieren wir es zuerst.« Er legte seine Arme um sie, scheinbar, um ihr zu zeigen, wie man das Gewehr hielt, und stahl statt dessen einen Kuß von ihrer Wange. Sie war solche Freiheiten gewöhnt und ermahnte ihn freundlich. Dann zielte sie auf den Baumstumpf und schoß, wobei sie ihn jedoch verfehlte. Der unerwartete Rückschlag katapultierte sie zurück in seine Arme, wo er sie sofort auf den Mund küßte.

»Nicht, Teddy«, sagte sie mit erheblich mehr Nachdruck. »Colin wäre fürchterlich wütend«, fügte sie hinzu, als er sie immer noch nicht losließ. »Ich habe ihn bereits gefragt«, flüsterte er und versuchte, in ihrem Nacken zu schnüffeln. »Er meinte, es wäre völlig in Ordnung.«

Cass blieb stocksteif stehen. »Sie haben ihn *was* schon gefragt?«

»Sie wissen schon.«

»Nein. Sagen Sie es mir.«

Immerhin hatte er genug Anstand, um peinlich berührt auszusehen. »Ob er etwas dagegen hätte, wenn Sie und ich ... uns anfreunden.« Er grinste freundlich. »Colin ist ein äußerst großzügiger Mensch.«

Sie betrachtete ihn, ohne mit der Wimper zu zucken. »Das ist er wirklich, aber manchmal scheint er etwas vergeßlich zu sein. Er hat nämlich vergessen, *mich* zu fragen.« Sie schob ihn fort und schritt von dannen, um sich wieder zu den Damen zu setzen, bei denen sie für den Rest des Nachmittags blieb.

Sie fragte sich, warum dieses Ereignis sie so überraschte. Sie hatte gewußt, daß Wade keine echten Gefühle für sie hegte, aber die meisten Männer wären für solch eine Entwicklung der Dinge doch zu stolz gewesen. Colin Wade war und blieb ihr ein Rätsel, solange sie ihn auch schon kannte.

Das Abendessen war eine gesellige, wohlschmeckende Angelegenheit. Cass kam aus dem Staunen nicht mehr heraus, als sie sah, wie so viele Gerichte aufgetragen wurden, daß ein ganzes Regiment von hungrigen Soldaten satt geworden wäre, doch jede Schüssel wurde fast leer wieder zurückgeschickt.

Selbstverständlich gab es zu jedem Gang Wein, und am Ende des Festes waren sie eine äußerst fröhliche Gesellschaft.

Wade war ihr Tischherr, und Teddy Everston saß zu ihrer Rechten. Ihre Absage von zuvor hatte ihn völlig unbeeindruckt gelassen, er flirtete auf das schamloseste, als sei gar nichts passiert. Sie beachtete ihn jedoch nur wenig und konzentrierte sich statt dessen darauf, Näheres über die anderen Gäste zu erfahren. War irgend jemand von ihnen einer von Wades Mitverschwörern? Sie rechnete die Damen und die albernen jungen Männer, die um sie herum waren, ab. Auch nicht Mr. und Mrs. Gonne — sie waren viel zu sehr mit sich selbst beschäftigt, um auch nur einen Gedanken für den Umsturz der Monarchie erübrigen zu können. Der Vicomte St. Aubyn? Das bezweifelte sie. Er war ein sprichwörtliches Beispiel für die Arroganz der oberen englischen Gesellschaft, und Cass konnte sich nicht vorstellen, daß er Schritte unternahm, um genau die gesellschaftliche Struktur zu zerstören, an deren Spitze er derart stolz stand. Mr. Sloan, der Beamte mit dem jugendlichen Gesicht? Möglich, aber nicht wahrscheinlich. Viel zu jungenhaft, zu jung, zu ... konservativ. Damit blieb nur noch der schweigende Mr. Sherwood. Er war ungefähr so alt wie ihr Vater, dachte sie, ein wenig älter. Hatten die beiden einander gekannt? Hätte es genauso gut er sein können, der an einem Galgen hing? Und falls ja, macht ihn das zu ihrem Feind? Oder zu ihrem Freund? In dem Moment blickte er von seinem Teller auf und ertappte sie bei ihrem konzentrierten, aufmerksamen Starren. Sie errötete und lächelte ihn an, um dann rasch fortzublicken.

Nach dem Dîner erhoben sich die Damen. Eine dumme Tradition, dachte Cass, während sie mit ihnen hinausmarschierte. Ohne Zweifel würden die Männer jetzt über Politik sprechen — wenn sie hätte bleiben können, hätte sie vielleicht etwas Wichtiges erfahren. Aber nein, sie mußte sich in den Salon zurückziehen, wo die Unterhaltung unglaublich banal verlief. Sie erinnerte sich an Dutzende von anregenden Unterhaltungen, die sie mit Riordan gehabt hatte. Er genoß ihre Gesellschaft und zeugte Respekt für ihre Ideen — jede Wette, er würde sie nicht wie ein Kind nach dem Abendessen aus dem Zimmer schicken.

Endlich kamen die Männer nach, und die Dienerschaft begann, im Salon Tische für Glücksspiele aufzubauen. Cass gewann achtzehn Pfund im Lu, nachdem sie zwei Pfund eingesetzt hatte und hörte dann auf, obwohl alle sie dazu drängten, weiterzumachen. Das Glücksspiel, dafür war sie dankbar, zählte nicht zu ihren Lastern. Die Schwestern Lloyd beklagten sich, daß es keine Musik gab und daher auch keinen Tanz. Galant versprach Wade, daß er am nächsten Tag nach Musikanten schicken lassen würde, so daß es am Abend einen Ball geben könnte. Auf diese Ankündigung hin erhob sich enthusiastischer Applaus. Cass bemerkte, daß er mehr trank als sonst. Er war laut und redselig, und seine Augen glitzerten aufgeregt. Als er sie bat, ihn allein in den Billardsaal zu begleiten, damit sie sich unterhalten konnten, konnte sie nur schwer ihre Nervosität verbergen.

Der Billardsaal befand sich im zweiten Stock. Diener brachten Erfrischungen und zündeten auf Wades Bitte die Kerzen an, und ließen sie dann alleine.

»Spielen Sie?« fragte er, kalkte einen der Queues und legte drei Kugeln aus, zwei weiße und eine rote. Als sie verneinte, zuckte er mit den Achseln, nahm einen Schluck Rotwein, setzte das Glas auf die Mahagonikante des Tisches und fing an, allein zu spielen. Cass hatte schon oft Männer Billard spielen sehen, aber das Ziel des Spieles war ihr nicht klar geworden, selbst als man es ihr erklärte. Sie wartete, daß Wade mit dem Thema begann, das ihm auf der Seele lag.

»Haben Sie das Geheimnis meines kleinen Geschenks schon gelöst?« fragte er schließlich, wobei er die rote Kugel von der Bande abprallen ließ und dann beobachtete, wie sie gegen die gefleckte weiße Kugel stieß.

»Nein, Colin, das habe ich nicht, und ich sterbe geradezu vor Neugier. Sie *müssen* es mir sagen.«

Er lächelte. »Sehr wohl. Ich habe Ihnen etwas geschenkt, das mir sehr viel bedeutet, und ich hoffe, Sie werden es genauso wert halten wie ich.«

»Wenn es Ihnen wichtig ist, dann ist es auch für mich wichtig«, erwiderte sie pflichtergeben und fragte sich, ob er sie wohl verulkte. »Was ist es denn?«

»Es ist ein Stück von der Bastille.«

»Ein Stück von der Bastille?« Sie überwand rasch den ungebührlichen Wunsch zu lachen und bemühte sich, die angemessene Menge an Erstaunen aufzuweisen. »Wirklich? Tatsächlich? Ach, Colin!«

»Ein enger Freund von mir holte es im Jahre neunundachtzig nach dem Sturm aus dem Schutt und schickte es mir. Ich möchte gerne, daß du es behältst.«

»Colin, ich bin wirklich sehr bewegt, ich weiß gar nicht, was ich sagen soll.« Immerhin stimmte das Letztgesagte.

»Ich habe dich in den vergangenen Wochen beobachtet, Cassandra. Ich habe mich dir anvertrauen wollen, aber ich war mir nie sicher, ob ich dir vertrauen kann. Jetzt glaube ich, daß ich das kann.«

»Aber sicher!« versicherte sie ihm leidenschaftlich und legte eine Hand auf seinen Arm.

Sein Gesicht erstarrte kurz, doch er wandte sich wieder zum Tisch, ehe sie den Ausdruck deuten konnte. »Ich habe dir einmal erzählt, daß ich deinen Vater flüchtig kannte«, sagte er und untersuchte die Spitze seines Queues. »Das stimmt nicht. Ich kannte ihn viel besser als nur flüchtig. Wir haben zusammen gearbeitet und haben uns dieselben Dinge gewünscht.« Er legte das Queue auf den Tisch und wandte sich ihr zu. »Was ich dir versuche, deutlich zu machen, ist folgendes. Nur durch einen Zufall ist *Patrick* im vergangenen Mai festgenommen worden. Genauso gut hätte ich es sein können.«

Cass' Erstaunen war echt — sie hätte nie gedacht, daß er ihr dies zugeben würde. »Du — du meinst, du bist einer von ihnen«, keuchte sie, »einer aus der Gruppe von Freunden um meinen Vater, die versucht haben —«

»Ich bin nicht nur einer von ihnen. Ich bin ihr Anführer.«

Die Hand flog ihr an den Mund. »Colin!«

»Was hältst du jetzt von mir?« fragte er neugierig.

»Ich ... ich habe Angst, und ich bin aufgeregt, und — und froh! Ach, Colin, es ist wunderbar! Da habe ich versucht, die Sache meines Vaters *durch* dich ein wenig zu unterstützen, und die ganze Zeit warst du es *selbst*, dem ich geholfen habe! Wenn ich es nur gewußt hätte, dann hätte ich doch noch so viel mehr ausrichten können!«

»Genau darauf hatte ich gehofft.« Er trat zu ihr und nahm ihre Hand. »Ich hoffe, du weißt, daß ich lieber sterben würde, als dich irgendwie zu gefährden, aber die Zeit wird knapp. Wenn England Frankreich den Krieg erklärt, ist unsere Sache hier verloren. Außerdem habe ich Grund zu der Annahme, daß der Geheimdienst mich langsam verdächtigt.«

Sie riß entsetzt die Augen auf.

»Noch haben wir nichts zu fürchten, aber es bedeutet auf jeden Fall, daß wir schneller arbeiten müssen.«

Sie sprach zögerlich, betete innerlich, daß sie nicht zu schnell vorpreschte, konnte sich aber nicht davon abhalten, die Frage zu stellen. »Und — ist das Ziel immer noch — dasselbe wie das meines Vaters?«

»Ja«, bestätigte er.

Cass war von einer fast unerträglichen Aufregung erfüllt. Genau das hatten Riordan und Quinn wissen müssen — ob Wades Ziel immer noch der König, oder ob es mittlerweile jemand anderes war: Pitt oder einer der gefährlicheren antifranzösischen Minister. Es war die erste wirklich entscheidende Information, die sie in den vergangenen zwei Monaten hatte ausspionieren können. Sie mußte unbedingt nach London zurück und es Riordan erzählen! »Was kann ich tun, um zu helfen?« fragte sie, und in ihrem Ton lag große Ehrlichkeit.

»Genau das, was du bislang getan hast — dicht an Philip

Riordan bleiben und ihn nach Informationen über die Sitzungsperiode im Parlament ausfragen.«

»Ja, natürlich. Ihr habt also einen Plan?«

»Ja, wir haben einen Plan. Ich kann dir jetzt nicht sagen, wie er aussieht. Aber um ihn umzusetzen, brauchen wir genau die Art von Informationen, die uns nur ein Mitglied des Parlaments bieten kann.«

Sie mußte sich auf die Zunge beißen, damit sie ihn nicht noch weiter ausfragte. »Colin, ich fühle mich sehr geehrt, daß ich euch helfen kann, und bin so dankbar, daß ich die Gelegenheit habe, mit einem kleinen Schlag gegen die Männer vorzugehen, die meinen Vater ermordet haben.«

»Kein ganz so kleiner Schlag, will ich hoffen«, sagte er, nahm ihre andere Hand und lächelte grimmig. »Wenn wir Erfolg haben, meine Liebe, wirst du dazu beigetragen haben, eine bösartige Tyrannenherrschaft zu stürzen.« Einen Augenblick lang schimmerte reiner Fanatismus in seinen zimtfarbenen Augen. Dann machte er einen Schritt von ihr fort und war nur noch am Geschäftlichen interessiert. »Jetzt muß ich dich etwas fragen, und ich hoffe, du erschrickst dabei nicht. Bist du dir absolut sicher, daß unser Freund Riordan so draufgängerisch und unpolitisch ist, wie er zu sein scheint?«

»Warum denn? Was meinst du denn damit?« Sie unterdrückte einen beginnenden Anfall von Panik.

»Ich mag mich ja irren, aber manchmal habe ich das Gefühl, daß seine Ausschweifungen nur vorgetäuscht sind.«

»Tatsächlich?« Sie schaute fort, als müsse sie darüber nachdenken und schüttelte dann voller Sicherheit den Kopf. »Nein, Colin, das glaube ich nicht. Das wüßte ich. Das *kann* nicht vorgespielt sein.«

»Wie kannst du dir so sicher sein?«

»Weil ich ihn schon sehr oft gesehen habe, zu Gelegenheiten, bei denen er so viel getrunken hat, daß es drei Diener brauchte, um ihn nach Hause zu bringen. Niemand könnte so etwas in diesem Ausmaß vorspiegeln.« Wade blickte sie gedankenverloren an. »Nein, ich bin mir sicher, daß du dich irrst. Er trinkt sogar morgens, Colin, ehe er überhaupt aufgestanden ist.« Sie redete hastig weiter, denn plötzlich wurde ihr klar, was diese Information über Riordan und vor allen Dingen über sie aussagte. »Kannst du dir das vorstellen? Das ist wirklich unglaublich — er behauptet, es würde ihm dabei helfen, den Kopf vom vorangegangenen Abend klar zu bekommen.«

Wade hob skeptisch die Augenbrauen. »Vielleicht hast du ja recht, aber es lohnt sich auf jeden Fall, noch einmal genauer hinzuschauen.«

»Das will ich gerne tun, versprochen.« Mittlerweile war Cass vor lauter Frustration unglaublich zappelig. Sie wußte, daß sie jetzt aufhören sollte, doch konnte sie sich nicht mehr bremsen. »Gibt es denn gar nichts, was du mir über euren Plan erzählen kannst? Ich habe das Gefühl, wenn ich wüßte, wie er aussieht, könnte ich euch noch viel mehr helfen! Vor allem wüßte ich genauer, was ich aus Riordan herauszubekommen versuchen soll.«

Wieder kam er auf sie zu, und in seinen Augen glitzerte die Aufregung. »Ich werde es dir sagen«, versicherte er. »Eines Tages wird es geschehen.« Sie machte einen hübschen Schmollmund. Er lächelte und legte die Arme um sie. »Eines kann ich dir aber jetzt schon sagen.«

»Was?«

»Es wird im November passieren.«

»November!«

Er nickte und umarmte sie dann fest. Er war viel stärker, als er aussah. Er küßte sie, und zwar sehr fest. Sofort kehrte ihre ganze Angst zurück. Er schob sie gegen die Kante des Billardtisches, packte sie an den Handgelenken und hielt sie hinter ihrem Rücken fest. »Wirst du gerne festgebunden, Cassandra?« fragte er beiläufig und beobachtete ihr Gesicht.

»Nein. Nein, das mag ich nicht.«

Er beugte sie nach hinten, bis ihr Kopf fast den grünen Bezug des Tisches berührte. Sie konnte riechen, daß er Wein getrunken hatte. »Hast du es jemals versucht?«

Sie schüttelte spontan den Kopf, antwortete aber: »Ja, einmal. Es hat mir Angst gemacht, es hat mir nicht gefallen. Laß mich los, Colin.«

Sein Mund lächelte, doch seine Augen waren kalt und versteinert. Nach einem Augenblick ließ er ihre Hände los und trat zurück. »Vielleicht sind wir beide besser Freunde miteinander denn ein Liebespaar, meine Liebe«, sagte er leise.

Sie rieb sich ihre schmerzenden Handgelenke und starrte an ihm vorbei, versuchte verzweifelt, ihr Entsetzen zu verbergen. »Ja«, sagte sie. »Ja, das glaube ich auch.«

Wenige Augenblicke später öffnete sich die Tür, und die drei Schwestern Lloyd kamen hereingestolpert und verlangten laut nach Billardunterricht. Cass entschuldigte sich und ging nach oben in ihr Zimmer. Wades letzte Worte hatten sie beruhigt, doch an dem Abend schloß sie die Tür ab, nachdem Ellen gegangen war.

Am nächsten Morgen stand Cass frühzeitig auf. Nachdem sie gebadet und eine Tasse Schokolade zu sich genommen hatte, ging sie nach unten. Wie sie gehofft hatte, war noch niemand da, abgesehen von der Dienerschaft natürlich. »Könnte ich wohl einen Tee in die Bibliothek gebracht bekommen?« fragte sie einen von den Dienern. Während sie auf den Tee wartete, durchsuchte sie die Regale und begutachtete die Titel der Bücher. Riordans Bibliothek war viel besser ausgestattet, dachte sie mit einem albernen Aufflackern von Stolz. Manche der hiesigen Bände waren noch nicht einmal aufgeschnitten worden. Um noch genauer zu sein: kein Buch schien in irgendeiner Weise verdächtig zu sein — so gab es zum Beispiel keine *Einführung für Anfänger zum Königsmord.* Cass seufzte enttäuscht.

Ein Dienstmädchen brachte das Tablett mit dem Tee. Cass dankte, wartete, bis ihre Schritte verhallt waren, und ging dann an die Tür. Der Korridor war ganz leer. Auf Zehenspitzen eilte sie zu dem Raum direkt gegenüber, öffnete die Tür, schlüpfte hindurch und schloß die Tür leise hinter sich — und schalt sich dann, daß sie nicht vorher angeklopft hatte. Was wäre gewesen, wenn Wade dort an seinem Schreibtisch gesessen hätte? Aber Gott sei Dank war er nicht da, und sie lehnte sich an die Tür und wartete, daß ihr Herzschlag sich wieder beruhigte.

Das Arbeitszimmer war sehr klein. Es würde nur sehr wenig zu durchsuchen geben, abgesehen vom Schreibtisch und einem nicht abgeschlossenen Aktenschrank unter dem Fenster. Sie machte sich eilig an die Arbeit und ignorierte die Feuchtigkeit ihrer Handflächen und das enge Gefühl in ihrem Brustkorb. Cass ging ein schreckliches Risiko ein, aber diese Gelegenheit war einfach zu gut, um ausgelassen zu werden.

Am Abend zuvor hatte Wade zwar alles zugegeben, aber das war ohne Wert, jedenfalls in den Augen von Mr. Quinn. Er würde Beweise wollen, greifbare Beweise, und dies war die erste Gelegenheit, nach solchen Beweisen zu suchen. Sie durchforstete alles ordentlich, jedoch nicht ohne alle paar Minuten innezuhalten und auf die Geräusche draußen im Flur zu lauschen. Sie brauchte einen Brief, ein Stück Papier, irgendeine kleine Notiz mit einem verdächtigen Namen darauf.

Aber es gab nichts. Nichts als Rechnungen: Abrechnungen, Rechnungsbücher und Quittungen, die alle mit den geschäftlichen Gegebenheiten von Ladymere zu tun hatten. Sie fand immerhin eine Rechnung über die Dienste einer Schwester und Fürsorgerin für Mrs. Wade in Bath. Mary Heathy. Einen Augenblick lang spürte sie Mitleid für die ihr unbekannte Mrs. Wade. Aber sonst gab es nichts.

Sie schaute sich im Zimmer um. Es gab keine Familienporträts, keine persönlichen Gegenstände, die vielleicht irgend etwas über den Mann offenbarten, der dieses Haus besaß und hier gelegentlich wohnte. Ein ausgestopfter Hirschkopf über dem Kamin zeigte ihr nur, daß er gerne auf Tiere schoß. Und das war auch schon alles. Plötzlich blieb sie stocksteif stehen. Es nahte jemand. Ein Mann, jedenfalls dem Klang der Schritte nach zu urteilen. Nirgends konnte sie sich verstecken, das Zimmer war zu klein! Sie lief zu dem winzigen Zwischenraum hinter der Tür und stellte sich flach daran.

Ihr Atem ging heftig, und ihr Herz hämmerte ihr in der Brust.

»Cassandra?«

Es war Wade! Sie hörte vor der Tür ein Geräusch und hielt die Luft an. Dann sah sie noch, wie sich die Türklinke nach unten senkte, ehe sie vor lauter Entsetzen die Augen schloß. Die Tür öffnete sich. Die Sekunden tickten vorüber. Dann schloß sich die Tür wieder. Erst als Cass erneut Schritte im Flur hörte, konnte sie die Augen öffnen und feststellen, daß das Zimmer leer war. Ihre Knie schlugen jetzt gegeneinander, und sie mußte sich setzen.

Einige Minuten später glitt sie unbemerkt aus dem Arbeitszimmer und kehrte in die Bibliothek zurück.

Ihr fiel ein, daß sie etwas von ihrem Tee hätte trinken sollen. Als Wade sie eine Weile später fand, ging sie im Garten spazieren, drückte eine Kamelie an die Nase und las in *Des Pilgers Reise von dieser in die zukünftige Welt*.

Zur Mittagszeit spielten die Männer Cricket und tranken Bier, während die Damen ihnen zuschauten und an Limonade nippten. Dann war es auch schon wieder Zeit zum Essen. Es war heute relativ früh angesetzt, da ihr Gastgeber eine besondere Unterhaltung für den Nachmittag vorgesehen hatte: einen Hahnenkampf. Eine der wirklich widerlichen Freizeitbeschäftigungen der Engländer, hatte Cass immer gefunden. Sie beschloß, kurz vor Beginn Kopfschmerzen zu bekommen. Sie saß abermals zwischen Wade und dem unvermeidlichen Teddy, und das Mahl verlief so schwerfällig und schien so endlos wie am Tag zuvor. Irgendwann währenddessen gab es draußen vor der Tür einen Aufruhr. Gelächter und laute Rufe erklangen aus dem Korridor.

»Vaughn und MacLeaf, die endlich aus dem Schlamm in Stoke herausgefunden haben!« vermutete Teddy. »Denen verpassen wir aber eine Abreibung.«

Alle Köpfe wandten sich zur Tür. Zwei grinsende Männer erschienen und stolperten herein, die Arme einander um die Schultern gelegt, um sich abzustützen. Niemand begrüßte sie, so daß Cass daraus schloß, daß es doch nicht Vaughn und MacLeaf waren. Allerdings erkannte sie die beiden, irgendwo hatte sie das Duo schon einmal gesehen. Zwei eher unordentliche Damen traten hinter ihnen ein, kichernd und herumalbernd, und plötzlich wußte sie genau, wer das war. Wally und Tom, Vicomte Digby-Holmes und Baron Seymour mit Begleitung. Sie war sich nicht sicher, ob es dieselben Begleiterinnen waren, die sie damals kennengelernt hatte, aber das schien auch nicht besonders wichtig zu sein — jedenfalls nicht für Wally und Tom. Cass war auf unerklärliche Weise froh, sie zu sehen und stand kurz davor, sie lautstark zu begrüßen, als das fünfte Mitglied der kleinen Gesellschaft hereingestolpert kam und gegen die kleine Gruppe von Menschen im Türrahmen stieß. Riordan.

Cass' Herz blieb einen Schlag lang stehen. Als es wieder einsetzte, mußte es besonders rasch schlagen, um die Pause wettzumachen, und einen Moment lang war Cass sich ganz sicher, daß sie in Ohnmacht fallen würde. Sie blickte Riordan an, und jeder andere Mensch im Zimmer wurde für sie unsichtbar. Sie sah nichts anderes als sein geliebtes Gesicht. Er hatte einen Zwei-Tage-Bart, und sein Haar war völlig durcheinander. Er sah schmutzig und erschöpft aus, aber ein geheimes Leuchten in seinen Augen erwärmte sie zutiefst. Nie in ihrem Leben hatte sie einen so wunderschönen Menschen gesehen. Die anderen im Raum waren verstummt.

Riordan legte die Arme um Wally und Tom und lehnte sich an sie. »Schönen Nachmittag auch«, sagte er mit der sorgfältigen Betonung eines Betrunkenen. Wally und Tom plapperten ihm die Begrüßung nach, und dann taumelte das ganze Trio plötzlich nach links. Nur mit Mühe erlangten sie ihr Gleichgewicht wieder, während die beiden Damen hinter ihnen kicherten und ihnen über die Schultern blickten. »Wir waren nur gerade in der Gegend«, fuhr Riordan fort, ohne sich aus der Fassung bringen zu lassen, »und dachten, wir machen einen Höflichkeitsbesuch.« Er warf Cass ein übertrieben freches Grinsen zu, hielt sich dann an einem Türpfosten fest, während ein Knie offenbar unter ihm einknickte.

Wade stand langsam auf. Er legte ein schwaches, resigniertes Lächeln an den Tag. »Riordan«, sagte er betont höflich. »Ich glaube nicht, daß ich Ihre Freunde bereits kenne.«

Riordan stellte sie mit viel Aufwand vor, stolperte dabei über die Namen der Damen — Cora und Tess, wie sich herausstellte — und fragte dann, ob es wohl einen Kanten trockenes Brot und ein bißchen Wasser für seine erschöpfte Mannschaft gäbe. Mit einem Achselzucken ließ Wade noch mehr Speisen auftragen und weitere Stühle und Gedecke bringen. Er stellte dann alle anderen Gäste den Neuankömmlingen vor, und Riordan verbeugte sich mit alberner Übertreibung vor jedem von ihnen. Als die Stühle gebracht wurden, nahm er sich einen und stellte ihn zwischen Cass und Teddy Everston ab Dann setzte er sich mit einem vulgären Aufstöhnen der Zufriedenheit zwischen sie und legte den Arm um Cass. Sie roch wie ein Garten und sah so zum Anbeißen hübsch aus. Aus mehrerlei Gründen war er wütend auf sie, aber im Augenblick konnte er sich nicht daran erinnern, welches diese Gründe eigentlich waren. Er sah, daß sie die Lippen aufeinander preßte, um nicht lächeln zu müssen. Ehe er darüber nachdenken konnte, küßte er sie einfach.

Diesmal reagierte Wade. Er stand auf und beugte sich vor, wobei er die Hände gegen die Tischkante preßte. »Hören Sie mal zu, Riordan«, sagte er mit mehr Entschlossenheit als Wut. »Sie sind hier in meinem Haus, und Miss Merlin ist mein Gast. Ich wäre Ihnen dankbar, wenn Sie die Hände von ihr lassen, solange Sie hier sind.«

Dies war nicht gerade die galanteste Verteidigung ihrer Ehre, die Cass in ihrem Leben gehört hatte, doch schien sie Riordan zunächst einmal abzuschrecken. Er grinste verlegen und murmelte irgend eine Art von Entschuldigung. Cass jedoch schreckte das überhaupt nicht ab, sie wollte die Arme um ihn schlingen und ihn nie wieder loslassen. Sie beobachtete, wie er die Hand nach dem Glas Wein ausstreckte und es umkippte, so daß das Tischtuch einen grellen lila Fleck bekam. Cass blickte verstohlen zu Wade. Seine Augen wurden schmal, als er sie ansah, als wolle er sagen: »Mal sehen, wieviel von diesem Wein er wirklich trinkt.« Ein Schreck durchfuhr sie. Sie mußte dringend mit Riordan unter vier Augen sprechen und ihn warnen, daß Wade einen Verdacht hegte und daß ihre List mit den ausgetauschten Gläsern hier nicht funktionieren würde. Aber sie wußte nicht, wie sie das anstellen sollte, ohne daß Wade es bemerkte.

Weiteres Essen wurde herbeigetragen und lenkte alle ein wenig ab. Riordan war jetzt wirklich damit befaßt, seinen Hunger zu stillen, und es hätte wohl mehr gebraucht, als nur ein in sein Ohr gemurmeltes Wort, um seine Aufmerksamkeit zu erregen. Cass beobachtete, wie er voller Appetit in einen Putenschenkel biß und seine starken weißen Zähne das Fleisch in großen Brocken abzerrten. Am anderen Ende des Tisches verschlangen Wally, Tom und ihre Begleiterinnen ihr Essen mit der gleichen Leidenschaft, so daß sie sich fragte, wann sie wohl das letzte Mal eine Pause gemacht hatten, um etwas zu sich zu nehmen.

Die Unterhaltung kam langsam wieder in Gang, da die bestens gelaunten Eindringlinge von der ursprünglichen Gesellschaft rasch wie alte Freunde aufgenommen wurden. Nach dem Essen trank man hemmungslos weiter, und der Geräuschpegel im Eßzimmer wurde langsam ohrenbetäubend. Cass wartete, bis Wade sich umdrehte, um sich mit der Begleiterin des Vicomtes zu unterhalten, einer Dame namens Miss Cluny.

»Wade beobachtet dich«, flüsterte sie Riordan zu. »Er glaubt nicht, daß du wirklich betrunken bist.« Sie lächelte ihn höflich an, als hätte sie ihm nur ein Kompliment über seinen Schal gemacht, und drehte sich dann wieder fort.

Hinterher fragte sie sich, ob Wade sie etwa doch gehört hatte. Sobald sie aufgehört hatte zu sprechen, war er aufgestanden, das Glas in der Hand, und hatte einen Trinkspruch auf den König ausgebracht.

Riordan blickte Wade an. Ihre Augen verbanden sich in einer schweigenden Herausforderung. »Auf den König. Lang lebe der König!« erwiderten die anderen und leerten ihre Gläser in fröhlichem Gehorsam aus. Wade schluckte den Inhalt seines Glases hinunter, wobei seine Augen die von Riordan zu keinem Zeitpunkt losließen. Cass ergriff mit nervösen Fingern die Kante des Tisches und starrte geradeaus.

»Auf den König.« Riordan schloß die Augen und trank seinen Wein in vier großen Schlucken hinunter. Es war das erste Mal seit elf Monaten, daß er soviel auf einmal getrunken hatte.

Danach kamen die Trinksprüche in rascher Folge — auf den König, auf die Königin, auf den Prinzen von Wales; auf die Einheit mit Irland, die Lösung von der Katholischen Kirche; auf Cora und Tess. Bei jedem Trinkspruch fixierte Wade Riordan mit einem kalten, spöttischen Blick und wandte diesen nicht ab, bis jeder Tropfen in seinem Glas geleert war.

Riordan wußte, daß er sich betrank. Das angenehme daran war, daß, je betrunkener er wurde, es ihm um so weniger ausmachte. Was für wunderbare, freundliche Menschen das hier doch waren, und was für amüsante Geschichten sie zu erzählen wußten! Er selbst erzählte auch einige amüsante Anekdoten, und alles lachte lauthals und klatschte ihm auf den Rücken. Dieser Everston war wirklich in Ordnung, er machte eine erstklassige Parodie auf den Premierminister. Außerdem gab es noch drei Schwestern auf der anderen Seite des Tisches — wie hießen sie noch? Lord oder Lloyd —, die einstimmig ein Madrigal sangen. Das Wunderbare daran war, daß keine von ihnen auch nur das geringste bißchen singen konnte, und das brachte ihn zum Lachen. Er glitt fast zu Boden vor lauter Amüsiertheit und hielt sich den Bauch. Als er sich endlich davon erholt hatte, beschloß er, selbst einen Trinkspruch auszubringen.

»Auf die schönste Frau der Welt!« rief er. »Cass Merlin!« Es gab freundliches »Hört hört« als Reaktion, und alle tranken. Er setzte sich und grinste Cass an. Er erkannte genau, daß sie sich nicht wohl fühlte.

Riordan ermunterte sie, sich zu entspannen und legte ihr einen schweren Arm um die Schultern. Sie sah aus, als würde sie gleich weinen. Er fühlte sich von einer tiefen, unkomplizierten Liebe erfüllt und wollte sie trösten. Er berührte ihr Gesicht mit seinen Fingern. Es war ihm vollkommen egal, wer ihn dabei beobachtete — er küßte sie. Ach, es war so gut. Niemand schmeckte wie Cass. Wade redete über irgendeinen Quatsch, aber darauf mußte man ja nicht acht geben. Er zog sie mit der einen Hand näher an sich heran, legte die andere auf ihren Schenkel. Mein Gott, wie gerne er sie doch berührte! Was machten sie hier eigentlich unter all diesen Menschen? Sie sollten besser oben sein, in einem von Wades eleganten Schlafzimmern, und da in einem der großen Betten umhertollen.

Er spürte einen festen Griff auf der Schulter und blickte auf.

»Ich hab' Ihnen doch gesagt, Riordan, daß Sie Cassandra in Ruhe lassen sollen, verdammt noch mal«, sagte Wade. Cass stöhnte irgend etwas Unverständliches, als er sich schwankend aufrichtete.

»Ach, so, ja?«

Eine beredte Reaktion. »Wieso glauben Sie, daß Sie mehr Recht auf sie haben als ich?«

»Wie ich schon sagte, das hier ist mein Haus, und sie ist mein Gast. Das heißt, Hände weg von ihr.«

»So, ja?« Cass stützte den Kopf auf eine Hand, während der geistlose Kampf über sie hinweg ging. Ein Duell mit Pistolen wurde angeregt, dann Schwerter, dann Fäuste. Tom und Wally boten sich als Sekundanten an. Das Ganze hätte ihr Sorge machen müssen, aber irgendwie war sie nicht in der Lage, diese Albernheit auch nur annähernd ernst zu nehmen. Ihrer Meinung nach wären die Combattanten und ihre Sekundanten ohnehin ohnmächtig zusammengebrochen, ehe sie überhaupt an den Ort des Duells gelangten.

»Ich habe eine Idee«, tönte plötzlich Teddy Everston. »Warum spielt ihr nicht Karten um sie? Ein schönes, zivilisiertes

Spielchen Pikett. Dann können wir endlich mit diesen blöden Streitereien aufhören und uns wieder den wichtigen Dingen des Lebens zuwenden.« Er machte eine Geste zum Tisch und deutete damit an, daß die wichtigen Dinge des Lebens Essen und Trinken waren.

Alle hielten das für eine kapitale Idee. Wade schickte einen Diener nach zwei Kartenspielen. »Ist das in Ordnung, Cass?« fragte Riordan höflich. Sie hielt den Kopf weiter auf die Hand gestützt und blickte ihn nicht an. Sie war vor lauter Scham und Unglauben und hilflosem Amüsement einfach sprachlos.

»Aber nicht bis hundert«, rief Teddy vorsorglich. »Das dauert zu lang.«

»Nur eine Partie«, schlug Wally vor. »Keine Revanche. Gewonnen ist gewonnen.«

»Ist das in Ordnung, Cass?« Keine Antwort. »Anscheinend ist es in Ordnung. Wer gibt?«

Lustlos beobachtete Cass, wie die Karten auf dem Tisch vor ihr hin und her flogen. Alle versammelten sich um sie, um zuzusehen. Nachdem er von dem Talon Karten gezogen hatte, sagte Riordan einen Rummel und eine Treppe an, Wade einen Dreier-Pasch. Das Spiel begann, und jeder zählte nach jedem Stich seine Punkte laut aus. Innerhalb von Minuten war das Spiel vorüber.

Riordan hatte mit achtundzwanzig zu neunzehn gewonnen.

Wie eine Hyäne grinsend nahm er die begeisterten Gratulationen seiner Freunde an. Wade kreuzte die Arme über der Brust und zog mannhaft eine Grimasse. Riordan prostete ihm zu, denn in dem Moment mochte er ihn gut leiden. »Auf dich, Colin, weil du es wie ein tapferer Soldat trägst!« Alle tranken mit.

»Also, Cass«, sagte er dann mit breitem Tonfall und lehnte sich zurück. »Laß uns nach Lancaster fahren und uns da ein Zimmer besorgen.« Dieser Vorschlag wurde von den Zuhörern enthusiastisch aufgenommen.

Cass hob die Augen, und zum ersten Mal spürte er nun,

daß hier etwas nicht stimmte. »Wie beliebt? Was hast du gesagt?«

»Was dachtest du, hat diese Partie Pikett zu bedeuten, Riordan?« fragte sie leise.

Alles im Raum wurde still. Verdammt, dachte er, mal wieder hatte eine Frau ihm einen Strich durch die Rechnung gemacht.

»Es bedeutet natürlich, daß du jetzt mein bist«, sagte er mit Nachdruck, und um den Tisch hörte man die Männer ihre Zustimmung murmeln.

»Ich verstehe. Heißt das, daß ich in dieser Angelegenheit nichts zu sagen habe?«

Das brachte ihn aus dem Konzept. Er war inzwischen zu benebelt, ihm wollte keine schlagfertige Antwort einfallen. »Nun —«

»Ich vermute, du glaubst, ich würde jetzt zu dir ziehen«, fuhr sie unbarmherzig fort.

»Ja, genau, das meinte —«

»Dann fordere ich dich zu einer weiteren Partie heraus«, sagte sie mit einem Lächeln, das ihn hätte warnen sollen. »Diesmal mit mir. Wenn du gewinnst, stimme ich zu, deine Mätresse zu werden.«

Er schlug ein, jedoch mit einem Unwohlsein. Verdammt noch mal, er hatte sie doch schon einmal gewonnen, warum sollte er jetzt —?

»Was ist, wenn er verliert?« fragte Teddy.

»Ja, was ist, wenn er verliert?« wiederholte Tom.

Cass lächelte noch einmal, und Riordan spürte eine kalte Ahnung in seiner Magengrube. »Wenn er verliert, muß er mich heiraten.«

IX

Kein einziger Laut war zu hören. Alle starrten Cass an, als warte man darauf, daß sie zu lachen begann und zugab, sie hätte nur einen Scherz gemacht. Als jedoch deutlich wurde, daß sie ihre Worte völlig ernst gemeint hatte, gab Wally einen lauten Jodler von sich, und die Spannung war gebrochen. Alles versammelte sich wieder um sie, scherzte, schob sich hin und her und klatschte Riordan fest auf die Schulter. Schließlich schloß er den Mund und riß seine Augen von Cass' grauem und beunruhigend ernstem Blick fort. Mit einem unsicheren Lächeln streckte er die Hand nach seinem Glas aus, stellte aber fest, daß es leer war und schaute sich nach der fast vollen Karaffe um. Lachend füllte Vicomte St. Aubyn ihm das Glas bis zum Rand, und er trank es in einem einzigen Schluck aus, wobei ihm eine Menge davon über den Hals kleckerte. Der Wein sollte seine trockene Gurgel befeuchten und es ihm leichter machen, zu sprechen, doch als er fragte »Wer gibt?« war dies nur ein trockenes, zittriges Krächzen.

Er zog ein As, Cass eine neun. Daher hob sie ab und er gab aus. Sie saßen sich gegenüber, ihre Knie berührten sich fast. Er breitete die verbleibenden Karten vor sich in Gestalt eines Fächers aus, blickte sein Blatt an und wurde blaß. Viel zu viele verdammte Siebenen und Achten. Er beobachtete, wie Cass ihre Karten gelassen ordnete. Ihr ganzes Betragen war völlig ruhig, nur eine gewisse Anspannung um den Mund herum ließ ahnen, daß es bei diesem Spiel um mehr ging als nur ein paar Pfund.

Sie legte drei Karten aus ihrem Blatt ab und nahm eben so viele vom Talon auf. Er tat das gleiche und legte diese Karten mit der Bildseite nach unten. Von dieser Ergänzung erreichte er nur, daß seine Siebenen und Achten durch Zehnen ersetzt worden waren.

»Rummel aus vier Karten«, tat Cass kund und begann mit dem Ansagen.

»Wieviel Augen?«

»Einundvierzig.«

»Ich ziehe gleich.« Er atmete aus. Keiner von ihnen hatte also einen Punkt erzielt.

»Quatrième.«

»Wir sagen ›Vierer-Pasch‹«, korrigierte er sie verärgert.

»Vierer-Pasch, meinetwegen.« Sie zuckte beiläufig mit den Achseln.

»Gut«, gab er ihr zu.

»Außerdem habe ich einen Dreier-Pasch. Drei Asse.«

Er lächelte. »Nicht so gut. Vier Zehnen. Und drei Buben.«

Sie zuckte wieder mit den Achseln. »Ich ziehe also mit sieben an.«

»Und ich mit siebzehn.« Er fühlte sich schon ein bißchen besser. Sie führte mit vier Herzen: As, König, Dame und Bube. Nach jedem Stich sagte sie ihre Punkte mit beiläufiger Stimme an. Wenn sie die Mehrheit der Stiche gewann, sieben oder sogar noch mehr, hatte sie bald zehn Punkte errungen, und Riordan begann langsam, den tonlosen Klang ihrer Stimme zu verabscheuen. Als nächstes führte sie mit dem As, dem König und der Dame von Karo an. Das war der siebte Stich, noch einmal zehn Punkte.

Sie zog zum nächsten Stich mit der Pik sieben an, und endlich gewann er einen Stich. Dann noch zwei weitere, und schließlich zog er mit dem Treff-Buben an. Sie bediente ihn mit einem As, führte für den letzten Stich den Pik-König an und gewann.

»Achtundzwanzig«, sagte sie und starrte auf den Stapel Karten vor sich.

Er blinzelte wiederholt und mußte sich räuspern. »Neunzehn.«

Ein wahres Pandämonium brach jetzt aus. Alle gingen sie auf sie zu, um ihre Gratulation zu überbringen oder ihr Beileid zu äußern, küßten, schüttelten Hände, klopften oder klatschten auf die Schulter. Der Lärm gelangte wie durch einen Tunnel an Cass' Ohren. Selbst ihre Sicht war jetzt verschwommen. Das einzige, was sie jetzt klar sehen konnte, war der Ausdruck in Riordans Augen. Er starrte sie so durchdringend an, als habe er sie noch nie zuvor gesehen — oder als sei sie eine Verrückte, die ein Rasiermesser an seinen Hals hielte. Irgendjemand zog ihn auf die Füße, jemand anderes zog ihren Stuhl zurück und drängte sie ebenfalls aufzustehen, und dann tranken alle einander zu.

»Auf das Brautpaar«, brüllte Teddy Everston und hob das Glas in die Höhe.

Cass leerte ihr Weinglas wie betäubt und freute sich an der Hitze, die für wenige Sekunden durch sie ging. Dann schauderte sie, als sie sah, wie Riordan noch einmal verzweifelt die Hand zur Karaffe ausstreckte.

»Warum erledigen wir das nicht gleich?« schlug Tom vor, als der Lärm sich etwas gelegt hatte. Er lag halb über dem Tisch, einen Ellbogen an einer kalten Platte mit Schweinebraten aufgestützt. »Ich meine, wir könnten doch jetzt gleich nach Gretna Green aufbrechen, wo man so schnell und ohne Umstände heiraten kann.«

»Großartige Idee!« sekundierte Wally diesen Vorschlag und schlug Riordan auf die Schulter. »Wenn wir jetzt losfahren, könnten wir bis zum Morgen da sein. Dann wärst du noch vor dem Mittagessen ein verheirateter Mann!«

Burschikose Zwischenrufe und lautes Gelächter erklangen auf diesen Vorschlag hin. »Ich stelle ausgeruhte Pferde und einen Kutscher«, warf Wade ein. Cass blickte ihn erstaunt an. Er war eindeutig betrunken — sein Gesicht war rot und schweißbedeckt, und er schwankte —, doch lag in seinen blutunterlaufenen Augen etwas, das sogar die Betrunkenheit überdeckte. Was eigentlich führte er im Schilde? fragte sie sich und verstand dann. Natürlich — er wollte, daß sie Riordan heiratete. Auf diese Weise glaubte er, daß sie alle seine Geheimnisse würde herausfinden können.

Das Drängen, daß sie jetzt sofort, noch an diesem Nachmittag abreisen sollten, wurde fast gewalttätig, und sie fühlte sich an eine Gruppe von Jagdhunden erinnert, die die

Läufe eines hilflosen Fuchses schnappen. Sie blickte zu Riordan hinüber. Er schaute sie schon wieder an — diesmal nicht schockiert, sondern mit einer Art mutwilliger Herausforderung. Sie machte ihren unschuldigsten Gesichtsausdruck. Ihre Blicke verhakten sich ineinander, während er ein weiteres Glas Rotwein in sich hineinkippte und laut rülpste. Dann wandte er sich zu der wartenden Gesellschaft. Cass hielt plötzlich den Atem an.

»Wer auch immer jetzt mit will: Sehen wir zu, daß wir losfahren.«

Weitere Rufe, noch mehr Glückwünsche, Stühle wurden zurückgeschoben, und die ganze Gesellschaft wogte aus dem Speisesaal in den Korridor. Riordan ging aus dem Haus, denn er spürte ein dringendes Bedürfnis, sich zu erleichtern, und ein halbes Dutzend Männer folgte ihm. Die Damen schwebten nach oben oder in den Salon. Was sollte sie jetzt tun, fragte sich Cass — packen? Unsicher ging sie die Treppe hinauf und bemerkte, daß Wade mit einigen Dienern im Korridor sprach. Sie hielt inne, als er sie rief. Er trat zu ihr, nahm ihren Arm und führte sie in einen entlegenen Winkel. Die Sonne war schon fast untergegangen und der Himmel war jetzt ein leuchtender, orchideen-schillernder Streifen, der über den dunklen Bäumen des Parks hing.

Cass versuchte, Wades verschwörerisches Lächeln zu erwidern. »Nun denn! Das ist ja sogar ein bißchen mehr, als wir eigentlich gewollt haben«, sagte er, und seine Worte verschwammen nur leicht. »Bist du sicher, daß du das alles mitmachst?«

»Ach, ich will es wohl gerne mitmachen — nur bezweifle ich sehr, daß es wirklich eine Hochzeit geben wird, Colin.«

»Da sei dir nicht so sicher — jetzt steht seine Ehre auf dem Spiel. Ehrlich, Cassandra, als ich dich heute abend beobachtet habe, hätte ich fast angenommen, daß du dich in Wahrheit zu ihm hingezogen fühlst.«

Sie warf ihm einen mitleidigen Blick zu. »Ich kann dir versichern, in diesem Fall gibt es keine Liebe, nur Haß.«

Er lächelte und hob die Augenbrauen, wenig überzeugt, aber auch nicht besonders betroffen. Sie konnte wirklich nicht erkennen, was in ihm vorging. »Na ja, es ist in gewisser Hinsicht sehr schade, wenn du ihn wirklich heiratest, denn er wird dich dann im Auge behalten wollen, und wir werden uns heim ...« — er kicherte — »heimlich treffen müssen.«

Sie nickte nur, denn sie war sich nicht sicher, ob dies gute oder schlechte Nachrichten waren. Ihn in der Öffentlichkeit zu treffen, hatte ihr einen gewissen Schutz vor seinen merkwürdigen Avancen geboten, aber diese Sicherheit wäre dann damit verschwunden. »Stimmt, aber ich werde viel mehr Informationen aus ihm herausbekommen können, wenn ich bei ihm wohne.« Sie blickte aus dem Fenster und beobachtete, wie zwei Schwalben vorbeisegelten. Noch nie hatte sie ein so merkwürdiges Gespräch geführt. Sie spielte mittlerweile zu viele verschiedene Rollen, und manchmal hatte sie den Verdacht, daß auch Colin eine Rolle spielte. Einen Augenblick lang versuchte sie sich vorzustellen, wie es wäre, Riordan am nächsten Tag zu heiraten. Es war völlig unmöglich.

Sie blickte auf. Ein Lakai kam den Korridor entlang und trug ihren Koffer in der Hand. »Ich habe Ellen deine Sachen packen lassen«, erklärte Wade, als sie ihn erstaunt ansah. »Nun denn.« Er nahm ihre kalten Hände in die seinen und grinste auf sie hinunter. Vom Wein waren seine Zähne lila verfärbt und sie konnte jetzt die ganzen winzigen Falten um seine Augen und seinen Mund erkennen. »Ich wünsche dir eine wunderbare Hochzeitsreise, Cass. Ich werde schon eine Möglichkeit finden, mit dir in Verbinnung — Ver*bin*dung zu treten, wenn du wieder in London bist.« Er küßte ihr feucht die Hand, hob dann den Kopf und schaute auf ihren Mund. Sie spürte Angst in sich aufsteigen. Doch lächelte er nur bedauernd und ließ ihre Hände wieder fallen. Dann nahm er sie am Ellbogen und führte sie unsicher den Korridor entlang zurück zur Treppe.

Sie spürte Riordans Blick auf sich ruhen, ehe sie ihn überhaupt sah. Als sie an der letzten Stufe angekommen war, legte er besitzergreifend einen Arm um ihre Schultern. Entsetzt merkte sie, wie schwer er sich gegen sie fallen ließ, denn sie wußte, daß sein Zustand diesmal nicht gespielt war.

Die Begeisterung, sie auf der nächtlichen Reise nach Gretna Green zu begleiten, war zwischenzeitlich bei den meisten stark gesunken. Nur Wally, Tom und ihre Damen hatten noch Lust dazu. Die anderen verabschiedeten sich um so lautstarker von ihnen. Alle Männer küßten Cass. Teddy Everston küßte sie so lange und so leidenschaftlich, daß Riordan ihn schließlich am Rock packte und wegzog. Dann wurden sie unter lautem Gerufe, guten Wünschen und Verabschiedungen zur wartenden Kutsche gebracht, und innerhalb kürzester Zeit rollte das Gefährt die gerade, alte Allee von Ladymere zur Hauptverkehrsstraße entlang.

Eine einsame Kerze in einer Glaslaterne erhellte das geräumige Innere der Kutsche und warf unruhige Schatten. Eine Weile lang war es merkwürdig still, während sich alle sechs Mitreisenden auf ihre Umgebung einstellten — und, soweit dies möglich war, auf ihre Umstände. Cass und Riordan saßen zu zweit hinten auf dem Rücksitz; die anderen saßen ihnen gegenüber, die Arme umeinandergeschlungen, und grinsten albern.

Doch bald schon hatte Wally die Holzkiste mit zwölf Flaschen von Wades bestem Rotwein entdeckt, und das Fest begann aufs Neue. Es wurde beschlossen, die umständliche Formalität, eine Flasche herumzureichen, damit jeder einen Schluck daraus nehmen konnte, bleiben zu lassen. Wieviel einfacher war es doch, wenn jeder oder jede eine eigene Flasche hätte — und auch wesentlich *sauberer*, bemerkte Cora mit mäkeliger Stimme. Dies waren die ersten Worte, die Cass sie überhaupt hatte sagen hören. Und so saßen sie da, außer Cass jeder mit einer Flasche Wein in der Hand, prosteten sich zu und lachten und sangen. Es wurde immer später, und die Witze immer unanständiger. Die Zärtlichkeiten, die auf der gegenüberliegenden Bank ausgetauscht wurden, waren immer eindeutiger und intimer. Schließlich jedoch wurde der Gesang von Gähnen abgelöst, dann von Schnarchen, und am Ende sanken die anderen in ein alkohol-benebeltes Vergessen.

Die Kerze flackerte. Cass stützte sich mit einem Ellenbogen am Fenster ab und schaute hinüber zu Riordan, der sich in seine Ecke verkrochen hatte. Sie wußte, daß er nicht schlief, weil sie genau merkte, daß er immer wieder die Flasche an die Lippen hob. Sie wußte auch genau, wieviele Schlucke Wein er bei jeder dieser Gelegenheiten zu sich nahm. Sie hatte sehr wohl gemerkt, daß er so viel trank wie ein Mann, der vergessen wollte, einer, der gerade auf dem Weg zur Hinrichtung war. Jetzt hatte er die Weinflasche zwischen die Oberschenkel geklemmt, so daß sie sich in höchst unanständiger Weise aufrichtete. Sie starrte sie an. Eine unangenehme Wärme durchflutete sie, und ihre Handflächen wurden feucht. In dem Augenblick streckte er die Hand nach der Flasche aus, und ihr Blick wandte sich ab.

Dreimal öffnete sie den Mund, um ihn anzusprechen, dreimal schloß sie ihn wieder. Was gab es auch zu sagen? *Was machen wir hier, Philip, wie ist das nur geschehen? Berühre mich, ich habe solche Angst.*

Ach, warum nur wollte er nicht mit ihr sprechen? Sie wußte nicht, was ihn dazu gebracht hatte, vor all diesen Monaten mit dem Trinken aufzuhören, aber es mußte etwas Schreckliches gewesen sein. Jetzt trank er wieder, und in gewisser Hinsicht war sie daran Schuld. Nein, natürlich nicht wirklich — aber dennoch konnte sie ein Gefühl der Verantwortung dafür nicht abschütteln. Sie wollte ihm die Flasche aus der Hand nehmen und sie aus dem Fenster werfen. Was würde er dann tun? War er gewalttätig, wenn er trank? Davon hatte sie bislang nichts gemerkt.

Mit ihren Schuldgefühlen kämpfte ein ebenso machtvolles Empfinden, beschämt worden zu sein. Unabhängig davon, was am nächsten Tag passieren würde, war die Lage, in der sie sich befand, entwürdigend.

Doch anstatt zu weinen starrte sie aus dem Fenster und

beobachtete, wie die dunklen Schemen von Bäumen und Hecken an ihnen vorüberglitten. Der Mond verschwand oft hinter dicken Wolken. Die Schnarch-Geräusche waren zunächst irritierend, doch dann, als sie sich an die unterschiedlichen Rhythmen gewöhnt hatte, beruhigten sie Cass. Sie stützte den Kopf auf eine Hand und ließ es zu, daß ihre Augen sich schlossen.

Riordan nahm einen letzten Schluck Wein und warf dann die Flasche aus dem Fenster. Aus der Dunkelheit ertönte ein kurzes, befriedigendes Klirren. Er lächelte. Sollte er eine neue öffnen? Er schlug sich mit beiden Händen auf den Bauch. Es klang ziemlich voll, nicht unähnlich einer Trommel. Er beugte sich zu der Holzkiste hinunter. Der dunkle Boden schien ihm entgegenzukommen, während ihm sein Magen in die Kniekehlen rutschte. Da richtete er sich sorgsam wieder auf.

Kurz schaute er zu Cass hinüber. Sie schlief. Gut. Wenigstens starrte sie ihn jetzt nicht mehr an.

Im blassen Mondlicht wirkte ihre Haut wie die einer marmornen Göttin. Sie hatte auch wie eine Göttin ausgesehen, als er sie damals kennengelernt hatte. Aphrodite im Clarion Club. Ein Kuß im Garten für eine Hundert-Pfund-Wette im Hasard-Spiel. An dem Abend hatte er gewonnen. Heute hatte er verloren.

Er beugte sich dichter zu ihr, schaute sie genau an. Ihre leicht geöffneten Lippen schimmerten wie nasses Silber, während unruhige Schatten auf den Ebenen und Vertiefungen ihres Gesichts lagen. Sie hatte ihren Kopf in die Hand gestützt, und die Finger waren in ihr tintenschwarzes Haar geschlungen. Er flüsterte ihren Namen: »Cass.« Cassandra Merlin. Die leichtlebige Tochter des gehenkten Landesverräters. Die zukünftige Braut des Ehrenwerten Philip Riordan.

Freude und tiefster Schrecken erfüllten ihn gleichermaßen. Er konnte sie doch nicht heiraten! Konnte er einfach nicht. Es gab viel zu viel zu verlieren, viel zu viele Menschen erwarteten von ihm etwas anderes. Er streckte eine Hand aus, um eine verirrte Locke ihres schwarzen Haars zu berühren. Sie seufzte, und er wurde ganz ruhig. Was er jetzt tun mußte, war fliehen, leise aus der Kutsche springen, während alle noch schliefen. Er klopfte auf den dicken Geldbeutel in seiner Tasche. Binnen zwei Tagen wäre er in London.

Natürlich wäre Cass dann wütend. Geld — er würde ihr Geld geben, und dann hätte sie sich vermutlich bald davon erholt. Und wenig später wären die Dinge dann wieder so wie vorher. Er würde sie weiterhin umgarnen, bis sie sich ihm hingab und seine Mätresse wurde. Dann würde er Claudia heiraten und ein großer Staatsmann werden. Oliver wäre stolz auf ihn. Alles wäre perfekt. Einfach perfekt.

Er nahm den Türgriff in die Hand. Lebwohl, Cass. Ihr Atem ging leise und gleichmäßig. Ihr Umhang war an einer Schulter heruntergeglitten und legte ihren Oberarm bis zum Ellbogen frei. Sie legte die Hand auf die Bank zwischen ihnen, die Handfläche nach oben gewandt, und ihre Finger zuckten.

Er beugte sich hinunter und legte seine Wange auf die Innenseite ihres Handgelenks. Ganz leicht. Der zarte Puls schlug so sanft an seine Haut wie ein Vogelflügel. Seine Lippen lagen in ihrer Handfläche. Er schloß die Augen und atmete ihren besonderen Duft ein. Von irgendwo her kam eine unerwartete Erkenntnis: Sie würde weinen, wenn sie aufwachte und feststellte, daß er nicht mehr bei ihr war.

Er setzte sich vorsichtig auf und starrte geradeaus. Tom hatte den Kopf zurückgeworfen, den Mund offen, und sein Schnarchen klang wie der Todeskampf eines sterbenden Ochsen. Cora lag über seinem Schoß, ihr Gesicht zwischen seinen Beinen. Riordans Kopf schmerzte pulsierend, es fühlte sich an, als lasteten Gewichte auf seinen Augenlidern. Draußen rasten Bäume und Hecken mit erschreckender Geschwindigkeit an ihnen vorbei. Er würde sich wahrscheinlich umbringen, wenn er jetzt hinaussprang. Es war besser zu warten. Außerdem wäre es feige, zu verschwinden. Er ließ sich schwer in seine Ecke zurückfallen. Morgen. Er würde Cass morgen früh sagen, daß er sie nicht heiraten konnte. Es ihr geradeheraus sagen. Sie würde das schon verstehen.

Zum Teufel auch, wahrscheinlich war sie sogar erleichtert. Seine Augen schlossen sich langsam.

Cass wachte verwirrt auf. Es war immer noch dunkel in der Kutsche, doch draußen dämmerte schon der Tag. Sie hörte eine kehlige Stimme und erkannte, daß ihr Kutscher gerade den Wegezoll zahlte. Dann fuhr die Kutsche erneut mit einem Ruck los und rollte durch ein Tor auf die Hauptstraße eines verschlafen aussehenden Dorfes. Sie ahnte, daß sie angekommen waren.

Die anderen schliefen weiter, gegeneinander gelehnt wie ein Wurf neugeborener Hündchen. Riordan lag neben ihr ausgestreckt. Er hatte die Arme vor der Brust gekreuzt und atmete rauh.

Die Kutsche hielt noch einmal an, und sie hörte, wie der Kutscher mit einem Grunzen zu Boden sprang. Ihr Herz schlug ihr bis zum Halse. Sie waren tatsächlich angekommen.

Die Tür öffnete sich. »Bitte um Verzeihung, meine Damen und Herren, aber wir sind da.« Nur Cass hörte ihn, doch tat sie so, als schliefe sie noch. Wenn der Kutscher jetzt wegging, wäre es an ihr, die anderen aufzuwecken — eine entsetzliche Vorstellung. »Ich habe gesagt, wir sind angekommen«, wiederholte er und schüttelte Wally rauh am Arm. »Igitt!« murmelte er leise vor sich hin. »Hier drin riecht's ja wie in einer Spelunke.« Dann wiederholte er noch einmal lauter: »Gretna Green, Herrschaften, Sie sind da!« Er schüttelte Riordan am Fuß. »Ich würde jetzt gerne meine Kutsche in den Stall bringen und die Pferde auch, meine Herren und Damen, also wenn Sie nichts dagegen haben —«

Endlich kamen sie hoch, blinzelten, kratzten sich und stöhnten und rieben sich die Gesichter. »Sind wir schon da?« murmelte Wally und kletterte mit überraschender Geschicklichkeit aus der Kutsche. Draußen angekommen streckte er sich und rieb sich im Nacken. »Himmel aber auch, ich muß jetzt nötig pissen! Komm schon, Tom! Wir schauen uns hier mal um.«

Riordan saß noch in der Kutsche und hielt den Kopf in beiden Händen. Er hatte das Gefühl, daß zwei Spitzhacken an seinen Schläfen zu Gange waren. Plötzlich drehte sich ihm der Magen um. Er hievte sich am Türrahmen empor, warf sich förmlich aus der Kutsche und eilte ein paar Schritte davon.

Als Cass einen Augenblick später ausstieg, lehnte er an der Wand eines Gebäudes. Sein Gesicht war feucht und er zitterte am ganzen Leib. »Ich bin vergiftet worden«, sagte er rauh. »Ich sterbe.« Seine geröteten Augen entdeckten die Pferdetränke, und er ging wie in Trance darauf zu.

»Trink nicht —«, wollte sie ihn gerade warnen, doch da war es schon zu spät. Er steckte seinen Kopf bis zu den Schultern in das schwärzliche Wasser und ließ ihn solange darin, daß sie schon dachte, er würde ertrinken. Als er wieder hochkam, spritzend und keuchend, war sein Haar ganz glatt an seinen Kopf geklebt, und er sah aus wie ein Otter.

»Ich hab' es doch nicht *getrunken*«, sagte er mit leisem Vorwurf. Er sah jetzt ein wenig besser aus. Die Wangen unter seinem Drei-Tage-Bart hatten eine rosa Färbung angenommen, und seine Hände zitterten nicht mehr so sehr. Sie starrten einander an. Jetzt sagt er das Ganze ab, dachte sie und fragte sich, wie er das wohl formulieren würde.

»Wir sind so weit«, rief Wally und kam auf sie zu, Tess im Schlepptau. Tom und Cora stolperten hinter ihnen her.

Alle vier wirkten geradezu unanständig fröhlich auf Riordan. »Um Himmels willen, jetzt schrei doch nicht so!«

»Es ist ganz einfach, gar nichts daran«, fuhr Wally fort, ohne auf seine Worte zu achten. »Der Zolleinnehmer macht es, und wir sind die Trauzeugen.«

»Der Zolleinnehmer?« wiederholte Riordan begriffsstutzig.

»Normalerweise der Schmied, aber der ist gerade auswärts und repariert einen Wagen, weswegen heute der Zolleinnehmer dran ist.«

Die Sonne schlich über die Dächer der gegenüberliegenden Häuser, und Splitter von Schmerz durchdrangen Riordans Augenhöhlen. »Der Schmied?«

»An sich kann das hier jeder machen, aber meistens ist es der Zolleinnehmer oder der Schmied, und wir wollen ja, daß diese Angelegenheit eine richtig traditionelle Hochzeit wird, nicht wahr?« Er kicherte und stieß Tess in die Rippen. »Also, sind wir so weit?«

Da fiel es Riordan wieder ein. Er sollte jetzt heiraten.

Er machte unwillkürlich einen Schritt zurück und stieß an den Wassertrog. Seine Knie gaben nach, und er ließ sich schwer auf den Rand fallen. Sein Gesicht war völlig blutleer. Er starrte Cass an, als sei sie die Vorbotin eines plötzlichen und schrecklichen Todes. Er lächelte nur schwach.

Sie drehte ihm den Rücken zu, wollte von ihm fort.

»Hoppla, einen Moment, Missie!« rief Wally, der spürte, daß ihm sein Vergnügen für diesen Morgen genommen werden sollte. Er packte Cass am Arm und zog sie mit Gewalt zurück zum Trog. »Einen Moment mal! Es ist reichlich spät, um kalte Füße zu bekommen! Also bitte, jetzt —« Er zog Riordan am Kragen hoch, nahm ihrer beider Hände, und drückte sie so lange zusammen, bis sich ihre Finger verschlangen. Er schob sie vor sich her die staubige Straße entlang, wobei er die ganze Zeit plapperte. »Eine Wette ist schließlich eine Wette, meine Freunde! Zwanzig Leute haben gesehen, wie sie abgeschlossen und gewonnen wurde — oder in deinem Fall, Philip, verloren —, und jetzt seid ihr daran gebunden, die Wette zu erfüllen. Eure Ehre ist im Spiel, ihr könnt keinen Rückzieher mehr machen. Ich bin mitgekommen, um dafür zu sorgen, daß ihr eure Pflicht aneinander erfüllt. Und bei Gott, eines Tages werdet ihr mir noch danken —«

Riordan verstand kein einziges von Wallys ermunternden Worten. Der Drang, sich zu übergeben, war übermächtig. Er kämpfte dagegen an, konzentrierte sich darauf, einen Fuß vor den anderen zu setzen. Cass' Hand in der seinen fühlte sich so an wie die Klaue eines toten Vogels. Sein Gehirn funktionierte nicht mehr, er konnte keine zwei zusammenhängenden Gedanken fassen. Dann sah er das steinerne Cottage des Zolleinnehmers vor sich, und er erschauderte.

Dieses Gefühl mußte durch seine Hand vibriert sein, denn Cass wandte plötzlich den Kopf und schaute ihn an. *Wer bist du?* wollte er fragen. Sie sah wie eine Fremde aus. Was bedeutete der Ausdruck in ihren weiten grauen Augen — Herausforderung? Panik? Er war zu benebelt, um ihn zu entschlüsseln. Er wandte sich ihr zu und nahm auch ihre andere Hand. »Cass«, murmelte er, ohne eine Ahnung zu haben, was er als nächstes sagen wollte.

Aber Wally hatte nicht vor, irgendwelche *tête-à-têtes* zu dieser frühen Stunde zuzulassen und scheuchte sie mit ermunternden Tätscheleien weiter. »Los, los, wir können schließlich den Zolleinnehmer nicht warten lassen.«

»Moment mal, verdammt!« Riordan schüttelte Wally ab, und wieder blieben sie stehen, nur noch wenige Meter von dem Cottage entfernt. Alle schauten ihn an. Cass wartete mit einem schmerzenden, hohlen Gefühl im Bauch und wünschte sich, daß sie die Initiative ergriffen hätte — so wäre ihre Erniedrigung etwas gemildert worden. Aber zu ihrer Überraschung sagte er gar nichts. Statt dessen fuhr er sich mit den Fingern durch sein nasses Haar, um es zu ordnen. Er band sein zerknittertes Tuch noch einmal neu und knöpfte die Weste zu. Dann streckte er eine zitternde, aber doch sanfte Hand aus, um eine verirrte Strähne ihrer schwarzen Haare von ihrer Wange zu streichen. Einen Moment lang trafen sich ihre Blicke. Sie suchte in seinem Gesicht, konnte aber nicht feststellen, was er gerade dachte. »Los jetzt, los jetzt«, drängelte Wally.

Und dann waren sie auch schon durch die Tür, ohne sich zu berühren, und ein glatzköpfiger Mann kam auf sie zugewatschelt, der sich die Hände rieb.

»Guten Morgen! Ich heiße Bean, George Bean. Jetzt wollen wir doch mal sehen, ob ich erraten kann, wer das glückliche Brautpaar ist. Aha! Jede Wette, es ist dieses etwas bläßlich aussehende Paar vor mir. Stimmt's? Die, die am weißesten im Gesicht sind, sind immer die, die sich zusammentun wollen, in neun Fällen von zehn ist das so. Du wirst dich doch nicht übergeben müssen, oder, mein Mädchen?«

Alles starrte Cass an. Sie sah wahrhaftig blaß genug aus, um eine solche Frage zu rechtfertigen. Doch schüttelte sie den Kopf, richtete sich gerade auf und starrte die anderen mit einer Art nervösen Tapferkeit an. In dem Augenblick wußte Riordan, daß er sie heiraten mußte.

»Gut. Jetzt erstmal die wichtigen Dinge vorab. Die Gebühr beträgt vier Guineen.«

»Vier Guineen«, protestierte Wally und wollte schon mit ihm handeln. Doch Riordan holte eine Faust voller Münzen aus seiner Tasche und streckte sie Mr. Bean entgegen.

»Nun denn«, sagte der Zolleinnehmer und nahm mit einem erfreuten Lächeln die Münzen entgegen, »es sieht ja so aus, als hätte es der Bräutigam besonders eilig! Nun, dann nehmen Sie einander an den Händen. Genau, so. Der Bräutigam ist als erster dran. Sie müssen nur sagen: ›Vor diesen Zeugen erklären wir unseren Wunsch zu heiraten.‹ Verstanden? ›Vor diesen —‹

»Ich hab's schon verstanden.« Riordan holte tief Luft, und ihm war nicht klar, daß er Cass' Hand so fest drückte, daß sie sich vor Schmerz auf die Lippe biß. »Vor —« Er mußte sich räuspern — »Vor diesen Zeugen erklären wir unseren Wunsch zu heiraten.« Er lauschte dem Echo seiner Worte nach, den Mund offen, die Augen blicklos in die Ferne gerichtet.

»Ganz genau. Jetzt bitte die Dame. Verstehen Sie, Sie müssen es beide sagen.«

Riordan blickte auf Cass hinunter. Sie schien so weit entfernt zu sein, als würde er durch das falsche Ende eines Teleskops auf sie blicken. Ihre Zungenspitze kam hervor, um ihre Lippen zu befeuchten. Er hörte, wie sie Luft holte, sah, wie sich ihre Brust weitete. »Vor diesen Zeugen —« sie hielt inne, und niemand wagte zu atmen »erklären wir unseren Wunsch zu heiraten.«

Mr. Bean grinste. »Dann sind Sie jetzt auch verheiratet!«

Es verging eine Sekunde des Schweigens, während der alle diese Erklärung in sich aufnahmen, und dann jodelten Wally und Tom ihre Begeisterung, Cora und Tess weinten, und Cass und Riordan starrten einander ebenso entsetzt wie erstaunt an.

»Küß sie endlich! Küß sie, damit wir sie auch küssen können!«

Er tat es mit geöffneten Augen, und erkannte, daß sich sein eigener Schock in den ihren widerspiegelte.

»Wenn Sie jetzt diese Bescheinigung unterschreiben ... Und dann werden Sie vielleicht im Roses and Thorn für ein schönes Hochzeitsfrühstück Halt machen wollen«, sagte Mr. Bean, als die ganze Küsserei und das Schulterklopfen vorüber waren. »Das ist das netteste kleine Gasthaus am Ort, und das sage ich nicht, weil es das einzige ist, und auch nicht, weil es meinem Bruder gehört. Ha ha!«

Der Speisesaal im Roses and Thorn bestand aus einem riesigen Tisch, um den Holzbänke und Stühle gestellt waren. Cass und Riordan bekamen die Ehrenplätze am Ende, und ihre Freunde saßen zu jeder Seite von ihnen. Wally erklärte sich selbst zum Brautführer und bestellte ein opulentes Mahl für alle, die an diesem warmen Augustmorgen zufällig vorbeikamen. Cass stellte beschämt fest, daß er es sogar übernahm, das ›Flitterwochen-Cottage‹ für das jungvermählte Paar anzumieten — ein kleines Häuschen mit zwei Zimmern hinter dem Gasthof, das durch einige Bäume und eine Brücke über einen pittoresken Teich vom Haupthaus getrennt war. Er bestellte Champagner, lud Fremde ein, sich zu ihnen zu setzen, brachte einen Trinkspruch nach dem anderen aus und schien von den unglaublichen Mengen an Essen und Wein, die er zu sich nahm, überhaupt nicht beeinträchtigt zu werden. Alle außer Cass schienen sich von der vergangenen Nacht gut erholt zu haben — selbst Riordan.

»Auf dich, Cass«, sagte er mit einem breiten, unbekümmerten Grinsen, als niemand sonst ihnen zuhörte. »Auf meine schöne Frau.«

Ein Glitzern lag in seinen Augen, aber sie konnte nicht erkennen, ob es schelmisch war oder nicht. Sie vermochte ihn kaum anzuschauen — ihre Gefühle schwankten zwischen schüchterner Begeisterung und abgrundtiefer Betrübnis. Sie nahm ihren ganzen Mut zusammen und stieß mit ihrem Glas an das seine.

»Auf meinen Mann«, sagte sie leise und lauschte, wie dieses Wort klang. Er beugte sich zu ihr und küßte sie. Einen Moment später schlossen sich Cass' Augen, sie seufzte und gab sich dem Kuß hin. In dem Moment fingen sechs oder sieben Leute am Tisch an, zu klatschen und mit den Füßen zu stampfen und lüsterne Ermunterungen auszurufen. Cass schreckte errötend zurück.

Der Morgen ging weiter, und sie wurde zusehends erschöpfter. Sie mußte so viele fremde Männer küssen, daß ihr davon ganz schwindlig war. Sie trank eine ungeheure Menge Champagner, und doch blieb sie unbarmherzig nüchtern. Riordan schien schon wieder betrunken zu sein, und eindeutig glänzte die Lust in seinem strahlend blauen Blick. Wieder und wieder mußte sie seine Hände abwehren, voller Scham, daß er sie auf so intime Weise in der Öffentlichkeit berührte.

Nach einer Zeit, die ihr wie hundert aufeinanderfolgende Stunden von gezwungenem Lächeln und vorgetäuschter Freude erschien, sah sie, wie Riordan auf die Füße sprang. Schon wieder ein Trinkspruch, dachte sie — und zuckte zusammen, denn diesmal zwang er sie dazu, mit ihm aufzustehen. Er legte einen Arm um ihre Schultern und hob mit der anderen Hand sein Glas. »Meine Damen und Herren! Wenn ich um Ihre Aufmerksamkeit bitten dürfte! Meine Frau und ich danken Ihnen allen, daß Sie mit uns gefeiert und uns Glück gewünscht haben, während wir unsere lange, ungewisse Reise entlang der ehelichen — ach, zum Teufel, ich krieg das nicht hin.« Er sackte an die Tischkante und brach in lautes Gelächter aus, und bald schon lachten alle mit ihm. Nur Cass wußte nicht, ob sie lachen oder weinen sollte.

Er bewahrte mühsam seine Fassung und fing von vorne an. »Was ich eigentlich sagen wollte: Ich freue mich, daß Sie alle hier sind und mit uns hoffen, daß dies eine lange und glückliche Ehe wird. So lang und glücklich wie die meines Onkels Hal, Gott hab' ihn selig. Onkel Hal hat immer gesagt — und ich hoffe, daß ich mich dem eines Tages anschließen kann —: Meines Lebens beste Stunden hab' ich im Schoße meiner Frau gefunden.« Wieder brach er vor Lachen zusammen und schlug mit der Faust auf den Tisch. Cass wirbelte herum, und er sah nur noch ihren steifen, tiefrot verfärbten Nacken, ehe er die Hand ausstreckte und sie am Kleid festhielt. Dann hob er sie ohne großen Aufwand auf seine Arme.

Chaos entstand um den Tisch herum, während er durch den Raum zur Eingangstür stolzierte. Cass versuchte, das Pfeifen und das Rufen und die vulgären Ermunterungen zu überhören und vergrub statt dessen ihr Gesicht in seinem Hals. »Bring uns wenigstens nicht um«, preßte sie zwischen den Zähnen hervor, als er gegen einen Türpfosten stieß.

Das helle Sonnenlicht schlug ihr wie eine Faust in die Augen. Ein vorübergehender Dorfbewohner zwinkerte Riordan zu und machte eine Geste, deren Bedeutung Cass leicht erriet, obwohl sie sie noch nie zuvor gesehen hatte.

Wie durch ein Wunder kamen sie unverletzt im Cottage an. Cass mußte die Tür öffnen. Riordan stolperte hinein und schloß sie mit einem Fußtritt. Sie sah sich rasch im Zimmer um und bemerkte nichts Außergewöhnliches, außer daß es sauber und ordentlich war. Da machte sie ihre Arme steif und drückte sich von seinem Brustkorb ab. »Laß mich runter.«

Er kam ihrer Aufforderung keuchend nach. Dann ließ er sich mit einem Rumsen gegen die Tür fallen, ein glückliches Grinsen auf seinem Gesicht. Wortlos beobachteten sie sich, drei Meter voneinander entfernt. Langsam verschwand Riordans Grinsen, und ein bestimmtes Leuchten trat in seine Augen. Cass schaute hinter sich, unwillkürlich auf der Suche nach einer Fluchtmöglichkeit. Aber anstatt sie zu verfolgen, streckte er seine Hand aus. Das hatte sie nicht erwartet.

Sie machte einige Schritte auf ihn zu und hielt dann inne.

»Es ist schon so —« Was? Schon so spät? War es gar nicht. Es war früher Nachmittag. »Ich bin so —« Müde? Das stimmte, aber in dieser Art wollte sie ihre Ehe nicht beginnen lassen. Ihre Ehe! Du lieber Gott, sie war *verheiratet!* Mit diesem wilden, bärtigen Mann, der jetzt auf sie zukam, mit einem Grinsen auf dem Gesicht, als sei sie ein Stück Lamm, und als hätte er seit Tagen nichts mehr gegessen. »Warte!« Es schien, als wolle er sie wieder hochheben, und sie wußte, daß er sie diesmal auf das Bett werfen würden. »Warte!«

Sein leidenschaftliches Lächeln wurde nur noch breiter. »Ich warte schon seit Wochen, Cass. Jetzt muß ich nicht mehr warten!« Er zog sie an sich, legte den einen Arm um ihre Taille, den anderen hinter ihren Nacken und küßte sie voller Lust. Seine Bartstoppeln kitzelten, sein Kuß war alles andere als feinfühlig, und doch stellte sie fest, daß sie ihn erwiderte. Sein Mund war heiß und gierig, seine Hände fuhren drängend ihren Rücken auf und ab und krallten sich in ihrem Haar fest. Sein Verlangen nach ihr erregte sie, obwohl sie es gar nicht wollte. Sie küßte ihn zurück, öffnete ihren Mund dem wilden, süßen Angriff seiner Zunge. Riordan hielt diese Reaktion für ein Signal, daß sie bereit war, sich von ihm entkleiden zu lassen, und begann, an den Knöpfen herumzufummeln.

»Nein«, keuchte sie und schob ihn fort.

»Warum? Ach, Cass, ich will dich so sehr.«

»Verstehst du denn nicht? Wenn wir das tun, wenn wir — diese Ehe vollziehen, wirst du überhaupt keinen Grund mehr vorbringen können, um sie annullieren zu lassen.«

»Die Ehe nicht vollziehen?« Er sagte das in demselben Ton, in dem ein kleiner Junge sagen würde: »Weihnachten ausfallen lassen?« Dann wurde ihm klar, daß sie über Annullierung gesprochen hatte. »*Ich* werde diese Ehe nicht annullieren lassen!«

Sie starrten einander an, beide von der Vehemenz seiner Aussage überrascht. Wieder streckte er die Hand nach ihr aus und küßte sie erneut, diesmal etwas feinfühliger, und war ermutigt, als sie aufseufzte und ihre Hände in seinen

Haaren versenkte. Er sagte ihr, wie gut sie schmeckte, wie sehr er es genoß, sie zu berühren, und sie bog den Kopf nach hinten und ließ es zu, daß er an ihrem Ausschnitt schnupperte und sie küßte. Doch gleichzeitig verfestigte sich ein Angstknoten in ihrem Magen, der ihr das Vergnügen raubte. Sie waren diesmal nicht in einer Kutsche oder an einem Fenster, diesmal würde es nicht bei Küssen bleiben. Sie zitterte vor Angst, nicht vor Leidenschaft, und als er ihre Hinterbacken in seine Hände nahm, entfernte sie sich wieder von ihm.

»Was ist denn los?« fragte er verwirrt. »Sag mir, was los ist!«

Sie antwortete: »Du bist betrunken, und ich habe das noch nie gemacht!«

Er grinste sie an und fuhr mit den Fingern durch seine Haare. »So betrunken bin ich nun auch wieder nicht.« Cass wartete darauf, daß er die zweite Hälfte ihrer Antwort ebenfalls kommentierte. Doch er tat es nicht, und sie wandte ihm den Rücken zu, damit er nicht das Unglück und die Enttäuschung in ihrem Gesicht sähe. Sie holte zittrig Atem und blickte zur Decke.

Er trat zu ihr und berührte ihre Schultern. Sie war so steif wie ein Brett. »Ehrlich, Cass«, sagte er leise, »ich bin nicht ganz so betrunken. Ich habe wegen der anderen ein bißchen gespielt.« Er massierte sie langsam und war ganz entzückt von der Art, wie die Sonne einzelne Strähnen ihres glänzenden Haars beleuchtete. Auf ihrer Haut lag für ihn ein Zauber, er konnte die Hände nicht von ihr lassen. Cass erschauderte heftig. Riordan umschlang sie von hinten mit seinen Armen, drückte fest ihre Brüste, während er seine Härte an sie preßte — und war zutiefst erstaunt, als sie entsetzt aufkeuchte und von ihm fort in die gegenüberliegende Ecke des Raumes stürzte.

»Cass! Was ist los? Stimmt etwas nicht?«

Sie wandte ihm weiter den Rücken zu. »Das hab' ich dir doch schon gesagt! Ich bin noch unschuldig und ich habe Angst!«

Er versuchte es mit einem Lachen, hoffte, daß sie mit ihm lachen würde. Es war ihm peinlich, daß sie jetzt so etwas sagte, ihn zu diesem Zeitpunkt noch belügen wollte. Es war doch so unnötig! Wieder ließ er seine Finger durch ihre Haare fahren und wünschte, er hätte nicht so viel Wein getrunken. »Cass«, sagte er sanft und trat auf sie zu. »Weißt du denn immer noch nicht, daß es mir egal ist, ob du unschuldig bist oder nicht?« Er legte seine Hände auf ihre Hüften und streichelte sie dort mit den Daumen. »Liebes, es ist einfach völlig egal.«

Cass senkte den Kopf. Sein Unglauben verletzte sie so tief, als hätte er ein Messer in ihr Herz gestoßen. Es war gleichgültig, daß er in wenigen Minuten die Wahrheit herausfinden würde — wenigstens hoffte sie das, sie hatte gehört, daß ein Mann es spüren konnte, wenn es für eine Frau das erste Mal war. Sie wollte aber, daß er ihr *jetzt* glaubte, ehe sein Leib sich davon überzeugte!

Riordan spürte, daß er verlor. Er starrte all die winzigen Knöpfe im Rücken ihres Kleides an, erkannte die störrische Anspannung in Cass' Nacken und in ihren Schultermuskeln. Er spürte, daß er den geistigen und körperlichen Anforderungen, die diese Situation an ihn stellte, nicht gewachsen war. Er biß die Zähne zusammen und registrierte, wie er in einem Meer voller Ärger und Frustration ertrank.

Cass spürte, wie seine Hände langsam fortglitten. Schuldgefühle durchzuckten sie wie ein eiskalter Stich bis ins Mark. Sie zerstörte ihm den Augenblick, aber sie konnte nicht anders. Sie wollte, daß er ihren Wert erkannte. Sie wollte, daß er das Geschenk verstand und es als solches genoß.

Sie hörte, wie er zum Bett ging und sich darauf setzte. Ein Stiefel flog zu Boden, der nächste folgte. Sie drehte sich langsam und ungläubig um. Sein Rock und seine Weste lagen schon auf dem Boden, und er war damit beschäftigt, sein Hemd zu öffnen. Mit tauben Gefühlen beobachtete sie, wie er sein Hemd über die Schultern zog und es auf seine anderen Kleider fallen ließ. Sie mußte sich wegdrehen, als er aufstand, um seine Beinkleider und Strümpfe auszuziehen. Hilflos schlang sie die Arme um sich und wartete. Er war ihr Mann. Er konnte mit ihr machen, was er wollte. Was auch immer geschah, sie schwor, daß sie nicht weinen oder ihn um Nachsicht bitten würde —

»Geh einfach nicht fort, bitte, Cass.«

Seine Stimme war hell und jungenhaft. Sie spürte einen Luftzug und erkannte, daß er hinter ihr zur Tür ging. Drei Sekunden lang hatte sie einen ungestörten Blick auf seinen nackten Rücken. Sie preßte die Hände auf die Brust aus Sorge, daß ihr Herz durch die Rippen springen würde. Dann war er durch die Tür und fort.

Cass starrte ihm entsetzt nach. Eine panische Sekunde lang stellte sie sich vor, daß er zurück zum Gasthof ging und dort splitterfasernackt zu der Gesellschaft seiner Freunde stieß. Aber er hatte seine Hose in der Hand gehabt. Dann hörte sie es, das mächtige Aufklatschen, und legte rasch die Hand über den Mund, um ein Aufquietschen der Erleichterung zu unterdrücken. Cass warf den Kopf zurück und lachte. Er war in den Teich gesprungen.

Nach dem ersten Schock wirkte das Wasser wie eine labende Salbe auf seiner überhitzten Haut. Langsam kühlte sich sein Blut ab, sein Herzschlag wurde regelmäßiger. Er blieb so lange unter der Wasseroberfläche, wie es seine Lungen zuließen, schaute die grüne, wogende Umgebung an, genoß die sinnliche Kühle des Wassers und dachte an Cass. Nachdem er wieder aufgetaucht war, drehte er sich um und blieb noch eine Weile auf dem Rücken im Wasser liegen. Der azurblaue Himmel war wolkenlos, die Luft sanft. Eine einsame Ente, die bei seiner Ankunft protestierend fortgepaddelt war, watschelte vorsichtig am Ufer entlang und wieder ins Wasser, blieb jedoch mißtrauisch auf Distanz.

Die Spinnweben in seinem Kopf lösten sich rasch auf, doch sein Verlangen nach seiner Frau wurde nur noch stärker. Er spürte, wie das Wasser sanft an seine Haut schlug, weich und kühl und einladend. Die Blumen am Ufer rochen frisch, ganz wie Cass. Er stellte sich vor, daß ihr Körper ihn umgab wie der kühle blaue Teich. Er stand auf und schrubbte sich sauber. Hier in der Mitte des Teiches reichte ihm das Wasser bis zum Brustkorb. Er dehnte die Zehen und fühlte den kalten, glitschigen Schlamm dazwischen. Alles erregte ihn. Es kam ihm vor, als würden seine Sinne vor Lebendigkeit jubeln. Er schwamm ans Ufer und schüttelte das Wasser aus dem Haar wie ein Hund. Dann zog er seine Beinkleider an und knöpfte sie zu, die Augen unverwandt auf das Cottage gerichtet.

Cass untersuchte die beiden kleinen Räume, mittlerweile Schlafzimmer und Ankleidezimmer. Ihre Schritte waren rastlos. Sie öffnete ihre Tasche und ließ die Hände gedankenverloren über ihre Kleider gleiten. Dann starrte sie auf das Bett. Sollte sie sich ausziehen? Ein Nachthemd anlegen? Sie konnte nicht ruhig stehenbleiben, nicht nachdenken. Sie beschloß, die Schuhe auszuziehen. Am Spiegel prallte sie erstaunt zurück. Welch einen Anblick sie bot! Sie steckte ihre Haare neu auf, um wenigstens die Andeutung einer Frisur zu erreichen, doch war sie mit den Gedanken woanders. Es gab nichts, was sie gegen die beiden roten Flecke auf den Wangen tun konnte, nichts gegen das eilige Stolpern ihres Herzens.

Sie ging zur Tür. Riordan lag im Wasser auf dem Rücken. Sie wandte sich ab, atemlos, errötend. Setzte sich auf die Bettkante, um sich zu beruhigen. Als sie schließlich draußen seine Schritte hörte, richtete sie sich sehr gerade auf, glättete ihre Röcke mit der einen Hand und griff mit der anderen an ihr Herz.

Er trat leise ein. Das Wasser lief ihm am Körper hinunter, seine nackten Schienbeine entlang, und sammelte sich zu seinen Füßen. Sie konnte sich gar nicht an ihm sattsehen. So, halb nackt, erschien er ihr noch größer. Ohne etwas zu sagen ging er ins Ankleidezimmer. Innerhalb von wenigen Sekunden erschien er mit einem Handtuch in der Tür. Er rieb sich energisch die Haare und den Bart, beobachtete sie und warf dann das Handtuch über die Schulter.

»Hinten gibt es noch eine Tür, hast du die schon gesehen?«

platzte sie hervor. »Sie geht auf eine Wiese hinaus. Der Blick ist sehr hübsch.

Er hob die Augenbrauen. »Zeig sie mir.«

Cass konnte nicht erkennen, ob er wirklich daran interessiert war oder nur höflich sein wollte, doch sie erhob sich und ging auf ihn zu — achtete jedoch sorgsam darauf, ihn nicht zu berühren, als sie an ihm vorbei in das Ankleidezimmer schritt. Sie schob eine niedrige Tür in der hinteren Wand auf und trat hinaus. Riordan folgte ihr. Dann standen sie auf einer winzigen Terrasse, von der aus zwei Stufen in den Hof führten. Dahinter lag eine Wiese, auf der in respektvoller Entfernung ein halbes Dutzend gefleckter Kühe graste. Auf der Terrasse stand ein hölzerner, breiter Lehnstuhl, der unter das Vordach des Cottage geschoben worden war. Einige Sekunden lang dachten sie beide an all die frisch verheirateten Liebespaare, die zusammen über die summende Wiese geschaut oder gemeinsam in dem Stuhl gesessen hatten, ihre Arme und ihre Träume innig miteinander geschlungen. Cass ging vor bis zu dem gewundenen Geländer und wandte sich dann zu Riordan um. Er lehnte immer noch in der Tür.

»Bist du gerne auf dem Land, Cass?«

Sie zwang sich, ihm ins Gesicht zu blicken. »Ja, sehr sogar.«

»Gut. Ich habe in Surrey ein Haus. Ich glaube, es wird dir gefallen.«

Aus irgendeinem Grund schockierte sie der Gedanke, als Ehefrau in Riordans Landhaus zu sein. Die Realität ihrer Vermählung, so erkannte sie, war ihr noch nicht im mindesten klar geworden. Sie erinnerte sich daran, was er vorhin gesagt hatte. »Warum —« Sie hielt inne. *Warum willst du unsere Ehe nicht annullieren lassen?* hatte sie fragen wollen, doch dann verließ sie der Mut.

»Warum was?«

Der Mut kehrte zurück. »Warum hast du mich geheiratet?«

Er kam zu ihr und begann, ihre Haare zu lösen. Ihr Herzschlag wurde schneller, und ihr Atem ging in raschen, keuchenden Stößen. Sie dachte, er würde nichts darauf erwidern, dachte, daß seine Berührung ihr als Antwort reichen mußte, doch irrte sie sich.

»Weil ich es wollte.«

Alles um sie herum schien heller zu werden. Cass mußte die Augen schließen. Sie fühlte sich, als würde sie rückwärts fallen, und war dankbar, daß in ihrem Nacken der warme, stabilisierende Druck seiner Hand lag. Seine Finger kämmten sanft ihre Haare, streichelten sie, hoben sie an. Er wand eine glänzende Locke um seinen Zeigefinger und führte sie an die Lippen. Sie wollte ihn berühren, doch sie konnte sich nicht bewegen. »Schau doch nur«, sagte er unerwartet. Er drehte sie um und umarmte sie sogleich von hinten.

»Ach ...« Sechs Kühe streckten ihre riesigen Nasen über die alte Steinmauer, die den Hof von der Wiese abgrenzte. Cass lächelte, als ein Dutzend freundliche braune Augen sie mit unverwandter Aufmerksamkeit anblickten.

»Zuschauer«, sagte Riordan. »Ich frage mich, womit man wohl eine Kuh schockieren kann?« Er küßte die weiche Stelle hinter ihrem Ohr. Sie schauderte und hielt seine Hände über ihrer Corsage fest. Sie spürte seine Zunge an ihrem Ohr und öffnete in einem willenlosen Aufkeuchen den Mund. »Das scheint sie jedenfalls nicht sehr zu beeindrucken«, murmelte er.

»Dann sind sie wohl Eunuchen.« Sie lehnte den Kopf gegen ihn und genoß den wohltuenden Laut seines leisen Lachens in ihrem Ohr.

»Kühe können keine Eunuchen sein«, sagte er. Eine Hand stahl sich wieder zu den Knöpfen auf dem Rücken ihres Kleides, und er hatte sie innerhalb von Sekunden geöffnet. »Mhmmm, das gefällt ihnen schon besser. Schau dir mal die Kuh in der Mitte an.«

Anscheinend meinte er die mit den Schlappohren. Doch fiel es ihr schwer, sich auf den Gesichtsaudruck einer Kuh zu konzentrieren, da Riordan mittlerweile ihr Kleid bis zu ihren Ellbogen heruntergezogen hatte und ganz leicht die dünne Spitze ihres Unterkleides betastete. Ihr Körper zitterte, als fröre sie. Sie nahm eine seiner Hände und küßte zögerlich die Knöchel. »Einmal hast du mich in Vauxhall so berührt. Es ist schon lange her. Ich dachte, ich würde vor Erregung sterben.«

Jetzt war es an Riordan zu zittern. Er drehte sie sanft um. Die Leidenschaft in ihren Augen verschlug ihm den Atem. Seine Finger fuhren an ihrem Kinn entlang, zogen langsam zum pulsierenden Punkt in der Senke ihres Halses. »Ich erinnere mich. Überall waren Leute, und ich wollte dich nur in die Arme schließen.«

Sie legte ihre Hände einen Augenblick an sein Gesicht, ehe sie sie in seine Haare schob und die kühle Nässe zwischen den Fingern spürte. In seinen Bartstoppeln waren immer noch Wassertropfen. Seine Arme schlossen sich fester um sie, und er hob sie vom Boden, drückte ihr Herz an das seine, spürte ihre Hitze. Als er sie wieder absetzte, sah er, daß die Nässe seines Körpers ihr Unterkleid getränkt hatte und jetzt ihr Brüste markierte. Er legte seine Hände unter ihre sanfte Kurvung. Ihre Lippen teilten sich, und eine zarte rosa Färbung stahl sich über ihre Wangen. Er beobachtete sie und führte dabei seine Finger zu ihren Brustwarzen, um sie dann durch die glatte Seide sanft zu reiben.

Cass' Nasenlöcher bebten. Sie nahm seine Handgelenke. »Ich bin ja so froh, so froh«, murmelte sie, blickte in seine Augen und beobachtete, wie die Pupillen darin immer weiter wurden, bis sein Blick fast schwarz war. Als er sie küßte, klammerte sie sich an ihn und umschlang seine Schultern. Seine Haut fühlte sich unter ihren Fingern glatt und kühl an, ganz im Gegensatz zu der warmen Zunge, die über ihre Lippen glitt, streichelnd und überredend.

»Ich begehre dich so sehr«, flüsterte er und neckte sie mit kleinen Bissen. »So sehr, Cass! Ist das schlimm?«

»Nein, nein.« Aber sie mußte es doch noch einmal zum Thema machen. »Aber du glaubst mir immer noch nicht, nicht wahr?«

»Ich glaube dir. Doch, ich glaube dir.«

Das stimmte nicht, aber mittlerweile fiel es ihr schwer, die

Sache noch wichtig zu finden. Sie ließ zu, daß er sie hochhob und nach drinnen trug, ihr Gesicht leicht an die Seite seines Halses gepreßt. Sie atmete den feuchten, fast wilden Geruch ein, den er ausströmte. Er setzte sie neben dem Bett ab. Dann stockte ihm der Atem. Sie sah so verführerisch aus! Sein Verlangen nach ihr wurde immer drängender, doch zwang er sich, langsam vorzugehen. »Du bist einfach wunderschön. Laß mich dich anschauen, Cass. Ich muß dich ganz sehen.« Zentimeter für Zentimeter schob er ihr Kleid hinunter, an ihren Hüften vorbei zu Boden. Mit einer geübten Leichtigkeit, die ihr nicht entging, knöpfte er die Bänder ihrer Unterröcke auf und ließ auch diese hinabgleiten, so daß sie nur noch in ihrem Unterkleid dastand. Sie zitterte. Er nahm ihre Hände und hielt sie an sein Herz. »Hast du Angst?«

Sie nickte.

»Sollen wir aufhören?«

»Oh, nein.«

Sein erleichtertes Lächeln sah so ehrlich aus, daß sie lachen mußte. Er küßte ihre Finger, einen nach dem anderen, blickte jeden aufmerksam an, als habe er sie noch nie gesehen. »Ein Ring«, sagte er plötzlich. »Du hast keinen Ring.«

Sie schüttelte verträumt den Kopf. »Ist das wichtig?«

»In diesem Augenblick eigentlich nicht.«

Sie küßten sich, ihr Lächeln traf aufeinander, ihre Finger lösten sich, damit sie sich berühren konnten. Sie drückte ihre Hände gegen seinen Rücken und spürte, wie sich seine Muskeln anspannten. Sie genoß das Gefühl seiner nassen Haut an ihrem Busen. Er küßte sie langsam, tief, bis sie ganz schwach wurde. Sie stand auf Zehenspitzen, die Arme fest um ihn geschlungen, wollte ihm näher, immer näher kommen. Ohne den Kuß zu unterbrechen, hob er sie an und legte sie mitten auf das Bett, um dann an ihre Seite zu sinken.

Er legte seine Hand unter ihr Knie und richtete es auf, strich den Saum des Unterkleides hoch bis zur Mitte ihres Oberschenkels. Er küßte durch den Strumpf hindurch ihr Knie, biß sanft hinein, und rollte dann die weiße Seide hinab, langsam, sehr langsam. Sie bewegte sich unruhig und befeuchtete ihre Lippen. Das Geräusch der Seide, die an der Haut entlangglitt, ließ ihr das Blut in einer heißen Welle in die Wangen steigen. Er lächelte, als sie ihm freiwillig das andere Knie bot, aber anstatt sich diesem Strumpf zuzuwenden, beugte er sich hinab zur Innenseite ihres Oberschenkels und plazierte dort eine ganze Reihe von kleinen Küssen, wobei er an ihrem Knie begann und sich weiter hoch bewegte, bis sie ihn mit einem Griff in seine Haare bremste, vor Angst und Unglauben und fast unerträglicher Erregung aufkeuchend.

Er hob den Kopf, und seine Augen waren so schwarz wie der nächtliche Himmel. Sie schauderte vor Furcht und Erregung. »Soll ich dich zuerst ausziehen oder mich, Cass?« fragte er flüsternd.

Sie versuchte, mit den Achseln zu zucken, doch gehorchte ihr Körper ihrem Geist nicht mehr. Seine Hand ruhte leicht auf ihrem Bauch.

»Oder sollen wir es gemeinsam machen?«

Sie nickte.

Er legte seinen Mund an den ihren und flüsterte so leise, daß sie die Worte mehr erspüren als hören konnte: »Ich will dich sehen, Cass, ich sehne mich danach, dich zu sehen. Keine Angst. Ich würde dir nie weh tun, niemals. Laß mich, Liebes, laß mich ...«

Sie schmolz dahin. Er drückte ihren Rücken in das Kissen und nahm ihre gefalteten Hände fort, ließ zu, daß er ihr Unterkleid löste.

Ihre Haut fühlte sich gleichzeitig eisgekühlt und kochendheiß an, ihr Atem ging in keuchenden Zügen. Er nahm eine ihrer Hände und legte sie sich auf die Taille. Sie erinnerte sich wieder, daß sie ja eigentlich einander ausziehen wollten. Doch versagten ihre Finger ihr den Dienst.

Er konzentrierte sich nun darauf, ihre Arme aus den Ärmeln ihres Unterkleides zu ziehen. Dann schob er ihre reglose Hand beiseite, zog seine Beinkleider über die Hüften herab und warf sie zu Boden. Sofort wandte er seine Aufmerksamkeit wieder ihrem Unterkleid zu, und ehe sie wußte, was geschah, war sie bis auf die Taille nackt. Sie legte eine Hand auf die andere und führte sie beide schamvoll zum Busen.

Er lächelte und hielt ihren Blick bis zur letzten Sekunde fest, während er seinen Kopf neigte und ihre weißen Knöchel küßte. Sie spürte als nächstes seine Zähne. Dann seine warme Zunge. Sie wußte, was er wollte. Sie gehorchte, weil auch sie es wollte. Während sie langsam ihre Hände fortzog, strichen ihre Finger über ihre Brustwarzen. Ihre Augen wurden weit.

Er knurrte und schob ihre Handgelenke über ihren Kopf. Sie wollte sein Gewicht auf sich spüren, seinen harten Brustkorb an ihren Brüsten. Worte des Verlangens kamen ihr von den Lippen, halbe Sätze, die sie gleichzeitig schockierten und erregten. Er nannte wieder und wieder ihren Namen, wie ein Gebet, bis es ihm unmöglich war zu sprechen, weil er sie so tief küßte. Sie begehrte ihn so sehr, daß ihr Körper sich wand und zuckte. Die rauhen Haare seines Oberschenkels kitzelten ihren Unterleib, und dies trieb sie zur Raserei. Er küßte ihren Haaransatz und ihre Wangenknochen, ließ seine nasse Zunge erst ihre Unterkiefer entlanggleiten, dann ihren Hals. Sein Körper war so gespannt wie ein Bogen, er schauderte wegen der Mühe, die seine Zurückhaltung ihn kostete. Eine leichte Schweißschicht bedeckte jetzt seinen Brustkorb und den Hals, und unter den schwarzen Bartstoppeln war sein Gesicht rosa verfärbt. Er ließ seine Hand an der Rückseite ihres nackten Oberschenkels, ihres Hinterteils entlanggleiten. Dann fand seine Hand ihren weichen Hügel. Seine Finger versanken sanft in den seidigen Haaren und rieben dort sanft.

Ihr Kopf fiel nach hinten. Sie hielt die Augen geschlossen und die Zähne zusammengebissen, versuchte, nicht laut aufzuschreien, doch es hatte keinen Sinn. Sie kam gar nicht mehr zu Atem. Dann umkreiste sein Mund ihre Brustwarze, und ihre Schreie wurden zu Stöhnen, ihre Augenlider flatterten. Er zwang sie mit sanfter Gewalt, die Beine zu öffnen, und seine Finger drangen in sie ein. Ihre Oberschenkel verkrampften sich auf eine ganze neue, angenehme Art. Er wußte nicht, ob sie ›nein‹ oder ›jetzt‹ sagte, aber das war ihm inzwischen egal. Er murmelte leidenschaftliche Worte in ihr Ohr und schob mit seinen Knien ihre Beine immer weiter auseinander. Die erste Berührung sandte schauderndes Verlangen durch seinen ganzen Körper. Wenn er jetzt nicht langsamer machte, wäre gleich alles vorüber. Aber er konnte nicht aufhören, konnte nicht warten, er mußte sie besitzen. Er nahm ihren Mund in einem leidenschaftlichen Kuß — und versank in ihr. Die Nägel, die sich in seine Schultern krallten, warnten ihn nicht, seine Sinne waren andernorts konzentriert. Sie war heiß und feucht, aber so eng! Sie fühlte sich an wie erhitzter Samt. Er stieß noch einmal tiefer und hörte, wie sie erschrocken aufkeuchte.

»Cass?« Plötzlich ging eine unangenehme Kälte über seine Haut. Oh, nein, oh, nein! Ihre Bauchmuskeln unter den seinen waren verkrampft und hart. Er zog sich zurück, um in ihr Gesicht zu sehen, und erschrak. »Ach, Cass. Oh, Liebes!«

»Es tut mir nicht weh, es gefällt mir.« Doch ihre Augen waren fest geschlossen, und auf den Wimpern glitzerten die Tränen.

Er legte seine Stirn auf ihr Schlüsselbein. Sein Atem ging rauh. Sein einziger zusammenhängender Gedanke war, daß Quinn all das erfahren mußte.

Sie stemmte sich ihm hoffnungsvoll entgegen. »Tu es«, flüsterte sie, »ich möchte, daß du es tust.«

Aber er konnte sie nur umarmen. Er hatte das Gefühl, seine ganze Brust würde brennen. Er spürte die Reue wie Salz auf seiner Zunge.

»Es ist schon in Ordnung.« Sie streichelte ihn sanft mit beiden Händen, beruhigte ihn. »Es ist alles völlig in Ordnung. Es war nur für eine Sekunde, und ich glaube, wenn du jetzt weitermachen würdest —«

Er hob den Kopf und blickte in ihr liebes, ernstes Gesicht hinunter. »Nicht, Cass«, sagte er bitter. »Vergib mir nicht so leicht.« Sein Lächeln war angespannt, und großer Selbsthaß lag in seinem Augenausdruck. »Du könntest mir das noch für Jahre vorwerfen, für den Rest unseres ganzen Lebens.«

Sie lachte leise. »Warum sollte ich?«

»So oft, wie du versuchst, es mir zu sagen!«

»Nicht allzu oft.« Sie strich mit ihren Daumen über seine Wangenknochen. »Meinst du, wir könnten uns vielleicht später darüber unterhalten?«

»Cass, ich wollte dir nie weh tun, ich schwöre es. Ich würde eher mir selbst weh tun.«

»Ruhig jetzt. Genug. Ich habe dir verziehen, ob du es willst oder nicht. Es gibt nur eines, was wirklich unverzeihlich wäre.«

»Und das wäre?«

Sie glättete die Falte zwischen seinen Augenbrauen und flüsterte: »Wenn du mich jetzt so liegen lassen würdest, wo ich dich so sehr begehre! Küß mich noch einmal, berühre mich, wie du es eben getan hast. Liebe mich, Philip, nimm mich. Mach mich zu der Deinen.«

Laut stieß er den Atem aus. Er hatte ihr noch etwas anderes zu sagen, aber sie bot ihm jetzt den Mund, und er vergaß es in der Hitze, vergaß alles außer dem weichen Gefühl ihrer Lippen und dem Geschmack ihrer Zunge. Er küßte sie langsam, als sei es das erste Mal, und er meinte es als ein Versprechen, einen neuen Anfang. »Sag' mir, wenn ich dir wehtue.« Er wagte es nicht, sich zu bewegen. »Sag es mir, Cass.«

»Nein, nein, du tust mir nicht weh.« Es gab keinen Schmerz, nur Fülle und Hitze. Sie schlang ihre Arme um die seinen und bog den Rücken durch, so daß er noch tiefer in sie eindrang, ihr noch näher war. Die Intimität raubte ihr den Atem. Er bewegte sich langsam, sehr langsam, und beobachtete dabei ihre Augen. Aber es war zu intensiv, sie konnte es nicht zulassen, daß er sie sah. Also zog sie seinen Kopf herunter und küßte ihn voller Leidenschaft. Er atmete ihren Namen in ihren Mund, im Rhythmus seiner langsamen, stetigen Stöße, die immer und immer wieder kamen, und er spürte, wie sie fester wurde.

»Philip, Philip!«

»Laß es zu«, murmelte er.

Ihre Finger ergriffen seinen Arm, ihre geöffneten Lippen preßten sich auf den harten Muskel seiner Schulter. Die pulsierenden Bewegungen, die sie erschütterten, raubten ihm die letzten Reste seiner Kontrolle. Noch während er sie nahm, heftig und wild, wußte er, daß dies kein roher Akt der Überwältigung war. Was er ihr mit dieser Wildheit gab, war das, was ihn selbst ausmachte. Danach lag sie unter ihm, schwach und erobert. Doch in seinem Herzen wußte er, daß er der Ihre war, in guten wie in schlechten Tagen und für alle Zeit.

X

Sie erwachten im selben Moment. Sie teilten dasselbe Kissen und blickten einander blinzelnd ins Gesicht. Ein so identischer Ausdruck der Verwirrung, der Erinnerung und der Freude wanderte über sanfte graue und dunkelblaue Augen hinweg, daß sie wie in einen Spiegel blickten. Als ihnen bewußt wurde, was sie geweckt hatte, lächelten sie, wiederum im Einklang. Durch das geöffnete Fenster drangen die äußerst wackelig aber aufrichtig vorgetragenen Klänge eines Ständchens.

»Unsere lieben Freunde«, murmelte Riordan schläfrig.

»Mmm.« Cass rieb mit benommener Freude ihre Wange gegen seine Handknöchel.

»Ich werde wohl hinausgehen und mit ihnen sprechen müssen.«

»Mmm.« Sie verschränkte ihre Finger mit den seinen und zog seine Hand an ihre Lippen. »Aber ich will nicht, daß du gehst.« Sie mochte diese träge Art, mit der sich seine Mundwinkel nach oben zogen, wenn er lächelte.

»Aber je früher ich gehe, desto eher kann ich zu dir zurückkommen, um erneut die wundervollsten Dinge mit dir zu machen.«

Graue Augen verdunkelten sich zu einem Schieferton. »In diesem Fall frage ich mich, warum du eigentlich noch hier bist.«

Er hatte ihr eigentlich nichts weiter als einen flüchtigen Kuß auf die Nasenspitze geben wollen, aber ehe er sich versah, hielten ihn ihre Arme und Beine umschlungen, und er küßte sie mit der Leidenschaft eines Soldaten, der sich von seiner Frau verabschiedet, um in den Krieg zu ziehen. Sie ließen lachend und atemlos voneinander ab. Sie sah zu, wie er zu seinem Handkoffer ging und einen jadegrünen Schlafrock hervorzog. Während er die Schärpe zuknotete, schritt er barfuß auf die Tür zu, öffnete sie — woraufhin das Ständchen verstummte und durch einen plötzlich ausbrechenden Jubel ersetzt wurde — und schloß sie schnell wieder hinter sich.

Cass streckte sich kräftig. Dann vergrub sie ihr Gesicht im Kissen und atmete den schwachen, frischen Duft der Haare ihres Mannes ein. *Ihr Mann.* Ein strahlendes, unvoreingenommenes Glücksgefühl ging über sie hinweg. Sie war nicht fähig, sich länger zu beherrschen und setzte sich auf. Draußen schwollen die Stimmen wieder zu einem heiseren Geschrei an und sie vernahm die Worte: »Wir wollen die Braut sehen! Wir wollen die Braut sehen!« Cass kicherte und legte nachdenklich die Finger auf die Lippen. Dann schwang sie ihre Beine aus dem Bett. Wenn sie die Braut unbedingt wollten, dann sollten sie sie haben.

Sie legte ihren alten Schlafrock aus abgetragener, aprikosefarbener Seide an und wünschte, sie wäre im Besitz einer feineren Robe. Aber wie hätte sie vor sechs Tagen, als sie aus London abreiste, wissen sollen, daß sie schon so bald eine verheiratete Dame sein würde! Sie vermied einen Blick in den Spiegel und ging zur Tür.

Riordan hatte sich wie ein Wächter vor ihrer Tür aufgebaut. Er blickte sich überrascht um, als er Cass hörte. Ein rauhes Hurra-Geschrei erhob sich von den Gratulanten, die sich vor dem Cottage versammelt hatten. Wally und Tess und Tom und Cora waren erschienen, in Begleitung eines halben Dutzend gleichgesinnter Zecher, die der mächtige Anreiz des Freibiers zu der Feier gelockt hatte. Die Dämmerung hatte beinahe eingesetzt. Die tiefstehende Sonne tauchte den Teich in ein strahlendes Gold. Die Rufe der Vögel, die unter dem Abendhimmel erklangen, signalisierten das Ende des Tages. Die Luft war so sanft wie der Atem eines Liebhabers.

Der Jubel wich einer verblüfften Stille. Verschlafen, mit zerwühltem Haar und geröteten Wangen setzte Cass ein liebliches Lächeln auf und legte die Arme um die Taille ihres Mannes. Es war für Riordan ein nicht zu leugnendes Vergnügen zu wissen, daß jeder der anwesenden Männer beinahe alles getan hätte, um an seiner Stelle zu sein. Er lächelte auf seine Braut hinab. Sie war die begehrenswerteste Frau, die er jemals gekannt hatte, und ganz besonders nun, in diesem Augenblick. Sein letzter Kuß hatte ihre Lippen rosa gefärbt, und ihre Augen trugen einen verträumten Ausdruck. Ihr Haar hing geöffnet, einer dunklen Wolke gleich, um ihre Schultern. Unter dem Saum ihres Schlafrocks schauten die weißen Zehen nackt und verletztlich hervor. Er preßte Cass ganz dicht an sich und wandte sich den anderen in der Hoffnung zu, sie rasch abfertigen zu können.

Es funktionierte. Aber er war auch noch niemals so beredt gewesen, nicht einmal im Unterhaus. Mit einem zufriedenen Lächeln sah er zu, wie sie milde gestimmt und allen Menschen wohlgesonnen über die Brücke zurück zum Wirtshaus zogen.

»Wally!« rief Riordan, denn ihm war gerade noch etwas eingefallen. »Es dauert nur eine Sekunde, mein Liebling.« Er küßte Cass auf den Scheitel, bevor er davonging, um mit seinem Freund zu reden, der neben der Brücke auf ihn wartete.

Cass sah zu, wie sich die beiden unterhielten, ohne daß sie ein Wort verstehen konnte. Ihre Augen ruhten auf ihrem frischgebackenen Ehemann. Der Sonnenuntergang reflektierte auf seiner Haut und tauchte sein Gesicht in ein glühendes Rot. Die Farbe seines Schlafrocks paßte so gut zu seinen dunkelblauen Augen, daß sie sich fragte, ob er ihn wohl als Geschenk von einer Frau erhalten hatte. Dieser Gedanke versetzte ihr einen kleinen, schmerzhaften Stich. Dem folgte allerdings schnell der Anflug eines schlechten Gewissens. Er hatte so viel aufgegeben, um sie zu heiraten, und benahm sich wahrhaft heroisch, um das Beste aus einer tragischen Situation zu machen.

Sie hätte sich nicht auf die Hochzeit einlassen dürfen. Oh, sie wußte es, sie wußte es nur zu gut. Aber sie hatte ihn so sehr gewollt! All dieses Gerede über den Erhalt seiner Ehre oder das Ersparen von Peinlichkeiten war doch nichts weiter als die Suche nach einer Entschuldigung gewesen. Egoistisch, egoistisch. Aber sie liebte ihn! War es so falsch, nach dem zu greifen, was das Herz begehrte, wenn es einem gereicht wurde?

Sie würde alles wiedergutmachen. Sie nahm sich vor, ihm die beste Ehefrau zu sein, die sich ein Mann nur wünschen konnte. Sie wollte ihm und all seinen Freunden beweisen, daß sie eine anständige Frau war, die ihren Respekt verdient hatte. Vielleicht würde das etwas Zeit benötigen, aber sie hatte unendlich viel Geduld. Und sie schwor sich, daß Philip Riordan sich eines Tages in seine Frau verlieben würde — koste es, was es wolle.

Wally und er schüttelten sich jetzt die Hände. Riordan machte einen dankbaren Eindruck, schoß ihr gerade noch durch den Kopf, bevor er sich umdrehte und auf sie zukam und damit ihre Spekulationen, was das wohl zu bedeuten haben mochte, beendete.

Sie umarmten sich, sobald sich die Tür hinter ihnen geschlossen hatte.

»Es war wundervoll, wie du zu ihnen gesprochen hast.« Cass rieb ihre Wange sanft gegen Riordans Brust. »Was hast du mit Wally beredet?«

»Ich habe ihn mit aller Nachdrücklichkeit gebeten, morgen früh diese Gegend zu verlassen. Je früher desto besser.« Er verschwieg ihr den Teil der Unterhaltung, in dem er sich bei seinem Freund aufrichtig für dessen Energie und Beharrlichkeit bedankt hatte.

Riordan war noch nicht bereit, seine neuen Gefühle mit ihr zu teilen. In Wahrheit hatte er schreckliche Angst davor. Daß er die Tochter eines Verräters mit einer überaus erbärmlichen Reputation geheiratet hatte, war ein Schock, aber daß er dabei war, sich in sie zu verlieben, war einfach unglaublich. Er brauchte Zeit, um sich an diese Vorstellung zu gewöhnen. Und egal, ob das nun feige war oder nicht: Er wollte ihre Gefühle besser verstehen, bevor er ihr sein Herz darbot.

Er wich ein wenig zurück, um sie anzusehen. Sie biß sich auf die Lippe. »Was ist denn los?« fragte er.

Cass zuckte mit den Schultern. »Du möchtest also so bald wie möglich aufbrechen. Ich hatte eigentlich gedacht —«

»Nicht *wir*, du Dummerchen, sie. Ich will sie bis morgen aus dem Weg haben. Dann habe ich dich endlich ganz für mich allein.«

»Oh!« Cass schlang ihre Arme um seinen Hals, reckte sich auf die Zehenspitzen, und küßte ihn überschwenglich.

Er umarmte sie fest und vertiefte den Kuß. »Magst du mich denn wenigstens ein bißchen, Cass?« erkundigte er sich leichthin. Er küßte ihre Augenlider und ließ seine Zunge an ihren Wimpern entlanggleiten. »Meinst du, du könntest es aushalten, mit mir verheiratet zu sein?«

Die Frage rührte sie zu Tränen. Ihr Herz war bis zum Bersten gefüllt. Beinahe hätte sie ihm die Wahrheit enthüllt. »Es ist nicht fair, mir solch eine Frage zu stellen, wenn du mich dabei auf diese Weise küßt«, parierte sie atemlos.

Er lächelte und wandte sich wieder ihren Lippen zu. »Warum, glaubst du, habe ich wohl diesen Augenblick gewählt, um dich zu fragen?«

»Sag mir doch«, bat sie einen Moment später, »wie willst du es deinen Freunden erklären, daß deine Frau dich bei einem Kartenspiel gewonnen hat?« Sie paßte ihren Tonfall dem seinen an und sprach ebenso leichthin, aber ihre Nerven waren auf das Äußerste gespannt.

Riordan wußte, daß dies kein müßiges Gerede war. Er scherte sich einen Dreck um das, was seine Freunde von ihm dachten, aber er hatte bereits eine gewisse Vorstellung, was sie wohl von *ihr* halten würden. »Ich werde ihnen sagen, daß ich noch niemals mehr Glück in einem Spiel gehabt habe«, flüsterte er, knabberte an ihrem Ohrläppchen und salbte es dann mit der Zunge ein.

Cass zitterte vor köstlicher Lust. Er schob sie langsam aber zielstrebig zum Bett zurück, wobei er sie die ganze Zeit über küßte. Sie stieß an die Matratze, und er ließ sie rücklings darauf sinken, um ihr dann zu folgen. Doch sie drehte den Kopf zur Seite, als sich sein Mund wieder auf den ihren senken wollte. Es war schwierig, eine Unterhaltung aufrechtzuerhalten, aber sie wollte mehr wissen. »Und deine Familie? Was wirst du ihnen sagen? Ich nehme an, daß der Graf und die Gräfin von Raine von deiner Wahl ein bißchen enttäuscht sein dürften.«

»Ich werde dir eines Tages alles über meine Familie erzählen, und dann wirst du verstehen, warum ihre Billigung mehr als unwichtig für mich ist.« Er löste mit einer einzigen, geschmeidigen Bewegung die Schärpe ihres Schlafrocks und schlug ihn auf. Seine Augen glitzerten vor Entschlossenheit, und sie verlor den Faden ihrer Gedanken recht schnell. »Cass, du hast so wundervolle Brüste!«

»Und Quinn?« keuchte sie und umklammerte die Decke. Sie hatte nicht vor, das Thema fallenzulassen, aber sie war auch nicht mehr in der Lage, sich völlig darauf zu konzentrieren. »Wird er dich denn nicht verstoßen?«

»Wahrscheinlich. Oder züchtigen. Oh Gott, du schmeckst so gut.« Er wandte sich ihrer anderen Brust zu. Seine Stimme war ein rauhes Murmeln. »Vor einer kleinen Weile noch habe ich gedacht, daß du Dutzende von Liebhabern hattest, und ich sagte mir, daß mir das egal sei.« Er rutschte ein wenig zur Seite, so daß er halb zwischen ihren Schenkeln lag, während er sich weiter über sie beugte. »Vergib mir Cass, ich bin ein solcher Narr, und ich habe kein Recht dich das zu fragen.«

Ihre Finger waren in seinem Haar vergraben, schoben seinen Kopf an die Stellen, wo sie ihn haben wollte. »Was denn?« schluchzte sie beinahe.

»Wieviele Männer haben dich vor mir schon auf diese Weise berührt?« Seine Zunge vollführte quälend langsame Kreise um ihre Brustwarzen, bevor seine Lippen sanft daran zogen und einen süßen, schmerzenden Pfeil der Lust durch ihren Körper sandten.

Es hätte möglicherweise Spaß gemacht, ihn aufzuziehen, aber sie war zu nichts anderem imstande als der schmucklosen Wahrheit. »Keiner«, keuchte sie. »Einmal hat Jacques Toussaint versucht, es — durch mein Kleid zu tun, aber seine Tante kam herein, und wir —«

Er erstickte den Rest mit seinem Mund und lachte vor Erleichterung, beschämt über sich selbst, doch unglaublich glücklich. »Oh, süße, süße, Cass. Ich bete dich an.«

Ihr Herz setzte für einen Augenblick aus. Sie vermochte nichts anderes zu tun, als ihre nackten Beine um seine Hüften zu legen. Es fühlte sich so wollüstig und wunderbar an, wenn sie ihre Waden über den seidigen Stoff seines Schlafrocks vor und zurück gleiten ließ. Seine unverkennbare Reaktion gab ihr einen ersten Geschmack weiblicher Macht. Verblüfft über ihre eigene Dreistigkeit schob sie eine Hand vor und löste den Knoten seines Schlafrocks — nicht mit seiner geübten Fertigkeit, doch mit einer schüchternen Begeisterung, die ihn unendlich entzückte. »Und wieviele Frauen haben das schon mit dir gemacht? Nein!« Sie legte ihm eine Hand auf den Mund. »Ich ziehe die Frage zurück. Bitte antworte nicht.«

Er schüttelte seine Robe ab und ließ sie zu Boden fallen. Inzwischen lag ein ganz beachtlicher Kleiderhaufen neben dem Bett. »Die Frage ist bedeutungslos«, teilte er ihr mit, während seine Finger ihre Hüfte und ihre festen Oberschenkel streichelten und ihre Beine weiter auseinanderzwangen. »Eine viel bessere Frage ist, wieviele werden es in Zukunft noch sein?« Er schob beide Hände unter ihr Hinterteil und hob sie in die Höhe. »Die Antwortet lautet: eine. Nur eine.«

Sie stöhnte laut auf, das Kinn zur Decke gereckt. »Philip!« Er glitt langsam in sie hinein, zog sich zurück, glitt erneut hinein. Er war riesig, erfüllte sie vollkommen. Es war einfach wundervoll. Sie zog seinen Kopf herunter und küßte ihn, bewegte sich zu seinem Rhythmus. Für einige Momente genoß sie die Illusion von Kontrolle, sogar eine Spur von Autorität. Aber während der geduldige, gnadenlose Angriff weiter und weiter vonstatten ging, zerfloß ihre Selbstbeherrschung immer mehr und verschwand schließlich ganz, wie eine vergessene Wolke, und es blieb nichts weiter übrig als reine Empfindung. Nie zuvor war sie sich ihres Körpers stärker bewußt gewesen und nie zuvor weniger imstande, zu denken.

Genau so wollte er sie. Immer und immer wieder brachte er sie bis zum Rande und hielt sie dort fest, ganz der ruchlose Experte, um seine Macht zu genießen. Sie weinte, war beinahe verrückt vor Lust und Verlangen, und er wollte sie für immer dort halten. Er benutzte seinen Körper, seinen Mund, seine geflüsterten Worte, um sie wild zu machen. »Gefällt dir das, Cass?« murmelte er an ihrem Hals und hielt sich bewußt zurück, ohne sich zu bewegen. Ihre Antwort war unverständlich. Sein dunkelblauer Blick durchdrang sie und sie vermochte ihm nicht auszuweichen. Er quälte sie mit einer Berührung. Sie stöhnte, rasend vor Frustration, und wand sich.

»Gefällt es dir?« Er wollte eine Antwort hören. Noch eine weitere Berührung, ganz leicht, mit der er sie noch ein bißchen mehr zu quälen beabsichtigte.

Doch sie reichte aus. Urplötzlich brach ein tiefes Stöhnen aus ihrer Kehle, das mit einer triumphierenden Note endete, die ihn um das Vergnügen brachte, sie zu befreien. Er spürte einen Sturm in ihrem Inneren, bis auch er über jegliche Zurückhaltung davongetragen wurde. Zitternd und bebend begann er seinen eigenen, gefährlichen Sturz. Doch er war noch niemals aus einer solchen Höhe hinabgetaucht. »*Cass!*« stieß er hervor und hielt sie umklammert. Und mit weiblicher Anmut rettete sie ihn.

»Wie kommt es, Liebste, daß du so anders bist, als man von dir erzählt?«

Cass wandte ihren verträumten Blick von der Betrachtung des schwarzen, sternenerfüllten Himmels ab und musterte nachdenklich ihren Mann. Sie nahm einen winzigen Schluck Wein und stellte das Glas dann hinter sich auf das Geländer. »Vielleicht solltest du diese Frage einmal an Mr. Quinn richten.«

»Oh, das werde ich tun, keine Sorge.« Er ließ sich ein wenig tiefer in den Stuhl gleiten, legte die Hände wie zum Gebet zusammen und stützte sein Kinn darauf. »Das bedeutet wohl, daß du niemals nackt in den Springbrunnen der Tuilerien gesprungen bist, umringt von einem Haufen beifallklatschender und bravorufender junger Männer?«

Ihre Augen funkelten. »Das ist eine Geschichte, die du niemals genau erfahren wirst.«

»Zu schade. Es war eine solch hübsche Vorstellung.« Er fuhr ernsthafter fort. »Warum hast du Oliver nicht davon in Kenntnis gesetzt, daß seine Schlußfolgerungen über dich falsch waren?«

»Das habe ich anfangs ja versucht. Aber wohl nicht mit allem Nachdruck.«

»Warum nicht?«

Sie dachte an ihr erstes Treffen mit Quinn zurück. »Ich denke, dazu war ich zu stolz. Und zu verletzt. Mein Vater war gerade gestorben und ich . . . hatte nicht genug Kraft. Meine Tante hatte mir erklärt, daß meine Reputation in diesem Land in Scherben läge und Quinns Äußerungen hatten mir das bestätigt.« Cass zuckte mit den Schultern, lächelte ein wenig und erklärte ihm, daß das nicht mehr wichtig sei.

Riordan erinnerte sich an sein letztes Gespräch mit Lady Sinclair. »Aber deine Tante hat mir versichert, daß diese Reputation verdient sei. Weiß *sie* es denn nicht besser?«

»Vorher schon. Aber sie hat wirklich angenommen, daß du mein Liebhaber bist. Und daß Colin der zweite sei.« Es war das erste Mal seit der Abreise von Ladymere, daß Wades Name fiel. Sie ignorierten es beide. »Alles andere, was sie gesagt hat, entsprang sicherlich ihrer Gehässigkeit.« Cass runzelte die Stirn. »Wann hast du dich denn mit ihr unterhalten?«

»Am Tag nach deiner Abreise.« Er stand auf und trat auf sie zu. »Ich bin nicht mehr wütend, Cass, aber als ich erfuhr, daß du gefahren bist, ohne mir ein Wort davon zu sagen oder eine Nachricht zu hinterlassen, da hätte ich am liebsten —«

»Aber das *habe* ich doch! Ich habe bei meiner Tante eine Nachricht für dich hinterlassen, die dir zugesandt werden sollte. Colin war derart in Eile, daß nur noch Zeit für eine kurze Notiz blieb. Tante Beth hat mir versichert, daß sie sie dir durch einen Boten überbringen lassen würde.«

»Sie hat gelogen. Ich mußte ihr wirklich alles erst aus der Nase ziehen.« Im wahrsten Sinne des Wortes, dachte er.

»Ich wußte doch, daß ich die Nachricht besser Clara gegeben hätte! Weißt du, Philip, ich glaube wirklich, daß Tante Beth mich haßt.«

Er sah den verwirrten Ausdruck, der ihre Augen trübte, nahm sie in die Arme und blickte über ihren Kopf hinweg in die dunkle, stille Landschaft hinaus. »Ich bin froh, daß du mir geschrieben hast, Cass. Ich konnte den Gedanken, daß du einfach mit ihm verschwunden bist, nicht ertragen. Bis zu meiner Ankunft in Ladymere wußte ich ja noch nicht einmal, daß es sich um eine Gesellschaft handelte, die ein Hausfest feiert. Ich dachte, du seist mit Wade allein.«

Sie lächelte und genoß die Vorstellung, daß er für eine Weile ein bißchen eifersüchtig gewesen war. Doch plötzlich versiegte ihr Lächeln und sie rückte von ihm ab. »Philip! Oh, mein Gott, ich kann einfach nicht glauben, daß ich vergessen habe, es dir zu erzählen.«

»Was denn?«

»Aber wir waren ja nie allein, und du warst so betrunken, und hinterher, da — da haben wir dann etwas anderes getan, und ich habe nicht mehr daran gedacht. Ich komme mir wie eine Idiotin vor —«

»Was denn, Cass? Was wolltest du mir denn sagen?«

»Was Wade mir erzählt hat! Philip, er hat mir alles gestanden!«

Er ergriff ihren Arm und führte sie zu dem Stuhl unter dem Dachvorsprung. Er setzte sie hinein, brachte sie dazu, sich zu beruhigen und ihm alles zu erzählen, was Wade ihr anvertraut hatte. Dann mußte sie ihm alles berichten, was am Wochenende geschehen war, jedes kleinste Detail. Er verspürte eine kribbelnde Angst, als sie ihm beschrieb, wie Wade sie beinahe dabei erwischt hatte, wie sie sein Arbeitszimmer durchsuchte.

»Hätte ich es dir eher sagen müssen? Aber was hättest du

schon ausrichten können? Wahrscheinlich einen Brief an Quinn schicken, aber —«

»Es ist schon in Ordnung, Liebling, mach dir keine Sorgen. Es ist eine faszinierende Neuigkeit, aber es gibt nichts, was man im Augenblick tun könnte. Wenn wir wieder in London sind, werden wir Oliver davon unterrichten.« Er saß auf der Stuhllehne und stützte eine Hand auf die Rückenlehne. »Es soll also im November vonstatten gehen. Interessant. Das trifft mit der Eröffnung des neuen Parlamentjahres zusammen. In diesem Jahr fällt sie, glaube ich, auf den fünften.«

»Übernimmt das der König? Die Eröffnung des Parlaments, meine ich.«

»Ja, sie findet im Rahmen einer Zeremonie statt. Jedes Jahr werden die Mitglieder des Unterhauses im Oberhaus vor den Thron berufen, um die Ansprache des Königs zu hören. Der Black Rod, der Zeremonienmeister des Oberhauses, der einen schwarzen Stab trägt, klopft an die Tür, um uns Abgeordnete des Unterhauses ins Oberhaus zu rufen. Ein Teil des Rituals ist, daß wir beim ersten Mal vorgeben, das Klopfen nicht gehört zu haben, um auf diese Weise unsere Unabhängigkeit zu demonstrieren.«

Sie schwiegen und dachten nach.

»Ich finde, du solltest Wade nicht mehr wiedersehen«, sagte Riordon einen Moment später.

Sie blickte auf. »Ich wüßte nicht, warum. Gerade jetzt ist es wichtiger als jemals zuvor, den Kontakt zu ihm aufrechtzuhalten. Nun, da er mich endlich ins Vertrauen gezogen hat, wird er mir doch gewiß noch viel, viel mehr erzählen.« Riordan sagte nichts, aber sein resoluter Gesichtsausdruck veränderte sich nicht. »Philip, er ist nicht an mir als seiner Geliebten interessiert«, teilte sie ihm mit sanfter Stimme mit.

Er lachte ungläubig. »Meine naive, kleine Frau, wie um alles in der Welt kommst du denn darauf?«

»Weil unsere Vorlieben nicht miteinander vereinbar sind.«

»Was soll denn das bedeuten?«

»Wir mögen verschiedene Sachen.«

»Woher willst du das denn so genau wissen? Er war doch nie dein Liebhaber.«

»Nein. Aber — er mag — er will —«

Sie war verlegen, und plötzlich kam ihm ein entsetzlicher Gedanke. Er hob ihre Hand, die auf seinem Knie gelegen hatte, und hielt sie fest. »Hat Wade dir jemals wehgetan, Cass?«

Sie zögerte. »Ja. Einmal. Aber es war nicht so schlimm.«

Seine Finger schlossen sich reflexartig fester um ihre Hand. »Erzähl es mir.«

Sie tat es.

Riordan erhob sich, verschränkte seine Hände hinter dem Kopf und starrte blind in den Nachthimmel hinauf. Dann fluchte er heftig. »Ich erinnere mich noch an diesen Abend. Ich habe ihn damals *gesehen*. Ich dachte, ihr beide würdet gerade —« Er verstummte und verfluchte sich nun selbst.

Cass erhob sich und legte ihm sanft die Hand auf den Rücken. »Vielleicht hätte ich es dir schon eher sagen sollen. Aber wir waren beide so wütend auf einander, und da dachte ich, daß es dir gleichgültig wäre. Aber nun ist es ja vorbei.«

Er wirbelte herum. »Hast du wirklich geglaubt, daß es mir egal sei?« erkundigte er sich aufgebracht. »Hast du das wirklich?«

»Ja!« rief sie, von seiner Wut getroffen. »Falls du es vergessen haben solltest: In jenen Tagen hast du dich mir gegenüber abscheulich benommen! Und dabei habe ich nichts anderes getan als das, was du von mir wolltest und wofür mich Quinn bezahlte — und dabei hast du mich wie eine — eine Prostituierte behandelt!« Sie versuchte gekränkt, sich abzuwenden, aber er hielt sie an den Schultern fest und zwang sie, ihn anzusehen.

»Alles, was du sagst, ist wahr, das vermag ich nicht zu bestreiten.«

»Warum warst du denn so kalt zu mir?« Sie mußte den schmerzhaften Klumpen in ihrer Kehle hinunterwürgen.

»Ich habe es nicht verstanden, denn vorher warst du immer so nett, und sobald Wade auftauchte —«

»Weißt du es denn wirklich nicht, Cass? Ich war eifersüchtig! Ich dachte, daß du Wades Geliebte seist und das hat mich unglaublich zornig gemacht. Es tut mir so leid! Ich habe mich selbst dafür gehaßt, daß ich dir wehgetan habe. Irgendwie konnte ich nicht damit aufhören.« Er war versucht, ihr zu gestehen, wieviel sie ihm bedeutete, und das machte ihm Angst. Er hob ihr Kinn. »Aber du hast mir bereits dafür vergeben, daß ich mich in dir getäuscht habe, weißt du noch? Denk nur, wie grausam es wäre, es nun wieder zurückzunehmen.«

Sein Zeigefinger zeichnete den feinen Umriß ihrer Lippen nach, und sie schenkte ihm ein zittriges Lächeln. »Vergeben hatte ich dir wohl, aber vergessen war es noch nicht. Aber nun habe ich beides getan.«

Er zog sie nah an sich heran. »Oh, süße Cass, ich habe dich gar nicht verdient.«

»Vielleicht nicht — denn ich erinnere mich gerade an das, was du getan hast, nachdem ich dir vergeben hatte. Ich finde, Sie sind ein ziemlich geschickter Manipulator, Mr. Riordan.«

»Das bin ich in der Tat. Sehen Sie nur, wie geschickt ich Sie ins Schlafzimmer manipuliere, Mrs. Riordan.«

Sie stand bereits auf den Zehenspitzen. Er beugte seinen Kopf, und sie vergrub ihre Zähne sanft in sein Ohrläppchen, ein Trick, den er ihr beigebracht hatte. Dann ergriff sie seine Hand und führte ihn ins Schlafzimmer.

»Ich liebe dieses Zimmer.« Cass zog die Decke bis zum Kinn hoch und blickte sich um. In Wahrheit begann sie erst jetzt, nachdem sie sich bereits vierzehn Stunden darin aufgehalten hatte, den Raum wirklich zu sehen. Die geöffneten Fenster waren mit irgendeinem dünnen, handgesponnenen Material verhangen, das Licht hindurchließ und zur gleichen Zeit Privatsphäre erlaubte. Die Wände waren gekalkt, das Dach mit Stroh gedeckt. Leuchtende Teppiche bedeckten den glatten Holzboden. »Am besten gefällt mir dieses Bett. Es ist so vollkommen fehl am Platze — ein Brokathimmel inmitten all dieser rustikalen Gediegenheit!«

»Ist es wirklich das, was dir an dem Bett am besten gefällt?« erkundigte sich Riordan ein wenig konsterniert. Er reichte ihr das halb ausgetrunkene Glas Wein vom Nachttisch.

Sie nahm einen kräftigen Schluck. »Nun, die Laken sind auch hübsch. Und die Farben der Bettdecke — auuutsch!« Wein ergoß sich über ihre Finger und befleckte die betreffende Bettdecke, als Riordan sie zu packen bekam. Er hatte erst kürzlich entdeckt, daß sie kitzlig unter den Armen war, ganz besonders unter dem rechten, und nun war das zu einem seiner Lieblingsangriffspunkte geworden. Sie lag flach auf dem Rücken und lachte und kreischte und hielt das Glas hoch in die Luft. Sein Kopf neigte sich abrupt, und er schleckte die winzige Weinlache auf, die sich in der Vertiefung ihrer Kehle gesammelt hatte. Ihr Lachen verwandelte sich in ein zufriedenes Summen, und er spürte die feinen Vibrationen durch seine Zunge.

»Ich dachte, du wolltest keinen Wein trinken«, murmelte sie in sein Haar.

»Wenn er zuerst deine Haut berührt hat, dann ist das in Ordnung. Das reinigt ihn.«

Sie schloß die Augen und seufzte. Kurz darauf fragte sie: »Hast du früher sehr viel getrunken? Warst du ein — ein —«

»Ein Trinker? Ich denke schon. Zumindest habe ich immer sehr viel Alkohol zu mir genommen.«

»Ich habe mich schon oft gefragt, was dich dazu gebracht haben mag, damit aufzuhören«, begann sie zögernd.

Er schwieg für lange Zeit. Als sie gerade zu dem Schluß gekommen war, daß er ihr nicht antworten würde, rollte er sich auf den Rücken und verschränkte die Hände hinter dem Kopf. »Das ist keine schöne Geschichte, Cass, aber ich werde sie dir erzählen, wenn du möchtest.«

Sie drehte sich zu ihm um und stützte sich auf ihren Ellbogen. »Nur, wenn du es willst.«

Die Andeutung eines Lächelns umspielte seine Lippen, während er zur Decke hinaufblickte. Nur wenn er es wollte. Das Letzte, was er auf dieser Welt wollte, war, Cass erklären zu müssen, was für ein schreckliches Durcheinander er aus den ersten siebenundzwanzig Jahren seines Lebens gemacht hatte. Womit sollte er beginnen? Mit dem letzten Jahr? Den Geschehnissen vor zehn Jahren? Oder vor zwanzig?

»Ich hatte nicht gerade das, was man eine glückliche Kindheit nennt. Nicht, daß ich damit alles entschuldigen oder erklären möchte, aber ich nehme an, daß du vielleicht gerne vollends im Bilde sein möchtest.«

Sie erkannte einen trockenen, halb amüsierten Tonfall in seiner Stimme, ließ sich aber davon nicht zum Narren halten. »Erzähl mir, wie es damals war«, erwiderte sie ruhig.

»Wir wohnten in Cornwall — unser Haus dort steht immer noch, auch wenn ich es schon seit Jahren nicht mehr gesehen habe. Mein Vater ist der Erbe eines beträchtlichen Vermögens, eines so großen Vermögens, daß es ihm trotz aller Bemühungen bis heute noch nicht gelungen ist, es vollständig auszugeben. Ich habe ihn kaum zu Gesicht bekommen. Wenn er den Haushalt mit seiner Anwesenheit beglückte, dann war er betrunken und wurde ausfallend. Mutter trat auch nicht oft in Erscheinung, aber wenn sie es tat, schien sie immer mit einem Mann zusammenzusein, der nicht mein Vater war. Ich entsinne mich an einen Vorfall, als ich sechs oder sieben Jahre alt war. Ich spielte draußen und betrat das kleine Sommerhaus, das auf unserem Grund stand. Sie war mit einem Mann dort, Lord irgendwer, ich weiß es nicht mehr genau. Ich hatte keine Ahnung, was sie da taten, ich wußte nur, daß es etwas war, was ich nicht sehen durfte.«

Er schloß die Augen. »Sie war barbusig, ihre Röcke waren bis über die Knie hochgeschoben und sie saß rittlings auf seinem Schoß. Als sie mich sah, begann sie zu schreien. Ich rannte davon. Ich lief einfach immer weiter — und nie hat irgendjemand ein Wort darüber verloren. Kein einziges Mal. Aber sie war so kalt, und nach dieser Geschichte sah ich sie noch seltener. Sie behandelte mich wie jemanden, den sie kaum kannte — ein Nachbarskind. Jahrelang habe ich geglaubt, daß es meine Schuld sei, daß es an irgendetwas läge, das ich getan hatte.«

Cass wußte, daß seine Bemühungen, sachlich zu klingen, hart erkämpft waren. Sie schloß die Augen, denn sie war sich sicher, daß sie die Tränen nicht mehr lange würde zurückhalten können.

»Und was die anderen angeht — mein Bruder war ein Rüpel, dem nichts mehr Spaß machte, als mich grün und blau zu schlagen, und meine Schwestern ignorierten mich, als ob ich gar nicht existierte. Sie übersahen mich vollkommen.«

»Du warst der jüngste?«

»Ja.« Er legte seine Hand auf ihren Kopf und streichelte sie geistesabwesend. »Ich begann, meine Kindermädchen und später meine Hauslehrer zu quälen, um Aufmerksamkeit zu erlangen. Ich lernte, daß mich die Leute erst dann wirklich zur Kenntnis nahmen, wenn ich Schwierigkeiten bereitete — je mehr Probleme ich verursachte, desto mehr Aufmerksamkeit erregte ich. Natürlich war ich bald gezwungen, meine Possen zu steigern, mich selbst immer wieder zu übertreffen. Ich glaube, meine Familie begann wirklich, sich vor mir zu fürchten. Das war in gewisser Weise amüsant. Aber es verschlimmerte die Isolation nur noch.«

Seine Stimme veränderte sich, und Cass blickte auf. »Dann kam Oliver. Ich war neun, also muß er ungefähr dreißig gewesen sein. Aber er kam mir älter vor, wie einer der Propheten aus dem Alten Testament. Alles veränderte sich mit seiner Ankunft. Er war nicht gerade zurückhaltend im Verteilen von Strafen, aber das war nicht das, womit es ihm gelang, mich zu kontrollieren. Ich war schon hundert Mal verprügelt worden, das bedeutete mir nichts. Aber Oliver gab mir etwas, das mir niemand vorher gegeben hatte, und das war Selbstachtung. Ich weiß, wie abgedroschen das klingt.«

»Nein, das tut es nicht.«

»Er hat mir gesagt, daß es etwas Edles in mir gebe, und ich

glaubte ihm. Wahrscheinlich, weil ich eine solche Ehrfurcht vor ihm hatte, und er mir wie die Art von Mann vorkam, der nur ehrliche Wahrheiten ausspricht. Er teilte mir mit, daß es ein schrecklicher Unfall gewesen sei, daß ich inmitten einen Haufen von Philistern hineingeboren worden sei — so drückte er sich aus —, und daß ich einfach abwarten müßte, bis meine Zeit gekommen sei. Er lehrte mich, daß meine Familie so viel Schmerz gar nicht wert war. Er sagte, daß sie unter mir stünden, und ich für höhere Dinge bestimmt sei. Ich solle nur meine Zeit bei ihnen absitzen, wie ein vertraglich verpflichteter Diener. Heute weiß ich, daß das Unsinn war, aber damals klang es wie eine Offenbarung, die Art von Erkenntnis, die alle meine Fragen beantwortete und alle Stücke ineinanderfügte.«

Riordan rieb sich mit den Händen über das Gesicht und sprach weiter. »Er entwickelte einen Tagesablauf, und das war für mich neu und wundervoll. Vorher war alles so chaotisch gewesen. Innerhalb eines Monats verwandelte ich mich von einem Rowdy in einen musterhaften Jungen. Alles nur, um meinen Lehrer zufriedenzustellen. Ein Lächeln auf dieses schmale, anbetungswürdige Gesicht zu zaubern war so, als ob die Sonne hinter den Wolken hervorkam. Ich lebte dafür. Und natürlich ließ ich ihn an die Vaterstelle treten. Das war unvermeidlich.«

»Und dann?« erkundigte Cass sich, als er verstummte.

»Und dann ...« Riordan starrte an die Decke. »Und dann ging er fort. Eines Tages betrat ich sein Zimmer, um ihm eine Sonnette zu zeigen, die ich in griechisch verfaßt hatte. Er war dabei, zu packen.«

»Wie alt warst du damals?«

»Vierzehn. ›Wollen Sie verreisen?‹ fragte ich ihn. Er war schon früher des öfteren nach London gefahren, manchmal eine ganze Woche dort geblieben. Ich haßte es, wenn er fort war. ›Nein, Philip, ich gehe für immer fort. Ich werde morgen abreisen.‹ Er sagte noch andere Dinge — daß er mich vermissen und bestimmt schreiben würde —, aber ich hörte nichts mehr. Ich verließ das Zimmer, ohne ein Wort zu sagen.«

Cass legte ihre Lippen auf seinen Unterarm und verharrte auf diese Weise.

»Ich versteckte mich die ganze Nacht im Park, hörte zu, wie die Dienerschaft mich rief, beobachtete ihre Laternen durch die Bäume. Am nächsten Morgen hielt eine Kutsche vor dem Haus, und Oliver trat mit seinen Taschen vor die Tür. Ich hatte auf ihn gewartet. Ich rannte mit einem Stock, einem riesigen Stock, den ich hoch über dem Kopf schwang, auf ihn zu. Es wäre ein leichtes gewesen, ihn zu töten, wenn ich es nur versucht hätte. Statt dessen schlug ich ihm die Taschen aus der Hand und begann, die Kutschenräder mit dem Stock zu bearbeiten. Die Pferde waren außer sich vor Angst und bäumten sich auf. Ein paar Lakaien packten mich, der Kutscher, der Butler kamen hinzu. Ich weigerte mich, den Stock loszulassen. Sie warfen mich zu Boden, und ich fluchte und schrie und weinte. Jedes Mal, wenn Oliver zu sprechen versuchte, schrie ich nur noch lauter. Ich hörte erst auf, als die Kutsche außer Sichtweite war.«

Cass schlang ihren Arm um seine Taille, hielt ihr Gesicht aber weiter an seiner Seite verborgen. Heiße Tränen brannten in ihrer Kehle. Sie hätte gerne um das Kind geweint, dessen Idol ihm zuerst beigebracht hatte, seine Familie zu hassen, um ihn dann mit ihr alleinzulassen. Sie spürte, daß er unter ihrem Arm schwitzte, vernahm seinen schnellen Atem und wußte, daß er diesen Tag gerade noch einmal durchlebte.

»Er hat mir einige Briefe geschrieben«, fuhr er nach einer Weile fort. »Ich habe sie nie beantwortet und so kamen bald keine mehr. Ich fiel mit Rachelust in meine alten Gewohnheiten zurück, um ihn dafür zu bestrafen, daß er mich verlassen hatte. Ich wollte jede Lektion, die er mich jemals über Mäßigung und Höflichkeit und Zurückhaltung gelehrt hatte, vergessen. Doch diesmal waren meine Unarten raffinierter. Ich würde dir erzählen, woraus sie bestanden, wenn ich nicht wüßte, daß das deine empfindsamen Gefühle verletzen könnte.«

Cass hörte ihm ernst zu und erwiderte sein zynisches Lächeln nicht.

»Nach dem Abschluß an der Universität und der obligatorischen Reise quer über den Kontinent wandte ich mich der ernsthaften Verderbtheit zu und schloß mich dabei meinem Vater und meinem Bruder an. Glücksspiel, Huren, saufen, jede nur erdenkliche Hohlheit. Idiotische Freunde, Frauen, die auch nicht besser waren — nun, ich denke, du kannst dir ein Bild machen. Ich habe dir ja gesagt, daß es nicht angenehm sein würde.«

»Warst du denn mit diesem Leben glücklich?«

»Nein, es ging mir erbärmlich. Aber ich war ein viel zu großer Dickkopf, um es zu ändern. Zum einen dachte ich, es liege mir im Blut, sei Teil meines Erbes, mein Schicksal. Es war nun einmal die Art und Weise, wie sich die Männer in meiner Familie verhielten. Und zum anderen konnte ich mein Leben nicht in Ordnung bringen, denn damit hätte ich ja Oliver nachgegeben, und ich war immer noch zu zornerfüllt, um das zu erlauben. Ich habe diese Wut jahrelang mit mir herumgetragen, noch lange, nachdem ich bereits wußte, daß es keinen Sinn mehr machte.«

Er verstummte. Sie strich mit der Rückseite ihrer Finger an seinen Rippen auf und ab und wünschte sich, daß ihr etwas einfiele, womit sie seinen Schmerz beschwichtigen konnte. »Und dann hast du ihn wiedergetroffen?« erkundigte sie sich nach einer Weile.

Er nickte. »Und das ausgerechnet in einer Taverne. Ich muß wohl nicht erst erklären, daß ich mich betrunken hatte. Es war mitten im Winter, und er trug einen Umhang mit einer Kapuze. Er sah genau so aus, wie ich mir immer den Heiligen Paulus oder irgendeinen anderen dieser humorlosen, unversönlichen Heiligen vorgestellt hatte. Er maßregelte mich — mit diesem traurigen, enttäuschten Ausdruck in den Augen, als sei ich wieder zehn Jahre alt.« Riordon schluckte bei der Erinnerung. »Ich verspürte eine solche Wut, Cass, und zur selben Zeit so viel Liebe.«

»Was hast du getan?«

»Ich habe ihm gesagt, er solle sich —« Riordan stieß ein barsches Lachen aus. »Ich habe ihm nahegelegt, wegzugehen und mich allein zu lassen.«

»Aber das tat er nicht.«

»Nein.«

»Was geschah dann?«

»Ich weiß es nicht mehr genau.«

»Ich meine, was geschah, nachdem —«

»Ich weiß, was du meinst, aber ich bin mir nicht sicher. Ich habe in jener Nacht ziemlich gezecht, mehr getrunken als gewöhnlich, nur um seinen Zorn zu wecken. Das nächste, woran ich mich erinnere, ist, daß ich in seiner Kammer im Lincoln's Inn erwachte und es Morgen war. Überall an meiner Kleidung und an den Händen hatte ich Blut. Aber es war nicht mein eigenes.«

Sie setzte sich auf und preßte sich das Kissen gegen die Brust. »Philip, mein Gott!«

Er starrte geradeaus und sprach langsam und vorsichtig, als sei es äußerst wichtig, daß sie jedes Wort verstand. »Ich hatte versucht, einen Mann umzubringen. Mit einer Flasche. Oliver hat es verhindert. Ihn hatte ich dabei auch verletzt, ihm einen Schnitt zugefügt. Er gab der Familie des Mannes Geld und brachte sie dazu, den Mund zu halten. Der Mann kam zum Glück mit dem Leben davon. Die Sache war damit erledigt. Es kam nie wieder zur Sprache.«

»Oh nein, das glaube ich einfach nicht.« Cass beugte sich über ihn, brachte ihn dazu, sie anzusehen. »So etwas hättest du niemals tun können, betrunken oder nicht. Dazu bist du einfach nicht *imstande!*«

»Doch, das habe ich getan. Das steht außer Frage.«

»Niemals.«

Er schüttelte sie ungeduldig ab, setzte sich auf und schwang seine Beine über die Bettkante. Sie rutschte auf ihre Knie zurück, hielt das Kissen umfangen und starrte auf seinen Rücken.

»Du wolltest wissen, was mich dazu gebracht hat, mit dem Trinken aufzuhören, und ich habe es dir erzählt. Ob es dir gefällt oder nicht, es ist nun einmal geschehen. Das kannst du ruhig glauben.«

Sie schüttelte den Kopf, ohne sich darum zu scheren, ob sie ihn damit wütend machte. »Ich werde es niemals akzeptieren, daß du versucht hast, jemanden umzubringen. Ich habe dich betrunken erlebt und ich kenne dich im nüchternen Zustand, und ich weiß, daß du nicht imstande bist, so etwas zu tun.«

Er blickte sie über die Schulter hinweg an. »Vielen Dank für dein Vertrauen, Cass, auch wenn es blind ist. Es bedeutet mir mehr, als du dir vorstellen kannst.«

»Das hat nichts mit Vertrauen zu tun, sondern mit gesundem Menschenverstand.« Cass kroch auf den Knien zu ihm hinüber und schlang ihre Arme um seine Schultern, ohne seinem aufgebrachten Seufzer auch nur die geringste Aufmerksamkeit zu schenken. Er konnte glauben, was er wollte, aber das Recht hatte sie ebenso. »Du warst Oliver also so dankbar dafür, daß er dir aus deinen Schwierigkeiten geholfen hat, daß du dein Leben geändert hast, ja?«

Dieses Mal hörte er etwas aus *ihrer* Stimme heraus, einen Anflug von Skepsis, der ihn überraschte und verärgerte. »So ungefähr. Allerdings war ich keine vierzehn mehr und erwartete nicht von ihm, daß er übers Wasser gehen konnte. Und ich war gescheit genug, um zu wissen, daß es kein Zufall war, ihm so kurz nachdem mir eine Reihe von Vaters Freunden vorgeschlagen hatten, für einen Sitz im Unterhaus zu kandidieren, über den Weg zu laufen.«

»Willst du damit sagen, daß er dich von Anfang an — rekrutiert hat, für ihn zu arbeiten, für ihn zu spionieren?«

»So kann man es auch sehen. Ich hatte bereits eine perfekte Tarnung — der lasterhafte Trinker, der ich vorher gewesen war. Ziel war es, in der Rolle eines ausschweifend lebenden Royalisten Kontakte zu Radikalen wie Wade zu knüpfen und irreführende Informationen auszustreuen, um zur gleichen Zeit die angeblich betrunkenen Ohren für Neuigkeiten über die *Revolution Society* oder die *Friends of the Republic* offenzuhalten. Bis zu einem gewissen Punkt hat das funktioniert, aber dann benötigten wir jemand, der noch näher heran kam.«

»Mich?«

»Dich.« Er nahm ihre Hand. »Ich weiß, daß du Oliver nicht magst, Cass. Ich kann dir das nicht einmal verdenken, aber ich wünschte, du würdest ihn so gut kennen wie ich. Es mag unglaublich klingen, aber nach all diesen Jahren sieht er immer noch etwas in mir, das sich zu retten lohnt, und er will, daß aus mir ein feiner Kerl wird.«

»Ich verstehe nicht, was daran unglaublich sein soll.«

Er nahm ihre Worte gar nicht richtig wahr. »Niemand kennt mich so gut wie er. Und trotz all seiner Fehler ist er immer noch wie ein Vater für mich — der einzige, den ich je haben werde.«

»Was sind denn seine Fehler?« konnte sie sich nicht verkneifen zu fragen.

»Äußerste Zielstrebigkeit. Eine Loyalität zur Krone, die an Fanatismus grenzt.«

Kälte, Gefühllosigkeit, Intoleranz, fügte Cass im Stillen hinzu. Laut sagte sie: »Du liebst ihn immer noch, nicht wahr?«

»Ja. Er ist wie ein Anker für mich. Seine Existenz verleiht meinem Leben einen Sinn.«

Es war warm im Zimmer, dennoch verspürte Cass eine Gänsehaut auf den Unterarmen. Sie wollte nicht mehr über Quinn reden. Sie rutschte zurück und zog sich die Decke bis zum Kinn hoch. »Die Sonne ist beinahe aufgegangen. Komm ins Bett.«

Er legte sich neben sie und nahm sie in den Arm. Sie kuschelte sich an ihn und genoß das rauhe Gefühl seines Beins zwischen den ihren. Sie tauschten einen trägen Kuß, von dem sie wußten, daß er zu nichts anderem als zum Schlafen führen würde.

»Ich wünschte, wir hätten uns schon als Kinder gekannt«, murmelte sie.

»Wahrscheinlich hätte ich dir weh getan.«

Sie gähnte. »Nein, das hättest du nicht. Wir wären die besten Freunde gewesen und hätten alles gemeinsam unternommen. Du hättest mich beschützt, und ich hätte dich getröstet. Und keiner von uns wäre jemals einsam gewesen.«

Da hätte er es beinahe gesagt *Cass, ich liebe dich so sehr!* Er schloß die Augen und lauschte ihren bald schon gleichmäßigen Atemzügen. Sie schliefen beide mit dem Gedanken ein, was Quinn wohl tun würde, wenn er herausfand, daß sie verheiratet waren.

Sie blieben drei Tage im Rose and Thorn. Ihnen stand nicht der Sinn nach der Besichtigung von Sehenswürdigkeiten. Am glücklichsten waren sie im Bett. Und dennoch war es nicht nur die Leidenschaft, die sie in dieser zufriedenstellenden Quarantäne hielt. Obwohl sie niemals offen darüber sprachen, wußten sie doch beide, daß sie diese Zeit zu zweit der düsteren Realität wie Diebe abgerungen hatten. Sie wollten sie ohne Ablenkungen genießen, denn ihnen war klar, daß sie schon bald den Preis dafür würden zahlen müssen. Also erkundeten sie Hadrians Wall nicht, warfen auch keinen Blick auf Solway Firth. Und trotzdem entschwanden diese Tage so schnell wie Wasser, das man mit der hohlen Hand schöpft.

Für Cass war es die glücklichste Zeit ihres Lebens. Sie hatte sich niemals zuvor derart aufgehoben, derart geschätzt gefühlt. Nicht etwa geliebt — das noch nicht — aber das hatte sie auch nicht erwartet. Nur eins beeinträchtigte ihre Freude. Am letzten Abend schrieb Riordan einen Brief an Claudia.

»Schreibst du an Quinn?« erkundigte sie sich, als sie von draußen hereinkam, wo sie zugesehen hatte, wie der Mond über dem Teich aufstieg. Sie legte eine Rose neben ihn auf den Tisch.

»Nein.«

»An deine Eltern?«

Er schüttelte den Kopf.

Sie fragte nicht weiter. Zu spät war ihr klar geworden, daß sie das nichts anging. Sie ging zur Tür hinüber und blieb im Rahmen stehen.

Er blickte auf. »Erinnerst du dich noch an die Frau, die wir in der Oper getroffen haben?«

Sie hätte beinahe gelacht. Und ob sie sich an sie erinnerte. »Du meinst Lady Claudia?«

Er nickte. »Meine Heirat wird für sie sehr überraschend kommen«, sagte er vorsichtig. »Ich denke, ich bin ihr eine Erklärung schuldig.«

Sie benötigte zwei Versuche, um die Worte herauszubringen. »Bist du in sie verliebt?«

Er schob den Stuhl zurück und trat zu ihr hinüber. »Ich dachte einmal, ich wäre es«, erwiderte er mit sanfter Stimme.

»Wart ihr verlobt?«

»Nein. Aber wir ...«

»Ihr hattet eine Übereinkunft?«

»Ja.«

»Ich verstehe.« Sie fühlte sich von Trübsal schier überwältigt. Aber während er sie festhielt, wischte sie die dunklen Gedanken beiseite. Sie hatte ihn nun, und seine Arme um sie waren kräftig und real, sie wollte ihn nicht bitten, ihr etwas zu geben, was er nicht zu geben vermochte. Das hier war genug. Für den Moment zumindest.

Später, als Riordan draußen auf der Eingangsstufe saß und den Mond betrachtete, kam sie am Tisch vorbei und entdeckte den noch nicht beendeten Brief. Sie erstarrte, zu weit entfernt, um ihn zu lesen, doch zu nahe, um ihn zu übersehen. Sie machte einen kleinen Schritt darauf zu.

Und atmete erleichtert auf. Dieser Brief war nicht an Claudia gerichtet, sondern an Wally. Sie überflog ihn lächelnd. »Bevor das Leben mich wieder in seinen vielfältigen Erscheinungen überwältigt«, hatte er geschrieben, »möchte ich es mir nicht nehmen lassen, dir noch einmal für deine Hilfe zu danken. Ich werde dir dein schnelles Handeln und deinen Einfallsreichtum zu einer Zeit, in der ich — muß ich es noch betonen? — selbst nicht in der Lage war, dieses Bravourstück zu vollbringen, ewig dankbar sein. Ohne dich, hätte ich —« An dieser Stelle brach der Brief ab. Cass gab sich Mühe, nicht verletzt zu sein, daß er ihre Heirat als ›Bravourstück‹ bezeichnet hatte. Leute, die die Post anderer lasen, hatten genau das verdient, was sie bekamen, schimpfte sie mit sich selbst und ging nach draußen, um ihrem Mann Gesellschaft zu leisten.

Bald schon — zu bald — war die Zeit für die Abreise gekommen. Riordan mietete eine schnelle Post-Chaise, doch sie übernachteten in verschiedenen Inns entlang der Strecke, um die Reise so lang wie möglich auszudehnen. Als sie sich London näherten, lachten und redeten sie weniger, berührten sich aber um so öfter. Sie fuhren mit verschlungenen Armen durch Warwickshire, betrachteten durch das Fenster die grünen und gelben Felder und dachten über das nach, was sie getan hatten. Riordan wurde klar, daß ihm all die schrecklichen Konsequenzen, die er durch eine Beziehung zu Cass befürchtet hatte, plötzlich trivial vorkamen. Er hatte keine Ahnung, was als nächstes geschehen würde, aber er bedauerte nichts. Wann immer er versuchte, über die Zukunft nachzudenken, sah er nur Bilder vor seinem inneren Auge, die Cass in seinem Haus zeigten — wie sie eine Mahlzeit einnahm oder Tee im Salon einschüttete oder ihre Hände am Kamin in der Bibliothek wärmte. Wie wundervoll der Anblick ihrer Kleidungsstücke sein würde, die über den Möbeln in seinem Schlafzimmer verstreut lagen, die Haarnadeln die sich über seine Kommode verteilten. Wenn er den Raum betrat, würde er sie erblicken, wie sie halb angekleidet dasaß und vor dem Spiegel etwas mit ihrem Haar anstellte.

Er legte seine Arme noch fester um sie und seufzte. »Wann werden wir London erreichen?« erkundigte sie sich, obwohl sie es bereits wußte.

»Morgen.«

»So bald schon . . .«

»Ich war beinahe zehn Tage fort. Oliver — ach, laß uns nicht über Oliver reden.«

»Nein.«

Er hob ihr Kinn in die Höhe. »Weißt du eigentlich, daß ich

mich seit dem Abend, als wir uns kennenlernten, danach gesehnt habe, in einer Kutsche mit dir zu schlafen, Cass? Erinnerst du dich noch an jenen Abend? Du warst weggelaufen, und Oliver hat uns gefunden.«

»Und du hast dich abscheulich benommen — du hast sogar gedroht, den armen Freddy zu erschießen!«

Er grinste. »Und du hast mich *geschlagen*.«

»Das hattest du auch verdient.«

Seine Hand streichelte langsam und schmeichelnd über ihre Brust. »Aber was wir da im Garten getan haben, hat dir doch gefallen, nicht wahr?« Sie lächelte nur. Er begann, ihr Kleid aufzuknöpfen. »Ich wollte dich damals besitzen, Cass. Direkt dort unter diesem Baum.«

»Du hast gedacht, daß ich die Art von Frau sei, die dich gewähren lassen würde.«

»Du hättest mich doch auch gewähren lassen, oder?«

Sie lehnte den Kopf gegen den Sitz zurück. »Nur weil ich dachte, daß du Colin seist.«

»Lügnerin.« Seine Hände bewegten sich unter ihrem Unterkleid geschickt und sicher.

»Im Grunde hast du mich doch nur wegen dem hier geheiratet, stimmt's?« brachte sie hervor und bemühte sich, beleidigt zu klingen.

»Ich möchte sagen, es hat eine nicht unerhebliche Rolle gespielt.« Er beugte den Kopf vor. »Ich entdecke aber nichts Schlimmes dabei«, murmelte er und küßte die weiche Spitze ihrer linken Brust.

Sie vermochte an nichts anderes mehr zu denken. Ihre Augen schlossen sich. »Es würde mich interessieren, was die weniger erheblichen Gründe waren.«

Er wandte sich der anderen Brust zu. »Na ja, da gab es diesen Grund hier. Und dann noch diesen —«

Sie wich mit einem keuchenden Laut von ihm und bemühte sich, ihre Röcke hinunterzuschieben. »Philip, hör auf, wir können unmöglich hier —«

»Warum denn nicht?« Er küßte sie, bis sie sich mit einem leisen Stöhnen gegen ihn preßte. »Es gibt eine kleine Höhle ganz in der Nähe von Stratford«, flüsterte er an ihren Lippen. »Ein kleiner, alter Mann führt die Leute hindurch. Laß uns dorthin fahren, den alten Mann loswerden, und uns dann in der Höhle lieben. Im Stehen und bekleidet. Laß es uns tun, Cass. Bitte sag ja.«

Sie sagte ja. Aber er nahm dies als Erlaubnis, zunächst das zu beenden, was sie gerade taten, und sie wies ihn nicht zurück. Es dauerte sehr viel länger als erwartet. Das nächste Mal, als sie aus dem Kutschenfenster blickten, befanden sie sich schon viele Meilen hinter Stratford.

XI

Eine Stunde vor London unterbrachen sie die Fahrt noch einmal. Das Gasthaus in Watford war dreckig und laut, aber sie schenkten dem keine große Beachtung — ihnen war alles recht, was das Eindringen der Realität in ihre Idylle noch etwas weiter aufschob. Aber der Morgen kam, und es blieb ihnen nichts anderes übrig, als nach Hause zurückzukehren.

Im Morgengrauen hatte es geregnet, doch als ihre Kutsche vor Riordans Haus am Portman Square vorfuhr, brach die Sonne durch zinnfarbene Wolken und trocknete die Pfützen. Sie nahmen das als ein gutes Omen.

Walker begrüßte sie im Foyer mit schüchterner Freude. Bevor sie ihm die Neuigkeit mitteilen konnten, gratulierte er ihnen bereits.

»Woher wissen Sie denn von der Sache?« erkundigte sich Riordan lächelnd und schüttelte die Hand, die sich ihm entgegenstreckte.

»Ich denke, die ganze Stadt weiß es inzwischen, Sir. Schon vor einigen Tagen sind die ersten Karten eingetroffen. Sehen Sie nur.« Er deutete auf ein silbernes Tablett auf dem Tisch, das mit Visitenkarten bedeckt war.

»Wally?« sagte Cass fragend.

»Wer sonst? Wir hätten es wissen sollen.«

»Lord Castleton ist zweimal vorstellig geworden, Lady Diana Sperry mindestens dreimal —« Walker verstummte errötend und starrte auf seine Füße.

Cass zog forschend die Augenbrauen in die Höhe und blickte Riordan an, aber der zwinkerte ihr nur grinsend zu. »Wer sonst noch, Walker?« erkundigte er sich unbekümmert.

»Mr. und Mrs. Wylie, Mr. Eliot, Miss — äh, Chambers. Ihr Bruder hat einen Brief geschickt, den ich mit der übrigen Post auf Ihren Schreibtisch gelegt habe. Die Gentlemen, die an der Gesetzesvorlage zur Verminderung von Kapitalverbrechen arbeiten, sind die ganze Woche über immer wieder vorstellig geworden. Sie werden heute nachmittag noch einmal vorbeikommen, in der Hoffnung, Sie dann anzutreffen, Sir. Ich wußte nicht, was ich ihnen sagen sollte, daher —«

»Schon recht, John. Ich fürchte, ich muß sie empfangen, schließlich befürworte ich diesen verdammten Gesetzentwurf. Sonst noch etwas?«

»Mr. Quinn war jeden Tag hier und hat sich nach Ihnen erkundigt.«

Riordans Gesicht blieb geflissentlich ausdruckslos. »Tatsächlich?«

»Er scheint sehr darauf erpicht, Sie zu sehen.«

»Ja, das kann ich mir denken.«

»Und es gibt noch einige andere Angelegenheiten, die ich gerne mit Ihnen besprechen würde. Wann immer Sie die Zeit finden, Sir — allerdings wären da ein oder zwei Dinge, die Ihrer dringenden Aufmerksamkeit bedürften.«

»Ja, ja — aber erst einmal möchte ich Cass nach oben bringen. Komm, Liebling, du hast das Schlafzimmer ja noch gar nicht gesehen. Ich werde in einigen Minuten wieder unten sein, John.«

Cass und Walker erröteten beide, woraufhin Riordan Cass die mächtige Walnußholztreppe in den ersten Stock hinaufzog. Nun, da es auch ihr gehören würde, schenkte sie dem Haus mehr Beachtung. »Bist du eigentlich *sehr* reich, Philip?« erkundigte sie sich und betrachtete die unbezahlbar aussehenden Samt- und Damasttapeten, die vergoldeten Stuckarbeiten an den zwölf Meter hohen Decken, die kostbaren türkischen Teppiche, die den Boden bedeckten.

»Das bin ich, Cass. Ist das nicht wundervoll? So viel besser, als arm zu sein, findest du nicht auch?« Er fühlte sich außerordentlich glücklich, während er seine Frau an der Hand hielt und sie den Flur entlang zum Schlafzimmer führte.

»Dein Vater muß ja unglaublich reich sein, denn du bist nicht einmal der älteste Sohn.«

»Ich lebe nicht von seinem Geld, sondern von meinem eigenen. Hauptsächlich Investitionen. Ich habe Glück gehabt. Ich werde es dir in Kürze einmal genauer erklären, damit du es verstehst. Also, da sind wir.« Riordan wurde plötzlich nervös. »Gefällt es dir? Ist es zu nüchtern? Du kannst alles ändern, wenn du möchtest. Wir werden noch eine weitere Kommode für deine Sachen benötigen, aber dafür ist reichlich Platz vorhanden. Das hier ist das Ankleidezimmer. Meine Kleidung füllt es nicht einmal halb, also wäre genug Platz für dich — oder du bekommst das ganze Ankleidezimmer und ich nehme mir ein anderes. Das kleine Gästeschlafzimmer nebenan würde mir reichen.«

»Ich würde gerne dieses Zimmer mit dir teilen, wenn es dir recht ist. Oh, Philip, es ist alles so wunderschön!«

»Findest du das wirklich, Cass? Ganz ehrlich?«

Sie wandte sich wieder dem Schlafzimmer zu. Auf dem riesigen Mahagoniehimmelbett lag eine prächtige, waldgrüne Samtüberdecke. Vor den breiten Schiebefenster hingen feine, weiße Spitzengardinen und davor zur Bettdecke passende Samtvorhänge. Die Wände trugen ein blasses Grün, und die Decken waren hoch oben mit reich verziertem Stuck bedeckt. Die Möbel — ein Schreibtisch, Nachttische, eine Kommode, ein kleiner Tisch — bestanden aus kostbarem, handgeschnitzten Atlasholz, maskulin, aber elegant. Ein dicker, in dunklem Grün und hellem Blau gemusterter Wollteppich, verlieh dem Holzboden ein wenig Farbe. Der Kamin war von einer enormen Größe. Eine Vase mit frischen Astern stand auf dem geschnitzten, marmornen Kaminsims, wie um sie willkommen zu heißen.

»Hast du den Waschständer gesehen? Schau nur, er ist eingelassen.«

Sie verbarg ihre Nase in den frisch duftenden Blumen und runzelte die Stirn. »Eingelassen?«

»Wenn man diesen Knauf dreht, strömt das Wasser direkt ins Becken. Siehst du?«

»Oh!« Sie klatschte in die Hände. »Davon habe ich schon gehört, es aber noch nie mit eigenen Augen gesehen. Philip, das ist ja fantastisch!«

»Ja, nicht wahr?« Er blickte sich um. »Du wirst auch noch eine Frisierkommode benötigen. Wir sollten nächste Woche gleich einkaufen gehen. Und Kleider müssen wir dir auch unbedingt kaufen — du hast nicht genug. Und du wirst ein Dienstmädchen für dich brauchen. Ich bin mir nicht sicher, ob eins der Mädchen hier dafür taugt, sie sind überwiegend —«

»Darf ich Clara kommen lassen?«

»Aber natürlich, wen immer du möchtest.«

»Sie benimmt sich ein wenig ungehobelt, das weiß ich, aber ich mag sie einfach. Und sie arbeitet hart.«

»Ich mag sie auch. Nimm sie nur. Und was eine Haushälterin angeht — ich habe niemals eine gehabt, aber wir können gerne eine einstellen. Oder auch nicht, das überlasse ich dir.« Er drehte sich um und beobachtete, wie zwei Lakaien den Raum mit dem Gepäck betraten. Das erinnerte ihn an etwas anderes. »Wenn du möchtest, können wir ja heute nachmittag nach Holborn fahren, um deine restlichen Sachen zu holen.«

»Aber John sagte doch, daß die Leute von diesem Ausschuß heute kommen würden.«

»Ach, zum Teufel mit dem Ausschuß, den kann ich morgen auch noch empfangen.«

Sie wartete, bis die Lakaien sich verneigt und entfernt hatten. »Ehrlich gesagt, denke ich, daß es besser wäre, wenn ich allein ginge. Ich fürchte, es könnte etwas unangenehm werden.«

»Ich weiß. Deshalb möchte ich dich ja auch begleiten.«

Sie ergriff seine Hand. »Vielen Dank, aber ich halte es wirklich für das Beste, alleine zu gehen.«

»Bist du dir sicher?«

»Ganz sicher. Darf ich die Kutsche nehmen?«

»Aber gewiß. Ich werde Tripp bescheid sagen.«

Sie standen vor dem Drehspiegel, legten die Arme umeinander, standen eng aneinandergepreßt da und bewunderten ihr Spiegelbild. Mann und Frau, dachten sie. »Gott, was für ein gutaussehendes Paar!« sagte Riordan verzückt. »Ich finde, wir sollten heute abend ein ganz besonderes Dîner veranstalten. Um unsere Heimkehr zu feiern. Nur wir beide, sonst niemand.«

»Das klingt wunderbar.« Ihr Lächeln zitterte ein wenig. »Aber bald schon werden wir nicht umhin können, uns der — der Welt zu stellen.«

»Macht dir das angst?«

Cass schüttelte den Kopf. »Aber ich weiß, was jeder sagen und denken wird. Das müßte *dich* doch eigentlich ängstigen.«

Riordan drehte sich zu ihr um. »Ich werde immer stolz auf dich sein, Cass. Und niemand wird dir jemals wehtun, das schwöre ich.«

Sie sehnte sich so sehr danach, ihm ihre Liebe zu gestehen. Die Worte stiegen in ihr auf wie das Wasser einer Quelle. Er zeichnete mit dem Finger sanft den Umriß ihrer Lippen nach, öffnete sie und schob den Finger weiter hinein, bis er ihre Zähne berührte. Dann zog er ihn langsam hervor und schob ihn wieder hinein, immer hin und her, wobei er ihr tief in die Augen blickte. Sie ließ ihre Zähne vorsichtig über den Nagel und die Haut gleiten und begann dann, mit ihren Lippen an dem Finger zu saugen. Ein Diener trat durch die Tür, erblickte sie und zog sich schnell wieder zurück. Sie hörten es, rührten sich aber nicht. Riordan senkte den Kopf, um Cass' weiche Lippen zu küssen, und berührte dabei weiterhin ihren Mund mit den Fingern. Der Kuß war unglaublich erotisch. Riordan richtete sich langsam wieder auf. Cass' anfängliche, errötende Unschuld war verschwunden, aber er verspürte kein Bedauern darüber. Sie hatte sie ihm geschenkt.

Er strich über die weiche, gelockte Haarsträhne, die ihr über die Schulter fiel. »Ich muß jetzt nach unten gehen.«

»Ja.«

»Du weißt, wie gerne ich hier bei dir bleiben würde?«

»Ja.«

»Heute abend?«

Sie nickte.

Sie ließen voneinander ab. Im Türrahmen drehte er sich noch einmal um, um sie anzusehen. »Ich bin so froh, daß du hier bist.«

Sie schloß die Augen, und ihre Worte kamen von Herzen. »Ich bin so froh, daß ich hier bei dir sein darf.«

Der Abschied am Ely Place war so unangenehm, wie sie es sich in ihren schlimmsten Befürchtungen ausgemalt hatte. Auch hierher war ihr die Nachricht von ihrer Heirat vorausgeeilt, und Lady Sinclair hatte sie gar nicht gut aufgenommen. Sie stand dabei, als Cass ihre wenigen Habseligkeiten zusammensuchte, und beäugte mit giftigem Blick jedes Teil, das in die Kiste gepackt wurde.

»Dieser Schal gehört mir.«

»Nein, Tante, den habe ich selbst gekauft, in der Rue —«

»Ich habe ihn dir letzten Februar für Catherine de Bourgs *soirée* geliehen. Daran erinnere ich mich noch genau.«

»Wenn das so ist, dann nimm ihn.« Cass gab sich Mühe, den leeren Ausdruck auf ihrem Gesicht beizubehalten.

»Wage es ja nicht, mich so gönnerhaft zu behandeln, Cassandra. Das werde ich nicht tolerieren!«

»Aber ich habe doch gar nicht —«

»Du magst ja jetzt mit diesem arroganten Wüstling verheiratet sein, aber das bedeutet nicht, daß du hierherkommen und meine Familie wie Dienstboten behandeln kannst. Vergiß nur nicht, wer dich aufgezogen hat, junge Dame, wer für die feinsten Schulen in Paris gezahlt und dir ein Leben in Luxus ermöglicht hat!«

Cass haßte es, zu kämpfen, aber selbst ihre sanfte Natur fühlte sich durch solche Anschuldigungen provoziert. »Mein Vater hat für meine gesamte Ausbildung gezahlt, Tante Beth, das weißt du genau! Er hat auch Geld für meine Kleidung und mein Essen geschickt — und es ist außerdem allgemein bekannt, daß du aus diesem Arrangement einen ganz anständigen Profit geschlagen hast.« Sie warf inzwischen ihre Kleider wie sie ihr in die Hände kamen in die Kiste. All ihr aufgestauter Groll brach plötzlich aus ihr heraus.

»Wie kannst du es wagen, du undankbares Ding!« schrie ihre Tante mit rotem Gesicht. »Du hast nichts als Schande über den Namen meines Bruders gebracht, und nun besitzt du auch noch die Unverfrorenheit, auf diese Weise mit mir zu reden.«

Cass' Finger klammerten sich um eine Handvoll Bänder. Sie brodelte vor Wut. »Wenn außer meinem Vater Schande jemand über den Namen Merlin gebracht haben sollte, dann bist du das!«

»Welch eine Insolenz! Wir haben eine Schlange am Busen dieser Familie genährt!«

Cass erinnerte sich an einen Ausdruck, den Riordan immer benutzte, wenn er vorgab betrunken zu sein. »Ach, halt die Klappe«, erwiderte sie kurzab.

Tante Beths Gesicht nahm einen noch dunkleren Rotton an. »Oh! Diese Impertinenz! Du vulgäres, kleines Luder! Ich hoffe nur, daß dieser Taugenichts, den du da geheiratet hast, dir all die Krankheiten vermacht, die er sich bei seinen Huren geholt hat! Ich hätte dich schon vor Monaten aus dem Haus werfen sollen, sobald ich erfahren hatte, daß du dir zwei Liebhaber auf einmal genommen hast!«

Cass erbleichte und atmete tief ein. Sie zerrte die letzte Schublade aus ihrer Kommode und entleerte deren Inhalt ohne große Umstände in ihre Kiste. »Zwei! Ja!« rief sie trotzig. »Aber zumindest habe ich niemals mit beiden zur selben Zeit geschlafen!«

Es war nichts weiter als ein Schuß ins Blaue gewesen, ein Versuch, ihre Tante zu verletzen, aber offensichtlich hatte sie damit ins Schwarze getroffen. Lady Sinclair war so wütend, daß ihre Zähne klapperten. »Hinaus! Scher dich hinaus! Ich will, daß du sofort aus diesem Haus verschwindest!«

»Ich werde gehen, sobald ich mit dem Packen fertig bin, und nicht eine Minute früher!« schrie Cass zurück, die Hände in die Hüften gestemmt. Jegliche Bemühung um ein würdevolles Auftreten war verschwunden. »Und du wirst umgehend aus meinem Zimmer verschwinden!«

»Das werde ich nicht!«

Clara tauchte in der Tür auf, den Mund zu einem perfekten O geformt.

Cass wies auf das Hausmädchen. »Und sie nehme ich mit!«

»Gut! Ihr habt einander verdient! Die Schlampe und die Hure!«

Cass knallte den Deckel der Kiste zu und ballte ihre kleinen Fäuste. »Du bist eine gemeine, gehässige alte Frau. Ich hoffe nur, daß ich dich niemals in meinem Leben wiedersehen muß.« Ihre Knie zitterten so schrecklich, daß sie sich nicht sicher war, ob sie gehen konnte. »Clara, würdest du mir bitte mit dieser Kiste helfen?«

»Jawohl, Miss.« In den Augen des Hausmädchens glühte ein aufgeregtes Strahlen. Sie eilte herbei, hob ohne Mühe die schwere Kiste und ging hinaus.

»Falls ich etwas vergessen haben sollte, kannst du es ja —«

»Dann werde ich es auf die Straße werfen!«

Cass mußte sich beherrschen, um nicht eine weitere Redewendung von sich zu geben, die sie von Riordan gelernt hatte. »Lebwohl, Tante Beth.« Sie schritt an der älteren Frau vorbei, ohne sie anzusehen und begann, die Treppe hinunterzugehen.

»Diese Ehe wird keinen Bestand haben«, schrie ihr Lady Sinclair nach. »Du wirst niemals imstande sein, ihn zu halten. Er wird sich von dir scheiden lassen. Und das ohne Schwierigkeiten — schließlich ist er ein Mitglied des Unterhauses. Und die erteilen die Einwilligungen zu Scheidungen, weißt du — das Unterhaus! All seine Freunde und Kumpane!« Sie stand in der Haustür, während Tripp die Kiste von Clara in Empfang nahm, und Cass mit geballten Fäusten zusah. »Aber glaub nur nicht, daß du wieder hierher zurückkommen kannst, wenn er dich leid ist, Miss Anmaßend. Dieses Haus wird dir für immer verschlossen bleiben!«

Die Tür knallte zu, und Cass zuckte zusammen. Der Kutscher, dessen Züge einen demonstrativ leeren Audruck trugen, half ihr in die Kutsche. Sie saß da und starrte mit großen Augen sprachlos auf Clara herab. Das Hausmädchen fand zuerst ihre Stimme wieder. »War das Ihr ernst, Miss? Darf ich wirklich für Sie arbeiten?«

»Oh, Clara, es tut mir so leid — ich habe dich nicht einmal gefragt. Hättest du wohl Freude daran?«

»Ooh, Miss, und ob!«

»Dann komm sobald es dir möglich ist.« Sie teilte ihr die Adresse mit. »Ich bin mir nicht ganz sicher, aber ich denke, der Lohn wird besser sein.«

»Ich würd sogar für weniger Lohn kommen, Miss, nur, um die da loszuwerden.« Sie deutete mit dem Kinn auf das Haus. »Wär Ihnen morgen recht?«

»Morgen paßt mir bestens. Auf Wiedersehen, Clara.«

»Auf Wiedersehen, Miss. Und vielen Dank auch! Und grüßen Sie mir Ihren frischgebackenen Ehemann!«

Cass setzte sich in der Kutsche zurück und konzentrierte sich für eine Weile auf ihre Atmung. In erstaunlich kurzer Zeit fühlte sie sich besser. Die häßliche, wutentbrannte Stimme ihrer Tante klang ihr mit jeder Meile schwächer in den Ohren. Selbst die Luft roch süßer, je weiter westlich sie fuhr. Ein neues Kapitel in ihrem Leben öffnete sich vor ihr, und sie hatte nicht die Absicht, das Schließen des alten zu betrauern. Sie war auf dem Nachhauseweg zu dem Mann, den sie liebte.

Vielleicht würde sie ihm diese Liebe nun sogar gestehen, dachte sie mit einem erwartungsvollen Kribbeln. Sie hatte kein schlechtes Gewissen mehr, wenn sie an das Kartenspiel dachte. Das Schicksal hatte sie zusammengebracht und nicht etwa der Alkohol, ein Versehen oder Manipulationen. Und er mochte sie, dessen war sie sich sicher. Und zwar nicht in körperlicher Hinsicht. Sie umfaßte zitternd ihren Oberkörper, als sie an den bevorstehenden Abend dachte.

Sie liebte ihn nicht nur, sondern war auch schrecklich stolz auf ihn. Er war ehrgeizig, doch nicht so sehr um seiner selbst als um anderer Leute willen. Sie wußte, wie sehr er sich darüber ärgerte, daß er gezwungen war, die Rolle eines zügellosen Säufers zu spielen. Im Grunde hätte er sich nicht zum Befürworter dieser neuen Gesetzesvorlage erklären dürfen, deren Ziel es war, die Strafen für Kapitalverbrechen zu reformieren, aber Mr. Quinn hatte ihn nicht davon abhalten können. Als er ihr einmal erklärte, daß das Gesetz keinen Unterschied zwischen Diebstahl und Mord machte, und einen Menschen, dem eins von hundertsechsundfünzig Verbrechen zur Last gelegt wurde, zum Tod durch den Strang verurteilte, da hatte echte Leidenschaft in seiner Stimme geklungen. Es war ein leichtes gewesen, sich vorzustellen, wie er sich im Unterhaus erhob, um die anderen Mitglieder aufzufordern, Schritte zu unternehmen, um dieses schwere Unrecht zu korrigieren.

»Neun von zehn Verbrechern, die in London gehängt werden, sind unter einundzwanzig, Cass, und über Kinder werden die gleichen Strafen verhängt wie über Erwachsene! Wir benötigen keine Kampagne gegen Verbrechen, viel dringender ist eine gegen Ignoranz und Selbstgefälligkeit und Gleichgültigkeit!«

Sie verspürte eine tiefe Befriedigung, daß Philip den Willen und die Macht hatte, Veränderungen in der Welt herbeizuführen, und sie schwor sich, ihm in jeder nur erdenklichen Weise behilflich zu sein. Gemeinsam würden es ihnen gelingen, in ihrem Leben etwas zu bewirken.

Die Kutsche bewegte sich langsam durch die Straße, die den Namen ›The Strand‹ trug. Cass öffnete ihre Börse und zählte drei Pfund und zehn Pence. Was konnte sie ihm wohl für dieses Geld kaufen? Im Fenster des Ladens, an dem sie gerade vorüberfuhren, erblickte sie einen weißen Gehrock mit Metallknöpfen. Natürlich viel zu teuer. Außerdem war sein Geschmack eher konservativ. Nun hielt die Kutsche vor einem Juweliergschäft. Im Fenster entdeckte sie eine goldene Uhr mit einem ziselierten Gehäuse, Diamantringe und Gürtelschnallen, eine Schnupfdose aus Silber und Schildkrötenpatt. Sie seufzte. Es war nichts für dreieinhalb Pfund darunter.

An der Seitenwand der Kutsche hing eine Glocke. Sie nahm sie ab, hielt sie aus dem Fenster und läutete. Tripp lenkte die Pferde zum Straßenrand, hielt an und sprang von seinem Kutschbock.

»Ich würde gerne aussteigen und ein Stück laufen«, teilte Cass ihm mit.

»Sehr wohl, Ma—am.« Er half ihr auf den Bürgersteig hinunter und tippte sich an den Hut.

»Können Sie bitte hier auf mich warten?«

»Jawohl, Ma'am, solange, wie Sie es wünschen.«

Sie warf ihm ein dankbares Lächeln zu und stürzte sich in den geschäftigen Fußgängerverkehr, um sich auf die Suche nach einem passenden Geschenk für ihren Mann zu machen.

»Und was darf ich für Sie eingravieren, Sir?«

Riordan hielt den goldenen Poesiering in die Höhe und lächelte ein wenig. »›Tu et nul autre‹«, teilte er dem Juwelier mit. »Und auf der Innenseite: ›P.R. & C.M., 28/8/1792.‹«

»Sehr wohl, Sir. Die Arbeit sollte wohl in einer Woche fertig sein, denke ich.«

»In einer Woche! Aber ich brauche den Ring schon eher.«

»Wie bald benötigen Sie ihn denn?«

Riordan lächelte erneut, dieses Mal hoffnungsvoll. »Heute abend?«

Der Juwelier warf die Hände in die Luft. »Unmöglich!« Sie begannen zu feilschen, und so vernahm Riordan nicht, daß sich die Ladentür öffnete und schloß. Er verstummte erst und drehte sich um, als er eine federleichte Berührung an seiner Schulter verspürte.

»Hallo, Philip. Ein Geschenk für deine Frau? Ich nehme an, daß vor der Hochzeit nicht mehr genügend Zeit dafür war.« Claudia streckte ihm ihre Hände entgegen und er ergriff sie automatisch. »Seit wann bist du denn wieder da? Dein Brief ist vor drei Tagen eingetroffen, aber da war die Neuigkeit ja bereits alt. Meinen Glückwunsch. Ich hoffe, daß du sehr glücklich wirst.«

Er erholte sich langsam, ergriff ihren Arm und führte sie zum Fenster hinüber, außerhalb der Hörweite der interessierten Ohren des Juweliers. Doch dann wußte er nicht, was er sagen sollte. »Du siehst wundervoll aus, Claudia.« Das entsprach der Wahrheit. »Also hat dich der Klatsch vor meinem Brief erreicht. Das tut mir leid. Ich hätte es dir gerne selbst erzählt, aber es geschah alles so schnell.«

»Ja, das habe ich mir beinahe gedacht.«

Er blickte zu Boden. »Du hast jedes Recht darauf, wütend zu sein.«

»Aber das bin ich nicht. Ich bin enttäuscht, aber nicht wütend.«

»Nein? Aber dein Vater und Lady Alice werden wohl zornig sein.«

»Sie sind verwirrt. Ich habe ihnen jedoch erklärt, daß wir beide nichts weiter sind als alte Freunde. Und das ist ja auch schließlich die Wahrheit, oder etwa nicht?« Ihre Lippen verzogen sich zu einem freundlichen Lächeln und er begann, sich zu entspannen. »Also, erzähl mir von ihr. Seid ihr glücklich? Kannst du dir mit dieser Cassandra Merlin ein gutes Leben vorstellen?«

»Ehrlich gesagt, Claudia, ich habe keine Ahnung. Aber ich habe sie geheiratet und ich beabsichtige, es zu versuchen.«

»Mein lieber Philip.« Sie drückte impulsiv seine Hände und gab ihm einen flüchtigen Kuß auf die Lippen. »Ich wünsche dir viel Glück.«

Er lächelte erleichtert. »Das bedeutet mir sehr viel. Für mich wirst du immer —« Die Worte gefroren auf seiner Zunge, und er erbleichte. Sein Griff um Claudias Hände verstärkte sich schmerzhaft.

Sie bemühte sich, seinem entsetzten Blick zu folgen. Die Nachmittagssonne sandte ihre Strahlen durch das Fenster und brachte sie zum Blinzeln. »Philip, was ist denn los?«

Er trat mit einer wenig schmeichelhaften Hast von ihr zurück. »Großer Gott. Ich habe gerade meine Frau gesehen.« Und was viel schlimmer war: Sie hatte ihn ebenfalls gesehen. Er rief Claudia eine hastige Entschuldigung zu und war verschwunden, ehe diese auch nur ein Wort entgegnen konnte.

Claudia war keine gehässige Frau, aber sie war ein Mensch, und so konnte sie sich ein winziges, zufriedenes Lächeln nicht verkneifen, als sie ihm hinterherblickte.

Riordan hielt ohne Erfolg zu beiden Seiten des Bürgersteigs nach einem gelben Kleid Ausschau. Er entdeckte wohl eines, aber das Mädchen hatte braunes Haar. Cass mußte wohl einen der Läden betreten haben, um eine Begegnung mit ihm zu vermeiden. Was für ein verflixtes Pech — mußte Cass ihn ausgerechnet am ersten Tag nach ihrer Rückkehr dabei erwischen, wie er Claudia küßte? Sie war weder beim Stoffhändler noch beim Hutmacher noch beim Silberschmied. Er wanderte zweimal um den Block und spähte dabei in jedes Schaufenster, an dem er vorbeikam. Dann ereilte ihn der Gedanke, daß sie möglicherweise nach Hause zurückgekehrt war. Er drehte sich um und eilte mit weit ausholenden Schritten Richtung Mayfair. Er wußte, daß sie alles verstehen würde, wenn er es ihr erst mal erklärt hatte. Was er nicht zu ertragen vermochte, war die Verzögerung!

Aber als er zwanzig Minuten später zu Hause ankam, war Cass nicht da.

Doch Quinn wartete auf ihn.

»Sag mir, daß das nicht wahr ist.«

»Das kann ich nicht.«

Riordan hatte seinen Freund noch niemals so aufgebracht gesehen. Dieses Mal hatte ihn seine eiserne Selbstkontrolle verlassen. Er hielt seinen Kopf umklammert, als wolle er ihn auf diese Weise auf seinen Schultern bewahren, während er blindlings zwischen dem Schreibtisch und der Bibliothekstür auf und ab wanderte. »Warst du betrunken?«

»Ja.«

»Gott!« Quinn bedeckte die Ohren mit seinen Händen und setzte seine Wanderung fort. Er war ganz in Schwarz gekleidet, wie für eine Totenwache. Sein Gesicht war bleich, sein dünner werdendes Haar nicht besonders sauber. Er schien um fünf Jahre gealtert, seit Riordan ihn das letzte Mal gesehen hatte.

»Kannst du nicht wenigstens versuchen, es zu verstehen, Oliver? Ich war —«

Quinn wirbelte herum. »Was verstehen? Daß du zugelassen hast, derart die Kontrolle zu verlieren, daß du eine Frau heiratest, die nicht besser ist als eine —«

»Sag es nicht!« wetterte Riordan und sprang von seinem Stuhl auf. »Es ist nicht wahr!« Es gelang ihm nur mit großer Mühe, sich wieder in die Gewalt zu bekommen. »Du hattest Unrecht, was Cass betrifft, Oliver, und ich möchte gerne wissen, wie das geschehen konnte.«

Quinn blickte ihn mitleidig an. »Du bist ein Narr.«

»Nein. Du hattest Unrecht. Meine Frau war noch Jungfrau, als ich sie geheiratet habe.«

»Jungfrau!« Er warf den Kopf in den Nacken und stieß ein freudloses Lachen aus. »Hast du das Blut gesehen?«

Riordan trat drei Schritte auf ihn zu und blieb mit geballten Fäusten vor ihm stehen. Er schien Quinn durch eine Wolke aus schwarzer Wut wahrzunehmen.

»Hast du etwa vor, mich wieder zu schlagen, Philip?« zischte er. »Ich trage immer noch die Narbe vom letzten Mal.« Quinn zog seinen Hemdsärmelaufschlag zurück und hielt ihm sein Handgelenk hin.

Riordan wandte sich angewidert ab und trat an seinen Schreibtisch. Seine Hände zitterten.

Einen Augenblick später sprach Quinn ruhiger weiter. »Es ist passiert. Doch irgendwie muß es weitergehen. Und mir bleibt nichts anderes übrig, als meine persönliche Enttäuschung beiseite zu schieben und mich auf den höheren Zweck zu konzentrieren, nämlich, die Pläne eines Attentäters zu durchkreuzen.«

Die Worte schnitten Riordan wie eine Rasierklinge ins Fleisch. Er ließ sich schwer auf den Stuhl fallen. »Cass ist eine gute Frau, Oliver. Bitte gib ihr eine Chance. Sie —«

»Hast du gehört, was ich gesagt habe? Es gibt wichtigere Dinge, über die wir uns Gedanken machen müssen. Jetzt, wo König Ludwig verhaftet worden ist, da —«

»Was?«

Quinn blickte ihn erst überrascht und dann angewidert an. »Willst du damit etwa sagen, daß du das nicht gewußt hast?«

»Nein, wir —« Er gestikulierte hilflos. »Erzähl es mir.«

»Ludwig hat versucht, sich im Nationalkonvent vor einem aufrührerischen Mob in Sicherheit zu bringen. Die Schweizergarde, die ihn verteidigen sollte, wurde zurückbeordert. Viele der Männer wurden auf ihrem Rückzug erschossen. Die Jakobiner im Nationalkonvent beschlossen, daß der König von seinem Amt ›suspendiert‹ werden sollte, und er und seine Familie wurden im Temple eingesperrt. Pitt hat unseren Minister zurücktreten lassen.«

»Mein Gott! Ich hätte niemals gedacht, daß es dazu kommen würde.«

»Die Verhaftung hat die revolutionären Fraktionen in Frankreich und, viel wichtiger, auch hier wachgerüttelt. Es ist eine kritische Zeit, Philip. Wir benötigen dringend neue Informationen, und leider ist Wade immer noch unsere beste Quelle.«

»Ich habe Neuigkeiten über Wade. Er hat Cass gegenüber eingestanden, daß er der Anführer der Gruppe war, die versucht hat, König Georg umzubringen.«

»Ist das alles?«

»Nein. Er hat ihr auch mitgeteilt, daß der König immer noch ihre Zielscheibe sei, und daß der nächste Attentatsversuch im November stattfinden wird.«

»November.« Quinn starrte mit zu Schlitzen verzogenen Augen ins Leere. »Das neue Parlamentsjahr wird im November eröffnet.«

»Genau.«

»Zwei Monate. Wir müssen unbedingt mehr herausfinden.«

Riordan erhob sich. Er wußte, was nun kommen würde. »Ich möchte nicht, daß sie ihn wiedersieht, Oliver.« Er zuckte zusammen, als er den Ausdruck auf Quinns Gesicht sah.

»Könntest du das bitte noch einmal wiederholen? Ich glaube, ich habe mich verhört.«

»Bitte hör mir zu. Er hat versucht, ihr weh zu tun. Ich habe dich einmal gefragt, ob irgendetwas mit ihm nicht stimmt, was Frauen angeht, und du hast es verneint. Deine Informationen waren falsch, Oliver, *wieder einmal falsch*. Ich werde nicht zulassen, daß sie sich noch einmal mit ihm trifft.«

Quinn vermochte sich nur mit sichtbarer Mühe zusammenzureißen. »Du bist vernarrt in sie, Philip. Meine Informationen waren in beiden Fällen korrekt. Eines Tages wird dir das klar werden, und ich hoffe nur, daß dieser Tag bald kommt. Und was ein Treffen zwischen ihr und Wade angeht, kann ich nur vermuten, daß du von allen guten Geistern verlassen bist. Es ist ungemein wichtig, daß wir herausfinden, wie seine Pläne aussehen, und das weißt du auch. Offenbar vertraut er ihr — wir haben gar keine andere Wahl, als sie zu benutzen, wie unangenehm du das auch empfinden magst. Deine Gefühle sind nicht mehr wichtig. Hier stehen wichtigere, größere Dinge auf dem Spiel. Wir reden über das Leben des Monarchen, Philip.«

Er redete weiter, aber Riordan hörte ihm nicht mehr zu. Er vermochte sich nicht gegen Quinns Argumente zur Wehr zu setzen, aber die Vorstellung, daß Cass sich noch einmal mit Wade treffen sollte, bereitete ihm körperliches Unbehagen. Plötzlich wurde ihm bewußt, daß sie ihm sogar mehr bedeutete als Olivers Anerkennung.

Außerdem wußte er, daß Cass sich ohne sein Drängen nicht mit Wade treffen würde. Er fiel Quinn mitten im Satz ins Wort. »Also gut, ich werde ihr nicht verbieten, ihn zu sehen. Aber ich überlasse die Entscheidung ihr. Wir werden sie fragen, und sie wird uns eine Antwort geben. Und wie immer sie sich auch entscheiden mag, Oliver, wir werden es akzeptieren.«

Quinn warf ihm ein verzerrtes Lächeln zu. Riordan war überrascht, als er lediglich antwortete: »Einverstanden.«

Tripp half Cass genau in dem Moment aus der Kutsche, als ein weiterer Wagen vor dem Haus hielt, aus dem fünf Männer kletterten. Sie kam zu dem Schluß, daß es sich bei ihnen um die Mitglieder des Komitees handeln mußte, die gekommen waren, um mit ihrem Mann den Reformgesetzentwurf zu besprechen. Mit Stolz nahm sie zur Kenntnis, daß Philip — obwohl offensichtlich der Jüngste des Kreises — ihr Anführer war. Sie begrüßte sie höflich und führte sie ins Haus, wobei sie sich ihrer interessierten Blicke durchaus bewußt war.

Aus der Bibliothek waren wütende Stimmen zu vernehmen. Sie war dankbar, daß Walker in der Eingangshalle auftauchte und die Gentlemen außer Hörweite in den Salon führte. Sie machte sich mit dem zusammengerollten Notenblatt, das sie einem Balladenverkäufer auf der Straße abgekauft hatte und das sie Riordan schenken wollte, auf dem Weg zur Bibliothek. Die Stimmen wurden lauter, als sie sich der Tür näherte. Mit der Hand auf dem Türknauf hörte sie Quinn rufen: »Denk doch einmal darüber nach, mein Gott! Wenn du sie schwängerst, dann geht doch der ganze Plan zum Teufel!«

Sie öffnete mit bleichem Gesicht die Tür und starrte von einem Mann zum anderen. Für einen Augenblick erschien auf ihren Gesichtern der Ausdruck eines schlechen Gewissens, und sie erinnerte sich an den Blick auf Riordans Gesicht, als sie ihn zusammen mit Claudia im Laden gesehen hatte.

»Cass!« Er kam zu ihr hinüber und ergriff ihre Hand.

»Du hast Besuch, Philip«, sagte sie mit unsicherer Stimme. »Im Salon. Es sind die Männer von deinem Komitee.«

Er fluchte und legte dann einen Arm um sie. »Oliver, ich bin sicher, daß du Cass gerne deine Freude über unsere Heirat zum Ausdruck bringen möchtest.«

Die Stille war greifbar.

Cass schluckte und wartete. Sie spürte, daß ein Wettstreit zwischen den beiden Männern vonstatten ging. Schließlich vollführte Quinn eine knappe Verbeugung und verzog die Lippen zu etwas, das wohl ein Lächeln sein sollte. »Ich wünsche Ihnen ... viel Glück.«

Riordan erstarrte. »Ist das alles?«

Bevor Quinn antworten konnte, klopfte es an der Tür und Walker erschien. »Sir, die Männer vom —«

»Ich komme!« Riordan blickte auf Cass hinab. Er schien ihr etwas sagen zu wollen, aber sie vermochte den Ausdruck in seinen Augen nicht zu lesen. Sie war überrascht, als er sie in Quinns Gegenwart heftig auf den Mund küßte. Dann ließ er sie los und ging hinaus.

Es herrschte eine Minute lang Schweigen, währenddessen Cass sich vorstellte, was Quinn wohl denken mochte. Sie erinnerte sich an die Worte, die sie vernommen hatte. Sollte das etwa heißen, daß er nicht wollte, daß sie — sie errötete bei dem Gedanken. Ihr fiel kein Gesprächsthema ein. Ein Plausch über ihre Hochzeitsreise schien wohl kaum angemessen. Als ihr klar wurde, daß sie immer noch das Geschenk für Riordan in der Hand hielt, ging sie zum Fenstersitz hinüber und legte es neben seine Viola.

»Der Sommer ist vorüber«, sagte sie schließlich und sah zu, wie die Blätter in der leichten Brise im Zickzack von der Robinie im Garten herabfielen.

»Der französische König und seine Familie befinden sich im Gefängnis.«

Cass fuhr mit einem Keuchen herum.

»Er ist vom Nationalkonvent abgesetzt und im Temple eingesperrt worden. Er wird sicherlich wegen Verrats verurteilt und exekutiert werden.«

»Das ist ja unglaublich! Der König! Marie-Antoinette auch?« Quinn nickte. Cass schüttelte den Kopf und bemühte sich, diese Neuigkeiten zu verarbeiten. »Inwieweit wird das die Vorgänge hier beeinflussen?« erkundigte sie sich zögernd und lehnte sich mit im Rücken verschränkten Händen gegen die Wand.

»Engländer sehen es nicht gerne, wenn Könige eingesperrt werden. Es wird die allgemein verbreitete Meinung gegenüber der Revolution hier bei uns ersticken und die Radikalen damit in eine verzweifeltere Lage treiben.«

»Hat Philip Ihnen von Colins Äußerungen mir gegenüber berichtet?«

Er nickte. »November. Es ist nun wichtiger als jemals zuvor, daß Sie den Kontakt mit Wade aufrechterhalten, Miss Merlin.«

»Ich verstehe. Und — ich stimme Ihnen zu. Aber Philip möchte nicht, daß ich ihn wiedersehe.«

»Und?«

»Und — ich fürchte, ich werde mich seinem Wunsch beugen müssen.« Sie betrachtete ihn mit festem Blick. »Er ist mein Ehemann, Mr. Quinn.«

Für einen flüchtigen Moment erschien ein Ausdruck auf seinem Gesicht, den sie nicht zu identifizieren vermochte, obwohl sie den seltsamen Eindruck zurückbehielt, daß es sich um Mitleid handelte. Er kam auf sie zu und streckte seine Hand aus. »Hätten Sie etwas dagegen, wenn wir uns setzen?« Sie ließ überrascht zu, daß er sie zu einem der samtbezogenen Stühle geleitete, die vor Riordans Schreibtisch standen. Er nahm auf dem anderen neben ihr Platz. Zum ersten Mal, seit sie seine Bekanntschaft gemacht hatte, schien er sich unbehaglich zu fühlen. Er sprach mit freundlicher Stimme. »Ich kenne Philip schon sehr lange Zeit, Miss Merlin —«

»Ich weiß, wie schwer es Ihnen fällt, mich Mrs. Riordan zu nennen. Warum sagen Sie nicht einfach Cass zu mir?«

Ein kleines Lächeln breitete sich auf seinem strengen Gesicht aus. »Vielen Dank, das werde ich.« Er blickte auf seine Hände hinab. »Philip hat ein gutes Herz«, begann er wieder, »ich glaube, das muß ich Ihnen nicht erst sagen. Seine Kindheit war allerdings erbärmlich, und die Einflüsse einer verachtenswerten Familie sind nicht immer leicht abzuschütteln. Einige Menschen kämpfen ein Leben lang dagegen an.«

»Philip ist nicht so wie die Mitglieder seiner Familie«, erklärte sie abwehrend.

Er blickte sie mit einem traurigen Lächeln an. »Ich wünschte, das würde der Wahrheit entsprechen, Cassandra. Ich wünschte es wirklich. Es tut mir so leid, meine Liebe, aber ich muß Ihnen etwas ausgesprochen Unangenehmes mitteilen.«

»Ich weiß Bescheid darüber, daß er angeblich versucht hat, einen Mann zu töten, Mr. Quinn. Und ich muß Ihnen sagen, daß ich das kaum zu glauben vermag.«

Er nickte. »Ich verstehe das. Es war so brutal, so —« Er hielt mit einem schmerzlichen Ausdruck auf dem Gesicht inne. »Ich muß mich auch immer wieder daran erinnern, daß es wirklich geschehen ist.«

Er streckte seinen Arm aus, und sie keuchte beim Anblick der dicken, weißen Narbe erschrocken auf, die sich vom Handgelenk bis zur Wurzel seines Daumens erstreckte. »Oh nein! Oh, mein Gott.« Es entsprach also doch der Wahrheit. Cass setzte sich wie betäubt in ihrem Stuhl zurück.

»Aber das wollte ich Ihnen eigentlich gar nicht erzählen«, fuhr er mit ruhiger Stimme fort. »In gewisser Weise ist das, was ich zu sagen habe, sogar noch schlimmer.« Er blickte offensichtlich bedrückt zur Seite. »Ich weiß nicht, wie ich es ausdrücken soll, ohne Sie zu verletzen.«

»Ich bin sicher, daß es so schlimm gar nicht sein kann«, entgegnete sie und versuchte zu lächeln. Aber sie spürte, wie sich eine Kälte in ihrer Brust ausbreitete. Cass saß stocksteif da und wartete. Von draußen drangen die Geräusche einer vorbeifahrenden Karren ins Zimmer.

Quinn schaute sie an und wich ihrem Blick dann erneut aus. »Bitte vergeben Sie mir. Ich werde es geradeheraus sagen. Die Wahrheit ist, daß sie und Philip gar nicht verheiratet sind. Und das weiß er auch.«

Cass wich jegliche Farbe aus dem Gesicht. Sie bemerkte gar nicht, daß sie aufgestanden war, bis sie sich auf der anderen Seite des Raums wiederfand. »Das ist doch lächerlich«, brachte sie hervor und versuchte zu lachen. »Das glaube ich einfach nicht.«

»Es tut mir leid. Aber es ist wahr, das schwöre ich.«

Sie preßte ihre Hände gegen die Körpermitte, um die aufsteigende Übelkeit abzuwehren. »Das kann nicht sein. Es ist nichts weiter als eine Lüge.«

Quinn eilte an ihre Seite und beugte sich besorgt über sie. »Es tut mir so unglaublich leid.«

»Das ist eine Lüge!« Cass vermochte nichts anderes zu denken, brachte ihre Lippen nicht dazu, andere Worte zu formen.

»Der Mann, der sie verheiratet hat, war nicht der Zolleinnehmer, müssen Sie wissen — er war nicht einmal ein Dorfbewohner. Philips Freund Wallace hat ihn aufgetrieben und ihn dafür bezahlt. Er war ein Hausierer, der auf seinem Weg nach Carlisle durch das Dorf gekommen war. Die Heirat ist nicht legal. Meine Liebe —!« Es gelang ihm, sie aufzufangen, ehe sie zu Boden gleiten konnte, stütze sie und brachte sie vorsichtig zum Fenstersitz, auf dessen Polster sie zusammensackte.

»Es geht mir gut.« Sie bemühte sich, sich aufzusetzen, aber sie rutschte immer wieder gegen die Mauer zurück. Er hielt ihre eiskalten Hände fest und rieb sie. »Es kann einfach nicht wahr sein«, murmelte sie, »es *darf* einfach nicht wahr sein.«

Aber noch während sie sprach, war da diese kleine, beharrliche Stimme in ihrem Inneren, die ihr bestätigte, daß es so war. Und sie hatte es schon immer gewußt. Philip hätte sie niemals geheiratet. Der Grund, warum es ihr wie ein Wunder vorgekommen war, lag einfach darin, daß es sich nicht um etwas Reales handelte. Sie erinnerte sich, wie er neben der Brücke am Fluß Wallys Hand geschüttelt hatte. Sie rief sich ins Gedächtnis, wie dankbar er ausgesehen hatte. Natürlich hatte er sie nicht geheiratet. Natürlich nicht.

»Aber wir haben ein Papier unterzeichnet!« erinnerte sie sich plötzlich. Sie wollte sich so gerne von dem dumpfen Gefühl befreien, das von ihr Besitz ergriffen hatte. »Die Heiratsurkunde würde doch als Beweis ausreichen.«

Quinn schüttelte mitleidig den Kopf. »Sie hat nichts zu bedeuten, falls sie überhaupt noch existieren sollte.«

Cass zog ihre Hände fort und erhob sich, wobei sie seine Hilfe verweigerte. Sie ging zur Gartentür hinüber und lehnte sich schwer dagegen. Der Schmerz war zu groß, um Tränen darüber zu vergießen. Sie beobachtete zwei Eichhörnchen in der Robinie, die sich im Kreis jagten. Die späte

Nachmittagssonne sandte wundervolle, lange Schatten über das Efeu, das an der hohen Steinmauer entlangrankte. Sie fühlte sich wie eine Gefangene, die einen wundervollen Traum gehabt hatte. Quinn hatte sie aufgeweckt, und ihre Augen blickten nun weitgeöffnet auf die vier Wände ihrer Zelle.

Plötzlich wirbelte sie herum. »Es kann einfach nicht wahr sein. Ich weigere mich, es zu glauben. Was wollte er den Leuten denn hinterher erzählen? Daß es alles nichts weiter als ein *Scherz* gewesen ist? Das ist verabscheuungswürdig — das würde er einfach nicht tun!«

Quinn hob seine gefalteten Hände zum Kinn und starrte sie mit düsterem Blick an. »Ich möchte bezweifeln, daß er es sehr sorgfältig überdacht hat. Philip ist ein Mann, für den die Fleischeslust eine große Bedeutung hat. Ich war schon mehr als einmal Zeuge, zu welchen Anstrengungen er fähig ist, wenn es um die Befriedigung seiner Lust geht. Aber Sie haben recht, das hier überschreitet in der Tat jegliche Grenze. Ich nehme an, er ging davon aus, daß Sie Geld akzeptieren und fortgehen würden, wenn alles vorüber ist. Ich schäme mich für ihn, meine Liebe. Ich schäme mich wirklich zutiefst.«

»Wollen Sie damit sagen, daß er vorgegeben hat, mich zu heiraten, damit er mit mir schlafen konnte?«

»Ich bin sicher, daß er auch etwas für Sie empfindet —«

»Und er glaubt, er könne mir *Geld* geben? Damit ich verschwinde —« Schließlich drohte sie an den Worten zu ersticken und brachte es nicht fertig, weiterzureden. Ihre Emotionen waren in Aufruhr, schwankten hin und her zwischen Zorn und Unglauben. »Aber es gibt doch keinen Platz mehr, wo ich hingehen kann«, flüsterte sie vor sich hin.

Quinn vernahm ihre Worte. »Ihre Tante —?«

»Nein, das ist nicht mehr möglich.« Dann wurde sie wieder trotzig. »Ich glaube Ihnen nicht! Mr. Quinn, Sie sagen mir das nur, damit ich bereit bin, zu Wade zu gehen!«

Er blickte zur Seite, als sei er verlegen. »In gewisser Weise haben Sie wohl recht. Wenn ich Sie nicht so dringend benötigen würde, hätte ich mich niemals in Philips Privatleben eingemischt. Aber ich brauche Sie nun einmal. Sie sind die einzige, die helfen kann, Cassandra. Wade hat sich dem Umsturz der Monarchie verschrieben. Wenn wir nur Ihr Wort benötigten, könnten wir an diesem Punkt aufhören, aber so ist es nicht. Er ist sehr reich und der Sohn eines Grafen. Wit müssen ihn gewissermaßen in flagranti erwischen. Und das können wir nicht ohne Sie.« Er trat zu ihr und ergriff erneut mit scheinbarer Güte ihre Hände. »Ich weiß, welch ein schwerer Schlag das für Sie sein muß. Wenn ich gewußt hätte, daß so etwas passiert, hätte ich Sie Philip am Anfang niemals vorgestellt. Wahrscheinlich werden Sie mir keinen Glauben schenken, aber es ist wahr. Doch nun ist es zu spät, und mir bleibt keine andere Wahl, als Sie zu bitten, fortzufahren. Für den König. Für unser Vaterland. Um das Unrecht Ihres Vaters zu vergelten.«

»Hat denn sein Tod dazu nicht ausgereicht?« Ihr Herz zerbrach, sie vermochte kaum noch zu sprechen.

»Ich fürchte nicht. Ich bitte Sie, mehr zu geben.«

»Und falls ich dazu nicht bereit bin?«

Er drückte ihre eisigen Finger. »Dann werde ich verlieren. Aber Sie ebenfalls, denke ich. Cassandra, mein armes Kind, er ist nicht Ihr Ehemann.«

Sie befreite ihre Hände und trat von ihm fort. »Ich muß mit ihm reden.«

»Ja, gewiß. Doch dürfte ich Sie um einen Gefallen bitten?«

Sie schüttelte unbewußt den Kopf, erwiderte aber: »Und der wäre?«

»Sagen Sie ihm nicht, daß ich es war, der Ihnen das verraten hat.«

»Und warum nicht?«

»Weil das unserer Freundschaft ein Ende setzen würde. Philip bedeutet mir einfach alles auf dieser Welt, Cassandra — ich liebe ihn wie einen eigenen Sohn. Ich glaube, daß er mir gegenüber ebenso empfindet. Auch wenn wir beide, er und ich, so verschieden sind, lieben wir uns doch. Und wir brauchen uns gegenseitig.«

Tränen begannen ihr über die Wangen zu strömen. »Warum haben Sie ihn dann verlassen?« verlangte sie mit belegter Stimme zu wissen. »Warum sind Sie fortgegangen und haben ihn bei seiner Familie zurückgelassen?«

»Der König hatte mich zu sich zitiert, ich hatte keine andere Wahl! Glauben Sie denn, es hätte mir nicht weh getan, ihn zu verlassen? Ich —« Er wandte sich ab. »Nein, natürlich nicht. Ich bin ja der kalte, gefühllose Spion, nicht wahr, dem der Anblick eines schluchzenden Jungen, dessen Herz gebrochen ist, gar nichts bedeutet —« Er verstummte erneut.

»Es tut mir leid«, wagte sie zu äußern, hielt ihre brennenden Wangen und wischte sich die Tränen fort. »Vergeben Sie mir, ich weiß nicht mehr, was ich denken, was ich glauben soll. Ich kann jetzt nicht mehr weiterreden.«

»Warten Sie! Bitte. Sprechen Sie mit Philip, tun Sie, was Sie tun müssen. Aber ich gebe zu bedenken, daß Colin Wades Bedrohung sehr real ist. Es liegt nun in unserer Verantwortung, persönliche Gefühle wenn möglich beiseite zu lassen, egal, wie stark oder schmerzhaft sie auch sein mögen, und zu versuchen, nach bestem Wissen und Gewissen für unser Vaterland zu handeln. Um mehr bitte ich gar nicht. Werden Sie dabei helfen?«

Cass stand bleich und verwirrt im Türrahmen. »Ich weiß es nicht«, erwiderte sie.

Auf ihrem Weg nach oben vernahm sie Männerstimmen aus dem Salon. Philips Stimme war stark und sicher und überzeugend, und der Klang sandte einen peinigenden Pfeil durch ihr Herz. Sie erreichte ihr Zimmer — ihr gemeinsames Zimmer — und schritt zu seinem Handkoffer, der immer noch unausgepackt auf dem Bett lag. Wo war das Papier, das sie unterzeichnet hatte, wo war ihre Heiratsurkunde? Sie hatte gesehen, wie er sie an dem Morgen, als sie Gretna Green verließen, einpackte. Sie mußte einfach da sein. »Sie hat nichts zu bedeuten, *falls sie überhaupt noch existieren sollte«*, hatte Quinn gesagt.

Sie war nicht da. Diese Tatsache stürzte sie in unsägliche Verzweiflung. Die Heiratsurkunde war nicht da.

Sie ließ sich auf einen Stuhl neben die Kommode sinken und preßte die Hände zwischen ihre Knie. Ein Hausmädchen betrat das Zimmer. »Soll ich die Sachen für Sie auspacken, Ma'am?«

Cass starrte es volle zehn Sekunden lang an, bevor sie die Worte begriff. Sie schüttelte den Kopf und blickte wieder vor sich hin. Das Mädchen ging verwirrt davon.

Es gab keine Heiratsurkunde. Riordan hatte Wally dankbar die Hand geschüttelt. Und dann erinnerte sie sich an den Brief. Er hatte ihre Heirat als ›Bravourstück‹ bezeichnet und sich bei Wally dafür bedankt, daß er es ›vollbracht‹ hatte. Aber der Zolleinnehmer, Mr. Bean, hatte einen solch erfahrenen Eindruck gemacht! Ein Hausierer, hatte Quinn gesagt. Von Wally bezahlt.

Cass dachte an die Art, wie Riordan in jener Nacht, als sie ihm mitteilte, daß er sie heiraten müsse, wenn er sie besitzen wollte, gelacht hatte. Dann war er zu Claudia gegangen. Sie zog verzweifelt die Schultern in die Höhe und hatte erneut das Bild vor Augen, wie sie die beiden am Nachmittag im Juwelierladen gesehen hatte. Solch ein schönes Paar. Und sie hatte geglaubt, daß es sich nur um einen freundschaftlichen Kuß gehandelt hatte. Nach einer kleinen Weile war sie nicht einmal mehr verärgert gewesen.

Sie erhob sich und hielt ihren Oberkörper umklammert. Es entsprach also alles der Wahrheit. Sie blickte sich im Zimmer um. »Du kannst alles ändern, wenn du möchtest«, hatte Riordan gesagt. Sie ging zu dem eingelassenen Waschständer zwischen den Fenstern hinüber. Rosafarbene Teerosen formten ein zierliches Muster auf dem feinen Porzellan des Beckens. Ein leichter Lavendelduft stieg von dem frischen Wasser im Krug auf. Sie hob die schwere Schüssel mit beiden Händen — ihre Armmuskeln spannten sich unter dem Gewicht — und stemmte sie in Brusthöhe. Dann hielt sie sie ein Stück von sich fort und ließ sie fallen. Die Schüssel zersprang auf dem polierten Holzboden in kleine, wässerige Fragmente.

Cass ging zum Bett hinüber und ergriff ihre Handtasche.

Das Hausmädchen stand — angezogen vom Klang des zersplitternden Porzellans — mit offenem Mund und völlig bewegungslos im Türrahmen. Cass mußte es zur Seite schieben, um aus dem Raum zu kommen. Sie ging nach unten und schritt ohne innezuhalten durch die Haustür nach draußen.

»Miss — Mrs. —« rief Walker ihr nach.

Sie drehte sich noch einmal um. »Richten Sie Mr. Riordan mein Lebewohl aus, John.«

»Jawohl, Ma'am. Wohin beabsichtigen Sie zu gehen?« erkundigte er sich verstört. »Das heißt, wenn Sie —«

»Ich werde mich zum Beekman Place begeben, zu Mr. Wade. Ich werde meine Sachen morgen abholen lassen.« Sie sah noch, wie sein Mund aufklappte, bevor sie sich mit energischem Schritt auf den Weg machte. An der Ecke bog sie rechts ab und war verschwunden.

Quinn stand am Fenster der Bibliothek und beobachtete, wie sich ihre Gestalt entfernte. Seine gefalteten Hände verbargen sein Gesicht. Er schien zu beten.

XII

Der Weinbrand hinterließ eine heiße Spur in ihrer Kehle und entzündete eine kleine Feuersbrunst in ihrem Magen, aber Cass hieß die brennende Taubheit, die folgte, willkommen. Sie mußte sich zusammenreißen. Während ihres Berichtes war ihr klar geworden, daß die Cass Merlin, die Wade kannte, sich keinen Deut darum scheren würde, ob ihre Heirat legal war oder nicht. Und für ihn zählte lediglich, wie dies ihren Zugang zu Riordans Geld beeinflußte. Die andere Cass wäre zornig, würde sich möglicherweise auch gedemütigt fühlen, aber nicht verletzt. Und ganz gewiß hätte Riordan ihr damit nicht das Herz gebrochen.

Sie erhob sich von dem roten Brokatsofa in Wades opulent eingerichtetem Salon und begann, vor dem nicht angezündeten Kamin auf und ab zu laufen.

»Dieser Bastard!« schrie sie. Sie tat es um seinetwillen, mußte aber feststellen, daß es ihr gar nicht so schwer fiel, Zorn zu simulieren. »Er hat mich reingelegt, Colin, und dafür wird er mir bezahlen!«

Wade schlug seine gelbbestrumpften Beine übereinander, lehnte sich gegen das Satinkissen zurück und lächelte träge zu ihr auf. »Er ist ein Bastard, aber das haben wir ja schon immer gewußt, nicht wahr, mein Schatz? Und auch wenn du es ganz schrecklich findest, so bin ich doch der Ansicht, daß du wieder zu ihm zurückgehen solltest.«

»*Zurückgehen!* Eine solche Befriedigung werde ich diesem schleimigen Hundesohn —« Sie biß sich auf die Lippen. Fluchen lag ihr nicht besonders.

Wade kicherte leise. »Aber wie willst du ihn denn sonst dazu bringen, dafür zu bezahlen? Außerdem brauche ich dich in seinem Haus, um Dinge für mich in Erfahrung zu bringen.«

»Was für Dinge?«

Er drohte ihr spielerisch mit dem Finger. »Oh nein, noch nicht. Ich habe dir doch gesagt, daß ich noch nicht bereit bin, dich in meinen Plan einzuweihen.«

Cass kämpfte gegen den Drang an, zu schreien. Das Ganze war unerträglich. Quinn wollte, daß sie Wade ausspionierte und Wade wollte, daß sie Riordan ausspionierte, und sie saß in der Mitte, genau in der Mitte, wie eine Fliege auf einer Nadel.

»Aber sieh es doch nur einmal aus diesem Blickwinkel, mein Herz: Jetzt wird er dir sehr viel Geld geben müssen, damit du den Mund hältst. Es ist nicht schlimmer, als seine Mätresse zu sein, und dazu bekommst du noch den Bonus der Respektabilität. Zumindest für eine kleine Weile.«

Cass bemühte sich, so zu tun, als habe sie der Gedanke aufgeheitert. »Ja, aber — ich hatte gehofft, daß ich ein paar Tage hier bei dir bleiben könnte, um mir dann irgendwo ein Zimmer zu nehmen. Ich bin einfach so wütend auf ihn, Colin!«

»Dir ein Zimmer nehmen? Also hast du Geld?«

»Ja, ich —« Sie verstummte, denn sie erinnerte sich daran, daß sie ihm unmöglich die Quelle ihrer Mittel verraten konnte: Oliver Quinn. »Ich habe ein wenig von meinem Vater geerbt. Allerdings ist es nicht viel.«

»Wirklich? Ich dachte, es sei alles konfisziert worden.«

»Das stimmt auch. Aber er — er hat es mir vor seiner Verhaftung gegeben. Oh, Colin, kann ich nicht einfach hierbleiben? Du würdest kaum merken, daß ich da bin, das verspreche ich.«

Er betrachtete sie für eine Weile, dann erhob er sich in seiner langsamen, schläfrigen Art und lächelte. »Willst du das wirklich, Cass? Wenn du hierbleibst, dann allerdings nach meinen Regeln. Das könnte mir schon sehr gefallen.«

Sie wollte gerade etwas erwidern, als er ihre Hände ergriff und sie hinter ihren Rücken zog, wo er sie mit einer Hand festhielt. Mit der anderen schob er ihr Kinn in die Höhe. Der Anblick seiner feuchten Lippen und des räuberischen Ausdrucks in seinen rötlich-braunen Augen widerte sie an, und sie benötigte all ihre Selbstbeherrschung, um nicht zurückzuzucken, als er sie küßte. Dann wanderte seine Hand nach unten, und er begann, ihre Brüste zu drücken — nicht fest genug, um ihr weh zu tun, aber fest genug, um sie zu ängstigen.

Von irgendwo im Haus ertönte plötzlich ein polterndes Geräusch. Cass riß ihren Kopf zurück und starrte entsetzt zur Tür hinüber, die in die Eingangshalle hinausführte. Sie versuchte, sich aus Wades Umarmung zu befreien, aber er hielt sie fest, und seine Lippen umspielte ein winziges, erwartungsvolles Lächeln.

Schritte erklangen. Riordan marschierte durch die Tür und blieb stehen. Der Butler tänzelte unglücklich um ihn herum.

»Entschuldigen Sie, Sir, ich konnte ihn nicht aufhalten — er wollte mir seinen Namen nicht nennen und hat sich geweigert —«

»Schon gut, Martin. Lassen Sie uns allein. Nun, Riordan, Sie sind genau der Mann, von dem wir gerade sprachen. Warum kommen Sie nicht herein? Darf ich Ihnen einen Sherry anbieten oder —«

»Wenn Sie meine Frau nicht loslassen, werde ich Sie umbringen.« Riordans Stimme klang frostig und sachlich, aber sein Gesicht war eine Maske aus schwarzer Wut. Cass verspürte keine Angst, doch Wade stieß ein gekünsteltes Lachen hervor und ließ ihre Arme schnell los. Riordan streckte eine Hand aus. Seine Augen wichen keine Sekunde von Wades. »Laß uns gehen, Cass.«

Sie rührte sich nicht. »Geh zum Teufel.«

Er trat näher. Wade steckte die Hände in die Hosentaschen und trat einen Schritt zurück. Cass blieb bewegungslos stehen. Sie sah, wie sich Riordans Augen von dunkelblau zu schwarz verfärbten, und sie spürte einen Anflug von Gefahr.

»Du kannst hier auf deinen eigenen Füßen hinausgehen, oder aber ich werfe dich über meine Schulter. Mir ist das egal.«

Sie versuchte ein verächtliches Lächeln, aber ihre zitternden Lippen verdarben den Effekt. »Ich habe keine Angst vor dir und ich werde nicht mit dir gehen. Ich bleibe hier.« Sie hoffte nur, daß er nicht bemerkte, wie ihre Knie schlackerten, als sie trotzig das Kinn hob.

»Cassandra.« Wade sprach mit ruhiger, vernünftiger Stimme. »Es wäre, glaube ich, besser, wenn du gehen würdest.«

Sie drehte sich schockiert zu ihm um. »Aber du hast doch gesagt, daß ich bleiben kann! Du hast sogar gesagt, du *willst*, daß ich bleibe.«

Riordan knurrte wie ein aufgestacheltes Tier. Wade wich einen weiteren Schritt zurück, als spüre er die Gefahr. »Aber dein Ehemann möchte, daß du mit ihm gehst«, erwiderte er beruhigend, »und ich fürchte, daß seine Wünsche Vorrang vor den meinen haben.«

Sie sog zischend den Atem ein. »Mein *Ehemann*!«

»In der Tat, meine Liebe — er ist jetzt dein Herr und Meister, egal, wie sehr ich mir auch wünschte, daß es anders wäre. Aber eine Wette ist nun einmal eine Wette und — viel wichtiger noch — eine Heirat ist eine Heirat. Egal, wie unorthodox die Zeremonie auch gewesen sein mag.«

Sie schloß die Augen, denn ihr wurde klar, daß sie von Wade keine Hilfe erwarten konnte. Aber das hatte sie ja schon vorher gewußt. Es kam ihm gelegen, sie wieder zu Riordan zu schicken. Er wollte an die Informationen gelangen, von denen er dachte, daß sie sie aus ihm herauslocken würde. Ihre Hände ballten sich zu Fäusten. Und Quinn war an den Informationen interessiert, die sie aus Wade herauslockte. Sie hatte soviel Kontrolle über ihr eigenes Leben wie ein neugeborenes Kind! Ob es wohl jemals die Rolle spielen würde, die sie wollte? Cass tat einen tiefen Atemzug und kratzte das bißchen Würde zusammen, das ihr noch verblieben war. »Du wirst mir hier also keinen Unterschlupf gewähren?«

Wade schüttelte den Kopf und betrachtete argwöhnisch Riordans zähnefletschenden, beinahe barbarischen Gesichtsausdruck.

Ihre Schultern sackten in sich zusammen. Sie wandte ihren Blick Riordan zu und nahm die kaum gezügelte Gewaltbereitschaft zur Kenntnis, die in seiner Haltung lag. Sollte sie sich vor ihm fürchten müssen? Sie würde es so oder so herausfinden. »Wie mir scheint, habe ich wohl keine andere Wahl.« Cass zuckte zurück, als Riordan seine Hand hob, um ihren Arm zu ergreifen. »Rühr mich nicht an«, warnte sie mit haßerfüllter Stimme. Für den Bruchteil einer Sekunde schlich sich ein verwirrter Ausdruck auf sein zornerfülltes Gesicht. Ihre Augen trafen sich und lieferten sich einen stillen Kampf, bis er langsam seinen Arm senkte und zurücktrat, um sie passieren zu lassen. Sie schlängelte sich an ihm vorbei, vorsichtig bemüht, ihn nicht zu streifen berühren. »Auf Wiedersehen, Colin«, murmelte sie.

»*Au revoir,* Cass«, erwiderte er in seiner schleppenden Sprechweise und klang dabei fast ein wenig amüsiert — oder zumindest gab er es vor. »Ich werde Martin bitten, euch hinauszugeleiten.«

Draußen braute sich ein Sturm zusammen. Das Licht des späten Nachmittags trug ein kränkliches Gelb-Grün unter den schwarzen, dahinziehenden Wolken, und in der Atmospäre lag eine Spannung, die an den Ausbruch bevorstehender Gewalt erinnerte. Eine Windbö erfaßte sie, bevor sie ein knappes Dutzend Schritte hinter sich gebracht hatten, und sie hätte Cass beinahe umgeworfen. Riordan griff nach ihr und versuchte, ihr Halt zu geben. Sie wich instinktiv vor ihm zurück, und er stieß einen Fluch aus, den der heulende Wind allerdings verschluckte. Sie trottete mit gesenktem Kopf vor sich hin, halb blind von Sand und Asche, bis sie eine weitere Bö gegen einen Laternenpfahl schleuderte. Ihr Hüftknochen pochte, und sie stieß nun selbst einen Fluch aus. Sie wehrte sich, als Riordan erneut versuchte, sie zu stützen. Sie schlug seine Hände fort und zielte mit dem Fuß auf seine Schienbeine. Er packte sie bei den Schultern und schüttelte sie unsanft. Dann kam der Regen.

Riesige, prasselnde Tropfen, die sie innerhalb von Sekunden klatschnaß machten. Riordan versuchte, Cass in einen

Hauseingang zu ziehen, um dort Schutz zu suchen, doch sie stieß ihn weg. Sie watete weit vornübergebeugt durch den Wind und das Wasser, ohne sich um etwas anderes zu scheren, als ihre Bemühungen, vorwärts zu kommen. Die Elemente kämpften gegen sie an, wüteten um sie, während in ihrem Inneren ein ganz anderer Sturm tobte.

Endlich tauchte das Haus vor ihr auf. Ihre durchweichten Röcke legten sich schwer um ihre Beine. Sie schleppte sich die Stufen hinauf. Riordan schob die Tür weit auf und sie eilte an ihm vorbei in die Eingangshalle. Die plötzliche Stille nach dem Gebrüll des Sturms war unheimlich. Cass ging einfach weiter und strebte auf die Treppe zu.

»Halt, verdammt noch mal! Wenn du auch nur einen Schritt auf diese Treppe setzt, wirst du es bereuen!«

Seine Wut verstärkte die ihre um ein zehnfaches. Sie lief trotzig zwei Stufen hinauf, bevor seine Hände sie zurückrissen und ohne jede Sanftheit gegen den Endpfosten drückten.

»Hast du etwa vor, mich zu schlagen?« schrie sie und schob sich das schwere, nasse Haar aus den Augen. »Oder willst du eine zerbrochene Flasche benutzen, wie du es bei deinem Freund Quinn getan hast?«

Er rührte sich nicht, doch seine Augen waren so kalt wie blaue Marmorscherben, und zum ersten Mal verspürte sie wirkliche Angst. Er bemerkte es und zog seine Hände fort. Wasser tropfte ihm beständig aus den Haaren ins Gesicht. »Das folgende sage ich dir nur einmal: Wage es ja nicht, jemals wieder in Wades Nähe zu gehen. Hast du verstanden? Ich möchte ihm nicht wehtun, aber ich werde es tun, wenn du mich dazu zwingst. Und was Claudia betrifft —« Sie stieß einen unartikulierten Laut aus und versuchte, ihm zu entkommen, aber er hielt sie unerbittlich fest — »und was Claudia betrifft, so tut es mir leid, wenn du das, was heute nachmittag geschehen ist, falsch interpretiert hast. Es war nichts weiter als ein freundschaftlicher Kuß. Ich hätte dir das alles erklärt, wenn du mir nur die Gelegenheit dazu gegeben hättest, ohne sofort zu Wade zu rennen, wie eine —« Er verstummte und gab sich sichtliche Mühe, seine Wut zu kontrollieren.

Claudia! Er glaubte, daß sie wegen Claudia so aufgebracht sei! Das brachte sie beinahe zum Lachen. »Bist du endlich fertig?«

»Nein! Claudia ist eine Freundin, verdammt noch mal. Und ich werde nicht zulassen, daß deine Eifersucht diese Freundschaft zerstört. Ich habe nicht vor, ihr aus dem Weg zu gehen, und ich erwarte von dir, daß du dich ihr gegenüber anständig benimmst, wenn wir sie treffen — was wohl des öfteren geschehen wird.«

Aus irgendeinem Grunde machte sie das noch wütender als alles andere. »Ich werde mich nicht nur anständig benehmen, Philip, ich werde sogar höchst großherzig sein! Sie kann dich haben! Geh nur zu ihr, sie ist dein! Ich kann weder ihren noch deinen Anblick länger ertragen!« Cass löste sich aus seinem Griff und machte sich wieder daran, die Treppe hinaufzusteigen. Er folgte ihr auf den Fersen.

»Entschuldigung, Sir. Die Köchin läßt fragen, ob Sie und Mrs. Riordan immer noch vorhaben, um sieben Uhr zu dinieren.«

Der Bedienstete im Foyer klang nervös. Er sprang zurück, als sein Herr mit einem »Nein! Fort mit Ihnen« zu ihm herumfuhr, und eilte den Korridor zurück, den er gekommen war.

Riordan erwischte Cass in der Mitte des düsteren Flurs im ersten Stock. »Verdammt, nun warte doch einmal! Du wirst hier und jetzt mit mir reden, und dann werden wir ein für allemal klären —«

»Jetzt halte endlich den Mund!« schleuderte sie ihm aufgebracht ins Gesicht. »Ich werde nichts anderes tun, als von hier zu verschwinden. Und jetzt laß meinen Arm los!«

»Wohin willst du denn gehen? Und warum?«

»Irgendwohin! Ich will nur weg von dir! Ich habe genug Geld, ich kann mir irgendwo ein Zimmer nehmen.«

»Den Teufel wirst du tun. Das verbiete ich dir. Du bist meine Frau!«

Tränen schossen ihr in die Augen. »Hör damit auf! Du Lügner!«

»Warum bin ich ein Lügner? Warum?«

»Das weißt du ganz genau! Nimm deine Hände weg, sonst fange ich an zu schreien und höre nie wieder auf! Ich kann deinen Anblick nicht mehr ertragen!«

Sie riß sich von ihm los, eilte den Korridor entlang und verschwand im Schlafzimmer. Irgendjemand hatte Kerzen entzündet und zuvorkommenderweise die Bettdecke zurückgeschlagen. Mit Erleichterung stellte sie fest, daß ihre Kiste immer noch nicht ausgepackt war. Sie schritt darauf zu und klappte den Deckel auf. Sie hörte ihn an der Tür, blickte aber nicht auf. Wo war nur das rosafarbene Mieder, das sie genäht hatte, als — aha, da war es ja, ganz unten. Sie biß sich auf die Lippen, riß die Seitennaht auf und zog ihr Geld hervor — achthundertdreißig Pfund und zehn Schillinge.

Sie hielt es ihm vor das Gesicht. »Das hier gehört mir! Ich habe für jeden Penny hart gearbeitet. Jetzt verschwinde ich, und du kannst nichts tun, um mich aufzuhalten. Ich werde Colin Wade sehen, so oft ich will. Und ich werde Quinn darüber berichten und nicht dir. Ich will dich niemals wiedersehen.«

»Warum?« Er hätte sich am liebsten die Haare gerauft.

»Weil du ein Lügner und ein Betrüger und ein Bastard bist! Mein Gott, Philip, wie konntest du nur so etwas tun?« Oh nein, sie würde jeden Moment in Tränen ausbrechen. Sie wirbelte herum und begann, das Geld in ihre Tasche zu stopfen. »Gott sei Dank brauche ich dich nicht, Riordan«, murmelte sie. »Ich kann mich sehr gut selbst durchbringen.«

»Du bleibst hier.«

»Den Teufel werde ich tun«, stieß sie hervor. Sie versuchte, um ihn herumzutreten, aber er stellte sich ihr immer wieder in den Weg. »Würdest du mich bitte durchlassen?«

Er schüttelte den Kopf. »Du gehst nirgendwohin.« Bevor sie überhaupt reagieren konnte, riß er ihr die Tasche aus den Fingern und zog die zerdrückten Geldnoten hervor.

Sie stieß ein entsetztes Kreischen aus. »Wag es ja nicht — Philip, hör auf!«

Er hielt seine Arme in die Höhe, so daß sie sie nicht erreichen konnte und begann, das Geld zu zerreißen. Cass taumelte drei Schritte zurück und stieß einen Schrei aus. Fetzen von Hundertpfundscheinen flatterten wie Konfetti zu Boden.

Sie starrte wie gelähmt auf die Papierschnipsel zu ihren Füßen und wich dann zurück, um sich ganz betäubt auf die Bettkante sinken zu lassen. »Mein Geld«, flüsterte sie, hielt ihren Hals umklammert und starrte ins Leere. »All mein Geld. Oh Gott.«

Riordan ignorierte den Drang, sie in die Arme zu nehmen, denn er wußte, was sie tun würde, falls er es versuchte. Er war beinahe ebenso schockiert von der Gewalttätigkeit seines Handelns, wie sie, obwohl er es nicht bedauerte. Er blickte auf ihren gebeugten Kopf und ihr bleiches, verzweifeltes Gesicht hinab. Als er leise ihren Namen sagte, zuckte sie zusammen.

»Hör mir zu, Cass.« Seine Stimme klang rauh und erschöpft. »Ich verstehe nicht, was los ist. Aber du kannst nicht weggehen. Wir müssen das irgendwie klären. Nicht mehr heute abend — es ist schon zuviel gesagt worden. Du kannst heute Nacht diesen Raum haben, ich werde im Gästezimmer nebenan schlafen.« Er schloß die Augen, als ihm plötzlich die Bilder, die er sich von ihrer ersten gemeinsamen Nacht hier in seinem Heim ausgemalt hatte, durch den Kopf schossen und redetete schnell weiter. »Wenn es dein Wunsch ist, werde ich dir erlauben, Wade zu treffen. Du kannst ja vorgeben, mich zu hintergehen und ihn von Zeit zu Zeit sehen. Aber nur zum Ausstausch von Informationen. Was uns angeht — sobald wir beide uns beruhigt haben, werden wir —«

Sie sprang auf. Wenn Verachtung eine Farbe trug, so war es der Grauton ihrer Augen — das blasse, kalte glänzende Grau von Granit nach einem Winterregen. »Es gibt kein *uns* oder *wir*«, stieß sie hervor und ihre Lippen verzerrrten sich bei jedem Wort. »Ich werde niemals in diesem Zimmer schlafen. Und falls du jemals versuchen solltest, mich noch einmal zu berühren, werde ich dich verhaften lassen.« Sein wütendes Schnauben zauberte zwei rote Flecken auf ihre Wangen. »Was Colin Wade betrifft, so werde ich ihn sehen, wann immer ich will und so oft ich will. Und jetzt geh mir aus dem Weg.«

Er dachte über mehrere Alternativen zum Handeln nach, von denen einige gewalttätig waren, andere nicht. Plötzlich kam es ihm unglaublich wichtig vor, das letzte Wort zu haben. »Ich bin dein Ehemann, und du wirst tun, was ich sage.« Doch als sie sich an ihm vorbeidrängte, ließ er sie gehen.

Im Korridor drehte sie sich noch einmal um. »Du bist nicht mein Ehemann und du kannst in der Hölle schmoren.«

Er hörte, wie sie zum Gästezimmer lief und die Tür hinter sich zuknallte. Danach herrschte Stille.

Die Tage, die folgten, waren die erbärmlichsten, die sie beide jemals erlebt hatten. Cass brachte es nicht fertig, Riordan anzusehen, und der Anblick ihrer abweisenden, verschlossenen Erscheinung versetzte seiner Hoffnung, die Dinge zwischen ihnen wieder zurechtrücken zu können, einen Dämpfer. Wenn er sich dazu zwang, es trotzdem zu versuchen, stritten sie sich jedes Mal. »Was zum Teufel habe ich denn getan?« wetterte er sie einmal nach einem angespannten und schweigenden Dîner an. Er mochte es kaum glauben, daß ein kleiner Kuß eine solche Katastrophe heraufbeschworen haben konnte. »Verdammt, Cass, du bist meine Frau!«

Sie sprang so schnell auf, daß ihr Stuhl umfiel und zu Boden krachte. »Nenn mich bloß nicht so!« schrie sie mit brennenden Wangen. »Wie kannst du es wagen? Ich lebe in deinem Haus, nehme hier meine Mahlzeiten ein und schlafe in einem deiner Betten, aber wage es ja nicht, diese Heuchelei, die ich zu ertragen gezwungen bin, eine Ehe zu nennen!«

Danach richteten sie kaum noch ein Wort aneinander.

Sie blieb die meiste Zeit über in ihrem Zimmer, las oder nähte oder starrte das Blumenmuster der Tapete an. Sie schrieb auch in ihr Tagebuch, um nicht verrückt zu werden. Clara kam, aber es gab wenig für sie zu tun. Ihre Herrin ging kaum aus. Sie aß auch kaum etwas, und das Dienstmädchen schimpfte wiederholt mit ihr, bis Cass schließlich die Geduld verlor und sie mit harschen Worten wegschickte. Sie traf sich unregelmäßig mit Wade. Manchmal besuchte sie ihn absichtlich ohne Vorankündigung und ohne Begleitung in seinem Haus, um sich über Riordans Anweisungen hinwegzusetzen und ohne sich um die bitteren Worte zu scheren, die anschließend unweigerlich folgten. Aber für gewöhnlich traf sie sich mit ihm an einem neutralen Ort, einer Bank im Green Park oder im hinteren Teil eines Buchladens auf der Fleet Street, wobei Clara nie weit weg war, und sie weder brauchbare Informationen erhielt noch irgendwelche weitergab. Einmal deutete Wade allerdings zu ihrer Bestürzung an, daß der König nicht mehr seine Zielscheibe sei. Wenn das der Wahrheit entsprach, so waren sie wieder ganz am Anfang angelangt. Aber als sie Riordan diese Neuigkeit überbrachte und ihm mitteilte, daß sie es für sinnvoller halte, Wade öfter zu treffen, um zu erfahren, auf wen er es nun mit seinen intriganten Plänen abgesehen hatte, wurde Riordan nur wütend und verbot es ihr wie gewöhnlich. Manchmal fragte sie sich, ob sie selbst nicht größeren Wert darauf legte, Wades Machenschaften zu vereiteln als er.

Riordan hielt sich so viel wie möglich vom Haus fern. Er frühstückte in Kaffeehäusern, wo seine Freunde zusammenkamen, um zu diskutieren und die Zeitungen zu lesen, und an den Nachmittagen traf er sich mit seinen Komitees. Abends ging er in den Club, wo er mit seinen politischen Freunden aus dem Unterhaus Strategien und Kampagnen für das kommende Parlamentsjahr ersann.

Daheim lief er mit Wut im Bauch herum, fuhr die Dienstboten an und richtete seinen starren Blick auf Cass, wenn sie einmal in seiner Gegenwart auftauchte, was selten genug geschah. Es war für ihn ein düsteres Rätsel, warum sie auf diese Weise lebten. Was war nur geschehen? Diese zauberhaften Tage und Nächte nach ihrer Hochzeit schienen zwei ganz andere Menschen erlebt zu haben. Er erkannte in ihr nicht einmal mehr das süße, betörende Mädchen, das er monatelang nicht aus seinen Gedanken und Träume hatte verbannen können. Sie war blaß und dünn und bewegte sich wie ein Gespenst durchs Haus, verschwand schnell, wenn er sie in einem Zimmer überraschte oder erduldete seine Anwesenheit hinter einer Mauer des Schweigens, die ihn vollkommen ausschloß. Jede Nacht lauschte er in seinem Zimmer auf einen Laut von ihr, die nur wenige Zentimeter entfernt auf der anderen Seite der Wand schlief.

Irgendetwas war fürchterlich falschgelaufen. Ihre feindliche Haltung war so stark, daß er nicht mehr die Courage besaß, mit ihr zu diskutieren. Zumindest jetzt noch nicht. Er sah sehr wohl, daß sie litt, aber das tat er auch. Er benötigte noch etwas Zeit, um seine Wunden zu lecken.

Eines nachts, als sie wieder einmal schlaflos dalag, schlich Cass nach unten in die Bibliothek, um sich etwas zu lesen zu suchen. Unter Riordans Tür war kein Lichtstreifen zu sehen, also wußte sie, daß er schlief und sie sich beruhigt auf den Weg machen konnte. Sie entdeckte das Buch, das sie suchte, im Schein des Mondes — Montesquieus *De l'Esprit des Lois* — und griff nach oben, um es aus dem Regal zu ziehen.

»Kannst du auch nicht schlafen, Cass?«

Sie vollführte vor Schreck einen kleinen Luftsprung und umklammerte den Aufschlag ihres Morgenmantels, als ob ein verrückter Vergewaltiger sie in einer dunklen Gasse angefallen hätte.

Riordan mußte lachen. »Tut mir leid, ich dachte, du hättest mich gesehen.«

Sie hätte ihn wahrhaftig sehen sollen — er saß im Nachthemd hinter seinem Schreibtisch und hatte die nackten Füße auf die Platte gelegt. Cass preßte das Buch gegen die Brust und starrte ihn an, ohne ein Wort zu sagen.

»Ich habe über das nachgedacht, was du mir von Wade erzählt hast, und frage mich, wen er wohl im Augenblick gerne ausschalten würde. Ich denke, es könnte sich um Pitt handeln.«

»Pitt!« spottete sie überrascht und vergaß für den Moment, daß sie nur mit ihm sprach, wenn es absolut notwendig war. »Warum Pitt? Er ist doch ein Ausbund an Neutralität. Außer Fox und seinen Leuten ist er der beste Freund, den Frankreich hier in England hat.«

Ein kleines Lächeln breitete sich langsam auf Riordans Gesicht aus. »Du hast viel studiert, nicht wahr? Bald bist du soweit, daß du mir Politikunterricht geben kannst.«

Cass errötete und bemühte sich, das Vergnügen, das seine Worte ihr bereiteten, zu ignorieren. Sie rief sich in Erinnerung, daß sie sich kein bißchen um seine Meinung scheren wollte. »Eins habe ich in der Tat gelernt«, entgegnete sie steif, »nämlich, daß unter dem *ancien régime* genug Ungerechtigkeiten begangen worden sind, um die Revolution zu rechtfertigen.«

»Tatsächlich? Und darf ich einmal erfahren, welche das deiner Meinung nach sind?« Dies war die längste Unterhaltung, die sie seit vielen Tagen führten. Er hielt seine Stimme gelassen und seine Haltung frei von jeder Aggression.

»Welche das sind? Nun, die korrupte und stümperhafte Handhabung der Gesetze, der Rechtsprechung und der Steuern. Das müßige, luxuriöse Leben des Adels und der Priester, während die Bauern besteuert und zwangsweise als Soldaten verpflichtet wurden, den Zehnten zahlen mußten und verhungerten. Und auch die Tatsache, daß die Aristokratie alle Priviliegen besaß, ohne irgendetwas zu tun, um sie sich zu verdienen.« Cass atmete tief ein. »Ich kann meine Aufzählung gerne fortsetzen.«

Wunderschön sah sie aus, wie sie so stolz und aufrecht in ihrem alten Morgenmantel dastand, unter dessen Saum das Weiß des Nachthemdes zu erkennen war. Ihr Haar fiel weich und offen über ihre Schultern herab. Er fragte sich, ob ihre Füße wohl kalt waren. Falls das der Fall war, hätte er sie ihr gerne gewärmt. »Demnach hast du keinerlei Mitleid mit den Aristokraten, die man von ihren Anwesen vertrieben, und deren ganzen Besitz man beschlagnahmt hat? Man erzählt sich, daß der Graf von Vieuville Schuhe auf dem Place d'Erlanger putze und die Gräfin von Virieu auf dem Pflaster Strümpfe stopfe, wie irgendein dahergelaufener Straßenhändler am Pont-Neuf.«

»Doch, aber es sind die *émigrés,* die die Repressalien gegen die, die geblieben sind, verhängt haben. Die *émigrés* sind nicht besser als Verräter, wenn sie Ausländer darum bitten, ihrem eigenen Land den Krieg zu erklären.«

Riordan zog die Augenbrauen in die Höhe. »Aber haben es die Sündenböcke wirklich verdient, zu sterben? Die ganzen Horden, die in ihren Schinderkarren die Rue Saint-Honoré zur Guillotine entlanggerollt wurden?«

»Colin sagt, daß es falsch sei, die Revolution bloß durch das schmale Fenster der Guillotine zu betrachten.«

Riordans Gesicht verdunkelte sich. »Sagt er das? Was hält er denn davon, sie durch das Fenster eines spontanen Blutbades zu betrachten?«

»Was soll das denn heißen?« Cass zog ihren Morgenmantel fester um sich.

»Anfang diesen Monats, Cass, hat der Mob — dein harmloser Haufen aus Stoffhändlern und Seifenmachern — elfhundert Männer, Frauen und Kinder getötet. In den Rinnsteinen türmten sich die verstümmelten Leichen, und niemand hat versucht, sie aufzuhalten. Es begann als ein Angriff auf eine Gruppe von Priestern und endete mit dem Mord an allen Gefangenen in Paris. Nur vierhundert von ihnen waren überhaupt aus politischen Gründen eingesperrt worden, der Rest bestand aus gewöhnlichen Kriminellen, die aus ihren Zellen gezerrt und kaltblütig abgeschlachtet wurden.«

Cass erzitterte und zog die Schultern in die Höhe. »Das glaube ich nicht. Das ist unmöglich. Colin sagt —«

»Zum Teufel mit dem, was Colin sagt!« Riordans Füße knallten auf den Boden und er stand auf. »Frag Colin doch einmal, wie die Prinzessin von Lamballe ermordet worden ist. Ihr Verbrechen bestand darin, den Haushalt der Königin zu beaufsichtigen. Sie wurde an der Ecke der Rue des Ballets erstochen. Sie schnitten ihr mit einem Messer den Kopf ab und rissen ihr das Herz und die Genitalien heraus. Ein tapferer Revolutionär steckte ihren Kopf auf das Ende einer Pike, ein anderer spießte ihr Herz mit seinem Säbel auf und ein dritter fabrizierte sich einen Schnäuzer aus ihrem Schamhaar.« Cass hatte ihm den Rücken zugewandt. Doch das hielt ihn nicht davon ab, fortzufahren. »Dann schirrten sich vier Männer die Leiche an und machten sich auf zum Temple, um der Königin den abgeschnittenen Kopf zu präsentieren.«

»Hör auf, hör auf!« Cass legte die Hände über die Ohren und preßte die Augenlider zusammen, jeden Muskel angespannt und verzweifelt bemüht, dieses gespenstische Bild aus ihrem Kopf zu verdrängen. Plötzlich war er hinter ihr. Sie spürte seine sanfte Berührung an ihrem Rücken, und ein Zittern erfaßte sie. Minuten verstrichen. Als sie wieder imstande war, normal zu sprechen, sagte sie: »Bitte nimm deine Hände weg.«

Die Finger auf ihren Schultern packten sie fester. Er machte einige abgehackte Atemzüge. »Es tut mir leid, Cass, aber ich kann so nicht weitermachen.«

Sie erstarrte und blickte auf die kahle Wand vor ihr. »Dann laß mich gehen.«

»Ich wünschte, das könnte ich, aber es geht nicht.« Es dauerte einen endlos langen Moment, ehe seine Hände von ihren Schultern herabfielen.

Sie spürte, wie ihr Herz in der Brust hämmerte. Sie streckte einen steifen Arm aus und tastete sich zur Tür, sorgfältig darauf bedacht, Riordan nicht einmal zu streifen. Ihre nackten Füße verursachten keinen Laut auf dem Boden der Eingangshalle und der Treppe.

Riordan griff nach der Karaffe mit dem Weinbrand, die neben ihm auf dem Tisch stand und goß sich ein kleines Glas ein. Der erste Schluck war wie eine bittere Explosion in seinem Mund, aber der zweite schmeckte beinahe mild. Wie schnell sich doch der Körper an sein Gift gewöhnt, dachte er. In aller Ruhe, mit kühlem Kopf sann er darüber nach, ob er sich betrinken sollte. Im Grunde spielte es doch keine Rolle, ob er es tat oder nicht. Er setzte das Glas ab, ohne es ausgetrunken zu haben, und verließ den Raum, um seiner Frau nach oben zu folgen, wo er sich in sein einsames Bett legte.

XIII

Clara trat einen Schritt zurück, die Hände in die Hüften gestemmt und betrachtete das Spiegelbild ihrer Herrin im Spiegel der Frisierkommode. »Du lieber Gott, Miss, Sie sind ein Bild von einer blühenden Schönheit. So ein Kleid habe ich im Leben noch nicht gesehen. Und ich wußte auch nicht, daß ich ein solch feines Händchen für das Haar einer Dame habe! Jetzt müssen Sie nur noch das Rouge da nehmen, dann wird Ihre Schönheit einfach jeden umwerfen.«

Cass' Lippen zitterten bei dem Versuch eines Lächelns, aber sie schüttelte den Kopf. »Das will ich nicht, Clara. Du hast eh schon zuviel Puder an mich verschwendet.« Sie griff nach dem Baumwolltuch und betupfte sich damit die Stellen unter ihren Augen.

»Nee, jetzt macht sie wieder alles zunichte, wo ich doch gerade die dunklen Ränder abgedeckt hatte! Warum können Sie denn keine Ruhe geben? Es war alles perfekt und jetzt haben Sie's ruiniert, sowas auch! Ich weiß gar nicht, warum ich mir überhaupt so eine Mühe mit Ihnen mache.«

Cass starrte mit leerem Blick in den Spiegel. Ihr Lächeln verschwand, und im Stillen stimmte sie Clara zu. Sie hatte sich noch nie zuvor derart sorgfältig auf einen Abend vorbereitet, dem sie mit so wenig Freude entgegensah. Aber man hatte sie gebadet, angekleidet, gekämmt, gepudert und einparfümiert, als ob ihr Leben davon abhinge, und trotz ihres halb hysterischen Schwurs Riordan gegenüber, mit dem sie sich geweigert hatte, ihn zu begleiten, sah es nun ganz so aus, als ob sie es doch tun würde.

Was dachte sie sich nur dabei? fragte sie sich aufs Neue und zog geistesabwesend an einer von Claras sorgfältig, doch natürlich gelegten Locken in ihrem Nacken. Was ging nur in seinem Kopf vor, daß er diesen obszönen Scherz von einer Heirat vor Hunderten seiner Freunde und Familienmitglieder bei einem Empfang in einem gemieteten Raum bei Almack's ausbreiten wollte? Und was beabsichtigte er ihnen wohl zu sagen, wenn diese ganze Farce vorüber war — daß sie das Zeitliche gesegnet hatte? Glaubte er denn wirklich, daß sie praktischerweise einfach vom Erdboden verschwinden würde? Sie schloß die Augen und verspürte das vertraute Brennen der Tränen hinten in ihrer Kehle. Nun, vielleicht würde sie das ja tatsächlich tun. Sie war so müde, so schrecklich müde, und doch schien es ihr, als ob sie keinen Schlaf finden könne. In letzter Zeit brach sie oft völlig grundlos in Tränen aus, und morgens fiel ihr kaum ein Grund ein, für den sich das Aufstehen lohnte. Sie empfand in Riordans Gegenwart körperlichen Schmerz und sie brachte es nicht fertig, zwei Worte an ihn zu richten, ohne dabei in Tränen auszubrechen oder loszuschreien. Als er ihr von diesem absurden ›Hochzeitsempfang‹ berichtete, war sie anfangs zu entgeistert gewesen, um auch nur einen Ton herauszubekommen. Doch als sie dann ihre Stimme wiederfand, hatte sie ihm mitgeteilt, daß er verrückt sei und sie nur als Leiche in einem Sarg an seinem kleinen Fest teilnehmen würde.

Aber er hatte wieder einmal gewonnen. Er hatte seine Pläne einfach vorangetrieben, als habe sie ihnen zugestimmt, und am Ende war es ihre eigene Trägheit gewesen, die sie geschlagen hatte. Sie besaß nicht mehr die Kraft, gegen ihn anzukämpfen. Man hatte bereits auf derart gründliche Weise auf ihrem Stolz herumgetrampelt, daß eine weitere öffentliche Erniedrigung auch keine Rolle mehr zu spielen schien.

»Laß uns bitte eine Minute allein, Clara.«

Cass' Hand packte die weißen Handschuhe fester. Sie hatte ihn nicht eintreten hören. Sie drehte sich um und setzte eine gleichgültige Miene auf. Er war zuvor noch niemals in ihr Zimmer gekommen. Es schien durch seine Anwesenheit kleiner zu werden. Sie bemerkte seinen schlichten, blauen Rock aus feiner, leichter Wolle und seine eng anliegenden Breeches und mußte sich mit trockenem Mund eingestehen, daß er immer noch der attraktivste Mann war, den sie kannte. Sein ungepudertes Haar war glatt aus dem Gesicht zurückgekämmt und entblößte seine hohe, intelligente Stirn. Er hatte sich gerade rasiert, und seine Wangen glühten in einem gesunden Rosa. Ihr Blick wanderte über seine langen, wohlgeformten Beine, registrierte seine elegante Haltung und verharrte schließlich auf seinen dunkelblauen Augen, die sie mit unverhohlener Bewunderung betrachteten. Sie wurde rot und blickte zur Seite.

»Du siehst wie ein exotischer, weißer Vogel aus«, sagte er leise, seine Stimme einer Liebkosung gleich. »Du hast den wundervollsten Hals, die schönste Haut —«

»Bitte! Bitte nicht.«

Er stieß ein kurzes, harsches Lachen aus und kam näher. »Nein, natürlich nicht. Es schickt sich ja nicht, meiner Frau zu gestehen, wie schön ich sie finde. Ich weiß wirklich nicht, was da in mich gefahren ist.« Er griff nach ihrer Hand, doch sie zog sie ohne zu überlegen fort. Er verharrte regungslos, sein Gesicht so undurchdringlich wie eine Holzschnitzerei. »Ich habe hier etwas, das ich dir geben möchte. Würdest du bitte aufstehen?«

Sie errötete erneut, erhob sich und drehte sich zu ihm um, wobei sie ihr Gesicht abgewendet hielt.

»Keine Sorge, Cass, ich habe nicht vor, dich zu erstechen.« Er griff in die Innentasche seines Rocks und zog etwas hervor. Sie sah auf seine geöffnete Handfläche hinab und erblickte ein Medaillon an einer Goldkette. »Das hier hat einmal meiner Großmutter gehört. Sie hat es mir hinterlassen, damit ich es meiner Frau schenken kann.«

Tränen stahlen sich in Cass' Augen. »Oh, bitte, tu mir das nicht an, ich —«

Doch seine Lippen verzogen sich zu einer entschlossenen Linie, und er legte die beiden Kettenenden um ihren Hals, um sie in ihrem Nacken zu befestigen. Das Metall war noch warm von seinem Körper. Sie wagte kaum zu atmen und erduldete es, als er das Medaillon mit den Fingern über die Spalte zwischen ihren Brüsten schob.

»Sie hat die Miniaturgemälde von sich und meinem Großvater herausgenommen, damit sie mit ihr begraben werden konnten, und mir aufgetragen, Porträts von meiner Frau und mir hineinzustecken. Und das beabsichtige ich auch zu tun.«

»Warum, Philip? Warum tust du so etwas?«

Er legte seine Handflächen auf die bloße Haut ihres Ausschnitts und ließ sie dort liegen. »Dein Herz schlägt so schnell.« Wie gebannt beobachtete er, wie sich das Blut unter ihrer Haut langsam über ihren Hals und ihre Wangen ergoß. »Weißt du eigentlich, wie sehr ich mich nach dir verzehre?«

Ihre Haut brannte, und jeder Nerv in ihrem Körper begann zu kribbeln.

Seine Hände glitten langsam und vorsichtig tiefer, um ihre Brüste zu bedecken. Seine Augen verdunkelten sich.

Verzweifelt suchte sie nach einem Gesprächsthema, um ihn abzulenken. »Colin ist in Ladymere auch einmal in mein Zimmer gekommen und hat mich auf diese Weise berührt. Während ich mich anzog. Er hat mir auch etwas geschenkt. Es war ein St-Stück der Bastille.« Sie blickte über ihre Schulter, als befände es sich auf dem Schreibtisch. »Ich habe es noch, wenn du möchtest, dann —«

Sein ersticktes Fluchen unterbrach sie. Riordan ließ schweratmend von ihr ab und trat zurück. Er wußte, daß sie Wades Namen genannt hatte, um ihn zornig zu machen, doch was ihn ärgerte, war die Tatsache, daß das jedes Mal funktionierte.

»Bist du fertig?« erkundigte er sich mit einer Stimme, die er kaum wiedererkannte. Sie nickte kurz. »Gut. Wir wollen doch nicht, daß die Gäste vor uns eintreffen. Aber ich möchte dir noch etwas sagen, Cass und bitte hör mir genau zu. Du hast deine letzte Nacht in diesem Raum verbracht. Von nun an wirst du bei mir, in unserem Bett, in unserem Zimmer schlafen. Schüttle nicht den Kopf — so wird es sein.«

»Nein!«

»Doch. Ich will meine Frau und bei Gott, ich werde sie auch besitzen.«

Angst und Aufregung und noch etwas anderes ließen ihre Lippen steif werden. »Du bist nichts weiter als ein Lügner und ein Mistkerl, Philip Riordan —«

»Dafür haben wir jetzt keine Zeit, mein Liebling.« Er packte ihren widerspenstigen Arm und schob sie zur Tür. Sein kummervolles Lächeln war ganz offenkundig falsch. »Und ich fürchte, daß auch später keine Zeit dafür sein wird. Clara?« rief er nach dem Hausmädchen, das sich in der Eingangshalle nahe der Treppe herumtrieb. »Bring bitte Cass' Mantel. Und was immer sonst sie noch braucht.« Das Hausmädchen lief mit einem unsicheren Lächeln an ihnen vorbei und warf einen Blick auf das Gesicht seiner Herrin.

»Ich glaube, mein Cousin Edward wird dir gefallen«, teilte Riordan Cass mit, während er sie die Treppe hinunterführte. Seine Hand lag stützend unter ihrem Ellbogen. »Außer mir ist er wirklich das einzige anständige Mitglied unserer Familie. Es würde mich nicht wundern, wenn mein Bruder George versuchte, dich zu kompromittieren. Meine beiden Schwestern haben sich entschieden, dir die kalte Schulter zu zeigen — was ein wirklicher Segen ist, das darfst du mir glauben. Mein Vater kann nicht kommen, er ist krank. Doch du wirst die zweifelhafte Ehre haben, meine Mutter kennenzulernen.« Er fuhr fort, angeregt über die Leute zu plaudern, die sie kennenlernen würde und welche Behandlung sie von ihnen erwarten durfte, aber sie bekam kein Wort mehr davon mit. Der Brennpunkt ihrer Angst hatte sich verschoben. Sie fürchtete nicht mehr ihren Hochzeitsempfang, sondern das, was danach kommen würde.

Sie standen Seite an Seite hinter der Tür, die zu dem von Kerzen erleuchteten Saal führte, hielten sich an den Händen, als ob sie sich wirklich mögen würden und begrüßten Gast für Gast, bis die Leute für Cass zu lächelnden, verschwommenen Gestalten wurden. Ihr eigenes Lächeln fühlte sich wie angemalt an. Sie vermochte in dem ungewohnten Korsett, auf dem die Näherin bei dem Kleid bestanden hatte, kaum zu atmen. Nun ja, wenn es das Ziel war, ihren

Busen bis zu ihrer Kehle hinaufzupressen, dann war das gelungen, dachte sie mit einem matten Lächeln und bot ihre Hand dem nächsten neugierigen Gast. Wäre sie in einer anderen Stimmung gewesen, hätte sie sich sicherlich über die eine oder andere Begrüßung amüsiert, die sie über sich ergehen lassen mußte. Jeder kannte ihre einzigartige Geschichte und die Umstände ihrer sogenannten Heirat, und die daraus resultierende Befangenheit brachte einige interessante erste Worte zustande. Aber im allgemeinen wurde sie mit mehr Höflichkeit und Respekt behandelt, als sie sich erträumt hatte, und sie wußte, daß dies allein Riordans gehobener Stellung zu verdanken war. Wie es schien, waren Geld und Macht in der Lage, Respektabilität für jeden zu erkaufen — selbst für sie. Doch sie fragte sich mehr als einmal, was diese Leute tun würden, wenn sie plötzlich alle zusammenriefe, um ihnen die Wahrheit zu verkünden. Sie vermutete, daß nicht einmal Riordans Einfluß stark genug sein würde, um die Respektabilität für einen von ihnen beiden dann noch sichern zu können.

Warum tat sie es eigentlich nicht? Gewiß lag es nicht daran, daß ihr der Mut fehlte. Oder sie die Mißbilligung dieser Leute fürchtete. Mit einem Schaudern wurde ihr klar, daß sie es tat, weil sie ihn schützen wollte. Weil sie ihn immer noch liebte. Aus ganzer Seele, mit jeder Faser ihres Körpers. Sie begann, sich selbst zu hassen. Ihr einziger Trost war, daß sie nie die Gelegenheit bekommen hatte, es ihm zu sagen.

»Philip, *Darling.*«

Riordan streifte die Wangen einer kleinen, zierlichen Dame mittleren oder reiferen Alters. Bevor er sie Cass vorstellen konnte, vermutete diese bereits, daß es sich um seine Mutter handelte, denn sie besaß die gleichen großen, dunkelblauen Augen wie er. Sie hatte eine mädchenhafte, vogelgleiche Art, die ihrem Alter, das sie mit Hilfe des reichlichen Gebrauchs von Puder und Kosmetik zu verbergen suchte, gar nicht entsprach. Ein ungebetenes Bild von einem kleinen Jungen in einem Sommerhaus, der diese Frau und ihren Liebhaber beim Liebeakt überrascht, erschien in Cass' Kopf.

Er stellte seine Mutter als Lady Millicent vor. »Aber du mußt mich Millie nennen, wie alle anderen auch. Ich verbiete dir, mich Mutter zu nennen.«

»Das wäre mir auch im Traum nie eingefallen«, murmelte Cass.

»Oh, wie dumm von mir, Roddy.« Sie ergriff den Arm eines Gentleman, der neben ihr stand. »Cassandra, das hier ist Roderick McPhee. Roddy, darf ich dir meine charmante neue Tochter vorstellen? Und dies hier ist mein Sohn Philip, ich glaube, Ihr kennt euch noch gar nicht.« Lady Millicents Begleitung war ein elegant gekleideter, gutaussehender Bursche, der ein oder zwei Jahre jünger war als Riordan. Die beiden Männer schüttelten sich ohne erkennbare Wärme die Hände.

»Wie geht es Vater?« erkundigte sich Riordan kühl.

Nur ein leichtes, kaum erkennbares Flattern der Nasenflügel verriet, daß Lady Millicent diese Frage als taktlos erachtete. »Nicht so gut, fürchte ich, aber darüber werde ich dir später berichten. Nun! Es stimmt also wirklich — mein jüngstes Kind hat geheiratet?!«

»Wie du siehst.« Er zog Cass' kalte Hand an seine Lippen und preßte einen zärtlichen Kuß auf ihre Knöchel.

»Das freut mich natürlich für dich, aber ich muß gestehen, daß es ein klein wenig überraschend kam. Ich dachte, du und dieses entzückende Harvellyn-Mädchen — ach, es kommt ja immer anders als man denkt, nicht wahr? Und wer kann schon behaupten, daß eine impulsiv geschlossene Ehe eine geringere Chance hat, erfolgreich zu verlaufen, als eine sorgfältiger geplante?« Niemand antwortete ihr. »Also, ich wünsche euch wohl am besten ein langes Leben und gemeinsames Glück.« Die Aufmerksamkeit ihrer Ladyschaft schien nachzulassen, da sie Freunde am anderen Ende des Raums entdeckt hatte. »Herrjeh, bei diesen großen Festivitäten hat man nie richtig die Möglichkeit, sich ernsthaft zu unterhalten, nicht wahr? Aber wir werden uns ja alle morgen bei George sehen. Nur die Familie, wie nett. Bis dann!« Und schon segelte sie davon.

Riordan blickte seiner Mutter, die am Arm ihres jungen Begleiters davonschritt, mit einem grimassenhaften Lächeln nach.

»Was ich an Mutter am meisten schätze, ist ihre Wärme«, sagte er und senkte seinen Kopf, um Cass anzublicken. »Fühlst du dich jetzt nicht an den Busen der Familie gedrückt, mein Schatz? Und du wirst von den anderen mit der gleichen Güte und Herzlichkeit behandelt werden, das darf ich dir versichern.«

Sie erwiderte nichts darauf. Innerlich versuchte sie zu verstehen, wie er und seiner Mutter mit unbewegtem Gesicht eine solch unglaubliche Lüge auftischen konnte — egal, wie sehr er sie auch verachten mochte.

»Komm schon, Liebling, irgendwann wirst du einmal ein Wort an mich richten müssen. Was sollen die Leute denn denken?« Er legte seine Finger kaum spürbar unter ihr Kinn und hob ihr Gesicht in die Höhe. Der Ausdruck hoffnungsloser Enttäuschung, der ihre grauen Augen trübte, brachte ihn dazu, die Zähne aufeinanderzubeißen, und er mußte sich beherrschen, um sie nicht anzuschreien. Aber es blieb keine Zeit, um mehr zu sagen. Weitere Gäste trafen ein, und sie waren verpflichtet, sie gemeinsam zu begrüßen.

Sein Bruder George, Vicomte Lanham, hatte überhaupt keine Ähnlichkeit mit ihm, dachte Cass, außer vielleicht um den Mund — doch nein, nach einer Weile kam sie zu dem Schluß, daß Riordans Mund stark und sinnlich war, während der von George nur als sinnlich bezeichnet werden konnte.

Wie Riordan es vorausgesagt hatte, küßte und betätschelte George sie bei jeder Gelegenheit — die sich für diesen allerdings nicht allzu oft ergab, da Riordan zusah, daß sie so wenig wie möglich von seiner Seite wich. Er befreite sie aus den Fängen seines Bruders, sobald es die Etikette zuließ und entschuldigte sie mit der Bemerkung, daß er die Festivität offiziell eröffnen müsse, indem er den ersten *contredanse* mit ihr tanzte.

»Ich möchte nicht mir dir tanzen«, erklärte sie, als er sie

auf den Tanzboden führte. Das waren die ersten Worte, die sie seit vielen Minuten an ihn richtete.

»Du wirst es trotzdem tun«, erwiderte er verärgert. Die Musik und somit auch der Tanz begann. »Wäre es wohl zuviel verlangt, wenn du ab und zu einmal lächeln würdest, mein Liebling?« erkundigte sich in einem verräterisch freundlichen Tonfall, als er sie an einer Doppelreihe bewundernd dreinblickender Damen und Herren entlangführte. »Du hast bereits bewiesen, daß du zu keiner Konversation fähig bist, willst du nun auch noch zur Schau stellen, daß deine Stimmung dem entspricht?«

Sie preßte die Lippen aufeinander, denn sie hielt es für unter ihrer Würde, darauf zu antworten.

»Nein, wirklich, mein Schatz, mir ist klar, daß das Zusammentreffen mit meiner Familie ein ziemlicher Schock für dich gewesen sein muß, aber deine Gesprächigkeit läßt heute abend schon sehr zu wünschen übrig. Geht es dir gut?«

Sie zwang sich zu einem freundlichen Lächeln und erwiderte leise, jedoch deutlich: »Scher dich zum Teufel.«

Er verneigte sich höflich vor ihr. »Ach, mein Liebling, wie ich den Klang deiner Stimme anbete! Woran wir jetzt noch arbeiten müssen, ist die Botschaft.« Er ergriff ihre Hand, hielt sie in die Höhe und führte sie zu einer stattlichen Drehung. »Einige Männer sollen ja ruhige Frauen vorziehen, habe ich mir sagen lassen, aber ich gehöre nicht dazu. Allerdings wünsche ich mir auch eine Ehefrau, die mir keine Flüche ins Gesicht schleudert.«

»Ich bin nicht deine Ehefrau.«

Er preßte seine Hand gegen ihr Kreuz und grinste auf sie hinab. »In letzter Zeit nicht mehr, das ist wohl war. Aber nach der heutigen Nacht wirst du es wieder sein. Vorsicht, mein Herz.« Er hielt ihren Ellbogen, als sie einen Schritt verpaßte.

Sie vermochte sich nun nicht einmal mehr mit Mühe ein Lächeln abzuringen. »Du kannst doch unmöglich —« Die Schrittfolge des Tanzes trennte sie für einen Moment. Sie starrte wütend zu ihm hinüber und erwog, einfach davonzustürmen. Er würde sie vermutlich nach drei Schritten einholen, doch hätte sie es zumindest geschafft, ihn bloßzustellen.

Als habe er ihre Gedanken gelesen, ergriff Riordan sie bereits einige Takte früher, als die Musik es vorschrieb und umfaßte ihre Hand mit einem stärkeren Griff. »Was kann ich unmöglich, mein Engel?«

Sie fletschte die Zähne. »Welcher Mann möchte schon eine Frau besitzen, die ihn verachtet?« stieß sie mit einem harschen Flüstern hervor.

»Ein Mann, der des Wartens müde ist, sollte man meinen.« Sein eigenes Lächeln begann, dahinzuschwinden.

»Ich habe nicht die Absicht, dir zu erlauben, mich in dieser oder irgendeiner folgenden Nacht zu berühren.«

»Dann werde ich mir wohl das, was mir gehört, ohne deine Erlaubnis nehmen müssen.«

»Ich gehöre dir nicht.«

Der Tanz hatte wenige Sekunden zuvor geendet. Sie verbeugten sich hastig und staksten eher wie zwei Duellisten denn wie zwei Frischverheiratete vom Tanzboden, obwohl er immer noch ihre Hand hielt.

»Cassie! Großer Gott, na wenn du keine Augenweide bist! Gib mir einen Kuß.«

»Oh, Freddy!« Sie warf sich mit einer Zuneigung, die von Herzen kam, in die geöffneten Arme ihres Cousins, und ihre Augen füllten sich mit Tränen. »Oh, ich bin so froh, dich zu sehen!«

»Ich freue mich auch, das kannst du mir glauben! Um nichts in der Welt hätte ich das hier versäumen mögen. Hallo, Philip, herzliche Glückwünsche und alles, was dazugehört.« Die beiden Männer schüttelten sich die Hand. Riordan vollzog diesen Akt der Höflichkeit ein wenig grimmig.

»Wie geht es dir, Freddy?« erkundigte sich Cass. »Ich habe dich ja eine Ewigkeit nicht gesehen.«

»Glänzend wie immer — und, Cassie, ich habe tolle Neuigkeiten: Ich werde auch heiraten!«

»Nein!«

»Sie hat gestern abend ja gesagt — Mutter weiß noch gar nichts davon. Ich hätte sie heute mitgebracht, aber sie hat sich wohl etwas verkühlt. Ich hoffe nur, das das nicht eine Folge ihrer Einwilligung ist! Ha ha!«

»Oh, Freddy, das ist ja wundervoll! Ich freue mich so für dich. Ist es Ellen Van Rijn?«

»Ja, und sie ist wirklich ein Traum von einem Mädchen, Cassie. Ich weiß, daß sie dir gefallen wird. Ist das nicht fantastisch, daß wir bald beide verheiratet sind? Wer hätte das letztes Frühjahr in Paris gedacht, was?«

Cass erwiderte etwas Unverständliches.

»Aber das Beste hast du ja noch gar nicht gehört. Rate mal, wer noch den Bund fürs Leben schließen wird!«

»Wer denn?«

»Mutter.«

»Nein! Und mit wem?«

»Einem Kerl namens Edward Frane. Häßlicher Knilch, aber reich wie ein Krösus. Du kennst ihn doch, oder?«

Sie vermochte nur mit offenem Mund zu nicken. Auch wenn sie wütend auf Tante Beth und mit ihrer Geduld ihr gegenüber am Ende war, so hätte sie ihr doch niemals jemanden wie Edward Frane gewünscht.

Freddy führte sie zum nächsten Tanz, Riordans Bruder George übernahm den daran anschließenden. Dann folgte eine Reihe von Partnern, die sie teilweise kannte und teilweise nicht. Sie begann, sich krank zu fühlen, aber da sie das Tanzen dem Reden vorzog, lehnte sie nie ab. Sie spürte ständig Riordans Augen auf sich ruhen, obwohl sie es sorgfältig vermied, in seine Richtung zu blicken. Sie bemerkte, daß er trank und nicht etwa nur so tat — wenn auch bislang nur in moderater Weise. Einmal, als sie zusammen waren, sagte sie ohne ihrer Stimme viel Gewicht zu verleihen: »Wie ich sehe, trinkst du wieder.«

»Wäre es dir lieber, wenn ich es nicht täte?«

»Es ist mir völlig gleichgültig, ob du es tust oder läßt.«

Er starrte in seinen Wein. »Komisch. Mir auch.« Und dann setzte er das Glas auf dem Tisch ab.

Ein wenig später, als die Musiker eine Pause einlegten, entführte er sie von ihrem letzten Tanzpartner und geleitete sie zu einer Nische, wo es Lady Helena Strong sich mit zwei anderen matronenhaften Hüterinnen der Tür zur *haut monde* gemütlich gemacht hatte und an ihrem Fruchtlikör nippte. Lady Helena sprach nur eine Spur höflicher mit Cass, als sie es vor zwei Monaten im Laden des Brillenschleifers getan hatte. Nach einer Weile steifen Geplauders erkundigte sich Riordan abermals anzüglich nach Walter, Lady Helenas Sohn, was deren Wangen rot anlaufen ließ.

»Ach, und übrigens«, fuhr er dann fort. »Die Einladung zu Ihrer *fête champêtre* ist eingetroffen. Ganz herzlichen Dank auch. Wir kommen nur zu gern, nicht wahr, Cass? Ein Wochenende in Oxfordshire scheint vor dem Einsetzen der Winterzeit genau das Richtige zu sein.«

Lady Helena machte den Eindruck, als habe sie ein halbes Dutzend scharfkantiger Steine verschluckt. Sie erholte sich allerdings erstaunlich schnell und versicherte mit zögerlicher aber entschlossener Stimme, wie sehr sie sich darüber freue. Als Riordan ihre Hand ergriff und küßte, da bemerkte niemand außer Cass das Blinzeln, das er ihrer Ladyschaft zum Abschied zuwarf.

»Ich nehme einmal an, daß wir nicht zu dieser *fête champêtre* eingeladen waren«, flüsterte Cass, als sie sich auf den Weg in den Speiseraum machten.

»Jetzt sind wir es«, erwiderte er lächelnd und nickte unterwegs einigen Freunden zu.

»Warum hast du ihr das denn aufgedrängt? Das war doch praktisch Erpressung.«

»Weil sie — egal, wie abscheulich sie auch sein mag und wie unerträglich ihr Hausfest in Oxfordshire auch werden wird — zusammen mit ihren Freundinnen den Schlüssel zu deinem Zutritt in die höchsten gesellschaftlichen Kreise Londons in Händen hält, Cass. Ehrlich gesagt, kommen wir ohne sie nicht aus.«

Cass blieb stehen und wandte sich ihm erstaunt zu. »Aber welchen Unterschied macht das denn schon? Ich werde doch sowieso nicht lange genug bei dir bleiben, als daß das noch eine Rolle spielen würde!«

Er hielt immer noch ihre Hand fest und drückte sie, bis Cass erbleichte. »Was zum Teufel soll das heißen?« erkundigte er sich, und die Röte stieg ihm ins Gesicht.

Dieses Mal war sie es, die sich daran erinnerte, daß sie von anderen umgeben waren. »Du tust mir weh«, sagte sie leise und blickte zur Seite.

Sein Griff lockerte sich ein wenig, aber er ließ sie nicht los. »Ich habe dir eine Frage gestellt.«

»Deren Antwort du sehr wohl weißt.«

»Ich weiß gar nichts, außer, daß du die verdammenswerteste Frau bist, die mir jemals begegnet ist!«

»Laß mich los, Philip. Die Leute sehen uns schon an.«

»Tun sie das? Dann sollten wir ihnen auch etwas zeigen, was sich anzusehen lohnt.«

Sie zischte ihn an: »Hör sofort auf, wag es ja nicht —«

Doch es war zu spät. Er zog sie an sich und erstickte ihre Einwände mit seinem Mund. »Erwidere meinen Kuß«, murmelte er an ihren Lippen und hielt ihren Nacken mit seiner Hand umfangen. Sie versuchte, den Kopf zu schütteln. »Küß mich, Cass, sonst lege ich meine Hände auf dein Hinterteil.« Ein ersticktes, empörtes Keuchen war ihre Antwort. »Also gut —« Doch bevor er seine Hand von ihrer Taille hinuntergleiten lassen konnte, legte sie ihre Arme um seinen Nacken und preßte sich gegen ihn.

»Du Bastard . . .«

Er nutzte ihre unkluge Entscheidung, zu sprechen, und ließ seine warme Zunge in ihren Mund gleiten, um sie zu schmecken. Dabei spürte er das Zittern, das ihren Körper erschauern ließ. Für eine weitere Sekunde bemühte sie sich, ihre Reaktion zu unterdrücken. Doch dann gab sie auf. Niemals zuvor hatte sich etwas so richtig angefühlt, wie sein Mund, der auf dem ihren lag, wie seine Hände, die sie gegen seinen harten Körper preßten. Ihre Augen waren geschlossen, ihre Sinne gänzlich in Anspruch genommen. Sie vernahmen den gutmütigen Applaus erst, als der Kuß vorüber war. Riordan hielt sie noch einen Moment länger im Arm, bevor er sich ihrem kleinen Publikum mit einem Ausdruck zuwandte, der zu sagen schien: Wer um Gottes Willen sind all diese Leute hier? Cass errötete bis zu den Haarwurzeln und wäre wohl vor Scham und Verzweiflung geflüchtet, hätte er sie nicht mit einem eisernen Griff festgehalten.

»Ich glaube, das hat ihnen gefallen, meinst du nicht auch, mein Liebling? Sollen wir es noch einmal versuchen?« Er preßte seine Lippen auf ihren Scheitel.

»Dann bringe ich dich um«, murmelte sie erbost.

Er kicherte und führte sie in den Speiseraum, wo an langen Tischen ein üppiges Mitternachtsmahl serviert worden war. Er fühlte sich seit Wochen endlich einmal gut, ließ seinen Arm um ihre Taille geschlungen und fütterte Cass mit Delikatessen, bis sie ihm wahrheitsgemäß gestand, daß sie sich über sein Hemd erbrechen würde, wenn er ihr noch mehr davon aufdrängte.

Cass konnte sich hinterher nicht mehr daran erinnern, wie die nächste Stunde vergangen war. Sie erinnerte sich an nichts weiter als an einen düsteren, summenden Nebel, während ihr Verstand in morbider Erwartung der Dinge harrte, die später in der Nacht geschehen würden und ihr Körper dabei am Rande der Erschöpfung stand. Sie mußte wohl gesprochen, gegessen, Wein getrunken, umhergegangen sein, doch ihr kam es so vor, als ob sie allein in einem kleinen, schwarzen Raum eingesperrt gewesen sei, in dem ihr nur ihre alptraumhaften Gedanken Gesellschaft leisteten.

Am schlimmsten war, daß sie sich ihm in Kürze freiwillig und ohne Nötigung hingeben, und ihre Niederlage somit vollkommen sein würde. Die Sache, die sie unter allen Umständen zu vermeiden gesucht hatte, nämlich, seine Mätresse zu werden, wäre dann ein *fait accompli*.

Doch die eigentliche Quelle ihrer Seelenqualen lag darin, daß Philip Riordan sie trotz all ihrer Anstrengungen, trotz des Einsatzes all ihrer Willenskraft, dazu brachte, genau das zu tun, was er wollte. Und der eigentliche Teil — der, der ihr wirkliche Pein verursachte — war, daß sie, wenn das alles erst einmal hinter ihr lag, Geld von ihm annehmen mußte — denn sie hatte keine Wahl, sie mußte irgendwie leben. Und dann gab es nur noch ein Wort für das, was aus ihr geworden war: eine Hure.

So wollte es Cass' in ihrer fiebrigen Argumentation zumindest vorkommen, während sie tanzte und lachte und sich unterhielt, die ganze Zeit das schrille Surren in ihren Ohren zunahm und sich ein Gefühl von Irrealität über ihre Wahrnehmung legte. Ihre Haut schien für Berührungen zu empfindlich. Leute und Gegenstände begannen fremd auszusehen. Sie erblickte sich selbst wie von Ferne, wie sie inmitten einer bunten Menge von Tänzern und endlos wechselnden Partnern herumwirbelte. Und dann, langsam, so langsam, daß es ihr erst auffiel, als es bereits zu spät war, begann alles um sie herum zu verblassen, bis sie nichts anderes mehr wahrnahm als ein stecknadelkopfgroßes Licht und ein kaum hörbares Summen. Und dann gar nichts mehr.

Von der anderen Seite des Raums aus beobachtete Riordan, wie seine Frau mitten im Tanz zögerte und einen komplizierten Schritt ausließ. Wie erstarrt sah er zu, daß sie einen unsicheren Schritt zur Seite machte, den einen Arm von sich gestreckt, die Stirn zu einem leichten Runzeln verzogen und die Augen halb geschlossenen. Er ließ sein Punschglas fallen und war schon halb bei ihr, als er hörte, wie es auf dem Boden zersplitterte. Sein einziges Ansinnen bestand darin, sie aufzufangen, bevor sie fiel.

Aber es war zu spät. Sie sank in sich zusammen, die Arme und Beine scheinbar ohne Knochen. Dann traf ihr Kopf mit einem schrecklichen Krachen auf dem Boden auf.

Er kniete mit zitternden Händen neben ihr, ohne die Flüche und das erstaunte Keuchen der Menge, die sich um ihn versammelte, wahrzunehmen. Riordan hielt ihren Nacken und untersuchte ihren Hinterkopf mit den Fingerspitzen, wobei er nicht zu atmen wagte. Eine Schwellung hinter ihrem rechten Ohr, aber kein Blut. Langsam bemerkte er, daß die Leute ihn drängten, sie hochzuheben, ihm ihre Hilfe anboten. Doch er winkte die ausgestreckten Hände beiseite und hob sie selbst in die Höhe, wobei sich sein Herz angesichts der Leichtigkeit ihres Körpers schmerzhaft zusammenzog. Ein Mann bat ihn, ihm zu folgen. Er gehorchte blindlings und schritt hinter ihm einen Korridor entlang zu einer Art Arbeitszimmer mit einem Schreibtisch, Stühlen und einem Diwan. Der Mann sagte etwas von ›Mrs. Wiliss' Zimmer‹ und deutete auf den Diwan. Riordan legte Cass darauf und krächzte: »Holen Sie einen Doktor«, bevor er sich stumm neben sie hockte.

Ihre Haut war klamm und kalt und glänzte vor Schweiß. Ihr Gesicht trug überhaupt keine Farbe. Er nannte immer und immer wieder ihren Namen, hielt ihre Hände in einem festen Griff und versuchte, sie zu wärmen. Als er bemerkte, daß ihr Atem flach und unregelmäßig kam, zog er ihr Kleid herunter, richtete sie auf und bemühte sich hektisch, die Schnüre im Rücken ihres Korsetts zu lösen. Als er sie wieder hinlegte, tat sie einen tiefen, zitternden Atemzug, und ihre Augenlider begannen zu flattern. Doch sie blieb weiterhin bewußtlos, und so fiel ihm nichts anderes mehr ein, was er hätte tun können, außer, sie in seinen Armen zu halten.

Ein Arzt kam. Hilflos mußte Riordan mitansehen, wie dieser ihre Pupillen untersuchte, ihren Puls nahm, ihr Herz abhörte und ihren Hinterkopf untersuchte. Während all dies geschah, verblieb er in einem Kokon aus Elend und vernahm die tröstenden Worte seiner Freunde wie das Summen von Insekten in einem anderen Raum. Man drängte ihn, für einige Minuten in den Korridor hinauszugehen, und er gehorchte wie betäubt, wobei er sich nur halb bewußt wurde, daß der Doktor sie wohl auf eine Art und Weise untersuchen wollte, die er nicht mitansehen durfte.

Nach einer Weile durfte er wieder eintreten. Cass hatte ihre Augen noch geschlossen, doch ihre Farbe war bereits frischer. Sie sah aus, als würde sie schlafen und schien nicht mehr bewußtlos sein. Er beugte sich über sie und berührte ihre Wange mit der Rückseite seiner Hand. Dann richtete er sich wieder auf. »Wie geht es ihr? Wird sie wieder gesund?«

Als der Doktor nickte, schloß er die Augen und sprach seit vielen, vielen Jahren wieder einmal ein stummes Gebet.

Der Arzt, dessen Name Mason lautete, sprach leise, so daß Riordan sich weiter zu ihm hinüberbeugen mußte. »Ihre Frau ist in Ohnmacht gefallen, Mr. Riordan. Ich nehme an, daß sie bereits das Bewußtsein verloren hatte, als ihr Kopf auf den Boden schlug. Was das angeht, hat sie Glück gehabt: Der Schädel ist nicht gebrochen, auch wenn das Gehirn erschüttert ist. Sie kennt allerdings ihren Namen und weiß, wo sie wohnt. Keins ihrer Glieder ist gelähmt.«

»Großer Gott.« Riordan fühlte sich erleichtert, doch gleichzeitig lief es ihm kalt den Rücken hinunter.

»Abgesehen davon scheint sie mir in keinem guten gesundheitlichen Zustand zu sein. Ist sie in letzter Zeit krank gewesen?«

»Nein.« Er schüttelte nachdrücklich den Kopf.

»Nun, sie scheint sehr schwach zu sein, möglicherweise sogar unterernährt. Ihr Gewicht ist definitiv zu niedrig. Mein erster Gedanke war, daß sie schwanger ist, doch ich habe sie untersucht, und das ist nicht der Fall.«

Riordan lehnte all sein Gewicht gegen die Tür.

»Ich nehme an, daß sie wieder gesund wird«, versicherte ihm Dr. Mason und tätschelte ermunternd seinen Arm. »Sie braucht jetzt viel Ruhe und gesundes Essen. Und in den nächsten Tagen keine Aktivität oder Aufregung. Ich werde sie mir am Morgen noch einmal ansehen.«

»Darf sie bewegt werden? Darf ich sie nach Hause bringen?«

Der Doktor blickte nachdenklich drein. »Nun, ich denke schon, wenn es nicht zu weit ist —«

»Das ist es nicht.«

»— und gebotene Vorsicht angewandt wird. Es kommt darauf an, Erschütterungen zu vermeiden, die schmerzhaft und möglicherweise sogar gefährlich sein könnten. Sehen Sie sich dazu imstande?«

»Ich denke, daß sich das bewerkstelligen läßt.«

Eine Weile danach trug Riordan Cass auf seinen Armen nach Hause.

Sie erwachte vollends im Morgengrauen, obwohl sie sich seit Stunden in einem nebelhaften Bewußtsein befunden hatte. Im Licht der einzigen Kerze auf dem Nachttisch stellte sie fest, daß sie sich in Riordans Zimmer befand, in seinem Bett, und daß er auf der Bettkante saß, mit dem Rücken zu ihr. Und daß er den Kopf in den Händen verborgen hielt. Sie kam zu dem Schluß, daß er vielleicht döste, so still war er. Die Geschehnisse des vorherigen Abends drangen in abgerissenen Bildern wieder in ihr Gedächtnis. Sie wußte, daß sie krank war, aber sie konnte sich nicht genau an die Kette der Ereignisse erinnern, die sie in diese Lage gebracht hatte. War heute erst der nächste Tag? Wie war sie nach Hause gekommen? Sie hatte in Erinnerung, getragen worden zu sein ... aber nein, das war ja absurd, es mußte sich um eine Halluzination handeln.

Sie hob versuchsweise die Hand zur Stirn. Ihre Augen waren nicht ganz in Ordnung. Sie sah ihre Umgebung durch eine Wolke aus kleinen, schwarzen Punkten. Ihr Kopf fühlte sich wie eine hohle Glasschüssel an und schmerzte seltsam.

Sie mußte wohl ein Geräusch von sich gegeben oder eine Bewegung gemacht haben, denn Riordan fuhr auf und sah sie an. Sie fand, daß er in dem Kerzenlicht eigenartig aussah, weißer als gewöhnlich und verhärmt. Er flüsterte ihren Namen. Sie mußte sich erst mit der Zunge über die Zähne fahren, ehe sie in der Lage war, zu antworten, denn ihre Mund war so trocken. »Was ist geschehen?« Daraufhin tat er etwas Eigenartiges. Er ergriff ihre Hände und preßte ihre Knöchel für eine Sekunde fest gegen seine Stirn. Als er aufblickte, leuchteten seine Augen wild.

»Die meisten Frauen begnügen sich mit der Behauptung, unter Kopfschmerzen zu leiden«, murmelte er, doch es gelang ihm nicht, seinem Tonfall die beabsichtigte Leichtigkeit zu verleihen. »Mußt du denn immer gleich zu solch extremen Maßnahmen greifen?«

Sie starrte ihn verständnislos an.

Er räusperte sich und blinzelte, als ob ihm etwas ins Auge

geflogen sei. »Erinnerst du dich noch daran, daß du in Ohnmacht gefallen bist?«

Sie begann, den Kopf zu schütteln, unterließ es aber schnell wieder. »Nein.«

»Du bist gefallen und mit dem Kopf auf den Boden geschlagen. Dann warst du für eine Weile ohne Bewußtsein und hast danach nur noch geschlafen.«

»Letzte Nacht?«

»Ja. Beim Empfang. Erinnerst du dich jetzt?«

»Undeutlich«, entgegnete sie, nachdem sie einen Moment nachgedacht und es dann aufgegeben hatte. »Könnte ich etwas Wasser bekommen?«

Er griff nach dem Glas auf dem Nachttisch. Mit seinem Arm stützte er ihren Nacken, während sie ein paar Schlucke nahm, doch er konnte erkennen, daß ihr die Bewegung Schmerzen verursachte. »Wie fühlst du dich? Tut der Kopf weh?« Sie gab ein nichtssagendes Brummen von sich, und er wußte sofort, daß sie zu den Menschen gehörte, die sich nie beklagten, wenn sie krank waren. »Der Doktor wird in ein paar Stunden noch einmal nach dir sehen. Er sagt, daß du wieder ganz gesund werden wirst.« Ihre Lider begannen, herabzusinken. Sie driftete wieder in den Schlaf zurück. »Cass?«

»Mmm?«

»Du hast mir einen ganz schönen Schrecken eingejagt.«

Ihre Augen schlossen sich vollends. »Geschieht dir recht«, murmelte sie nach einem müden Seufzer und schlief wieder ein.

Als der Doktor sie erneut untersuchte, bestätigte er lediglich, was er in der Nacht zuvor gesagt hatte: Sie hatte sich am Kopf verletzt, befand sich jedoch in keiner Gefahr und benötigte Ruhe und Schlaf. Dennoch hielt Riordan während der nächsten Tage beinahe ständig Wache an ihrem Bett und legte sich nur wenige Stunden in ihrem Zimmer nebenan zum Schlafen nieder — ohne jemals zu vergessen, Clara zu ermahnen, ihn sofort zu wecken, falls es irgendeine Veränderung gebe. Nach zwei Tagen ließen Cass' Kopfschmerzen langsam nach, ihr Appetit kehrte ein wenig zurück, und sie litt nur noch unter einer starken Müdigkeit. Sie schlief tagsüber sehr viel und lag seltsamerweise dafür nachts häufig wach. Riordan kam gern in ihr Zimmer und empfand ein seltsames Gefühl in seiner Brust: das Verlangen nach ihr und zugleich das Bedürfnis, sie zu beschützen. Er bemühte sich, die Hände von ihr zu lassen. Doch wenn er ihr die Kissen aufschüttelte oder das Laken für sie glattzog, dann vermochte er es manchmal kaum noch zu ertragen und mußte sie einfach berühren — wenn auch nur ganz leicht, flüchtig. Anschließend blickten sie beide beiseite und gaben vor, daß es sich um ein Versehen gehandelt hatte, über das es sich nicht zu sprechen lohnte.

Ihre Unterhaltungen waren leise und ruhig, dazu angetan, sie nicht aufzuregen. Sie erinnerte Cass vielmehr an die Zeit vor Wade, als sie es einfach genossen hatten, zu lesen und sich zu unterhalten oder bloß in Gesellschaft des anderen zu sein. Für Cass war es eine Zeit, ihre bitteren Gedanken beiseitezuschieben und eine Heilung von Körper und Seele zuzulassen. Obwohl kein Problem gelöst war, so war es im Auge des Sturms doch friedlich, und sie wollte es sich erlauben, diese Ruhe noch ein wenig länger zu genießen.

Eines Abends, ungefähr eine Woche nach dem Unfall, stieg Riordan nach einem einsamen Mahl im Speisezimmer mit langsamen, gemessenen Schritten die Treppe hinauf. Auf sein Klopfen hin trat Clara an die Schlafzimmertür. »Sie ist wach. Redet sogar davon, morgen aufzustehen. Wird wohl langsam unruhig, wie mir scheint. Das ist doch ein gutes Zeichen, oder?«

Riordan wußte es nicht und schickte Clara fort.

Sie las das *Gentleman's Quarterly* und schenkte ihm zur Begrüßung ihr übliches reserviertes Lächeln. Er überraschte sie, daß er sich nicht in seinen gewohnten Sessel, sondern auf die Bettkante setzte. Sie rückte ein wenig zur Seite, um ihm mehr Platz zu machen und legte die Zeitschrift nieder.

»Wie fühlst du dich heute?«

»Viel besser, vielen Dank.«

Das war ihre Standardantwort und er schenkte ihr keine besondere Beachtung. Er schwieg für eine Weile und spielte mit der Bettdecke. »Cass«, begann er schließlich und verstummte erneut.

Diese Zögerlichkeit sah ihm gar nicht ähnlich. Cass blickte ihn neugierig an. Plötzlich wußte sie, was er sagen wollte. Eine Mätresse war eine Sache, doch eine bemitleidenswerte Invalidin eine andere. Er war es leid, sie zu pflegen und würde sie fortschicken. Eine arktische Kälte breitete sich in ihrem Inneren aus, und zugleich kam ihr die erstaunliche Erkenntnis, daß sie gar nicht gehen wollte. Egal, wie schlimm die Dinge auch zwischen ihnen stehen mochten, es wäre tausendmal schlimmer für sie, wenn sie ihn gar nicht mehr sehen würde. Sie wandte ihr Gesicht ab und konzentrierte ihren Körper und ihren Verstand auf eine einzige Sache: nicht zu weinen.

»Ich weiß, daß unsere Hochzeit ein wenig unkonventionell verlaufen ist«, sagte er, immer noch zögernd, »und wir haben nicht mit all den Vorzügen beginnen können, mit denen andere Paare ihr gemeinsames Leben für gewöhnlich starten.« Er zwang sich zu einem kleinen Lächeln. »Wie zum Beispiel ein paar Minuten Zeit, um sich das Ganze vorher in Ruhe zu überlegen.«

Sie wandte ihm ihren Kopf zu und blickte ihn erstaunt an. »Wovon redest du?«

»Ich versuche dir zu sagen, daß ich möchte, daß wir es schaffen, Cass. Es hat doch vorher funktioniert, das kannst du nicht bestreiten. Aber irgendetwas ist schief gegangen, und ich weiß beim besten Willen nicht, was.«

Sie vermochte ihren Ohren nicht zu trauen. Sie hatte eigentlich angenommen, daß sie dieses Thema längst hinter sich gelassen hatten. »Du mußt verrückt sein«, hauchte sie. »Oder glauben, daß ich es bin.«

Seine Lippen verzogen sich, doch er war darum bemüht, seinen Tonfall ruhig und versöhnlich zu halten. »Das mag ja sein, aber es ist mein Wunsch, daß wir noch einmal von vorne anfangen.« Er zog etwas aus seiner Tasche, griff nach ihrer Hand und hielt sie fest, obwohl sie versuchte, sie wegzuziehen. Es war ein Ring. Er steckte ihn ihr nicht an den Finger, sondern öffnete ihre Hand und preßte ihn in ihre Handfläche. »Den hier habe ich an dem Tag gekauft, als du mich mit Claudia im Laden gesehen hast. Unser Kuß war unschuldig, Cass, das schwöre ich. Nimm dies hier als unseren Ehering und laß uns noch einmal neu beginnen.«

Das schwere Gold schien in ihrer Hand zu brennen. *Tu et nul autre,* las sie da. *Du und keine andere.* Sie legte den Ring vorsichtig zwischen ihnen nieder. »Philip, soll das ein Scherz sein? Nimm ihn bitte wieder zurück, ich will ihn nicht. Deine Scheinheiligkeit nimmt mir den Atem.«

Eine verblüffte Stille entstand zwischen ihnen, während ihre Augen nicht von dem Ring wichen, und sie unfähig war, Riordan anzusehen. Das verleitete sie dazu, noch mehr zu sagen. »Ich habe dir einmal gesagt, daß ich niemals deine Mätresse werden würde. Nun muß ich feststellen, daß ich keine andere Wahl habe. Ich nehme an, daß ich mich umbringen sollte, um das zu vermeiden, aber ich besitze nicht den Mut dazu. Ich bitte dich nur um den einen Gefallen: Hör auf, diese schmutzige Sache zwischen uns als Ehe zu bezeichnen. Lüg meinetwegen deine Familie und deine Freunde an, aber verhalte dich wenigstens mir gegenüber ehrlich, zum Teufel noch mal!«

In seiner Brust kämpften Schock und Wut mit Bestürzung. Er ergriff ihre Schultern, drückte sie aufs Kissen hinab und beugte sich nahe in ihr Gesicht. »Aber wir *sind* verheiratet! Ich bin dein Ehemann! Willst du etwa sagen, daß du glaubst, wir seien nicht verheiratet?«

»Ich weiß, daß wir es nicht sind!«

»Sind wir doch!«

»Lügner! Der Zolleinnehmer war gar kein Zolleinnehmer. Dieser Mann lebte gar nicht in der Stadt! Zum Teufel mit dir, ich weiß alles! Und jetzt laß mich los!«

»Nein! Was redest du denn da? Cass! Cass, um Himmels willen —« Es gelang ihm nur mit sichtlicher Mühe, sich in der Gewalt zu halten, und er ließ sie los, wich aber keinen

Zentimeter zur Seite. Sein Verstand war in Aufruhr. »Sag mir, wie du auf eine solche Idee kommst! Wer hat dir das gesagt?«

Sie schürzte ihre Lippen. »Welchen Unterschied macht das schon? Ich weiß es. Und ich werde dir nicht erzählen, wer es mir gesagt hat.«

Er setzte sich auf. »Wade!«

Ein unangenehmes Lächeln erschien auf ihren Lippen.

Nein, nicht Wade, sie war schon vorher wütend gewesen und erst zu Wade gegangen, *nachdem* man ihr diese Lüge aufgetischt hatte. Aber wer dann? Riordan versuchte, sich an jenen Nachmittag zu erinnern. Er wußte nur, daß sie mit Oliver gesprochen hatte, aber das war einfach unmöglich. Er mochte seine Verbindung mit ihr mißbilligen, aber so etwas würde er niemals tun. Wer dann? Jemand, den sie an jenem Tag auf der Oxford Street getroffen hatte? Wally, der wieder mal zu scherzen beliebte? Ihre Tante! Freddy? Er vermochte einfach nicht mehr richtig zu denken.

Deshalb packte er sie wieder und schüttelte sie leicht. »Wer auch immer dir das gesagt haben mag, Cass, er hat gelogen! Wir *sind* verheiratet.«

Sie schob ihn weg. »Wo ist denn dann unsere Heiratsurkunde?« Sie würde nicht weinen. Oh, sie hatte so sehr gehofft, niemals diese demütigende Auseinandersetzung führen zu müssen!

Er runzelte die Stirn. »Ich dachte, du hättest ihr ein ähnliches Ende wie dem Waschbecken zugedacht. Hast du sie denn nicht vernichtet?« Sie schüttelte empört den Kopf. »Also *ich* habe auch nichts damit angestellt!« Ihr Gesichtsausdruck bedeutet ihm, daß sie ihm nicht glaubte. »Verdammt, Cass, wir sind verheiratet! Wer hat dir erzählt, daß es nicht so ist? Sag es mir!«

Schweigen.

»Wie soll ich mich denn verteidigen, wenn ich nicht einmal weiß, wer mich angreift?«

Trotziges Schweigen.

»Wer auch immer es sein mag, ob Mann oder Frau — sie

lügen. Warum willst du mir nur nicht glauben? Diese Person ist eine *Schlange,* Cass! Ich sage die Wahrheit! Außerdem, wie hätte ich etwas so Gemeines tun können? Weißt du denn nicht mehr, in welchem Zustand ich war? Ich war ja kaum in der Lage, meinen eigenen Namen auszusprechen, ganz zu schweigen von —«

»Richtig, aber dein Freund Wally konnte es. Ihr beiden habt das Ganze wahrscheinlich vorher geplant — bevor wir in der Kutsche von Colins Gut weggefahren sind. Philip, ich halte dieses Gespräch nicht mehr länger aus, ich —«

»*Wally?* Nun, Cass, warum fragst du ihn dann nicht? Er wird dir sagen, daß das nicht stimmt! Er —«

»Oh, aber gewiß wird er das! Er wird diese Schandtat ja wohl kaum eingestehen, nicht wahr?«

Riordan murmelte etwas Abscheuliches vor sich hin, erhob sich dann und begann, zwischen Bett und Kamin auf und ab zu laufen. Plötzlich blieb er wie angewurzelt stehen. »Wir haben doch noch etwas anderes unterschrieben, weißt du es denn nicht mehr? Ein Dokument, das sie dortbehalten haben. Sie werden es gewiß noch in ihrem Register aufbewahren.«

»Philip, solch ein Dokument existiert nicht.«

»Laß uns hinfahren und nachschauen! Sobald du wieder ganz gesund bist, ja? Dann werden wir —« Er verstummte. »Ich kann ja gar nicht fort.« Er lachte bitter, unterdrückte einen Fluch und kam auf sie zu. »Die Parlamentseröffnung ist in gut drei Wochen, liebste Gattin. Du magst vielleicht denken, daß ich nichts weiter als ein Luftikus bin und meine Zeit damit vertue, Frauen zu betrügen, aber ich werde in dieser Sitzungsperiode eine Gesetzesvorlage einbringen, die viele Menschenleben retten wird, sobald sie verabschiedet ist. Ich habe den ganzen Sommer daran gearbeitet, und es gibt immer noch unglaublich viel zu tun. Verdammt, Cass, ich kann in diesem Monat einfach nicht nach Schottland reisen!«

»Das verstehe ich ja«, erwiderte sie ruhig. »Aber ich habe dich auch nicht darum gebeten.«

Er fuhr mit einem furchteinflößenden Fluch herum und begann erneut, wieder auf und ab zu laufen. Sie beobachtete ihn aus den Augenwinkeln und schalt sich selbst, weil sie für ein paar Sekunden tatsächlich einen Hoffnungsschimmer am Ende der dunklen, erbärmlichen Höhle gesehen hatte, in der sie sich gefangen fühlte.

Bald schon hielt er wieder inne, da ihm eine neue Idee gekommen war. »Walker! Wir werden John fahren lassen! Ihm traust du doch, oder Cass? Ich könnte ihn morgen schon losschicken. Es würde für den Hin- und Rückweg ungefähr eine Woche benötigen, wenn das Wetter gut ist. Er könnte eine beeidigte Erklärung von diesem verdammten Zolleinnehmer verlangen und sich eine Abschrift von der Urkunde anfertigen lassen.« Riordan setzte sich auf die Bettkante und ergriff Cass' Hände. »Würde dich das zufrieden stellen? Ich wüßte nicht, was ich sonst unternehmen könnte. Wenn du noch einen anderen Weg weißt, sag es mir. Ich werde alles tun.«

Seine Aufrichtigkeit brachte sie den Tränen nah. Wie gerne würde sie ihm glauben! Doch die Intensität dieses Wunsches warnte sie vor der Gefahr. Er hatte Quinn eine Schlange genannt — doch ergab es einen Sinn, daß sein ältester und bester Freund versuchte, seine legale Heirat zu hintertreiben? Sie hatte keine Erfahrung mit solch teuflischem Verrat und wußte nicht, was sie glauben sollte.

Doch was konnte es schon schaden, Walker zu schicken?

Sie zog ihre Hände fort und faltete sie in ihrem Schoß. »Ich vertraue John in der Tat«, sagte sie langsam, »auch wenn er dein Angestellter ist. Ich glaube nicht, daß er etwas Unehrenhaftes tun würde. Aber —«

»Aber du hast keine Schwierigkeiten, daran zu glauben, daß *ich* es tun würde!« Riordan war unglaublich zornig, doch gleichzeitig breitete sich eine unendliche Erleichterung in ihm aus. Das Rätsel war gelöst. Cass hatte einen riesigen Fehler begangen, weil man sie angelogen hatte. Sie haßte ihn, weil man sie in die Irre geführt hatte. Ihre Ehe war nicht vorbei — sie begann gerade erst! Er mußte nur diese dumme

Geschichte zu Ende bringen und Walker nach Gretna Green schicken.

Sie runzelte die Stirn und ignorierte seine Worte. »Wie ich schon sagte, ich vertraue John. Doch selbst wenn ich zustimmen würde, ihn dort hinzuschicken — benötigst du ihn denn nicht hier? Im Moment doch sicherlich mehr als jemals zuvor. Aus dem, was du mir gesagt hast, schließe ich —«

»Natürlich brauche ich ihn hier. Aber ich biete dir trotzdem an, ihn reisen zu lassen. Was meinst du?«

Sie blickte nachdenklich beiseite, ihre Fingerspitzen ruhten leicht auf ihren Lippen. Die Möglichkeit, daß er die Wahrheit sagte, lauerte verführerisch in den Winkeln ihres Verstandes, doch sie scheute in abergläubischer Furcht vor der Freude zurück, die solche Gedanken hervorrief. »Aber wie würdest du ihm die Angelegenheit denn beibringen?« erkundigte sie sich gereizt. »Was würdest du ihm sagen?«

»Die Wahrheit. Ich weiß, daß es unangenehm ist, aber es gibt keine andere Möglichkeit, er müßte es wissen. Doch er ist ein Ausbund an Diskretion, Cass. Ich kann dir versichern, daß die Sache nicht weitergetragen werden wird.«

Sie schloß für einen Moment die Augen. »Also gut. Schick ihn hin.« Sie bemühte sich, kühl und geschäftsmäßig zu klingen. »Aber ich möchte dir nicht verhehlen, daß ich mir sehr wenig davon verspreche.«

»Wirklich, mein Liebling?« erkundigte er sich leise. »Ich frage mich, wie du nur so zynisch werden konntest.« Er streckte die Hand aus, um ihre Wange zu berühren, doch sie wandte ihr Gesicht ab. Er gab sich mit einer Haarlocke zufrieden, die über ihrer Brust lag und rieb die weiche, dunkle Strähne zwischen seinen Fingern. Seine Wut hatte sich zerstreut wie Sturmwolken im Sommer. »Ich selbst verspreche mir davon ein Wunder. Ich verspreche mir davon, meine Frau zurückzubekommen.«

Sie spürte, wie seine warme Hand leicht über ihr Schlüsselbein strich. Ihr Herz schlug zu schnell, und ihr Körper reagierte auf die Vibrationen in seiner Stimme. »Sollte John Walker mit dem Beweis für unsere Heirat zurückkehren,

Philip«, sagte sie und bemühte sich, ihrer Stimme einen festen Klang zu geben, »dann werde ich mich bei dir in jeder gewünschten Weise entschuldigen. Aber bis dahin würde ich es vorziehen, wenn du mich nicht berührst.«

Er zog mit zwei Fingern einen Pfad an ihrem Hals entlang bis zum Ausschnitt ihres Nachthemdes. »Oh, mein Liebling«, flüsterte er. »Du solltest deiner Sache sehr sicher sein, bevor du so etwas sagst. Denn ich werde mein Bestes tun, dir zu gehorchen, und ich möchte vermeiden, daß du es später möglicherweise bereust. Vielleicht morgen oder übermorgen. Oder womöglich schon jetzt.« Seine Finger glitten ein Stück in den Ausschnitt ihres Nachthemdes hinein, und er streichelte sie bedächtig.

Es hätte so wenig bedurft, sich ihm hinzugeben, so wenig, und sie sehnte sich so sehr nach ihm! »Ich bin mir absolut sicher«, erwiderte sie mit atemloser Stimme, die ein Lächeln auf sein Gesicht zauberte.

»Wie wäre es dann mit einem Kuß?« schmeichelte er. »Um unsere Übereinkunft zu besiegeln, John nach Gretna Green zu schicken.«

»Ich denke nicht, daß das notwendig ist.«

»Ich schon. Ich halte es sogar für lebenswichtig.« Er ließ seinen Zeigefinger mit sanfter, zärtlicher Dringlichkeit über ihre Unterlippe gleiten. »Küß mich, Cass. Du weißt, daß du es willst.«

Sie atmete tief durch die Nase ein. »Vielleicht möchte ich es ja, aber dann bin ich nicht mehr imstande —«

»Dieses Mal belassen wir es dabei, das verspreche ich dir. Nichts weiter als ein Kuß.« Ihre Lippen waren nur ein paar Zentimeter voneinander entfernt. Er konnte ihren sanften Atem auf seinem Gesicht spüren und entschied, nicht auf ihre Antwort zu warten. Aber gerade in dem Moment, als sich ihre Lippen trafen, flüsterte sie »Ja«, und ihre Bereitwilligkeit sandte eine Schockwelle des Verlangens durch seinen Körper. Er hatte beabsichtigt, zärtlich zu sein, sich an sein Wort zu halten, aber er konnte sich nicht davon abhalten, sie mit der Zunge zu schmecken, während seine Hand die Bettdecke von ihrer Brust zog und sie durch ihr Nachthemd liebkoste.

»Nein, Philip, du hast gesagt —«

»Ich weiß, aber das hier ist ein Teil davon. Es gehört alles zusammen.«

Jener Teil von Cass' Verstand, der noch arbeitete, sagte ihr, daß es sich dabei um eine trügerische Argumentation handelte. Doch wie konnte etwas so Schönes nur so falsch sein? Und sie hatte ihn so schrecklich vermißt! Es war ganz so, als würde man nach einem bitterkalten Winter zum ersten Mal wieder in den Sonnenschein hinaustreten. Während er sie weiter mit leidenschaftlichem Verlangen küßte, wanderte seine Hand tiefer, an ihren Rippen und ihrem Bauch entlang, und entzündete auf ihrem Weg ein Feuer.

»Ich möchte dir soviel Lust geben«, hauchte er an ihren Mund. »Ich verzehre mich danach, in dir zu sein. Ich will hören, wie du meinen Namen sagst, Cass.«

Sie zitterte, ihre Finger hielten einen Moment seinen Arm umklammert und lösten sich im nächsten schon wieder, nur, um sich aufs Neue festzuklammern. Irgendwie schaffte sie es, ihren Kopf abzuwenden. »Du mußt aufhören«, bat sie ihn, einem Schluchzen nahe. »Du hast es versprochen.«

Er legte seine Wange an die ihre und entdeckte, daß sie weinte. »Es tut mir so leid, mein Liebling.« Er tat einen tiefen, zitternden Atemzug. »Aber es ergibt einfach keinen Sinn für mich, dich nicht zu lieben.«

Cass empfand ebenso. Sie lag still da, wartete darauf, daß sich ihr rasendes Herz beruhigte und genoß die Wärme seines Körpers an dem ihren, so lange sie konnte. Es fühlte sich so richtig an. Als er von ihr abrückte, da wußte sie, daß er den besten Teil von ihr mitnahm, und daß dies immer so sein würde.

»Wirst du den Ring behalten, Cass? Du mußt ihn ja noch nicht tragen«, fügte er eilig hinzu, als sie den Kopf zu schütteln begann. »Aber bitte bewahre ihn auf. Egal wo. Unter dem Bett, wenn du möchtest. Wirst du das tun?«

Sie zögerte, ehe sie erwiderte: »Gut, das werde ich.«

Sie blickten einander an. Er lächelte und gab ihr den Ring erneut. Er schloß ihre Finger darum, preßte seine Lippen auf ihre Knöchel und erhob sich. »Walker ist noch unten. Ich möchte mit ihm reden, bevor er nach Hause geht.« Riordan steckte die Hände in die Taschen und schaukelte auf seinen Absätzen vor und zurück. »Noch eine Woche, Cass. Du hast mir schreckliches Unrecht getan. Deine Entschuldigung sollte sehr innig sein, sehr bewegend. Und sie muß auch sehr lange dauern. Sie könnte gut und gerne —«

»Gute Nacht, Philip.«

Er kicherte ausgelassen in Erwartung ihrer Kapitulation. »Gute Nacht, liebstes Weib. Und vergiß nicht: noch eine Woche.« Er grinste erneut und war verschwunden.

Sie starrte auf die geschlossene Tür und registrierte ein kleines Lächeln in ihrem Gesicht, das sich nicht unterdrücken ließ. Noch eine Woche.

XIV

Die Woche verging unendlich langsam — für Riordan, weil er wußte, was passieren würde, wenn sie verstrichen war, und für Cass, weil sie dies nicht wußte. Sie erduldete seine ständigen Versuche sie zu verführen mit zunehmend leichterem Herzen, und seine ansteckende Fröhlichkeit ließ sie erneut hoffen. Glücklicherweise führte ihn seine Arbeit oft außer Haus. Er nahm an Zusammenkünften teil, sprach in seinen politischen Clubs endlos mit seinen Kumpanen über die Gesetzesvorlage, die er einzubringen gedachte und ging anderen parlamentarischen Geschäften nach. Wäre dies nicht der Fall gewesen, hätte er sicherlich noch vor Ablauf der Woche ihre abwehrende Haltung brechen können.

Cass war inzwischen wieder auf den Beinen, aß und schlief gut und fühlte sich beinahe wie neugeboren. Doch außer einer einzigen neuen Freundin, einer Frau namens Jennie Willoughby, sah Cass keine Menschenseele und blieb zu Hause.

Riordans Mutter reiste nach Cornwall zurück, ohne sie noch einmal zu besuchen, und auch sein Bruder machte ihnen keine Aufwartung. Cass fragte sich, ob Riordan sich wohl gekränkt fühlte, konnte aber selbst kein Bedauern über die Kälte seiner Familie ihr gegenüber aufbringen. Sie mochte sie ebensowenig wie er und war es zufrieden, von ihnen ignoriert zu werden. Auch Lady Helenas *»fête champêtre«* fand zu ihrer beider Erleichterung ohne sie statt. Aber es war die Einladung, die zählte, versicherte ihr Riordan, nicht etwa die Teilnahme. Tante Beth schickte ein steifes Briefchen, mit dem sie sie zu ihrer Hochzeit einlud. Cass sandte ein ebenso steifes Briefchen zurück, in dem sie dankend ablehnte. Sie wußte, daß sie die Schlucht zwischen ihnen mit einem einzigen Wort würde schließen können, doch danach stand ihr nicht der Sinn — zumindest im Moment noch nicht. Die Ausdrücke, mit denen Lady Sinclair sie bei ihrem letzten Treffen bedacht hatte, waren noch immer frisch in ihrer Erinnerung.

Cass las viel, um sich die Zeit zu vertreiben. Und sie nahm ein Hobby wieder auf, daß sie vor wenigen Monaten begonnen hatte — ein geheimes Hobby, das nicht einmal Riordan kannte, und das ihr Stunden voller Vergnügen und Zufriedenheit bereitete: das Schreiben. Sie verfaßte Essays, in denen es überwiegend um das Leben in London ging, das sie aus weiblicher Sicht schilderte, doch ebenso auch Erzählungen und sogar das eine oder andere Gedicht. Die Produktion, auf die sie am meisten stolz war, stellte ein Brief an die *London Gazette* dar, in dem sie sich darüber ausließ, daß die große Zahl der Verbrechen, die als Kapitalverbrechen geahndet wurden, unbedingt reduziert werden müsse — natürlicherweise nicht zufällig das Thema von Riordans Gesetzesvorlage. Sie verfaßte ihn unter dem Namen ›C. Lindsay‹, dem Mädchennamen ihrer Mutter. Zu ihrer Überraschung wurde er zwei Tage, nachdem sie ihn abgeschickt hatte, in der Zeitung abgedruckt.

Jener Abend gehörte zu den wenigen, an denen Riordan nicht arbeiten mußte und Zuhause war. Er und Cass saßen in zwei Sesseln vor dem Kamin in der Bibliothek. Ein leichter Regen klopfte an die Fensterscheiben und verlieh dem Zimmer zusätzlich eine warme, gemütliche Atmosphäre. Riordan erhob sich, um das Feuer anzustochern, streckte dann seinen Kopf durch die Terrassentür und testete die Luft. Ein moderiger, durchdringender Geruch nach feuchten Blättern wehte herein. Keiner von beiden sprach es aus, doch sie fragten sich, ob der Regen Walkers Reise wohl verzögern würde. Heute war der sechste Tag.

Riordan ging zu seinem Sessel zurück, nahm wieder Platz und schlug die Abendzeitung auf.

Cass bemühte sich, so zu tun, als sei sie in ihr Buch vertieft, warf aber ab und zu einen Blick zu ihm hinüber und wartete gespannt darauf, wann er sich endlich den Leserzuschriften zuwenden würde, die er immer sehr genau las.

Endlich kam er zu der Seite. Sie beobachtete ihn mit verstohlener Neugier.

»Hm«, sagte er plötzlich. Und »Ha!« eine Weile später.

»Was ist los?« erkundigte sie sich in aller Unschuld.

Er las weiter. »Sieh einer an.«

»Irgendetwas Interessantes?«

»Mmm.«

Sie wand sich beinahe vor Ungeduld.

Endlich blickte er auf. »Ja, ehrlich gesagt schon. Hier ist ein Leserbrief, der die Streitfrage zusammenfaßt, die ich in zwei Wochen vor dem Unterhaus zu präsentieren gedenke, Cass. Es ist ganz so, als ob dieser Lindsay mir die Worte aus dem Mund genommen hätte.«

Sie zitterte vor Aufregung und wartete ungeduldig darauf, es ihm sagen zu können.

»Hör dir das an. ›In einem Land, das stolz von sich behauptet, das zivilisierteste in Europa zu sein, ist das Blutbad, das jedes Jahr im Namen der Gerechtigkeit oder der Abschreckung auf dem Schafott angerichtet wird, eine nationale Schande. Ein denkender Mensch muß sich fragen, ob es Gerechtigkeit oder Blutrünstigkeit ist, die einen Jungen, der eine Wurst gestohlen, und einen Mann, der seine Frau ermordet hat, zum selben brutalen Ende verurteilt.‹ Gut, was?«

»Ich habe das geschrieben.«

»Genau das werde ich ihnen sagen. Das sollte die Mistkerle aus ihrer Lethargie reißen und die Hände unter ihren Ärschen hervorlocken.«

»Ich habe das geschrieben«, wiederholte sie ein wenig lauter. Er blickte sie stirnrunzelnd an. Cass nahm ihre Brille ab, faltete sie zusammen, legte sie in ihren Schoß und schaute ihn an.

»Du hast was?«

»Ich habe diesen Brief geschrieben.« Sie war erstaunt, wie gelassen sie klang. »Am Mittwoch habe ich ihn abgeschickt. Ich hätte nie gedacht, daß er abgedruckt würde.«

»Cass! Du hast das hier geschrieben?«

Sie nickte, schürzte die Lippen und gab sich alle Mühe, bescheiden dreinzublicken.

Riordan starrte auf die Zeitung hinab und dann auf Cass. »Großer Gott, Frau.« Er streckte die Hand nach ihr aus. »Komm einmal zu mir. Komm!« Und sie folgte seiner Aufforderung. Er ergriff ihre Handgelenke und blickte verwundert zu ihr auf.

»Bist du böse?« erkundigte sie sich besorgt.

»Böse!« Er zog sie auf seinen Schoß und legte seine Arme um sie. Sie leistete keinen Widerstand. »Gott Allmächtiger«, sagte er leise und mit verwunderter Stimme, »was haben wir hier nur hervorgebracht?« Er blickte sie an, als habe er sie noch niemals zuvor gesehen, und sie errötete wie ein Schulmädchen, das den ersten Preis in einem Aufsatz-Wettbewerb gewonnen hat. »Es wäre wohl besser, wenn meine Wähler das hier nicht lesen würden — wie bedauerlich, wenn ich meinen Sitz bei der nächsten Nachwahl an meine Frau verlieren würde!«

Sie strahlte wie eine Sonnengöttin. »Gefällt dir der Brief wirklich?«

»Ob er mir gefällt? Cass, ich finde ihn hervorragend. Ich bin so stolz auf dich.«

Sie war von einer großen Freude erfüllt. »Mein Vater war Journalist, wußtest du das?« Er nickte lächelnd. »Für diese Sache habe ich ein wenig nachgelesen, aber das meiste habe ich gelernt, während ich dir zuhörte. Ich habe mir immer Notizen gemacht.«

Ihre Bescheidenheit entzückte ihn. »Ich hatte ja keine Ahnung, daß du so beredt bist!«

Sie war plötzlich schüchtern und wußte nicht, wo sie ihre Hände lassen sollte. »Ich habe auch ein paar andere Sachen geschrieben. Hast du Lust, sie zu lesen?« Doch dann verließ sie der Mut. »Aber im Grunde ist es nichts Wichtiges, bloß albernes Gefasel —«

»Ich würde sie mir sehr gerne einmal ansehen. Alles, was du tust und denkst, interessiert mich. Du bist die faszinierendsten Frau, die mir jemals begegnet ist.«

Ihr Herz zog sich zusammen. Sie wußte keine Antwort darauf, vermochte nicht mehr zu tun, als in seine durchdringenden, blauen Augen zu schauen. Sie spürte, wie ihre Selbstkontrolle ihr langsam entglitt. Die Zeitung rutschte unbemerkt von ihrem Schoß auf den Boden. Schließlich fiel ihr doch eine Entgegnung ein. »Du versuchst schon wieder, mich zu verführen.«

Sein Mund verzog sich zu einem breiten Lächeln. »Siehst du, wie schlau du bist? Aber ich habe jedes Wort ernst gemeint.« Er ließ einen Finger ganz langsam an der Seite ihres Halses hinabgleiten und beobachtete, wie ihr die Röte ins Gesicht stieg.

»Du hast versprochen, daß du das nicht tun würdest. Das ist genau das ...«

»Habe ich das wirklich?« Er strich mit seiner breiten Handfläche an ihrem Rückgrat auf und ab — ein langsamer, hypnotischer Rhythmus, zu dem sie zögernd nickte. »Wann?« Er hob ihr Haar und ließ es in einer ebenholzfarbenen Kaskade über ihren Rücken herabfallen.

Sie stützte eine Hand auf seine Schulter. »In jener Nacht.«

»Der Nacht, in der du im Bett lagst?«

»Ja.«

»Und ich dich geküßt habe?«

Ihre Antwort kam wie ein Seufzen. »Ja.«

»So wie jetzt?« Sein Daumen und sein Zeigefinger übten einen nur kaum spürbaren Druck auf ihr Ohrläppchen aus, doch ihr Kopf bewegte sich ohne zu zögern auf den seinen zu, und ihre Lippen trafen sich zu einem Hauch von einem Kuß. Innerhalb von Sekunden verwandelte sich jedoch die Stimmung. Ihre Zungen trafen sich im langsamen Liebestanz, und Cass wußte, daß sie nichts mehr darum gab, ob er ihr Ehemann war oder nicht. Er war ihre Liebe, ihr Leben, und das hier geschah jetzt, in diesem Moment.

»Philip. Philip!«

Er drehte sich zur Seite und beugte sie so weit nach hinten, bis ihr Kopf auf der Armlehne des Sessels ruhte, und er mit der Hand über ihr Mieder, ihren Bauch, ihre schlanken Oberschenkel streichen konnte. Während der ganzen Zeit ließ sein Mund nicht einen Augenblick lang von dem ihren ab, sondern nahm ihn eins ums andere Mal tief und suchend in Besitz, als wolle er bis zu ihrem Herzen vordringen. Sie machte keinen Versuch, ihn aufzuhalten, als er seinen Mittelfinger in ihr Nachthemd, zwischen ihre Brüste gleiten ließ und mit langsamen, verführerischen Strichen über das volle Fleisch streichelte.

Sollte Riordan jemals seine Willenskraft unter grausamen und ungewöhnlichen Umständen in Frage gestellt haben, so konnte er diese Zweifel an jenem Abend getrost begraben, als er dem Drang widerstand, seine Frau in die Höhe zu heben, sie vor dem warmen Kamin abzulegen und sie mit all der überreizten Leidenschaft seines Körpers in Besitz zu nehmen. Aber da er sie nicht nur mit seinem Körper liebte, sondern auch mit dem Herzen und dem Verstand, hielt er sie lediglich fest und streichelte sie mit dem Trost der Gewißheit, daß sie, hätte er sie gefragt, ihm in diesem Moment zu Willen gewesen wäre. Aber er hatte ein Versprechen gegeben und das gedachte er zu wahren — auch wenn sich keiner von ihnen jetzt noch daran erinnern konnte, warum sie eigentlich darum gebeten hatte.

»Wer hat dir erzählt, daß wir nicht verheiratet sind?« flüsterte er gegen ihre Lippen und nutzte schamlos ihre Hilflosigkeit aus, um die Information aus ihr herauszubekommen.

Das ist nicht fair! dachte Cass. Ihr Körper schmerzte vor Sehnsucht nach ihm. Es war nicht fair, jetzt von ihr zu verlangen, nachdenken zu müssen. Statt einer Antwort biß sie ihm mit einem sicheren Instinkt dafür, wie er abzulenken war, erst sanft in die Lippen, dann in seine eindringende Zunge.

Er preßte seine Augenlider zusammen und betete um Selbstbeherrschung, denn er war sich längst nicht mehr sicher, wer hier wen verführte.

»Wer hat es dir erzählt?« beharrte er und schüttelte sie sanft. »Sag es mir.«

»Das kann ich nicht. Noch nicht.« Schließlich gelang es

ihr, ihre Finger auf seinen Mund zu legen und ihn von weiteren Taten abzuhalten, während ihre Vernunft langsam aber unaufhörlich wieder die Oberhand gewann. »Bitte frag mich nicht. Sollte John Walker mit guten Neuigkeiten heimkehren, werde ich es dir sagen. Das ist ein Versprechen.« Sie fand, daß sie dies Quinn schuldig war. Doch wenn er gelogen hatte, dann mußte Riordan unbedingt erfahren, was für ein Mann sein bester Freund war, um sich vor ihm zu schützen. »Und jetzt laß mich bitte los, Philip. Bitte.«

Er hätte ihr beinahe gehorcht, aber dann tat er es doch nicht. Es gefiel ihm allzu gut, sie so zu halten. Statt dessen küßte er sie noch einmal, während er ihr bis ins kleinste Detail schilderte, was sie als Wiedergutmachung alles werde tun müssen, wenn Walker erst einmal heimgekehrt war.

Am nächsten Tag hatte Cass einen Besucher. Vicomte George Lanham erklärte, daß er gekommen sei, um mit seinem Bruder zu reden. Doch als sie ihm mitteilte, daß dieser ausgegangen war und erst am Abend wieder zurückkehren würde, schien er in keiner Weise inkommodiert. Cass hatte George seit jener Nacht bei Almacks nicht mehr gesehen. Sie strebte eine Freundschaft mit ihm an, obwohl ihr Georges Interesse an ihr nicht gerade brüderlich vorkam, und er sich Freiheiten herausnahm — er hielt ihre Hand bei der Begrüßung viel zu lange fest und gab ihr einen Kuß auf den Mund statt auf die Wange —, die in ihr eher den Wunsch weckten, ihn sich auf Armeslänge vom Leib zu halten. Sie bestellte Tee und Kuchen und ließ George ein ganzes Stück von sich entfernt auf einem Sofa im Salon Platz nehmen, ehe sie sich höflich nach seinem Befinden und dem seiner Familie erkundigte.

Sie studierte ihn genau, während er antwortete und war aufs Neue beeindruckt, wie wenig er und sein Bruder sich ähnelten. Doch dann kam ihr ein alarmierender Gedanke — was war, wenn sie verschiedene Väter hatten? Sie wischte diesen Einfall umgehend beiseite, beschämt, daß sie eine solche Spekulation überhaupt angestellt hatte, doch die Idee kehrte im Laufe der Unterhaltung immer und immer wieder zurück. Schließlich war es doch angesichts der Dinge, die Riordan ihr über seine Mutter erzählt hatte, gar nicht so abwegig. Doch selbst wenn es so wäre, spielte es eigentlich keine Rolle, oder etwa doch?

Der Vicomte lümmelte sich auf dem Sofa herum, die Beine in einer aggressiven und zweideutigen Pose breit gespreizt. Ob das seine Art zu flirten war? Wenn ja, so war sie nicht sehr erfolgreich. Abgesehen von seinem ungehobelten Verhalten fand sie seinen Körper nicht gerade anziehend, auch wenn sie wußte, daß es viele Frauen gab, die ihn wahrscheinlich als gutaussehenden Mann bezeichnen würden. Sie ertappte sich dabei, wie sie seine grobe, kräftig gebaute Statur mit der harten, doch eleganten Stärke verglich, die Riordans Körper ausmachte, und mußte entdecken, daß im Grunde gar kein Vergleich möglich war. Plötzlich überkam sie ein heftiges, körperliches Verlangen nach Philip. Sie vermißte ihn. Sie wollte ihn. Oh, wie sehr sie ihn wollte! Sie mußte all ihre Willenskraft aufbringen, um den Worten seines Bruders Gehör zu schenken.

Sie stellten fest, daß sie in Wally, Lord Digby-Holmes, einen gemeinsamen Freund besaßen. Er teilte sich mit dem Vicomte eine Bank im Oberhaus. Wally schien seiner Lordschaft die Höhepunkte von Cass' Durchbrennen geschildert zu haben.

»Allmächtiger, ich wünschte nur, ich hätte an dieser Hochzeit teilgenommen«, rief George, faltete die Arme vor der Brust und blinzelte ihr in einer, wie Cass fand, anstößigen Weise zu. »Hab' gehört, daß ihr alle hoffnungslos betrunken ward. Was muß das für ein Anblick gewesen sein, als ihr alle sechs am nächsten Morgen in der Kutsche aufgewacht seid! Aber Philip hat das Richtige getan: eine Wette ist schließlich eine Wette.« Dann schien er sich wieder seiner Manieren zu erinnern. »Aber ich schwöre beim Allmächtigen, daß er ein glücklicher Mann ist! Hätte es nicht besser treffen können. Und das bekommen auch alle von mir zu hören, die es besser wissen wollen.«

Dies schien als Kompliment gedacht zu sein, und so murmelte Cass etwas, das entfernt nach einem Dank klang.

»Also, die ganze Sache wäre ja noch lustiger gewesen, wenn Wally und Tom gleichzeitig auch noch diese beiden Huren geheiratet hätten!« Er schlug sich mit der Hand aufs Knie und lachte schallend, wobei er Tee auf die Sofakissen verschüttete.

Cass errötete. Zumindest hatte er nicht ›die beiden *anderen* Huren‹ gesagt, obgleich sie vermutete, daß dieser Gedanke ihm nicht fern war. »Erzähl mir doch etwas über die Familie«, schlug sie mit eisiger Ruhe vor. »Wie war Philip als Kind?«

»Philip? Oh, er hat Furcht und Schrecken verbreitet. Er war ein richtiger kleiner Mistkerl. Hat er dir das denn nicht erzählt? Wir sind beinahe verrückt geworden, wenn er in der Nähe war. Hatte den Teufel im Leib, der Kleine.«

»Aber du bist doch soviel älter. Da hättest du ihm doch sicherlich mühelos den Kopf zurechtrücken können.« Sie hatte dies in einem gleichmütigen Tonfall ausgesprochen, doch bei dem Gedanken an die Dinge, die Riordan ihr über seinen Bruder George erzählt hatte, nahmen ihre Augen einen kalten Ausdruck an. Ihr wurde klar, daß sie ihm niemals für die Brutalität während seiner Jugendzeit würde vergeben können, gleichgültig, was die Zukunft noch brachte.

»Oh, das habe ich auch getan«, gestand er ohne jegliches Bedauern, »und zu seinem eigenen Besten. Du kannst mir glauben, daß er es nötig hatte. Aber es half trotzdem nicht gerade viel, den starrsinnigen kleinen Bastard herumzuschubsen. Hat nichts an seinen Tricks und Wutanfällen und der bösen Zunge geändert. Bis zu dem Tag, an dem dieser scheinheilige Schulmeister auftauchte, hat er uns allen das Leben schwergemacht.«

»Du meinst Mr. Quinn?«

»Quinn. Also, das war vielleicht ein Wiesel von einem Bettler! Ich habe nie verstanden, was Philip in ihm sah — oder besser gesagt *sieht*, denn wie ich höre, sind sie ja wohl immer noch Freunde.« Er schüttelte verwundert den Kopf, und ausnahmsweise war Cass einmal seiner Meinung. »Ich konnte ihn nicht leiden. Sah aus wie eine Vogelscheuche und redete wie Gott. Hat mir richtig Bammel gemacht. Mir kam es so vor, als wollte er Macht über die Leute haben, sie geradezu besitzen, und das gefiel mir nicht. Philip ist allerdings für eine Weile auf ihn reingefallen.«

»Reingefallen? Wie ist das zu verstehen?«

»Als ob er ihn irgendwie verzaubert hatte. Aber dann ist der Kerl verschwunden, und Philip war wieder ganz der alte. Allerdings noch schlimmer als vorher.« George strich sich über das Kinn, und in seinen Augen war ein abwägendes Glitzern zu erkennen. »Ich könnte dir ein paar Dinge über Philip verraten, daß dir die Haare zu Berge stehen. Ich entsinne mich da an eine —«

Cass erhob sich abrupt. »Es wäre mir lieber, wenn du das nicht tun würdest.« Sie ging zum Kamin hinüber und gab vor, die Kohlen anzustochern. »Wie kommst du darauf, daß Mr. Quinn die Leute ›besitzen‹ wollte?« erkundigte sie sich teils aus Neugier und teils, um ihn von dem Thema abzubringen, bei dem Philips skandalöses Verhalten im Mittelpunkt stand.

George erhob sich ebenfalls und kam herüber, um sich gegen die Kamineinfassung zu lehnen. »Ich weiß nicht. Manche Menschen sind eben so«, philosophierte er. »Gibt ihnen das Gefühl von Wichtigkeit. Aber das war meiner Ansicht nach noch gar nicht der schlimmste Kniff des Schulmeisters.«

»Nein?«

»Nein.« Er rückte näher an sie heran. »Wenn du mich fragst, er hatte Probleme mit Frauen. Konnte sie nicht leiden.« Er hob unschuldig die Hände, um auszurufen: »Oh, ich will damit nicht sagen, daß er Männer oder Jungen lieber hatte oder sonst was in der Art — das liegt mir vollkommen fern. Aber er mochte nicht, was Männer und Frauen zusammen *tun,* wenn du weißt, was ich meine.« Er zog seine dichten Brauen in die Höhe und blickte sie lüstern an.

»Ich denke schon«, erwiderte Cass kühl und wich unauffällig einen Schritt zurück.

Der Vicomte senkte die Stimme zu einer neuen, intimen Tonlage. »Ich entsinne mich einer Situation, da muß ich gerade siebzehn gewesen sein. Wir hatten ein neues Zimmermädchen, Hettie war ihr Name. Sie war ein oder zwei Jahre älter als ich und beinahe genauso geil. Aber das ist ja auch das richtige Alter dafür, nicht wahr? Zumindest für einen Jungen. Wie alt bist du eigentlich? Achtzehn? Neunzehn?«

»Also, ich glaube nicht, daß —«

»Ist ja auch egal. Jedenfalls befanden sich Hettie und ich eines Tages in der Bibliothek und waren gerade dabei, uns besser kennenzulernen. Ach, zum Teufel«, er grinste und kam offensichtlich zu dem Schluß, jegliche Vorspiegelung von Anstand fallenlassen zu können, »wir lagen auf dem Sofa, um genau zu sein, und waren gerade bei der Sache. Nun, tut mir leid, aber du bist eine verheiratete Frau, und wir gehören ja jetzt schließlich zu einer Familie, nicht wahr?« Er nahm ihre rotgesichtige Sprachlosigkeit als Zustimmung und fuhr fort. »Und was glaubst du, wer zur Tür hereinmarschiert kommt? Genau, der Schulmeister. Großer Gott, du hättest ihn sehen müssen. Er wäre vor unseren Augen beinahe auseinandergefallen. Sein Gesicht wurde purpurfarben, die Adern traten überall hervor, und wir befürchteten schon, daß er explodieren würde. Ich sorgte mich um die Sicherheit des Mädchens, ganz ehrlich. Und wie er geflucht hat! Ich habe noch niemals in meinem Leben jemanden so fluchen hören. Nicht etwa vulgär, ganz und gar nicht. Eher wie aus der Bibel, Flüche aus dem Alten Testament oder sonst woher. Es war ganz so, als hätte Gott selbst uns dort überrascht und beabsichtige, uns umgehend für unsere Sünden in die Hölle zu schicken. Ich sage dir, der Mann war für einige Minuten schlichtweg *non compos.«*

»Von wem redest du?«

Erleichterung überschwemmte Cass. Sie eilte durch das Zimmer auf Riordan zu, der im Türrahmen lehnte, und ergriff seinen Arm. »Philip, ich bin so froh, daß du gekommen bist«, sagte sie mit Nachdruck.

»Tatsächlich, mein Liebling?« Er war sich nicht sicher,

womit er diese ungewöhnlich freundliche Begrüßung verdient hatte, aber er wußte, daß nur ein Narr eine solche Gelegenheit vorbeiziehen lassen würde. Bevor sie wieder entschlüpfen konnte, legte er beide Arme um sie und küßte sie auf den Mund. Es war ein gründlicher und befriedigender Kuß — ganz besonders, da Cass nicht zurückwich oder auch nur im geringsten durch die neugierigen, wenn auch ein wenig schmollenden Blicke seines Bruders beschämt schien. Leider endete er viel zu schnell. »Also, wer war *non compos?*« erkundigte sich Riordan erneut, als der Kuß vorüber war.

Als George ihm nicht antwortete, erwiderte Cass an seiner Stelle leichthin: »Wir sprachen gerade über Mr. Quinn. Dein Bruder hat in ... Erinnerungen an alte Zeiten gekramt.«

»Ah ja«, erwiderte Riordan lächelnd. »Die alten Zeiten. Die fröhlichen, halkyonischen Tage unserer Jugend, was George? Nichts außer glückliche Erinnerungen habe ich daran, und wie ist es bei dir?«

Der Vicomte erwiderte den zynischen Blick seines Bruders in der gleichen Weise, und zum ersten Mal bemerkte Cass eine flüchtige Ähnlichkeit zwischen den beiden. »Ich werde mich ein anderes Mal mit dir unterhalten, Philip«, sagte George abrupt. »Ich muß jetzt gehen.«

»So bald schon?« Riordans Bedauern klang nicht sehr überzeugend. Er und Cass folgten George bis zur Eingangstür. Die beiden Männer schüttelten sich die Hand, und dieses Mal küßte George Cass nur auf die Wange.

Dann schloß sich die Tür hinter ihm. Riordan drehte Cass in seinen Armen und versuchte, einen weiteren Kuß zu stehlen. Aber nun, da George fort war, fühlte sie sich wieder sicher. Nein, dachte sie, ›sicher‹ war nicht das richtige Wort, sie fühlte sich *wohl*. Sie wich Riordan geschickt aus und begann, die Treppe hinaufzusteigen.

Er blickte ihr mit einem wehmütigen Blick nach. »George hat dir doch nichts getan, oder Cass?« erkundigte er sich, als sie auf der Hälfte der Treppe angekommen war. »Du weißt schon, was ich meine.«

Das wußte sie in der Tat.

»Nein, natürlich nicht. Er hat nur viel geredet, nichts weiter.«

»Worüber denn?«

Sie wandte sich ihm mit einem breiten Lächeln zu, die Hand auf das Geländer gestützt. »Im Grunde über dich. Ich habe heute einige interessante Dinge über Sie gelernt, Mr. Riordan.«

»Ach wirklich? An deiner Stelle würde ich nicht einmal die Hälfte davon glauben.«

»Wenn ich auch nur ein Viertel für bare Münze hielte, müßte ich eigentlich in dieser Minute schreiend vor Angst aus dem Haus laufen.«

»Wenn du eine Ahnung hättest, was mir gerade durch den Kopf geht, dann würdest du das auch tun.«

»Was du nicht sagst! Ist es denn wirklich etwas so Schreckliches?«

»Das kommt darauf an, wie man es betrachtet.« Er betrat die erste Stufe. »Soll ich dir verraten, was es ist?«

Sie wich einen Schritt rückwärts die Treppe hinauf. »Kein Interesse.«

Er kam näher. »Bestimmt nicht?«

Sie machte einen weiteren Schritt rückwärts. »Ganz sicher.«

»Ich glaube aber, daß es dich doch interessieren würde.« Er bewegte sich nun schneller.

»Zweifellos, aber — Philip, nein!« Er eilte auf sie zu und sie hetzte kreischend vor panischem Gelächter die Stufen hinauf.

Kurz vor dem oberen Treppenabsatz verharrte er und lauschte dem Klang ihrer Schritte und dem Zuknallen der Tür. Er ließ sich mit einem leisen Kichern gegen das Geländer sinken. Aber schon bald wich das Lächeln von seinen Lippen und ein düsterer Ausdruck zeigte sich auf seinem Gesicht. Das durfte einfach nicht mehr so weitergehen. Wo zum Teufel steckte Walker nur?

Riordan drückte zu fest auf den Federkiel und plötzlich erblühten auf dem Papier unter seiner Hand dicke Flecken schwarzer Tinte. Er fluchte vor sich hin und schleuderte den Federhalter quer über den Schreibtisch. Es war dumm, sich Sorgen zu machen, verschwendete Zeit und Energie, und es gab ein halbes Dutzend Arbeiten, die wichtiger waren. Das mochte alles der Wahrheit entsprechen, und dennoch gelang es ihm nicht, diesen sinnlosen, obsessiven Gedanken beiseitezuschieben, daß Cass in diesem Augenblick mit Wade zusammen war.

Er hatte sich dagegen ausgesprochen und alles versucht, sie davon abzubringen. Oliver war der Vernünftige gewesen, der in seiner pedantischen Art darauf hinwies, daß sie sich auf einer öffentlichen Straße treffen würden, mit Clara im Schlepptau und unter der ständigen Beobachtung eines seiner namenlosen, gesichtslosen Agenten. Es war Riordan bewußt gewesen, daß er nicht logisch argumentierte, aber allein der Gedanke, daß Wade sich in der Nähe seiner Frau aufhielt, brachte sein Blut zum Brodeln. Dennoch vermochte er Quinn nichts entgegenzusetzen, als dieser argumentierte, daß dies nicht nur das erste Mal sei, daß Wade in einem Brief um eine Unterredung mit Cass gebeten hatte — seit ihrer Heirat war immer sie diejenige gewesen, die die *tête-à-têtes* initiierte —, sondern ihnen zudem auch noch die Zeit weglief. Es blieben nur noch vier Tage, bevor der König in einer offiziellen Zeremonie das neue Parlamentsjahr eröffnen würde, und falls sie noch rechtzeitig Wades Plan erfahren wollten, so war nun der Moment dafür gekommen.

All diese verdammten, logischen, unbestreitbaren Argumente. Aber was war, wenn dieser Hundesohn sie anfaßte? Was, wenn er sie in irgendeine verlassene Ecke zog und sie mit seinen dreckigen Fingern anfaßte?

Riordan erhob sich von seinem Schreibtisch und durchstreifte unruhig die Bibliothek. Er wußte, daß er sich wie ein Idiot benahm — aber er konnte nichts dagegen tun. Irgendetwas stimmte nicht mit Wade, und er wollte nicht, daß Cass in seiner Nähe war. Und er scherte sich kein bißchen darum, ob die Sicherheit der ganzen verdammten englischen Monarchie von ihm abhing.

Er ließ sich auf der Kante seines Schreibtisches nieder. Verdammt! Wo war sie nur? Sie war heute früh um zehn Uhr aus dem Haus gegangen und nun war es beinahe Mittag. Genug Zeit für diesen verdammten, pastellfarbenen Fatzken, ihr zu sagen, was er zu sagen hatte. Im Grunde scherte Riordan sich nicht einmal darum, was Wade ihr erzählte, er wollte nur seine Frau wiederhaben. Inzwischen kam es ihm ganz unglaublich vor, daß er Cass niemals gestanden hatte, wie sehr er sie liebte. Aber heute wollte er es ihr sagen — wenn sie doch nur endlich nach Hause käme, zum Teufel!

Und wo blieb Walker nur? Er war nun schon acht Tage fort. Und es waren die längsten und frustrierendsten acht Tage, die Riordan jemals erlebt hatte. Eine Strafe, die er niemandem wünschte.

Er vernahm Geräusche vorne im Haus und erhob sich. Einen Augenblick später hörte er ihre Schritte in der Eingangshalle. Und dann war sie da.

Er warf einen Blick auf ihr Gesicht und eilte auf sie zu, um ihre kalten Hände zu ergreifen. »Ist alles in Ordnung? Hat er dir wehgetan?«

»Mir wehgetan? Nein, natürlich nicht.« Sie blickte ihn überrascht an. »Oh, aber Philip, was er gesagt hat — ich vermag es immer noch nicht zu glauben!«

Sie erzählte ihm alles. Am fünften November sollte der König ermordet werden. Erschossen von Männern, die auf der Zuschauertribüne standen. Sie sollten auf ihn feuern, wenn er sich in der Kammer an die beiden Häuser des Parlaments wandte — sie hatte keine Ahnung, wer oder wieviele sie sein würden, aber Wade selbst beabsichtigte nicht, unter ihnen zu sein.

»Ich wünschte, du hättest sein Gesicht sehen können! Ich glaube, er ist verrückt, Philip. Er sagte, hinterher würde Anarchie herrschen und Blut in den Straßen fließen. Die Regierung würde stürzen, und ich könnte endlich Rache an dir und an all den anderen nehmen, die wie du sind.« Sie zitterte und errötete dann leicht. »Ich — hatte ihm vorher einmal gesagt, daß du — arrogant und unerträglich seist.«

Er grinste und zog die Augenbrauen in die Höhe. »Hast du das wirklich, mein Liebling?«

»Ja, ich dachte, damit würde ich sein Mitleid erregen, und er würde mir eher Einzelheiten anvertrauen. Ich habe ihm auch erzählt, daß du der Ansicht seist, daß mein Vater seinen Tod verdient hat.«

»Arme Cass. Das war eine gute Lüge«, murmelte er sanft und berührte kurz ihre Wange. Dann wandte er sich entschlossen ab. »Ich muß Oliver umgehend informieren. Aber zuerst solltest du mir noch einmal ganz genau erzählen, was er zu dir gesagt hat und was du erwidert hast.«

Sie gehorchte und schilderte ihm alles noch einmal ausführlich. Als sie fertig war, begab er sich an seinen Schreibtisch, um eine Nachricht an Quinn zu verfassen. Sie ließ ihn allein und ging nach oben. Es war mitten am Tag, aber sie ordnete dennoch an, ihr ein Bad vorzubereiten. Nach dem Zusammensein mit Wade kam sie sich irgendwie schmutzig vor.

Als sie hinterher an ihrer Frisierkommode saß und sich das Haar hochsteckte — Clara hatte den Nachmittag frei —, vernahm sie ein flüchtiges Klopfen an der Tür, sah, wie sich die Tür öffnete und Riordan auf sie zuschritt. Er grinste über das ganze Gesicht und seine Augen funkelten.

»Was ist?« erkundigte sie sich und mußte unwillkürlich lächeln. »Was ist denn los?«

»Er ist hier.«

»Wer?« Doch dann wurde ihr mit einem Schlag bewußt, wen er meinte. »Walker!«

»Walker. Ich habe ihm gesagt, er soll erst einmal etwas essen und dann zu uns in die Bibliothek kommen.« Er legte die Hände auf ihre Schultern und grinste im Spiegel auf sie hinab. »Nun beeile dich schon, Cass. Bist du denn noch nicht fertig?«

»Hör auf, mich so lüstern anzustarren.« Das Herz pochte ihr heftig in der Brust und sie spürte, daß sie errötete. »Nein, ich bin noch nicht ganz fertig.« Ihre Finger zitterten, und sie benötigte doppelt so lange wie sonst, um ihr Haar zu dem Chignon zu stecken, den sie im Moment meistens trug. Endlich erhob sie sich und trat vor ihn hin. »Jetzt bin ich bereit.« Ein breites Lächeln ergoß sich über ihre Lippen. »Ich bin schon lange Zeit bereit«, murmelte sie heiser, starrte ihn selbst ein wenig lüstern an und ließ ihre Brüste mit Absicht an seinem Arm vorbeistreichen. Dieses Spielchen beherrschte nicht nur er.

Er knurrte leise, packte ihre Hand und zerrte sie beinahe aus dem Zimmer. Keiner von ihnen sagte ein Wort oder blickte den anderen an, während sie den Korridor entlangschritten und die Treppe hinuntereilten.

Walker wartete bereits auf sie. Cass ging auf ihn zu, um ihm die Hand zu schütteln und bemerkte, wie erschöpft er aussah.

»Sie hatten eine solch lange Reise«, sagte sie leise. »Vielen Dank, John.«

Er duckte den Kopf und murmelte etwas Unverständliches, ohne sie anzuschauen. Es sah ihm gar nicht ähnlich, sich in ihrer Gegenwart unwohl zu fühlen. Ihr Herz setzte einen Moment lang aus, und sie fühlte den Schatten einer Vorahnung.

»Hat man Ihnen etwas zu essen gegeben?« erkundigte sich Riordan und klopfte Walker kräftig auf den Rücken, offenbar ohne den Unterton in der Stimme seines Bediensteten bemerkt zu haben. »Ich werde Ihnen erst einmal einen Drink holen. Brandwein? Rotwein?«

»Nein, vielen Dank, ich möchte nichts. Wirklich nicht.« Der Sekretär strich sich mit der Hand durch sein blondes, zerzaustes Haar und trat unruhig von einem Fuß auf den anderen.

Cass ging zu einem Sessel, setzte sich und umklammerte ihre Knie mit Fingern, deren Knöchel weiß hervortraten.

»Nun heraus mit den Neuigkeiten!« Riordan rieb seine Handflächen in strahlender Erwartung gegeneinander und stellte sich neben Cass. Sie blickte mit einem seltsamen Ausdruck zu ihm hinauf und erwiderte sein Lächeln nicht. Er drückte beruhigend ihre Schulter.

»Sir, es tut mir wirklich schrecklich leid«, murmelte Walker beinahe unhörbar.

»Leid? Weshalb denn?«

»Ich fürchte, es existiert kein Dokument über die Heirat.«

»Was? Aber das ist doch unmöglich!«

Cass' Augen schlossen sich. Sie wurde kreidebleich und sank gegen die Rückenlehne des Sessels. *Ich wußte es*, dachte sie wie betäubt. *Ich wußte es.*

»Nein, Sir, es war nichts zu finden. Und der Zolleinnehmer sagte mir, daß er am achtundzwanzigsten gar nicht — gar nicht in der Stadt gewesen sei. Daran erinnert er sich ganz genau, da er an diesem Tag in Annan gewesen ist, um seine Mutter zu Grabe zu tragen.«

»Das ist eine gottverdammte Lüge!« brach es aus Riordan heraus, und er schritt drohend auf seinen Sekretär zu.

Walker zuckte zusammen, ließ sich aber nicht beirren. »Ich habe selbst alle Dokumente im Register durchgesehen, Sir, alle die da waren. Aber es gab nichts über eine Eheschließung zwischen Riordan und Merlin. Weder am achtundzwanzigsten noch an irgendeinem anderen Tag, und ich bin von September bis Juni zurückgegangen.« Seine Schultern zogen sich verzweifelt in die Höhe. »Es war einfach nichts da, Sir.«

Eine lange, unglaublich schmerzhafte Stille entstand, die schließlich von Cass durchbrochen wurde. »Vielen Dank für all Ihre Mühe, John.« Ihre Stimme klang unnatürlich hoch. Irgendwie gelang es ihr, auf die Füße zu kommen. »Sie sollten jetzt besser nach Hause gehen. Sie müssen sehr müde sein.«

Walker blickte seinen Herrn an. Riordan starrte bestürzt und sprachlos ins Leere, unfähig, auch nur ein Wort hervorzubringen. Nach einer Pause, die sich endlos dahinzuziehen schien, wandte sich der Sekretär schließlich um und verließ das Zimmer.

Cass wußte nur eins: daß sie nicht imstande war, eine

Auseinandersetzung zu ertragen. Der Schmerz war schon weniger zu spüren. Es kam ihr so vor, als sei sie in einem Feuer verbrannt, als sei nichts von ihr übrig als Asche. Nun war es wichtig, sich dieses Gefühl der Betäubung so lange wie möglich zu erhalten. Sie eilte um Riordans bewegungslose Gestalt herum auf die Tür zu, ohne einen Laut von sich zu geben.

»Warte!«

Sie verharrte.

»Das ist doch Irrsinn, Cass. Ich verstehe das Ganze einfach nicht. Sieh mich an.« Das tat sie. Beim Anblick ihres Gesichts hätte er am liebsten all seine Wut und Verwirrtheit herausgeschrien und seine Fäuste gegen die Wände geschlagen. »Cass«, flüsterte er. »Ich liebe dich.«

Sofort kamen die Tränen und ergossen sich über ihre Wangen. Sie schluckte immer und immer wieder. Schließlich bekam sie die Worte heraus. »Dann hättest du mich heiraten sollen.«

Sie drehte sich um, um davonzulaufen, doch er stürzte auf sie zu und packte ihren Arm. »Verdammt noch mal!« schrie er, während sich seine Finger in ihr Fleisch gruben. »Warum nur vertraust du mir nicht?« Er schüttelte sie fest. »Warum nur?«

Sie war nicht imstande, ihm zu antworten, hörte nichts weiter als die fiebrige Ermahnung ihres Verstandes *Lauf weg, lauf weg!* Sie wand sich aus seinem Griff und rannte davon. Er starrte ihr nach und lauschte dem leiser werdenden Geräusch ihrer Schritte auf den Stufen.

Dann kam ihm eine Idee.

XV

Cass blickte sich ein letztes Mal in dem Zimmer um. In *seinem* Zimmer, das sie nun niemals mit ihm teilen würde. Die wenigen Habseligkeiten, die sie mitnahm, waren in eine kleine Hutschachtel gepackt, die offen auf dem Bett lag. Die Kleider, die er ihr gekauft hatte, hingen noch im Schrank, Bücher und Schreibmaterialien, die er ihr gegeben hatte, lagen in einem ordentlichen Stapel auf der Kommode. Sie hatte nicht vor, etwas davon mitzunehmen. Nun blieb ihr hier nichts weiter zu tun. Sie ging zu der Schachtel hinüber und schloß sie.

Aber als sie die Hand auf die Türklinke legte, hielt sie noch einmal inne. Es gab doch noch etwas. Nichts, das sie mitnehmen wollte, sondern etwas, das es zurückzulassen galt. Sie griff sich in den Nacken, um das dünne, blaue Band um ihren Hals zu lösen, und ließ den Ring in ihre Handfläche gleiten. Er hatte ihr zwar gesagt, daß sie ihn nicht tragen müsse, doch sie hatte es im Geheimen getan, ganz nahe an ihrem Herzen. Ihre Augen wanderten über die Inschrift: »Du und keine andere.« Cass' Kehle zog sich zusammen. Sie hatte eigentlich gedacht, daß sie zu keinen weiteren Tränen mehr fähig sei, und doch stiegen sie ihr wieder in die Augen.

Sie schritt zur Kommode hinüber und legte den Ring dort ab. Bevor der Schmerz in ihrer Brust sie vollends zu lähmen drohte, trat sie ans Bett, hob die Schachtel auf und verließ den Raum.

Riordans Diener lief unten durch die Eingangshalle. »Ist Mr. Riordan noch hier, Beal?«

»Nein, Madam, er ist vor ungefähr einer Stunde weggegangen und bisher nicht zurückgekehrt.«

»Oh, ich verstehe. Vielen Dank.« Sie mußte sich abwenden, bevor er die Tränen erblickte, die ihr — aus Erleichterung oder vor Bedauern, das wußte sie nicht genau — abermals in die Augen schossen. Doch nein, so war es besser. Auf diese Weise mußte nichts mehr gesagt werden. Auf diese Weise war sie zumindest in der Lage, noch einen winzigen Rest von Würde zu bewahren.

Doch in dem Moment öffnete sich die Haustür, und Riordan trat ein. Cass erstarrte. Er pfiff vor sich hin, zog sich die Handschuhe aus und machte einen tatkräftigen und entschlossenen Eindruck. Und er *pfiff!* Das, was von ihrem Herzen übrig geblieben war, zerbrach. Er blickte auf und entdeckte sie. Also blieb ihr nichts anderes übrig, als die restlichen Stufen hinunterzusteigen.

»Hallo, Cass.« Er bemerkte die Schachtel. »Hast du vor, auszugehen?«

»Ich gehe fort.«

Als er ihre rotgeränderten Augen wahrnahm, wurde er ernst. »Wirklich? Und wohin?«

»Ich habe mich noch nicht entschieden.« Ihre Stimme verriet sie, das wußte sie. Sie war ganz belegt vom vielen Weinen.

»Hast du Geld?«

Sie richtete ihren ernsten, grauen Blick auf ihn, ohne etwas zu sagen.

»Aber nein, natürlich nicht«, entgegnete er mit einem kleinen Lächeln. »Ich habe es ja zerrissen. Das tut mir wirklich leid.«

Sie richtete sich auf. Ein Funken Wut begann unter der Asche zu flackern. »Ich werde Mr. Quinn um einen Vorschuß auf das Geld bitten, daß er mir für den Moment versprochen hat, wenn Wade gefangen genommen wird«, erwiderte sie steif.

»Oh nein, tu das nicht. Komm mit in die Bibliothek, ich werde dir Geld geben.« Er begann, die Eingangshalle zu durchqueren. »Komm nur!« rief er über die Schulter zurück.

Sie stand wir erstarrt da. Schmerz und Verwirrung und Wut rangen in ihrem Inneren miteinander. Die Verwirrung behauptete sich. Sie setzte ihre Schachtel ab und folgte ihm.

Er zog bereits Geldscheine aus dem hinteren Teil einer Schublade seines Schreibtisches hervor. »Mehr habe ich im Moment nicht im Haus.« Er zählte die Scheine rasch. »Das sind ungefähr dreihundert Pfund. Den Rest schulde ich dir noch, in Ordnung?«

Sie schluckte, nickte und streckte ihre Hand aus.

»Aber es ist eine Bedingung daran geknüpft.«

Sie zog ihre Hand zurück. Das sah ihm schon ähnlicher. »Was für eine Bedingung?«

»Ich bitte dich um zwei Stunden deiner Zeit.«

Sie errötete bis unter die Haarwurzeln und wich zurück.

»Oh nein, du hast mich mißverstanden, ich meinte aber doch —« Er verstummte und lachte auf. »Aber welch eine reizende Idee«, murmelte er in einem intimeren Tonfall und zauberte damit eine noch tiefere Röte auf ihre Wangen. »Ich bitte dich um zwei Stunden *außerhalb* des Hauses. Unter den Augen der Öffentlichkeit, wo wir uns beide mit vollkommenem Anstand verhalten werden. Nun ja, ich zumindest, für dich kann ich natürlich schlecht sprechen.«

»Wovon redest du überhaupt?«

»Davon, daß du und ich einen Spaziergang machen werden, Cass. Ich möchte dir etwas zeigen. Wirst du mich begleiten?«

Sie runzelte mißtrauisch die Stirn. »Einen Spaziergang?«

»Einen Spaziergang.«

»Und anschließend gibst du mir das Geld und … und läßt mich gehen?«

»Ja, wenn das dein Wunsch ist.«

»Das ist er wahrlich.« Cass verstummte wieder. Sie hatte doch eigentlich nichts mehr zu verlieren. »Also schön, ich werde dich begleiten.«

»Gut!«

Als sie die Oxford Street und Picadilly überquert hatten, am Queen's Palace vorbeigeschritten waren und die südliche Ecke des St. James Park gestreift hatten, bekam Cass eine ungefähre Vorstellung davon, wo ihr Ziel lag. Aber warum in aller Welt wollte er sie mit nach Westminster nehmen – und dort wahrscheinlich in *den* Teil des Parlamentsgebäudes, wo er seine Arbeitstage verbrachte? Doch sie weigerte sich, ihn das zu fragen. Er sprach wenig, was ihrer Stimmung durchaus entsprach, aber er selbst kam ihr nicht im geringsten trübsinnig vor. Nein, sie spürte sogar eine entschiedene Fröhlichkeit, die unter der ruhigen Oberfläche zu brodeln schien. Er schwang seinen Gehstock mit unmißverständlicher Munterkeit, während er all seinen Bekannten, an denen sie unterwegs vorbeikamen, einen fröhlichen Gruß zurief. Cass sank immer tiefer in ihr Elend und sprach kein einziges Wort.

»Willkommen im ehrwürdigen Kaninchengehege«, verkündetete er schließlich und vollführte eine ausladende Handbewegung. Sie blickte sich um. Sie überquerten gerade Old Palace Yard gegenüber von Westminster Abbey, wo alte und neue Gebäude sich wie Kletten aneinander klammerten. Sie kam zu dem Schluß, daß ›Gehege‹ eine überaus zutreffende Bezeichnung war, denn Läden, Gerichtshöfe, Kaffeehäuser, Regierungskanzleien und sogar Privathäuser standen gedrängt um den Kern von Westminster Hall. Riordans Tonfall und sein Verhalten wirkten bescheiden, doch auf seinem Gesicht spiegelte sich ein strahlender Stolz. Als sie sich weiter umblickte und seinen Anmerkungen lauschte, bekam sie eine kleine Vorstellung davon, warum dies so war.

»Hier drüben hat Walter Raleigh seinen Kopf verloren«, teilte er ihr mit und deutete auf eine Stelle auf dem Boden nur wenige Meter von ihren Füßen entfernt. »Milton wurde dort drüben getraut, in St. Margaret's. Oliver Cromwells Kopf saß dreiundzwanzig Jahre auf dem Dach von Westminster Hall. Hier wurden Sir Thomas More und der Graf von Essex und Guy Fawkes vor Gericht gestellt. Dort drüben ist das Oberhaus. Und hier – hier befindet sich das Unterhaus.«

Sie betrachtete erstaunt das bescheidene, zweistöckige Steingebäude mit den bleigefaßten Fenstern und dem Schieferdach. »Es sieht ja aus wie eine Kirche«, sagte sie.

»Das ist es auch. Oder *war* es zumindest. St. Stephen's Chapel. Sie wurde im Jahre 1557 säkularisiert und seither dient sie als Räumlichkeit fürs Unterhaus. Komm nur, laß uns hineingehen. Ich möchte dir gerne alles zeigen.« Ohne auf eine Antwort zu warten, legte er seine Hand an ihren Ellbogen und eilte mit ihr die Stufen hinauf, durchquerte den steinernen Säulengang und betrat das Unterhaus.

Als Garderobe diente der alte Kreuzgang. Mantelhalter erstreckten sich entlang der Wände — an denen die Mitglieder auch ihre Schwerter aufhängten, bevor sie zu ihren Debatten in die Kammer schritten, wie er ihr erklärte. Auf diese Weise ginge es wesentlich unblutiger zu. »Aber wir behalten immer unsere Hüte auf dem Kopf, Cass. Ich habe keine Ahnung, warum, aber die Tradition will es so. Und man kann uns nicht verhaften lassen, wir sind immun. Wenn jemand schlecht über uns redet, sorgen wir dafür, daß *er* verhaftet wird — wegen Vergehens gegen die Vorrechte des Parlaments.« Er nickte einem Pförtner zu, der nahe der Tür stand und führte sie dann einen anderen Gang entlang zu einem Raum von mittlerer Größe und mit hohen Decken. »Das hier ist die düstere und recht unbehagliche Lobby. Wenn eine Abstimmung über einen Gesetzesentwurf stattfindet, dann heben wir nicht etwa die Hände oder rufen. Wir marschieren hier hinein, und der Parlamentspräsident zählt uns. Folge mir, wir gehen hier entlang.« Er zog sie einen kurzen Korridor entlang zu einer anderen Tür und riß diese auf. »Die Kammer«, verkündete er stolz.

Seine Begeisterung war rührend. Trotz allem, was er getan hatte, brachte sie es nicht über sich, seine Gefühle zu verletzen. »Wie nett«, sagte sie höflich und wunderte sich, daß der Raum nicht größer war, eher gemütlich als imposant und ganz und gar nicht so, was sie erwartet hatte. Die Wände waren sogar mit Panelen versehen. Die Ähnlichkeit mit einer Kirche war hier noch frappierender — wenn auch mit einer der reformierten Art.

»Dort drüben sitzt der Parlamentspräsident«, sagte Riordan und deutete auf einen Stuhl mit gerader Rückenlehne, der auf einem Podium stand. Davon gab es zwei größere Gruppen von Bänken, deren Reihen in der Mitte durch einen grünen Teppich getrennt wurden. »Ich sitze hier, auf der Seite der Whigs.« Er ließ ihre Hand fallen und schritt zur Rückseite des Raumes. »Genau hier!« Er war jetzt so weit entfernt, daß er beinahe rufen mußte. »Die wichtigen Abgeordneten sitzen ganz vorne!« Er kam lächelnd wieder auf sie zu. »Und die Besucher dort oben.« Er deutete auf eine dreiseitige Galerie über ihren Köpfen. »Ein Besucher ist natürlich jeder, der kein Abgeordneter ist. Dein so bewunderter Edmund Burke sitzt übrigens dort drüben, auf der vordersten, rechten Bank, seit er mit Fox und den anderen Whigs gebrochen hat.«

»Ob er sich wohl gegen deinen Gesetzesentwurf aussprechen wird?« erkundigte sie sich. Trotz allem, was vorgefallen war, machte sie sich noch darum Sorgen. Doch am liebsten hätte sie gefragt: *Philip, was tun wir hier eigentlich?*

»Oh, ja. Aber das war von vornherein abzusehen. ›Reform‹ ist nicht gerade ein Wort, das in Burkes Vokabular vorkommt.«

»Warum bringst du ihm denn soviel Sympathie entgegen? Wade haßt ihn.«

»Und ich kann mir auch vorstellen, warum. Burke ist sein schlimmster Feind. Er haßt die Revolution aus dem gleichen Grund, wie er Reformen haßt — beide stellen eine Bedrohung für die Traditionen der Vergangenheit dar.« Er ließ sich auf Burkes Sitz fallen. »Warum ich ihm Sympathie entgegenbringe? Weil er einen brillianten Verstand besitzt, er so ehrlich wie dickköpfig ist und eher sterben würde, bevor er seine Prinzipien kompromittiert. Zudem ist er ein außergewöhnlich guter Redner. Oder zumindest war er das einmal. Inzwischen nennt man ihn die ›Abendbrotglocke der Kammer.‹«

»Aber warum denn?«

»Weil jeder sich zum Gehen wendet, sobald er aufsteht, um etwas zu sagen.« Riordan kicherte. »Nun ja, er tendiert zu ausschweifenden Argumentationen. Du darfst nicht vergessen, daß viele Mitglieder des Parlaments nur einfache Bauern oder Händler sind — sie besitzen nicht die Geduld, seinen gewundenen Argumenten und Gedankengebilden zu lauschen. Und er ist auch nicht mehr der Jüngste — er ermüdet leicht und verliert den Faden und dann scheint er bei seinen Reden kein Ende finden zu können. Ach, du hättest ihn vor Jahren einmal hören sollen, Cass. Niemand vermochte sich damals mit ihm zu messen.«

»Und dennoch sieht Colin ihn auch heute nicht als harmlos an, glaube ich. Er scheint ihn wirklich zu hassen.«

»Seine Stärken liegen jetzt im Schreiben. Als er die Unterstützung der Whigs verlor, richtete er das Wort über ihre Köpfe hinweg an die Menschen. Ihm ist es hauptsächlich zu verdanken, daß sich die öffentliche Meinung heutzutage von Frankreich abwendet.«

Riordan erhob sich. Sie befürchtete, daß es Zeit war zu gehen, daß er ihr aus unerklärlichen Gründen all dies gezeigt hatte, bevor er sie ziehen ließ.

»Wieviele Abgeordnete gibt es hier?« erkundigte sie sich. Ihr war bewußt, daß sie versuchte, Zeit zu schinden, und sie haßte sich dafür.

»Ungefähr sechshundertfünfzig.«

»So viele! Aber die können doch unmöglich alle hier Platz haben.«

»Nein, es findet sich eh immer nur die Hälfte ein. So war es schon immer.«

»Und wie läuft es ab? Was genau tut ihr?«

»Wir debattieren. Der Parlamentspräsident erteilt beispielsweise dem Ehrenwerten Gentleman von Muddleton-on-Sea das Wort. Dieser erhebt sich. Er beginnt zu sprechen — aus dem Stegreif natürlich. Jeder Mann mit Notizen irgendwelcher Art wird von der Kammer ausgebuht. All die andere Abgeordneten sind entweder abwesend, schlafen, unterhalten sich laut oder werfen sich Briefe zu. Es ist wirklich ganz außergewöhnlich, was hier vor sich geht, Cass. Du würdest es kaum glauben. Wenn der arme Kerl ein langweiliger Redner ist, wird er durch so laute Verhöhnungen unterbrochen, daß man kaum ein Wort seiner Rede verstehen kann. Aber wenn er sich als gut herausstellt, dann lauscht ihm die ganze Kammer mit voller Aufmerksamkeit. Jungmitglieder lernen schon bald, daß sie Großbritannien doch nicht so eigenhändig regieren werden, wie sie gedacht hatten. Einige verfallen nach ihrer Jungfernrede in eine lange Phase des Schmollens und melden sich Jahre nicht mehr zu Wort. Andere machen sich daran, das Spiel zu lernen.«

»So wie du«, bemerkte sie. »So wie du es getan hast.«

»Ich lerne immer noch. Es ist ein langwieriger Prozeß, aber er ist die Mühen wert. Denn auch wenn ich Großbritannien nicht selbst regieren werde, so ist dies doch immerhin die Aufgabe des Unterhauses.«

Sie lächelte. »Und ich dachte, das tue der König.«

»Nein, wir lassen ihn lediglich in dem Glauben.« Er zog seine Taschenuhr hervor. »Also, mein Liebling, die Stunde ist schon vorgerückt und ich möchte dir gerne noch etwas zeigen.«

Sie spürte, wie ihre Knie bei dem gedankenlos benutzen Kosewort weich wurden. Der Schmerz, ihn verlassen zu müssen, war beinahe nicht mehr zu ertragen. Mit einem Male kam ihr der Gedanke, daß sie ihn eigentlich gar nicht ertragen mußte! Sie konnte sich entscheiden, bei ihm zu bleiben. Wen würde dies schon kümmern? Außer ihr und ihm und John Walker und Quinn kannte doch niemand die Wahrheit. Er wartete mit ausgestreckter Hand. Sie erzitterte bei dem Gedanken an ein Leben mit Riordan — oder an den Anteil an diesem Leben, den er ihr zugestehen würde —, und je länger sie darüber nachdachte, desto bedrohlicher geriet sie an den Rand der Kapitulation. Doch im letzten Moment siegte ihre Willenskraft.

»Philip«, sagte sie mit angespannter Stimme, »was tun wir hier eigentlich? Warum hast du mich hierhergebracht? Bitte, das Ganze ist bereits — schwer genug für mich. Laß uns wieder gehen.«

Er trat nahe an sie heran, berührte sie aber nicht. Sein Gesicht trug einen außerordentlich zärtlichen Ausdruck und seine Augen schienen bis auf den Grund ihrer Seele zu blicken. »Du hast mir doch zwei Stunden versprochen«, erwiderte er mit sanfter Stimme. »Und sie sind beinahe vorüber. Glaub mir, süße Cass, ich ersehne die Heimkehr genauso sehr wie du.« Er streckte seine Hand erneut nach ihr aus. »Ich bitte dich ja nicht darum, mir zu vertrauen. Komm nur einfach mit.«

Sie zögerte und legte ihre Hand dann in die seine.

Sie verließen die Kammer durch einen anderen düsteren Korridor, schritten eine Wendeltreppe aus feuchtem Stein hinunter und durchquerten eine Reihe schmaler Gänge, bis sie zu einer mit Beschlagnägeln übersäten Doppeltür gelangten. Cass blickte Riordan fragend an. Sein Gesicht trug einen seltsamen, undurchdringlichen Ausdruck. Er hielt die Tür für sie auf. Sie schritt an ihm vorbei, ging drei Stufen hinunter und verharrte. Im Lichte von hundert Votivkerzen erkannte sie, daß sie sich dieses Mal in einer richtigen Kirche befand.

»Wo sind wir?« erkundigte sie sich flüsternd und mit stockender Stimme.

»In der Lower Chapel. Sie wird heutzutage nur noch von den Abgeordneten benutzt — für Hochzeiten und Taufen.« Er räusperte sich und stellte sich vor sie hin. »Ich dachte, das wäre auch ein guter Ort für unsere Hochzeit.«

Nein, er vermochte dies einfach nicht zu tun, ohne sie zu berühren. Riordan griff nach ihrer leblosen Hand und nahm einen tiefen Atemzug. »Möchtest du mich noch einmal heiraten, Cass? Ich liebe dich von ganzem Herzen.« Er zog sie näher an sich heran, denn er verstand ihr erstauntes Schweigen als Unentschlossenheit. »Laß uns heiraten und zusammen alt werden. Du wirst die schönste, alte Dame aller Zeiten werden.«

Sie sprach immer noch kein Wort, protestierte allerdings auch nicht, als er seine Arme um sie schlang und seine Stirn gegen die ihre legte. »Ich liebe dich so sehr«, murmelte er und seine Lippen strichen über ihre Nase hinweg. »Ich bin ein guter Fang, Cass — selbst Burke behauptet, daß ich ein ehrlicher Kerl sei. Und es gibt eine Gruppe von Männern in Buckinghamshire, die mich aufgefordert haben, bei der nächsten Wahl für ihren Distrikt zu kandidieren. So seltsam es auch scheinen mag, aber es sieht ganz so aus, als sei ich ein Mann auf dem Weg nach oben. Wirst du ja sagen? Ich werde auch vor dir auf die Knie gehen, wenn es sein muß.«

Er strich die Tränen auf ihrem Gesicht sanft mit seinen Fingern fort. »Ich liebe dich«, wiederholte er. »Ich werde niemals aufhören, dich zu lieben, selbst wenn ich ein verschrumpelter, alter Ziegenbock von einem Mann bin.« Er senkte seine Stimme. »Und ich werde immer hinter dir her sein, denn ich bin mir sicher, daß meine Manneskraft im Alter noch zunimmt. Du wirst dich meiner kaum erwehren —«

»Oh! Philip!« Sie warf ihre Arme um ihn und vergrub ihr Gesicht in seinem Hemd. »Oh! Oh!« war alles, was sie herausbrachte.

»Heißt das etwa ja?« lachte er, umarmte sie, hob sie in die Höhe, lockerte seinen Griff aber umgehend, aus Angst, ihr die Rippen zu brechen.

»Ja! Oh, ja, ja, ja! Oh, Philip!«

»Nur gut, daß ich derjenige in der Familie bin, der für seine Wortgewandtheit bezahlt wird«, grinste er und küßte sie dann mit all seiner aufgestauten Leidenschaft. »Liebst du mich, Cass?«

»Oh ja, ich liebe dich so sehr, Philip, ich habe dich schon immer geliebt!« Cass war ganz benommen vor Glück. Es war ganz so, als ob ein Damm in ihrem Inneren gebrochen sei und sich nun die lang unterdrückten Worte der Liebe in einer unaufhaltsamen Kaskade über ihre Lippen ergossen. »Werden wir wirklich heiraten? Hier?«

»Jawohl, sobald ich mit dem Domherrn gesprochen habe und alles arrangiert ist. Ich habe den halben Nachmittag auf der Suche nach ihm verbracht, aber er war nicht verfügbar.«

»Wie bald wird es denn sein?«

»Sehr bald, wenn ich ein Wort dabei mitreden darf. Denn wir werden ja keine wirkliche Hochzeitszeremonie vollziehen, sondern lediglich unseren Schwur erneuern, daher liegt kein Grund vor, das Aufgebot abzuwarten. Meiner Ansicht nach könnte es schon bald geschehen.«

Den Schwur erneuern. Sie legte ihre Arme um seinen Hals. »Soll das etwa bedeuten, daß wir dieses Mal nicht nur ›unseren Wunsch, zu heiraten‹ aussprechen?«

Er erwiderte ihr neckisches Lächeln nicht. »Du bist meine Frau, Cass. Das warst du vorher und das bist du jetzt. Glaubst du mir das?«

»Ich bin mir nicht sicher«, murmelte sie und befeuchtete die Lippen. »Vielleicht solltest du es mir beweisen.«

Er gab einen Laut tief in der Kehle von sich. »Du freches Weibsbild. Und das auch noch in der Kirche!«

Er zog sie noch näher an sich heran und küßte sie mit der langsamen, sinnlichen Dringlichkeit, die schon oft ihr Verderb gewesen war. Er schob sie zwei Schritte weiter zurück, preßte sie gegen die dicke Eichentür. Sie lockerte ihre Arme um seinen Hals so weit, daß er genug Platz hatte, sie zu berühren, aber nicht genug, um den Kuß zu beenden. Ihre Brüste veränderten unter seinen Handflächen ihre Form. Seine Zunge füllte ihren Mund. Ihr Kopf glitt zurück, und sie ließ Riordan knabbern und schmecken, während eine seiner Hände ihr rastlos über den Bauch strich.

Dann rückte sie mit einem heroischen Willensakt ein Stück von ihm ab und flüsterte: »Mir ist gerade ein besserer Ort für solche Unternehmungen eingefallen.« Riordan atmete schwer, und begriff erst, als sie hinzufügte: »Das Bett des Herren Abgeordneten.«

»Ahh«, erwiderte er mit einem zitternden Seufzer, »das Bett, in der Tat. Ja. Das wäre nicht schlecht.« Doch er blickte sich widerstrebend um. »Aber diese Bankreihen können doch unmöglich so hart sein, wie sie aussehen. Wenn wir —«

»Philip!«

Er kicherte. »Sag mir, daß du mich liebst, bevor wir gehen«, drängte er sie. »Ich habe das eben nicht ganz genau verstanden.«

Sie zog seinen Kopf zu sich herunter und legte ihre Lippen an sein Ohr. »Ich liebe dich«, sagte sie klar und deutlich und wiederholte es obendrein noch einmal flüsternd, wobei ihre Zähne an seinem Ohrläppchen knabberten.

Er erzitterte unwillkürlich. »Oh, Cass! Du kannst etwas erleben!«

Diese Mischung aus Drohung und Versprechen erregte sie auf schier unerträgliche Weise. Ohne ein weiteres Wort ergriffen sie einander an den Händen und verließen die Kapelle. Ihr Sinnen und Trachten galt allein der Möglichkeit, schnellstmöglich nach Hause zu gelangen. Zu Fuß zu laufen stand außer Frage. Sie entdeckten eine Droschke in der Nähe des Parks und warfen sich wie flüchtende Tiere hinein. Riordan rief dem Fahrer die Adresse zu und versprach ihm einen Extralohn, wenn er sie in weniger als einer Viertelstunde dorthin bringen würde. Dann ließen sie sich lachend auf die Sitze fallen, amüsiert über ihre eigene Ungeduld.

Zwölf Minuten später hielt der Kutscher vor Riordans Haus am Portman Square an und wartete darauf, daß seine Fahrgäste aussteigen würden. Nichts geschah. Feine Pinkel, dachte er. Sie erwarteten wohl, daß er ihnen die verdammte Tür öffnete. Er bequemte sich, mit einem leisen Brummen, abzusteigen. Doch als er die Tür aufriß und hineinblickte, gab die Dame ein Kreischen von sich und der Herr zog rasch seine Hand unter ihren Röcken hervor, bevor sie beide knallrot anliefen. Da sah man doch wieder einmal, daß auch feine Pinkel nicht anders waren als das gemeine Volk. Nun ja, vielleicht unterschieden sie sich doch ein klein wenig, dachte er und steckte grinsend die blitzende, neue Guinee ein, die ihm der Herr zugeworfen hatte. »Alles in Ordnung, wir sind verlobt«, sagte der Gentleman, und die beiden Männer blinzelten sich zu.

»Verlobt!« rief Cass, sobald sie im Haus angekommen waren.

»Das war nur ein kleiner Scherz, mein Liebling.«

Er grinste wie ein Narr, und sie mußte einfach lachen. »Ein

Scherz — oh!« Er hob sie in die Höhe und küßte sie auf den Mund, während er noch offen war. Ihr Groll verflog, und ihre einzige Sorge war nun, ob sie es noch bis zum Schlafzimmer schafften oder ihre Vereinigung auf der Treppe vollziehen würden. Doch als ein Hausmädchen die Eingangshalle durchquerte, erledigte sich dieses Problem von selbst.

Bevor noch die Tür sich ganz hinter ihnen geschlossen hatte, begannen sie bereits, sich gegenseitig zu entkleiden. Ihre Hände gerieten einander in die Quere und haderten mit Knöpfen und Verschlüssen. So kamen sie zu der unausgesprochenen Abmachung, sich selbst die Kleider auszuziehen und taten dies schweigend, mit zügigen Bewegungen, ohne dabei den Blick vom anderen zu wenden.

Endlich waren sie nackt und umarmten sich. Cass sehnte sich danach, ihn in sich zu spüren, jetzt, sofort, ohne weitere Verzögerungen. Aber er hatte sie einen anderen Weg gelehrt, und sie biß die Zähne zusammen und bereitete sich darauf vor, die quälende Lust des Wartens zu ertragen. Ausnahmsweise sprachen sie kein einziges Wort. Sie erzitterte unter der Berührung seiner Hände, auf ihren Armen, ihren Schulterblättern, ihrem Rückgrat, unter den streichelnden Bewegungen. Sein Brusthaar, das so weich und glänzend war, hatte sie schon immer ergötzt.

Sie strich mit ihren Händen langsam über sein Zwerchfell, glitt über seine harten Muskeln am Bauch und streichelte den interessanten Pfad, den seine Haare unter dem Nabel bildeten. Er hatte eine Erektion und war bereit, schien aber überhaupt nicht in Eile. Er umfaßte ihre Brüste und hob sie an, beobachtete ihr Gesicht und strich mit den Fingerspitzen über ihre Brustwarzen. Cass' Mund öffnete sich zu einem leisen Seufzen. Er beugte den Kopf vor, und seine Lippen schlossen sich um die harte, kleine Spitze. Sie vergrub ihre Finger in seinen Haaren, stöhnte und murmelte seinen Namen, spürte, wie Funken durch ihren Körper schossen. Wie seltsam und wundervoll, dachte sie, als er sich auf ein Knie hinabließ und begann, ihren Nabel mit der Zunge zu liebkosen. Er hatte seine Hände auf ihr Hinterteil gepreßt und hielt sie fest, während er küßte und saugte und ihr dann befahl, die Beine zu öffnen.

Sie senkte ihren blinden Blick von der Decke und sah ihn an. Das konnte er unmöglich gerade gesagt haben. Aber nein — sie hatte ihn nicht falsch verstanden, denn er wiederholte es noch einmal.

»Philip, ich —«

Er hob den Kopf. Seine Augen waren so schwarz wie Onyx. »Ich möchte dich da küssen, Cass.« Seine Hand umfaßte den schamhaarbedeckten Hügel. »Öffne deine Beine für mich.«

»Aber — das ist nicht —«

»Doch, das ist es. Es ist völlig in Ordnung und ganz natürlich und ich verspreche, daß es dir gefallen wird.«

Nun, er war ihr Ehemann, und sein Wort Gesetz für sie. Nach einer weiteren Sekunde schob sie ihre Füße ein paar Zentimeter auseinander.

Cass stellte schnell fest, daß es sich nicht um Küssen handelte. Es war mehr wie — oh Gott, es war mehr wie der Himmel auf Erden. »Philip! Ich glaube, ich halte das nicht mehr aus!«

Er richtete sich auf, hob sie mit einer einzigen Bewegung in die Höhe und trug sie zum Bett. Er legte sie auf den Rücken und setzte sich neben sie. Sein Mund war feucht, eine Tatsache, die sie verlegen machte und zugleich faszinierte. Bevor sie überhaupt die Möglichkeit hatte, sich zur Wehr zu setzen, schob er ihre Beine auseinander, drückte ihr Knie nach oben und beugte seinen Kopf erneut über sie. Anfangs zuckte sie einige Male zusammen, denn die Stelle, die er mit seinen Lippen berührte, war so empfindlich! Aber bald schon lernten sie beide, was sie zu ertragen vermochte. Ihr Kopf sank in die Kissen zurück. Empfindungen, die sie noch niemals zuvor erfahren, von deren Existenz die sie nicht einmal geträumt hatte, bombardierten sie dank seinem sanften, unbarmherzigen, lustvollen Angriff, bis sie leise aufschrie und ihn anflehte, aufzuhören.

Er gehorchte.

»Nein, nicht — so meinte ich es nicht!«

Sein kehliges Lachen entlockte ihr ein verlegenes Kichern, aber dann hielt sie erschrocken den Atem an, als er ihrem letzten Befehl gehorchte und sich wieder dem zuwandte, was er vorher getan hatte. Ihre Bauchmuskeln verkrampften sich, Knie zuckten, Hände und Zehen klammerten sich in die Bettdecke. Es gab nichts anderes im Universum, als ihren Körper und seinen Mund. Ihr Kopf drehte sich nach rechts und links, doch ansonsten blieb sie ganz still liegen. Ihr Inneres verflüssigte sich, und die heiße Flut des Verlangens stieg immer höher. Dann erfolgte die Explosion, riß sie in Stücke und schleuderte diese in den Raum. Für einige Sekunden — sie wußte nicht genau wie lange — existierte sie nicht mehr. Als sie schließlich wieder zur Erde zurückkehrte, gab es eine weitere Erschütterung, und dann noch eine, aber diese waren sanfter und voller süßer Erlösung.

Cass gewann langsam wieder Besitz von ihrem Körper und realisierte, daß Riordans Kopf warm auf ihrem Oberschenkel lag. Sie griff nach seiner Hand, streichelte sie, spürte ihre eigenen Finger auf ihrer Haut. Sie hatte sich noch niemals zuvor derart lebendig gefühlt und zugleich so überaus kraftlos. Liebe erfüllte ihr Herz und brachte es zum Überlaufen, aber sie schien die Energie, ihm dies zu sagen, nicht aufbringen zu können. Sie holte zitternd Atem und seufzte: »Du hattest recht, es hat mir gefallen.«

Auch wenn Riordan dies zu würdigen wußte, so vermochte er ihre Gefühle im Moment dennoch nicht zu teilen. Sein eigener Körper fühlte sich an wie ein gespannter Bogen mit Pfeil. Er wußte, daß ein rücksichtsvoller Liebhaber seiner Partnerin Zeit geben sollte, sich zu erholen, aber er hatte den äußersten Rand des für ihn Erträglichen erreicht. Er hockte sich auf die Knie, zog ihr das Kissen unter dem Kopf weg und legte es unter ihre Hüften. Dann lächelte er in ihre weit aufgerissenen Augen, hob ihre Beine in die Höhe, legte sie über seine Schultern und strich von den Knien bis zu den Hüften über ihre seidige Haut. »Das hier ist auch eine ganz natürlich Sache«, fühlte er sich bemüßigt, zu erklären.

Er hielt sie fest und drang langsam in ihre samtene Weichheit ein.

Sie schrie auf.

Er wich zurück. »Tue ich dir weh?«

»Oh Gott, nein! Es ist nur so unglaublich tief!«

Er drang erneut sanft in sie ein und beobachtete ihr Gesicht. Sie war so wunderschön und sie liebte ihn. Er hätte sich bereits in diesem Moment in sie ergießen können, doch er zwang sich, tief in ihr zu verharren, während sie sich an seine Größe gewöhnte. Seine Finger wanderten unfehlbar zu ihren geheimen Stellen, und er spürte, wie sie um ihn herum wieder lebendig wurde, während er sie liebkoste.

»Oh, das ist so gut, so gut«, flüsterte sie. Blut pochte in ihren Extremitäten. Ihre Bauchmuskeln waren gespannt und zitterten und sehnten sich bereits nach neuer Erleichterung. Wohin war nur die Mattigkeit verschwunden, die sie vor einer Minute noch beherrscht hatte? Dies hier war genau das, was sie wollte, was sie brauchte: Philip, pulsierend in sich zu spüren, Philip, der sie liebte, der sie mit dieser wundervollen Lust erfüllte.

Er mußte sich nun einfach bewegen, er vermochte sich nicht länger zu beherrschen. Riordan packte Cass an den Hüften, hob sie höher, stieß in sie hinein und benutzte seine kraftvollen Oberschenkel, um sie in dieser Stellung zu halten. Er zuckte angesichts des wohligen Schmerzes zusammen, den ihre Fingernägel verursachten, die sich in seine Knie vergruben. Er kam sich wie eine gespannte Pistole vor, kurz vor der Explosion. Oh Gott, er vermochte einfach nicht, auf sie zu warten, es war einfach unmöglich — doch dann sah er, wie sich ihr Rücken aufbäumte und sie einen Schrei ausstieß, der gleichermaßen an Verzückung wie an Folterqualen erinnerte. Sofort ergoß er sich in sie, und zog ihre Oberschenkel heftig gegen seine Mitte, ohne dabei das langgezogene, heftige Stöhnen zu registrieren, das sich aus seiner Kehle löste.

Hinterher lagen sie ausgestreckt in den Armen des anderen, gesättigt und zu erschöpft, um zu reden. Als wieder ein klein wenig Energie zurückgekehrt war, rollte er sie auf seinen Bauch und genoß das Gefühl ihres Gewichts auf seinem Körper. Cass kreuzte ihre Finger auf seine Brust und ließ ihr Kinn auf den Handgelenken ruhen. »Laß es uns noch einmal tun«, schlug sie ihm mit ernstem Gesicht vor und schnaufte dann vor Lachen, als sie seinen Ausdruck sah.

Sie küßten sich, hielten einander fest und murmelten zärtliche Komplimente. Auf diese Weise zusammenzuliegen und sich ›Ich liebe dich‹ zuzuflüstern, ohne dabei Angst haben zu müssen, daß dies mißbraucht wurde oder albern klang, war eine Freude, von der sie vorher nicht einmal gewußt hatten, daß sie sie vermißten. Daher sprachen sie immer und immer wieder diese Worte und gestanden einander, wie unglücklich sie sich gefühlt hatten, als sie voneinander getrennt waren.

»Hättest du mich tatsächlich verlassen, Cass?« erkundigte er sich schließlich, während er sie in den Armen hielt. Unbemerkt waren Schatten über das Bett gefallen, und der Raum nahm die kühle Schummrigkeit eines Herbstnachmittages an.

»Ich dachte, ich könnte es. Ich wollte es auch. Aber dann ... dann kamen mir Bedenken.«

»Wann?«

»Im Unterhaus. Als du auf Burkes Platz gesessen hast. Du warst so ... ich weiß auch nicht.«

»Wie war ich denn?«

Sie dachte nach. »Du kamst mir geradezu wie die Antithese eines Mannes vor, der eine Frau täuscht und ihr Glauben macht, sie sei mit ihm verheiratet.« Sie streichelte über seinen Bauch, während ihr Kopf an seiner Schulter lag. »Hast du mich deshalb dorthin mitgenommen?«

Er lächelte. *Antithese,* dachte er. Sie benutzte größere Worte als er selbst.

»Nein. Ich wollte nur, daß du die Kammer siehst und diesen Teil von mir kennenlernst, aber ich bin mir nicht ganz sicher, warum. Ich war nicht davon ausgegangen, daß ich deine Meinung damit beeinflussen könnte.«

»Ich liebe diesen Teil von dir. Ich bin so stolz auf dich, Philip.« Sie vollführte mit ihrem Fingernagel langsame Kreise um seinen Nabel und sah zu, wie sich sein Bauch mit jedem Atemzug hob und senkte. »Wirst du wirklich für Buckinghamshire kandidieren?«

»Möglicherweise.«

»Da gibt es wohl mehr Ruhm zu ernten, als in St. Clawes, nehme ich an.«

»St. *Chawes*«, verbesserte er sie mit zuckenden Mundwinkeln. Ihre Haut fühlte sich an wie Seide. Wenn sie ihre glatten Oberschenkel über seine haarigen gleiten ließ, vernahm er ein leises Geräusch. »Wenn du mich verlassen hättest, hätte ich dich wieder zurückgeholt, weißt du. Ich hätte dein Geld immer und immer wieder zerrissen, Cass, damit du bei mir bleibst.«

Sie legte ihre Lippen auf den Puls an seiner Kehle. »Nein, das hättest du nicht. Du hättest mich ziehen lassen, und wir wären beide unglücklich gewesen.«

Er dachte darüber nach. »Möglich«, stimmte er ihr zu. »Es tut mir wirklich leid, daß ich dein Geld zerrissen habe. Aber mir ist nichts anderes eingefallen, um dich davon abzuhalten, fortzugehen.«

»Mach dir nichts daraus. Was ich bedauere, ist, daß ich dir nicht früher gesagt habe, was los ist. Aber ich schämte mich so sehr, daß ich mich nicht dazu durchringen konnte, die Worte auszusprechen. Ich dachte, du wolltest dich über mich lustig machen. Ich bin doch so stolz, Philip! Ich dachte, wenn ich darüber rede, hättest du noch mehr zu lachen, und so habe ich alles für mich behalten. Das war falsch — ich hätte es dir schon an jenem Tag, als du mich von Colin weggeholt hast, an den Kopf werfen sollen. Damit hätte ich uns soviel Kummer erspart.«

»Du warst verletzt. Ich mache dir keine Vorwürfe. Wie du mich gehaßt haben mußt!«

»Nein, gehaßt habe ich dich nie, nicht einmal, als ich am Tiefpunkt angelangt war. Ich habe dich immer geliebt.«

Nach einer Weile rutschte Riordan unter ihr weg, so daß

sie mit einander zugewandten Gesichtern dalagen. Seine Hand ruhte auf der Vertiefung ihrer Taille. »Wer hat dir gesagt, daß wir nicht verheiratet sind?«

Sie hatte gewußt, daß diese Frage kommen würde. Und dennoch brachte sie es nicht fertig, den Namen auszusprechen. »Er ist wie ein Vater für mich«, hatte er ihr einmal gesagt. Wie konnte sie etwas zerstören, das so kostbar für ihn war? Sie vermochte ihm dies einfach nicht anzutun. Vielleicht war es feige, aber sie kam zu dem Entschluß, Quinn die Gelegenheit zu geben, es Philip selbst zu sagen. Sollte er diese Chance nicht nutzen wollen, so würde sie es ihm dann beibringen. Doch vielleicht gab es ja eine Erklärung für das, was Quinn getan hatte. Sie konnte sich zwar kein Motiv vorstellen, das einen solchen Schmerz, wie sie ihn beide durchlitten hatten, rechtfertigte, aber sie zog immerhin die Möglichkeit in Betracht, daß es ein solches durchaus gab.

»Ich werde es dir sagen, nachdem wir geheiratet haben«, erwiderte sie leichthin. Er runzelte die Stirn und wollte etwas erwidern. »Noch einmal geheiratet haben«, korrigierte sie sich hastig.

Er stützte sich auf einen Ellbogen. »Du glaubst mir immer noch nicht!«

»Nein, das ist nicht der Grund, ich —«

»Du schützt diese Person, bis du dir absolut sicher bist, daß ich nicht lüge! Ist es das?«

»Nein! Ich glaube dir sehr wohl. Ich wäre gar nicht hier, wenn das nicht der Fall wäre!«

»Dann sag mir, wer es ist.«

»Hör mir zu, Philip.« Sie setzte sich auf und wandte sich ihm zu. »Es ist besser, wenn diese Person — oh, *verdammt!* Wenn ich dir den Grund nenne, warum ich es dir nicht erzählen möchte, dann wirst du wissen, um wen es sich handelt! Ach bitte, kannst du mir nicht einfach vertrauen? Es wird ja nicht für lange sein, das verspreche ich. Und ich schwöre dir, daß ich es dir sage, wenn wir verheiratet sind, es sei denn, diese Person —« Sie verstummte frustriert. Wie sehr sie dieses Geheimnis haßte! »Vertrau mir«, forderte sie ihn erneut auf. »Ich glaube dir wirklich. Und ich liebe dich von ganzem Herzen. Aber laß uns nicht mehr darüber reden. Ich könnte es einfach nicht aushalten, wenn wir uns heute streiten würden!«

Er zog sie wieder in seine Arme. »In Ordnung, Cass, ich werde dich jetzt nicht mehr weiter mit Fragen bedrängen. Gott weiß, daß auch ich nicht streiten möchte.« Und er begann, sie zu küssen. Sein Verlangen, den Namen des Lügners zu erfahren, verschwand und wurde durch ein anderes, stärkeres Verlangen ersetzt. Doch auch wenn die Leidenschaft zwischen ihnen an diesem langen Nachmittag und in der folgenden Nacht immer wieder aufflammte, so nagte doch tief in seinem Bewußtsein die Tatsache an ihm, daß irgendjemand versucht hatte, ihnen Leid zuzufügen und einen Keil zwischen sie zu treiben. Und solange Cass ihm nicht genug vertraute, ihm zu sagen, wer der Schuldige war, hatte ihr Feind die Oberhand.

XVI

Vier Tage waren vergangen. Das Haus hallte von ihrem Lachen wider, und die Dienstboten gingen zum ersten Mal seit Wochen mit einem Lächeln auf dem Gesicht ihren Pflichten nach. Wenn dies einem Leben in Sünde entsprach, so scherte sich Cass nicht mehr länger darum. Und was Riordan betraf, so scherzte er, daß er zwischen ihren Liebesspielen und dem Schlaf, den er benötigte, um wieder zu Kräften zu kommen, nichts mehr getan bekam — und das, wo ihm nur noch eine Woche blieb, ehe er die Gesetzesvorlage einbringen mußte. Es war ganz so, als würden sie noch einmal ihre Flitterwochen erleben, doch mit einem wichtigen Unterschied: Sie liebten einander und scheuten sich nicht länger, es auszusprechen.

Nur Cass' Weigerung, den Namen der Person auszusprechen, die sie belogen hatte, warf einen kleinen Schatten auf ihr Glück. Doch als Riordan erst einmal eingesehen hatte, daß sie nicht nachgeben würde, hörte er auf, sich danach zu erkundigen. Und trotzdem ging es ihnen nie ganz aus dem Sinn. Cass sandte Quinn eine kurze Nachricht, in der sie ihre Bedingung formulierte: Er sollte Riordan die Wahrheit sagen, bevor sie heirateten, ansonsten würde sie dies übernehmen. Doch bisher hatte sie noch keine Antwort erhalten.

Das Datum ihrer zweiten Hochzeitszeremonie stand noch nicht fest. Reverend West sah die Situation mit ein wenig anderen Augen als Riordan, und er bestand darauf, daß das Aufgebot pflichtgemäß bestellt werden und eine konventionelle Zeremonie stattfinden müsse. Riordan hatte sich daraufhin bemüht, über seinen Kopf hinweg mit dem Bischof von London Kontakt aufzunehmen, und die Sache wurde zur Zeit verhandelt. Der Vollzug einer solchen Standardzeremonie würde natürlich aller Welt signalisieren, daß die erste Heirat nicht legal gewesen war. Und davor wollte Riordan Cass bewahren. Sie hatte in ihrem jungen Leben bereits genug unter Skandalen und Gerede gelitten. Der Schaden, der dadurch seiner eigenen Karriere entstehen konnte, bereitete ihm kaum Sorgen. Wenn sie gezwungen waren, zu heiraten, als sei es das erste Mal, so würde er dies mit Freuden tun. Koste es, was es wolle — er gedachte, die Mißverständnisse der Vergangenheit auszuräumen.

Der Morgen des fünften Novembers kam. Cass saß in ihrem Nachthemd am Fußende des Betts, hielt den Bettpfosten umschlungen und sah zu, wie ihr Mann sich ankleidete. Er zog ein weißes Hemd mit Krawatte, schwarze Kniehosen und eine schwarze Weste an. Sein schwarzer Gehrock hing über der Stuhllehne. Er hatte seinen Diener weggeschickt, damit sie noch einige Minuten allein verbringen konnten, ehe er sich auf den Weg machen mußte. Sie beobachtete, wie er sein dichtes, glänzendes schwarz-silbernes Haar aus der Stirn bürstete und dabei ein wenig in die Knie ging, um die obere Hälfte seines Kopfes überhaupt im Spiegel sehen zu können. Er war kein eitler Mann. Er blickte sein Spiegelbild einmal kritisch an, strich sich ein paar eingebildetete Flusen von den Schultern und drehte sich dann herum. Die Toilette war vorüber.

»Du siehst wundervoll aus«, rief Cass. »Was für eine glückliche Frau ich doch bin!«

Ihr Haar war zerzaust, und sie wirkte wunderschön und herzzerreißend jung. Er durchquerte das Zimmer mit drei großen Schritten und zog sie in seine Arme. Sie blieben eine ganze Weile lang so stehen. Sie lauschte seinem Herzschlag, und er atmete den Duft ihres Haares ein.

Cass war diejenige, die die Umarmung löste. Sie wußte, daß es hoffnungslos war, aber sie nahm allen Mut zusammen und wandte sich trotzdem an ihn. »Philip?«

»Was ist, mein Liebling?«

»Bitte — bitte geh nicht. Ich vermag es einfach nicht zu ertragen, dich in Gefahr zu wissen.«

Wie sie bereits vermutet hatte, beruhigte er sie umgehend. »Ich werde nicht in Gefahr sein, du albernes Ding. Sobald sich die Galerie gefüllt hat, wird man die Leute festhalten und nach Waffen durchsuchen. Und der König wird sich heute gar nicht in die Nähe des Oberhauses begeben. Es wird keine Schießerei geben, mein Schatz, nur eine Verhaftung ohne jegliches Blutvergießen.«

»Ich weiß, aber —«

»Wade wird hinterher sofort festgenommen werden, und die Möchtegern-Attentäter wird man dazu bringen, ihn zu verraten.«

Sie dachte an ihren Vater und erzitterte. »Dazu bringen«, bedeutete oft nichts anderes als eine Umschreibung für Folter, das wußte sie.

Riordan umarmte sie, denn er wußte genau, wohin ihre Gedanken wanderten. Doch keiner von ihnen sprach Patrick Merlins Namen aus, und bald schon hob Cass den Kopf, um ihn anzusehen.

»Aber was ist, wenn Wade den Plan geändert hat?« erkundigte sie sich besorgt. »Quinn hatte recht, Philip — ich hätte mich noch einmal mit ihm treffen sollen.«

»Nein«, entgegnete er mit fester Stimme. »Du wirst ihn niemals wiedersehen. Dieser Teil unseres Lebens ist abgeschlossen, Cass. Nach dem heutigen Tag werden wir beide neu beginnen.«

Ihre Blicke versanken ineinander. »Ich liebe dich so sehr«, flüsterte sie. Sie erhob sich auf Zehenspitzen und küßte ihn.

Ehe er sie endgültig losließ, schlossen sich seine Arme noch einmal so fest um sie, daß es beinahe schmerzte. »Mach dir keine Sorgen. Ich liebe dich. In ein paar Stunden werde ich wieder zurück sein.«

Und dann war er fort.

Cass verbrachte den Morgen in der Bibliothek und versuchte, zu lesen. Es regnete. Nachdem sie ein paar Seiten umgeblättert hatte, stand sie immer wieder auf und schaute aus dem Fenster. Als sie das satt war, wanderte sie von Zimmer zu Zimmer und starrte aus anderen Fenstern nach draußen, bis es keinen Winkel im Haus mehr gab, von dem aus sie nicht gesehen hatte, wie die grauen, stillen Tropfen erbittert zu Boden fielen.

Er war spät dran. Aus ›ein paar Stunden‹ wurden sechs. Sie gab jeglichen Vorwand, zu lesen, auf und widmete sich ganz ihren sorgenvollen Gedanken. Um vier Uhr ging sie nach oben in ihr Zimmer und legte sich auf das Bett, wo sie sich zusammenrollte und nach einer weiteren kummervollen halben Stunde in einen unruhigen Schlaf fiel.

Sie wachte auf, als er sie leicht wie eine Schneeflocke auf die Wange küßte. Ohne nachzudenken warf sie ihre Arme um seinen Hals und klammerte sich an ihn. Ihr Verhalten sagte ihm besser als irgendwelche Worte, was sie an diesem Tag durchlitten hatte. Er streckte sich neben ihr aus und küßte sie sanft, bis sich ihr Griff ein wenig entspannte. Der Raum war in düsteres, wässeriges Licht getaucht. Eine Windbö ließ den Regen gegen das Fenster prasseln. Sie hielt ihn umschlungen, küßte seine Lippen und teilte ihm immer und immer wieder mit, wie sehr sie ihn liebte. Erst dann erkundigte sie sich, was geschehen war.

»Nichts. Es ist nichts geschehen.«

Sie setzte sich auf. Er verschränkte die Hände hinter dem Kopf und sah blinzelnd zu ihr hoch. Jetzt erst entdeckte sie die grimmigen Züge um Mund und Augen. »Erzähl mir alles«, erwiderte sie leise.

Er atmete müde durch. »Es ist alles glatt gelaufen. Die Abgeordneten beider Häuser hatten sich in der Kammer des Oberhauses versammelt und warteten auf den Einzug des Königs. Die Besuchergalerie war so überfüllt, daß man nicht eine einzige weitere Seele hätte hineinquetschen können. Die Wachen haben alle dazu angehalten, sämtliche Waffen, die sie bei sich trugen, vor dem Betreten der Galerie abzugeben, und sie haben sogar das eine oder andere Schwert selbst eingesammelt. Aber die meisten Leute behaupteten, keinerlei Waffen mit sich zu führen.«

»Und dann?«

»In dem Moment, in dem der König eigentlich hätte eintreten sollen, wurde die Galerie umstellt und sämtliche Besucher daraufhin in die Lobby beordert. Es gab einige Verwirrung, aber niemand gelangte hinaus. Dann wurde jedermann durchsucht. Das hat den größten Teil des Nachmittags in Anspruch genommen.«

»Und?«

»Und es wurde keine einzige Waffe entdeckt. Weder eine Pistole noch ein Federmesser noch eine Haarnadel. Nichts.«

»Oh, nein.« Sie setzte sich auf ihre Fersen zurück. Langsam erst begann ihr die Bedeutung der Ereignisse zu dämmern. »Oh, das ist ja schrecklich! Das heißt —«

»Das heißt, daß wir wieder am Anfang angelangt sind.« Er versuchte zu lächeln, um die Trostlosigkeit seines Tonfalls abzuschwächen, aber er war nicht sehr erfolgreich.

Cass schob ihre Hand unter seine aufgeknüpfte Weste und streichelte ihm voller Mitgefühl über die Rippen. Nach einer Weile sagte sie: »Ich frage mich, was jetzt passieren wird? Ob Quinn wohl darauf besteht, daß du weiterhin deine Rolle spielst?«

Er schüttelte langsam den Kopf, was bedeutete, daß er es nicht wußte. »Er wird auf jeden Fall darauf bestehen, daß ich mich wieder mit Wade treffe«, fuhr sie fort. »Soviel ist klar.«

»Zweifellos, aber das wirst du nicht tun. Du schreibst einen kurzen Brief, in dem du deine Überraschung darüber zum Ausdruck bringst, daß am heutigen Tag kein Anschlag auf das Leben des Königs unternommen worden ist und erkundigst dich, wie seine weiteren Pläne aussehen. Aber was ich heute morgen gesagt habe, Cass, war mir durchaus ernst: Du hast Wade zum letzten Mal gesehen.«

Diese Neuigkeit bereitete ihr keinen Kummer. Sie lauschten dem Geklapper einer Kutsche auf den nassen Pflastersteinen vor dem Haus und sahen zu, wie das Licht im Fenster von Grau zu Umbra verblaßte. Eine Weile später sank Cass neben Riordan aufs Bett und schloß ihn in die Arme.

Charles Willoughby verharrte mit seiner Hand auf dem Knauf der Haustür. »Ich weiß nicht, warum ihr beide schon so bald gehen müßt, ihr sprengt ja das ganze Fest! Seid ihr sicher, daß ihr nicht noch bleiben könnt?«

»Oh ja, bitte«, echote seine Frau. »Es ist doch noch gar nicht so spät.«

Cass und Riordan lächelten erst einander und dann ihre Gastgeber an. Bevor sie etwas erwidern konnten, antwortete William Leffing-Stoke für sie: »Du solltest nicht vergessen, Charles, daß die beiden frisch verheiratet sind. Da ist neun Uhr in der Tat spät, es sei denn, sie sind allein zu Hause.« Alle lachten. Die ganze Gesellschaft ergoß sich auf die vordere Veranda der Willoughbys: Charles und seine Frau Jennie, Riordan und Cass, Leffing-Stoke, Horace und Jane Thibault, Nigel Drumm und Michael Cramer. Die Männer waren Mitglieder von Riordans Komitee und sie feierten an diesem Abend den überwältigenden Erfolg seiner Rede, die er am Nachmittag anläßlich der Einbringung seiner Gesetzesvorlage gehalten hatte.

Riordan stand hinter Cass und hatte die Arme um sie gelegt. Er machte sich erst gar nicht die Mühe, die Erklärung seines Freundes für ihren frühen Aufbruch anzufechten. Der Abend war ungewöhnlich mild, und die Unterhaltung zog sich noch eine Weile in die Länge. Schließlich schüttelten die Männer einander die Hände, und die Frauen umarmten sich. Cass hatte Jennie Willoughby schon einige Male getroffen und mochte sie sehr. Sie war älter als sie, um die dreißig, aber temperamentvoll, respektlos und von einer umwerfenden Liebenswürdigkeit. Außerdem schien sie ein wirkliches Interesse daran zu haben, Cass unter ihre erfahreneren Fittiche zu nehmen und ihr dabei zu helfen, den komplizierten Pfad zu beschreiten, der dazu führte, eine gute Parlamentariergattin zu werden. Jennie war ihre erste, richtige Freundin seitdem sie Paris verlassen hatte, und Cass schätzte sie dafür um so mehr.

»Ich lade nächste Woche zum Tee ein, Cassie, wahrscheinlich für Donnerstag. Hättest du Zeit? Jane wird auch kommen«, sagte Jennie jetzt und legte eine Hand auf den Arm ihrer anderen Freundin. »Ich werde noch einige Damen dazubitten, die du noch nicht kennst, damit du einmal mit ein paar neuen Leuten zusammentriffst.«

»Du bist zu freundlich«, erwiderte Cass aufrichtig und drückte ihre Hand. »Ich komme sehr gern.«

Später, als sie Arm in Arm nach Hause schritten, erzählte sie Riordan von der Einladung und tat ihre Verwunderung darüber kund, wie freundlich die Menschen zu ihr waren.

»Aber warum sollten sie denn nicht freundlich sein?« erkundigte er sich.

»Oh ... du weißt schon.«

»Wegen deinem Vater?«

»Ja, und wegen meiner Reputation, der Umstände, unter denen wir geheiratet haben, Wade — alles eben. Mein Leben ist ein einziger Skandal, Philip!«

»Das mag ja einmal so gewesen sein, aber die Zeiten sind vorbei. Von jetzt an werden wir beide so ehrbar und anständig sein, daß wir sie alle zu Tränen langweilen.«

Sie lehnte sich gegen ihn, während sie dahinspazierten. »Das sollte in meinen Ohren vielleicht auch langweilig klingen, aber das ist es nicht. Nicht im mindesten.«

»Mir geht es ebenso.«

Sie lächelte und mußte erst gar nicht aufblicken, um zu wissen, daß auch auf seinen Lippen ein Lächeln erschien. »Philip, ich bin heute so stolz auf dich, daß ich platzen könnte! Hätte ich doch nur bei deiner Rede dabeisein dürfen!« Er hatte die Möglichkeit einer Gefahr heruntergespielt, ihr aber dennoch nicht erlaubt, mit ins Unterhaus zu kommen. »Wirst du sie noch einmal halten, wenn wir nach Hause zurückkommen? Nur für mich?«

Er legte den Kopf in den Nacken und lachte angesichts dieser Vorstellung. »Wäre mein sonstiges Publikum mir doch nur halb so wohl gesonnen wie du, mein Liebling.«

»Charles Willoughby hat berichtet, daß sie dir durchaus wohlgesonnen waren. Er sagte, daß man eine Feder hätte fallen hören können, nachdem du zu sprechen begonnen hast.«

»Eine maßlose Übertreibung«, wehrte Riordan bescheiden ab.

»Und Mr. Drumm schilderte, wie die anderen Abgeordneten unterbrachen, um mindestens ein halbes Dutzend Mal ›Hört! Hört‹ zu rufen.«

Er grinste auf sie hinab. »Das haben sie in der Tat. Ich muß zugeben, daß das sehr anspornend war.«

»Und wenn Mr. Quinn nun von dir verlangen würde, wieder in deine alte Rolle zu schlüpfen, so fürchte ich, daß das nach dem heutigen Tage wohl ziemlich unmöglich sein dürfte. Niemand würde dir mehr glauben.«

»Da wäre ich mir nicht so sicher. Ich war sehr gut darin, den Schurken zu spielen, weißt du, dazu hatte ich wirklich Talent.«

»Ja, aber für deine neue Rolle eignest du dich noch viel besser. Oh, Philip, ich freue mich ja so für dich!«

Er lachte und umarmte sie und hob sie in die Höhe.

Es war beinahe zehn Uhr, als sie nach Hause kamen – nicht etwa, weil es so ein langer Weg gewesen war, sondern weil sie so oft unter Straßenleuchten angehalten hatten, um sich zu küssen.

Walker wartete in der Eingangshalle auf sie.

»Großer Gott, John, werden Sie wohl nach Hause gehen! Wissen Sie überhaupt, wieviel Uhr es ist?«

Der Sekretär lächelte. »Ich bin vor einer Weile gekommen, um ein wenig an der Widerlegung zu arbeiten, die Ende der Woche ansteht – ich hoffe, das macht Ihnen nichts aus. Und, Sir?«

»Ja?«

»Mr. Quinn wartet auf Sie. Er hält sich bereits eine Stunde im Hause auf. Er befindet sich im Salon.«

Cass blieb wie erstarrt stehen. Er war hier. Die Last ihres beunruhigenden Geheimnisses sollte also endlich von ihr genommen werden. Sie war froh darüber, doch ihre Sorge um Riordan überschattete rasch ihre Erleichterung. Wie ihn diese Eröffnung verletzten würde! Er warf ihr ein entschuldigendes Lächeln zu und begann, ihr zu erklären, daß er ihr bald nach oben folgen würde, doch sie schnitt ihm das Wort ab, indem sie ihn stürmisch umarmte und ihn mitten auf den Mund küßte. Dann lupfte sie ihre Röcke und eilte nach oben.

Ein wenig verwirrt, doch mit einem Lächeln auf den Lippen, durchquerte Riordan die Eingangshalle und ging auf den Salon zu.

»Wie ich höre, ist heute alles überaus gut für dich gelaufen«, begann Quinn, nachdem sie an den entgegengesetzten Seiten des Sofas Platz genommen hatten. Ein Dienstbote hatte im Kamin ein neues Feuer entzündet und das Glas des Besuchers mit Gerstenwasser aufgefüllt, ehe er die beiden Männer alleingelassen hatte.

»Jawohl, das kann man so sagen. Der Gesetzesentwurf hat gute Chancen, angenommen zu werden. Aber natürlich hat Burke ihn bislang noch nicht in der Mangel gehabt.«

»Und du glaubst wirklich, daß du dich mit Edmund Burke messen kannst, was die Redegewandtheit angeht?«

Riordan zog die Augenbrauen in die Höhe. »Vielleicht nicht gerade in dieser Hinsicht, aber ich bin der Ansicht, daß ich das Recht auf meiner Seite habe — ganz abgesehen von der Logik.«

Das Lachen des älteren Mannes enthielt eine Spur Verachtung. »Das wäre ja etwas ganz Neues, wenn sich das Parlament zur Abwechslung einmal um diese beiden Kommoditäten scheren würde.«

»Du bist zynisch.«

»Möglicherweise. Aber mach dir keine all zu großen Hoffnungen, Philip. Eine Reform ist ein zäher, langwieriger Prozeß, sie wird nicht über Nacht durch ehrgeizige Jünglinge erreicht.«

»Jünglinge?« Die Andeutung eines Lächelns umspielte Riordans Mund. Oliver schien ausgesprochen bemüht, unliebenswürdig zu sein. »Warum hören wir nicht auf, weiter um den heißen Brei herumzureden? Hier geht es doch gar nicht um Reformen, sondern um mich. Präziser gesagt um das, was du von mir willst.«

Quinn setzte sein Glas ab. »Du hast mir zwei Jahre versprochen, Philip. Doch erst eins davon ist verstrichen.«

Gott sei Dank, endlich war es heraus. »Vierzehn, nein, beinahe fünfzehn Monate sind vergangen«, korrigierte Riordan ihn. Seine Augen wichen keinen Moment von Quinn. »Oliver, ich vermag den Rest nicht zu leisten.«

»Vermagst du es nicht oder willst du es nicht?«

»Also gut, ich bin nicht gewillt, ihn zu leisten. Es hat sich alles geändert. Es tut mir wirklich leid.«

Quinn's Gesicht war undurchdringlich. »Du hast dich verändert, Philip.«

»Oh Gott, das hoffe ich sehr.«

Quinn erwiderte Riordans sarkastisches Lächeln nicht. »Der wahre Grund ist, daß du verheiratet bist, nicht wahr?«

»Cass ist mit ein Grund, ja. Ein sehr wichtiger Grund.« Wie überraschend leicht es ihm doch fiel, dies einzugestehen. »Aber zu einem ganz wesentlichen Teil hat es auch damit zu tun, daß ich endlich weiß, was ich mit meinem Leben anfangen will, auf welche Weise ich meinem Land am besten dienen kann. Und das tue ich nicht, indem ich vorgebe, betrunken zu sein, um dir von den Gesprächen zu berichten, die die Leute in meiner Gegenwart arglos führen. Himmel, Oliver, ich bin beinahe dreißig Jahre alt! Ich kann auf andere Weise einen viel besseren Beitrag leisten, da bin ich mir sicher. Warum willst du das denn nur nicht einsehen?«

»Heute abend bist du wohl sehr von dir eingenommen, nicht wahr? Das Ergebnis einer einzigen, erfolgreichen Rede ist dir zu Kopfe gestiegen —«

»Es ist ein bißchen mehr als das«, unterbrach Riordan ihn kühl.

Quinn erhob sich. Seine Glieder waren steif, sein sonst bleiches Gesicht rosafarben. Riordan wurde mit einem Male bewußt, daß sein Freund fuchsteufelswild war.

»Möglicherweise hast du ja recht. Aber ich frage mich, was uns alle Reformen der Welt bringen sollen«, schrie er ihm beinahe ins Gesicht, »wenn die Kräfte des Chaos die Oberhand gewinnen, und unser Monarch ermordet wird!« Er mußte sich sichtlich zusammenreißen, um seine Stimme zu senken. »Verdammt, Philip, ich brauche dich! Und ich brauche auch deine Frau. Kannst *du* das denn nicht verstehen? Wade hat uns überlistet. Wir müssen nun unbedingt herausfinden, was er denkt, was seine neuen Pläne sind. Das ist entscheidend!«

»Willst du mir im Ernst vorschlagen, daß ich Cass noch einmal zu ihm lassen soll?«

»Sie muß es tun, sie ist die einzige —«

»Das steht völlig außer Frage! Nein!« Nun war auch Riordan aufgesprungen. »Wade hat Kenntnis davon, daß er verraten wurde —«

»Ja, aber er weiß sicher nicht, daß sie es war. Wahrscheinlich kannten ein halbes Dutzend Menschen seinen Plan.«

»Was ist, wenn du dich irrst? Was ist, wenn er niemandem außer ihr etwas davon verraten hat, um sie zu testen? Und nun schlägst du vor, daß ich sie zu ihm schicken soll? Das werde ich nicht tun. Und das ist mein letztes Wort Oliver.«

Es klopfte an der Tür. »Ja!« rief Riordan wütend. Walker trat ein.

»Entschuldigen Sie, Sir, aber ein Bote hat gerade diese Nachricht gebracht. Er wartet auf Antwort.«

»Um diese Zeit?« Er nahm den Briefumschlag entgegen, den Walker ihm hinhielt. Ein seltsames Gefühl von *déjá vu* überkam ihn, als er seinen eigenen Namen in der ihm wohlbekannten Handschrift von Lady Claudia Harvellyn las. Er öffnete den Brief und begann zu lesen.

Chawton Hall, Somerset
8. November 1792

Liebster Philip,
vergib mir. Wenn es irgendjemand anderen gäbe, den ich bemühen könnte, würde ich nicht dir zur Last fallen, aber es gibt niemanden. Mein Vater ist tot. Doch nicht sein Herz ist der Grund — es war ein Kutschenunfall, der am gestrigen Tag geschah. Großmutter wurde schwer

verletzt und wird bald sterben. Auch ich bin verletzt, doch es geht mir gut genug, um diese Zeilen zu schreiben. Oh, mein Freund, wirst du kommen?

Der nächste Teil war durchgestrichen, doch es war noch zu entziffern: ›Vergib mir. Wenn es irgendjemanden gäbe, den ich‹ — Sie mußte bemerkt haben, daß sie diesen Satz bereits geschrieben hatte. Der Brief war nur mit ›Claudia‹ unterzeichnet.

Riordan blickte auf. »Mein Gott!«

»Was ist?« erkundigte sich Quinn.

»Der Brief ist von Claudia. Sie hatte in Somerset einen Kutschenunfall. Ihre Familie ist tot — liegt im Sterben. Sie selbst wurde verletzt.«

»Das tut mir schrecklich leid, Philip.«

Riordan schritt zu dem kleinen Schreibtisch hinüber, der in einer Nische stand, und verfaßte eine hastige Nachricht. Diese gab er Walker und sagte: »Die Nachricht ist für den Boten bestimmt, und geben Sie ihm zudem etwas Geld mit.«

Walker entfernte sich mit dem Brief.

»Wirst du zu ihr fahren?« erkundigte sich Quinn.

»Ich habe keine andere Wahl.« Riordan schritt zwischen dem Kamin und der Tür laut denkend auf und ab. »Die Debatte über den Haushalt wird die nächsten drei Tage in Anspruch nehmen. Heute ist Montag. Burke und die anderen werden die Widerlegung unserer Gesetzesvorlage frühestens am Freitag beginnen. Bis dahin kann ich wieder zurück sein. Ich fahre morgen in aller Frühe.« Er verstummte und blickte ins Leere, dachte an Lord Winston Harvellyn und Lady Alice, seine Mutter. Liebenswürdige, großzügige Menschen, die zu den edelsten der englischen Aristokratie gehört hatten. Er würde sie sehr vermissen.

»Was soll ich deiner Frau sagen?«

»Wie soll ich das verstehen? Ich werde ihr erklären —« Riordan verstummte und lief rot an. »Weil es Claudia ist, meinst du?«

»Nun ja, das könnte ein wenig heikel sein. Natürlich geht

mich das Ganze nichts an.« Quinn schwieg für einen Moment. »Warum erzählst du ihr nicht, daß du nach Cornwall reist, um deinen Vater zu besuchen? Falls dir die Angelegenheit mit Claudia zu unangenehm sein sollte? Er ist doch krank, wenn ich nicht irre?«

»Ja ... aber nicht ernsthaft, denke ich.« Riordan vergrub seine Hände in den Taschen. »Verdammt, Oliver. Ich möchte sie nicht belügen.«

»Ah«, erwiderte Quinn. »Wenn das so ist.«

»Andererseits ...« Riordan zögerte. »Ach, zum Teufel, ich weiß nicht, was ich tun soll.«

»Was immer du für das Beste hältst, natürlich. Nun ja.« Quinn kam mit ausgestrecktem Arm auf ihn zu. »Es ist schon spät, ich muß gehen.« Sie schüttelten einander die Hände.

»Oliver, solltest du enttäuscht von mir sein, so bedaure ich das zutiefst«, sagte Riordan leise. »Ich bin mir des Versprechens, das ich dir gegeben habe, durchaus bewußt, und ich denke, du weißt, wieviel mir dein Respekt bedeutet. Aber ich glaube fest daran, daß ich auf die andere Art mehr für mein Land — *und* die Monarchie — tun kann, als ich jemals zu hoffen gewagt hatte.«

Quinns Reaktion spiegelte eine unerwartete Zuversicht. »Zweifellos hast du recht. Ich für meinen Teil werde mich erst umgewöhnen müssen, das ist alles. Ich werde alt. Solche Dinge brauchen bei mir inzwischen länger.«

»Nonsens, du wirst niemals alt sein.« Riordan tätschelte herzlich die Schulter seines Freundes.

An der Tür sagte Quinn, als sei es ihm gerade erst eingefallen: »Würde es dich freuen, wenn ich bei Cassandra vorbeischaue, während du fort bist? Um sicherzugehen, daß es ihr gut geht?«

Riordan war überrascht und tief gerührt. »Das würde mich in der Tat sehr freuen. Vielen Dank, Oliver. Ich möchte so gerne, daß ihr beiden Freundschaft schließt!«

Quinn erwiderte nichts darauf. Er lächelte nur.

Oben angekommen öffnete Philip die Schlafzimmertür und trat ein. Die Bettdecke war zurückgeschlagen. Cass' Kleid lag über einem Stuhl, ihre Schuhe und Strümpfe auf dem Boden daneben. Leise Stimmen ertönten aus dem Ankleidezimmer. Er schritt zu der geöffneten Tür hinüber, stand eine Weile unbemerkt da und sah zu, wie Clara das Haar seiner Frau bürstete. Cass trug ihr Nachthemd und den Morgenrock. Schließlich erblickte sie ihn, und für einen langen Moment begegneten sich ihre Blicke im Spiegel.

Clara schaute zwischen ihnen hin und her. Dann zog sie wissend die Augenbrauen in die Höhe, legte die Bürste hin und verließ wortlos das Zimmer.

Cass sah voller Angst in sein Gesicht. Etwas schien ihn sehr zu beschäftigen. Hatte ihm Quinn vielleicht doch nichts erzählt? »Ist er fort?« erkundigte sie sich zögernd.

»Ja.«

»Habt ihr . . . euch gestritten?«

»Nein, nein.« Er griff nach der Bürste und begann, damit durch ihr seidiges Haar zu streichen. Sie schloß die Augen. Nach einer Weile legte er die Bürste wieder hin und benutzte seine Finger. Er hob die schwere Masse von ihrem Nacken in die Höhe und ließ sie durch seine Finger gleiten. Welch wundervolles, kräftiges Schwarz! Ein Fest für die Sinne.

Er legte seine Hände auf ihre Schultern und streichelte über ihr Schlüsselbein.

»Stimmt etwas nicht?«

»Ehrlich gesagt, es ...« Er blickte in ihr besorgtes Gesicht. Sie war ihm so teuer! Er dachte an die Zeit zurück, als sie gestritten hatten, als er fürchtete, daß er sie verloren hätte. Riordan atmete tief durch. »Es geht um meinen Vater.«

»Deinen Vater?«

»Er ist offenbar doch kränker als ich dachte. Ich habe gerade eine Nachricht erhalten.« Er vermochte die Worte kaum hervorzubringen. Nun wünschte er, er hätte die Wahrheit gesagt. Aber es war zu spät.

»Oh, Philip, das tut mir so leid.« Sie drehte sich um und umarmte ihn.

Er drückte ihren Kopf gegen seine Brust. »Ich muß morgen nach Cornwall.«

»Steht es so schlimm? Soll ich dich begleiten?«

Er schluckte und schloß die Augen. »Nein. Vielen Dank. Ich werde zu Pferd reiten und am Freitag zurückkehren.«

»Freitag? Oh, natürlich, die Debatte.«

»Ich glaube nicht, daß er wirklich in Gefahr ist, Cass. Bitte mache dir keine Sorgen, ja? Ich ... werde nur einmal nach ihm sehen und dann umgehend zurückkommen.«

Sie drückte ihn fest. »Ich werde dich vermissen.«

Er verbarg sein Gesicht in ihrem Haar, hielt sie fest und zog sie dann in die Höhe. »Ich werde dich auch vermissen«, erwiderte er bewegt. Er öffnete ihren Morgenrock schob ihn über ihre Schultern nach hinten und sah im Spiegel, wie er hinter ihr zu Boden flatterte. Dann griff er mit beiden Händen nach ihrem Nachthemd und zog es langsam über ihre Knie und Oberschenkel in die Höhe.

Cass sah, wie seine Augen sich verdunkelten. Sie legte ihre Hände um sein Gesicht und zog seinen Mund zu sich herab. »Zeig mir, wie sehr du mich vermissen wirst.«

Und das tat er.

Cass lehnte sich in den Kutschensitz zurück und schloß die Augen. Sie hatte den ganzen Nachmittag mit Einkaufen und Geselligkeiten verbracht und war angenehm erschöpft. Sie war Mitglied der Subskriptionsbibliothek in Mayfair geworden, und die überheblichen Matronen, die diese frequentierten, hatten sie wie ein Mitglied der königlichen Familie willkommen geheißen. Sie war sich beinahe wie eine Betrügerin vorgekommen. Sie hoffte, daß sie sie eines Tages um ihrer selbst willen mögen würden und nicht nur, weil sie Mrs. Philip Riordan war. Aber sie besaß Geduld und ein gesundes Maß an Gleichgültigkeit. Sie konnte warten.

Zwei ganze Tage noch, bevor Philip wiederkehrte! Was sollte sie bis dahin nur mit sich anfangen? Zu Beginn hatte sie ihn zu ihrer Überrraschung gar nicht vermißt. Sie hatte seine Abreise sogar willkommen geheißen. Seit dem Tag, als er sie in der Abgeordnetenkapelle gebeten hatte, ihn erneut zu heiraten, befand sie sich in einem Zustand beinahe vollkommener Glückseligkeit, und je länger er andauerte, desto größer wurde ihre Angst. Eine solch anhaltende Freude war ihrer Erfahrung nach nicht natürlich. Riordans Abwesenheit konnte dazu dienen, eine notwendige Balance wiederherzustellen und sie in einen normalen Geisteszustand zurückzuversetzen. Sie gab ihr Zeit, um nachzudenken, um die Geschehnisse der letzten Wochen ins rechte Licht zu rücken.

Aber das war ihr bislang nicht gelungen, und inzwischen sehnte sie sich nur noch danach, daß er nach Hause kam. Das einzige, was ihr nun unnatürlich erschien, war, ohne ihn zu sein. Sie wollte nicht länger über das Wunder ihrer Versöhnung nachdenken, sie wollte ihn *sehen*!

Noch zwei weitere Tage! Wie sollte sie sich nur die Zeit vertreiben? Jennie Willoughby hatte sie für morgen zu einem Kartenabend eingeladen, was gewiß ein lustiger Zeitvertreib war. Und sie konnte lesen — und an ihrem neuen Artikel arbeiten. Sie hatte ihn vorsichtig ›Frauen und Revolution‹ betitelt. Auch dieses Mal würde sie mit Gewißheit ein Pseudonym benutzen, auch wenn Philip keine Ahnung hatte, daß sie daran schrieb.

Die Kutsche wurde langsamer, näherte sich dem Portman Square. Ihr neues Haus mit der eleganten Steinfassade und der anmutig geschwungenen Zufahrt gefiel ihr recht gut.

Ein Mann schritt die flachen Stufen zur Haustür hinauf. Sie mußte nicht erst sein Gesicht sehen, um zu wissen, um wen es sich handelte. Sie kannte diese hagere Gestalt, diese ruckartigen, schlaksigen Bewegungen nur allzu gut. Es war Quinn.

Tripp half ihr aus der Kutsche und nahm ihr die Pakete — das Ergebnis ihrer Einkäufe — ab, während Quinn auf der obersten Stufe auf sie wartete. Sie ging mit festen Schritten auf ihn zu, den Kopf hocherhoben, und nichts in ihrer Mimik oder Gestik verriet ihren großen Unwillen, ihm zu begegnen. »Mr. Quinn«, begrüßte sie ihn, streckte aber nicht ihre Hand aus. »Kommen Sie doch herein. Philip ist allerdings nicht in der Stadt —«

»Ja, ich weiß. Ich bin gekommen, um Sie zu sehen.«

Die Worte verursachten ihr eine leichte Gänsehaut, aber sie schritt ruhig an ihm vorbei und reichte ihren Mantel einem Diener im Foyer. Quinn trug keinen. Er hatte an diesem kalten Tag nicht einmal einen Hut auf. Sie entschied sich dagegen, ihn mit in die Bibliothek zu nehmen, sondern zog den Salon für dieses Treffen vor. Sie ordnete an, Tee bringen zu lassen, ehe sie Quinn bat, Platz zu nehmen. Sie selbst blieb stehen. Er war gekommen, um sie zu sehen, hatte er gesagt, aber offenbar gedachte er nicht, das Gespräch zu eröffnen. Er beobachtete sie mit diesem bleichen, ausdruckslosen Gesicht und wartete darauf, daß sie beginnen würde.

»Haben Sie meine Nachricht erhalten?« erkundigte sie sich schließlich. »Ich hatte sie Ihnen vor nunmehr einer guten Woche zugesandt.«

»Ich habe sie erhalten.«

Eine Pause entstand. Er gedachte offenbar, es ihr so schwer wie möglich zu machen. »Warum haben Sie Philip dann noch nichts gesagt?« platzte sie hervor.

»Ihm was gesagt?«

»Die Wahrheit!« Ihre Wut trat mit einer unerwarteten Macht an die Oberfläche, die sie überraschte. Sie vernahm den Zorn in ihrer Stimme und atmete einige Male tief durch, um sich zu beruhigen. Sie würde nichts ausrichten, wenn sie ihn anschrie.

»Mr. Quinn«, begann sie aufs neue. »Als wir das letzte Mal alleine miteinander sprachen, da haben Sie mir etwas über meinen Mann gesagt, von dem ich nun weiß, daß es ... nicht der Wahrheit entsprach. Die bestmögliche Interpretation, die ich diesem Umstand zu geben vermag, ist die, daß Sie einen Fehler begangen haben. So unglaubwürdig dies auch klingen mag, so sehr fürchte ich mich davor, die einzige andere Erklärung zu akzeptieren, die in Frage kommt: daß Sie mich mit voller Absicht angelogen haben, damit ich Philip verlasse und zu Wade zurückgehe.«

Quinn schlug seine langen Beine übereinander und lehnte sich zurück. »Ich will immer noch, daß Sie zu Wade gehen.«

Sie starrte ihn an. »Wollen Sie etwa bestreiten, daß sie gelogen haben?«

»Ja, das bestreite ich«, erwiderte er bereitwillig.

»Aber — wir werden *heiraten! Noch einmal* heiraten, sollte ich besser sagen!«

»Glauben Sie das wirklich?« Er umfaßte ein knochiges Knie mit beiden Händen. »Ich würde nicht darauf zählen. Wenn ich mich der Wettsprache bedienen darf, würde ich behaupten, daß das keine sehr sichere Sache ist.« Er griff in seine Jackentasche. »Das hier allerdings ist eine.«

»Was haben Sie da?« Sie betrachtete voller Abscheu den Briefumschlag, den er auf das Sofa neben sich legte.

»Geld. Die anderen tausend Pfund, die Ihnen nach Beendigung des Auftrags versprochen waren. Ich bin bereit, sie Ihnen schon jetzt zu geben, wenn Sie zu Wade zurückkehren.«

Cass wollte es einfach nicht gelingen, ein höhnisches Lachen auszustoßen. »Sie müssen völlig von Sinnen sein. Zum einen würde Philip mich umbringen, wenn ich Wade noch einmal wiedersehe, und zum —«

»Sagen Sie mir Cassandra, haben *Sie* Angst vor Wade?«

»Ich —« Sie verstummte, da sie sich ihrer Antwort nicht sicher war. »Es spielt keine Rolle, ob das so ist oder nicht, ich werde mich nicht mit ihm treffen. Mein Gott, ich mag einfach nicht glauben, daß Sie mir Geld anbieten! Philip ist mein *Ehemann* und er —«

»Und da das so ist, haben Sie keinen Bedarf an Geld«, beendete er den Satz mit einem zynischen Lächeln.

Wieder stieg die Wut in ihr auf und dieses Mal ließ sie sich nicht unterdrücken. »Ich bin nicht mehr bereit, Sie zu schützen!« rief sie. »Ich beabsichtige, Philip alles über Sie zu erzählen, sobald er wieder zu Hause ist. Ihre sogenannte Freundschaft interessiert mich nicht mehr, und ich vermute, daß es Ihnen genauso geht. Ich denke, daß Sie mich und meinen Mann benutzt haben, wie Sie jeden auf der Welt benutzen würden, wenn es nur Ihren Zwecken dient! Haben *Sie* unsere Heiratsbescheinigung gestohlen, Mr. Quinn? Haben Sie den Zolleinnehmer bestochen, damit er verneint, uns getraut zu haben?«

Sie schritt näher auf ihn zu, völlig furchtlos, und ihre Augen glühten wie Feuer. »Philip hat niemals versucht, einen Menschen umzubringen, nicht wahr? Geben Sie es nur zu! Sie haben ihm das eingeredet, damit er sich Ihnen verpflichtet fühlt und Ihre Forderungen erfüllt. Sie sind ein teuflischer Manipulator. Sie haben die Liebe eines unschuldigen Jungen dazu benutzt, ihn für Ihre Dienste einzuspannen. Sie haben versucht, Philip Glauben zu machen, er sei ein gewalttätiger, trunksüchtiger Schurke, der in seiner trunkenen Wut einen Mann töten würde, um sich dann auch noch gegen seinen besten Freund zu wenden. Ich frage mich nur, wie Sie in Wahrheit an diese Narbe geraten sind. Ich wette, Philip hatte nicht das geringste damit zu tun!«

Cass zitterte vor Emotionen und stand kurz davor, in Tränen auszubrechen.

Ein Klopfen an der Tür ertönte, und sie wandte sich schnell ab, um ihr Gesicht zu verstecken. Das Dienstmädchen stellte das Teetablett ab, knickste und ging wieder hinaus. Als Cass sich umwandte, goß Quinn in aller Ruhe den Tee ein.

»Zucker?« Als sie nicht antwortete, schüttete er einen Teelöffel voll hinein, zuckte die Schultern und bereitete sich selbst eine Tasse zu. Er nahm einige hörbare Schlucke, bevor er die Tasse absetzte und sie anblickte.

»Ich habe Sie nie gemocht, Miss Merlin«, sagte er mit sachlicher Stimme, »und es ist mir mehr schlecht als recht gelungen, so zu tun, als läge mir etwas an Ihnen. Aber was ich Ihnen über Philip gesagt habe, ist die Wahrheit: Er hat Sie nicht geheiratet. Und ich gehe noch einen Schritt weiter. Sollte er Sie *jemals* heiraten, so füge ich Ihrer Vergütung noch tausend Pfund hinzu.«

»Verlassen Sie auf der Stelle dieses Haus.« Cass vermochte sich kaum noch zu beherrschen.

»Ich bin noch nicht bereit, zu gehen.« Er erhob sich und kam auf sie zu. Sie sah die Abneigung in seinen Augen.

endlich einmal unverhohlen, und widerstand dem Drang, einen Schritt zurückzuweichen. »Hören Sie mir zu, mein Kind. Wade ist ein gefährlicher Mann, aber er will Ihnen nichts Böses. Sie müssen zu ihm zurückkehren und herausfinden, was er zu tun beabsichtigt. Hören Sie mir genau zu!« Er packte ihren Arm, und als sie begann, von ihm wegzurücken, wurde sein Griff schmerzvoll fest. »Die Zeit läuft uns davon. Er hat eine Überfahrt auf einem Schiff nach Frankreich gebucht, das in zwei Tagen ablegen soll. Was auch immer geschehen wird, es wird bald geschehen, und *wir müssen es unter allen Umständen verhindern.* Ist Ihnen das klar?« Quinn packte Cass an den Schultern, schüttelte sie und blickte sie mit durchdringenden Augen an, in denen ein Fieber zu toben schien. »Das hier ist wichtiger als all Ihre Eifersüchteleien und dummen Streitigkeiten! Hier geht es um den König von England! Ist Ihnen das —«

»Hören Sie auf! Lassen Sie mich los!« Sie stieß ihn mit aller Kraft von sich und stolperte zur Tür. »Wenn Sie nicht auf der Stelle aus diesem Hause verschwinden, werde ich die Dienstboten rufen und Sie hinauswerfen lassen. Das ist mein voller Ernst.« Sie zitterte, atmete heftig, und ihre Knie drohten nachzugeben.

Sein Verhalten änderte sich auf der Stelle. Er senkte die Stimme. »Es tut mir leid. Ich war zu harsch. Vergeben Sie mir, wenn ich Ihnen Angst eingejagt haben sollte.«

»Ich habe keine Angst. Ich will nur, daß Sie gehen.«

»Nur noch einen Moment. Es gibt etwas, das Sie wissen sollten.« Er ergriff den Briefumschlag, brachte ihn zu ihr, drückte ihn in ihre Hand und schloß ihre Finger darum. »Philip hat Ihnen gesagt, daß er seinen armen, leidenden Vater besucht, nicht wahr?« erkundigte er sich, das Gesicht nahe an dem ihren. Sie vermochte seinen eigenartigen Atem zu riechen. »Nun, das tut er aber nicht. Er hat Sie wieder einmal angelogen. Er ist zu Claudia Harvellyn gereist, nach Somerset. Zu ihrem Landsitz in Wellington.«

»Lügner.« Sie versuchte, sich ihm zu entziehen, doch es gelang ihr nicht.

»Er liebt sie. Das war schon immer so. Die minderwertige Seite seines Charakters verspürt eine körperliche Passion für Sie, Cassandra, und er —«

»Lassen Sie mich *gehen*!«

»Er hat die Heirat vorgetäuscht, um Sie besitzen zu können. Es wird jedoch nicht von Dauer sein. Das weiß ich, weil er es mir erzählt hat.«

»Bastard!«

»Da Sie mir offenbar keinen Glauben schenken, schlage ich vor, Sie erkundigen sich bei der Dienerschaft. Fragen Sie Tripp, wo er ihn gestern abgesetzt hat — um die Kutsche zu erreichen, die nach Wellington geht, nicht etwa die nach Launceton. Fragen Sie John Walker, wohin sein Arbeitgeber gereist ist. Fragen Sie Beal —«

Mit einem letzten Ruck befreite sie ihre Hand aus seinem lähmenden Griff und fiel gegen die Tür zurück. Unfähig, auch nur ein einziges Wort hervorzubringen, zog sie sie auf und trat zur Seite.

Quinns Gesicht war voller Verachtung. Er zog noch etwas anderes aus seiner Tasche. »Hier ist der Brief, den er geschrieben hat. Fragen Sie sich nicht, wie er in meinen Besitz gelangen konnte.« Cass wich davor zurück wie vor einem giftigen Reptil. »Sie wollen ihn nicht? Dann werde ich Ihnen vorlesen, was darin steht: ›Meine liebste Claudia. Ich werde sobald wie möglich bei dir sein, spätestens am morgigen Nachmittag. In Liebe, Philip.‹ Das Datum stammt von Montag abend. Wollen Sie ihn immer noch nicht? Dann werde ich ihn hier auf den Tisch legen.«

›Hinaus‹, wollte Cass rufen, doch das Wort verklang unhörbar.

»Finden Sie heraus, was Wade zu tun gedenkt, Miss Merlin. Mehr bleibt Ihnen nicht, um Ihr elendiges Leben abzubüßen. Senden Sie eine Botschaft an mich oder an Philip, sobald Sie etwas herausgefunden haben. Dann nehmen Sie das Geld und verschwinden aus London.«

Er schritt an ihr vorbei, durchquerte die Eingangshalle und trat zur Haustür hinaus.

XVII

Eine Fratze als Türklopfer. Wie überaus passend, dachte Cass, griff nach dem scheußlichen, halbmenschlichen Gesicht und ließ es gegen die Messingplatte darunter fallen. Das Geräusch war laut und unangenehm. Sie schloß die Augen, wartete, dachte an nichts — und einen Moment später öffnete Wades Butler die Tür.

»Mrs. Riordan, wie schön, Sie zu sehen.« Er trat einen Schritt zurück, um sie hereinzulassen.

»Ist Mr. Wade zu Hause, Martin?«

»Das ist er, Madam, aber er hat im Augenblick Besuch. Geschäftspartner, wie ich glaube. Würde es Ihnen etwas ausmachen, im Salon zu warten? Es dürfte nicht mehr sehr lange dauern.«

Sein freundlich formelles Verhalten veranlaßte sie, sich ein wenig zu entspannen. Was konnte ihr schließlich schon in einer solch seriösen Umgebung passieren? Sie folgte Martin in den Salon, und kurze Zeit später brachte er ihr ein Glas Sherry und einige Kekse. Es war erst elf Uhr in der Früh, doch sie nippte dankbar an dem Alkohol. Um sich Mut anzutrinken.

Sie vernahm laute männliche Stimmen aus der Richtung, wo Wades Arbeitszimmer lag. Sie ging zur Tür und lauschte angestrengt in den Gang hinaus. Aber er gelang ihr nicht, die Worte auszumachen, und sie wagte sich nicht näher heran, denn das Arbeitszimmer lag am anderen Ende des Ganges, und sie hätte leicht von einem vorübergehenden Dienstboten entdeckt werden können.

So wenig sie sich auch danach sehnte, ihn zu sehen, so sehr wünschte sie doch, daß Wade kommen würde, denn sie hatte Angst, alleine zu sein, Angst, nachzudenken. Das hatte sie in der vergangenen Nacht genug getan. Ihre Augen brannten vom Weinen, und ihr Kopf war ganz benommen von der Schlaflosigkeit. Mitten in ihrer Brust verspürte sie einen Schmerz. Sie preßte ihre Faust dagegen, um Erleichterung zu finden, aber es gab keine.

Cass ging zum Fenster hinüber, blickte in den tristen Tag hinaus und folgte mit ihrem Finger den Spuren, die die Regentropfen am Glas hinterließen. *Philip, Philip!* lautete ein ständiger Gesang in ihrem Kopf. *Warum hast du das getan?* Wie konntest du mich nur so verletzen? Sie legte ihr Gesicht in die Hände und schluckte heftig, um die Tränen zurückzuhalten. Wenn sie ihn doch nur hassen könnte! Dieses Mal war ihre Demütigung vollkommen, doch der Schmerz, den sie verspürte, war noch stärker als die Wut. Aber das Schlimmste war, nicht zu wissen, warum. Was hatte sie nur getan, das eine solche Grausamkeit rechtfertigte? Welch eine Verachtung mußte er für sie empfinden! Aber warum, *warum?* Wie qualvoll es auch sein würde, sie mußte ihn einfach danach fragen. Wenn dieses gefährliche Spiel mit Wade endlich zu Ende war, würde sie zurückkehren und Philip gegenübertreten. So machtlos sie auch sein mochte, sie würde ihn nicht einfach so davonkommen lassen.

Aber was tat sie hier? *Ich bin gekommen, weil ich es so wollte,* sagte sie sich und begann, zwischen der Tür und den Fenstern auf und ab zu schreiten. Aber entsprach das wirklich der Wahrheit? War dies möglicherweise doch nur ein kindischer, selbstzerstörerischer Impuls, ein Versuch, Philip dazu zu bringen, seine Tat zu bereuen?

Aber nein, das konnte nicht sein. Hätte Riordan es ihr nicht verboten, wäre sie schon viel eher gekommen, so gefährlich es auch sein mochte. Sie glaubte an die Wichtigkeit des Auftrags, für den Quinn sie angeheuert hatte, und da sie eine Absprache hatten, mußte sie ihr Wort halten. Die Tatsache, daß Riordan sie in Wahrheit gar nicht wollte, machte die Dinge leichter. Klarer. Nun gab es für sie keine Bindungen mehr, niemanden zu verletzen und niemanden, der sich um sie sorgte. Sie würde für ›ihr elendiges Leben büßen‹, wie Quinn es formuliert hatte. Je mehr sie gelesen und zugehört und gelernt hatte, desto größer war ihre Verehrung für die

Institition der englischen Monarchie geworden. Sie hatte nicht den Wunsch, zur Märtyrerin zu werden, aber sie war gewillt, ein Risiko einzugehen und alles daran zu setzen, damit diese erhalten wurde.

Doch würde sie es auch schaffen? Oder war Quinns Vertrauen in ihre Fähigkeit, Wades Pläne aufdecken zu können, nichts weiter als der Irrglauben eines Fanatikers? Cass vermochte nicht mehr klar zu denken, verspürte nichts anderes als Schmerz. Wie sollte sie nur einen Attentäter überlisten? Sie nippte ein weiteres Mal an ihrem Sherry und bemühte sich, ihren Kopf klar zu bekommen.

Schließlich vernahm sie, wie die Tür zum Arbeitszimmer geöffnet wurde, und die Stimmen der Männer nun deutlich zu hören waren. Sie trat ein paar Schritte in den Gang hinaus und blickte vorsichtig ins Foyer. Außer Wade erkannte sie zwei der sechs Männer, die dort standen: Ian Thorn, von dem Riordan bereits wußte, daß es sich um einen von Wades Gefolgsleuten handelte, und Mr. Sherwood, der stille, ältere Mann, den sie auf dem Hausfest in Lancashire kennengelernt hatte. Er war also auch einer von ihnen. In diesem Augenblick sagte der Butler Wade etwas ins Ohr, und dieser blickte auf. Cass stand im Schatten, aber sie hatte das Gefühl, als würde er sie geradewegs anstarren. Etwas in seinem Gesicht ließ sie das leichte Zittern von Panik verspüren.

Die Männer gingen — nach und nach, wie sie beobachtete, ganz so, als wollten sie das Haus nicht in einer Gruppe verlassen. Wade durchquerte die Halle und kam in seiner betont langsamen Weise auf sie zu. Der Ausdruck auf seinem Gesicht war beunruhigend und unergründlich.

»Es tut mir leid, wenn meine Anwesenheit dir eine Last ist, Colin«, brachte Cass schließlich hervor, »aber ich wußte nicht, wohin ich sonst gehen sollte. Ich habe Philip ein für allemal verlassen. Du hast mir einmal gesagt, ich könnte bei dir bleiben. Ich hoffe, daß dieses Angebot immer noch gültig ist.«

Er kam noch näher, immer noch ohne ein Wort des Grußes, und betrachtete sie auf eine seltsame, abwägende Art.

»Warum hast du ihn verlassen?« erkundigte er sich plötzlich. »Was hat er getan?«

»Er —« Es war wohl kaum angemessen zu gestehen, daß er ihr Herz gebrochen hatte. »Er hat mich geschlagen. Er war betrunken. Ich werde niemals wieder zu ihm zurückkehren.«

Für einen Moment wanderte ein eigenartiger Ausdruck über Wades Züge. Er legte seine Hände auf ihre Oberarme, knetete sie und zog sie näher an sich heran. In seinen zimtfarbenen Augen war ein kurzes, aufgeregtes Flackern. »Wie hat er es getan? Mit seinen Händen? Einem Riemen?«

Cass befreite sich entsetzt aus seinem zwanghaften Griff. »Ich möchte nicht darüber reden. Es war schrecklich!«

»Gewiß«, erwiderte er schnell. Seine Stimme wurde weicher, und sein Gesicht nahm einen angemessen mitleidigen Ausdruck an. »Und nun bist du hier und bittest mich, bleiben zu dürfen. Aber bist du dir wirklich sicher, was du willst, Cassandra?«

Sie wußte, worauf diese Frage abzielte. Der Moment, vor dem sie sich gefürchtet hatte, war gekommen. Bisher war es ihr immer noch möglich gewesen, zurückzuweichen, vorzugeben, daß sie das Arrangement nicht verstand, und sich davonzumachen, bevor die Sache zu weit ging. Aber damit war nun Schluß. Bei Wade zu bleiben würde bedeuten, mit ihm schlafen zu müssen — es wäre Torheit, etwas anderes anzunehmen. Und wenn sie es tat, dann, weil es ihre eigene Wahl war. Das war ihr wichtig. Sie fällte ihre Entscheidung rasch, bevor die Angst ihr jeglichen Mut nehmen konnte.

»Ja, Colin, ich bin mir sicher.«

Seine Lippen verzogen sich zu einem Lächeln. »Dann würde ich mich freuen, wenn du bleibst. Es wäre zu schade, dich irgendwo anders zu wissen.«

Sie erzitterte unwillkürlich. Wieder entstand eine Stille, bis sie sich erneut gefangen hatte und sagte: »Aber — vielleicht ist dies gerade eine ungünstige Zeit für dich.«

»Wie beliebt? Ungünstig? In welcher Weise?«

»Nun, es ist mir nicht entgangen, daß du gerade ein Treffen mit diesen Männern hattest. Ich habe mich gefragt, ob sie vielleicht Mitglieder deiner ... Organisation sind.« Sie wartete, ob er etwas darauf entgegnen würde, aber das tat er nicht. »Und dann dachte ich, daß du vielleicht etwas Wichtiges planen würdest, da ja die ... Sache, über die wir uns einmal unterhalten haben, noch ... noch nicht stattgefunden hat.« Oh, warum antwortete er ihr nur nicht?

»Du hast dich gefragt, was an jenem Tag im Parlament geschehen ist, nicht wahr?« erkundigte er sich schließlich freundlich. »Ich habe deine Nachricht übrigens erhalten. Aber ich hielt es für zu gefährlich, zu antworten.«

»Oh, ich verstehe.« Sie wußte nicht genau, wovon er sprach, redete aber weiter. »Ich habe mich in der Tat gefragt, was geschehen ist, nach allem, was du mir erzählt hattest. Aber ich nahm an, daß etwas falsch gelaufen sei, und du gezwungen warst, auf einen besseren Zeitpunkt zu warten. Und als dann diese ganzen Leute durchsucht wurden, und sich kein — Attentäter darunter befand, da kam ich zu der Ansicht, daß wohl irgendjemand von dem Plan erfahren haben mußte und ihn an die Obrigkeit weitergeleitet hatte.«

Sie schluckte und spürte, wie sie rot wurde. Sie war nie eine gute Lügnerin gewesen. Und der Gedanke, daß nun möglicherweise ihr Leben davon abhing, war auch nicht gerade hilfreich. »Du mußt mir gar nichts sagen«, fuhr sie eilig fort, »wenn du das für unklug hältst. Ich bitte dich nicht darum — ich bin nur gekommen, weil ich nicht wußte, wohin ich sonst hätte gehen sollen, und weil du schon früher einmal freundlich zu mir gewesen bist.«

»Freundlich? Hast du es wirklich nur dafür gehalten, für Freundlichkeit? Meine Liebe, ich hätte schwören können, daß wir beide uns besser verstanden haben.« Er legte eine Hand um ihre Kehle und drückte spielerisch und dennoch schmerzhaft gegen die empfindlichen Stränge. Cass verharrte bewegungslos, ohne zu atmen. Er küßte sie hart, mit geschlossenen Lippen und weit geöffneten Augen, ohne dabei ihre Kehle loszulassen. »Ich bin so froh, daß du gekommen bist«, flüsterte er. »Und ich möchte dir von dem Plan erzählen. Ich möchte, daß du alles darüber weißt.«

Warum nur verliehen ihr diese Worte kein Gefühl des Triumphes? Sie hatte sein Gesicht immer als brutal empfunden, und nun kam es ihr mehr denn je so vor. Seine Augen funkelten vor unterdrückter Erregung. Sie wußte mit absoluter Gewißheit, daß er ihr Schmerzen zufügen, daß der Preis für die Enthüllung ein sehr hoher sein würde. Sie betete um Mut, während er sie streichelte und in ihr Ohr murmelte: »Aber laß uns zuerst nach oben gehen. Es gibt da etwas, das ich schon immer mit dir tun wollte. Dann werde ich dir alles erzählen. Wirst du mitkommen?«

»Ja«, flüsterte sie, doch es kam beinahe kein Ton heraus.

»Du willst es doch wirklich, nicht wahr? Du willst, daß ich dich berühre. Sag es.«

»Ich —« Sie schloß die Augen und holte kurz Luft. »Ich möchte, daß du mich berührst.«

Er küßte sie wieder und lächelte sein eiskaltes Lächeln. Dann führte er sie aus dem Zimmer.

»Der Herr hat mir aufgetragen nachzusehen, ob Sie was brauchen, M'am.« Das Dienstmädchen starrte diskret auf die bleiche, junge Frau, die auf der Bettkante saß und sich mit zitternden Fingern das Unterkleid zuknöpfte. Sie mußte ihre Frage noch einmal wiederholen, bevor die Dame aufblickte und sie bemerkte. »Kann ich Ihnen was bringen, M'am? Einen Tee?«

»Einen Tee«, murmelte Cass, aber die Worte waren weniger eine Bestellung als vielmehr der Versuch, aus ihnen klug zu werden, ihnen einen Sinn zu verleihen.

»Ja, einen schönen, heißen Tee. Möchten Sie gerne einen haben?«

Cass legte ihre Hände an die Schläfen und versuchte, nachzudenken. »Nein ... mein Kleid«, sagte sie schließlich und deutete auf die Stelle, wo es auf dem Boden lag. »Es ist — Ich habe es eingerissen. Könnten Sie —« Die einfachsten Worte wollten ihr nicht einfallen.

»Jawohl, M'am, ich kann es für Sie nähen.« Das Dienstmädchen beugte sich vor und hob das zerknitterte Kleid auf.

Sie hatte ein nettes Gesicht, doch Cass blickte beiseite, um ihren Augen auszuweichen. »Wäre da sonst noch etwas?«

»Nein. Doch — könnte ich eine Schreibfeder und etwas Papier bekommen?«

»Aber gewiß, M'am.«

»Vielen Dank.« Unfähig, das Lächeln des Dienstmädchens zu erwidern, sah Cass nur zu, wie dieses knickste und das Zimmer verließ.

Eine Weile später erhob sie sich mit steifen Bewegungen und durchquerte den Raum bis zu dem Spiegel über der Kommode. Mit einer Mischung aus Neugier und Abscheu starrte sie ihr Spiegelbild an. Sie war so bleich wie eine Wachsfigur, aber ansonsten sah sie aus wie immer. Nur ein einziger Bluterguß war zu sehen, ein purpurfarbener, sich ausbreitender Fleck auf ihrer Kehle, wo er seinen Daumen hineingepreßt hatte. Ihre Augen waren von einem stumpfen, ausdruckslosen Grau. Aber auch hier zeigte sich das Entsetzen nicht. Sie verspürte eine summende, kribbelnde Taubheit in ihren Gliedern und in ihrem Kopf eine Membrane so dünn wie ein Insektenflügel zwischen ihr selbst und der Hysterie.

Sie stützte ihre Hände auf die Kante der Kommode, richtete ihre Schultern auf und verschloß die Augen vor dem Anblick ihres Gesichts. Wenn sie es noch länger anstarrte, drohte ihr, den Verstand zu verlieren. Sie wandte sich ab und blickte sich im Zimmer um, dessen beinahe feminine Einrichtung ihr beim ersten Betreten gar nicht bewußt geworden war. Überall standen Kisten und Schachteln herum, ein Beweis dafür, daß er fortzugehen gedachte. Plötzlich begannen Cass' Knie zu zittern, und sie mußte sich hinsetzen. Sie schob ein halbes Dutzend rosafarbene Kissen zur Seite und ließ sich auf dem kleinen, purpurfarbenen Satinsofa nieder. Für einen Moment vergrub sie ihren Kopf in den Händen, richtete sich aber schnell wieder auf. Sie mußte sich zusammenreißen.

Es hätte noch schlimmer kommen können. Er hatte sie nicht vergewaltigt — aber nicht etwa, weil er es nicht versucht hatte. Es wäre wohl besser, wenn es geklappt hätte. Dann wäre er nicht so wütend gewesen und hätte sich nicht so viele Wege ausdenken müssen, um sie für sein Versagen zu bestrafen. Sie hatte schnell begriffen, daß er sie nicht erregen, sondern in Furcht versetzen wollte. Und Angst mußte sie nicht erst spielen.

Ohne eine Vorwarnung stieg ein Schluchzen aus ihrer Kehle, und bevor sie überhaupt daran denken konnte, es zu kontrollieren, weinte sie auch schon hemmungslos. Sie hatte das Gefühl der Taubheit gehaßt, aber dies hier war noch viel schlimmer. Dieser Schmerz war einfach zu übermächtig, und es kam ihr so vor, als ob ihr Herz mit jedem Aufschrei aus ihrer Brust gerissen würde. Sie fiel zur Seite und überließ sich völlig dem erstickenden, quälenden Schluchzen.

Nach einer Weile beruhigte sie sich wieder. Der Frieden, den die Erschöpfung brachte, war ein Segen. Ihr wurde bewußt, daß sie nicht den Verstand verloren hatte und nicht in Hysterie verfallen würde. Sie war sie selbst. Sie hatte überlebt.

Und sie wußte, was sie wußte. Nun blieb ihr nichts anderes zu tun, als Quinn davon in Kenntnis zu setzen. Dann war diese ganze Angelegenheit endlich vorüber.

Es klopfte an der Tür und das Dienstmädchen trat erneut ein. Cass nahm das Schreibmaterial aus seinen Händen entgegen, und das Mädchen zog sich knicksend und mit einem freundlichen Lächeln auf den Lippen zurück.

Wade hatte einen kleinen Schreibtisch vor der Wand zwischen den Fenstern stehen. Sie öffnete ihn, und setzte sich. Für einen Moment überlegte sie, ob sie den Brief an Quinn oder an Riordan richten sollte. Sie entschied sich für den ersteren. Abgesehen von dem Schmerz und der Scham, ein Wort an Philip richten zu müssen, war das, was sie zu sagen hatte, zudem dringend. Es würde zu einer Tragödie kommen, wenn sie ihm die Nachricht sandte, er aber über den Freitag hinaus mit Claudia in Somerset herumtändelte. Cass tauchte die Feder in das Tintenfaß und begann zu schreiben.

Sehr geehrter Mr. Quinn,
der Anschlag auf den König ist für Samstag geplant, wenn er mit seiner Jagdgesellschaft nach Windsor reitet.

An der Stelle, wo der Weg hinter Eton nach Süden schwenkt, werden vier als Mönche verkleidete Männer ihm anbieten, ihn zu segnen. Doch in Wahrheit werden sie versuchen, ihn zu überwältigen und zu töten. Ich kenne die Namen der Männer nicht. Sie sind alle bereit, ihr Leben für die Sache zu opfern. Colin ist ihr Führer. Er plant, am morgigen Abend nach Calais zu segeln und glaubt, daß ich mit ihm gehen werde.

Unsere Geschäfte sind damit abgeschlossen. Ich habe ihr Geld, und Sie haben meine Information. In ein paar Tagen werde ich London verlassen, wie Sie es mir geraten haben.

Cassandra Merlin

Nun war es vollbracht. Wenn es ihr gelingen würde, Wade unter irgendeinem Vorwand dazu zu überreden, sie aus dem Haus zu lassen, dann müßte sie diesen Brief nicht schicken. Aber das wollte sie natürlich nicht dem Zufall überlassen. Sie würde versuchen, sich der Hilfe des Dienstmädchens zu bedienen, bevor er zurückkehrte. Die junge Frau hatte einen freundlichen Eindruck gemacht und würde gegen eine entsprechende Vergütung sicherlich die Nachricht an einen Boten weitergeben, ohne ihrem Herrn davon zu berichten. Im Anschluß daran wollte Cass sich Gedanken darüber machen, wie sie von hier fortkommen konnte. Das Wichtigste war zunächst aber, die Information zu Quinn zu bekommen. Wieviel Uhr mochte es jetzt sein? Zwei oder drei Uhr nachmittags wahrscheinlich, dachte Cass. Sie mußte schnell handeln. Also faltete sie den Brief und adressierte ihn.

Es klopfte leise an der Tür.

Das war gewiß das Dienstmädchen. Trotzdem steckte Cass die Nachricht vorne in ihr Unterkleid und trat vom Schreibtisch fort. »Herein.«

Es war Wade.

Er schloß die Tür hinter sich und spazierte mit seinen schleppenden Bewegungen auf sie zu. Sein Blick wanderte mit kalter Verachtung über ihren halb bekleideten Körper, und blitzartig erinnerte sie sich wieder an all die Dinge, die er ihr angetan und zu denen er sie gezwungen hatte. Ob er es abermals versuchen würde? Mit eiskalter Gewißheit wußte sie, daß, wenn er dies tat, einer von ihnen tot sein würde, wenn es vorüber war.

»Fühlst du dich besser, mein Schatz?«

»Nein.« Sie hatte ihm erklärt, daß ihr übel sei, bevor er endlich aufgegeben und sie alleine gelassen hatte. Es war keine Lüge gewesen, und war es auch jetzt nicht. Als er ihre Antwort vernahm, erschien ein kleines Lächeln auf seinen Lippen. »Colin, ich habe das Haus so schnell verlassen, daß ich nicht einmal etwas zum Anziehen mitgebracht habe. Ich würde gerne meine Kleider holen.«

»Tatsächlich? Aber warum denn?« Wades Lächeln vertiefte sich, als er ihren verständnislosen Blick sah. »Du wirst hier nichts brauchen. Oh, ich habe übrigens dem Dienstmädchen gesagt, es soll dein Kleid wegwerfen. Das wirst du auch nicht mehr benötigen.«

»Du hast *was?*«

Er lachte laut. »Schließ den Mund, Cassandra, du siehst albern aus.«

»Colin, wovon redest du? Natürlich werde ich meine Kleidung benötigen.« Cass verspürte einen Hauch von Entsetzen, brachte es aber fertig, ruhig zu sprechen, als halte sie seine Worte für einen Scherz.

»Nein, wirst du nicht. Nicht nach dem heutigen Abend. Was hast du da eigentlich geschrieben, mein Herz?«

Sie spürte, wie das Blut aus ihrem Gesicht wich. »Ich habe gar nichts geschrie — Oh, du meinst das Papier, das das Dienstmädchen gebracht hat? I-ich fand, ich sollte eine Nachricht an meine Tante senden, um sie wissen zu lassen, wo ich mich befinde.«

»Deine Tante? Oh, das war jetzt gar nicht gut«, rügte er sie und schüttelte mit gespielter Strenge den Kopf. »Du hättest erwidern sollen, deinen Cousin oder vielleicht eine Freundin. Das wäre viel glaubwürdiger gewesen.« Er kam näher. »Wo ist der Brief?«

»Brief? Was für ein Brief?«

»Laß mich einmal sehen. Nun, er ist nicht auf dem *Schreibtisch*«, sagte er, nachdem er dort einige Dinge hin und her geschoben hatte, »und nirgendwo sonst zu *erblicken*«, fügte er nach einem forschenden Blick durchs Zimmer hinzu. Er lächelte erneut. »Dann mußt du ihn wohl irgenwo an deinem Körper versteckt haben, Cass!«

Sie wich mit ausgestreckten Händen zurück, um ihn abzuwehren. »Colin, nicht. Ich schwöre ich habe keinen Brief. Du machst mir Angst, bitte — nein!«

Er packte ihr Haar, zog ihren Kopf zurück und benutzte die andere Hand, um die Vorderseite ihres Unterkleids aufzureißen. Der zusammengefaltete Brief fiel zu Boden. Dann stieß er sie mit der flachen Hand fest gegen ihre Brust, und Cass fiel krachend gegen den Bettpfosten. »Setz dich aufs Bett und rühr dich nicht«, zischte er ihr zu.

Sie gehorchte zitternd, hielt sich mit einer Hand den Hinterkopf und bemühte sich mit der anderen, die beiden zerrissenen Hälften ihres Unterkleids zusammenzuhalten. Langsam dämmerte ihr die Wahrheit, und eine Welle des Entsetzens spülte über sie hinweg.

Er bückte sich, um den Brief aufzuheben und öffnete ihn. »›Sehr geehrter Mr. Quinn‹«, begann er und imitierte sie mit einer hohen, übertrieben femininen Stimme. »›Der Anschlag auf den König ist für Samstag geplant, wenn er mit seiner Jagdgesellschaft nach Windsor reitet.‹ Oh, wie nett. Nein, ausgesprochen wundervoll.« Er las den Rest schweigend. »Dieser Teil hier gefällt mir am besten: ›In ein paar Tagen werde ich London verlassen, *wie Sie mir geraten* haben.‹ Wirklich eine nette, persönliche Note. Es muß dem armen Kerl ja ein furchtbar schlechtes Gewissen einjagen, wenn er von deinem Tod erfährt. Frauen sind ja so geschickt darin, Gefühle der Schuld herbeizuführen — ich halte das für eine ganz besondere Begabung.«

»Du wußtest es die ganze Zeit«, flüsterte sie. Ihre Zunge wollte ihr nicht so recht gehorchen. Sie schätzte die Entfernung zwischen der Tür und sich selbst ab und drohte zu verzweifeln.

»Die ganze Zeit«, stimmte er fröhlich zu. »Hast du etwa geglaubt, daß es ein Zufall war, als ich in jener ersten Nacht im Clarion Club aufgetaucht bin? Mitnichten. Das habe ich nur getan, um zu sehen, wie Riordan sich windet.« Er grinste sie an. Offensichtlich genoß er ihre Angst. »Auch unser erstes Treffen im Park war geplanter als du dachtest. Du hast dich wirklich mit allen Mitteln bemüht, nicht wahr, mein Schatz? Ich habe dich sehr bewundert, als du dich von deinem Pferd fallen ließest.«

»Was wirst du jetzt unternehmen?« Cass blickte hektisch über seine Schulter zur Tür. Würde es etwas nützen, zu schreien?

»Du meinst, was dich anbelangt? Ich fürchte, daß ich dich bestrafen muß. Du bist hinterlistig gewesen, Cassandra, und vollkommen unzuverlässig. Ich glaube, du hast mir nicht ein einziges Mal die Wahrheit über irgendetwas gesagt.« Er wich zum Schrank zurück, ohne seine Augen von ihr zu nehmen und zog einen Morgenrock aus lachsfarbener Seide heraus. Mit einer einzigen, gewalttätigen Bewegung riß er die lange Kordel um die Taille ab und kam damit auf sie zu. Er lachte, als er ihren Gesichtsausdruck sah. »Keine Angst, ich werde dich nicht erdrosseln, Cass. Noch nicht. Sei so lieb und strecke deine Hände aus. Nein? Du willst mir also nicht behilflich sein?«

Sie öffnete den Mund, um zu schreien, und sah das Aufblitzen seiner zur Faust geballten Hand für den Bruchteil einer Sekunde, bevor sie gegen ihre Schläfe traf. Als ihr Kopf hinter ihr auf die Matratze schlug, war sie bereits bewußtlos.

Sie erwachte von dem Geräusch ihres eigenen, erstickten Stöhnens und einem scharfen, pochenden Schmerz im Schädel. Aber das steife Gefühl in ihren Oberarmen, die über ihrem Kopf in die Höhe gestreckt waren, während sie mit dem Gesicht nach unten auf Wades Bett lag, war beinahe noch schlimmer. Sie hob benommen den Kopf und sah, daß ihre Handgelenke an einen der Bettpfosten am Fußende des Bettes festgebunden waren. Sie schob ihre Beine mühsam zur Bettkante, ließ sie zu Boden sinken, richtete sich auf und sackte gegen den Bettpfosten.

Er wußte Bescheid. Es fiel ihr schwer, einen klaren Gedanken zu fassen, aber eine Reihe ungelöster Rätsel war damit beantwortet. Sie verstand, warum er sie an jenem ersten Abend, als er sie zum Haus ihrer Tante zurückgeleitete, auf so rohe Weise behandelt hatte und zu anderen Gelegenheiten ähnlich grob gewesen war. Er hatte gewußt, daß er mit ihr anstellen konnte, was er wollte, weil sie es aushalten mußte — denn sie war ja dazu gezwungen. Dafür wurde sie schließlich bezahlt. Für ihn war alles nichts weiter als ein sadistisches Spiel gewesen, und es war noch nicht vorüber.

Er mußte auch gewußt haben, daß Philip ihr nach Ladymere folgen würde. Er hatte ihn mit Absicht betrunken gemacht, das wurde ihr nun klar — auch wenn er keinesfalls die bizarren Konsequenzen hatte vorausahnen können. Sie waren alle Wades Marionetten gewesen: Riordan, Quinn, sie selbst. Anstatt die Pläne eines Attentäters zu vereiteln, hatten sie ihm dabei geholfen.

Aber *wie* hatte er es nur wissen können? Als sie Philip das erste Mal im Clarion Club getroffen hatte, war niemand außer Quinn darüber informiert gewesen, daß er an diesem Abend wegen ihr in die Rolle von Wade schlüpfen würde! Sie preßte ihre Fäuste gegen die schmerzende Stirn und bemühte sich, zu denken. Bedeutete das etwa, daß Quinn ein Verräter war? Sie mochte es einfach nicht glauben — das war zu absurd.

Andererseits war es beinahe schon gleichgültig. Wenn es ihr nicht gelingen würde, zu fliehen, mußte der König von England in zwei Tagen sterben und sie wahrscheinlich noch viel früher. Ihre tauben Finger waren nicht in der Lage, eine Schleife aufzubinden, von den gemeinen Knoten, die Wade um ihre Handgelenke gezogen hatte, ganz zu schweigen. Sein Schlafzimmer lag in der Mitte des Hauses und die Fenster gingen auf eine Gasse, nicht zur Straße hinaus. Es wäre sinnlos, zu schreien, um auf Hilfe von draußen zu hoffen. Aber was war mit Hilfe von innerhalb des Hauses? Sie stand auf.

»Hilfe! Hilfe! Hört mich jemand?« Sie holte tief Luft und schrie so laut sie konnte.

Innerhalb von Sekunden öffnete sich die Tür, und das Dienstmädchen kam hereingestürmt.

»Hilfe! Ich brauche Hilfe!« rief Cass atemlos. »Bind die Fesseln auf! Wade —« Sie vestummte keuchend, als das junge Ding einen Schürhaken über den Kopf hob und diesen bedrohlich schwenkte.

»Er hat mir aufgetragen, Sie damit zu schlagen, wenn Sie schreien! Also sollten Sie besser keinen Ton mehr von sich geben, sonst hau ich Ihnen den Schädel ein! Hören Sie?« Cass nickte entsetzt, und das Dienstmädchen senkte den Schürhaken. Sie atmeten beide schwer und starrten einander mit wilden Blicken an. »Glauben Sie nur nicht, daß ich das nicht tun würde! Ich hab's schon mal gemacht, jawohl!«

»Bitte«, versuchte Cass es noch einmal, diesmal mit sanfterer Stimme, obwohl ihr die Angst die Lippen steif machte. »Ich bitte dich im Namen Gottes — er wird mich töten! Wenn du mir hilfst, gebe ich dir Geld. Ich habe tausend Pfund, die kannst du haben. Nur hilf mir —«

»Tausend Pfund?« sagte Wade von der Tür aus. »Da war Quinn ja großzügiger, als ich angenommen hatte. Zu schade, daß du nicht in der Lage sein wirst, das Geld zu genießen. Vielen Dank, Annie, du hast deine Arbeit sehr gut erledigt. Jetzt geh wieder zurück in die Eingangshalle und warte dort.«

Das Dienstmädchen errötete vor Freude, vollführte einen Knicks vor ihrem Herrn und zog sich mit dem Schürhaken zurück.

Wade trat näher, um die Knoten an ihren Handgelenken zu untersuchen, und sie mußte gegen den Drang ankämpfen, nicht vor ihm zurückzuweichen. Er legte seine Hand an die Stelle, wo das Hemd aufgerissen war und befingerte sie auf beleidigende Weise. Sie versuchte, sich ihm zu entziehen, doch es gelang ihr nicht. »Was für eine wundervolle Hure du bist«, sagte er und fletschte häßlich die Lippen. »Ich verachte dich, weißt du das? Ich verachte euch alle.«

Und in diesem Moment verstand sie, daß er von Frauen im allgemeinen sprach. Kein Wunder, daß er sie nie bedrängt hatte, seine Mätresse zu werden oder ernsthaft versucht hatte, sie zu verführen. Dazu war er gar nicht imstande. Die einzige Art, wie er überhaupt Genuß an ihr finden konnte, war, ihr weh zu tun. Ein weiterer Teil des Puzzles fügte sich zusammen.

»Es wird dich sicher freuen, Cass, daß deine Nachricht an Quinn an einen Boten übergeben worden ist und sich schon in diesem Moment auf dem Weg zu dessen deprimierenden Wohnräumen im Lincoln's Inn befindet. Sollte er zu Hause sein, wird er sie in der nächsten Stunde erhalten.«

Sie starrte ihn an. »Du hast den Brief *abgeschickt*?«

»Oh, gewiß habe ich das. Ich habe ihn noch einmal gelesen, mein Schatz, und muß dich zu deinem tapferen, fatalistischen Tonfall beglückwünschen.«

»Aber warum? Warum hast du ihn abgeschickt?«

»Weißt du das wirklich nicht? Ich habe dich für schlauer gehalten.«

Plötzlich wurde es ihr klar. »Weil der Inhalt nicht der Wahrheit entspricht«, hauchte sie. »Oh, mein Gott.«

Er tippte ihr spielerisch auf die Nasenspitze. »Ganz exzellent! Kluges Mächen! Nein, er entspricht wirklich nicht der Wahrheit, kein Wort davon. Aber er wird die Aufmerksamkeit einer Menge Leute auf sich ziehen, während der echte Plan vonstatten geht. Kannst du dir denken, wer wirklich sterben wird, mein Liebling? Nein? Denk nach. Du bist doch in letzter Zeit zu einer solchen Intellektuellen geworden, da wird es dir doch sicherlich einfallen. Wenn nicht euer erbärmlicher Monarch, wer dann? Wer ist in England der größte Feind der Monarchie?«

Er sah sie erwartungsvoll an, legte dann den Kopf in den Nacken und lachte. »Ich glaube, jetzt hat sie es!« triumphierte er. »Ich wußte doch, daß du ein schlaues Mädchen bist!« Er legte ihr die Hand unter das Kinn, drückte fest zu und zog ihr Gesicht näher an das seine heran. »Aber da gibt es noch eine Kleinigkeit, mit der du nicht gerechnet hast, das weiß ich. Es sollte eine Überraschung sein, und ich habe sie für dich bis zu diesem Moment aufgespart.« Wade trat zurück. »Komm herein«, rief er über seine Schulter.

Ihr Blick flog zur geöffneten Tür. Ein Augenblick verstrich, und Wade begann gelangweilt auszusehen. Schließlich erschien ein Mann im Türrahmen. Cass mußte erst blinzeln, ehe sie ihren Augen zu trauen vermochte. »John?« krächzte sie. »Sind Sie das, John?«

Es war Walker, Riordans Sekretär. Ihr schüchterner Freund, der Mann, von dem sie immer geglaubt hatte, daß er ein wenig verliebt in sie war. Er blickte zur Seite — vielleicht verlegen aufgrund ihres Zustandes — und blieb stumm stehen.

»Nun sag schon was, John, sei nicht so unhöflich«, neckte ihn Wade.

Walker blickte erst zu ihm hinüber und dann zu Cass. »Es . . . tut mir leid.«

Ihre Stimme war ein verzweifeltes Flüstern. »John, helfen Sie ihm etwa? Oh Gott, das ist doch nicht möglich!«

Er senkte den Blick und starrte auf den Boden zwischen ihnen.

Daraufhin schritt Wade zu ihm hinüber und legte ihm den Arm um die Schultern. »Also, das hätte ich ja nun wirklich nicht erwartet«, sagte er mit sanfter Stimme, das Gesicht ganz nahe an Walkers. Cass beobachtete sie mit angewiderter Faszination. »Sie tut dir leid, was? Ich glaube, du magst sie wirklich. Möchtest du dich mit ihr vergnügen? Wir haben noch etwas Zeit, ehe wir losmüssen.« Walker errötete und versuchte, von ihm wegzutreten, doch Wade hielt ihn fest. »Ist schon in Ordnung, du würdest meine Gefühle nicht verletzen. Ich möchte allerdings gerne dabei zusehen.« Er legte Walker die Hand in den Nacken und massierte ihn langsam. Seine Stimme senkte sich zu einem intimen Tonfall. »Was hältst du davon?«

»Nein! Nein.«

»Nun, das wäre also geklärt«, kicherte Wade. Er fuhr fort, den Nacken des jungen Mannes zu streicheln. »Erzähl Cassandra von deinem ganz besonderen Talent, John. Ich wette, sie denkt, daß du nichts weiter tust, als dich für Riordan zu schinden. Erzähl ihr, was du für ein gutes Händchen bei Pistolen hast. Ganz besonders auf nahe Entfernung, in Räumen, wo es keine Ablenkung gibt.«

»Was wirst du tun?« hauchte Cass entsetzt, als Walker nichts darauf entgegnete.

Endlich blickte er sie an. »Ich werde Edmund Burke töten.«

Es lag ein Ausdruck in seinen Augen, den sie noch niemals zuvor entdeckt hatte. Eine strahlende, wilde Entschlossenheit, die Cass um so mehr erschreckte, als sie nicht mit Verrücktheit gepaart war. Sie hielt seinem Blick stand, bemüht, eine Verbindung zwischen ihnen zu herzustellen. »John, das können Sie nicht tun. Denken Sie doch nach! Das ist Mord, kaltblütiger und grausamer Mord. Er ist ein alter Mann, ein anständiger Mann —«

»Er ist ein Feind!« unterbrach Walker sie hitzig. »Wenn er nicht wäre, hätten sich die Engländer schon längst auf die Seite der französischen Patrioten gestellt. Seine Lügen und Verleumdungen allein haben unsere Länder an den Rand des Krieges gebracht!«

Sein aufgebrachter Ton bedeutete ihr, daß weitere Argumente nur verschwendet waren. Sie vermochte in diesem grimmigen, will entschlossenen Revolutionär kaum mehr den zurückhaltenden, freundlichen Sekretär erkennen. Er war also die undichte Stelle gewesen. Sie mochte es immer noch nicht fassen. Doch seine Gegenwart war der Beweis.

Sie wußte, daß es hoffnungslos war, aber sie versuchte es trotzdem. »Bitte, hören Sie mir zu. Es wird nicht sehr nutzbringend sein, Burke jetzt zu töten. Er hat seine Arbeit bereits getan, es ist zu spät, die öffentliche Meinung zu ändern. Sie erreichen lediglich, einen Märtyrer aus ihm zu machen und schädigen damit Ihren eigenen Zwecken. Oh, John, so hören Sie mir doch zu! Es ist Irrsinn zu glauben, daß —«

»Sie haben Unrecht. Burke arbeitet im Augenblick an einer neuen Hetzrede. Riordan besitzt eine Abschrift davon, und ich habe sie gelesen. Er nennt die Jakobiner Atheisten, Mörder und Barbaren. Für Männer wie uns fordert er Exil und Tod. Er muß zum Schweigen gebracht werden! Er —«

»Und das wird er morgen auch«, unterbrach ihn Wade. »In dem Moment, wo er sich erhebt, um die Reformgesetzesvorlage deines lieben Mannes anzugreifen, mein Schatz. Als Riordans Sekretär fällt Johns Anwesenheit in der ehrwürdigen Kammer nicht auf — er wird in der Lage sein, so nahe an Burke heranzugelangen, wie es ihm beliebt.«

Cass war entgeistert. »Aber man wird Sie fangen, John! Eine Flucht wird Ihnen niemals gelingen!«

»Aber nicht doch«, wehrte Wade ab, »wir haben einen exzellenten Plan, der —«

Doch Walker unterbrach ihn mit fester Stimme. »Das mag wohl so sein, aber Sie müssen verstehen, daß ich gewillt bin, dieses Risiko auf mich zu nehmen.«

Cass lehnte ihren Kopf gegen den Bettpfosten, an den sie gefesselt war, und kämpfte gegen ihre Tränen der Verzweiflung an. Was sollte sie ihm noch sagen? Was konnte sie tun? Er war entschlossen, diese Tat auszuführen, gleichgültig, welche Konsequenzen damit verbunden waren, und so sehr sie sich auch den Kopf zermarterte, so fielen ihr keine anderen Argumente ein, um ihn zum Umdenken zu bewegen. Sie sah zu, wie Wade seinen Daumen über Walkers Lippen wandern ließ, und für eine Sekunde dachte sie, die beiden Männer würden sich küssen. Naiv wie sie war, wurde ihr doch endlich klar, daß die beiden ein Liebespaar waren.

»Macht es Ihnen denn gar nichts aus, Walker, daß Sie das Risiko allein tragen, während er sicher nach Frankreich segelt?« platzte sie verwegen heraus.

Wades Augen starrten sie voller Gehässigkeit an, doch Walker schüttelte nur den Kopf, als bemitleide er sie. »Leben Sie wohl, Miss Merlin. Ich bedauere sehr, daß Sie heute hierher gekommen sind.«

Er wollte gehen. Panik erfaßte sie. »Warten Sie, John, gehen Sie nicht! John, bitte — oh, bitte helfen Sie mir!« Der flehendliche Tonfall ihrer Stimme entsetzte sie, aber sie konnte nicht anders.

Er weigerte sich, sie anzusehen. Doch er blieb noch einmal im Türrahmen stehen, den Rücken zum Raum gerichtet und bemerkte: »Wie ich bereits sagte: Es tut mir wirklich außerordentlich leid.« Und dann war er verschwunden.

»Ich komme gleich nach«, rief Wade hinter ihm her und trat auf Cass zu. »Ich wünschte, ich könnte noch länger bleiben und mit dir plaudern, mein Herz, aber ich denke, du wirst Verständnis dafür haben, daß das heute ein sehr, sehr geschäftiger Tag für mich ist. Umzüge sind ja so etwas Leidiges. Aber wir werden uns in einer Stunde wiedersehen, daß verspreche ich. Ich habe noch eine weitere, winzige Überraschung für dich. Aber um zu erfahren, was das ist, wirst du mich in den Keller hinunter begleiten müssen. Zu schade, daß du nicht wärmer angezogen bist, nicht wahr? Aber, nun ja, du wirst eh nicht lange dort verweilen. Diese Überraschung wird sehr schnell vorbei sein.«

Sie riß sich von ihm los, als er versuchte, sie zu küssen. »Bastard!« spie sie hervor. Der Haß war nun stärker als ihre Angst vor ihm. »Tier! Verrotte in der Hölle, du Hurensohn! Du magst mich ja töten, aber du wirst niemals mit dem Mord an Edmund Burke davonkommen. Sie werden dich fassen und hängen! Du wirst niemals —«

»Oh, Cass, du weißt es also schon!« unterbrach er mit gespielter Verzweiflung. »Jetzt ist ja die ganze Überraschung dahin! Wie konntest du das nur ahnen?«

»Was ahnen?«

»Nun, daß ich dich hängen werde! Nein, nein, du bist wirklich ein kluges Kind.« Als er sie dieses Mal küßte, reagierte sie nicht. »Lebwohl, mein Schatz, ich muß jetzt wirklich gehen. Oh, und sei so leise wie ein Mäuschen, ja? Unter uns: Ich glaube, Annie würde dir liebend gerne den Schädel mit diesem Schürhaken einschlagen. Bis bald, mein Engel!«

XVIII

Riordans Faust hämmerte gegen die zerkratzte Eichentür. Sein Atem ging schnell, denn er war die Stufen zu Quinns Räumlichkeiten hinaufgeeilt — drei auf einmal hatte er genommen. Die Erschöpfung und der Schmerz in seinen Knöcheln dämpfte ein wenig den Drang, etwas Gewalttätiges zu tun, schwächte aber in keiner Weise seine Wut. Als die Tür sich nicht schnell genug öffnete, trat er heftig mit seinem Reitstiefel dagegen.

»Wer erdreistet sich — Philip! Um Himmels willen —«

Riordan drängte sich wortlos an ihm vorbei und schlug die Tür zu.

»Welch eine Überraschung«, sagte Quinn nach kurzem Zögern. »Ich habe dich erst morgen zurückerwartet.« Er trug Hemd und Weste. Die Überbleibsel eines grausig aussehenden Mahles standen auf einem Tisch, der nahe an das klägliche Feuer gerückt worden war.

»Oh ja, das glaube ich gern.«

»Wie geht es der armen Claudia?«

»Auf dem Weg der Besserung«, quetschte Riordan zwischen seinen Zähnen hervor. Er hielt seine Wut ganz offensichtlich nur schwerlich im Zaum. Das Quinn dies ignorierte, machte ihn nur noch zorniger.

»Das freut mich. Nimm doch Platz. Möchtest du etwas —«

»Genug!« Riordans Hand fuhr durch die Luft, verschwand dann in seiner Hosentasche und zog ein zerknittertes Stück Papier hervor. »Ich möchte wissen, was das hier zu bedeuten hat. Nimm. Lies es!« Quinn ergriff die Notiz. Als er sie nicht laut vorlas, tat Riordan dies für ihn, mit einer Stimme, die vor wilder Anschuldigung vibrierte. »›Quinn hat mir alles gesagt. Ich werde dir niemals vergeben. Cass.‹« Er riß ihm den Brief aus der Hand und zerdrückte ihn in seiner Faust. »Ich warte, Oliver! Erkläre dich!«

Quinn strich sich mit der Hand durchs dünner werdende Haar. »Grundgütiger«, sagte er mit mitleidig klingender Stimme, »das ist ja überaus beunruhigend. Kein Wunder, daß du aufgebracht bist. Und es ist mein Fehler, das muß ich zugeben. Als ich Cassandra gestern besuchte — du entsinnst dich doch noch, daß ich dich fragte, ob ich ihr meine Aufwartung machen soll —, da habe ich aus Versehen ausgeplaudert, daß du in Somerset bist und nicht in Cornwall. Es war nur ein Versprecher, aber sie hat es direkt bemerkt. Danach schien es klüger, ihr die ganze Geschichte zu erzählen. Es tut mir leid, Philip. Hat diese Nachricht zu bedeuten, daß sie dein Haus verlassen hat? Ich muß schon sagen, das überrascht mich. Ich hätte niemals gedacht, daß sie —«

»Hör auf! Du lügst!«

Quinns Nasenflügel bebten. »Ich habe mich für meine Unachtsamkeit entschuldigt. Ich lasse mich nicht beleidigen.«

»Das Spielchen funktioniert dieses Mal nicht«, zischte Riordan. Er zog noch etwas anderes aus seiner Tasche. »Erkennst du das? Es ist die Nachricht, die ich Claudia mit einem Boten senden ließ. Wie ist wohl Cass daran gelangt?«

»Ich habe nicht die geringste Vorstellung. Was willst du damit sagen?« Quinns ohnehin bleiches Gesicht war noch bleicher geworden, und sein Tonfall klang wenig überzeugend.

Riordans Wut explodierte. »*Du* hast sie ihr gegeben!« brüllte er. »Das stimmt doch, nicht wahr? Du bist auch derjenige, der Cass gesagt hat, wir seien nicht verheiratet! Gib es zu, verdammt!«

»Ich habe keine Ahnung, wovon du sprichst. Beruhige dich, dieser Zustand sieht dir ja gar nicht ähnlich! Es wäre zu traurig, wenn ich erkennen müßte, daß du dich wieder zurückverwandelst in die Art von —«

Riordans böses Knurren unterbrach ihn. Als dieser gerade bedrohlich auf ihn zutrat, klopfte es an der Tür. Quinn, der kaum seine Erleichterung zu verbergen vermochte, eilte an ihm vorbei, um die sie zu öffnen.

Es war ein junger Mann in einem dreckigen Rock. »Habe

hier eine Nachricht für einen Mr. Quinn vom Beekman Place«, verkündete er. »Sind Sie das?«

Quinn nahm den Brief entgegen. »Ja, ich —«

»Wer hat sie Ihnen gegeben?« schnitt Riordan ihm das Wort ab und schubste Quinn zur Seite.

»Ein Mädchen«, erwiderte der Bote und wich zurück.

»Was für ein Mädchen? Wie sah es aus?«

Der junge Mann erbleichte. »Hübsch, jung —«

»Schwarzes Haar?« donnerte Riordan.

»Nein — blond!«

»Ich lasse Wades Haus beobachten«, sagte Quinn schnell, als Riordan sich ihm wieder zukehrte. Der Bote erkannte seine Chance, zu verschwinden und rannte los. »Glaub mir, Philip, ich habe ein Mädchen in dem Haus. Dies hier stammt von ihr!«

»Du lügst! Gib mir die Nachricht.«

»Nein.«

»Gib sie mir!«

Quinn wandte sich ab, aber Riordan packte ihn an der Schulter, wirbelte ihn herum und riß ihm den Brief aus der Hand.

Für einen Moment waren sie beide von seiner Brutalität schockiert. Doch als er den Ausdruck auf Riordans Gesicht sah, hörte Quinn auf zu meutern und trat einen Stück zurück.

Riordan erkannte die Handschrift sofort, und sein Körper erstarrte. Oh Gott, dachte er. Oh, allmächtiger Gott. Mit tauben Fingern öffnete er den Brief und las. Als er geendet hatte, blickte er Quinn an, und in seinen Augen schimmerte Mordlust. »Du Bastard«, flüsterte er wütend. »Du hast sie zu ihm geschickt, nicht wahr?«

Quinn schüttelte immer wieder den Kopf und schluckte. »Nein, das habe ich nicht. Es war ihre Entscheidung.«

»Lies nur, du lügender Hundesohn.«

»Philip, hör mir zu —«

»Lies!« Riordan zwängte ihm die Nachricht in die Hand.

Quinn las. Plötzlich entspannte sich sein Gesicht. »Endlich«, hauchte er. Er blickte auf. »Das ist es Philip. Endlich! Jetzt haben wir ihn. Es wird ihm nicht —«

Riordan packte Quinn am Hemd und schleuderte ihn gegen die nächste Wand. »Wade ist mir egal!« brüllte er. »Dafür müßte ich dich umbringen! Aber das bist du nicht wert. Doch sollte Cass etwas zustoßen, dann werde ich es tatsächlich tun!« Seine Stimme senkte sich, und seine Augen verzogen sich feindselig zu Schlitzen. »Du hast dich niemals um mich geschert, nicht wahr? Es war von Anfang an nichts weiter als Schauspielerei. All die Jahre, die ich dich veehrt habe, in denen ich darum betete, daß du zurückkommen mögest, hast du nicht ein einziges Mal an mich gedacht. Du hättest dich nicht einmal an meinen Namen erinnert, wenn du nicht diesen Weg ersonnen hättest, wie du mich benutzen konntest!«

»Das entspricht nicht der Wahrheit.« Quinns Stimme zitterte. »Ich wollte immer nur das Beste für dich.«

»Du bist ein Lügner. Du weißt ja gar nicht, wie man die Wahrheit sagt.«

»Ich gebe zu, daß ich deine Heirat für einen Fehler gehalten habe, aber —«

»Deshalb hast du einen Keil zwischen uns getrieben.«

»Ich nahm an, daß du bald wieder zu dir kommen und einsehen würdest, daß Cassandra deiner nicht würdig ist. Sie ist unrein, Philip, sie ist nicht die richtige Frau für dich, kannst du das denn nicht verstehen? *Claudia* sollte deine Frau werden, sie war —«

»Wovon redest du denn da, zum Teufel?« Riordans Gesicht hatte sich zu einem häßlichen Ausdruck verzogen, und seine Griff wurde fester. »Was glaubtest du denn, würde geschehen, wenn dein Erfolg besiegelt worden wäre? Hattest du etwa angenommen, sie würde sich in Luft auflösen?«

»Sie war im Besitz von Geld. Sie sollte das Land verlassen!«

Riordan fletschte die Zähne und schüttelte Quinn wie einen Hund. »Wofür hältst du dich eigentlich? Für Gott? Das ist mein Leben! Du hast wohl gedacht, du hättest es mit einer verdammten Marionette zu tun, was? Ein Schoßhündchen für den König und seine Minister, jemand, bei dem du dir sicher sein konntest, daß er im Parlament immer das Richtige tut. Du hattest sogar eine Frau für mich ausgesucht!« Quinn stritt nichts mehr ab. »Du wirst deinen Herren bald die Wahrheit sagen müssen, Oliver, denn sie werden eine große Überraschung erleben. Erzähle ihnen nur, wie du durch deine Arroganz und deine Dummheit ihren Bauern verloren hast.« Riordan schüttelte ihn erneut. »Es spielt keine Rolle mehr, was du mir angetan hast, mein Freund, aber du wirst dafür bezahlen, daß du Cass wehgetan hast. Das schwöre ich.« Er schubste ihn brutal gegen die Wand, ließ ihn dann los und lief zur Tür hinüber.

»Warte! Du kannst nicht dort hin gehen. Du wirst alles ruinieren!«

Riordan drehte sich ungläubig um. »Was?«

»Wenn du jetzt zu ihm gehst, wird Wade den ganzen Plan wieder abblasen! Und wir müssen erneut von vorn beginnen!«

Riordan hätte beinahe gelacht. »Ja glaubst du denn, daß ich mich darum schere? Er hat Cass, du Hundesohn. Er ist ein Mörder, und er hat meine Frau!« Er wandte sich wieder der Tür zu.

»Halt.«

Etwas in Quinns Stimme brachte Riordan dazu, mit der Hand auf dem Türknauf stehenzubleiben. Er drehte sich langsam um. Er zuckte zusammen, war aber nicht wirklich erstaunt, eine Pistole in Quinns Hand zu sehen, die auf seinen Bauch zielte. Etwas verhärtete sich in ihm, war verloren.

»Du kannst jetzt nicht gehen. Mach dir keine Sorgen um sie, es geht ihr gut. Wir werden ihn morgen verhaften, wenn er versucht, an Bord des Schiffes zu gehen. Es tut mir leid, Philip, aber es muß sein. Es geht ihr gut, glaube mir.«

Seltsamerweise verspürte er keine Furcht und registrierte die Panik in Olivers Gesicht. »Ich werde zu ihr gehen, alter Freund. Du wirst mich töten müssen, wenn du mich aufhalten willst.« Ohne zu zögern, schritt er auf Quinn zu.

Quinn hielt die Waffe höher und zielte. »Ich werde schießen, das schwöre ich. Komm nicht näher!«

Riordan verlangsamte seinen Schritt nicht im geringsten. »Schieß doch!«

Quinns Hand zitterte, auf seinem Gesicht hatten sich Schweißperlen gebildet. »Das werde ich müssen! Zwing mich nicht dazu!«

»Tu es doch.« Riordan blieb einen halben Meter von ihm entfernt stehen, die Waffe nur Zentimeter von seiner Brust entfert.

Er hörte Quinns gehetzten Atem und entdeckte die Schweißtropfen auf seiner Oberlippe. Er streckte ganz langsam die Hand aus und umfaßte den kalten Lauf der Pistole mit seinen Fingern.

Quinn ließ los.

Sein Gesicht fiel in sich zusammen. »Zum Teufel mit dir, Philip, er wird davonkommen. Wir haben ihn wieder verloren.«

»Ich dachte wirklich, das sei alles, was dich kümmert«, hauchte Riordan, dessen Knie plötzlich weich wurden. »Warum hast du denn nicht abgedrückt?«

Quinn antwortete für lange Zeit nichts. Langsam kehrte die Farbe in sein schmales, knochiges Gesicht zurück. »Vielleicht bin ich doch nicht das Monster, für das du mich hältst«, erwiderte er mit zittriger Würde und richtete seine Schultern auf. »Ich habe dir doch gesagt, daß ich immer nur das Beste für dich wollte. Unter all den Lügen entsprach wenigstens dies der Wahrheit.«

»Möglicherweise. Oder vielleicht liegt es auch daran, daß deine Feigheit sogar noch größer ist als dein Fanatismus.« Riordan hielt ihm die Pistole hin, und Quinns Augen flackerten überrascht auf. »Hier. Nimm sie nur, ich habe meine eigene.« Er tätschelte seine Weste. »Zieh deinen Rock über, du kommst mit.«

»Was?«

»Es könnte Schwierigkeiten geben, Cass dort herauszuholen. Ich brauche dich, weil sonst gerade niemand verfügbar ist. Aber du gehst vor, damit ich dich sehen kann. Dann fühle ich mich sicherer.«

»Philip —«

»Dein Rock. Oliver. Setz dich in Bewegung.«

Quinn blieb noch einige Sekunden lang bewegungslos stehen. Doch etwas in Riordans Gesicht mußte ihm bedeutet haben, daß es gefährlich sein konnte, sich zu weigern. Also steckte er die Pistole in den Bund seiner Kniehosen und machte sich auf den Weg, um seinen Rock zu holen.

»Ist dir kalt, mein Schatz? Keine Sorge, es dauert nicht mehr lange, das verspreche ich. Laß mich das hier nur noch ein wenig fester ziehen. Ja, genau so. Wie fühlt sich das an?«

Es war nicht die Kälte, die Cass zum Zittern brachte, obwohl es in dem feuchten Steinkeller eisig war. Splitter von dem hölzernen Weinfaß, an das sie gefesselt war, schnitten in ihre Handgelenke, aber sie fühlte sie nicht. Sie spürte nichts weiter als Verzweiflung.

»Das ist doch sehr passend, nicht war? Zuerst wird der Vater als Verräter gehängt, und nun folgt ihm die Tochter für das gleiche Verbrechen — und dazu noch in der gleichen Art und Weise. Für dich wäre natürlich eine Guillotine wesentlich angemessener gewesen, aber ich hatte nicht mehr die Zeit, eine anfertigen zu lassen. Sie sind übrigens gar nicht so unkompliziert, wie man immer vermutet. Man muß alle möglichen lästigen Kalkulationen mit Gleichgewicht und Entfernung und wer weiß was allem anstellen, sonst funktionieren sie einfach nicht. Oder zumindest nicht auf Anhieb, sollte ich wohl besser sagen. Man muß es immer und immer wieder versuchen, und es ist teilweise wirklich recht grausig. Aber das hier wird viel besser funktionieren, das verspreche ich dir. Was war das, mein Liebling? Hast du etwas gesagt?«

Der obere Teil des leeren Fasses, auf dem sie kniete, reichte ihm beinahe bis zu den Schultern. Sie mußte hinabschauen, um ihn zu sehen, aber die Schlinge, die er ihr um den Hals geknotet hatte, war so fest, daß sie kaum den Kopf zu drehen vermochte. Er hatte den Strick um einen Balken geschlungen, der sich direkt über ihrem Kopf befand, und das schlaffe Ende an einem Holzpfosten zu ihrer Rechten befestigt. Nun zog er spielerisch an dem straffen Teil des Stricks und brachte sie dazu, sich noch weiter auf ihren Knien zu recken, um nicht zu ersticken. Ihre Hände waren im Rücken gefesselt, und so hatte sie keine Möglichkeit, das Gleichgewicht zu halten. Wenn sie von dem Weinfaß herunterfiel, würde sie innerhalb von Sekunden tot sein.

»Ich habe John eingeladen, zuzusehen, weißt du, aber er hat abgelehnt. Seltsam, nicht wahr? Er hat kein Bedenken, Mr. Burke zu ermorden, aber er kann sich nicht dazu überwinden, der simplen Exekution einer Verräterin beizuwohnen.«

»Colin«, preßte sie hervor. Sie stellte fest, daß sie, wenn sie ihren Rücken wölbte und den Hals hochreckte, zu sprechen vermochte. »Bitte. Sag mir. Warum hast du meinen Vater verraten?«

»Wer hat dir denn das gesagt? Quinn wahrscheinlich«, vermutete er, als sie nicht antwortete. »Er ist ein Lügner — er wollte dich wohl dazu bringen, dir zu helfen. Ich mochte Patrick. Er und ich, wir verfolgten dieselben Ziele. Es tut mir leid, daß sie ihn gehängt haben.«

Cass bemühte sich, dies zu verarbeiten, aber neue Gedanken drängten sich bereits in ihrem Kopf. »Colin«, sagte sie wieder und versuchte, nicht zu wimmern.

»Was wird mit meinen sterblichen Überresten geschehen?«

Er trat vor, um ihr ins Gesicht zu blicken, und für einen Moment war der gehässige Ausdruck von seinen Zügen gewichen.

»Ich würde g-gerne« — sie mußte schlucken, um weiterreden zu können — »neben meinem Vater beerdigt werden. Bitte — wirf meinen Körper nicht einfach fort.«

»Verdammt«, glaubte sie ihn murmeln zu hören.

Und da war noch etwas, was sie ihm sagen wollte, aber sie konnte sich nicht mehr daran erinnern, was es war. Sie bemühte sich, den Kopf klar zu bekommen. Es war ihr wichtig, nicht in einer gedankenlosen, panikerfüllten Benommenheit zu sterben, doch sie war so von Angst erfüllt. Ob ihr Hals wohl direkt brechen würde, wenn ihr Gewicht den Strick spannte? Ob es ein schrecklicher Schmerz sein würde oder nur eine zunehmende Schwärze, gefolgt von nichts? Sie betete um die Stärke, tapfer zu sein, egal, was auch geschehen mochte. Und sie wünschte, sie hätte etwas an. Sie haßte es, halb nackt vor Wade in den Tod zu gehen. Das mochte angesichts dieser schrecklichen Stunde ein frivoler Gedanke sein, aber sie konnte sich seiner nicht erwehren.

Cass erinnerte sich wieder daran, was sie ihm noch sagen wollte. »Colin«, würgte sie hervor. »Ich vergebe dir.« Diese Worte brachten sie zum Weinen, und sie war sich nicht sicher, warum. Es war an der Zeit, für die Vergebung ihrer eigenen Sünden zu beten, doch in ihrem Kopf herrschte ein zu großes Durcheinander. Wade war wieder hinter sie getreten. Sie hörte ihn fluchen, ehe er erneut heftig an dem Strick riß. Ihr Kopf ruckte nach oben, und der Atem stockte ihr in den Lungen. War es so weit? Sollten dies ihre letzten Sekunden sein?

Aber nein — er stand wieder neben ihr. »Hör mir zu, du Hure«, zischte er, »ich brauche deine Vergebung nicht. Ich bin dein Henker. Ich beende dein Leben, weil du Verbrechen gegen die Revolution begangen hast.« Plötzlich wurde seine Stimme heiterer. »Aber du hast mich da gerade auf etwas gebracht. Eigentlich wollte ich deine Leiche hier unten liegen lassen, aber nun werde ich sie wohl auf Riordans Türschwelle ablegen.« Er lächelte, als er ihr ersticktes Keuchen vernahm. »Der beste Platz wäre wohl sein Bett, in dem du erst kürzlich so viele glückliche Stunden verbracht hast, aber leider bleibt mir nicht die Zeit, die eine solche Raffinesse erfordern würde. Wenn du ein paar Tage später gekommen wärst, mein Engel, hätte John mir bei dem nötigen Arrangement behilflich sein können.«

»Bitte«, flüsterte sie, »in Gottes Namen —«

»Halt den Mund! Ja, das Bett wäre wohl der ideale Ort gewesen, aber die Türschwelle tut es auch. Er wird deine Leiche morgen früh dort finden, wenn er von seinem Besuch bei seiner Freundin in Somerset zurückkehrt.«

Durch ihre zusammengepreßten Lippen entfloh ein leises, verzweifeltes Stöhnen, das die Stille zwischen ihnen erfüllte. Es hörte erst auf, als Cass durch tränenverhangene Augen sah, wie er wieder hinter sie trat. Jetzt, dachte sie. Jetzt ist es soweit. Sie nahm einen letzten Atemzug. Oh, barmherziger Gott —

Über ihrem Kopf ertönte ein lautes, aber undefinierbares Geräusch. Was war das wohl? Die Wände und die Decke waren so dick, daß man es unmöglich sagen konnte. Handelte es sich etwa um einen Schuß? Frischer Schweiß brach ihr am ganzen Körper aus. Die Möglichkeit einer Rettung verstärkte ihre Furcht um ein Vielfaches. Nun vernahm sie ein Scharren, das Dahineilen von Schritten. Wade trat langsam neben sie und lauschte ebenso angestrengt. Er hielt in jeder Hand eine schußbereite Pistole.

»Niemand kann ins Haus eindringen«, sagte er laut, wie um sich selbst zu beruhigen. »Das ist unmöglich.«

Doch die Schritte wurden immer lauter. Cass' blutunterlaufene Augen richteten sich mühsam auf die Kellertür am Kopf der geschwungenen Steintreppe, die sich gut fünf Meter von ihr entfernt befand. Plötzlich ertönte ein heftiges Krachen, als die Tür aufgestoßen und gegen die Wand geschlagen wurde. Wade sank auf ein Knie hinab und zielte mit beiden Pistolen.

Doch der erste Mann, der die Stufen hinunterkam, war John Walker. Seine Hände waren im Rücken verborgen. Quinn hatte einen Arm um seinen Hals gelegt und hielt ihm den Lauf seiner Pistole in den Mund.

Wade senkte die Arme. Er sprang auf, eilte zu Cass' Weinfaß zurück, hob seinen gestiefelten Fuß in die Höhe und stellte ihn auf den Kranz. Sie spürte, wie das Faß unter ihr schwankte und schloß die Augen. Als sie sie wieder öffnete, erblickte sie Riordan, der hinter Quinn die Treppe hinunterkam.

Er blieb abrupt stehen, als er sie sah, und erbleichte. Ihr

Herz hörte auf zu schlagen. Ihr eigenes Entsetzen spiegelte sich in seinen Augen wider. Er lehnte sich mit der Pistole in der Hand gegen die Wand am Fußende der Treppe, ohne für einen einzigen Moment den Blick von ihr zu wenden. Eine Mischung aus Hoffnung und Furcht pulsierte durch ihren Körper.

»Kommt nur nicht näher, sonst trete ich das Faß unter ihr weg! Zieht euch zurück!«

»Geh weg von ihr, Wade«, rief Quinn zurück, »sonst werde ich diesen Mann erschießen!« Er war nur wenige Meter von Wade entfernt, er hatte die Waffe aus Walkers Mund genommen und preßte sie ihm nun an die Schläfe.

Eine Ewigkeit lang bewegte sich niemand, und es fiel kein einziges Wort. Riordan stand wie angewurzelt da, beobachtete die Unentschlossenheit in Wades Gesicht, die Pistolen, die auf ihn und Quinn gerichtet waren und den Stiefel an der Umrandung des Fasses.

»Laßt beide die Waffen fallen, sonst ist sie tot!« schrie Wade wieder. Er drückte sein Knie ein wenig gegen das Holz und das Faß wackelte ein weiteres Mal. Cass vermochte ein panikerfülltes Keuchen nicht zu unterdrücken.

Aber dieses Entsetzen war nichts im Vergleich zu dem, was sie empfand, als sie sah, daß Riordan seine Pistole wegwarf und mit herabhängenden Armen langsam auf sie zukam.

»Philip, nein!« versuchte sie zu rufen, doch es kam nichts weiter als ein unverständliches Krächzen heraus.

»Geh weg von ihr, Wade«, sagte er leise, ohne stehenzubleiben.

Sie schrie, als Wades Waffe feuerte. Aber statt Riordan war es Walker, der auf dem Boden zusammensank und Quinn alleine stehenließ. Wade schaute sich mit wildem Blick um. Seine verbliebene Pistole wanderte zwischen den beiden Männern vor ihm hin und her, während er seinen Fuß immer noch auf der Umrandung des Fasses hatte.

Cass las in Riordans Augen in der Sekunde, bevor er die Bewegung vollführte, was er vorhatte, und sie stöhnte mit tiefstem Entsetzen auf. Riordan hechtete mit einem heiseren Schrei los. Wade riß seine bewaffnete Hand in seine Richtung, und es gab eine weitere Explosion.

Riordan sank auf die Knie und hielt sich die blutige Vorderseite des Hemdes.

Cass schrie erneut, doch das Geräusch verwandelte sich in ein groteskes Gurgeln, als Wade dem Faß einen kräftigen Schubser versetzte, und sie in die Dunkelheit fiel. Das Brüllen in ihren Ohren war so laut, daß sie das Feuern des letzten Schusses nicht mehr vernahm. Bevor das aufsteigende Blut ihren Blick schwärzte, sah sie noch, wie Riordan nach vorn taumelte — eine Hand auf die Brust gepreßt, die andere nach ihr ausgestreckt, das Gesicht qualvoll verzerrt. Ihr letzter Gedanke war, daß das Bewußtsein, zusammen zu sterben, überhaupt keinen Trost spendete.

XIX

Sie war nicht tot. Wenn sie sich nicht gerade in der Hölle befand, konnte sie unmöglich solche Schmerzen empfinden und tot sein. Ihr Kopf fühlte sich an, als habe darin eine Explosion stattgefunden, die nichts weiter zurückgelassen hatte, als eine schmerzende Hülle und wertlose Trümmer. Jedes Mal, wenn sie eine Gliedmaße rührte, schoß ein Schmerz der Länge nach an ihrem Rückgrat hinab. Ihre Hände und Füße waren taub, ihr Magen von einem ständigen Brechreiz geplagt. Aber am schlimmsten war ihre Kehle. Es war die reinste Qual, zu schlucken, und sprechen stand völlig außer Frage. Es war ganz so, als hätte man sie gewürgt, als hätte jemand einen Strick um ihren –

Sie riß die Augen auf. Nur der Schmerz in ihrem Rücken hielt sie davon ab, sich aufzusetzen. Sie erinnerte sich.

Zumindest an einen Teil. Den allerletzen Teil, als die Schwärze sich in ihrem Kopf verdichtete, und sie dachte, sie würde aufhören, zu existieren. Über ihrem Kopf erblickte sie die Decke von Colin Wades Zimmer. Sie lag in seinem Bett. Hatte sie das etwa alles nur geträumt? Die Tränen, die ihr die Wangen hinabliefen, als sie das nächste Mal versuchte, zu schlucken, sagten ihr, daß es nicht so war. Und dann senkte sich eine neue Variante der Dunkelheit auf sie herab, und sie schlüpfte dankbar darunter.

Als sie das nächste Mal wieder auftauchte, hielt ihr jemand eine Tasse an die Lippen und versuchte, sie zum Schlucken zu veranlassen. Undenkbar. Irgendwie brachte sie ihre Arme dazu, so weit zu funktionieren, daß sie die Tasse und die Hände der Frau – sie nahm zumindest an, daß es sich um eine Frau handelte – wegschlugen, bevor es wieder Zeit zum Schlafen war.

Dunkelheit und Schmerz. Licht und Schmerz. Wieder Dunkelheit – ihr ständiger Begleiter. Nun quälten sie sie mit Essen. Cass hätte gerne all ihre Wut und Frustration hinausgeschrien, doch selbst ein winziger Laut war mit unerträglichen Qualen verbunden. Bitte, bitte, laßt mich in Ruhe! flehte sie im Stillen, gebrauchte all ihre klägliche Kraft, um sie abzuwehren und erreichte einen gewissen Erfolg: Die Dunkelheit kehrte zurück.

Doch nun versuchte ein Traum, sie zu durchdringen, versuchte, den gütigen Schleier, der sie vor der Realität schützte, wegzureißen. Ihre stillen Schreie waren sinnlos, sie vermochte nicht, aufzuwachen. Wieder und wieder mußte sie die Qual in Philips Gesicht wiedererleben, nachdem die Kugel ihn getroffen hatte, und sich das Blut wie eine aufblühende Mohnblüte auf seiner Brust ausbreitete. Sie ertrank in ihren Tränen, zerbrach innerlich an dem unerträglichen Schmerz, aber der Traum wollte einfach nicht enden.

Und dann geschah das Wunder. Jemand rüttelte sie an den Schultern, sprach ihr schrill ins Ohr, und endlich verblaßte das schreckliche Bild, und sie schwamm ins Licht hinauf.

»Miss Merlin. Miss Merlin!« Zwei runde, blaue Augen blickten ängstlich auf sie herab. »Sind Sie nun wach? Ich bin Dora. Mr. Quinn hat mich angestellt, damit ich mich um Sie kümmere. Sind Sie wach?«

Cass nickte und stellte überrascht fest, daß die Bewegung nur noch einen kurzen, schwachen Schmerz entlang ihres Rückgrats verursachte.

»Lassen Sie mich schnell Mr. Quinn holen, bevor er wieder geht — er war gerade hier, um nach Ihnen zu sehen, aber Sie haben geschlafen.«

Die Frau namens Dora eilte davon, aus ihrem Blickfeld. Cass vernahm schwach die leiser werdenden Schritte, erst den Korridor entlang, dann auf der Treppe. Sie wollte Quinn holen. Cass bemühte sich, die Bedeutung dieser Worte zu begreifen, während sie dalag und mit leerem Blick vor sich hinstarrte. Sie hob ihre Hände und betrachtete sie. Ihre Handgelenke waren von dem Strick, mit dem sie festgebunden gewesen waren, abgeschürft, aber es bereitete ihr nun kaum noch Unbehagen, wenn sie ihre Arme hob. Sie versuchte vorsichtig, ihre Beine zu bewegen, knickte langsam ihre Knie. Ein stechender Schmerz, mehr nicht. Sie war nicht gelähmt.

Aber es war schwer, sich auch nur im geringsten darüber zu freuen. Sie lebte und Philip war tot — und sie wünschte, es wäre andersherum.

Mußte sie für Quinn wachbleiben? Sie war sogar zu erschöpft, um zu weinen, und sie war unglaublich dankbar für diese Müdigkeit, die ihre Seelenqualen in Schach hielt. Aber da war er. Schweigend kam er über den Teppich auf sie zu. Er sah müde aus. Er war ganz in Schwarz gekleidet. Cass wünschte nur, sie könnte sich aufsetzen. So auf dem Rücken vor ihm zu liegen verlieh ihr ein zusätzliches Gefühl von Hilflosigkeit. Aber sie besaß nicht die Kraft, sich zu bewegen.

Er zog einen Stuhl heran und setzte sich nahe ans Bett. »Gott sei Dank, Sie sind wach. Wir haben uns solche Sorgen um Sie gemacht, Cassandra«, sagte er mit ernster, priesterhafter Stimme.

Sie fragte sich, wen er wohl mit ›wir‹ meinen könnte, aber erkundigte sich statt dessen: »Welcher Tag ist heute?« Ihre Stimme klang wie ein Flüstern, wie ein trockener Wind, der über abgestorbene Blätter hinwegweht.

»Sonntag.«

Sonntag. Es weckte nicht mehr als ein vages Interesse in ihr, daß sie drei Tage geschlafen hatte.

Es gab eine lange Pause, bevor er wieder sprach. »Sie haben sehr viel Glück gehabt, wissen Sie. Zwei Dinge haben Ihnen das Leben gerettet: Zum einen war der Strick um Ihren Hals schon so eng gezogen, daß er nicht mehr schlaff genug hing, um Ihnen das Genick zu brechen, und zudem reichte Ihr Körpergewicht nicht aus, um Sie zu erwürgen, bevor ich Sie erreicht hatte, Sie hochheben und den Strick durchschneiden konnte.«

Sie blickte ihn mit einem schwachen Blinzeln an. »Sie haben mein Leben gerettet?«

Er zog die Augenbrauen in die Höhe, und seine Lippen verzogen sich zu etwas, was wohl ein Lächeln sein sollte.

»Dann danke ich Ihnen.« Mit viel Mühe streckte sie ihre Hand in seine Richtung, aber entweder bemerkte er sie nicht oder er tat zumindest so. Sie ließ sie wieder auf die Decke fallen. »Ist Colin tot?« erkundigte sie sich.

»Ja. Walker ebenso — durch Wades Hand.« Sein Gesicht wurde noch ernster. »Ich war ehrlich der Ansicht, daß Sie sich in keiner Gefahr befinden würden, Cassandra, und ich entschuldige mich in aller Aufrichtigkeit für meinen Fehler. Aber dank Ihnen ist der König nun nicht mehr gefährdet, und wir —«

»Es war gar nicht der König, den er zu töten gedachte«, flüsterte Cass am Rande der Erschöpfung. Wenn er doch nur weggehen würde. »Walker beabsichtigte, Edmund Burke im Parlament zu erschießen. Am Freitag. Der Brief, den ich Ihnen bezüglich des Königs sandte, war falsch. Er hat mir hinterher gesagt, daß Burke sein Ziel war.«

Quinns schwarze Augen rundeten sich. Er setze sich in seinem Stuhl zurück und starrte sie mit offenem Mund an. »Burke!« preßte er schließlich hervor. »Ja. Ja, das ergibt einen Sinn! Großer Gott. Walker sollte es tun? Man hätte ihn natürlich in Stück gerissen, aber dann wäre es bereits zu spät gewesen. Großer Gott!« sagte er wieder. Er beugte sich mit glänzenden Augen zu ihr hinüber. »Cassandra, Sie haben Burkes Leben gerettet!«

Sie zuckte die Achseln und blickte zur Seite.

»Ich kann es gar nicht glauben! Wenn Philip das erfährt — er wird Ihnen noch dankbarer sein, als wenn Sie den König gerettet hätten«, kicherte er und rieb sich die Hände. »Ehrlich gesagt, hat Philip gar nicht so viel für den Monarchen übrig.« Sein Lächeln verschwand. »Geht es Ihnen nicht gut, meine Liebe? Sie sind so blaß, soll ich —«

»Er lebt?« stieß sie hervor und versuchte, sich aufzurichten. »Philip lebt?«

Quinn blickte sie beunruhigt an. »Ja, natürlich lebt er.« Er ergriff ihren Arm und bemühte sich, sie dazu zu bringen, sich wieder in die Kissen zurückzulehnen. »Grundgütiger, ich dachte, Sie wüßten es! Er ist schwer verwundet worden, aber bereits auf dem Weg der Besserung.« Er schwieg für einen Moment. »Claudia pflegt ihn bei sich zu Hause, und er macht jeden Tag größere Fortschritte — oh, mein Liebe! Ich bitte vielmals um Entschuldigung.«

Cass bedeckte ihr Gesicht mit den Händen, um einen freudigen Schluchzer zu ersticken, während ihr das Herz in hundert neue Stücke brach. Er war am Leben! Sie dankte Gott immer und immer wieder, vermochte aber nicht die Tränen zurückzuhalten, die sich durch ihre Finger ergossen und ein höllisches Brennen in ihrer Kehle auslösten. In ihrem fiebrigen Kopf hörte sie eine tiefe, kultivierte Stimme, die ihm vorlas, sah schlanke, weiße Hände, die ihn beruhigten. Sie preßte ihre Handflächen gegen ihr Herz, doch der Schmerz war unerträglich. Aber er war am Leben! sang sie in ihrem Inneren und erhellte damit die Ecken der Dunkelheit.

Quinn sprach leise weiter. »Ich soll Ihnen ausrichten, wie dankbar er ist, wie sehr er all das zu würdigen weiß, was Sie getan haben. Und er hat mich gebeten, Ihnen Lebewohl zu sagen und das hier zu geben.«

Sie griff blindlings nach dem Umschlag, den er ihr hinhielt. Ein Blick hinein ließ sie erkennen, daß er Geld enthielt. Ihre Hand sackte auf die Decke, und ihre Augen schlossen sich. Sie schluckte die frischen Tränen hinunter. »Ich bin so müde«, stieß sie mit heiserer Stimme hervor. »Bitte —«

»Aber ja, natürlich. Vergeben Sie mir.« Quinn erhob sich. »Dora ist hier, um sich um Sie zu kümmern. Sie wird Ihnen alles Nötige bringen. Ihre Habseligkeiten sind hier, Philip hat sie —« Er verstummte und räusperte sich. »Der Doktor wird in ein oder zwei Tagen wieder vorbeischauen. Er sagt, daß Sie Ruhe brauchen, aber in ungefähr einer Woche wieder vollends genesen sein werden. Sie hatten sehr, sehr viel Glück, meine Liebe, auch wenn es im Moment nicht so aussehen mag. Aber die Seele wird mit dem Körper gesunden, das verspreche ich Ihnen.«

Cass versuchte, zu lächeln, doch es wollte ihr nicht gelingen. Für einen Augenblick dachte sie, er würde sie berühren, ihr den Arm tätscheln oder tröstend die Hand drücken, doch am Ende vollführte er nichts weiter als eine formelle kleine Verbeugung und verließ das Zimmer.

Drei Tage später kehrte er zurück. Er teilte ihr mit, daß er mit Zufriedenheit sehe, wieviel besser sie sich befinde. Ob sie sich wohl genug fühle, um zu reisen? Sie nickte, und eine eiskalte Welle schien über ihr Herz hinwegzugehen, während sie auf seine nächsten Worte wartete. Ob er für sie eine Überfahrt nach Amerika auf einem Schiff buchen solle, das in vier Tagen auslaufen würde?

Ein langer Moment verstrich. Und dann nickte sie zustimmend.

Dieses Mal berührte er sie tatsächlich — ein sehr flüchtiges Streifen ihrer Schulter mit seinen Fingerspitzen. Sie hatte gar nicht gewußt, daß er auch so sanft sein konnte. »Überlassen Sie nur alles mir«, sagte er ruhig. »Ich werde mich um die Arrangements kümmern. Sie können dann direkt von hier abreisen. Dora wird Ihre Sachen für Sie packen. Sie müssen sich nur noch darauf konzentrieren, Kraft zu schöpfen.«

Cass lag noch eine Weile, nachdem er fortgegangen war, still da, ehe sie nach der Glockenschnur neben ihrem Bett griff. Einen Moment später kam Dora herein.

»Ja, Miss?«

»Ich würde heute gerne ein richtiges Bad nehmen«, sagte sie mit ihrem heiseren Krächzen. »Würdest du bitte mein hochgeschlossenes, grünes Kleid mit den weißen Petticoats für mich pressen? Und anschließend benötige ich deine Hilfe bei meinem Haar.«

»Jawohl, Miss«, erwiderte Dora mit weit aufgerissenen Augen. »Sind Sie sicher, daß Sie schon aufstehen wollen, Miss?«

»Absolut sicher«, entgegnete Cass mit grimmigem Blick und schlug die Decke zurück.

Der Butler erwiderte ihr Klopfen beinahe umgehend.

»Ist Mr. Riordan da?«

Seine Brauen wanderten nur kurz in die Höhe. »Nein, Madam.«

»Dürfte ich dann mit Lady Claudia reden?«

»Wen darf ich melden?«

»Miss Merlin.«

»Wenn Sie freundlicherweise einen Moment hier warten würden.«

Es kam ihr kürzer als eine Sekunde vor, bevor er auch schon wieder zurückkehrte und sie bat, ihm zu folgen. Er führte sie einen elegant gestalteten Korridor entlang zu einem noch eleganteren Salon. Sie bemerkte mit Beklommenheit, daß Claudias Heim genauso war, wie sie es sich vorgestellt hatte. Aber Philip befand sich nicht hier, und das war zumindest ein Trost. Sie verfluchte ihre eigene Feigheit.

Es dauerte einen Augenblick, bevor sie Claudia erblickte, die ausgestreckt auf einem Sofa vor einem mächtigen, marmornen Kamin lag. Sie trug ein Nachthemd, und eine Decke war bis zu ihrer Brust über sie gebreitet. Unten schaute ein bandagierter Fuß hervor, der auf einem Satinkissen ruhte. Sie war immer noch wunderschön, doch unbezweifelbar krank. Welch wütende oder unangenehme Worte Cass auch auf den Lippen getragen haben mochte — sie erstarben unausgesprochen.

Wenn Cass schon überrascht war, Claudia in einem solchen Zustand zu sehen, so schaute Claudia sie an, als erblicke sie einen Geist. Cass schluckte ihre Nervosität hinunter und schritt auf sie zu. »Es tut mir sehr leid, wenn ich Sie störe«, begann sie heiser, »aber ich wußte nicht, daß Sie krank sind. Ich wollte Ihnen nur eine Frage stellen.«

Claudia starrte sie weiterhin an. Schließlich erholte sie sich so weit, um hervorzustoßen: »Philip sagte, Sie seien tot!«

Cass zuckte zusammen, als ob man sie geschlagen habe. Tränen drohten ihr in die Augen zu steigen, doch eine sengende Wut rettete sie vor einer solchen Erniedrigung. »Das scheint mir ein wenig übertrieben«, preßte sie hervor. »Wo ist er? Ist er hier?«

»Hier? Nein, natürlich nicht. Er befindet sich daheim.«

Also ging es ihm inzwischen gut genug, um sich selbst zu versorgen. Cass war nicht sicher, ob sie sich freuen oder es bedauern sollte. »Ich verstehe. Dann möchte ich Ihnen keine weiteren Ungelegenheiten bereiten.«

»Cass — Mrs. Riordan, befinden Sie sich wohl?«

»Ich bin nicht Mrs. Riodan«, erwiderte sie schnippisch. Er hatte ihr nicht einmal das gesagt, daher war sie wohl nicht eingeweiht in Philips Verrat. Ihre Gefühle Claudia gegenüber hätten ein wenig an Sanftmut gewinnen sollen, doch das taten sie nicht. »Es geht mir wunderbar, vielen Dank. Ich wünsche Ihnen einen Guten Tag.«

Und sie ließ Lady Claudia zurück, wie sie sie vorgefunden hatte: die Augen auf sie gerichtet und den Mund zu einem O geöffnet.

Es kam ihr seltsam vor, an die Tür zu klopfen, durch die sie sonst nach ihrem Willen hinein- und hinausgetreten war. Sie wartete und widerstand der Versuchung, sich gegen den Türrahmen zu lehnen. Sie war erst eine Stunde aus dem Bett und fühlte sich bereits völlig erschöpft. Ein Mann, den sie noch nie zuvor gesehen hatte, öffnete die Tür. Ob dies der Ersatz für Walker war? »Ich bin gekommen, um Mr. Riordan zu sehen«, teilte sie ihm mit.

»Tut mir leid, Miss, aber er empfängt keinen Besuch. Mr. Riordan ist krank.«

»Ich bin mir dessen bewußt«, entgegnete sie gereizt. »Ich möchte ihn trotzdem sehen.«

»Ich fürchte, daß das nicht möglich sein wird.«

Der Mann war groß genug, um den Türrahmen zu füllen, und er würde sie nicht hineinlassen. Sie biß voller Frustration die Zähne aufeinander. »Ich habe keine Karte, aber wenn Sie ihm freundlicherweise meinen Namen nennen würden, wird er mich sicherlich sehen wollen.« In Wahrheit rechnete sie mit dem Gegenteil. Es bestand durchaus die

Möglichkeit, daß er sich weigern würde, sie zu empfangen. Aber sie wußte, daß sie es versuchen mußte.

»Also gut, Miss«, gab sich der Mann mit undurchdringlichem Gesichtsausdruck geschlagen. »Wen darf ich melden?«

Sie nannte ihm ihren Namen. Seine Miene ließ in keiner Weise darauf schließen, daß er ihm bekannt war.

»Sehr wohl. Würden Sie bitte in der Eingangshalle warten.«

»Wie freundlich«, murmelte sie und bemühte sich, den Sarkasmus aus ihrer Stimme herauszuhalten. Sie trat ein und ließ sich sofort in den Lehnsessel im Foyer sinken, während der Butler — oder wer immer er auch sein mochte — die Treppe hinaufschritt und aus ihrem Blickfeld verschwand. Cass lehnte ihren Kopf gegen die Rücklehne und schloß müde die Augen. Sie hoffte beinahe, daß er sie nicht empfangen wollte. Ihr fehlte noch die körperliche und emotionale Kraft für eine Auseinandersetzung. Oh, Quinn hatte recht, wäre sie doch nur sofort abgereist, ohne sich dem hier auszusetzen! Es konnte doch nicht anders als schmerzhaft werden. Doch Riordan hatte es nicht verdient, daß sie sich still und leise ins Exil aufmachte. Daß er den Leuten sagte, daß seine ›Frau‹ tot sei, lieferte den Beweis, daß er von ihr erwartete, ihre Verbannung gehorsam hinzunehmen. Doch sie hatte nicht vor, auf eine für ihn derart bequeme Art und Weise zu verschwinden. Noch nicht.

Sie vernahm laute, schnelle Schritte, die den oberen Korridor entlangkamen. Einen Augenblick später erkannte sie Beal, Riordans Kammerdiener, der die Stufen hinunterkam und denselben Gesichtsausdruck trug, den sie erst kürzlich bei Claudia erblickt hatte.

»Mrs. Riordan!« rief er und starrte sie schockiert an. »Wir dachten, Sie seien tot!«

Die Bitterkeit, die in ihrer Kehle aufstieg, stach wie Säure, doch es gelang ihr, um Beals willen ein verzerrtes Lächeln aufzusetzen. »Nicht ganz«, knirschte sie. »Denken Sie, es geht Mr. Riordan gut genug, um Besuch zu empfangen?«

»Aber gewiß! Er schläft, doch er — nun, ich bin sicher, er wird —«

»Überrascht sein«, beendete sie den Satz grimmig. »Dann werde ich hinaufgehen. Nein, lassen Sie nur, ich erinnere mich noch an den Weg.« Sie ließ den verblüfften Mann in der Eingangshalle zurück.

Sie mochte Beal gegenüber kühl und gesammelt gewirkt haben, aber innerlich zitterte sie vor Nervosität, während sie durch den düsteren Korridor auf Riordans Schlafzimmer zuschritt. Um die nächsten Minuten zu überleben, mußte sie sich darauf konzentrieren, als was für eine Art Mann sich Riordan erwiesen hatte. Als Lügner. Heuchler. Verführer. Sie verharrte einen Augenblick mit der Hand auf dem Türknauf, um sich zu sammeln und um aus ihrem Kopf die demoralisierende Erkenntnis zu verbannen, daß sie ihn trotz allem immer noch liebte. Sie öffnete die Tür, ohne einen Laut zu verursachen, und trat ein.

Im Zimmer war es dunkel. Die einzige Lichtquelle bestand aus dem Feuer im Kamin und zwei Kerzen, die neben dem Bett brannten. Sie stand da, lauschte der Stille und spürte das Pochen ihres Herzens. Als sich ihre Augen an das dämmerige Licht gewöhnt hatten, erkannte sie, daß er schlief. Eine feige Stimme in ihrem Inneren erinnerte sie daran, daß es noch nicht zu spät war, wieder zu gehen. Cass brachte sie zum Schweigen und trat entschlossen auf das Bett zu.

Sie faltete ihre Hände unter dem Kinn. Ein Runzeln überzog ihre Stirn. Er war so dünn! Unter den Bartstoppeln, die einen Tag alt sein mochten, erblickte sie die scharfen Knochen seines Gesichts. Das Haar war aus der Stirn zurückgekämmt, und sein Gesicht war bleicher als die weißen Kissen, auf denen er lag. Sein Nachthemd war bis zur Taille aufgeknöpft, darunter erblickte sie einen dicken, weißen Verband, der um seinen Brustkorb geschlungen war. Eine Hand lag auf seinem Bauch, die andere an seiner Seite. Seine Augenlider zuckten einmal, als ob er träumte.

Cass biß sich heftig auf die Knöchel, doch auch das vermochte nicht dieses plötzliche, heftige Gefühl der Zuneigung, das sie überkam, aufzuhalten. Mit einem Male erschien es ihr so sinnlos, ihm ihre Meinung zu sagen. Sie haßte sich selbst viel mehr als sie ihn haßte. »*Zum Teufel mit dir*«, flüsterte sie und wandte sich ab, um zu gehen.

Etwas golden Schimmerndes, das auf dem Nachttisch lag, gewann ihre Aufmerksamkeit. Ihre Hand zitterte, als sie danach griff. Ihr Ring. Seine Wärme in ihrer Hand fand den Weg zu ihrem Herzen. *Du und keine andere.* Sie schluckte schmerzhaft und rieb sich die verräterischen Tränen aus den Augen. Warum wohl hatte er ihn behalten? Als sie ihn wieder zurücklegen wollte, rutschte er ihr durch die Finger und landete mit einem leisen Klirren auf dem Schränkchen. Cass blieb regungslos stehen.

Riordan öffnete die Augen und blickte sie an.

Doch statt zu reagieren rieb er sich mit einer erschöpften Geste über die Lider und ließ den Arm wieder aufs Laken fallen. Er blickte erneut auf, und dieses Mal runzelte er die Stirn. Und blinzelte. Dann schüttelte er den Kopf und rieb sich erneut über die Augen. Er stützte sich ein wenig auf den Ellbogen auf. Er räusperte sich, und seine Stimme klang zögernd. »Cass?«

»Hallo, Philip. Ich bin gekommen, um mich zu verabschieden.« Sie trat einen Schritt zurück und preßte ihre Hände aneinander, damit er nicht sehen konnte, wie sie zitterte. Sie bemerkte, wie tief und krächzend ihre Stimme klang. »Mir war nicht bewußt, daß du so schwer krank bist — hätte ich es gewußt, wäre ich nicht gekommen.«

Er setzte sich weiter auf, obwohl ihm die Bewegung Schmerzen zu bereiten schien. »Cass?« wiederholte er verstört.

Sie hätte nicht gedacht, daß er noch bleicher werden konnte, doch so war es. Sie begann, sich um ihn zu sorgen, verbarg dies aber hinter wütenden Worten. »Du hast wohl so vielen Menschen von meinem angeblichen Tod erzählt, daß du schon selbst daran zu glauben scheinst!«

Riordan atmete heftig ein, und seine Aguen brannten mit einem wilden Licht. »Cass!« flüsterte er und schlug die Decke zurück.

Als ihr klar wurde, daß er aufzustehen gedachte, eilte sie

auf ihn zu und drückte ihn sanft wieder in die Kissen zurück.

Er umklammerte ihre Arme und wollte sie nicht wieder loslassen. Starrte sie weiterhin wie von einem Blitz getroffen an. »Oh Gott, bitte sag mir, daß ich nicht träume«, hauchte er. »Ich habe dich so viele Male vor mir gesehen. Bist du es wirklich, Cass?« Er legte seine Hände auf ihr Gesicht und versuchte, sie zu sich herunterzuziehen, aber sie packte seine Handgelenke und schob seine Hände fort.

»Ich bin es«, erwiderte sie kurz und wich zur Tür zurück. »Hör auf, Philip. Nicht!« Doch er wollte nicht aufhören. Er schlug erneut die Decke zurück und versuchte, aufzustehen. »Oh!« rief sie verärgert und ging abermals auf das Bett zu. »Das solltest du wirklich nicht tun! Wirst du dich wohl wieder hinlegen? Nein, hör auf —«

Aber er hatte seine Arme um sie geschlungen und zog sie auf seine Knie. »Halt still, Cass«, brummte er, »sonst tust du mir weh.« Und so hörte sie auf, sich zu winden.

»Zum Teufel mit dir«, stieß sie beinahe schluchzend hervor, stand steif da, konnte sich aber nicht versagen, ihre Arme um seine Schultern zu legen.

»Warte. Warte bitte. Verfluch mich nicht, mein Liebling.«

»Ich werde dich bis in alle Ewigkeit verfluchen, Philip Riordan.« Ihr ganzer Körper zitterte. Sie atmete den Geruch seines Haares, seiner sauberen Haut ein, gedemütigt, daß er ihre Tränen nun auf seiner Wange spüren konnte.

»Cass, Cass«, flüsterte er heiser, um dann mit lauterer Stimme fortzufahren: »Ich glaube, ich weiß, was geschehen ist. Laß mich dich nur noch ein wenig festhalten.« Sein Herz war so voll, daß er noch nicht imstande war, es ihr zu erklären. Riordan schloß die Augen, umfaßte ihre dünnen Schulterblätter mit seinen Händen und preßte sie so fest gegen sich, wie es die Wunde in seinem Brustkorb erlaubte. Er spürte, wie ihr Körper erzitterte. Er lockerte seinen Griff und blickte sie an. Der Schmerz in ihren Augen traf ihn mitten ins Herz.

»Ich liebe dich so sehr«, flüsterte er.

Sie seufzte und wandte das Gesicht ab. »Keine Lügen mehr, Philip. Bitte nicht.«

Er ließ seine Finger in ihr Haar gleiten und brachte sie dazu, ihn anzusehen. Er mußte ihr die Frage einfach stellen. »Hat Wade dir wehgetan?«

Sie schloß die Augen. »Ja«, murmelte sie mit vibrierender Stimme. »Aber er hat mich nicht vergewaltigt. Er hat es versucht, aber er konnte nicht.« Sie brachte es nicht über sich, ihm mehr zu erzählen.

Sie öffnete die Augen. So seltsam es auch war, der Ausdruck auf seinem Gesicht weckte in ihr den Wunsch, ihn zu trösten. Ihre Finger flatterten in einer hilflosen, flüchtigen Liebkosung zu seiner Wange.

»Hör mir zu«, stieß er durch zusammengepreßte Zähne hervor. »Quinn hat mir gesagt, daß du tot bist. Ich habe dich hängen sehen.« Bei der Erinnerung daran überfiel ihn unwillkürlich ein Zittern. Er knöpfte vorsichtig den hohen Kragen ihres Kleides auf und schob den Stoff von ihrem Hals weg. Der Anblick der wunden, abgeschürften Haut ließ ihm die Tränen in die Augen steigen. »Oh, meine süße Cass.«

Sie blinzelte, um ihre Augen vom Tränenschleier zu befreien. Weinte er etwa um sie? Der schlimmste Schmerz war der Schmerz der Hoffnung. Taubheit war ihm vorzuziehen. Und dennoch hatte er gesagt ...

»*Quinn* hat es dir erzählt?« fragte sie zitternd. »Quinn —«

»Hat mir gesagt, daß du tot bist. Und da wollte ich auch sterben.«

»Aber — er hat mir dein Lebewohl ausgerichtet! Er sagte, du seist bei Claudia. Er hat mir das Geld von dir gegeben und mir erklärt, du würdest mich bitten, fortzugehen!«

Riordan stieß einen gepeinigten Laut aus und zog sie wieder nahe an sich. »Das war alles nichts weiter als eine Lüge. Oh Gott, ich dachte, du wärst tot!«

Riordans Herz raste — ebenso wie ihr Verstand. »Philip« keuchte sie und begann, wieder zu weinen, »war es wirklich alles nur eine Lüge? Dann sind wir also auch verheiratet?« Er küßte sie und hob dann den Kopf. Er mußte nicht antworten, sie sah die Wahrheit in seinen Augen. »Mein Liebling! Oh, mein Liebling. Vergib mir, ich hätte dir glauben sollen.«

Er legte seine Finger auf ihre Lippen, teilte sie sanft und küßte sie. Sie zitterten beide. Er hielt ihre Brüste umfangen, spürte ihren Atem, der bebend in seinen Mund drang und wieder entwich. »Ja, du hättest mir glauben sollen«, murmelte er und sah, wie ihre Augen sich verdunkelten, während er sie küßte und küßte.

Cass' Finger umklammerten seine Oberarme. »Aber er hat mir deinen Brief gezeigt«, rief sie. »›Meine liebste Claudia‹ stand darin, und du hast in unterzeichnet mit ›in Liebe‹. Und dann bist du zu ihr gegangen.« Sie wich zurück. »Das stimmt doch, oder?«

Er seufzte. »Ja, aber —«

Sie legte ihm plötzlich die Finger auf die Lippen. »Laß nur. Erkläre es nicht. Es spielt keine Rolle, solange du mich nur liebst.«

Seine Mundwinkel zuckten — er fragte sich, wie lange diese Einstellung wohl gelten mochte. »Ich werde es dir auf jeden Fall erklären, weil es wichtig ist, daß du es verstehst, aber nicht jetzt. Jetzt möchte ich dich nur im Arm halten.« Sie sanken gegeneinander, berührten sich, streichelten sich und lauschten dem Zauber ihres Atems. Cass legte ihre Lippen an seine Stirn und schloß die Augen. Ihre Hände preßten sich leicht gegen seinen Rücken. Er drückte süße Küße auf ihre Haut, schob ihre Haare mit den Lippen beiseite und murmelte in ihren Hals. »Warum legst du dich nicht mit mir hin, Liebling?« fragte er bald. »Ich habe seit einer Woche nicht mehr so lange gesessen.«

»Oh!« Sie sprang beinahe von ihm fort. »Bist du schwer verletzt, Philip? Ich dachte, *du* wärest tot, bevor Quinn mir sagte, daß du nur verletzt bist. Ich sah dich fallen, und dann —« Sie brachte es nicht fertig weiterzureden.

»Nein, nein«, versicherte er ihr und ergriff ihre Hand, »ich habe nur eine Menge Blut verloren. Der Doktor ist der Ansicht, daß Wades Pistole nicht richtig geladen gewesen sei.« Er machte eine wegwerfende Handbewegung. »Willst du dich nicht neben mich legen? Du bist auch noch krank, vergiß das nicht.« Er grinste, als er sich vorstellte, wie sie Seite an Seite in dem großen Bett gesundeten. »Aber zieh erst ein paar deiner Sachen aus, Cass. Sonst wird es — dir zu heiß sein.«

»Du bist ein schamloser Verführer. Das bist du schon immer gewesen.« Mit Tränen, die auf ihren Wangen glänzten, lächelte sie ihn an. Erst sorgte sie dafür, daß er sich auf seiner Seite wohlbehalten unter die Decke legte, dann baute sie sich mit den Händen auf die Hüften vor ihm auf. »Wenn ich meine Sachen ausziehe, versprichst du dann, dich zu benehmen?«

»Nein«, erwiderte er prompt. »Aber da ich kaum in der Lage bin, mich aufzurichten, wirst du nicht in allzu großer Gefahr sein.«

Cass zögerte noch eine Sekunde, ehe sie begann, sich auszuziehen. Sie errötete unter seinem brennenden Blick bis zu den Haarwurzeln, und als sie schließlich zu ihrem Unterkleid gelangte, verließ sie der Mut.

»Oh nein, nicht aufhören«, sagte er heiser.

Sie blickte ihn mit geöffneten Lippen an und zog sich das Unterkleid über den Kopf. Dann eilte sie zu ihrer Bettseite und schlüpfte unter die Decke.

Er legte seine Arme um sie und zog sie an sich. »Warst du das — oder ein Blitz, den ich gerade durchs Zimmer schießen sah?«

Sie kicherte und kuschelte sich enger an ihn. »Ich bin so glücklich«, seufzte sie mit zitternder Stimme. Sie legte ihren Arm leicht über seinen Bauch und spürte das kräftige Pochen seines Pulses, das aber durchaus auch von dem ihren stammen konnte. Doch das spielte keine Rolle. Der Wind brachte die Fenster zum Rappeln. Der Winter stand vor der Tür. Sie hatte diese Zeit immer gehaßt, doch nun freute sie sich darauf. Mit Philip zusammenzusein, wenn es kalt war — schneite, regnete, der Wind übers Haus hinwegfegte — sie zitterte vor Erwartung, wenn sie an all die Dinge dachte, die vor ihnen lagen.

»Was ist?« erkundigte er sich, die Lippen an ihrer Schläfe.

Sie zuckte hilflos mit den Schultern. »Ich bin so *glücklich*«, sagte sie wieder, obwohl ihr das Wort nun erbärmlich unzureichend erschien. Sie konnte fühlen, wie er lächelte. Sie lagen lange so beieinander, ohne ein Wort zu sagen, und in dieser Stille schien es, als ob ihre Körper und Seelen größere Heilung erfuhren als in all den langen Tagen, die sie in getrennten Betten verbracht hatten.

»Philip«, sagte Cass schließlich.

»Was, mein Liebling?«

Ihre rauhe Stimme klang zögerlich. »Ich weiß, daß Oliver uns schrecklich verletzt hat — dich ganz besonders, denn er war dein Freund und du hast ihn gemocht und ihm vertraut. Ich weiß nicht, warum er das alles getan hat. Es war unglaublich grausam und egoistisch und arrogant. Er hat so viel Leid verursacht, so viel Elend — ich weiß das sehr wohl — und doch war er mein Lebensretter. Er hätte es nicht tun müssen, er hätte mich leicht sterben lassen können. Aber das hat er nicht getan. Deswegen vermag ich ihn nicht zu hassen.«

»Nein«, erwiderte Riordan und streichelte ihr die Wange, »das kann ich bei Gott auch nicht. In gewisser Weise tut er mir leid. Die Regungen, die ihn treiben, sind nicht normaler Natur. Irgendwo in meinem Verstand wußte ich das sehr wohl, doch ich habe es ignoriert. Ich habe ihn immer als zielstrebig bezeichnet, aber ich denke, ich wußte, daß es mehr als das war — selbst schon als Kind. Irgendwie ist das, was geschehen ist, ebensosehr mein Fehler wie seiner, denn ich habe mich geweigert, ihn als den Menschen zu sehen, der er in Wirklichkeit ist.«

»Nein Philip, du warst nicht —«

»Doch, Cass, es ist wahr. Ich wollte, daß er fehlerlos ist. Ich wollte ihn als Mentor. Als Vater.«

»Und vielleicht hat er dich ebensosehr als seinen Sohn gebraucht. Jemanden, den er kontrollieren konnte. Dein Bruder sagte, er müsse Menschen besitzen. Philip, ich bin sicher, daß du weder Oliver noch sonst irgendeinem Menschen jemals ein Leid zugefügt hast. Ich weiß nicht, wie er an diese Narbe an seinem Handgelenk gelangt ist, aber du warst nicht der Verursacher. Das *weiß* ich. Und er hat dein schlechtes Gewissen benutzt, um dich dazu zu bringen, ihm zu helfen.«

Riordan lag ganz still da und dachte nach. Etwas Dunkles und Schweres in seinem Inneren schien sich ganz langsam zu heben und für einen kurzen Moment in einem strahlenden Licht zu schimmern, ehe es sich in einem Funkenregen auflöste und ihn als freien Mann zurückließ. »Ich liebe dich, Cass«, flüsterte er.

»Ich liebe dich auch.« Sie streichelte seinen Hals mit sanften, beruhigenden Fingern. »Und weißt du was, Philip, trotz allem, was geschehen ist, denke ich, daß auch Oliver dich liebt.«

»Ja«, erwiderte er traurig, »das glaube ich auch. Aber er wird für das, was er getan hat, bezahlen, das verspreche ich dir. So ironisch es auch ist, ich habe jetzt mehr Macht als er — und das ist zum Teil sein Verdienst. Ich kann dafür sorgen, daß er bezahlt.« Er fühlte, wie Cass erzitterte, und preßte sie fester an sich. »Denk nicht mehr an ihn. Er kann uns nichts mehr tun. Das einzige, was jetzt zählt ist, daß ich dich küssen kann. Jetzt. Sofort.« Und das tat er auf wundervoll zärtliche Weise.

»Ich liebe dich, Philip. Ich werde dich immer lieben.« Sie schloß die Augen und erwiderte seinen Kuß. Auf einen Ellbogen gestützt lehnte sie über ihm, sorgfältig darauf bedacht, nicht seine bandagierte Brust zu berühren. Bald schon atmeten sie beide heftig. Seine ruhelosen Hände auf ihrer nackten Haut brachten sie zum Stöhnen. Sie wichen beide im selben Moment zurück. »Liebling«, keuchte sie, »ich sehne mich so sehr nach dir. So sehr! Aber wir können das hier im Augenblick nicht tun, wir müssen aufhören. Das weißt du.«

»Wirklich?« Er strich mit seinen Händen durch ihr Haar und hielt inne, um seinen Herzschlag zu beruhigen. Sie war so gut für ihn, so viel besser als jede Medizin.

»Ich wußte, ich hätte mein Kleid nicht ausziehen sollen.«
»Oh nein, das war schon richtig. Das war das allerbeste.«
»Wie dem auch sei ... Laß uns etwas lesen. Oder uns etwas zu essen bringen lassen. Hast du auf etwas Appetit?«
»Ich bin am Verhungern. Oh ja, das bin ich.« Er wandte sich ihr zu, doch sie wich seinen Lippen aus.
»Es ist mein Ernst«, lachte sie. »Wenn wir nicht aufhören, wirst du dir noch weh tun.«
»Bestimmt nicht, wenn du endlich einmal stillhalten könntest.«
Damit hatte er irgendwie recht. Er erblickte die Nachgiebigkeit in ihren Augen und wagte sich weiter vor. Sie hielt so lange still, wie sie es zu ertragen vermochte. »Oh Gott«, stöhnte sie. »Wie soll das gehen?«
Er küßte sie erneut und rückte dann mit seinem Mund weit genug fort, um die Worte verständlich klingen zu lassen. »Es gibt etwas, das ich dir noch nie erzählt habe.«
Sie blinzelte benommen.
»Um im Unterhaus Mitglied zu werden, muß ein Mann Einfallsreichtum und Erfindungsgabe beweisen — und dazu die Bereitwilligkeit, fürchterliche Hindernisse in Angriff zu nehmen.« Cass versuchte, in sein Gesicht zu blicken, doch er hielt sie fest umfangen. »Um direkt zum Punkt zu kommen: Ich habe eine Idee. Würdest du sie gerne hören?«
Sie nickte langsam.
Er legte seine Hände auf ihr Haar und murmelte ihr zwei erklärende Sätze ins Ohr.
Sie rückte von ihm ab und starrte ihn an. »Gott, wie ich dieses Land liebe«, hauchte sie ehrfürchtig.

Zwei Monate später standen Philip und Cassandra Riordan vor dem Bischof von London in der Lower Chapel von St. Stephen's in Westminster. Vor einhundert ihrer engsten Freunde gelobten sie sich Liebe, Gehorsam, Ehre und Treue. Ein allgemeines, zufriedenes Aufatmen war nach dem Ende der unkonventionellen Zeremonie unter den Hochzeitsgästen zu vernehmen, denn der Bund der Hingabe zwischen

Braut und Bräutigam war mehr als offensichtlich. Dennoch vertraten einige die Ansicht, daß der Brautkuß ein wenig zu enthusiastisch und zudem länger ausgefallen war, als es der geziemende Anstand zuließ.

Sir Wallace Digby-Holmes stieß seiner Begleiterin — wie hieß sie noch gleich, Mary? Oder Maria? — den Ellbogen in die Seite und warf ihr einen lechzenden Blick zu. Er betrachtete die Vorgänge mit großem Interesse. Anfangs hatte er ein wenig darunter gelitten, nicht als Trauzeuge ausgewählt worden zu sein, aber inzwischen war ein gewisser Gleichmut eingekehrt. Schließlich war Edmund Burke ein bekannter Staatsmann — man konnte es Riordan als dem neuen, aufstrebenden Stern der Whigs nicht verübeln, daß er ihn statt seiner gewählt hatte. Außerdem kursierten gewisse Gerüchte, daß er dem Bräutigam etwas schuldig sei — aber niemand wußte so richtig, worum es dabei ging. Irgendetwas Heroisches, behaupteten die Leute. Und Riordans hübsche Frau sollte dabei angeblich auch eine Rolle gespielt haben. Aber für Wally war das nichts weiter als Gerede.

Auffällig war, daß Oliver Quinn, einer der engsten Freunde des Bräutigams, fehlte. Es hieß, es habe sich eine Kluft zwischen den beiden Männern aufgetan. Wie es sich auch verhalten mochte, jedenfalls plackte sich der treue Diener des Königs zur Zeit für seinen Monarchen in den indischen Kolonien. An einem Ort namens Chandragupmatawan, wo die Hitze so groß war, daß man zur Mittagszeit ein Stück Fleisch auf einem Felsen braten konnte. Im Schatten wohlgemerkt. So hieß es zumindest.

Jenny Willoughby als gute Freundin der Braut war die Brautführerin. Cassandras Cousin Freddy und seine frischgebackene Ehefrau saßen lächelnd in der ersten Reihe. Selbst ihre Tante, die nun nicht mehr Lady Sinclair, sondern einfach Mrs. Edward Frane war und neben ihrem Ehemann in der Reihe dahinter saß, schien von der Zeremonie bewegt. Wenn man einigen scharfen Zungen Glauben schenken durfte, so weinte sie aber vielleicht auch, weil der Ehemann ihrer Nichte so viel reicher war als ihr eigener.

Clara, das Dienstmädchen der Braut, und Beal, der Kammerdiener des Bräutigams, saßen nebeneinander in einer der hinteren Reihen. »Nun,« schniefte Clara und wischte sich mit Beals Taschentuch über die Augen, »das war es dann wohl, wie? Nee, sieht sie nicht wundervoll aus? Ich war es, die ihr geraten hat, das Haar so zu tragen«, vertraute sie ihm an.

»Oh, und es sieht sehr hüsch aus«, erwiderte Beal, der seinerseits den Schnitt des blauen Samtrocks bewunderte, den sein Herr trug, und den er selbst noch heute morgen für ihn gepreßt hatte. Als Clara ihm sein Taschentuch zurückgab, ergriff er ihre Hand und hielt sie recht dreist in der seinen, obwohl er weiterhin geradeaus starrte. »Was wetten Sie, Mistress Clara? Ob es wohl Ende des Jahres ein neues Familienmitglied im Hause Riordan geben wird?« murmelte er anzüglich, drückte ihre Hand und rempelte sie sanft mit dem Ellbogen in die Seite.

»Oh, Mr. Beal, ich gehör' nicht zu den Weibsbildern, die Wetten abschließen«, erwiderte das Dienstmädchen mit roten Wangen, die ihr gut standen. Sie wandte ihr Gesicht von ihm ab, als begutachte sie die Leute ringsum, doch in Wahrheit verbarg sie damit nur ein Lächeln. Sie hätte sich ohne weiteres auf eine Wette mit Mr. Beal einlassen und ihn dabei schröpfen können. Denn ihre Herrin hatte ihr erst heute morgen mit einem fröhlichen Lachen verraten, daß sie bereits zwei Monate über die Zeit war.